謹以此書獻給我的父親

福建師範大學文學院百年學術論叢　第三輯

透亮的紙窗

（修訂本）

鄭家建　著

第三輯
總序

　　三載以來，通過兩岸學者及出版界同仁的協力合作，《福建師範大學文學院百年學術論叢》在臺北已出版兩輯凡二十種，目前第三輯十種又將推出，我為之由衷高興。

　　朱子詩曰：「千里煙波一葉舟，三年已是兩經由。今宵又過豐城縣，依舊長江直北流。」（〈次韻擇之發臨江〉）他吟嘆的是人生履跡，我卻想藉以擬喻兩岸學術傳播交流的景況：煙海茫茫之間，矢志於弘揚中華文化的學人，駕一葉之扁舟，舉學術以相屬，僶俛努力，增進溝通，諸多同道，樂曷如之？今宵，我又提筆為第三輯作序，腦海中浮現的盡是福建師範大學文學院百年學術精品入臺後相繼產生的美好影響，以及兩岸學術交流更加輝煌的明天。

　　本輯所收論著，依舊如前兩輯的格調：辯章學術，融貫古今。

　　述古代文化者凡有四種：一是張善文《象數與義理》，考論歷代易學發展的主要流派；二是郜文倩《古代禮俗中的文體與文學》，溝通禮與文在特定意義上的關聯；三是歐明俊《唐宋詞史論》，從史的角度評騭唐宋詞作的蘊蓄；四是涂秀虹《明代建陽書坊之小說刊刻》，就版本範疇追考明代建本小說刊行的情貌。

　　論現代文學者亦有四種：一是鄭家建《透亮的紙窗（修訂本）》，為多層面的現代文學理論與個案研究；二是朱立立《臺灣及海外華文文學散論》，考察漢語文學在臺灣及海外的發展創新；三是余岱宗《現代小說的文本解讀》，參合審美風格對現代小說名著作出新的解

讀；四是拙作《現代散文學論稿》，探討現代散文多樣發展的情形，乃亦忝列此間。

另有語言與修辭學專著兩種：陳澤平《十九世紀以來的福州方言——傳教士福州土白文獻之語言學研究》，考論福州方言在近代的歷史演變和話語特點；朱玲《意象‧主題‧文體——原型的修辭詩學考察》，從修辭詩學角度闡發文學原型的意蘊。

以上十種，合為論叢第三輯，與前兩輯相輔相成，共同呈示我校中文學科近年較有代表性的研究成果，並奉獻給臺灣文教學術界的同道，以相切磋研磨，以期攜手發展。

唐劉知幾云：「尺有所短，寸有所長。切磋酬對，互聞得失。」（節《史通》〈惑經〉語）無論是斗室間的師友講習，還是大規模的學術研討，劉氏之語仍然是今天頗可遵循的正確理念。當此全球化浪潮洶湧澎湃的關頭，如何不丟失我們五千年的學術文化，發揚傳統精華，滋培濟濟多士，實屬兩岸學者應相與擔當的歷史使命，也是本論叢陸續刊行的首要宗旨。

臺北萬卷樓圖書公司為論叢的編校出版付出辛勤工作，我們始終感荷於心，謹再次敦致謝忱。

汪文頂

西元二〇一六年仲冬序於福州

目次

附錄

自序

　　波德萊爾在散文詩〈窗戶〉中寫道：「一扇被燭光照亮的窗戶是最深沉、最神秘、最豐富、最黑暗、最炫人眼目的。」在我看來，時間就是這樣一扇緊閉的窗，世人從未探得窗內的究竟。

　　惟有——

　　生命透亮它的紙窗，猶如穿簾而進的月光，蘊藉著陰晴圓缺，盈虛消長。

　　信念點亮它的寂寞，彷彿在瞬間掛落天際的奔星，敲擊著旅人迅疾的足音。

　　理性映亮它的暗隅，恍若東方的微光，悄然之中喚醒沉睡的遠方。

　　於是——

　　越過你佇立的背影，我看見，「在或明或暗的窗洞裡，生命是活的，它在夢想，在受苦」，也在抗爭，更在生長。

　　是為序。

鄭家建

二〇一四年三月七日夜寫於北京旅次

上

論中國現代文學研究的再出發

　　具有學科意義的中國現代文學研究迄今已走過半個多世紀的歷程，「早已不再年輕」。正如一個生命體的過程一樣，這期間有生機、成長和收穫，也有挫折、困惑甚至危機。站在今天的語境，討論中國現代文學研究的再出發，並非要否定這一學科已取得的一系列重大成就，而是新旅程之前的一次整裝待發。

問題的提出

　　首先就讓我們重新來審視一下這一學科在深層次的結構上存在著哪些「問題」？這些問題是否會潛在地引發學科「危機」？在我們看來，下面幾個因素的存在及其制約性是不能不正視的。

（一）西方文化意識形態的制約

　　如果說在二十世紀五、六〇年代，中國現代文學的研究主要受制於當時的政治意識形態的話，那麼，八〇年代以來，這一學科的研究在思想方法上主要是受制於西方文化意識形態。其主要表現就在於，研究者們自覺而熱衷地使用西方的理論話語來研究中國現代文學，並認為西方文學（文化）中有的東西，在中國現代文學中都有所「體現」或「萌芽」。比如，八〇年代中期，存在主義思潮開始引入中國學術界，魯迅與存在主義的關係就成為對這一思潮直接反響的「熱點」問題之一。大量研究論著的最終結論是：「魯迅思想與存在主義

有一致之處。」然而，問題卻在於，即使不否定這樣的事實：魯迅思
想的某些特徵確實與存在主義相似，或魯迅思想確實具有存在主義式
的深度，但是，重要的不在於此，而在於其有別於存在主義的自我獨
立性，因為魯迅永遠不會是薩特第二或加繆第二。因此，魯迅思想及
其藝術的自身獨特性又在何處？這是我們更應該關注的問題之所在。
可以肯定地說，魯迅之所以成為「魯迅」，不在於他和世界思想史上
某一位思想家或文學家相似或一致，而是有其獨立的思想存在和存在
形式。因此，這就提出中國現代文學研究中的理論話語、理論方法的
「對象化」與「中國化」問題，即我們必須通過研究，給予中國現代
作家一張自己的「身分證」，而不是一張通往西方的「護照」。

（二）普遍主義傾向

十八世紀以來，由於科學技術的突飛猛進，在西方形成了一股強
勁的科學主義信念，人們認定只要正確地使用科學方法或技術手段，
就一定能找到隱藏在事物或現象背後所謂的具有本質性的「規律」。
這種研究理論最早興起於自然科學領域，後來就擴展到整個人文科學
領域，甚至把以往的人文學研究方法拒於「科學方法」大門之外。受
這一強勢的研究理念的制約，中國現代文學研究也難逃此例。研究者
們無論在文學史寫作，還是在作家、作品的研究中，都義無反顧地確
信，在文學史過程中，在作家、作品或文學運動、思潮、現象背後，
必然存在著某種有待探尋、發現的「本質意義」或「某種規律性的特
徵」。當然，這種普遍主義的研究傾向表面上看起來，確有「一口吞
盡長江水」的乾脆、明快的氣勢，但是，這又恰好迴避了歷史存在的
複雜性和多樣性。且問，如果創作對於某個作家而言，僅僅是「情緒
的體操」，那麼，文本中所謂的「本質意義」又何處追尋？如果創作
對處於某一語境的作家來說，僅僅是一種「無意義」的「遊戲」，那
麼，又何處握住「規律」這一隻「看不見的手」呢？在這方面，傳統

儒家對人的精神世界的多樣性理解，對我們是有啟發的：「《論語》、《孟子》中一方面強調『士志於道』，『士尚志』，『士不可以不弘毅，任重而道遠』等等嚴肅、超越的態度，另一方面也注重輕鬆活潑的精神，例如《論語》所說的『游於藝』便是明證，只有具備了『游』的精神，知識分子才能夠達到『樂道』、『樂學』的境界。《禮記》〈學記〉說：『不興其藝，不能樂學。故君子之於學也，藏焉，修焉，息焉，遊焉。夫然，故安其學而親其師，樂其友而信其道。』這段話恰恰可以說明『士』或『君子』為什麼要『游於藝』。孔子常常重視快樂的『樂』，強調要保持一種開放的心靈，做到『毋意、毋必、毋固、毋我』地步。」[1]過分地相信或強調文本背後的所謂「本質」意義，往往會走向相反的一面，即，使審美成為意義的附庸。臺灣著名小說家張大春就曾表達過這樣的疑問：有時候——不，很多時候，小說家自己也不得不被誘迫著在出版序言中，在演講會場上，在訪問紀錄裡留下失格的「串供」之辭，他會這樣說：「在這篇小說裡，我想表達的是……」倘若上面這一行的「……」果然存在，小說家又何必苦心孤詣地寫一篇小說呢？為什麼不索性「……」來得明白痛快呢？[2]因此，為了迴避研究中普遍主義的迷誤，我們應該提倡一種「相對主義」的研究心態，正如程頤所說：「人心常要活，則周流無窮，而不滯於一隅。」也就是說，我們應該尊重文本中的「無意義」存在，允許作家的創作僅僅是「游於藝」而已。也許有一天，我們會在不經意間發現：「文學的本體論其實多麼簡單！它是一個詞在時間中的奇遇。」[3]

1　余英時：《論士衡史》（上海市：上海文藝出版社，1999年），頁3-4。
2　張大春：《小說稗類》（桂林市：廣西師範大學出版社，2004年），頁15。
3　張大春：《小說稗類》（桂林市：廣西師範大學出版社，2004年），頁18。

（三）學科邊界的無限制擴張而導致自我銷蝕

　　由於中國現代文學產生的歷史語境、發展過程與中國現代社會、政治、經濟緊密相關，這就使得研究中國現代文學必然要涉及現代社會、政治、經濟各因素的外在影響。二十世紀八〇年代以來，當中國現代文學研究重新起步時，這一學科就表現出一種「雄心壯志」，研究者們把討論的觸角伸及中國現代思想史、政治史、經濟史、社會史各領域，試圖在這些領域都一試身手，有些研究者甚至在這些領域已「樂不思蜀」，這樣就使得這一學科負載著過多的非文學性的意義內涵。當然，自然科學的學科發展史表明，學科的交叉、融合往往是學科新生長的動力，但是，人文學科是否也遵循同樣的學科發展規則呢？人文學科的交叉、融合是否有限度呢？交叉或融合的結果是否要以銷蝕原學科界限為歸宿呢？這種交叉或融合是否會有負面的效應呢？我們認為，這些擔心或疑問並非不必要。在我們看來，無論如何，中國現代文學的研究，必須回答這樣一個首要的問題：中國現代文學在它產生與發展的歷程中，究竟提供了哪些新的審美經驗、新的審美形式？檢視已有的研究，在這方面並沒有給出一個富有說服力的回答。當新興的文化研究的理論方法引入中國現代文學研究時，更是使得眾多的文本成為了文化分析的個案。「文學性」、「審美性」、「形式」等文學研究的基本範疇，在文化分析的框架內不斷地被邊緣化，「文學研究」成為五光十色的文化分析「百衲衣」上的一塊可以拆洗的「布片」。審美的意義消失了，作者主體的存在消失了，呈現給我們的是「階級」的概念、「權力」的概念、「性別」的概念、「種族」的概念。面對這種學科邊界因擴張而自我銷蝕的狀況，我認為，中國現代文學研究應該有一次理論與方法的「瘦身運動」，應該把「凱撒的歸凱撒，上帝的歸上帝」，即重新確定自己的學科邊界、學科範疇與學科架構。

任何一種學科危機都是逐步演化而成的，同時，「所謂的危機，也如醫學上的所謂『極期』（crisis）一般，是生死的分歧，能一直得到死亡，也能由此至於恢復」[4]。雖然中國現代文學研究還未達到這生死攸關的路口，但是，保持一份清醒的心態是必需的。為此，我們提出了中國現代文學研究再出發的幾個起點。

再出發一：以傳統來詮釋現代

以現代的學術觀念、方法來研究中國傳統思想、文化，在二十世紀中國學術史上有許多成功的典範。比如，王國維的史學研究，傅斯年就認為，《觀堂集林》中有許多作品，特別是〈殷卜辭中所見先公先王考〉和〈續考〉二文，皆可作為新式史學研究的「模範」。[5]郭沫若也認為，儘管王國維「思想情緒」若干方面還是「封建式的」，但他的「研究學問的方式是近代式的」，他所留下的知識遺產，就「好像一座崔巍的樓閣，在幾千年來的舊學的城壘上，燦然放出一段異樣的光輝」。[6]陳寅恪也十分推崇王國維「取外來之觀念與固有材料互相考證」。[7]陳寅恪自己的學術研究也是如此，早在留學期間，他在〈與妹書〉中就斷言：「如以西洋語言科學之法，為中藏文比較之學，則成效當較乾嘉諸老，更上一層。」[8]僅限二十世紀文學研究的學術史，就有王國維的《紅樓夢評論》、《宋元戲曲史》，胡適的《中國章回小說考證》，魯迅的《中國小說史略》，陳寅恪的《論再生緣》、《元白詩箋證稿》，聞一多的《《詩經》研究》等，這些都是運用現代學術

4　魯迅：《魯迅全集》（北京市：人民文學出版社，1981年），卷4，頁592。

5　轉引自許冠三：《新史學九十年》（長沙市：岳麓書社，2003年），頁82。

6　轉引自許冠三：《新史學九十年》（長沙市：岳麓書社，2003年），頁82。

7　陳寅恪：《金明館叢稿二編》（北京市：生活・讀書・新知三聯書店，2001年），頁247。

8　陳寅恪：《金明館叢稿二編》（北京市：生活・讀書・新知三聯書店，2001年），頁355。

觀念與方法來研究、發掘傳統文學內涵的範例。既然可以用現代的學
術觀念、方法來詮釋傳統，那麼，翻轉一下思路，運用傳統資源來詮
釋現代是否也是可行的呢？在這裡，我們必須先把這一思路與以往研
究中所經常出現的諸如「中國現代文學與文學傳統的關係研究」相區
別開來。我們認為，後者的研究重點放在「現代」層面，其研究思路
是「傳統／現代」的二元式，並往往陷入一種「格義」式的比附。所
謂的「格義之比較，乃以內典與外書相配擬」[9]，也就是說，這種研
究模式強調的是現代文學中的某些因素在傳統文學中也存在或者與傳
統有相似性。而我們這裡所提出的「以傳統來詮釋現代」，其思維的
起點是放在「傳統」這一面，就是要看一看傳統的文學、美學資源以
怎樣的方式滲透進現代文學的審美樣式和審美經驗之中，存在下來並
積澱為一種潛在而積極的審美源泉。我們通過這種立足於傳統角度
（舊）的觀照，為的是發現那些現代（新）的東西。在這裡我試圖舉
周作人關於中國現代散文的某些獨到看法為例來加以分析。周作人在
評論中國現代散文時，十分強調要把中國現代散文與明代的公安派、
竟陵派散文聯結起來。他說：「現在的小文與宋明諸人之作在文學上
固然有點不同，但風致實是一致。或者又加上了一點西洋影響，使他
有一種新氣息而已。」[10]「我常這樣想，現代的散文在新文學中受外
國的影響最少，這與其說是文學革命的，還不如說是文藝復興的產
物，雖然在文學發達的程途上復興與革命是同一樣的進展。在理學與
古文沒有全盛的時候，抒情的散文也已得到相當的發展，不過在學士
大夫眼中自然也不很看得起。我們讀明清有些名士派的文章，覺得與
現代文的情趣幾乎一致，思想上固然難免有若干距離，但如明人所表

9　陳寅恪：《金明館叢稿二編》（北京市：生活・讀書・新知三聯書店，2001年），頁185。

10　周作人：《中國新文學大系・散文一集》〈導言〉（上海市：上海文藝出版社，2003年）。

示的對於禮法的反動則又很有現代氣息了。」[11]「現在的文學——現在只就散文說——與明代的有些相像，正是不足怪的，雖然沒有模仿，或者也還很少有人去讀明文，又因時代的關係在文學上很有歐化的地方，思想上也自然要比四百年前有了明顯的改變。現代的散文好像是一條湮沒在沙土下的河水，多少年後又在下流被掘了出來，這是一條古河，卻又是新的。」[12]「這風致是屬於中國文學的，是那樣地舊而又這樣地新。」[13]周作人強調明代公安派、竟陵派以來中國散文的源流對現代散文的滋養，從一個方面回答了中國現代文學史上的一個重大問題：為什麼中國新文學的各種文體中，現代散文所取得的藝術成就在詩歌、小說、戲劇之上？簡單地說，這是否因為中國現代散文的創作潛在地與深厚的中國散文歷史淵源接續上了呢？也許正如周作人所說的那樣：「我相信新散文的發達成功有兩重的因緣，一是外援，一是內應，內應即是歷史的言志派文藝運動之復興，假如沒有歷史的基礎，這成功不會這樣容易……」[14]順著周作人的這一思路，我們可以進而思考這樣的問題：為什麼中國現代小說中優秀作品多是那些充滿意境和抒情氛圍的文本，這與中國文學中的寫意、抒情傳統有何關係？從中國文學中的寫意、抒情傳統出發，對中國現代小說的藝術特徵能否有一個更內在、更豐富的把握呢？這些問題耐人尋味。回到文學史，我們又將遇到一個更棘手的問題：在現代白話文確立之後，文言是否像人們所認為的那樣已真正的「死亡」？為什麼我們在

---

11 周作人：《中國新文學大系・散文一集》〈導言〉（上海市：上海文藝出版社，2003年）。

12 周作人：《中國新文學大系・散文一集》〈導言〉（上海市：上海文藝出版社，2003年）。

13 周作人：《中國新文學大系・散文一集》〈導言〉（上海市：上海文藝出版社，2003年）。

14 周作人：《中國新文學大系・散文一集》〈導言〉（上海市：上海文藝出版社，2003年）。

魯迅、周作人等人的散文中能不斷看出文言的「痕跡」的潛存？而且
常常正是因為有這些文言的「痕跡」，才使得他們的散文、雜文的審
美意味更加的「醇厚」。周作人就曾比較過三種不同的散文文體的審
美價值，他說：「據我個人的愚見，中國散文中現有幾派，適之仲甫
一派的文章清新明白，長於說理講學，好像西瓜之有口皆甜，平伯廢
名一派澀如青果，志摩可以與冰心女士歸在一派，彷彿是鴨兒梨的樣
子，流麗輕脆，在白話的基本上加入古文方言歐化種種成分，進而為
一種富有表現力的文章。」[15]「我也看見有些純粹口語體的文章，在
受過新式中學教育的學生手裡寫得很是細膩流麗，是保有造成新文體
的可能，使小說戲劇有一種新發展，但是在論文，──不，或者不如
說小品文，不專說理敘事而以抒情為主的，有人稱他為絮語過的那種
散文上，我想必須有澀味與簡單味，這才耐讀，所以他的文詞還得變
化一點，以口語為基本，再加上歐化語、古文、方言等分子，雜糅調
和，適宜地或各當地安排起來，有知識與趣味的兩重統制，才可以造
出有雅致的俗語文來。」[16]郭沫若在〈莊子與魯迅〉一文中，舉《莊
子》為例，說明「魯迅愛用莊子所獨有的詞彙，愛引莊子的話，愛取
《莊子》書中的故事為題材而從事創作」，其中有「詞彙的引用」，
「有完整的詞句」的引用等，並一口氣舉了近三十個例子來充分說明
魯迅創作思想與藝術和莊子的關係。[17]從上述周氏兄弟的例子可以看
出，現代白話文確立之後，文言在現代作家創作中的存在狀態很值得
深入討論：文言是以一種怎樣的方式存在？文言的語言形式及其美感
對現代白話文的審美創造又產生了哪些積極的影響？我認為，這些都
是開拓中國現代文學研究的再出發的重大課題。

---

15 周作人：〈志摩紀念〉，《新月》第4卷第1期（1931年）。

16 周作人：《中國新文學大系‧散文一集》〈導言〉（上海市：上海文藝出版社，2003
　　年）。

17 郭沫若：〈莊子與魯迅〉，《中蘇文化》第8卷第3、4期合刊（1941年）。

再出發二：「明於知人心」

　　儘管有理論不斷地在斷言：「作者已經死亡。」但文本畢竟不可能「無」中生「有」，它必然是出自某一個特定的作者之手。作者的個性、情感、意志和想像力必然要深刻地浸染在自己所創造的文本之中。古往今來的世界文學史概莫能外。正如魯迅所言：「生命力受了壓抑而生的苦悶懊惱乃是文藝的根柢，而其表現法乃是廣義的象徵主義。」[18]因此，對文本的心理分析或精神分析是我們重建作者與文本之間有效通道的最重要的闡釋方式。這一方法不僅在文學研究中大有作為，甚至在以社會、經濟、政治、事件為對象的歷史研究中也有廣闊的施展空間。「從二十世紀五〇年代末開始，不少心理學家和史學家都注意到有些歷史現象非借重心理學不能得到徹底的理解，因此而有心理史學（Psychohistory）的興起。當時心理學家艾理克遜（Erik Erikson）的影響尤大，因為他對馬丁・路德和甘地的研究都屬於史學作品，而《青年路德》一書更轟動一時，爭議極大。『生命史』的概念便是他發展出來的。」[19]著名史學家余英時就曾用心理分析與史學分析交互為用的方法研究南宋孝宗的心理歷程，即他的認同危機、心理挫折以及這一系列心理向度對他的「末年之政」的深刻影響。[20]

　　請看余英時的分析：

> 他（孝宗）「小年極鈍」，高宗教他讀書便吃足了苦，後來對他一直沒有多大信心，以致「立儲」事總是猶豫不決。內禪以後還是對他不放心，大事仍然抓在自己的手上。……在理性的層

---

18 魯迅：《魯迅全集》（北京市：人民文學出版社，1981年），卷10，頁235。
19 余英時：《朱熹的歷史世界》（北京市：生活・讀書・新知三聯書店，2011年），頁699。
20 余英時：《朱熹的歷史世界》（北京市：生活・讀書・新知三聯書店，2011年），頁740-764。

面，孝宗自然不能不接受父皇的無上權威，甚至還感激他的訓誡和關切，但在潛意識中，反抗情緒的滋長則是不可避免的。孝宗對於高宗既「愛之深」也「恨之切」的情感衝突（即「ambivalence」）在「三年之喪」這一具體問題上呈現得非常清楚：「三年之喪」確然表達了他所說的「大恩難報，情所不忍」一番心理；這是顯意識層面之事，絕不可視為虛偽。但是為了強調自己所行「三年之喪」合乎「古禮」，而發出「朕欲救千餘載之弊」的責言，他實已站在胡寅一邊，批評紹興七年高宗行短喪之失了。這則出於潛意識的作祟。正如佛洛伊德所說，兒子長大了，父親原有的偉大形象便開始改變；兒子對他會越來越不滿，從而學著去批評他並重新估定他在社會的位置了。批評猶如露出水面冰山一角，指示我們下面還藏有因怨恨而起的巨大反抗力。在孝的文化之下，兒子的批評或「失言」（「slip」）已是非同小可，更何況出自皇帝之中！但孝宗畢竟生長在傳統穩定的時代，他的反抗絕不能與現代決裂性的叛逆同日而語。在表面上，他們繼承父業，先意承志，幾乎無懈可擊，因此才獲得了「孝」的謚號。心理史學並不否認「父慈子孝」可以是客觀的歷史事實，更不視此為假像而蓄意加以摧毀。不過它要更進一步，探測「父慈子孝」的下層是不是也存在著壓抑與反抗。父子之間的衝突往往標誌著世代之間的爭持（「generational strife」），因而構成了歷史的一種動力……從紹興二年（1132年）到淳熙十四年（1187年），孝宗一直生活在高宗的巨大身影之下，他的心理發展的道路充滿著崎嶇和曲折。在這一漫長的心理歷程中，他承受了數不盡的委屈，因而也積累了強勁的抗力；這股抗力在高宗死後破堤而出，終於激

起了政海的波瀾。[21]

　　余英時在《朱熹的歷史世界》一書中以詳實的史料和深入的心理
分析，解答了南宋政治史上的系列疑問：「孝宗為什麼在淳熙十四年
十月高宗死後忽然決定要大事更改？這個更改的性質是什麼？既然決
心更改，孝宗為什麼又決定在一年之後（十六年二月）禪位於光宗？
他的部署不能不說是相當周密，但是為什麼經光宗一朝，更改的構想
竟絲毫不能展布？」[22]余英時在書中創造性地以心理史學施之於孝
宗、光宗的研究，為學術界解開了一個困惑已久的歷史之謎。歷史研
究強調「不溢美、不隱惡」的客觀性、公正性品格，十分警惕「心理
決定論」傾向，即使在研究中引進心理分析方法，那也只能是有限度
的、有條件的，否則，「稍一不慎，便會流於荒誕不經」[23]。但我相信
在心理分析方面，文學研究應該更有作為才是。因為，文學說到底，
其根本是一種「人學」。在這裡，我以魯迅對魏晉文學的研究為例來
嘗試說明這一研究方法的功能與意義。魏晉時期，在阮籍、嵇康等人
身上表現出一種驚人的矛盾性。比如，嵇康是那樣高傲的人，而在
〈家誡〉中教子卻要他庸庸碌碌[24]，為什麼會有這種矛盾性呢？且看
魯迅的分析：

　　　　嵇阮的罪名，一向說他們毀壞禮教。但據我個人的意見，這判
　　　斷是錯的。魏晉時代，崇奉禮教的看來似乎很不錯，而實在是
　　　毀壞禮教，不信禮教的。表面上毀壞禮教者，實則倒是承認禮

---

21 余英時：《朱熹的歷史世界》（北京市：生活・讀書・新知三聯書店，2011年），頁
　　745-746。

22 余英時：《朱熹的歷史世界》（北京市：生活・讀書・新知三聯書店，2011年），頁682。

23 余英時：《朱熹的歷史世界》（北京市：生活・讀書・新知三聯書店，2011年），頁395。

24 魯迅：〈魏晉風度及文章與藥及酒之關係〉，《而已集》（北京市：人民文學出版社，
　　1981年）。

教，太相信禮教。因為魏晉時所謂崇奉禮教，是用以自利，那崇奉也不過偶然崇奉，如曹操殺孔融，司馬懿殺嵇康都是因為他們和不孝有關，但實在曹操司馬懿何嘗是著名的孝子，不過將這個名義，加罪於反對自己的人罷了。於是老實人以為如何利用，褻瀆了禮教，不平之極，無計可施，激而變成不談禮教，不信禮教，甚至反對禮教。——但其實不過是態度，至於他們的本心，恐怕倒是相信禮教，當作寶貝，比曹操、司馬懿們要迂執得多。

……

於此可見魏晉的破壞禮教者，實在是相信禮教到固執之極的。[25]

魯迅以其銳利無比的眼光，看出了隱藏在嵇、阮等人內心深處的隱痛，看到了他們人格中深深沉埋的另一面，這種的分析真有「直指本心」的穿透感。同時，魯迅還借此批判中國傳統文化「明於禮義而陋於知人心」，他說：「大凡明於禮義，就一定要陋於知人心的，所以古代有許多人受了很大的冤枉。」[26]因此，「明於知人心」，應該是我們文學研究的一個重要的追求目標。這裡，我們以魯迅研究中的一個個案，來進一步探討「明於知人心」的重要性。大家知道，魯迅從一九〇九年八月結束日本留學生活回國，到一九一八年創作《狂人日記》，參與「五四」新文化運動，這期間有整整十年時間，這是魯迅寂寞的十年，他說：「只是我自己的寂寞是不可不驅除的，因為這於我太痛苦。我於是用了種種方法來麻醉自己的靈魂，使我沉入國民中，使我回到古代去，後來也親歷或旁觀過幾樣更寂寞、更悲哀的

---

25 魯迅：〈魏晉風度及文章與藥及酒之關係〉，《而已集》（北京市：人民文學出版社，1981年）。

26 魯迅：〈魏晉風度及文章與藥及酒之關係〉，《而已集》（北京市：人民文學出版社，1981年）。

事，都為我所不願追懷，甘心使他們和我的腦一同消滅在泥土裡的，但我的麻醉法卻也似乎已經奏了功，再沒有青年時候的慷慨激昂的意思了。」[27]魯迅在這寂寞的十年間，生活動盪，南北播遷，同時，這期間「又見過辛亥革命，見過二次革命，見過袁世凱稱帝，張勳復辟，看來看去，就看得懷疑起來，於是失望，頹唐得很了」[28]。但是，對於這寂寞十年，除了少量的書信和日記外，魯迅並沒有留下多少文字材料可以讓我們重建這十年的心路歷程：當沉入國民中時，他想到了什麼？寂寞與悲哀的交織，又是如何使他陷入希望與絕望的煎熬之中？種種麻醉法真的奏了功嗎？這寂寞的十年，魯迅留給我們的是無窮無盡的想像。而我們認為，這寂寞的十年對魯迅後來的思想發展具有深刻甚至決定性的影響：在這寂寞的十年間，魯迅的內心世界中已形成了一系列對中國歷史、文化獨特的看法，否則，我們就無法理解為什麼魯迅剛一登上「五四」文壇，就表現出超乎常人的深邃而獨到的思想深度。人們不禁要問：在這寂寞的十年間，魯迅有著怎樣的內心體驗？這些內心體驗又使他形成怎樣的思想判斷和思維方式？這是我們進入魯迅精神世界的一個重要關口。然而，從現有的魯迅研究成果來看，對這寂寞十年的研究還十分薄弱。[29]而我們認為，沒有這寂寞的十年，就不可能有完整的魯迅。不從這寂寞的十年出發，所有對魯迅的思想研究，都可能是無源之水。

　　順著「知人心」的思路，我們認為，中國現代文學研究還有許多領域可以開掘。比如，對於周作人的散文，一般的讀者都看重他的閒適、沖淡、平和的風度，但周作人本人卻不這樣看，他說：「拙文貌

27　魯迅：〈自序〉，《吶喊》（北京市：人民文學出版社，1981年）。

28　魯迅：〈自序〉，《自選集》（北京市：人民文學出版社，1981年）。

29　參閱錢理群：《與魯迅相遇》（北京市：北京大學出版社，2003年）。錢理群在該書的第三講中曾對這一問題做過論述，這在筆者所見的有關魯迅寂寞十年的研究中是最具深度的。

似閒適，往往誤人，唯一二舊友知其苦味，廢名昔日文中曾約略說
及，近見日本友人議論拙文，謂有時讀之頗感其悶，鄙人甚感其
言。」[30]「小時候讀賈誼〈鵩鳥賦〉，前面有兩句云：『庚子日斜兮鵩
集余舍，止於坐隅兮貌甚閒暇』，心裡覺得稀罕！這怪鳥的態度真
怪。後來過了多少年，才明白過來，閒適原來是憂鬱的東西。喜劇的
演者及作者往往過著陰暗的生活，也是人間的真相。」[31]難怪周作人
常以「苦」和「藥」題篇名齋。著名學者溫源寧說：「我們不該忘
記，周先生還有另外一面。在他身上還有不少鐵的因素。」「不錯，
周先生正好就像一艘鐵甲戰艦，他有鐵的優雅。」[32]如何透過表面的
平靜與閒適，把握到隱藏在周作人散文、雜文背後的深深的憂鬱、憂
生憫亂的情懷、叛徒與隱士的矛盾，我認為，這是周作人研究的一個
重大的關鍵問題。又比如，中國現代作家最後十年或二十年的研究也
是一個十分有意義的問題。中國現代許多作家都跨越新舊兩個時代。
在二十世紀五、六○年代，由於政治意識形態的制約，許多現代作家
都出現了創作的苦悶期，在這十年或二十年，許多作家很少創作或放
棄創作，有的甚至離開文壇轉向別的專業，如沈從文轉向古代服飾研
究。但是，即使是放棄或很少創作，並不意味著他們內心沒有焦慮與
苦悶，對歷史的惶惑，對新時代的陌生感，對審美的自由想像與當下
意識形態一律性的鉗制，這一切都交錯在他們的內心世界，使他們在
新時代有「陌生感」，在群眾中有「異鄉感」。沈從文、曹禺、老舍等
人的最後十年或二十年，我認為，都深深地陷入了這種矛盾情感的煎
熬之中。因此，研究這一時代的中國作家的內心世界，事實上是在研
究共和國歷史初期的知識分子精神史。我們認為，這是我們研究中國
現代文學向當代轉型時所必須具備的精神視野。

---

30 周作人：《藥味集》〈序〉（石家莊市：河北教育出版社，2002年）。
31 周作人：〈風雨後談序〉，《立春以前》（石家莊市：河北教育出版社，2002年）。
32 溫源寧：《不夠知己》（長沙市：岳麓書社，2004年），頁375-376。

再出發三：回到問題史語境

　　馮友蘭曾說《中國哲學史》有兩種寫法，一是「照著講」，一是「接著講」。所謂的「照著講」，即對哲學史採取一種保守的、抱殘守缺、泥古不化、拒絕進步的態度，而「接著講」則是一種有因有革、推陳出新、繼往開來的態度。[33]事實上，當我們閱讀某些中國現代文學研究論著時，常常看不到作者是在何種意義、何種程度上「接著」已有的成果「往下講」。我認為，造成這種學術「現象」的根本原因有兩方面：一是片面追求創新的心態。在自然科學領域，創新是建立在對已有研究範式的徹底摧毀之上，而在人文知識研究領域，創新從根本上來說是一種深刻的繼承，是一種對問題和思維的「同代性」的認同。著名史學家湯因比曾對這種「同代性」的現象表現出極大的興趣。他說：「這些在基督紀元前第二個千年（希臘羅馬），第四個千年（古埃及）和基督紀元後第一個千年（我們時代）出現的文明，完全是相互同代的。」由此而豁然悟到這種「對於所有文明在哲學上的同代性觀念」[34]。二是缺乏回到問題史語境的研究意識。事實上，在人文科學領域，任何一個你所研究的對象或問題並非從你介入研究時才出現的，而是存在已久。這些問題或對象在其產生的初期語境中，關於它的闡釋一般來說都是多義性的，正是這種多義性體現了事物的多面性和人們思維的豐富性。當然這種多義性隨著闡釋語境的變遷，其中的某一方面可能會被有意或無意遮蔽或抑制，另一方面則會被有意或無意地突顯出來。如果不了解這種因語境變遷而產生的闡釋意義的消長，那麼，你就不可能獲知所研究對象或問題的真實內涵。比如，關於《故事新編》的討論在二十世紀五〇年代就曾有幾次大規模的論

---

33 鄭家棟等選編：《解析馮友蘭》（北京市：社會科學文獻出版社，2002年），頁154。
34 轉引自河清：《現代，太現代了！中國》（北京市：中國人民大學出版社，2004年），頁312。

爭，當時的論爭各方圍繞《故事新編》中的「油滑」之義是「缺點」還是「優點」，《故事新編》是否是歷史小說等問題，爭執不下，各執一說。事實上，這些問題在《故事新編》剛出版的二十世紀三〇年代中後期就已有過激烈的論爭，當時的論爭各方都提出過許多富有創造性的闡釋，只不過當時的爭論各方的觀點由於種種歷史與意識形態的原因，後來消失在新中國的學術語境之外，所以，二十世紀五〇年代的爭論各方就很難接觸到對這些問題的最初闡釋。也就是說，當初闡釋的多義性在共和國初期的政治意識形態的一律性語境中被有意地遮蔽住了。到了二十世紀八、九〇年代，當我們重新討論《故事新編》的「油滑」問題時，我們覺得二十世紀三、四〇年代的論爭依然具有十分重要的啟發性。因此，一旦回到問題史語境，可以說，我們就回到一種充滿活力，富有思維啟發的源頭。在這個意義之上，我們認為，現在學術界的許多論爭，一旦雙方都能心平氣和地回到問題史語境，就會發現，對於許多爭論的問題，早在很久以前，我們的前人就已努力地作出回答。同時，這些回答至今仍然不覺得過時。「日光之下並無新事」，雖然我們不必如此悲觀，但謹慎的保守，可能會使我們「察明」學術研究中許多不必要的「浮躁」和「狂妄」。[35]在這裡，我們想起有關陳寅恪的一段軼事，據史學家毛子水回憶說，在柏林時，有一天，到陳寅恪的住處去看他，發現陳寅恪正在伏案讀Kaluza的古英語文法。毛子水以為當時在德國已有較好的書，因而問他為什麼費工夫讀這樣的一部老書。陳寅恪回答說，正因為它老的緣故。毛子水過後一想，覺得這並非戲言，因為「無論哪一種學問，都有幾部好的老書。在許多地方後來的人自然說的更好的，但有許多地方，老書因為出自大家手筆，雖然過了好多年，想法和說法，都有可能發人深思處」[36]。同樣的，關於問題的最初闡釋，往往保存著當時人們對

35　周作人：〈偉大的捕風〉，《看雲集》（石家莊市：河北教育出版社，2002年）。

36　張傑等選編：《追憶陳寅恪》（北京市：社會科學文獻出版社，1999年），頁17-18。

這一問題的新鮮的思考和親近的感受，而這些新鮮感和親近感是後人所無法親炙的。

　　回到問題史語境，還有一層意義，就是重建問題的歷史關係。中國現代文學史上的文學運動、文學現象和文學創作不僅與西方的文學思潮緊密關聯，也與其自身的歷史條件相關聯，如社團、流派、刊物、師承，更不用說整體的社會環境，當我們把自己的研究對象和研究問題放在一個複雜關係的「場」中加以考量時，就會有許多新的發現。這方面的研究，已有許多成功的範例。比如，陳思和在《中國新文學整體觀》一書中曾就戰爭文化心理對新文化的整體影響做了深入的探討；錢理群在〈「流亡者」文學的心理指歸〉一文中，從戰時中國知識分子的精神生存狀態來探討抗戰時期有關文學現象、文學特徵產生的內在原因；李今在〈「新感覺派」和（二十世紀）二三十年代好萊塢電影〉一文中，從二十世紀二〇年代好萊塢電影在上海灘的登陸這一文化傳播事件來分析「新感覺派」小說的藝術特徵。歷史存在的關係總是十分複雜，它更接近於網絡式的狀態。史學家許冠三曾揭示一種所謂的「多元史絡分析方法」，即在歷史研究中，「宜合語意分析與行為分析為一，並作貫通歷史研究各層面之錯綜使用，既在史料考釋上兼採行為分析，亦在史事重建與解釋中參用語意分析。在宏觀研究中，更須本系統論觀點從事結構分析」[37]。就方法論而言，這對我們也是很有啟發的，即我們只有把研究問題與研究對象放在這種網絡式的關係「場」之中加以考量，我們才可能發現一種意義的多面性的存在。在這方面，社會學的某些研究非常有啟發性，其中一個經典的範例就是法國社會學家馬塞爾・毛斯的〈論禮物：古代社會裡交換的形式與根據〉，在這篇論文中，毛斯認為：「在原始社會中部落與氏族之間的禮物交換是極其重要的，它構成了完整的社會事實，反映了

---

37 許冠三：《新史學九十年》（長沙市：岳麓書社，2003年），頁514。

社會生活的方方面面，即他們不僅僅是追逐利益的商業行為，而且還是一種涉及社會道德、宗教、法律等方面的現象，因而必須用非經濟的方式來解釋。」毛斯以「禮物」這一習以為常的現象為中介，對交換形式與社會結構之間的關係做出高度創造性的比較研究。[38]這種網絡式關係「場」的思維方法也已被引入政治史和文化史的研究領域。美國學者杜贊奇在其名著《文化、權力與國家——1900到1942年的華北農村》一書中，力圖打破歷史學與社會學的間隔，從「大眾文化」的角度提出了「權力的文化網絡」等新概念，並且詳細論證了國家權力是如何通過種種渠道（諸如商業團體、經紀人、廟會組織、宗教、神話及象徵性資源）來深入社會底層的。[39]思想史家艾爾曼則另闢蹊徑，以常州今文學派為個案，「從經學、宗族、帝國正統意識形態三者互動的過程」，來探討今文經學的形成過程，並由此說明，「思想史的研究與政治史、社會史的研究一旦結合起來，中國學術史研究的內容將會是何等的豐滿」[40]事實上，關於中國現代文學的研究，一旦回到問題史的語境，並能建立起網絡式的關係「場」的思維方法，那麼，文學史的許多問題就將浮出歷史地表。比如，進化論思想與中國現代文學中的激進主義思潮究竟有何聯繫？中國現代社會危機與中國現代作家的革命情結以及中國現代文學的革命想像究竟有何聯繫？城市的興起以及青年知識分子湧向城市和中國現代文學的「異域想像」、「邊地想像」究竟有何聯繫？中國現代文學中的「在路上」意象與中國現代知識分子的流亡心態有何聯繫？我認為，要回答這些問題，就必須回到一個真實、具體的歷史環境，就必須有一種多重對話

---

38 〔法〕馬塞爾・毛斯撰，佘碧平譯：《社會學與人類學》（上海市：上海譯文出版社，2003年）。引文見該書的「譯者的話」。

39 〔美〕杜贊奇撰，王福明譯：《文化、權力和國家》（南京市：江蘇人民出版社，1996年）。引文見該書的「內容提要」。

40 〔美〕艾爾曼撰，趙剛譯：《經學、政治和宗族》（南京市：江蘇人民出版社，1998年），頁7。

的思維圖景，「必神遊冥想與立說之古人處於同一境界」[41]。陳寅恪就曾舉過一個例子說：「如某種偽材料，若徑認為其所依託之時代及作者之真產物，固不可也；但能考出其作偽時代及作者，即據以說明此時代及作者之思想，則變為一真材料矣。」[42]也就是說，即使是「偽」材料，只要放回到作「偽」的語境，它也就成為一種「真」。這就使我們進而思考：為什麼在這時代會有人這樣作偽？作偽目的、意圖是什麼？這種作偽能折射出一種怎樣的意識形態要求？面對一則考證材料，當它回到歷史語境時，我們都能提出這麼多的問題，更何況一個真實的文學文本，它必然包含著更多的歷史訊息。因此，回到問題史語境，我們不僅在研究中可以「廢物利用」[43]，而且，「益可藉此增加了解」[44]。

再出發四：重建理論話語、闡釋物件與語境三者的同治性

　　無論是理論研究，還是文學史研究，都需要使用術語、概念、範疇進行思維，雖然人文科學研究中的理論思維不像自然科學那樣需要高度的抽象性，但術語、概念、範疇畢竟是必不可少的。問題的關鍵在於，人文科學中的任何一個術語、概念或範疇都源於特定的語境，都指涉著特定的闡釋對象，都要受到特定的文化結構的制約。也就是說，它的闡釋功能是有限度的，不是放之四海而皆準。如果語境變遷

---

41 陳寅恪：〈馮友蘭《中國哲學史》（上冊）審查報告〉，《金明館叢稿二編》（北京市：生活・讀書・新知三聯書店，2001年）。

42 陳寅恪：〈馮友蘭《中國哲學史》（上冊）審查報告〉，《金明館叢稿二編》（北京市：生活・讀書・新知三聯書店，2001年）。

43 陳寅恪：〈馮友蘭《中國哲學史》（上冊）審查報告〉，《金明館叢稿二編》（北京市：生活・讀書・新知三聯書店，2001年）。

44 陳寅恪：〈馮友蘭《中國哲學史》（上冊）審查報告〉，《金明館叢稿二編》（北京市：生活・讀書・新知三聯書店，2001年）。

了或闡釋對象發生位移了，那麼，這些術語、概念或範疇的闡釋限度、效力和內涵也必然要有所變化。然而，在我們的許多研究文章中，往往看不到這三者的同洽性。也許在一篇論文中，你可能會看到作者同時使用屬於古代文論、馬列文論和西方文論系統的術語、概念或範疇。在這裡，我們並非指責這種對術語、概念或範疇的綜合使用，只是提醒說，當你使用這些術語、概念或範疇時，首先要作出明確的界定：你是在何種意義層面，何種理論向度上使用它們？它們與自己的闡釋對象之間是否具有兼容性？如果不具備這種兼容性，那麼，又將對這些術語、概念或範疇做出何種的調整？是放棄它還是轉換它？事實上，對我們來說，許多術語、概念或範疇到了我們的筆下，就像一枚使用很久的硬幣一樣，成色、圖案都已模糊，或者是一枚外國硬幣，很難進入特定的流通與交換的領域。同樣的，在中國現代文學研究領域中，我們也經常面對著這種窘境。研究者往往是不加鑑別地使用一套外在於中國現代文學語境的術語、概念或範疇來闡釋中國現代文學，這樣，我們的研究常常會陷入一種牽強附會、方枘圓鑿的困境。這正如金岳霖先生對胡適的《中國哲學史大綱》所做的批評那樣：「胡適之先生的《中國哲學史大綱》就是根據一種哲學的主張而寫出來的，我們看那本書的時候，難免一種奇怪的印象，有的時候簡直覺得那本書的作者是一個研究中國思想的美國人；胡適先生對於他最得意的思想，讓他們保存古色，他總覺得不行，一定要把他們安插到近代學說裡面，他才覺得舒服。同時西洋哲學與名學又非胡先生之所長，所以在他兼論中西學說的時候，就不免牽強附會。」[45] 所以，金岳霖很欣賞馮友蘭寫作《中國哲學史》時所秉持的態度：「馮先生的態度也是以中國哲學史為在中國的哲學史；但他沒有以一種哲

---

45 金岳霖：〈馮友蘭《中國哲學史》審查報告〉，《金岳霖集》（北京市：中國社會科學出版社，2000年），頁17。

學的成見來寫中國哲學史。」[46]事實上，我們現在的許多文學史研究論著，很接近於胡適的《中國哲學史大綱》的思路，即以一套外在於中國現代文學史的理論話語、範疇或框架來闡釋歷史自身的複雜性。比如，目前在中國現代文學研究領域有一個十分流行的概念——「民族國家」。大家知道：「一般意義上說，『國家』主要是一個政治概念，以權力為核心；『民族』則基本是一個種族與文化的概念，以共同祖先、語言、生活方式、精神傳統為其主要內容。」[47]作為獨立的「民族國家」的概念首先出現於西方近代政治史上，由於地理、種族、宗教等因素，在西方社會政治生活中，「民族」與「國家」之間的認同感是緊密聯結的。[48]而在中國，這種聯結似乎比較鬆散，比如，顧炎武在《日知錄》〈正始〉中就寫道：「有亡國有亡天下。亡國與亡天下奚辨？曰：易姓改號，謂之亡國。仁義充塞，而至於率獸食人，人將相食，謂之亡天下⋯⋯是故知保天下然後知保其國。保國者其君其臣，肉食者謀之。得天下者，匹夫之賤與有責焉耳矣者。」[49]可見，在中國傳統文化語境中，「民族與國家的認同之間，是有著巨大的鴻溝」[50]。然而，我們現在的許多論著，卻不加區別地使用「民族國家」這一概念，來分析中國現代文學的某些創作現象，顯然就會出現許多語境與意義上的衝突。相反的，如果我們在研究中盡可能地考慮到術語、概念或範疇與闡釋對象、語境三者之間的同洽性，就會發現許多意想不到的新見解。比如，當我們討論魯迅學術思想的知識譜系時，很自然就追溯到魏晉，進而溯源到先秦思想、學術，但我認

46　金岳霖：〈馮友蘭《中國哲學史》審查報告〉，《金岳霖集》（北京市：中國社會科學
　　出版社，2000年），頁18。
47　余英時：《論士衡史》（上海市：上海文藝出版社，1999年），頁96。
48　汪暉：〈導論〉，《現代中國思想的興起》（北京市：生活・讀書・新知三聯書店，2004
　　年）。
49　余英時：《論士衡史》（上海市：上海文藝出版社，1999年），頁99。
50　余英時：《論士衡史》（上海市：上海文藝出版社，1999年），頁99。

為，從知識譜系的內在相關性來說，魯迅的學術、思想更接近於明清以來的浙東學術。對於這一點，目前的研究並不充分。但在一九三八年版的《魯迅全集》〈序〉中，蔡元培就指出：「魯迅先生本受清代學者的濡染，所以他雜集會稽郡故書、校稐康集，輯謝後承書，編漢碑帖、六朝墓誌目錄、六朝造像目錄等，全用清儒家法。」[51]大家知道，魯迅在日本留學期間曾師事章太炎，「而章太炎少時曾師事俞樾，並受到全祖望、章學誠的影響，後來成為經古文派的最後一位大師」[52]。從師承的角度，我們可以梳理出魯迅與浙東學術關係的一條清晰的脈絡。另一方面，魯迅學術研究的專精，魯迅對歷史的敏感與獨到見解等都與浙東學派的主要特徵如「浙東貴專家」、「浙東之學，言性命者必究於史」[53]很相似。所以，我認為，如果能建立從明清的浙東學術上推到晚唐再到魏晉，最後上溯到先秦這樣的知識譜系的話，那麼，對魯迅思想創造的歷史源泉就會有一種更恰切，也更內在、更系統的闡釋。除了文學研究，事實上，在歷史研究中也十分強調這種理論話語、闡釋對象和語境三者同洽性，余英時曾把這種同洽性稱之為「內在的理路」。這裡，舉兩個例子說明歷史研究中這種「同洽性」或「內在理路」的重要功能。比如，顧頡剛運用研究民間故事的方法來研究古史。通過對孟姜女故事的研究，他「親切知道」，這些小故事的若干情節和流變轍跡，與古史傳說頗有相似之處。像古史一樣，它也順隨「文化中心的遷流」而變動，承「各地的時勢和風俗而改變」，憑「民眾的情感和想像而發展」。這令他恍然大悟：「研究古史也盡可能應用研究故事的方法。」[54]另一個例子，就是

---

51 蔡元培：《魯迅全集》〈序〉（上海市：魯迅先生紀念委員會編印，復社出版，1938年）。

52 王元化：《思辨錄》（上海市：上海古籍出版社，2004年），頁133-134。

53 〔清〕章學誠：《文史通義》〈浙東學術〉（北京市：中華書局，1985年）。

54 轉引自許冠三：《新史學九十年》（長沙市：岳麓書社，2003年），頁197-198。

余英時對清代思想史所做的一個新解釋。一說起清代思想學術的特徵，我們馬上會說：「反理學，反玄談，不喜歡講心性。」[55]但追問下去：為什麼會出現這些特徵？一般的闡釋是認為受文字獄的影響：清代思想禁忌森嚴，統治者大興文字獄，使得「家有智慧，大湊於說經，亦以紓死」[56]。但余英時不滿足於這一說法，他認為，除了思想禁忌、文字獄等這些「外緣之外，還應該特別注意思想史的內在發展，即每一個特定的思想傳統本身都有一套問題，需要不斷解決，這些問題，有的暫時解決了，有的沒有解決；有的當時重要，後來不重要，而且舊問題又產生新問題，如此流傳不已。這中間是有線索條理可尋的」[57]。如清代學術思想史上出現的幾個概念：經學即理學、經世致用、聞見之知、六經皆史等，都與宋以來儒學的內在發展緊密相關，只有把這些概念還原到具體的歷史語境，才會找出「宋明理學和清代的學術的共同生命之所在」[58]。也就是說，要闡釋清代學術史，就必須使用宋明以來的儒家學術規範、範疇來加以分析，單純地借助外緣的解釋，可能就會有隔膜。中國現代文學語境有自己的獨特術語、概念或範疇以及獨特的表達方式。我們認為，如果能找到這些屬於中國現代文學語境的內在知識和精神結構的術語、概念、範疇及表現方式，並加以分析、界定、闡釋，然後再回到這個歷史複雜性本身，那麼，你就會發現某些真正屬於這歷史的內涵。比如，朱光潛、宗白華都是現代著名的美學家，他們二位都對中國傳統美學和文學發

---

55 余英時：〈清代思想史的一個新解釋〉，收入《余英時文集》（桂林市：廣西師範大學出版社，2004年）。

56 余英時：〈清代思想史的一個新解釋〉，收入《余英時文集》（桂林市：廣西師範大學出版社，2004年）。

57 余英時：〈清代思想史的一個新解釋〉，收入《余英時文集》（桂林市：廣西師範大學出版社，2004年）。

58 余英時：〈清代思想史的一個新解釋〉，收入《余英時文集》（桂林市：廣西師範大學出版社，2004年）。

表過許多精闢的見解，我個人的感受是，朱光潛由於較大程度地借助
西方的美學話語，他對中國美學和文學的認識可能比宗白華來得明
快、簡捷，卻似乎隔了一層。對此，魯迅在寫於一九三五年的〈「題
未定草」（六至九）〉中，針對朱光潛借助古希臘美學中的「靜穆」說
來分析陶淵明的詩歌的做法，曾提出尖銳的批評意見。而宗白華的
《意境》一書，雖然較多地運用感悟性的表達方式，但他更接近於中
國傳統美學的精髓。我認為，造成這種區別的根本原因就在於，宗白
華比較重視所使用的分析概念、術語或範疇與中國傳統美學和文學語
境的最大程度的同洽性。同樣的，我們的再出發，就在於能否真正潛
入中國現代文學存在的歷史語境，找到這些存在於當時語境中的概
念、範疇和表達方式，並對它重新進行闡釋，發現它們與對象、語境
之間的同洽性，從而建立起一套相互聯繫、相互深化的概念系統。我
認為，這是建立中國現代詩學的理論基礎。

結語：漫長的旅程

　　學術研究的過程就如一次攀登，從數學的角度來說，兩點之間的
直線距離最短最快，然而，人文學術的研究過程也許更看重的是另一
面：「慢」與「長」。因此，從上述幾個起點的再出發，可能選擇的是
一條最長的途徑，但我們可以藉此領略到更多的沿途風光；可能選擇
的是一條最崎嶇的道路，但我們可以因此感受到更多的探險之樂；可
能選擇的是一條最艱難的路途，但我們可以由此滿懷著回到歷史深處
的激動。

論二十世紀中國小說研究的幾個生長點

　　科學哲學家庫恩在他出版於一九六三年的《科學革命的結構》一書中，曾闡述了這樣的一個科學史圖景：科學首先是在「範式」支配下，為解決「範式」所提出的疑點進行的高度定向的研究活動，這是科學的常規活動；只有當已有的「範式」不足以應付新的問題的挑戰時，這個常規的發展才會暫時中斷，科學便因此陷入危機，最後導致新「範式」取代舊「範式」的科學革命。[1]雖然，庫恩在這裡說的是自然科學的發展史，但這一理論對人文科學研究的反思也不無啟發。就中國現代文學研究而言，目前正處於一個相對穩定的常規狀態，並且，這一狀態可能還會延續較長的一段時間。當然，這並不意味著在這一時期內，我們將毫無作為。明智的姿態應該是不斷地尋找新的學術生長點，從而加速新「範式」革命的到來。在這裡，我就以二十世紀中國小說研究為個案，提出幾個可能的生長點加以討論。

一　小說詩學研究

　　二十世紀中國小說研究，一直是二十世紀中國文學研究中一個十分活躍且學術積累相當深厚的領域。單就現代小說史的編纂而言，從一九八四年一月第一部的《中國現代小說史》面世，至今已有十餘部

1　《中國大百科全書・哲學 I 》（北京市：中國大百科全書出版社，1987年），頁434。

的《中國現代小說史》出版，至於專題性的或單篇的現代小說論著更是不計其數。[2]近年來，隨著研究進展的深入和研究隊伍的不斷擴大，關於二十世紀中國小說的研究，無論在研究的思路、視野，還是在研究方法、格局等方面都顯示出前所未有的活力，也呈現出更加多樣、開放的特點。[3]如小說的敘述學、文體學、修辭學、風格學研究日益受到重視。在這種生機勃勃的研究進展中，一些需要在理論上作出回應、總結的問題，也隨之變得急切、尖銳起來：其一，已有的研究明顯地表現出過多地依靠西方的概念、方法，而沒有充分地考慮到二十世紀中國小說自身獨特的藝術特徵和漢語文學的審美傳統對這些概念、方法的適應性。其二，由於從方法、概念出發，作品文本成為了附著在理論之「皮」上的「毛」，儘管看起來絢麗多彩，精緻迷人，然而卻是零落的，沒有生命力的。因此，我認為，在研究中，無論你運用的是何種高深精密的理論方法，我們首先面對的應該是一部神氣貫注、生動鮮活的藝術作品，而不是相反。有鑑於此，二十世紀中國小說研究的合理思路應該是：通過對二十世紀中國小說經典文本的細緻解讀，找到一套新的意義「亮點」，然後提升出一套新的詩學理論構想。我認為，這是二十世紀中國小說詩學研究的基本思維路線。

在我的研究構想中，所謂的詩學研究是指圍繞文學作品的結構、技巧、敘述方法、文體特徵、風格類型等審美形式系統的理論研究，簡言之，就是緊緊抓住「有意味的形式」這一中心環節，立足於對二十世紀中國小說經典文本進行精細的分析。具體地說，這種文本分析主要是圍繞小說文本的內在形式的三個層面而展開：一是意象、隱喻、象徵、意境等藝術表現層面；二是敘述方法、結構、技巧、模式等敘述層面；三是抒情、詩化、反諷、滑稽模仿等文體層面。當然，

2　參閱黃修己：《中國新文學史編纂史》（北京市：北京大學出版社，1995年）。

3　參閱王曉明主編：《二十世紀中國文學史論》（上海市：東方出版中心，2003年）。
　　王德威：《現代中國小說十講》（上海市：復旦大學出版社，2003年）。

對每一個小說文本的詩學研究而言，其具體方式是複雜、多樣的。

我的詩學研究之所以集中選取這三個層面，是基於這樣幾方面的思考：

第一，小說是一種敘述性的文學樣式，因此，敘述層面的研究，不僅是其文本自身內在的形式要求，而且也是小說詩學研究的核心功能。從理論上說，小說敘述研究可以分成兩個類型，一是主題敘述學研究，即側重於對故事或敘述內容進行分類、抽象，並從中概括出某些類型模式。二是形式敘述學研究，即把敘述作為與戲劇和一些文學外的非敘述形式相對立的故事「表現」形式來分析。[4] 相比而言，小說詩學研究更側重於後者即形式敘述學。一般地說，形式敘述學研究所涉及的問題有敘述結構、敘述時間、敘述語式、敘述視角、敘述者、敘述模式、敘述情境、敘述語法等。而這其中的任何一項又包含眾多的更加具體的子項：如關於敘述結構的問題，就有順敘、倒敘和預敘，而倒敘又有內倒敘、外倒敘、異故事倒敘、同故事倒敘，預敘有內預敘、外預敘等；敘述視點的問題有全知視點、限知視點，有內視點、外視點、聚焦、零聚焦、內聚焦、外聚焦等；敘述時間的問題有時序、時長、頻率等。[5] 當然，我們還可以列舉出更多的關於小說敘述詩學所涉及的問題。事實上，這其中的任何一個問題落實到二十世紀中國小說文本中，又存在許多「變體」。毫不誇張地說，每一個問題都可以寫成一部有關二十世紀中國小說敘述學的著作：諸如二十世紀中國小說敘述中的倒敘研究，二十世紀中國小說敘述中的限知視點研究，二十世紀中國小說敘述中的敘述頻率研究等。

第二，就我個人的閱讀經驗而言，二十世紀中國小說創作，在長

4　王先霈、王又平主編：《文學批評術語詞典》（上海市：上海文藝出版社，1999年），頁293。

5　王先霈、王又平主編：《文學批評術語詞典》（上海市：上海文藝出版社，1999年），頁292-339。

篇小說中出色的作品為數不多，與短篇小說相比更是遜色不少。不知你是否注意到了這一現象：二十世紀中國小說創作中的優秀的短篇小說往往是那些在藝術創造上比較強調意境、情調等詩意特徵的作品。我想，產生這樣藝術現象的原因，很大程度上是由於二十世紀中國小說與漢語文學審美傳統的內在關係。因此，在藝術表現層面上，我特別選擇了「意象、隱喻、象徵、意境」這些與傳統詩學密切相關的審美範疇，這樣就有助於我們更充分地把握二十世紀中國小說在詩學形式上的傳統性與民族風格。曾幾何時，在不少中國小說家的內心深處都有一個審美取向，那就是，要把小說寫得像西方小說，比如茅盾之於左拉，路翎之於羅曼·羅蘭，莫言之於瑪爾克斯……但是，我想，這些小說即使寫得再完美，也僅僅是相像而已。——文學史的真實是，只有那些善於從傳統美學資源中汲取養分的小說家才能創造出自己獨特的風格，如沈從文之於湘西文化，廢名像唐人寫絕句一樣寫小說[6]，汪曾祺對傳統筆記的「仿寫」等，都是成功的範例。在這裡，我不得不提到一個作家：高行健，儘管對於高行健獲得諾貝爾文學獎，國內學術界評價不一，但是，有一點高行健是明智的：當他置身在西方語境時，他創作的小說特別充滿東方的敘事智慧，充滿著玄思、情調和悠遠的意境，這些詩學特徵在西方小說傳統中是相當少見，他的《靈山》力圖展示的就是一種充滿東方精神與色彩的敘述風格，正如他自己所言：「西方傳統哲學的思辨，即所謂形而上學，發源於西方語言，這種語言不妨稱為分析性語言。而漢語以詞序的關聯為結構，則引發出另一種東方哲學，也即玄學。東西文化的差異首先來自這兩種不同的語言體系。然而，無論哪種哲學，歸根結蒂，都不過呈現為語言的表述，恰如文學。……我認為漢語擺脫了政治與倫理教化之後，依然可以生出浸透東方精神的一種現代文學……我這《靈

6　廢名：《廢名小說選》〈序〉（北京市：人民文學出版社，1957年）。

山》在追索心跡的時候，避免作任何靜態的心理分析，只訴諸冥想，遊思在言語中而意在言外。……我在語言上下的功夫，與其說精心修辭，不如說務求流暢，哪怕是我自己發明的結構複雜的句式，我也力求僅憑聽覺便獲得某種語感，讀者硬去釋義，大可不必，這方面，我應該承認，《莊子》和漢譯《金剛經》的語言對我啟發極大。道家與禪宗，我以為，體現了中國文化最純粹的精神，通過遊戲語言，把這種精神發揮得十分精緻。我以一個現代人的感受，企圖用現代漢語，再一番陳述。」[7]我想，這是他獲獎的一個重要的因素。試想，如果高行健把自己的小說寫得像法國的「新小說」，那麼，諾貝爾桂冠是絕不會落到他的頭上。

第三，嚴家炎曾指出，二十世紀中國小說在藝術形式上，長期保持著一種開放、實驗、多變的勢頭，這不僅表現為各種形式、體裁的多元並存，還表現為二十世紀中國小說在其藝術進程中廣泛吸收融合了其他文學形式（如詩歌、抒情散文、報告文學、日記、書信等）以及其他藝術形式（如電影、戲劇）的某些特點。[8]因此，文體層面的研究，是探討二十世紀中國小說在藝術形式的獨創性、豐富性、複雜性的最重要的組成部分。我一直有一個似乎武斷的想法：那就是，優秀的小說家總是把小說寫得像小說，而偉大的小說家總是把小說寫得不像小說。汪曾祺在二十世紀四〇年代曾說道：「我們寧可一個短篇小說像詩，像散文，像戲，什麼也不像也行，可是不願它太像個小說，那只是注定它的死滅。」[9]高行健在二十世紀八〇年代也有一個類似的說法。他說：「未來的小說藝術將不再限於小說本身，還可以容納其他藝術類別的成分。前面談到了未來的小說中音樂、繪畫的成

7　高行健：《沒有主義》（香港：天地圖書有限公司，1996年），頁175。

8　嚴家炎：《世紀的足音》（北京市：作家出版社，1996年），頁19。

9　汪曾祺：〈短篇小說的本質〉，載天津《益世報》（文學週刊）第43期（1947年）。此處見於《二十世紀中國小說理論資料》（北京市：北京大學出版社，1997年），卷4。

分，談到了哲學、政治、歷史、倫理這些社會科學直接進入小說的途徑，也還談到了對文學創作過程的研究如何體現到小說藝術中去。文學的其他類別詩、散文和戲劇同小說的親緣關係如何貼近，就更容易融合到小說藝術中去了。現代作家已經有過這種嘗試，中國、外國都有人在做了。」[10]對於高行健所提到的這些嘗試，在二十世紀中國小說研究中，都有學者討論到了，尤其對小說與詩歌、散文、戲劇、日記、書信等文體交融的審美現象的研究，成果還比較豐富，當然，後來者也還可以繼續深化。在這裡，我要特別提到兩個還未受到足夠重視的文體交融現象：一是傳統的「筆記體」對中國現代作家的影響；二是現代小說家對神話、傳說、歷史或野史題材的「仿寫」。比如，沈從文的小說創作、汪曾祺的小說創作以及林斤瀾的小說創作，都值得從這兩個角度做些探討。

我認為，上述的詩學研究的構想具有較大的生長性：

第一，精神詩學層面。從文本的詩學形式與創作主體的內在關係這一維度來看，一個文本的詩學形式的背後總是深刻地凝聚著一個作家的思維方式、情感方式和藝術觀念，可以說，在藝術形式的內部已深深地鍥進了一個作家全部的精神內涵。[11]因此，我認為，從詩學形式的切入與展開，將為我們探討二十世紀中國作家（知識分子）的精神世界提供一個內在的「窗口」，正因為一個作家對詩學形式的感知、體驗、表現、創新往往是在一種不自覺甚至是無意識的狀態中完成。所以，比起以往的從內容→創作主體的研究路線，這樣從詩學形式→創作主體的研究路線更具有說服力。

第二，類型詩學層面。在具體、細緻的文本分析基礎上，探尋二十世紀中國小說在藝術創造上的內在相似性，從而總結出二十世紀中

---

10 高行健：《現代小說技巧初探》（廣州市：花城出版社，1981年），頁124-125。
11 參閱錢理群：《心靈的探尋》（上海市：上海文藝出版社，1988年），頁18-23。

國小說史上幾個重要的小說類型及其詩學特徵。回顧已有這方面的研究成果，可以看出，都存在著一個普遍的缺陷，那就是，在類型劃分標準上過於隨意，比如，對於同一部小說，為了研究與論述的方便，可以從題材、體裁、形式等不同角度加以不同的界定與命名。這一現象在魯迅小說研究中尤其突出。比如，《狂人日記》從體裁上說，它可以歸入日記體小說；從寓意形式上說，它又可以歸入象徵小說；從寓意內涵上說，它又可以歸入哲理小說——當然，還可以繼續劃分下去。在這裡，我對類型詩學的研究提出這樣一個思路：即對小說的類型劃分，首先要從形式上入手；其次，界定它的形式特徵；再次，在形式特徵中再界定它的主要特徵；最後以它的主要特徵作為歸類的依據。如果這樣劃分的話，就像數學除法中尋找最大的公分母，那麼，你所依據的類型原則既具有個體特徵的，又具有普通性的概括力。丹納在《藝術哲學》中就曾提倡過這種的類型研究方法論。[12]

　　第三，歷史詩學層面。由於上述的詩學研究充分注意到二十世紀中國小說家在審美創造性方面與漢語文學傳統的本質聯繫，所以它是一種歷史詩學的研究視野。當然，在歷史詩學研究中，我們除了要注意分析聯繫性的一面之外，同時也要敏感地觀察變異性、差異性，甚至斷裂性的一面，如歷史詩學中的轉義性問題、元敘述問題、建構性問題、重新書寫的問題、譜系性問題等。[13]在這方面，《故事新編》就是一部十分典型的文本，從某種意義上說，這部小說是在對歷史經典和傳統的深刻繼承與創造性背離的矛盾過程中確立了自己的「經典性」：它既是元敘述的，又是轉義性的；既是解構的，又是建構的；既是重新書寫的，又存在內在延續的譜系性。

12　〔法〕丹納：《藝術哲學》，傅雷譯：《傅雷譯文集》（合肥市：安徽文藝出版社，1994年），卷15。

13　參閱王先霈、王又平主編：《文學批評術語詞典》（上海市：上海文藝出版社，1999年），頁630-655。

　　在我的整個的研究設想和即將展開的研究過程中，詩學研究既是一種研究方法，也是一種研究目的。因為只有這樣立足於詩學形式而展開的文本分析，才可能對二十世紀中國小說家的藝術創造經驗有一種細緻的理論分析、闡釋和總結，從而逐步建立「二十世紀中國小說詩學」。

二　小說的哲學分析

　　據著名作家汪曾祺的回憶，二十世紀四○年代，哲學家金岳霖在西南聯大曾做過一次題目是〈小說和哲學〉的演講，大家原以為金先生一定會講出一番道理。不料金先生講了半天，結論卻是：小說和哲學沒有關係。有人問：那麼《紅樓夢》呢？金先生說：「《紅樓夢》裡的哲學不是哲學。」[14]——真的如此嗎？確實，在嚴格的邏輯關係上，小說和哲學是兩回事。《紅樓夢》中確實不存在嚴格意義上的「哲學」。但是，哲學所用的哲理性的玄學思維方式和文學所用的以形象顯現真理的詩學思維方式[15]，在「掌握世界」（黑格爾語）的過程中必然存在著互相滲透、互相交融、互相深化的複雜關係。這一點在中西方哲學史和文論史上都有十分典型的範例，如柏拉圖的對話，內容涉及哲學、倫理、政治、教育、文學、語言、藝術等諸多方面，並且這些對話本身就是一篇篇優美的散文，所以有人說：「雖然在希臘的歷史上，對話這種體裁不是柏拉圖第一個使用，但柏拉圖使這種寫作形式得到完整，所以應該把發明對話並使之富有文采功勞歸於他。」[16]朱光潛在《柏拉圖文藝對話集》的「譯後記」中也說道：「在

---

14 汪曾祺：〈金岳霖先生〉，《汪曾祺全集》（北京市：北京師範大學出版社，1998年），卷4。

15 參閱黑格爾撰，朱光潛譯：《美學》（北京市：商務印書館，1991年），卷3，下冊。

16 王曉朝：〈中譯者導言〉，《柏拉圖全集》（北京市：人民出版社，2002年）。

柏拉圖手裡，對話體運用得特別靈活，不從抽象概念而從具體事例出
發，生動鮮明，以淺喻深，由近及遠，去偽存真，層層深入，使人不
但看到思想的最後成就或結論，而且看到活的思想的辯證發展過程，
柏拉圖樹立了這種對話的典範，後來許多思想家都採用過這種形式，
但是至今沒有人能趕上他。柏拉圖對話是希臘文學中的一個卓越的貢
獻。」[17]在中國歷史上，先秦諸子散文常常是用文學的審美形式包裹
著豐富的哲學內涵。《莊子》就是一種典範，它「以謬悠之說，荒唐
之言，無端崖之辭，時恣縱而不儻，不以觭見之也。以天下為沉濁，
不可與莊語，以卮言為曼衍，以重言為真，以寓言為廣。」[18]可見，
《莊子》既是一部充滿玄思妙想的哲學典籍，又是一部文采斐然，想
像力超拔的散文經典，在中國哲學史和文學史上均佔據重要的地位。
尤其在西方，從十九世紀開始，文學理論中的這種哲思與詩性相互滲
透、交融、深化的特征越來越明顯，並深刻地影響了當代西方文學批
評的理論、方法和實踐。如荷爾德林、狄爾泰、尼采、柏格森、佛洛
伊德、榮格、海德格爾、本亞明、薩特、加繆、福柯、德里達等哲學
家都寫過對文學進行哲學分析的經典之作。[19]在中國，漢代以降由於
儒家意識形態的強勢地位的確立，這種詩學的哲性化和哲學的詩性化
的表達傳統日漸式微。到了近代，王國維在二十世紀初期撰寫的
《《紅樓夢》評論》，還是成功地開啟了中國文學的哲學分析的新路
子，此後，魯迅的〈魏晉風度及文章與藥及酒之關係〉、陳寅恪的
《陶淵明之思想與清淡之關係》都具有文學之哲學分析的底色。

---

17 此處轉引自王曉朝：〈中譯者導言〉，《柏拉圖全集》（北京市：人民出版社，2002
　　年）。

18 〔戰國〕莊周：《莊子》〈天下篇〉（上海市：上海古籍出版社，1986年）。

19 朱立元總主編：《二十世紀西方美學經典文本》（四卷）（上海市：復旦大學出版社，
　　2001年）。劉小楓主編：《人類困境中的審美精神》（上海市：東方出版中心，1994
　　年）。

　　從上述理論史的背景出發，在我的研究構想中，小說的哲學分析可以從三個方面展開。

（一）建構「小說的哲學分析」的理論基礎

　　從某種意義上說，小說與哲學都是人類身臨困境（物質的、精神的）時的一種思考、追尋和表達，因此，它們之間必然存在著生存論和世界觀上的相似性和相通性。[20]小說家常常以其敏銳的觀察力、豐富的想像力比起哲學家來說更具有預見性和超越性。[21]小說家略薩就把小說的起源歸結為一種「反抗精神」，他說：「這個會編造人物和故事的早熟才能，即作家抱負的起點，它的起源是什麼呢？我想答案是：反抗精神。我堅信：凡是刻苦創作與現實生活不同生活的人們，就用這種間接的方式表示對這一現實生活的拒絕和批評，表示用這樣的拒絕和批評以及自己的想像和希望製造出來的世界替代現實世界的願望。……關於現實生活的這種懷疑態度，即文學存在的秘密理由——也是文學抱負存在的理由，決定了文學能夠給我們提供關於特定時代的唯一的證據。」「因此在歷史上，西班牙宗教裁判所是不信任虛構小說的，並對它實行嚴格的書刊審查，甚至在長達三百年的時間裡禁止整個美洲殖民地出售小說。其藉口是那些胡說八道的故事會分散印第安人對上帝的信仰，對於一個以神權統治的社會來說，這是唯一重要的事。與宗教裁判所一樣，任何企圖控制公民生活的政府和政權，都對小說表示了同樣的不信任，都對小說採取監視的態度，都使用限制手段：書刊審查。前者和後者都沒有搞錯：透過那無害的表面，編造小說是一種享受自由和對那些企圖取消小說的人——無論教

20　參閱劉小楓主編：《人類困境中的審美精神》（上海市：東方出版中心，1994年）。
21　參閱劉小楓主編：《人類困境中的審美精神》（上海市：東方出版中心，1994年）。

會還是政府——的反抗方式。」[22]事實上，魯迅早在二十世紀二〇年代就表達過相似的意見，儘管他並不是專門就小說而言，他說：「我每每覺到文藝和政治時時在衝突之中，文藝和革命原不是相反的，二者之間，倒有不安於現狀的同一。惟政治是要維持現狀，自然和不安於現狀的文藝處在不同的方向。」[23]「文藝家的話其實還是社會的話，他不過感覺靈敏，早感到早說出來（有時，他說得太早，連社會也反對他、也排軋他）。」[24]小說家與哲學家一起面對自然、社會、人生等根本性問題，相互支援，相互啟發，共同推動了人類對真理和對自我的認識與發現。[25]我認為，這種共生、互動的結構關係是小說的哲學分析的理論基礎。探尋、論證和建構這種理論基礎，也就成為我們研究的首要任務。

（二）探討「小說的哲學分析」的方法論

在這裡，問題的關鍵在於：必須找到小說與哲學在批評實踐中真正的遇合點。正如有論者所言，集中反映著時代思想、文化和精神面貌的哲學，不是由個別作家作品形成的，並且是不以它的意志為轉移的，所以，相對於具體小說家、小說作品來說，一個時代的哲學思想、哲學精神是外在的。但是，作為個體的小說家，小說作品又不能脫離時代及其哲學思想、哲學精神的。[26]比如，一個小說家的思維方

---

22 〔秘魯〕馬里奧‧巴爾加斯‧略薩：《給青年小說家的信》（上海市：上海譯文出版社，2004年），頁5-9。

23 魯迅：〈文藝與政治的歧途〉，《魯迅全集》（北京市：人民文學出版社，1981年），卷7。

24 魯迅：〈文藝與政治的歧途〉，《魯迅全集》（北京市：人民文學出版社，1981年），卷7。

25 參閱劉小楓主編：《人類困境中的審美精神》〈前言〉（上海市：東方出版中心，1994年）。

26 參閱王元化：《思辨錄‧辰輯上》（上海市：上海古籍出版社，2004年），頁296-326。

式、情感方式和藝術觀念總是被他的時代所存在著的普遍性的哲學思想、哲學精神所浸染，所以，在這個意義上說，哲學思想、哲學精神又是內在的。[27]換言之，具有普遍性的哲學思想和哲學精神給具體的小說創造注入深刻的世界觀內涵。同時，小說創作又把一個時代的哲學思想和哲學精神加以個性化和精粹化，甚至呈現一種預見性、超越性的啟示。[28]如卡夫卡的小說以獨特的變形藝術、隱喻形式和象徵詩學表達了對西方社會異化的極度敏感與深刻恐懼。因此，我認為「小說的哲學分析」必須建立起一種形式美學的方法論，即必須是通過小說文本的審美方式（包括語言層面、文本結構層面、敘述方法層面和文體、風格層面等審美形式系統）來闡發小說中的哲學思想和哲學精神。[29]也就是說，「小說的哲學分析」的批評路線應該是從審美形式→思想內涵的過程。只有這樣，才能有效防止以哲學分析取代審美感悟、發現、體驗和想像的批評偏頗。[30]為此，我建議引進兩個概念：一是詩性智慧，二是哲性詩學。所謂的詩性智慧，源自義大利學者維柯的《新科學》，最初的涵義是指「見諸詩歌中的智慧，即多神教始初的智慧，應發端於玄學；這並不是現代學者那種理性和抽象的玄學，而是初人所特有的那種感性和幻象的玄學」。後來的學者又對這一概念的內涵加以充實、發展，如霍克斯所說：「在詩性智慧中可以清楚地看到那種獨特和永恆的人類特性，它表現為創造各種神話和以隱喻的方式使用語言的能力和必要性；不是直接對待這個世界，而是

---

27 參閱王元化：《思辨錄・辰輯上》（上海市：上海古籍出版社，2004年），頁296-326。

28 參閱趙憲章：〈也談思想史與文學史〉，《中華讀書報》，2001年11月28日。〈語言・形式・本體〉，《文體與形式》（北京市：人民文學出版社，2004年）。

29 參閱趙憲章：〈也談思想史與文學史〉，《中華讀書報》，2001年11月28日。〈語言・形式・本體〉，《文體與形式》（北京市：人民文學出版社，2004年）。

30 參閱趙憲章：〈也談思想史與文學史〉，《中華讀書報》，2001年11月28日。〈語言・形式・本體〉，《文體與形式》（北京市：人民文學出版社，2004年）。

間接地通過其他手段，即不是精確地而是『詩意地』對待這個世界。」[31]如福克納的小說，就充滿著這種詩性智慧，他的《我彌留之際》一書，被評論界認為：「作品中的人的狀況頗似《舊約》中所刻劃的人類狀況：人在自己亦難以闡明的歷史中極其痛苦地摸索前進。」[32]《押沙龍，押沙龍》中的故事結構與《聖經》有某些隱約相似之處，具有《舊約》的原始色彩與悲劇結構。[33]在《喧嘩與騷動》中，能明顯地看到「神話模式」。[34]而所謂的哲性詩學，是指在「現代世界發生巨大變化時，哲學的價值追問和意義求索出現了危機，而詩學則擔當了沉重的生命意義之思」[35]。「在文化轉型的話語危機中，哲性詩學以其對危機的透悟而成為精神的寓所，在詩性智慧和哲化詩意中表達對同一問題的思考：人能夠成為什麼？生命能達到何種境界？人如何在自由的思想中選擇最真誠的東西？如何在自己的歷史和傳統中找到自己的本源？進而思考人應該以何種方式存在並領悟真理？」[36]——薩特和加繆等人的小說在這方面特別有代表性。[37]

（三）「小說的哲學分析」的基本範疇

　　魯迅曾說，從小說看民族性是一個不錯的題目。陳寅恪也曾批評

---

31 參閱王先霈、王又平主編：《文學批評術語詞典》（上海市：上海文藝出版社，1999年），頁526-527。

32 參閱李文俊：〈譯者序〉，〔美〕福克納：《我彌留之際》（上海市：上海譯文出版社，2004年）。

33 參閱李文俊：〈譯者序〉，〔美〕福克納：《押沙龍，押沙龍》（上海市：上海譯文出版社，2004年）。

34 參閱李文俊：〈譯者序〉，〔美〕福克納：《喧嘩與騷動》（上海市：上海譯文出版社，2004年）。

35 王岳川：《二十世紀西方哲性詩學》（北京市：北京大學出版社，1999年），頁1。

36 王岳川：《二十世紀西方哲性詩學》（北京市：北京大學出版社，1999年），頁1。

37 〔法〕薩特：《薩特文集》（七卷）（北京市：人民文學出版社，2000年）。〔法〕加繆：《加繆全集》（四卷）（石家莊市：河北教育出版社，2002年）。

道：「全國大學研究國文者，皆不求通解及剖析吾民族所承受文化之內容。」[38]因此，對二十世紀中國小說進行哲學分析，就成為上述理論構想是否有效的「試金石」。比如，就有論者認為：二十世紀中國小說中就存在「個性與共性關係的問題」、「自我與世界關係的問題」、「存在與技術關係的問題」、「拒絕與認同關係的問題」、「個人與歷史關係的問題」、「虛無與意義關係的問題」等。[39]從文學史的實際狀況來看，有的作家的創作明顯地偏重上述問題中的某一方面，如以郁達夫為代表的創造社小說，顯然就較多地糾結在「個性與共性關係」的矛盾之中；二十世紀二〇年代的鄉土小說則更多地掙扎於「拒絕與認同」的痛苦之中。然而，更多作家的情況則十分複雜：如在沈從文的小說中所表達的現代性與反現代性的焦慮，命運與偶然的衝突，永恆與瞬息的交替，尤其在沈從文的二十世紀四〇年代小說中，這一系列的哲學問題以一種隱喻、夢魘般的小說話語表達出來，其中靈與肉、理想與現實、神性與欲望的種種矛盾更是成為他思考的核心命題。又如在魯迅小說中，上述四個方面的糾結、纏繞和不可紓解，深刻地形成一種緊張的張力結構：如《狂人日記》就是一部個人與歷史關係的寓言；《傷逝》表達的是一種拒絕與認同的困境，《孤獨者》中「魏連殳」命運是自我與世界異化與疏離的縮影。我想，對魯迅小說做一些哲學的分析，一定會產生出十分獨特的意義來。

三　小說閱讀史與教育史的研究

　　約在三年多前，我讀到了日本學者藤井省三的一部極富創造性的

---

38 陳寅恪：〈吾國學術之現狀及清華之職責〉，《金明館叢稿二編》（北京市：生活・讀書・新知三聯書店，2001年）。

39 蕭鷹：《當代文學中的哲學問題》（列印稿），見北京大學中文系博士後科研流動站博士後報告。

著作──《魯迅《故鄉》閱讀史》，書中這樣寫道：「在《故鄉》發表
至今的七十餘年間，接觸過這篇作品的讀者大約多達十幾億。面對不
同歷史時期的讀者，民國時期的文藝批評家、教科書編者和國語教師
對作品作出了解釋，進入人民共和國，某些官員強化了對作品的解
釋。無論是服膺於諸種誘導還是與其對立，讀者都是從自身所處的時
代狀況出發對作品進行新的閱讀。在這個意義上，可以將《故鄉》稱
作被不斷改寫，不斷更新的文本……在民國時期，知識階級將其作為
建設國民國家的、具有原形性質的故事來解釋的。中華人民共和國成
立之後，共產黨又將《故鄉》作為社會主義建設的神話性作品來閱
讀。在中華民國與中華人民共和國兩個時期，《故鄉》都是敘述國家
建設的意識形態小說。本書的寫作是為了考察《故鄉》這一在二十世
紀的中國被不斷重構的文本被閱讀的歷史，同時也是一種描述七十年
間以《故鄉》為座標的國家意識形態框架的嘗試。」[40]在書中，作者
同時提示出自己研究這一問題的理論資源是本尼迪克特·安德森的想
像共同體理論。安德森認為：「作為影像被心靈世界描繪出來的想像
性的政治共同體。」「無論是多麼小的國家的國民，儘管作為構成這
個國家的一員他們與其大多數同胞互不了解、未曾謀面或者互不關
心，但在每個人的心中都映現著共享聖餐的影像。」[41]具體地說，建
構這一「想像的共同體」有許多種方式：在形式上，有意識形態的方
式、宗教的方式和文化認同的方式。在功能上，有制度的強制性，有
倫理的教化性；在心理結構上，有知識的，有情感的，有意志的。但
是無論何種方式，文學教育和文學閱讀在這一建構過程都發揮著十分
重要的功能，甚至有人誇張地說：「偉大的藝術和思想作品，在塑造

---

40 〔日〕藤井省三：《魯迅《故鄉》閱讀史》〈引言〉（北京市：新世界出版社，2002
　　年）。

41 〔日〕藤井省三：《魯迅《故鄉》閱讀史》〈引言〉（北京市：新世界出版社，2002
　　年）。

一個國家的生活中具有決定的作用。」[42]這種強調文學教育重要性的理論在西方思想界、文學界和教育界由來已久：在英國，代表性人物是十九世紀詩人與批評家馬修・阿諾德，他認為，人們正生活在一個日益敗壞的時代，在這個時代裡，宗教的影響逐漸衰退，商業主義、工業化和一個庸俗的中產階級的興起破壞了傳統，使真正的教育變得困難，只有研究古典文學著作才能拯救這種文化危機。在德國，歌德、席勒等浪漫主義作家，都是重視和倡導文學教育的先驅，他們的思想直接影響了後來的洪堡特的人文教育理念。在法國，人文主義思想家蒙田就十分重視古典語文的教育，在他的《隨筆集》裡處處閃耀著人文教育的理念之光，在美國，由於受到阿諾德的影響，白璧德等新人文主義學者都十分重視文學教育，一九○二年，霍普金斯大學教授威爾遜・布里奇頓，在美國現代語言協會主席的就職演講中宣稱：「一個國家的語文學的力量和健全狀況是該國思想和精神活力的衡量標準。」[43]

　　同樣的，在現代中國的思想界、文學界、教育界，許多有識之士都十分重視文學教育，如王國維的〈論教育之宗旨〉、〈國學叢刊序〉、〈論哲學家與美術家之天職〉、〈奏定經學科大學文學科大學章程書後〉，蔡元培的〈大學改制之事實及理由〉、〈在國語講習所的演說〉、〈我在北京大學的經歷〉，胡適的〈中學國文的教授〉、〈再論中學國文的教授〉；吳宓的〈文學與人生〉等文章，都是現代中國有關

---

42 參閱羅崗的博士學位論文中有關「文學史與文學教育」關係的研究（列印稿），藏華東師大中文系圖書資料室。另外，參閱羅崗：〈文學史與文學教育〉，《上海文化》1995年第5期；〈解釋歷史的力量〉，《面具背後》（上海市：上海教育出版社，2002年）。

43 參閱羅崗的博士學位論文中有關「文學史與文學教育」關係的研究（列印稿），藏華東師大中文系圖書資料室。另外，參閱羅崗：〈文學史與文學教育〉，《上海文化》1995年第5期；〈解釋歷史的力量〉，《面具背後》（上海市：上海教育出版社，2002年）。

文學教育的重要理論文獻。必須承認，小說的閱讀及其所具有的教育功能歷來都是文學教育的主要方式之一。美國學者瓦特在其名著《小說的興起》一書中認為：「我們已經看到，小說的形式現實主義包括多方面對現行文學傳統的突破，使那種在英國比在其他地方發生得更早、更徹底的突破成為可能的諸種原因中，非常重要的原因是十八世紀讀者大眾的變化。……讀者階層的逐漸擴大影響著以他們為對象的文學的發展。……小說，連同新聞的興起，是讀者變化的影響最主要例證。」[44]因此，從小說的閱讀史角度來探討它對「想像的共同體」的建構意義，可能將是一個比較有新意的研究視角。這一問題的深入展開，可以從以下幾個方面入手：

第一，理論層面。

在當代西方，由於受到福柯的學科與規訓理論、布迪厄的文學場理論和伊格爾頓的審美意識形態理論的直接影響，理論界對「文學教育」的研究，已經從一般性的理論倡導，深入到了思想史與制度史領域，進而把「文學教育」作為一種隱秘而複雜地呈現「知識——權力關係」的對象來加以分析，力圖從「文學教育」這個微觀歷史的角度，來探討其背後的社會、歷史、文化和知識的創制、建構過程。[45]在這個理論邏輯的推衍上，我認為，關於小說閱讀史的研究，應該是一個有意義的個案。

第二，歷史層面。

新文學作家在回憶自己的文學創作道路時，一般都會提到自己小時候如何從閱讀小說而開始對文學產生興趣。在今天，小說閱讀在文

44　〔美〕伊恩・P. 瓦特：《小說的興起》（北京市：生活・讀書・新知三聯書店，1992年），頁33。

45　參閱羅崗的博士學位論文中有關「文學史與文學教育」關係的研究（列印稿），藏華東師大中文系圖書資料室。另外，參閱羅崗：〈文學史與文學教育〉，《上海文化》1995年第5期；〈解釋歷史的力量〉，《面具背後》（上海市：上海教育出版社，2002年）。

學閱讀、文學教育乃至素質教育中的重要性正日益顯豁起來。然而，如何從閱讀史角度，重新敘述中國小說的發展歷程，從中總結出可以借鑑的經驗和教訓？如何在學理層面上，總結中西方已有的小說閱讀理論，從而為當前中國的小說閱讀、文學閱讀與教育提供有力的理論資源？如何在與西方當代理論的對話中，探索出一條適合中國具體情況的小說閱讀和教育的理論與實踐的新路子？這些都是歷史層面所要回答的問題。

第三，現實層面。

即從共時性的視角，考察當前中國小說閱讀與小說教育的具體狀況。為此，可以設定一些可以作為試點的區域、學校、年齡、性別來作為調查對象，向他們發出調查問卷。回收後，運用數理統計學的方法和電腦手段，使調查的結果圖表化、數據化。西方社會不僅有漫長的小說閱讀與小說教育的歷史，而且擁有一整套完整的小說閱讀與小說教育的理念、方式、技術，這些都是我們可以借鑑的資源。

如果說歷史描述需要的是歷史研究和文獻研究的功力，現狀調查需要的是數理統計學和社會調查學等跨學科的方法，那麼，理論探討，則是這一選題中最具有學術挑戰性的一個方面，它將涉及小說閱讀與意識形態、小說閱讀與地域文化、小說閱讀與知識傳統、小說閱讀與現代傳播等方面。當然，所有的論述都將圍繞一個核心的理論問題：小說閱讀在如何受到意識形態、知識傳統和現代傳播等因素的制約與影響的同時，又是如何與它們之間達成一種互動的、共振性的、建構性的微妙關係。[46]也就是說，對小說閱讀的理論探討已不是一種簡單的技術分析，而是需要在研究視野上把它與教育史、思想史、制

---

46 參閱羅崗的博士學位論文中有關「文學史與文學教育」關係的研究（列印稿），藏華東師大中文系圖書資料室。另外，參閱羅崗：〈文學史與文學教育〉，《上海文化》1995年第5期；〈解釋歷史的力量〉，《面具背後》（上海市：上海教育出版社，2002年）。

度史，以及話語分析、歷史闡述等有機地結合起來。[47]這種有機結合的研究視野，正是我們所努力追求的。在這方面，我曾讀過一本十分有趣的理論著作：《小說的政治閱讀》，它的理論視角、思路和分析方法，都值得我們的研究加以借鑑。[48]

　　小說的閱讀史和教育史的研究，在研究方法上應該注意：一是強調微觀的技術分析與宏觀的思想研究相結合。二是強調運用數理統計的方法，使小說閱讀的社會調查科學化、數據化。三是強調研究的現實性與理論性相結合。總之，試圖通過這種研究為「想像共同體」的研究提供一種具體、可行的文學史支撐，同時，它也不是一般的對小說閱讀的歷史描述和現狀調查，而是力求在理論層面上為小說閱讀的內涵、功能、機制、意義做一個深入而嶄新的探索。我們相信，調查研究的現實活力與理論探討的有機結合，將賦予這一研究構想以充沛的學術生機和廣闊的學術生長空間。

---

47 參閱羅崗的博士學位論文中有關「文學史與文學教育」關係的研究（列印稿），藏華東師大中文系圖書資料室。另外，參閱羅崗：〈文學史與文學教育〉，《上海文化》1995年第5期；〈解釋歷史的力量〉，《面具背後》（上海市：上海教育出版社，2002年）。

48 〔法〕雅克・里納爾：《小說的政治閱讀──阿蘭・羅伯・格里耶的嫉妒》（長沙市：湖南文藝出版社，2000年）。

中國現代性問題的起源語境

──以中國傳統空間知覺方式的變遷為觀察點

　　在哲學的意義上，時間和空間是指運動著的物質的存在方式和基本屬性，前者體現了物質運動的順序性和持續性，後者則體現了物質存在的伸展性和廣延性。[1]同時，從人類認知的角度來看，時間與空間又是人類感知世界的兩種基本方式。對此，康德在他的《純粹理性批判》中曾明確地說道：「是以在先驗感性論中，吾人第一、須從感性中取去悟性由其概念所思維之一切事物，使感性單獨孤立，於是除經驗直觀以外無一物存留。第二、吾人又須從經驗直觀中取去屬於感覺之一切事物，於是除感性所能先天的唯一提供之純粹直觀及現象之純然方式以外，無一物存留。在此種研究途程中，將發現有兩種感性直觀之純粹方式，用為先天的知識原理，即空間與時間。」[2]這段話也許過於抽象了一些，事實上，在康德看來，空間和時間，不是概念，而是我們知覺器官的一部分，是「直觀」的兩種形式。正如羅素在《西方哲學史》中所做的一個形象性闡釋：假如你總戴著藍色眼鏡，那麼，可以肯定，你看到的一切都是藍的。同樣，由於你在精神上老是戴著一副空間眼鏡，你一定永遠看到一切東西都在空間中。[3]

1　參閱楊義：《中國敘事學》（北京市：人民出版社，1998年），頁120。
2　〔德〕康德撰，藍公武譯：《純粹理性批判》（北京市：商務印書館，1997年），頁50-51。
3　〔英〕羅素撰，馬元德譯：《西方哲學史》（北京市：商務印書館，1997年），下冊，頁250。

正因為時間和空間與我們的存在具有如此深刻的聯繫，因此，對於時間與空間的感知、沉思與表達，一直是人類哲學、科學、思想和藝術創造的重要內涵之一。比如，在中國，春秋時期，《國語》〈楚語下〉中就記述了楚昭王問詢的一段話：「《周書》所謂重、黎實使天地不通者，何也？若無然，民將能登天乎？」戰國時代的《莊子》〈天運〉一開篇就問道：「天其運乎？地其處乎？日月其爭於所乎？孰主張是？孰維綱是？孰居無事推而行是？……」在《管子》〈九宇〉和《鬼谷子》〈符言〉中也是直截了當地問道：「一曰天之，二曰地之，三曰人之，四方、上下、左右、前後，熒惑之處安在？」當然，古人的這種時空追問能成為曠世奇音的，當推《楚辭》〈天問〉：「遂古之初，誰傳道之？上下未形，何由考之？冥昭瞢暗，誰能極之？馮翼惟象，何以識之……」[4]——這些對時間、空間的追問、沉思，千百年來，一直迴蕩在中國人的心靈世界之中，可以說是「與日月分齊光」。同樣的，在西方，古希臘的赫拉克利特就曾斷言：一切皆流，無物常住，就形象地表達了他對時空的思考。古羅馬的奧古斯丁就說過：時間究竟是什麼？沒有人問我，我倒清楚，有人問我，我想說明，便茫然不解。[5]——這是一種永恆的疑惑，它困擾著所有人類的智慧。因為在這其中，對時間感知的背後，滲透的是人類如何理解、把握自身的歷史。而在對空間的感知中，則顯示出人類如何地把握、感知、建構自我與周圍世界的關係。[6]它的意義就如王逸在《楚辭》〈天問〉的《補注》中所言：「天地事物之憂，不可勝窮……天固不可問，聊以寄吾之意耳。」也就是說，在對時空的具體知覺之中，將折射出人類精神結構中感受、想像和超越的深刻圖景。所以，我以

4　引文轉見錢鍾書：《管錐編》（北京市：中華書局，1986年），第2冊，頁607。

5　〔希臘〕奧古斯丁：《懺悔錄》（北京市：商務印書館，1963年），頁242。

6　參閱汪暉：《舊影與新知》（瀋陽市：遼寧教育出版社，1996年），頁179。

為，從時空的知覺形式來切入思想史的研究，將會展示出一幅獨特的
理論前景，這也將是一個富有生機的研究方法。

一

　　當然，人類對時間的知覺和對空間的知覺，不是到了近代才具有
的，也不是從康德式的抽象哲學出發的。應該說，它在早期人類生活
中就形成了。人類是從日常的生活起居，晝夜的更替，四時變化和對
日月星辰的觀察，開始形成他們的時間知覺和空間知覺。[7]法國心理
學家古約爾在對原始部落心理的長期研究後，得出的結論就認為：人
的時間意識是人對世界體驗的漫長演化過程的產物，例如，「未來」
這一時間意識的形成就依賴於感覺的積累，它與古代人判斷未來事件
能力的增長密切相關。從尼安德特人埋葬死者的活動到後來人類製造
準備將來使用的各種工具（如帶鉤的魚叉、魚鉤和帶針眼的針等）都
是由於對未來的考察。[8]同樣的，人類空間知覺的產生也是相類似。
可以想像，在遠古時代，人類首先意識到的是自己處在一個茫茫大地
上，一個渺小的生命，這種「大」與「小」的相對性體驗是人類空間
知覺的第一次感知。為了生存的需要，人類無時無刻不在防範四周危
險物的侵襲，這樣，就在自己與外界之間建立起一種關係，這是人類
空間知覺的第二次感知。由於分工的產生，個體開始逐漸地意識到自
己在一定空間內的作用和責任，這是人類空間知覺的第三次感知。由
此，人類建構起了一個初步完整的空間知覺方式。然而，隨著分工的
進一步發展，生產工具的不斷發明，語言和文化的進步，導致了人類
生活形態出現分化，並呈現出地域性和民族性的特徵，這就決定了每

7　楊義：《中國敘事學》（北京市：人民出版社，1998年），頁76。
8　轉引自〔英〕G. J. 威特羅：《時間的本質》（北京市：科學出版社，1982年），頁23。

一個人的時間知覺和空間知覺不僅有著人類的普遍性、共通性，同時，也有著因民族、歷史、地域、文化等特殊性因素而產生的區別性特徵。

　　雖然上面我們對人類的時間知覺和空間知覺的最早起源的追溯，只能是推測性的。但從現有的典籍和考古發現的情況來看，我們還是能夠把握和描述出早期人類的時間知覺和空間知覺的基本形態和特徵。比如，在中國，據《尸子》一書的記載，中國人在戰國時期就提出了「上下四方曰宇，往來古今曰宙」的說法，這裡的「宇」和「宙」就是時間和空間的概念。後期墨家在〈經上〉和〈經說上、下〉中也提出：「宇，彌異所也」、「宙，蒙東西南北」；「久，彌異時也」、「久，合古今旦莫」。這裡的「宇」和「久」也就是空間和時間的概念。後期墨家還認識到空間、時間與具體實物的運動存在一定聯繫，空間與時間二者之間也存在一定聯繫，指出：「遠近，修也；先後，久也。民行修必以久也。」還猜測到空間和時間都是有限和無限的統一，指出：「窮，域不容尺，有窮；莫不容尺，無窮。」「久，有窮，無窮。」[9]當然，對於早期中國人的時空觀來說，表達相對比較完整的思想，應該算是《淮南子》〈齊俗訓〉中的一段論述：「樸至大者無形狀，道至眇者無度量。故天之圓也不得規，地之方也不得矩。往古今來謂之宙，四方上下謂之宇。道在其間，而莫知其所。」[10]

　　我們再來看看在考古發現中所呈現的早期中國人的時空觀念。比如，近年發現的青銅器上的銘文，由銘文上賜命的詞句，包括善盡職守不可辱於先祖，並且最後一定會有「子子孫孫永保用」的字樣，張光直認為，這說明了早期中國人已經意識到時間的世代延續性。一九八七年六月，在安徽含山淩家灘的一座史前墓葬中，發現了一組玉龜

9　參閱《中國大百科全書‧中國哲學卷》（北京市：中國大百科全書出版社，1987年），第2冊，頁422。

10　轉引自楊義：《中國敘事學》（北京市：人民出版社，1998年），頁76。

和玉版。玉版是方形的，上畫圖形，用矢形標出八方，李學勤認為，這是「天圓地方」這種古老的宇宙觀念的體現。[11]

在西方，從西元前六世紀到西元前三世紀，古希臘的思想家如泰勒士、畢達格拉斯、亞里斯多德、歐幾里德、阿基米德等人都發展和補充了很多的幾何學原理，並形成了一個較為嚴密的體系。在這一體系中，物體的形狀及它們之間的相互排列關係被抽象為點、直線、平面、線段、角、圓角等概念。這種對物體空間特性的描述，後來在歐幾里德幾何學中被普遍化為：空間在所有點上和方向上的同類性和連續性。同時，他們在對天文的觀察中，也形成了許多關於宇宙的整體模型。比如，畢達格拉斯學派從數的觀點來思考天體的運動，認為圓球形是最完美的立體幾何形狀，因此宇宙必定是球形的，所有的天體都以勻速圍繞著圓形軌道運動。後來，柏拉圖的學生歐多克索又提出了同心球宇宙模型，在這個模型中，地球是宇宙的中心，日月和行星都在同心透明球體上繞地球運行，這些都說明了古希臘人對空間的思考已經達到了一個比較成熟的階段。[12]

從上面材料的分析，可以看出，人類的時─空意識從最早的混沌、朦朧已發展到一種比較清晰、邏輯的表述，說明了人們對外在世界的變動不居和內在生命的永恆交替、流逝，已經有了一種秩序性的整理。同時，對自己與外界的距離、關聯，以及自己的「在場」的位置性，有了一種框架性的確認。從此，人類的時─空意識，一端就聯結著對宇宙的想像與體驗，另一端就聯結著對自己在特定的意義空間內的位置、責任和作用的確定。就是仗著這一「阿里阿德涅線團」[13]，人類才摸索著走出了混沌初開時的「迷宮」。

---

11 李學勤：《走出疑古時代》（瀋陽市：遼寧大學出版社，1997年），頁117。

12 參閱楊河：《時間概念史研究》（北京市：北京大學出版社，1998年），頁10。

13 阿里阿德涅：古希臘神話中彌諾斯和帕西准之女，她有一個線團幫助忒修斯走出迷宮。

　　在這裡，更值得注意的是，在人類早期的空間─時間意識中，空間往往比時間獲得更多的關注。也就是說，在關於空間─時間的表述形態中，空間往往是置於表述順序的第一位置。為什麼會這樣呢？這是一個在哲學史、科學史和心理學史上都是十分有意義的問題。前蘇聯學者符・約・斯維傑爾斯基認為：「這是因為分析時間的特性困難多，而且似乎實際的必要也比較少。」[14]英國學者C.J.威特羅則從科學史的角度分析了這個問題：「許多數學家和物理學家也對時間的真正意義抱懷疑態度。相比之下，他們對空間的概念要喜愛得多，這在某種程度上是因為空間在我們面前是整體出現的，而時間則是一點一點來到的。過去只能從不可靠的記憶來回顧，『將來』是不可知的，只有『現在』可以直接經驗。」[15]然而，在我看來，這其中潛藏著的則是一個關於個人存在的認同感的問題。個人作為一個主體，正如巴赫金所言：「我的的確確存在著，……我以唯一而不可重複的方式參與存在，我在唯一的存在中佔據著唯一的、不可重複的、不可替代的、他人無法進入的位置。」「我的唯一的位置，就是我存在之在場的基礎。」[16]正是這種唯一的位置存在感，促使主體在生命的進程中，不斷地反思、建構和認同自己與外界的關係，自己與事件的關係。因此，空間的感知就在本源上與人類的存在感緊緊地融合在一起，成為了人類第一性的知覺形式。

　　這種空間─時間的時空知覺形式，對早期人類的思維方式和文化形態，都具有極其重要的影響。比如，在西方，荷馬史詩《奧德修紀》主要是以奧德賽回鄉這一空間變換的方式來結構整部史詩的敘

14　〔蘇聯〕符・約・斯維傑爾斯基：《空間與時間》（上海市：上海人民出版社，1959年），頁11。

15　〔英〕G. J. 威特羅：《時間的本質》（北京市：科學出版社，1982年），頁116。

16　〔蘇聯〕巴赫金：《巴赫金全集》（石家莊市：河北教育出版社，1998年），卷1，頁41。

事。赫西俄多斯的《神譜》，是把神的譜系與宇宙的起源（空間）聯繫在一起的。據赫西俄多斯說，最初產生的是卡俄斯（洪荒混沌），然後是該亞（大地）、塔耳塔洛斯（地獄）和厄洛斯（愛情）。由卡俄斯生厄瑞波斯（黑暗）和尼克斯（黑夜），兩者結合產生埃德耳（光明）、赫墨斯（白晝），大地生海，與天結合又生河，海、天、河各有其神所司，而後天降雨使生命萌芽於自然之中。[17]

在中國，從今人對原始宗教的研究表明，「巫」是中國原始宗教中的一個很重要角色，並且，「巫」的誕生早於「史」。「史」的功能是「記事」（偏向時間知覺），而巫的功能是「絕地天通」（空間上下的自由能力）。[18]從巫到史，不僅說明早期人類已經從「巫覡」之中走出，進入一個理性敘事萌芽的階段，而且也說明了空間知覺作為第一性的感知形態，已經融合了時間知覺。這一點，在中國原始神話思維中也可以看出，比如，空間位置的「域外性」一直是原始神話思維、神話想像的一種重要方式。如《史記》中曾記載鄒衍的一段話：「乃探觀陰陽消息，而作怪迂之變，《終始》、《大聖》之篇十餘萬言。其語閎大不經，必先驗小物，推而大之，至於無垠……」可見，這種「先驗小物，推而大之」的空間推衍的思維方式是古人一個重要的對外界的感知方式。所以，按鄒衍的理論，才有可能把「九州」向外擴大，變九個「九州」，再把這九個「九州」，再向外推衍，變成八十一個「九州」。

二

正如我們在上面已經強調指出的那樣，由於生存環境的差異，分工的發展以及語言、文化的差異，人類早期的時間—空間知覺的一致

---

17 參閱《神話詞典》（北京市：商務印書館，1985年），頁271。
18 參閱陳來：《古代宗教與倫理》（北京市：生活・讀書・新知三聯書店，1997年）。

性開始逐漸分化，各自民族性、地域性和歷史性等具有區別意義的特徵就佔據著決定性的地位。因此，我們現在有必要把研究的視線集中在中國傳統的空間知覺的特徵及其演變上來。

我以為，中國傳統空間知覺的特徵可以從以下幾個方面來探討：

第一，中國人對空間的知覺總是呼應著對天地之道和宇宙秩序的想像與建構。比如，《禮記》〈禮運〉中就說道：「夫禮必本於天。」〈郊特牲〉中又說：「取法於天，是以尊天而親地也。」《墨子》中也說：「（聖王）既以天為法，動作有為必度於天。」《文子》中也說：「能戴大圓者履大方，……是故真人托期與靈臺而歸居於物之初。」「帝者體太一，王者法陰陽，霸者則四時。」[19]從這些扼要的引述中可以看出，以天地之道和宇宙秩序來建構和想像空間形式，是中國古代一個基本的空間知覺形態。這樣的一種空間知覺形態在一些考古發現中也能夠得到說明，最典型的是近幾年在新石器時代遺址所發現的「玉琮」，它的外部被雕成方形，這與古人對大地的想像相類似；它的內部又是圓形，這與古人對天穹的想像相類似，而且它的中間是空的。據張光直研究，「琮是天地貫通的象徵，也便是貫通天地的一項手段或法器」[20]。又比如，在淩家灘考古發現的玉版上面，有一個奇特的圖形，任何人乍看之下，都會聯想到八卦，所以，李學勤得出結論說：「我們可以認為，玉版的圖紋和所謂『規矩紋』是一脈相承的，所體現的是中國遠古以來（天圓地方）的宇宙觀念。」[21]所以，在《呂氏春秋》中，就有這樣的一段話：「天道圓，地道方，聖王法之，所以立上下。」[22]由於這種通過對天地之道和宇宙秩序的想像來

19　此處引文轉見於葛兆光：〈天崩地裂〉，《上海文化》1995年第2期。在本文寫作過程中，有許多材料和觀點是直接得益於葛先生著作的啟發，特此說明並致謝。

20　張光直：《中國青銅時代二集》（北京市：生活・讀書・新知三聯書店，1990年），頁71。

21　李學勤：《走出疑古時代》（瀋陽市：遼寧大學出版社，1997年），頁119。

22　此處引文轉見於葛兆光：〈天崩地裂〉，《上海文化》1995年第2期。

建構自己對空間的基本範疇和感知方式，而這種天地之道和宇宙秩序
又被想像成「天圓地方」，所以，「圓」與「方」就成了中國人空間知
覺的基本範疇。而這對中國人的秩序感、結構感的生成具有本體性的
意義。對此，著名學者許倬雲則做了一個哲學化的概括：「中國人總
認為宇宙秩序有條有理，時間從零點開始，而宇宙的結構是一層層的
同心圓」，「中國的時空觀念是由抽象形上向形下具象推衍的，因而忽
略了很多不對稱不和諧的東西。但它有一個特長即整齊有序，而且
容易歸於本原之『一』，這與從具體形下一層層總結而上的方法不
同」。[23]這種「圓」、「方」的空間知覺的基本範疇不僅滲透到中國人生
活的各個方面，而且對中國人的思維方式也產生了極其重要的影響：
「在中國人的思想裡，這個天地所表現的宇宙秩序要比一個哲學的或
政治的概念寬廣得多，當一個古代人面對世界的時候，這個秩序也就
是他的時間和空間的框架；無論他是在處理自然問題還是在處理社會
問題的時候，他都會不由自主地用這個框架來觀照，在這個框架的背
後隱隱約約支持它的就是人們頭上的『蒼穹』和腳下的『大地』。」[24]

　　第二，這種空間知覺的基本形式，從根本上塑造了中國人的倫理
秩序，或者說，是中國人倫理秩序觀的宇宙論基礎。既然，中國人所
設想的空間──宇宙秩序是一層一層的同心圓，天體圍繞北極旋轉而
成一個圓，地則類似井或亞字形的一個方，天地都有一個中心。這個
中心就是超越時空而存在的一個點，那就是一個永恆的不動點，或者
說是同心圓的圓心。[25]那麼，相對應的，在現實的社會結構中，就很
容易擬想出一套以皇權為中心，不斷向外推衍的差序格局，或者可以
這樣說，這種以皇權為中心的不斷外衍的差序格局只是整個天道秩序
的一部分或一種表現形式。這種空間知覺的倫理化，在漢代，由於陰

23 許倬雲：《中國文化與世界文化》（貴陽市：貴州人民出版社，1991年），頁84。
24 葛兆光：〈天崩地裂〉，《上海文化》1995年第2期。
25 葛兆光：〈天崩地裂〉，《上海文化》1995年第2期。

陽家的不斷改造，得到了最完善的表述和概括。「……唯天子受命於天，天下受命於天子。」「王道之綱可求於天。」這樣，世俗的社會結構，彷彿成了天道秩序的一個巨大的投影，這就進一步地強化了世俗社會結構中的等級制的合理性和權威性，這樣的一套天地之道與世俗結構的對應理念，成為了中國封建社會的等級制的先驗性的基礎。「天網恢恢，疏而不漏」，即使想造反的人，多少也得三思而行。

　　第三，另一方面，中國人在對空間運動的理解上，又表現出極大的靈活性。對於這一點，我們只要以古代哲學對「易」和「道」的詮解為例，即可說明。《易緯乾鑿度》云：「易一名而含三義，所謂易也，變易也，不易也。」鄭玄依此義作《易贊》及《易論》云：「易一名而含三義：易簡一也，變易二也，不易三也。」錢鍾書在《管錐編》第一冊中對此作了進一步的論述：「『易一名而含三義』者，兼背出與並行之分訓而同時合訓也。〈繫辭〉下云：『為道也屢遷，變動不居……不可為典要，唯變所適，變易之謂也』；又云：『初率其辭，而揆其方，既有典常』，不易與簡易之謂也。足徵三義之駢臻而非背馳，然而經生滋惑焉。」接著，他引了張爾岐《蒿庵閒話》中的一段話，然後評論道：「蓋苟察文義，而未洞究事理，不知變不失常。一而能殊，用動體靜，固古人言天運之老生常談。」[26]從「易」一字含三義可以看出，中國古人對物體在空間的變易與不易、變與常、動與靜，往往採用一種辯證的、靈活的知覺方式。這一特點，在對「道」的詮釋上，也許表現得更有意思些。《老子》〈二十五章〉中云：「字之曰道，強為之名曰大，大曰逝，逝曰遠，遠曰反。」對《老子》中的這段話，錢鍾書在《管錐編》第二冊中，有一段精彩的分析：「《老子》用『反』字，乃背出分訓之同時合訓，足與『奧伏赫變』（aufheben）齊功比美，當使黑格爾自慚於吾漢語而失言者也。反有

---

26 錢鍾書：《管錐編》（北京市：中華書局，1986年），第1冊，頁6-7。

兩義：一者，正反之反，違反也；二者，往反（返）之反、回反
（返）也。……黑格爾曰矛盾乃一切事物之究竟動力與生機，曰辯證
法可象以圓形，端末銜接，其往亦即其還，曰道真見諸反履而返復，
曰思惟運行如圓之旋，數十百言均《老子》一句之衍義。」[27]正因為
中國古人在對空間運動的感知上表現出如此自由往返的靈活性，所以
它為中國士大夫應付社會和自我危機提供了一種理論上的依據。比
如，《呂氏春秋》〈大樂〉中云：「天地車輪，終則復始，極則復
反。」又〈圓道〉中云：「圓周複雜，無所稽留。」又〈博志〉中
云：「全則必缺，極則必反，盈則必虧。」又〈似順論〉中云：「事多
似倒而順，多似順而倒，有知順為倒，倒之為順者，則可與言化矣。
至長反短，至短反長，天之道也。」又如《淮南子》〈原道訓〉中
云：「輪轉而無廢，水流而不止，鈞旋轂轉，周而復匝。」又〈主術
訓〉中云：「智欲圓者，環復轉運，終始無端。」這些話都含有一個
共同的邏輯，那就是由空間的「輪轉」、「環流」來解釋人生的悲歡離
合，這種運用人生體驗的空間化的方式來解釋所謂命運和必然性，來
紓解自我心靈的痛苦，就成為中國士大夫的一個重要的人生策略。[28]
也許，在這個意義上，就能說明為什麼是道家的思想而不是儒家的思
想對危機中的中國士大夫特別有吸引力。在我看來，正是因為道家的
著作和思想中有一種獨特的對空間想像的自由感和超越感。

　　第四，既然對於空間的知覺，總是與「天道」、「天運」這些具有
本體性與超越性的概念聯繫在一起，那就很自然地刺激了中國古人對
「空間」的藝術想像力。這又可分為兩種形態：其一，中國古人常常
迷戀於對新空間的創建和想像。比如，《莊子》中的空間形態和空間
想像，就具有相當的典型性。這種想像和創建的衝動，成為中國文人

---

27 錢鍾書：《管錐編》（北京市：中華書局，1986年），第2冊，頁444-448。
28 進一步的論述可參閱余英時：《士與中國文化》（上海市：上海人民出版社，1987年）。
　　閻步克：《士大夫政治演生史稿》（北京市：北京大學出版社，1996年）。

士大夫標誌性的精神特徵。這也就是為什麼與西方人相比，中國的神話雖然誕生的時間比較遲緩，但神話思維和神話創造卻一直連綿不絕。從《山海經》、《穆天子傳》到《西遊記》甚至《紅樓夢》，神話性的創造和想像都讓中國士大夫迷戀不已。因為在神話中，總是能很自如地創造出一個新的空間，在這一新的空間中，人們可以自由想像，可以超越世俗生活的種種規範，幻想性地滿足自己無法在現實中獲得實現的種種理想和要求。在這裡，人們就心滿意足地建立起一種與新的空間的想像性關係。其二，中國古人在其文學表現中，都喜歡描寫幽明兩界的相通性。比如，劉義慶《幽明錄》中就寫有這樣的一個情節：三國魏的經學大師王弼注《易經》時，嘲笑東漢經學大師鄭玄為「老奴無意（趣）」，夜間就聽到著屐聲，是鄭玄來責備他：「君年少，何以輕穿文鑿句，而妄譏詆老子邪？」遂使王弼「心生畏惡，少年遇厲疾而卒」[29]。表現這種幽明兩界的相通性，特別在中國小說、戲曲中，能找到眾多的例子，中國文人就是通過這種方式來寄托自己或復仇或冥想或祈願的精神要求。

三

應該說，這種「天圓地方」的空間知覺形式和宇宙秩序從漢代到明代的一千餘年間，都未曾遭到大的挑戰。可是，在明末，當西洋傳教士來到中國之後，它就遇到了嚴重的麻煩，這一點最深刻地體現在中西文化交流的歷史語境中。[30]

首先是知識形態學上的衝擊。因為「傳教士所傳授的有關天球，一次成功地創世，時空的有限性等觀點都與他們的神學相吻合，卻與

---

29 參閱楊義：《中國古典小說史論》（北京市：中國社會科學出版社，1995年），頁123。
30 葛兆光：〈天崩地裂〉，《上海文化》1995年第2期。

中國人的世界觀背道而馳，……對時空構造的解釋，自上古以來就是皇權中的主要特權之一」[31]。這下子對中國人的空間知覺的衝擊，真可謂嚴重極了。《利瑪竇中國札記》中就真實地記述了這一情景：「利瑪竇神父是用對中國人來說新奇的歐洲科學知識震驚了整個中國哲學界的，以充分的和邏輯的推理證明了它的新穎的真理。經過了這麼多的世紀之後，他們才從他那裡第一次知道大地是圓的。從前他們堅信一個古老的格言『天圓地方』。」[32]這種來自異域文化的新的空間知覺形式，其所內含著的新的異己的力量，很快就被當時的一些人意識到了。接受的人有，如方以智在《物理小識》卷二〈天漢〉中，就以西人所說的「以（望）遠鏡細測天漢皆細星」來否定傳統說法。在《通雅》卷十一中，就曾用西人「天學」知識來批評傳統的「星土分野」說。當然，抗拒的人也有，當時一位名叫張廣湉的人，就在他寫的〈闢邪摘要略議〉中稱，西洋人的天學，是鼓勵中國人「私習天文，偽造曆日」，在當時，這可是一件大罪，並說，「假今中國中崇彼教，勢必斥毀孔孟之經傳，斷滅堯舜之道統」[33]。

其次，當西方列強挾持著船堅炮利來到中國的時候，對於中國人來說，對「西方」的空間感知，不僅是從原來的無知、模糊轉到了被迫承認，急於探知的階段，更重要的是，這時，中國人對「西方」的空間感知，已經不得不從天朝大國轉到承認「夷夏平等」，進而是懼「夷」、畏「夷」。這就有如薛福成曾憂心忡忡地說過的那樣，如今已是「華夷隔絕之天下變為中外聯屬之天下」，雖堯舜復生，也不能閉關獨治，何況西人早已將中國逼入御變無能的地步。[34]這時，對中國

---

31 謝和耐：《中國和基督教》（上海市：上海古籍出版社，1991年），頁90-91。
32 〔意〕利瑪竇、〔比利時〕金尼閣撰，何高濟、王遵仲、李申譯：《利瑪竇中國札記》（北京市：中華書局，1983年），頁347。
33 參閱葛兆光：〈天崩地裂〉，《上海文化》1995年第2期。
34 參閱〔清〕薛福成：《籌洋芻議》（上海市：上海書店，1994年）。

人來說，世界不僅是正在走向中國，而且是蠻不講理地撞向中國。這正如錢鍾書的一個形象化比喻：「『中國走向世界』，也可以說是『世界走向中國』，咱們開門走出去，正由於外面有人敲門、推門，甚至破門跳窗進來。」[35]

　　最後，隨著清王朝的解體，進一步地摧毀了傳統空間秩序的穩定感。古老中國終於淪落到「天崩地裂」的危機理念之中，這只要讀一讀那些前清遺老的詩文，悲憤之情，惶惑之思，真可謂血淚淋漓。這一系列的變動對中國人的空間知覺的衝擊不可謂不深刻，不可謂不強烈。這種天崩地裂的感受圖景，把中國人擠到一種岌岌可危的邊沿性境地。可以說，「邊沿性」感受，是貫穿著中國近現代思想史的全部進程。我以為，中國近現代思想史的許多特徵，都能從這種內在感受中得到一種歷史心理學的解釋。比如，為什麼原來是建立在時間不可重複性地向前運動這一理念基礎上的進化論思想，到了中國，卻成為一個中國人觀照、反省自己國家與民族在世界體系中位置的空間參照性思想，在我看來，正是因為「邊沿性」空間知覺在其中起著作用。當然，當時的一些敏銳的思想家就已經深感到中國傳統空間知覺方式的「滯後性」。比如，梁啟超就這樣說道：「哥白尼以前，天文家皆謂日繞地球，及哥氏興，乃反其說，於是眾星之位置雖依舊，而所以觀察之者乃大異……空間時間二者，實吾感覺力中所固有之定理，所賴以綜合一切序次一切，皆此具也。苟其無之，則吾終無術以整頓諸感覺而使之就緒。」[36]在我看來，這種表述只有那些時間—空間知覺方式受到嚴重挑戰的人，才會具有如此敏銳而深刻的認識。

---

35 錢鍾書：《錢鍾書散文全編》（杭州市：浙江文藝出版社，1998年），頁460。
36 〔清〕梁啟超：〈近世第一大哲康德之學說〉，〔清〕梁啟超：《飲冰室合集》（北京市：中華書局，1936年），第13冊。

四

　　對於中國近代知識分子來說，這時他們的空間知覺，已經是從外到裡，從表層到深層，都受到了嚴重的挑戰。在他們的意識中，這已是一個充滿不穩定感的，動盪的危機的生存空間，這樣的一種空間知覺是他們所不習慣的，所不堪重負的。這種感受，在當時許多知識分子筆下都有著焦慮性的體驗和清晰、急切的表述。康有為在那著名的〈強學會序〉中，開頭就說：「俄北瞰，英西眈，法南瞵，日東眈，處四強鄰之中而為中國，岌岌哉。」[37]鄭觀應在《盛世危言》中的一個附錄裡，也是痛心疾呼：「中國之時局危矣！……若猶晏然相安，漠然坐視，因未有不為猶太，波蘭，印度之緒也。」[38]而嚴復在《國聞報》上發表的〈有如三保〉，更是憂心忡忡地說道：「世變之法將有滅種之禍，不僅亡國而已。」[39]這不僅僅是一般性的憂患之思，在這些焦慮和憂患的背後，是一種對已有的習慣化的感知方式的危機感。[40]也就是說，傳統的、穩固的、秩序化的空間感、秩序感被動搖了，代之而起是一種無方向感、無中心感。雖然，中國傳統社會也曾多次淪於異族統治之下，中國傳統的士大夫也能夠很快地重建起這種秩序感和穩定感的空間知覺，這些心理策略和文化策略甚至已成為一種文化的「集體無意識」。但是，對於中國近代知識分子來說，這次的情況卻有些特殊和複雜，因為在這時，已經不存在像過去那樣的文化資源的優越感和自信力，他們深知自己現在所遭遇的「文化」或

37　〔清〕康有為撰，陳永正編注：《康有為詩文選》（廣州市：廣東人民出版社，1983年），頁469。

38　〔清〕鄭觀應撰，夏東元編：《鄭觀應集》（上海市：上海人民出版社，1982年），上冊，頁343。

39　〔清〕嚴復撰，王栻編：《嚴復集》（北京市：中華書局，1986年），第1冊，頁96。

40　參閱王曉明：〈從奏章到小說〉，《錢谷融先生教學著述六十週年紀念論文集》（杭州市：浙江文藝出版社，1998年）。

「文明」，不是過去的那種「夷」。然而，在這種情形下，他們內在的
應付危機的方式又是什麼呢？——還是回到老路子上去，即極力去創
建、想像一個新的空間形態來應付眼前的危機，來寄託自己的烏托邦
式的理想。很顯然，如果改革必須是自上而下的方式，必須得到統治
者的支持，那麼，提前想像一套改革後的中國前景，這不僅是一種複
雜的政治策略，也是一種內在衝動。因為，這一方面能打動統治階層
的心，以求取得他們的支持，另一方面也是為自己鼓勁。[41]所以，王
韜就很肯定地說：「中國地方萬里，才智之士數十萬，五六十年而
後，西學既精，天下其宗中國乎。」[42]薛福成則斷言：「安得以天地將
洩之秘，而謂西人獨擅之乎？又安知百數十年後，中國不更架其上
乎？……以中國人之才智，視西人安在其不可以相勝也。」[43]康有為
更是信心十足地向光緒帝說道：「泰西變法至遲也，故自培根至今，
五百年而治藝乃成，日本之步武泰西至速也，故自維新至今，三十年
治藝已成……吾今取之至近之日本，察其變法之條理先後，則吾之
治，可三年而成，尤為捷疾也。」[44]「皇上若采臣言，中國之治法，
可計日而待也。」[45]在這些有關中國改革後的前景的想像中，動盪
的、不穩定的、危機的空間感消失了，中國人的心靈在這種前景（空
間）的想像中又獲得樂觀的安居。在這裡，特別值得注意的是，他們
都聲稱，改革後的中國必將稱霸世界，重新回到那個永恆的世界中
心。王韜明確地斷言，西方將在重新強大起來的中國面前「俯首以聽

---

41 參閱王曉明：〈從奏章到小說〉，《錢谷融先生教學著述六十週年紀念論文集》（杭州
　　市：浙江文藝出版社，1998年）。

42 〔清〕王韜：〈救時芻議〉，《萬國公報》，第43期，1892年。

43 〔清〕薛福成：〈變法〉，鄭振鐸編：《晚清文選》（上海市：上海書店，1987年影印
　　本），頁219。

44 〔清〕康有為撰，陳永正編注：《康有為詩文選》（廣州市：廣東人民出版社，1983
　　年），頁439。

45 〔清〕康有為撰，陳永正編注：《康有為詩文選》（廣州市：廣東人民出版社，1983
　　年），頁439。

命」。[46]康有為作一首〈愛國歌〉，共十二段，其中第十一段說：「唯我有霸國之資格兮，橫覽大地無與我頡頏。我何幸生此第一大國兮，神氣王長。」第十段的結尾，則乾脆以這樣的口氣作結：「縱橫絕五州兮，看黃龍旗之飛舞。」[47]一幅天朝老大的神氣又躍然紙上，傳統的空間知覺方式又一次佔了上風。儘管這種對中國前景的想像，已經被渲染得如此美妙誘人，梁啟超似乎覺得還不過癮，就親自改用舊小說的形式，乾脆取名為《新中國未來紀》。這部小說雖然只是開了一個頭，並沒有寫完，但它的大綱已經擬就。請看，這部小說的大綱是這樣的：「其結構，先於南方有一省獨立，……權爭之後，各省即應之，……合為一聯邦大共和國。……國力之富冠絕全球，尋以西藏、蒙古主權問題與俄羅斯開戰端……大破俄軍，復有民間志士，以私人資格暗助俄羅斯虛無黨覆其專制政府。最後因英、美、荷蘭諸國殖民地虐待黃人問題，幾釀成人種戰爭。……中國為主盟，協同日本、菲律賓諸國，互整軍備……卒在中國開一萬國和平會議，中國宰相為議長，議定黃白兩種人權利平等，互相親睦種種條款，而此書亦以此結局矣。」[48]在這種前景想像之中，中國又回到世界秩序的中心，並以此來想像性地建構世界的新格局和新秩序，在這一派樂觀的前景中，我們不無隱隱約約地看到傳統空間知覺的復活。

然而，歷史情境到了這一時期，已經變得不可逆轉了，所以，越是在那種慷慨激昂、信心十足的言辭背後，我們就越能把握到一種混

46　〔清〕王韜：《弢園尺牘續鈔》，卷3。此處轉引自〈從奏章到小說〉，《錢谷融先生教學著述六十週年紀念論文集》（杭州市：浙江文藝出版社，1998年）。

47　〔清〕康有為：《萬木草堂詩集》（上海市：上海人民出版社，1996年）。此處轉引自〈從奏章到小說〉，《錢谷融先生教學著述六十週年紀念論文集》（杭州市：浙江文藝出版社，1998年）。

48　〔清〕梁啟超：〈中國唯一之文學報（新小說）〉，《新民叢報》，第14號，1902年。此處轉引自〈從奏章到小說〉，《錢谷融先生教學著述六十週年紀念論文集》（杭州市：浙江文藝出版社，1998年）。

亂迷茫的圖景。你看，他們為了突出中國的中心地位，不惜毫無方位感地對諸多國家進行隨心所欲的拼合。你可能會對他們在地理學知識上的隨意性而感到困惑。[49]但是，這裡正隱含著他們為了給最高統治者和自己鼓勁的一派苦心。所以，在某種意義上說，中國一旦不能走出這種古老的空間知覺的方式，要想完成自身的近代化進程，是相當困難的。因為它首先遇到的就是自己的根深柢固的空間知覺的障礙。

五

　　從空間知覺方式的變遷及其內在矛盾性的角度來思考中國近現代思想史的特徵，我以為，這可能將是一個新思路。如果說，「現代性」的問題，在西方語境中，首先是一個時間性問題[50]，那麼，在我看來，中國的古老世界在遭遇「現代性」的時候，它首先遇到的則是一個空間性問題：一個從「天圓地方」到「天崩地裂」的急劇變遷的問題。所以，我以為，從空間知覺的邊沿性特徵入手，這是我們探究曲曲折折、重重疊疊的中國近現代思想史的一個比較好的位置。當然，這也是我目前思考、研究中國文學現代性的起源語境的一個基本的歷史思想和理論視野。

---

49 參閱郭雙林：《西潮激盪下的晚清地理學》（北京市：北京大學出版社，2000年）；鄒振環：《晚清西方地理學在中國》（上海市：上海古籍出版社，2000年）。

50 汪暉：〈韋伯與中國的現代性問題〉，《汪暉自選集》（桂林市：廣西師範大學出版社，1997年）。

置身於思想史背景的「五四」

上篇　歷史的探源：中國早期啟蒙思想與「五四」

一

　　如果說，「五四」是那洶湧澎湃的歷史洪流中的一個浪頭，那麼，這一浪高過一浪的洪流，是源自何處？又奔向何方？要回答這個問題，我以為，就必須進行歷史的探源。當然，思想史的研究不可能像水文工作那樣強調和追求明確性和預測性，因此，要清晰地描繪出一幅「五四」思潮的水文圖示，是十分困難的。事實上，這幅圖中不僅有潛流，有支流，而且它們往往又是曲曲折折，若斷若續的。儘管如此，在它們縱橫交錯之中，一條貫穿始終的水脈，我們還是能夠把握到的，那就是自明末清初以來的中國啟蒙思潮。我以為，「五四」是這股啟蒙思潮在歷史的轉彎處所激盪開來的一抹最絢麗燦爛的浪花。把中國的啟蒙思潮追溯到明末清初之際，這是日益令學術界發生興趣的問題。龐樸先生在他近年發表的一篇文章中就認為：「中國明清之際出現過啟蒙思潮或者叫早期啟蒙思潮。」[1]日本學者溝口雄三則認為，「如果就中國來看中國的近代歷程」，那麼明末清初政治上的君主觀的變化，與經濟上田制論的變化，「應被視為清末變化的根源」，「從這裡尋找中國近代的萌芽，不是沒有根據」。[2]對「五四」思

1　龐樸：〈方以智的圓而神〉，《傳統文化與現代化》1996年第4期。
2　〔日〕溝口雄三：《中國的思想》（北京市：中國社會科學出版社，1995年），頁111。

想的歷史探源一直是「五四」研究中一個比較重要的問題，並且已經形成了一個把「五四」放在鴉片戰爭以來的中國近代化進程中，來加以討論、分析和敘述的思想史學框架。[3]但是，在這裡，我為什麼要把「五四」思潮溯源到明末清初？是僅僅為了把思想史的淵源再向前推進「一小步」嗎？這種向前溯源的思路對我們重新思考「五四」，又能帶來什麼新的東西？

　　我以為，要回答這些問題，首先必須回到「什麼是啟蒙」這一思想命題的本身。

　　在十八世紀德國，報刊常常會就一些重要的，而在理論上還未獲得回答的問題，徵求讀者的答案。按慣例，一七八四年十二月，《柏林月刊》收到一份對「何為啟蒙」的回答，答案是如此的鏗鏘有力：「啟蒙精神就是敢於認知。」[4]說這句話的人，就是康德。從此，這就成為關於啟蒙的含義深遠的定義。然而（一）要認知什麼？（二）怎樣認知？（三）誰在認知？（四）認知主體是否首先需要自我認知？──我以為，這些提問是康德這個定義中所必然內含著的「問題意識」。在思想史的進程中，正是人們對這四個「問題意識」的不斷回應，才生生不息地賦予這個命題以深刻的生命力。但是，必須指出的是，並不是在任何的思想史語境中，這四個「問題意識」都處於平衡的相互自洽的狀態，而往往是處於相互聯結、相互制衡、相互配置的動態結構之中。也就是說，在有的歷史語境中，也許前兩個「問題意識」起主導作用，居於結構的中心，另兩個則處於邊緣位置，起支援性配置作用。或者相反，比如，在十八世紀的西方啟蒙時代，（三）、（四）兩個「問題意識」就是主導性的「問題意識」。就如康德所指出的那樣：「啟蒙運動就是人類脫離自己所加之於自己的不成

3　關於這方面的研究可參見胡繩：《從鴉片戰爭到五四運動》（北京市：人民出版社，1981年）；彭明：《五四運動史》（北京市：人民出版社，1984年）。

4　參閱〔法〕福柯：《知識考古學》（北京市：生活・讀書・新知三聯書店，1998年）。

熟狀態。不成熟狀態就是不經別人的引導，就對運用自己的理智無能為力。當其原因不在於缺乏理智，而在於不經別人的引導就缺乏勇氣與決心去加以運用時，那麼，這種不成熟狀態就是自己加之於自己的了。Sapere aude！要有勇氣運用你自己的理智！這就是啟蒙運動的口號。」[5]在康德說這段話的時代，科學已經在人們的日常生活和精神生活的許多領域取得了重大的勝利，但宗教仍然是一個頑固的堡壘，一個囚禁思想自由的堡壘，而在康德看來，這一堡壘最終的摧毀，是要依靠主體的自我解放。這就猶如武器就放在面前，起義的號角也已吹響，這時，就看你敢不敢抓起它。然而，對於中國語境來說，這四個「問題意識」則是顯得同樣的急切和重要。這種特殊的狀態，造成了中國啟蒙思想的命題結構內在的擠壓、膠著、牽制、對峙，並且不斷積累的內部矛盾極有可能導致結構的解體。所以，我以為，中國啟蒙困境的根本問題，就在於我們一直沒有建立起一個合理的反思、解決這一「問題意識」的歷史思維結構。在我看來，這種的矛盾性和擠壓性在明末清初就出現了。我以為，提出這一歷史視野是很重要的：一方面，能為我們研究「五四」新文化思想，創造一個「長時段」的歷史感。所謂的「長時段」，按布羅代爾的說法，就是一系列的反覆運動，其中包括變異、回歸、衰變、整治和停滯，或用社會學術語來說，即構成、解構、重構。[6]另一方面，它能夠提供一種新的思想史的價值資源，有助於我們從多角度和多層面來重新理解、反思「五四」的個性及其問題。

5　〔德〕康德，何兆武譯：《歷史理性批判文集》（北京市：商務印書館，1997年），頁22。

6　〔法〕布羅代爾：《15至18世紀的物質文明、經濟和資本主義》（北京市：生活‧讀書‧新知三聯書店，1993年），卷3，頁722。

二

　　現在，就讓我們將目光轉向明末清初：一段特殊的歲月。

　　晚明是中國歷史上政治暴虐最為慘重的一個時期，魯迅就形象地說過：「大明一朝，以剝皮始，以剝皮終，可謂始終不變。」[7]充斥於當時士人筆下的都是一些殺氣騰騰，驚心動魄的體驗：「劫末之後，怨懟相奪。拈草樹為刀兵，指骨肉為仇敵。蟲以二口自齧，馬以兩首相殘。」[8]遠比這更為剴切的感受是：「殺牛之慘，戒懼迫蹙，血肉淋漓而已；殺人之慘，則有戰慄而不暇，迫蹙而無地，血肉淋漓充滿世間而莫測其際者；何也？殺牛者，刀砧而已；殺人者，不止一刀砧也。」[9]但是，在這「刀途血路」，最不適於生存的時代裡，卻不屈不撓地生長出了一種倔強的精神力量和極具深度的智慧，這種情景，就像丹納在《藝術哲學》中所運用過的一個比喻：那燃燒的火盆，乾枯的木柴因燃燒而爆出陣陣的爆裂聲，同時，就在這火星四濺的剎那燃成灰燼，然而，整個時代的思想火勢卻因此更旺了，不斷增長的熱度極有可能引起遍地的大火。我以為，正是晚明這種特殊的遭遇和困境，為中國早期啟蒙思想的生成，準備了特殊的精神條件，燃起了思想的熛火，並在早期中國啟蒙思想的「問題意識」及其結構方式上，打下深深的印記，同時，這一切也都潛在地暗示著中國啟蒙思想的困境之所在。在我看來，「五四」啟蒙思想所內在的一系列思想方式和困境，都能在這裡找到歷史的根據。

7　魯迅：《魯迅全集》（北京市：人民文學出版社，1981年），卷6，頁167。

8　〔清〕錢謙益：《牧齋有學集》，卷41。此處引文轉見趙園：《明清之際士大夫研究》（北京市：北京大學出版社，1999年）。

9　〔清〕張爾岐：《蒿庵集》，卷3。此處引文轉見趙園：《明清之際士大夫研究》（北京市：北京大學出版社，1999年）。

三

　　首先，對於明末清初這些中國早期啟蒙知識分子來說，對自我精神的存在方式進行一次最為深切的逼視和反省，成為了一個重要的「問題意識」，一個充滿危機感和時代感的問題。對此，顧炎武、黃宗羲、王夫之這三大儒，都有獨到的洞見，而其中尤以王夫之的反省最為犀利，也最具深度。比如，他在《讀通鑑論》中就說道：「有宋諸大儒疾敗類之貪賤，念民生之困瘁，率尚威嚴，糾虔吏治，其持論既然，而臨官馭吏，亦以扶貧弱，鋤豪猾為己任，甚則醉飲之愆，簾幃之失，書篚之饋，無所不用其舉劾，用快輿論之心……聽惰民無已之怨讟，信士大夫不平之指摘，辱薦紳以難全之名節，責中材以下以不可忍之清貧，矜纖芥之聰明，立難縷之威武……當世之有全人者，其能幾也？……後世之為君子者，十九而為申、韓，鑒於此，而其失不可掩已。」[10]正如趙園所指出的那樣，在這裡，王夫之以銳利的眼光，在一向被譽為正統士大夫典範的循吏的言論、作為上，用他那無情的筆鋒不斷地挖掘，不斷地刮，不斷地刨，像鐵鍬刨地似的，暴露出傳統士大夫精神上的缺陷，即那種隱藏在清譽之下的殘忍性和「申韓」人格。「王夫之看出了明代士風的偏執，谿刻——不但殊乏寬裕，且輿論常含殺氣，少的正是儒家所珍視的中和氣象。他更由政治暴虐，追索造成上述人性缺損之深因。」「不妨認為，明代政治的暴虐，其間特殊的政治文化現象，引發了富於深度的懷疑與批判；而『易代』提供了契機，使對於一個歷史時代的反顧、審視成為可能。」[11]這種通過自我批判來進行社會批判「一身二任焉」的特點，

10　〔清〕王夫之：《讀通鑑論》，卷22。此處引文轉見趙園：《明清之際士大夫研究》（北京市：北京大學出版社，1999年）。

11　趙園：《明清之際士大夫研究》（北京市：北京大學出版社，1999年），頁21-22。這裡需要說明的是，我在寫作本文時，這部書的第一章「易代之際士人經驗反省」給予我許多的啟發，特此致謝。

典型地體現了早期中國思想啟蒙者的尷尬處境。然而，我們必須進一步探討：為什麼會造成這種困境？其根源又何在？在這裡，我以王夫之作為一個典型個案來加以分析。雖然，王夫之的學問規模博大，但他「二百多年沒有傳人」[12]。可見在當時，他的意義和影響並不在於學術，而是那些借史事來發表的「往往迥異流俗」的立論，以及從中所體現出的「他的特別眼光」。[13]就在這些「立論」和「眼光」中，體現了他銳利深刻的精神洞察力。我以為，他對中國啟蒙思想史的意義和影響就內含在這裡。梁啟超在《清代學術概論》中曾說道：「夫之著書極多……不落『習氣』，不『守一先生之言』。其《讀通鑑論》、《宋論》，往往有新解，為近代學子所喜誦習……其鄉後學譚嗣同之思想，受其影響最多。」[14]也就是說，在《讀通鑑論》和《宋論》中，最集中、最深刻地體現了王夫之那些富有懷疑和批判性的獨特的「士論」的深刻思想，正是這些「士論」扣動了後來的啟蒙者的神經，引發了精神的共鳴。從這裡可以看出那條潛伏在歷史進程中的「問題意識」，即作為啟蒙主體的士人的自我認知的要求和方式，這樣，我們就進入到了中國啟蒙思想語境的內在悖論性。在中國傳統的政治──文化結構中，對知識分子來說，強調和塑造的是「以吏為師」和「為王者師」的角色認同。這樣，不僅近代意義的獨立的「知識分子」根本無法在這一穩定、自洽的結構中產生，而且這一結構內在的文化積澱和心理趨迫，甚至會不自覺地成為啟蒙的精神障礙。因此，我以為，明末清初士人對自我精神存在的逼視和反省，是中國啟蒙者的主體性的自我啟蒙。不論他們對此是自覺還是不自覺，這都是一種不得不產生的「悖論性」。歷史的悲劇不僅在於這種啟蒙主體的自我啟蒙成為了中國早期啟蒙的「問題意識」結構中第一位的重要的

---

12 〔清〕梁啟超：《中國近三百年學術史》（北京市：東方出版社，1996年），頁100。

13 〔清〕梁啟超：《中國近三百年學術史》（北京市：東方出版社，1996年），頁90-100。

14 〔清〕梁啟超：《清代學術概論》（上海市：上海古籍出版社，1998年），頁19。

問題，而且這種「悖論性」並沒有在後來的歷史進程中得到解決，在我看來，除魯迅等極少數知識分子外，大多數的啟蒙思想者對此根本就缺乏清醒的反省。我們可以看到，在魯迅關於知識分子主題的小說、雜文中，這種「悖論性」一次又一次被清醒而又痛苦地審視著，魯迅在二〇年代中期，還痛切地說道「中國沒有俄國式的智識階級」，這段話，至今還讓我們警醒不已。

四

　　進一步地說，這種「悖論性」之所以不得不產生，另一個根本原因，就在於中國啟蒙思想的資源性匱乏。這裡，我們就接觸到了中國早期啟蒙思想的第二個特徵：重建價值資源的矛盾性，也就是說，缺乏回應「怎樣認知」這一「問題意識」的一套方法論和思想基礎。

　　我以為，要深入探討這一問題，做一些比較思想史的嘗試是必要的。在這裡，我們把它與西方啟蒙思想興起時的歷史狀況做些簡略比較，也許就會看得更分明。十四世紀末，文藝復興首先在南義大利興起，從當時的「制度、風俗、語言、藝術上面可以看出，在中世紀最陰暗艱苦的黑夜裡，古文明已經在這塊土地上掙扎出來，甦醒過來，野蠻人的足跡像冬雪一樣消融了」[15]。到了十五世紀的最後二十五年和十六世紀最初的三、四十年，則更是一個輝煌的時代，一個「人的全面發現的時代」。正如丹納所指出的那樣：

　　　　文藝復興是一個絕無僅有的時期，介乎中世紀與現代之間，介乎文化幼稚與文化過渡之間，介乎赤裸裸的本能世界和成熟的觀念世界之間。人已經不是一個粗野的肉食獸的動物，只想活

---

15 〔法〕丹納撰，傅雷譯：《藝術哲學》（合肥市：安徽文藝出版社，1986年），頁118-119。

　　動筋骨了，但還沒有成為書房和客廳裡純粹的頭腦，只會運用推理和語言。他兼有兩種性質，有野蠻人的強烈與持久的思想，也有文明人的尖銳而細緻的好奇心。他像野蠻人一樣用形象思索，像文明人一樣懂得佈置與配合。

　　像野蠻人一樣，他追求感官的快樂；像文明人一樣，他要求比粗俗的快樂高一級的快樂。他胃口很旺，但講究精緻。他關心事物的外表，但要求完善。他固然欣賞大藝術家作品的美麗的形體，但那些形體不過把裝滿在他腦子裡的模糊的形象揭露出來，讓他心中所蘊蓄的曖昧的本能得到滿足。[16]

　　隨著人文主義思想的廣泛傳播，在文藝復興晚期，近代哲學和近代科學得到了迅速的發展，進一步廓清了中世紀文化所籠罩在歐洲大地和歐洲精神上的陰霧。黑夜過去了，黎明的號角吹響了。「科學以意想不到的力量一下子重新興起；並且以神奇的速度發展起來。」[17]這一切都為啟蒙時代的到來，掃清了障礙，「人享到了安樂、窺見了幸福，慣於把安樂與幸福看做分內之物。所得越多就越苛求；而所求竟過於所得。同時實驗科學大為發展，教育日益普及，自由的思想越來越大膽；信仰問題以前是由傳統解決了的，如今擺脫了傳統，自以為單憑才智就能得到崇高的真理。大家覺得道德、宗教、政治，無一不成問題，便在每一條路上摸索，探求。」[18]這一切都為啟蒙運動在全歐洲的興起，準備了豐富的思想資源和精神條件。這正像卡西勒所指出的：「啟蒙思想家的學說有賴於前數世紀的思想積累，這一點是當時的人們沒有充分認識到的。啟蒙哲學只是繼承了那幾個世紀的遺

16　〔法〕丹納撰，傅雷譯：《藝術哲學》（合肥市：安徽文藝出版社，1986年），頁142-143。

17　〔德〕恩格斯：《自然辯證法》（北京市：人民出版社，1971年）。

18　〔法〕丹納撰，傅雷譯：《藝術哲學》（合肥市：安徽文藝出版社，1986年），頁97。

產，對於這一遺產，已進行了整理，去粗取精，有所發揮和說明。」[19]

然而，對於中國明末清初的一代啟蒙思想家們來說，卻絕對沒有這麼幸運的歷史饋贈。

讓我們來看看十七世紀中國的情形。一六四四年四月二十五日，午夜剛過，崇禎皇帝在一個忠心耿耿的太監陪同下，爬上御花園裡的一座小山，自縊身亡。在這四十幾天前，李自成在西安稱王，國號順。在這四十天后，滿族將軍多爾袞的前鋒軍隊先行到達京都，當天下午，多爾袞就住進了紫禁城。[20]從此，開始了一個新王朝的東征西伐，一個舊王朝的影子般的流亡與逃竄。這一系列的社會動盪，把當時的士人無情地拋進苦難和不安之中。因此，他們思想啟蒙的語境和問題也就困難得多，複雜得多。一般地說，歐洲的啟蒙思想運動一個最重要的特徵，就是掙脫了中世紀文化的枷鎖，打倒了一切違反人的理性的權威原則。這正如恩格斯在《反杜林論》中所指出的：「在法國為行將到來的革命啟發過人們頭腦的那些偉大人物，本身都是非常革命的。他們不承認任何外界的權威，不管這種權威是什麼樣的。宗教、自然觀、社會、國家制度，一切都受到了最無情的批判；一切都必須在理性的法庭面前為自己的存在作辯護或者放棄存在的權利，思維著的悟性成了衡量一切的唯一尺度……從今以後，迷信，偏私，特權和壓迫，必將為永恆的真理，為永恆的正義，為基於自然的平等和不可剝奪的人權所排擠。」[21]而對於晚明一代的啟蒙思想家來說，他們面臨的是：一方面是正統王朝的崩潰，另一方面是異族的入侵。因此，他們的一個自覺意識到的思想使命，就是維護和重建傳統文化及其價值的權威性和神聖性，以此作為抗議的方式，力求在文化和精神

---

19 〔德〕卡西勒撰，顧偉銘等譯：《啟蒙哲學》（濟南市：山東人民出版社，1988年），頁2。

20 參閱崔瑞德、牟復禮：《劍橋中國明代史》（北京市：中國社會科學出版社，1992年）。

21 〔德〕恩格斯：《杜林論》（北京市：人民出版社，1972年）。

上擺脫政治上淪陷於異族的屈辱感。我以為，這種政治危機——文化抗議的心態，是從近代一直延伸到「五四」以來，愈演愈烈的關於「中體西用」和關於「東西方文化」等一系列論爭的歷史心理的秘密。

　　但是，僅僅說明這一點是不夠的，接下來的問題則是更嚴峻：他們所要維護和重建的這一套價值和權威原則，究竟是什麼？他們又是怎樣的尋找到這種重建的資源？它們可靠嗎？它們能否承擔起這種重建的重任呢？在這裡，歷史又一次顯示出它的無情和苛刻。對於這些早期中國啟蒙思想者來說，很顯然，相隔不遠的理學已經頹敗、墮落得滿目瘡痍，不僅不足以依持，而且還必須加以嚴厲的批判。對此首先猛烈攻擊的是大儒顧炎武。他在〈與友人論學書〉中說道：「今之君子則不然。聚賓客門人之學者數十百人，『譬諸草木，區以別矣』，而一皆與之言心言性。舍多學而識，以求一貫之方，置四海之困窮而不言，而終日講危微精一之說，是必其道之高於夫子，而其門弟子之賢於子貢，祧東魯而直接二帝之心傳者也。我弗敢知也。」[22]他在《日知錄》〈十八〉中把這一思想說得更尖銳：「今之學者，偶有所窺，則欲盡廢先儒之說而駕其上；不學則借『一貫』之言以文其陋，無行則逃之『性命』之鄉以使人不可詰。」[23]在對舊學派進行鋒芒峻露的攻擊同時，顧炎武也樹起了「經學即理學」的新旗幟，他說道：「古今安得別有所謂理學者？經學即理學也。自有舍經學以言理學者，而邪說以起。」[24]顧炎武的這一思想對當時思想界的影響，不可謂不巨大，「實四五百年來思想界之一大解放」[25]。然而，問題就在這裡，早期啟蒙思想家試圖通過對「經學」的建設性研究，來重建啟蒙思想資源，並開啟中國近代啟蒙思想之先河，這一思路正像梁啟超所

22　〔清〕顧炎武：《亭林文集》（《四部叢刊》本影潘刻本），卷3。

23　〔清〕顧炎武：《日知錄》〈十八〉（上海市：上海古籍出版社，2011年）。

24　〔清〕全祖望：〈亭林先生神道表〉引，《鮚埼亭集》（上海市：上海古籍出版社，2010年）。

25　〔清〕梁啟超：《清代學術概論》（上海市：上海古籍出版社，1998年），頁11。

一語道破的那樣：「以經學代理學，是推翻一偶像而別供一偶像。」[26]
也就是說，這種重建並沒有拋棄或打破原有的價值傳統和權威原則，
只不過找到了一種新的權威原則。骨子裡還是老路子，這就是早期啟
蒙思想的困境之所在。如果進一步的討論，那麼，我們就會發現這種
困境在「五四」一代像梁漱溟這樣的思想家身上也表現出內在的相似
性，正如有論者所指出的那樣：「甚至像梁啟超，譚嗣同和其他對官
方儒學正統的某些重要原則的批判者，他們似乎仍感到，自己可以從
儒家形而上學和中國傳統的其他部分找到一種超然的依據，以此攻擊
各種既成制度和公認正統觀念的絕對主張。與那種『中國傳統』與
『現代西方』的截然兩分法的看法相反，他們繼續在中國思潮和西方
思潮之間尋找各種類似性的相融性。毋庸置疑，這種類似和相融性的
發現常常是出於民族自尊心的理由而牽強所致。」[27]若再往更深一層
來看，這種思想困境對明末清初的知識分子來說，不僅不可能在邏輯
上得到疏解，而且，更是成為一種精神性的迷惘，這就使得在他們的
身上表現出深刻的悲劇性。隨著明王朝的日漸衰敗，到了晚明，一代
學風「考其思想之本質，則所研究之對象，乃純在昭昭靈靈不可捉摸
之一物。浮誇之輩，摭拾虛辭以相誇煽，乃甚易易。故晚明『狂禪』
一派，至於『滿街皆是聖人』，『酒色財氣不礙菩提路』，道德墮落極
矣。重以制科帖括，籠罩天下，學者但習此種影響因襲之談，便足以
取富貴，弋名譽，舉國靡然化之，則相率於不學，且無所用心」[28]。
可見，傳統知識分子一向追求的精神存在的基本價值和準則這時已蕩
然無存。而易代之際，尤易看出人心的變遷，因此，如何使這些基本
的價值準則得以重新確立和堅守，就成為嚴峻的命題。而顛沛流離的

---

26 〔清〕梁啟超：《清代學術概論》（上海市：上海古籍出版社，1998年），頁11。

27 史華茲：〈五四運動的反省・導言〉，《五四：文化的闡釋與評價》（太原市：山西人
　　民出版社，1989年），頁6。

28 〔清〕梁啟超：《清代學術概論》（上海市：上海古籍出版社，1998年），頁8。

生活，使他們最深切體驗到的則是「死」、「生」這樣的大關口，大選擇。這兩方面的體驗，對他們來說，都是一樣的刻骨銘心，於是，精神和意志在他們心靈深處不斷撞擊，並閃耀出明亮的火花。很自然地，他們就把基本價值的重建放在了「生」、「死」這塊尖銳的試金石上。但是，在這裡，我們不禁要追問道：他們所追求的「死」又是一種怎樣的狀態呢？據趙園在《明清之際士大夫研究》一書統計，翻開晚明一代的文集，其中諸如「死社稷」、「死封疆」、「王辱臣死」、「城亡與亡」、「不濟，以死繼之」、「有死無貳」、「我久欠一死矣」、「吾此心安者死耳」、「不能死節，靦顏苟活」、「恨其不能死」、「以死為道」、「所以處死之道」、「義所當死、死賢於生；義所當生、生賢於死」，如此慷慨悲憤，觸目驚心的話語，比比皆是。這樣，就把一個精神價值的重建轉化成一個政治倫理學問題。也就是說，把一個人精神存在的最起碼的條件，狹隘地轉化成一種對個人政治情操的考驗。而更具有悲劇性的是，正是他們所誓死捍衛的這套「死節」、「死義」的政治倫理製造了他們自己的「死地」。在這裡，歷史同時成為了這個「死結」的繫鈴人和解鈴人。在他們的身上已經能看到後來的「戊戌六君子」的身影，就是這樣，鮮血在昭示著勇氣的同時，也昭示著悲劇。這時，我不禁想起魯迅小說《孤獨者》中的主人翁魏連殳臨死時，留在嘴邊的那一絲冷笑——他冷笑什麼？……。

五

　　除了用生命去捍衛之外，早期啟蒙思想者還能找到什麼樣的資源？個體的生命畢竟是孤獨的、脆弱的。他們渴望能找到一種比個體更長久，更穩定的東西。自然的，他們就把尋找的目光投向了歷史，這一點在中西方啟蒙思想史上，有著它內在的相似性。在西方，「十八世紀哲學從一開始就把自然問題和歷史問題視為不可分割的統一

體。它力圖用同樣的思想工具處理這兩類問題。它力圖對自然和歷史
提出同樣的問題，運用同一種普遍的『理性』方法」[29]。比如，孟德
斯鳩就寫有《羅馬盛衰原因論》，而伏爾泰更是「工作得像個礦工；
要在『這種種錯誤虛妄的密西西比長河』中尋找有關人類真實歷史的
真理之金沙。年復一年，他埋頭從事於準備工作，一部《俄國史》，
一部《查理十二史》，《路易十四時代》以及《路易十二時代》」[30]。

　　同樣的，在中國，「明清之際的各大師，大率都重視史學──或
廣義的史學，即文獻學。試一閱亭林、犁州、船山諸家著述目錄，便
可以看出這種潮流」[31]。就是在明亡不久，那些不肯仕清的士人就寫
有諸多的「親歷實錄」。其中以李清的《南渡錄》，顧炎武的《聖安紀
事》，王夫之的《永曆實錄》，黃宗羲的《弘光實錄鈔》、《行朝錄》，
錢澄之的《所知錄》，屈大均的《皇明四朝成仁錄》等，最為著名。
除此之外，明亡之後更有大量野史在民間流傳，雖屢經清廷禁毀，
「留存者尚百數十種」，可見數量之多[32]，以至於「治明史者常厭野史
之多」[33]。雖然，中西方啟蒙思想家都表現出對歷史的興趣，但是，
我們很快就會發現，這種相似性是如此的表層，而更深的裂痕，早已
在嘎嘎作響。即在深層的歷史理念上，兩者之間卻有著很大差異。就
在這差異之中，我們將接觸到中國早期啟蒙思想的第三個特徵：隱喻
的歷史觀。

　　在西方啟蒙時代，那些大師們都介入了歷史的寫作，但是，無論
是孟德斯鳩還是伏爾泰，他們對一般人所津津樂道的歷史事實的細節

29　〔德〕卡西勒撰，顧偉銘等譯：《啟蒙哲學》（濟南市：山東人民出版社，1988年），
　　頁194。
30　〔美〕威爾‧杜蘭特：《哲學的故事》（北京市：生活‧讀書‧新知三聯書店，1988
　　年），頁307。
31　〔清〕梁啟超：《中國近三百年學術史》（北京市：東方出版社，1996年），頁337。
32　參閱崔瑞德、牟復禮：《劍橋中國明代史》（北京市：中國社會科學出版社，1992
　　年）。
33　〔清〕梁啟超：《中國近三百年學術史》（北京市：東方出版社，1996年），頁337。

都沒有興趣。一個典型的例子就是，一七四〇年，瑞典牧師諾貝爾出版了一部敘述查理十二統治時期的淵博著作，並且在書中指出伏爾泰的《查理十二史》的許多錯誤。伏爾泰在回信中，卻這樣寫道：「五十年前被焚毀的斯德哥爾摩城堡的教堂坐落在宮殿新建的北翼……當時每逢佈道日，教堂的座位上就覆蓋著藍色的織錦，這些座位有些是橡木的，有些則是胡桃木的。……知道這一切對於歐洲來說也許是一樁重要的事情。我們很願意相信，徹底了解查理十二在其下加冕的高臺中沒有假的黃金，知道華蓋的高度，以及它是否是由教會提供的紅布或藍布裝飾起來的，這些都是無比重要的……所有這一切，對於那些一門心思想知道王公大人們的興趣的人可能有其價值……一個歷史學家有許多責任。」[34]那麼，在伏爾泰看來，歷史學家的責任是什麼？那就是，他們要開闢的是一條通往歷史哲學的道路，正如孟德斯鳩所宣稱的那樣：「我建立了一些原則。我看見了：個別情況是服從這些原則的，彷彿是由這些原則引申出來的，所有各國的歷史都不過是由這些原則而來的結果。」[35]他的歷史著作《羅馬衰亡原因論》的寫作，就是要證明他關於國家演化和發展的歷史原則，他在書中這樣寫道：「支配著全世界的並不是命運。……有一些一般的原因，它們或者是道德方面的，或者是生理方面，這些原因在每一個王國裡都發生作用，它們使這個王國興起，並保持住它，或者是使它覆滅。一切偶發事件都是受制於這些原因的。如果仍然是一次戰敗，這就是說一次特殊的原因摧毀了一個國家，那就必然還有個一般的原因，使得這個國家會在一次戰鬥中滅亡。」[36]對歷史哲學的追求，伏爾泰更是說

---

34 轉引自〔德〕卡西勒撰，顧偉銘等譯：《啟蒙哲學》（濟南市：山東人民出版社，1988年），頁216。

35 〔法〕孟德斯鳩撰，婉玲譯：《羅馬盛衰原因論》（北京市：商務印書館，1962年），頁102。

36 〔法〕孟德斯鳩撰，婉玲譯：《羅馬盛衰原因論》（北京市：商務印書館，1962年），頁102。

得理直氣壯，直截了當：「只有哲學家才配學歷史。」[37]「在所有的國家裡，歷史都因無稽之談被搞得面目全非，直到最後，哲學才開始給人以啟蒙。」[38]十八世紀啟蒙哲學在歷史領域的貢獻，「總的來說，它提出了歷史領域中關鍵性的哲學問題。它探討了歷史的『可能性』的條件，正像它探究自然科學的可能性的條件一樣。」[39]它「致力於對歷史獲得清楚明白的觀念，認清一般和特殊，觀念和實在，法律和事實之間的關係，精確地劃清它們之間的界限，力圖由此而把握歷史的意義」[40]。這種強調哲學和方法的歷史觀念，正是啟蒙時代的理性精神的體現。對於他們來說，歷史是一個被「征服的領域」。他們的勝利果實，就在於宣稱：他們所發現的原則是「重大的，普通的和永存的」[41]。這樣，他們一方面對歷史（過去）進行了「祛魅」；另一方面，又擺脫了對未來的不可知論。然而，在中國早期啟蒙思想家那裡，他們歷史理念的感性色彩和體驗色彩卻要濃郁得多。如黃宗羲所稱的：「國可滅，史不可滅，後之君子能無遺憾耶？」他們在歷史寫作中強調的是一種「寄託」，一種「隱喻」。這一點，首先是在那些私人的歷史著述中得到充分的體現。查繼佐在其《罪惟錄》自序中說道：「此書之作，始於甲申，成於壬子中，二十九年，寒暑晦明，風雨霜雪，舟車寢食，病痛患難，水溢火焦，泥塗鼠齧，零落破損，整飭補修。手草易數十次，耳采經數千人……」[42]可見其用心之苦之

---

37 轉引自〔美〕威爾・杜蘭特：《哲學的故事》（北京市：生活・讀書・新知三聯書店，1988年），頁307。

38 轉引自〔美〕威爾・杜蘭特：《哲學的故事》（北京市：生活・讀書・新知三聯書店，1988年），頁307。

39 〔德〕卡西勒撰，顧偉銘等譯：《啟蒙哲學》（濟南市：山東人民出版社，1988年），頁191-193。

40 〔德〕卡西勒撰，顧偉銘等譯：《啟蒙哲學》（濟南市：山東人民出版社，1988年），頁191-193。

41 〔德〕卡西勒撰，顧偉銘等譯：《啟蒙哲學》（濟南市：山東人民出版社，1988年），頁191-193。

42 〔清〕查繼佐：《罪惟錄》（杭州市：浙江古籍出版社，1986年）。

深，所以繆荃孫在《藝風堂文漫存》中說及查氏時，不禁感慨道：
「東山身預莊氏史禍，復能自著此書，可謂有心人哉。」即使如「以
明實錄為本，遍查群籍，考訂偽誤，按實編年」的談遷的史著《國
榷》，也不免有許多深切的「寄託」。吳梅村曾記談遷：「嘗策蹇衛，
襆被入西山，訪舊朝遺跡，草述蒙蔚，碑碣殘落，故老僅存之口，得
一字則囊筆疾書，若恐失之。會天大雪，道阻糧盡，忍饑寒而歸，同
舍生大笑之，弗顧。」[43]在這些私人史述中，「寄託」之情不妨流溢紙
面，然而到了撰「國史」的時候，則需要一種更深的「隱喻」，因
為，此時是處於新王朝的語境中。如黃宗羲在為其弟子萬斯同的《歷
代史表》作序時，就說道：「嗟乎！元之亡也，危素趨報恩寺，將入
井中。僧大梓云：『國史非公其知，公死是死國之史也。』素是以不
死，後修《元史》，不聞素有一辭之贊，及明之亡，朝之任史事者眾
矣，顧獨藉一草野之萬季野以留之，不亦可慨也夫！」[44]在這種特殊
的遺民心境下，「前明遺獻，大率皆惓惓於國史。梨洲這段話，足見
其感慨之深」[45]。除了這種充滿象徵和儀式內涵的以「國史相托」之
外，明末清初啟蒙思想家的歷史理念的「隱喻性」在其一系列史評、
史論中，則表述得尤為充分。「在經由史論的『國運』追究中，士大
夫追究著自身命運，瀰漫於文字間的蒼涼之感，與無可奈何的沉痛，
令人可感到創傷之深，以史論為政論，本是士人議政的慣用策略；由
明亡前後士人史論，可以看出一個朝代有關自身批判思想的積累過
程：儘管警策如王夫之《讀通鑑論》、《宋論》者並不多有。」[46]易代
之際，面對歷史，必然會有許多幽古之思和悲憤之情，歷史寄託和歷
史隱喻，則是一種相對安全的敘述策略，但是，問題的複雜性卻在

43　〔清〕吳偉業：《吳梅村全集》（上海市：上海古籍出版社，1990年），卷33。
44　〔清〕黃宗羲：《南雷文約》，《黃宗羲全集》（杭州市：浙江古籍出版社，2005年），
　　卷4。
45　〔清〕梁啟超：《中國近三百年學術史》（北京市：東方出版社，1996年），頁58。
46　趙園：《明清之際士大夫研究》（北京市：北京大學出版社，1999年），頁443。

於，隱藏在晚明一代士人歷史思考的背後，是一種與新朝相對抗的政治性姿態，它力求通過歷史敘述，獲得自身存在「合理性」的證明，因此，他是面向過去的，並且只能是個體化的，在這個意義上說，他無法開闢出一條向前的，普遍性的，通往歷史哲學的理性的道路。這樣就顯示出早期啟蒙思想在歷史資源上所內在的矛盾性：一方面，他們必須依靠這些歷史資源，以獲得自身存在的勇氣和價值確認；另一方面，在新的語境下，他們又不得不採用隱喻的話語方式和思維方式。這樣，就不可避免地削弱、含混了他們自身的力量。同時，這兩方面都在他們的心靈中膠著，糾纏，乃至對峙。這個寄託、隱喻的「史結」，在後來的歷史觀發展過程中，一次又一次地浮現出來。在這裡，我不禁想起魯迅小說〈在酒樓上〉中的一個情節。主人翁呂緯甫奉母親之命，回到鄉下，給已死去多年的小弟遷葬，小說中這樣寫道：

> 我站在雪中，決然指著他對土工說，「掘開來！」我實在是一個庸人，我這時覺得我的聲音有些希奇，這命令也是一個在我一生中最為偉大的命令。但土工們卻毫不駭怪，就動手掘下去了。待到掘著壙穴，我便過去看，果然，橡木已經快要爛盡了，只剩下一堆木絲和小木片。我的心顫動著，自去撥開這些，很小心的，要看一看我的小兄弟。然而出乎意外！被褥，衣服，骨骼，什麼也沒有。我想，這些都消盡了，向來聽說最難爛的是頭髮，也許還有罷。我便伏下去，在該是枕頭所在的泥裡仔仔細細的看，也是沒有。蹤影全無。

我以為，這是魯迅小說中比較讓人費解的一個情節，為什麼雖然「我預料那地下的應該早已朽爛了」，但仍舊固執、決然地挖掘下來？為什麼「我會忽然覺得自己的命令有些偉大？」在我看來，這可以說是

一個含義深遠的歷史「隱喻」，這難道不是中國啟蒙思想者的一種心態的象徵嗎？過去的一切包括歷史想像早已朽壞，然而，為了讓自己和別人都能「心安些」，我們還是必須面對、正視著這種「朽壞」，也許，這就是一種偉大，一種充滿稀奇感和荒誕感的偉大。

六

　　源頭和流域沿岸長期的生態破壞和沙土流失，可能是造成洪災的主要原因之一。在這個比喻性的意義上說，當我們把「五四」放在中國啟蒙思想大背景下來加以反思時，明末清初的中國早期啟蒙思想特徵和困境，也許能提供我們一種根源性的反思視野和維度。這也許就像魯迅那充滿意味的題詞：

> 過去的生命已經死亡。我對於這死亡有大歡喜，因為我借此知道它曾經存活，死亡的生命已經朽腐，我對於這朽腐有大歡喜，因為我借此知道還非空虛。

中篇　歷史的潛流：清代學術、思想與「五四」

一

　　無論是就廣度，還是深度來看，「五四」思潮都給後人留下了「驚濤拍岸，捲起千堆雪」的感受。當然，這一波瀾壯闊的氣勢，絕非一時一地驟然造就的，而是在漫長的歷史過程中，不斷地匯聚各種各樣的支流、潛流，從而「有容乃大」。因此，我以為，如果在充分注意歷史「差異性」的前提下，來重新探討「五四」思潮與清代以來

的中國思想、學術的內在關係，那麼，這種研究，一方面，使得我們能發現、描述出一條貫穿始終的歷史「劇情主線」，另一方面，對我們研究、反思「五四」思潮對傳統的繼承與轉化及其內在特徵，也將提供一個更加廣闊的歷史視野。正是基於這樣的一種認識，我把這條「劇情主線」稱為「歷史的潛流」，把西學的影響稱為「歷史的明流」。由於對於後者的研究，一直是學術界的熱點問題，所以，這部分的寫作將定位於對前者的集中討論。

　　這裡我首先要討論到的是清代學術所內在的科學主義傾向對「五四」新文化思想的影響。在學術研究中，清人提倡、激勵「重證據」的精神。只有從這個意義上，我們才可能理解清初的那些大儒們的學術作為。比如，顧炎武以一六〇個證據證明「服」字古音讀作「逼」；閻百詩以十多年工夫考明《尚書》中的古文為偽作；錢大昕根據數十個例子考定古無輕唇音及舌頭舌上之分；高郵王氏以二十個例釋「焉」字之通則。清儒追求「凡立一義，必憑證據；無證據而以臆度者，在所必擯」[47]，這是一種在歷史慘痛之後的思想選擇，所以，在清人的致力於學術方法和規範重建的背後，總是深藏著人生的苦心。正如費燕峰所指出的：「清談害實，始於魏晉，而固陋變中，盛於宋南北。自漢至唐，異說亦時有，然士安學同，中實尚屬。至宋而後，齊逞意見，專事口舌，……又不降心將人情物理平居處事點勘離合，說者自說，事者自事，終為兩斷。一段好議論，美聽而已……後儒所論，唯深山獨處，乃可行之；城居郭聚，有室有家，必不能也。蓋自性命之說出，而先王之三物六行亡矣。……學者所當痛心，而喜高好僻之儒，反持之而不下。無論其未嘗得而空言也，果『靜極』矣，『活潑潑地會』矣，『坐忘』矣，『心常在腔子裡』矣，『即物之理無不窮，本心之大無不立，而良心無不致』矣，亦止與達摩面

---

47 〔清〕梁啟超：《清代學術概論》（上海市：上海古籍出版社，1998年），頁47。

壁，天臺止觀同一門庭。……何補於國？何益於家？何關於政事？何救於民生？……學術蠱壞，世道偏頗，而夷狄寇盜之禍亦相挺而起……」[48]聯繫此時正是明亡之後的歷史現實，就可以體會到這段引言中後面的幾句話，說得多麼的痛切，在他們看來，拋棄「游談無根」的空言，確立一種實證的學術精神，絕不僅僅是簡單的學術規範的問題，而是一項重建精神價值和規範的大事。清初大儒們的這種重實證的學術精神，就很為後人所津津樂道。比如，胡適的〈清代學者的治學方法〉一文，就說道：「中國舊有的學術，只有清代的『樸學』確有『科學的精神』。他們用的方法總括起來，只是兩點：（一）大膽的假設。（二）小心的求證。」在寫下這段話的相隔兩天後，胡適在〈論國故學——答毛子水〉中，更是要求他的學生們在整理國故中要繼承這種「科學的方法」，他說道：「『漢學家』所以能有國故學的大發明者，正因為他們用的方法無形之中都暗合科學的方法。錢大昕的古音之研究，王引之的《經傳釋詞》，俞樾的《古書疑義舉例》，都是科學方法的出產品。這還不是『自覺的』（Unconscious）科學方法已能有這樣的成績。我們若能用自覺的科學方法，加上許多防弊的法子，用來研究國故，將來的成績一定更大了。」[49]雖然，隨著時間的推移，清初大儒強調實證背後的「苦心」，已漸漸淡去，而作為強調學術規範和學術方法的另一面漸漸被突顯出來，但是，重證據的思想，已像一粒種子，在中國學者的心裡播下，紮根，萌芽，開花，結果，它對中國人科學智慧的培育和成長，產生了潛在而深遠的影響。這正如另一個治清學的大師梁啟超所指出：「自經清代考證學派二百餘年之訓練，成為一種遺傳，我國學子之頭腦，漸趨於冷靜縝密。此種性質，實為科學成立之根本要求。」[50]也就是說，這種力求證據的

---

48 〔明〕費燕峰：《費氏遺書》《弘道書》（臺北市：新文豐出版社，1989年），卷中。

49 胡適：《胡適文存》一集（合肥市：黃山書社，1996年），卷3。

50 〔清〕梁啟超：《清代學術概論》（上海市：上海古籍出版社，1998年），頁106。

精神為現代科學精神和科學方法在中國的確立，做了必要的歷史訓練
和歷史準備。在這一點上，胡適自己就有個「現身說法」，他在《先
秦名學史》〈前言〉中就說道：「我始終堅持這一原則：如無充分的理
由，就不承認某一著作，也不引用某一已被認可的著作中的段落。」
「另一個重要的問題，是關於原文的校勘和訓釋。在這方面，我充分
利用了近二百年來我國學者們積累的研究成果。」蔡元培在為胡適著
作作序時，就稱胡適「稟有『漢學』的遺傳性」，並把「證明的方
法」列為胡著《中國古代哲學史》的幾處特長的首位。五〇年代末，
胡適在一次「東西方哲學家會議」的演講中，還自信地說道，正是由
於有一個「科學的傳統，冷靜而嚴格的探索的傳統，嚴格的靠證據思
想，靠證據研究的傳統，大膽的懷疑，小心求證的傳統，一個偉大的
科學精神與方法的傳統，使我們當代中國的兒女，在這個近代科學的
新世界裡不覺得困擾迷惑，反能夠心安理得」[51]。必須指出的是，清
初提倡的重證據的科學精神在進入清朝的穩定期之後，在清人的心智
中，漸漸地發展成一個日益嚴密，執著，乃至僵硬的學術規範和學術
方法。這也就是說，在後來，並沒有人對重證據的背後的科學性作本
體性的思考，也沒有人把這種方法作為一種思考人生各個方面的尺
度，這就猶如在「螺殼裡做道場」一般，只是注重片面發展他們某一
方面的智慧，這樣，原本充滿生機與創造性的科學精神就逐漸萎縮成
一種狹隘的「樸學」方法，在我看來，也正是這一點，使得當西方的
科學理念在中國傳播時，中國人對這一科學理念內在的複雜意義，往
往採取斷章取義，含混模糊的理解和接受方式。也就是說，我們不僅
沒有自覺地把它發展成一套豐富的科學思想體系，而且還使得科學的
理念內涵變得十分的狹窄。

51　胡適：《胡適文集》（北京市：北京大學出版社，1998年），卷12，頁421。

二

　　有清一代科學主義傾向的另一方面，就是懷疑精神。在這裡，特別值得指出的是清初兩位經學家閻百詩與胡朏明。閻百詩從二十歲起就著手著《古文尚書疏證》，此後四十年間，隨時增訂。他「專辨東晉晚出之《古文尚書》六篇及同時出現之孔安國《尚書傳》皆為偽書也」[52]。閻百詩的《古文尚書疏證》出版後，立即在思想界造成巨大的震動，「中國人向來對幾部經書，完全在盲目信仰的狀態之下。自《古文尚書疏證》出來，才知道這幾件『傳家寶』裡頭，也有些靠不住，非研究一下不可。研究之路一開，使相引於無窮。自此以後，今文和古文的相對研究，六經和諸子的相對研究，乃至中國經典和外國經典的相對研究，經典和『野人之語』的相對研究，都一層一層的開拓出來了。所以百詩的《古文尚書疏證》，不能不認為近三百年學術解放之第一功臣」[53]。而胡朏明給清代思想界最大的影響，在於他的《易圖明辨》，這部書是專辨宋儒所傳「太極」、「先天」、「後天」，所謂「河圖」、「洛書」等種種矯誣之詞，「胡氏此書，幾將此等異說之來歷，和盤托出，使其不復能依附經訓以自重，此實思想之一大革命也。」[54]梁啟超在《清代學術概論》中，曾把閻、胡這兩部書對清代思想方面的意義和影響與達爾文的《物種起源》和雷能的《耶穌基督傳》做了比較，他說：「歐洲十九世紀中葉，英人達爾文之《種源論》，法人雷能之《耶穌基督傳》先後兩年出版，而全歐思想界為之大搖，基督教所受影響尤劇，夫達爾文自發表其生物學上之見解，於教宗何與？然而被其影響者，教義之立腳點破也。雷能之傳，極推挹基督，然反損其信仰者，基督從來不成為學問上之問題，自此遂成為

52　〔清〕梁啟超：《清代學術概論》（上海市：上海古籍出版社，1998年），頁13。

53　〔清〕梁啟超：《中國近三百年學術史》（北京市：東方出版社，1996年），頁86。

54　〔清〕梁啟超：《清代學術概論》（上海市：上海古籍出版社，1998年），頁15。

問題也。明乎此間消息，則閻胡兩君之書，在中國學術史上之價值，可以推見矣。」[55]這裡，我們暫且不論這種比較是否合理，但是，他確實指出了閻、胡在學術上的懷疑精神的重要性。可以說，正是這兩人開了後來「五四」時期疑古學派的先河。但是，我們不得不遺憾地看到，清代學人的這種懷疑精神只是在知識形態上的一種「辨偽」意識，它並沒有帶來一種對人的能力和信仰等更根本性問題的反思。也就是說，這種懷疑論僅僅是打擊了躲在故紙堆中的「鬼」，而沒有去掉那些一直遮蔽著中國人的一系列虛假的價值和理念。對於這一點，我們只要把懷疑論在西方啟蒙時代中所起的作用及其特徵與中國近代的這種知識「辨偽」的懷疑精神做些比較，可能就會看得更分明。比如，英國哲學家休謨認為，我們根本無法證明知覺是由外物引起，還是由精神或者某種人們根本還不知道的東西引起的，因此建立在因果關係上的關於事實的知識，根本就不存在什麼確定性。而康德更進一步地指出，人的知識能力是有一定極限的，根本無法達到「物自體」。[56]無論休謨還是康德，都在認識論的意義上，為懷疑論的存在和深化創造了巨大的空間。正因為我們的認識能力有如此巨大的缺陷，那麼，任何一種宣稱自身為絕對真理的事實和做法，看來都是荒謬的。這樣，就為人類的認識發展提出了不斷進步和深化的要求。另一方面，十八世紀的懷疑論，根據理性精神對舊宗教和舊信仰提出了質疑，正是在認識論和宗教信仰這兩方面，懷疑論為西方近代的科學精神的進一步發展，掃清了道路。而清代學術的懷疑論傾向，只是停留在對幾部「經典」的文本層面上的質疑，並沒有人敢對這文本背後的那套「價值理念」提出質疑。當然，到了「五四」時期，這種潛在的懷疑論傾向已逐漸地突現出來，並且蔚為大觀。比如，魯迅小說中的「狂人」就喊出：「從來如此，便對麼？」但是，必須指出的是，由

55　〔清〕梁啟超：《清代學術概論》（上海市：上海古籍出版社，1998年），頁15。

56　〔英〕羅素撰，馬元德譯：《西方哲學史》（北京市：商務印書館，1997年）。

於這種懷疑論不是建立在一種對人類認識能力的有限性這樣一個本體論的基礎上，所以，這種懷疑論在摧毀一個舊信仰的時候，就很容易被新的主義和新的信仰所替代。「五四」人物中，就很少有人像魯迅在《野草》中那樣堅決地說道：

> ……抉心自食，欲知本味，創痛酷烈，本味何能知？……
> ……痛定之後，徐徐食之，然其心已陳舊，本味又何由知……

我以為，這是現代中國人所能喊出的最偉大的懷疑論的宣言，而這其中卻充滿著創痛和絕望。

三

　　清代學術對「五四」新文化思想的第三個影響，就在於「諸子學」的悄然興起。對於這一點，梁啟超說得尤為精到：

> 其功尤鉅者，則所校多先秦諸子，因此引起研究諸子學之興味。蓋自漢武罷黜百家以後，直至清之中葉，諸子學可謂全廢。若荀若墨，以得罪孟子之故，幾莫敢齒及。及考證學興，引據惟古是尚，學者始思及六經以外，尚有如許可珍之籍。故王念孫《讀書雜志》，已推勘及于諸子。其後俞樾亦著《諸子平議》，與《群經平議》並列，而汪（中），戴（震），盧（文弨），孫（星衍），畢（沅）諸賢，幾遍取古籍而校之。夫校其文必尋其義，尋其義則新理出矣。汪中之《荀卿子通論》、〈墨子序〉、〈墨子後序〉、孫星衍之〈墨子序〉，我輩今日讀之，誠覺甚平易，然在當日，固發人之所未發，且言人所不敢言也。後此洪頤煊著《管子義證》，孫詒讓著《墨子閒詁》，王先慎著

《韓非子集釋》，則躋諸經而為之注矣。及今而稍明達之學者，皆以子與經並重，思想蛻變之樞機，有揜彼而辟於此者，此類是已。[57]

　　這種諸子學的興起，到「五四」時期，得到進一步的發展，錢穆在《國學概論》中談及「最近期之學術思想」時，則稱：「言其承接舊傳之部，則有諸子學之發明」[58]。「五四」時期，諸子則成了當時許多啟蒙思想者用來作為反儒的手段。比如，胡適在《中國古代哲學史》中就對於老子以後的諸子，稱「各有各的益處，都還他一個本來面目，是很平等」。當時的許多思想家，如魯迅、胡適都對《墨子》產生了相當大的興趣，以致《墨經》的研究成為一時之顯學。當時被稱為「只手打孔家店的老英雄」吳虞，就在一些批判性的非儒反孔的文章中，屢屢用老莊、墨子、文子、商鞅等人的言論，來作為抨擊儒學綱常名教的武器[59]，這些都說明諸子學作為傳統的一部分，在「五四」這一特殊時代中，所扮演的是非傳統的角色，不過在這時，這種「非傳統的力量」已不像在清代那樣只是引而不發。但是，儘管如此，我們看到，這批判力量也是有限的，正如陳平原先生在《中國現代學術之建立》中指出的那樣：很快地人們對諸子學的興趣，就轉化成對治子與治經的方法不同的興趣，最明顯的例子就是引發了章太炎和胡適之間關於治學方法的論爭。[60]胡適認為：「經與子同為古書，治之之法只有一途，即是用校勘學與訓詁學的方法，以求本子的訂正與古義的考訂」[61]，而章太炎在覆章士釗的信中，對此提出嚴厲的批

57　〔清〕梁啟超：《清代學術概論》（上海市：上海古籍出版社，1998年），頁60。
58　錢穆：《國學概論》（北京市：商務印書館，1998年）。
59　吳虞：《吳虞文錄》（上海市：亞東圖書館，1921年）。
60　陳平原：《中國現代學術之建立》（北京市：北京大學出版社，1998年），頁241。
61　胡適：《胡適文存》二集（合肥市：黃山書社，1996年），頁127。

評，並亮出自己的治子學方法，他說道：「前因論《墨辯》事，言治經與治諸子不同法；昨弟出示適之來書，謂校勘訓詁，為說經說諸子通則，並舉王、俞兩先生為例，按校勘訓詁，治經治諸子，特最初的門徑然也，經多陳事實，諸子多明義理（此就大略言之，經中《周易》亦明義理，諸子中管、荀亦陳事實，然諸子專言事實，不及義理者絕少）。治此二部書者，處校勘訓詁之後，即不得不各有所主。此其術有不得同者。故賈、馬不能理諸子，而郭象、張湛不能治經。王、俞兩先生，則暫為初步而已。」[62] 在這裡，引起我興趣的並非這場論爭的來回、曲直。我希望的是，在對這場論爭的分析中能發現隱蔽在這爭論背後的某種思想理念。在深入探討之前，我想把它與發生在十二世紀經院哲學中的一場相似的論爭，做一些簡單的比較，即所謂的在哲學史上有名的「奧卡姆剃刀」。所謂的「奧卡姆剃刀」，就是在面對著越來越繁瑣的經院哲學時，奧卡姆提出：「能以較少完成的事物若以較多者去作即是徒勞」這一說法，即後人概括為「如無必要，勿增實體」。這也就是說，某一門科學，如能不以這種或那種假設的實體來解釋某一事物，那麼我們就沒有理由去假設它。[63] 這在邏輯分析中是一個最有成效的原則，也正是這一「奧卡姆剃刀」剃掉了生長在神學面目上的種種「蔓枝雜草」，最終導致中世紀經院哲學的崩潰。我以為，胡適所強調的經學與子學在治學方法上一視同仁的思想，正是這種「奧卡姆剃刀」式的思維方式，表明的是一個已經脫離傳統治學規範的現代知識分子的一種學術品格。我以為，不斷被闡釋的傳統思想與傳統知識，正像經院哲學一樣，也不斷製造許多含混不清的知識累積，它對中國人的整個心智的自由發展，也帶來重負，它確實也需要來一下直截了當的「剃法」。所以，胡適在這場論爭中的

62　此處轉引自胡適：《胡適文存》二集（合肥市：黃山書社，1996年），頁127。

63　〔英〕羅素撰，馬元德譯：《西方哲學史》（北京市：商務印書館，1997年）。

立場，從某種意義上說，正是現代理性和效率原則在學術方法上的反映。

四

　　雖然有清一代，是歷史上文網最為森嚴的一個時代。但是，一種若繼若斷的人本主義思想還是像地下水一樣，從岩層的斷裂處或縫隙中時時滲出，給乾枯、板結的大地以一點滋潤，一點生機。這種人本主義思想由黃宗羲首發其旨，他在《明夷待訪錄》中寫道：

> 後之為君者，以天下之利盡歸於己，天下之害盡歸於人……使天下之人，不敢自私，不敢自判，以我之大私為天下之公。……視天下為莫大之產業……凡天下之無地而得安寧者，為有君也。……天下之人，怨惡其君，視之為寇仇，名之為獨夫，固其所也。而小儒規規焉以君臣之義無所逃於天地之間，至桀紂之暴猶謂不當誅。……欲以如父如天之空名，禁人窺伺。[64]

他在《明夷待訪錄》的〈原法〉中，又進一步寫道：「後之人主，既得天下，惟恐其子孫之不能保有也，思患於未然而為之法。然則其所謂法者，一家之法，而非天下之法也……夫非法之法，前王不勝其利欲之私以創之，後王或不勝其利欲之私以壞之，壞之者固是以害天下，其創之者亦未始非害天下也……論者謂有治人無治法，吾謂有治法而後有治人。」對於黃宗羲的這些人本民權思想，梁啟超曾評論道：「此等論調，由今日觀之，固甚普通甚膚淺，然在二百六、七十

64　〔清〕黃宗羲：《明夷待訪錄》〈原君〉（北京市：中華書局，1985年）。

年前，真極大膽之創論也。顧炎武見之而歎，謂三代之治可復。而後此梁啟超、譚嗣同輩倡民權共和之說，則將其節鈔印數萬本，秘密散布，於晚清思想之驟變極有力焉。」[65]當然，有清一代，對所謂「理學殺人」進行最憤慨的批判，高揚人本思想的思想家，應該算是戴震，這在他與友人的書中，就曾多次說道：

> 聖人之道，使天下無不達之情，求遂其欲，而天下治。後儒不知情之至於纖微無憾是謂理，而其所謂理者，同于酷吏所謂法。酷吏以法殺人，後儒以理殺人。乎舍法而論理，死矣，更無可救矣！[66]

他在另一封致友人的信中，更是開宗明義，矛頭直指「程朱」，他說道：「程朱以理為『如有物焉，得於天而具於心』，啟天下後世人人憑在己之意見而執之曰『理』，以禍斯民。更淆以『無欲』之說，於得理益遠，於執其意見益堅，而禍斯民益烈。豈理禍斯民哉？不自知為意見也。」[67]

除了這些信函之外，他的這一人文主義思想表達得最為充分、最為深刻的是在於他的得意之作《孟子字義疏證》之中，在這部書中，戴震已經超越一般的考證學範圍，充分表達了他的哲學思考，其核心就是要打破宋明理學的以「理」為主宰的思想束縛，恢復「情」與「欲」在人性中所應有的位置。他在《孟子字義疏證》中說道：

> 「飲食男女，人之大欲存焉。」聖人治天下，體民之情，遂民之欲，而王道備。人知老、莊、釋氏異于聖人，聞其無欲之

---

65 〔清〕梁啟超：《清代學術概論》（上海市：上海古籍出版社，1998年），頁18。
66 〔清〕戴震：《東原文集》（合肥市：黃山書社，1994年），卷8。
67 〔清〕戴震：〈答彭進士書〉，《戴氏遺書》九附錄。

說，猶未之信也。于宋儒，則信以為同于聖人；理欲之分，人
人能言之。故今治人者，視古聖賢體民之情、遂民之欲，多出
於鄙細隱曲，不措諸意，不足為怪。及其責以理也，不難舉曠
世之高節著於義而罪之。尊者以理責卑，長者以理責幼，貴者
以理責賤，雖失謂之順；卑者幼者賤者以理爭之，雖得謂之
逆。於是下之人不能以天下之同情、天下所同欲達之於上；上
以理責其下，而在下之罪，人人不勝數。人死於法，猶有憐之
者；死於理，其誰憐之所！[68]

　　隨著樸學在治學方法上日益嚴密、規範，在一個個皓首窮經、曲
肩弓背的大師的背影中，我們越來越發現整個民族在心智上的畸形。
人性的溫潤枯澀了，智慧的靈光，也因過久地滯留在風塵僕僕的故紙
堆中，而變得灰頭垢面，黯淡無光。從一個民族智慧的健全生成的內
在要求的角度來看，我們就可以看出，戴震這一思想的意義：「《疏
證》一書，字字精粹，綜其內容，不外欲以『情感哲學』代『理性哲
學』，就此點論之，乃與歐洲文藝復興時代之思潮之本質絕相類。蓋
當時人心，為基督教絕對禁欲主義所束縛，痛苦無比，既反乎人理而
又不敢違。乃相與作偽，而道德反掃地以盡。文藝復興之運動，乃采
久闕窒之『希臘的情感主義』以藥之。一旦解放，文化轉一新方向以
進行，則蓬勃而莫能禦。戴震蓋確有見於此，其志願確欲為中國文化
轉一新方向。其哲學之立腳點，真可稱二千年一大翻案。其論尊卑順
逆一段，實以平等精神，作倫理學上一大革命。」[69]雖然，後人可以
不惜筆墨，給予如此崇高的評價，但是，思想者的命運總是孤獨的，
尤其是那些具有反叛性的、批判性的思想家，更是如此。對戴震來

68　〔清〕戴震：《孟子字義疏證》（合肥市：黃山書社，1994年）。
69　〔清〕梁啟超：《清代學術概論》（上海市：上海古籍出版社，1998年），頁43。

說，「不幸他的哲學只落得及身而絕，不曾有繼續發達的機會」[70]。在那個思想禁錮森嚴的時代，戴震的哲學就像汪洋大海中的一個孤島，他並不像義大利文藝復興時期的人文主義思想家那樣，引起了廣泛的影響。如果做個比較研究的話，我以為，它更近似於那一股潛伏在中世紀神學和中世紀知識分子之中的人文主義思想潛流。據法國著名的歷史學家雅克・勒夫的研究，在十二世紀有一個著名的沙特爾修道院，它是當時一個重要的科學中心，並形成了被後人稱讚的「沙特爾」精神。所謂的「沙特爾」精神，首先是一種人本主義精神，這不僅是在引申的意義上這樣說的。因為它依據古典文化構築自己的學說，而且主要是由於它把「人」放在科學、哲學以及幾乎也是神學的中心位置上。「沙特爾」精神為隨之而來的文藝復興埋下了伏線。[71]就如同戴震的哲學為中國近代人文主義的興起準備精神和思想素養一樣。即使那是微弱的火星，但是，只要不熄滅，就會有再度燃燒的可能。比如，章太炎在〈學隱〉、〈悲先戴〉和〈釋戴〉等文中，都曾引述戴震的一些言論，借題發揮，以申自己排滿之志。[72]胡適也在自己的《戴東原哲學》中，高度讚揚戴震的「反理學」，以此來回應「五四」的反對「孔家店」的思潮。值得深思的是，中國近代以來的人本主義的出發點和歸宿點，更傾向於人道主義的這一面，而不像西方人文主義的出發點是「天賦理性」的人。據雅克・勒夫的研究，這種「天賦理性」的人，其內涵是指：就人自身來說，「人」也是一種自然，並順順當當的結合進世界的秩序之中，這種作為小宇宙的人的古老圖像在西方人本主義思想中得到了新生，並獲得一種深刻的意義，正是這種整體的、自然的人的理念，才賦予西方人本主義以深遠的生

---

70 胡適：《胡適文集》（北京市：北京大學出版社，1998年），卷7，頁267。

71 〔法〕雅克・勒夫：《中世紀知識分子》（北京市：商務印書館，1996年），頁44。

72 參閱陳平原：《中國現代學術之建立》（北京市：北京大學出版社，1998年）。

命。[73]但是在中國，雖然在理論上發揚人本思想，然而，我們對「人」的自然的理解卻依然知之甚微，所以，當我們重新來閱讀「五四」時期的那些有關「人的發現」的文章時，仍感到一種含混和模糊。事實上，我們至今對「人」的內在複雜性，還是未能獲得一種科學的、理性的分析和描述，在我們的思想家筆下，「人」的內涵更多的是一種抽象和玄學的內涵，這就極其可能為對於人和人類的思考的反智主義傾向，留下一絲的縫隙。

五

當我們把歷史探究的視線再下移一些時候，就會發現，發生在近代的今文經學運動與「五四」思想的內在關係，這是一個十分複雜而有意義的問題。陳寅恪在回憶自己所親歷的清末思想界變動時，就曾說過這樣一段意味深長而又不失公允的話：「曩以家世因緣，獲聞在光緒京朝勝流之緒論。其時學術風氣治經頗尚《公羊春秋》……後來今文《公羊》之學遞演為改制疑古，流風所被，與近四十年間變幻之政治，殊有連繫，……考自古世局之轉移，往往起前人一時學術趨向之偏致，迨至後來，遂若驚雷破柱，怒濤振海之不可禦遏。」[74]從這段話中可以看出，今文經學運動在當時給思想界所造成的巨大的震撼力。

一般地，學術界都認為，今文經學啟蒙大師是武進莊存與，莊存與「著《春秋正辭》，刊落訓詁名物之末，專求所謂『微言大義』者，與戴（震）、段（玉裁），一派所取途徑，全然不同。其同縣後進劉逢祿繼之，著《春秋公羊經傳何氏釋例》，凡何氏所謂非常異義可

73 〔法〕雅克・勒夫：《中世紀知識分子》（北京市：商務印書館，1996年）。
74 蔣天樞編：《陳寅恪先生編年事略》（上海市：上海古籍出版社，1998年）。

怪之論，如『張三世』、『通三統』、『絀周三魯』、『受命改制』諸義，次第發明」[75]。當然，對後來今文經學的全面興起，首倡之功者應推龔自珍與魏源。龔自珍「性跌宕，不細檢行」，「喜為要渺之思，其文辭俶詭連狂，不為時人所善」[76]，但龔自珍仍然一意孤行，時常引《公羊》義譏切時政，詆排專制。雖然「自珍所學病在不深入，所有思想，僅引其緒止，又為瑰麗之辭所掩，意不豁達」[77]。但是，他的思想對晚清思想界具有很大的影響。對此，梁啟超有過一段夫子自道：「光緒間所謂新學家者，大率人人皆經過宗龔氏之一時期，初讀《定庵文集》，若受電然。」[78]這時期，另一個重要的今文經學家是魏源。魏源著《詩古辨》、《書古辨》等，大攻偽作。梁啟超稱他，「其言博辯，亦時有新理解」，「皆能自創新見，使古書頓帶活氣」。[79]龔、魏之時，中國社會大變局的端倪已經顯露，但是，當時的人們卻毫無感覺，君臣們正沉迷於康乾盛世的儀羨之中，而學者們正在故紙堆裡，努力下著自己條分縷析的考證真功夫。而只有龔、魏這樣一些思想家才隱隱約約感受到歷史在悄悄地發生變化，正醞釀著一場曠古未見的大災難。這些少數的敏感心靈「若不勝其憂危，恒相與指天畫地，規天下大計。考證之學，本非其所好也。而固眾所共習，則亦能之，能之而頗欲用以別闢國土，故雖言經學，而其精神與正統之為經學而治經學者則既有以異。自此，還皆好作經濟談，而最注意邊事。自珍作《西域置行省議》，至光緒間實行，則今新疆也，又著《圖志》，研究蒙古政治而附以論議，源有《元史》，有《海國圖志》。治域外地理者源實為先驅。故後之治今文學者，喜以經術作政論，則龔、魏之遺風

75　〔清〕梁啟超：《清代學術概論》（上海市：上海古籍出版社，1998年），頁74-77。

76　〔清〕梁啟超：《清代學術概論》（上海市：上海古籍出版社，1998年），頁74-77。

77　〔清〕梁啟超：《清代學術概論》（上海市：上海古籍出版社，1998年），頁74-77。

78　〔清〕梁啟超：《清代學術概論》（上海市：上海古籍出版社，1998年），頁74-77。

79　〔清〕梁啟超：《清代學術概論》（上海市：上海古籍出版社，1998年），頁74-77。

也」[80]。梁啟超在這裡梳理出一條清晰的今文經學承繼、發展的歷史線索，這是我們進一步探討今文經學與「五四」思潮關係的知識前提。

今文經學的興起，是基於清代社會、政治的潛在危機。而這一危機到十九世紀末，經歷兩次戰爭（一八八三年中法戰爭和一八九四年中日戰爭），危機不僅全面爆發，而且，把一個一向自稱為天朝的大帝國推向崩潰的邊緣。在這種情況下，群情激憤，變革的呼聲日熾。然而，傳統規範依然表現出強有力的穩定性。所以，借助今文經學的大義，尋找變革的依據，就成為一種合法的選擇。至此，今文經學已從一種學術思想發展為一種全面的思想運動，康有為成為執牛耳的大人物。梁啟超在《清代學術概論》中曾以其椽之筆評論了康有為的今文經學的三部著述：《新學偽經考》「諸所主張；是否悉當，且勿論。要之此說一出，而所產生影響有：第一，清學正統派之立腳點，根本搖動。第二，一切古書，皆須從新的檢查估價。此實思想界之一大颶風也」。「有為第二部著述，《孔子改制考》。其第三部著述，《大同書》。若以《新學偽經考》比颶風，則此二書者，其火山大噴發也，其大地震也。」[81]可見康氏今文經學理論在晚清思想界影響之深遠。梁啟超本人就是今文經學派宣傳運動的一員大將。梁啟超在自述中，在談到他的政治思想經歷時，說道：「越三年，而康有為以布衣上書被放歸，舉國目為怪，千秋，啟超好奇，相將謁之，一見大服，遂執業為弟子，共請康開館講學，則所謂萬木草堂是也。二人者學數月，則以其所聞昌言於學海堂，大詆訶舊學，與長老儕輩辯詰無虛日。居一年，乃聞所謂『大同義』者，喜欲狂，銳意謀宣傳，有為謂非其時，然不禁也。」[82]在談及自己如何治今文經學時，梁啟超又說道：「啟超治《偽經考》，時不復愜於其之武斷，後遂置不復道。其師

80　〔清〕梁啟超：《清代學術概論》（上海市：上海古籍出版社，1998年），頁74-77。
81　〔清〕梁啟超：《清代學術概論》（上海市：上海古籍出版社，1998年），頁78-79。
82　〔清〕梁啟超：《清代學術概論》（上海市：上海古籍出版社，1998年），頁83-84。

好引緯書，以神秘性說孔子，啟超亦不謂然，啟超謂孔門之學，後衍為孟子、荀卿兩派，荀傳小康，孟傳大同；漢代經師，不問為今文家古文家，皆出荀卿，二千年間，宗派屢變，壹皆盤旋荀學肘下，孟學絕而孔學亦衰。於是專以紺荀申孟為標幟，引《孟子》中誅責『民賊』、「獨夫」、『善戰服上刑』、『授田制產』義，謂大同精意所寄，日倡道之；又如《墨子》，誦說其『兼愛』、非攻諸論。」[83]

　　從現代學術規範的角度來看，今文經學有許多的疏漏，乃至謬論，但是，一旦我們進入的是歷史研究，就不能用這些外在於歷史的學術規範來評估它。在具體的歷史語境中，「托古」其表，「改制」其裡，才是今文經學的真實的面目。在我看來，今文經學的歷史意義，就在於那些思想家試圖通過它為自己在當時統治階層看來「不合法」的變法主張，找到「合理」的依據，從而為自己思想的生存和傳播，開闢一條生路。從這種複雜的策略中，我們可以感覺到，中國近代思想創造的語境之艱難和曲折。這也許就是中國近代以來思想變革的慣用的策略，也是極其矛盾的策略，為了「進一步」，往往就以「退一小步」為前提。但是，我以為，今文經學的另一個影響，就在於它為後來的改革者提供一種思路，那就是思想史的「分身法」。最典型的是胡適，據唐德剛說，治近代學術史的人，多把胡適列入「古文家」，胡適卻向他說，絕對不承認這頂帽子，因為他講的是科學方法，馬融、鄭玄懂啥科學呢？[84]從學術規範和學術方法的角度來看，胡適的治學方法的科學性超越古文家確實不可以道里計。但是，我以為，在胡適「科學方法」的背後，隱藏著今文經學家的思想衝動，雖然胡適曾多次撰文稱頌清儒重證據精神，因為這符合他的「拿證據來的原則」，但對於清儒的治學偏重歸納法，胡適就曾指摘其弊端說，「決不能把同類的例都收集齊了，然後下一大斷案」，因此必須以演

83　〔清〕梁啟超：《清代學術概論》（上海市：上海古籍出版社，1998年），頁83-84。
84　轉引自胡適：《胡適文集》（北京市：北京大學出版社，1998年），卷1，頁299。

繹法與之相濟。而所謂胡適心中的「演繹法」，即是他所說的「尋得
幾條少數同類的例子時，我們的心裡就起了一種假設的原則」，這假
設的通則不是別的，正是他倡導的「大膽的假設」。所謂「大膽的假
設」，用他的說法，用的是一種「藝術」，一種想像的功能，這難道不
是與今文經學家的苦心有著異曲同工之妙嗎？[85]

六

　　清代思想和學術對「五四」思想影響的第六個方面，就是貫穿有
清一代自覺或不自覺的經世致用的思想意識。這種經世致用的文化心
態，一方面，確定了清代學術內在的走向、選擇和格局；另一方面，
也把學術與政治的內部關係趨於特殊化。從某種意義上說，清代經世
致用的思想是對正統儒家思想的回歸，但是，對於政治、社會趨於動
盪、腐敗和崩潰的晚明和晚清來說，這種經世致用的思想都會很自然
地轉化成一種政治抗議和政治變革的思想學說。這種情況表面上看起
來似乎是由於歷史環境特殊性導致的，然而，在我看來，更確切地
說，是中國傳統儒家思想與特定的歷史語境相激盪而爆發出的精神
火花。

　　到了明清之際，儒學已蛻化成帖括派的僵化和清談派的空疏，首
先對此痛下針砭的，是清初諸大儒顧炎武、黃宗羲和王夫之，這三位
大儒都是儒學內在轉向的開拓者，置身在「易代」的歷史語境，他們
都深切地感到要加強學術、思想與社會事務的密切關係。我們在那種
強調學術的「經世致用」之意識背後，可以看到一種「弘毅進取」、
「振衰而起儒」的新的精神取向。他們必須驅散籠罩在儒學之上的那
一套道教和佛家的氣息，恢復他們精神想像中的「真儒的面貌」。顧

---

85 王元化先生在其《思辨隨筆》的「胡適論清學」一節，曾提示過這一問題。可參看
　　王元化：《思辨隨筆》（上海市：上海文藝出版社，1996年）。

炎武在與友人的書中就寫道：「孔子刪述六經，即伊尹，太公救民水火之心，故曰：載諸空言，不如見諸行事。……愚不揣，有見于此，凡文之不關於六經之指，當時之務者，一切不為。」[86]可以說，他自己就是按照這種方式身體力行的。這在同時代或後人對他的評價中，都有重要的論述。潘次耕曾說他：「先生足跡半天下，所至交其賢豪長者，考其山川疾苦利病，如指諸掌。」[87]全謝山也說過同樣的話：「先生所至呼老兵逃卒，詢其曲折，或與平日所聞不合，則即坊肆中發書而對勘之。」[88]正是這種致用的學術理念，使得「清代儒者以樸學自命以示別于文人，實炎武啟之」[89]。並且，使得後人「以經術而影響於政體，亦遠紹炎武之精神也」[90]。在經世致用的學術理念上，黃宗羲與顧炎武有著內在的一致性，黃宗羲的經世致用思想得之於東林傳統，其記其父臨死前的志節有云：「先生以開物成務為學，視天下之安危為安危，苟其人志不在宏濟艱難，沾沾自顧，揀擇題目，以賣聲名，則直鄙之為硜硜小人。」[91]這其中不也表達了他自己對學術的認識和理念嗎？全祖望在論黃宗羲的學術旨趣時就說道：「公謂：『明人講學，襲語錄之糟粕，不以六經為根柢，束書而從事于游談。』故受業者必先窮經。經術所以經世，方不為迂儒之學，故兼令讀史。」[92]清初大儒，講求學術「致用」，多是浸透著自己對社會和人生的深切體驗之後的自覺追求，所以，在這些言論的字裡行間，你總是能感受到一股憂患之思，一股身世之感，應該說，致用不是簡單

86　〔清〕顧炎武：《亭林文集》〈與人書三〉（《四部叢刊》本影讀刻本）。

87　〔清〕潘次耕：《日知錄》〈序〉（上海市：上海古籍出版社，2011年）。

88　〔清〕全祖望：《鮚埼亭集》〈亭林先生神道表〉（上海市：上海古籍出版社，2010年）。

89　〔清〕梁啟超：《清代學術概論》（上海市：上海古籍出版社，1998年），頁12。

90　〔清〕梁啟超：《清代學術概論》（上海市：上海古籍出版社，1998年），頁12。

91　〔清〕黃宗羲：《南雷文約》，《黃宗羲全集》（杭州市：浙江古籍出版社，2005年），卷4。

92　〔清〕全祖望：《鮚埼亭集》（上海市：上海古籍出版社，2010年），卷11。

的、狹隘的、功利性的實用主義的內涵，它是一代學人的一種生命的
存在方式，並以此來對抗環境的內憂外患。試讀一下王夫之下面的這
段話，你就能有更深的體會：

> 人之生也，君子而極乎聖，小人而極乎禽獸。苟不知所以生，
> 不知所以死，則為善為惡，皆非性分之所固有，職分之所當
> 為。下焉者何弗蕩棄彝倫，以遂其苟且私利之欲。其銷有恥之
> 心而厭焉者，則見為寄生兩間，去來無准，惡為贅疣，善亦弁
> 髦。生無所從，而名與善皆屬漚瀑，以求異於逐而不返之頑
> 鄙。乃其究也不可以終日，則又必佚出倡狂，為無縛無礙之邪
> 說，終歸於無忌憚，自非究吾之所始與其所終，神之所化，鬼
> 之所歸，效天下之正而不容不懼以終始，惡能釋其惑而使信於
> 學？[93]

　　動盪的社會環境，使得人身的安全變得朝不保夕，使人對生命充
蕩著一種無常和無可把握的感覺，在這種社會心態下，很容易就會產
生道德墮落的傾向，既然生命如此脆弱和轉瞬即逝，何不及時享樂；
另一方面，人因對生活和生命悲觀、失望，往往會產生一種近乎慘酷
的對社會的抗拒。一生困苦顛沛的王夫之，對這種社會心態有著比一
般人更深切的理解、認識和感受，所以，他才會有如此明確的意識：
「若要解決人生問題，先講明人之所以生。若把這個問題囫圇躲過不
講，那麼，人類生活之向上便無根據，無從鞭策。」[94]在這個意義
上，我以為，王夫之所指出的問題比起另兩位大儒來說，來得更深
切，也更是具有本體性的深度。事實上，中國人直到今天還沒有解決
好這個問題。

---

93 〔清〕王夫之：《張子正蒙注》〈自序〉（北京市：北京出版社，1999年）。
94 〔清〕梁啟超：《中國近三百年學術史》（北京市：東方出版社，1996年），頁98。

　　當然，處在明末清初一代的大儒，這種「經世致用」的思想意識
是「發乎言見之行」的。這種經世致用的思想意識在清王權初建時
期，是一種抗議性的潛在意識，但是，到清王朝穩固時期，這種意識
也並沒有因一種政治權力與意識形態強化和禁錮而消亡，即使在乾嘉
學派最為鼎盛的時代，那時候的第一流學者也始終不能擺脫經世致用
的思想意識。下面，我們只要舉出幾段相關的論述，猶可以想見那種
流淌於線裝書背後的情懷，那種支撐著他們終日伏案爬梳的信念。比
如，洪榜在〈戴先生行狀〉中說道：「先生（指戴震）把經世之才，
其論治以富民為本。故常稱《漢書》云：『王成、黃霸、朱邑、龔
遂、召信臣等，所居民富，所去民思，生有榮號，死見奉祠，廩廩庶
幾德讓君子之遺風。』先生未嘗不三復斯言也。」[95]章太炎在論戴震
之學時也說道：「震自幼為販，轉運千里，復具知民生隱曲，而上無
一言之惠，故發憤著《原善》、《孟子字義疏證》，專務平恕。……如
震所言，施於有政，上不苛，下無怨言，不食孽殖，又以致刑措……
夫言欲不可絕，欲當即為理者，斯固菢政之言，非紛身之典矣。」[96]
乾嘉學人中一向被譽為「謹飭」的錢大昕，在序明代袁帙所著的一部
經世之作時也不免把自己「經世致用」的想法流溢筆端：「夫儒者之
學在乎明體以致用，詩書藝禮皆經世之言也，《論語》二十篇，《孟
子》七篇，論政者居其半。當時師弟子所講求者，無非持身、處世、
辭受、取予之節，而性與天道雖大賢猶不得而聞，儒者之務實用而不
尚空談如此。」[97]

　　此外，如出身貧窮的儒者汪中，「嘗有志於用世，而恥為無用之
學，敢於古今制度沿革民生利疾之事，皆博問而切窮之，以待一日之

---

95 〔清〕洪榜：〈戴先生行狀〉。
96 章太炎：〈釋戴〉。
97 〔清〕錢大昕：《潛研堂集》。

用」[98]。他在給畢沅的信中，更是把這個致用的信念說得情真意切，擲地有聲：「子產治鄭，西門豹治鄴，汲黯治淮陽，黃霸治潁川，虞詡治朝歌，張金義治洛陽，並以良績光於史冊。公即兼其地，又並其政，邦家之光，民之父母。斯則中所企注者耳。中少日問學實顧寧人處士，故嘗推之六經之旨，以合乎世用。」[99]

易代的語境，使得「經世致用」的思想內含著自身的雙重性，即必須同時在「學術」和「致用」兩方面進行強調。也就是說，在這一易代語境中，即使最「學術化」的建構，也是具有「致用」的苦心，因為，其學術化的要求是激於空疏的反撥，當然，這種「經世致用」的思想從晚明到晚清，經過了兩次轉向：一是乾嘉學人發揮學術化的品格，二是到了康有為、梁啟超等人，強調的是致用的色彩，學術僅僅成為這種「致用」的內在依據和理論說明。在我看來，這兩次分疏到了「五四」時期又整合在一起了。

下篇　二十世紀中國思想文化視野中的「五四」

一

就讓我們從這樣的一段話，開始我們思想探險的歷程：

一八四八年有著一種決定性的精神上的意義。從這一年起，人們所感覺，所思考和所寫的與以前就大不相同了。這一年是劃分開我們這個世紀的文學的一條紅色分界線，它開闢了一個時

---

98 此處轉引自錢穆：《中國近三百年學術史》（北京市：商務印書館，1996年），下冊，第9章。

99 此處轉引自錢穆：《中國近三百年學術史》（北京市：商務印書館，1996年），下冊，第9章。

代。這是我們要加以紀念的年代，如同《聖經》上的禧年一
樣，為每個第五十年制定了一項古老的希伯來法律，在這一年
要看到全國各地吹號，向全體居民宣佈這一年為自由年。這一
年，它那跳動迅速的脈搏，它那所有被遏制了的青春朝氣，就
如同《聖經》上那禧年一樣，重新獲得家園，贖回土地，「所
有賣掉的一切要歸還原主」。今天的年輕人依然能從這一年三
月的日子裡，從它十一月的日子汲取到經驗。[100]

當我有機會讀到勃蘭兌斯的這段充滿激情和莊嚴的敘述時，不禁有著
一種怦然心動的感受，有著一種「回觀當年」的嚮往，心緒幾次的潮
起潮落。當我平靜時，我又不禁沉思，不禁追問道：在現代中國的精
神歷史上——

是哪一個年份有著這種相似的重要性？

有哪一個年份能夠穿越歲月的迷失，依然煥發和昭示著生機？

又有哪一個日子，至今仍讓我們深情的眷戀和回眸？

又是在哪一個日子，哪一棵古老文明的「鐵樹」綻開了自己「千年
一遇」的花朵？

天地悠悠，歲月茫茫。

歷史終於在回答：那就是，一九一九年，五月四日。

是的，就像一八四八年對現代歐洲來說一樣，一九一九年，對現
代中國來說，「這是要加以紀念的年代，是令人悼念的年代，是標誌
了界線的年代」[101]。

然而，在它那日益遠去的歷史身影前，誰有過激揚文字呢？誰有

100　〔丹麥〕勃蘭兌斯：《十九世紀文學主潮》（北京市：人民文學出版社，1997年），
　　　第6冊，頁445。

101　〔丹麥〕勃蘭兌斯：《十九世紀文學主潮》（北京市：人民文學出版社，1997年），
　　　第6冊，頁444。

過慷慨悲歌呢？誰又有過淋漓盡致的揮灑呢？是那話題本身的沉重呢？抑或說話者期望著更多的「言外之意」呢？

就讓我們帶著這些提問，來看看二十世紀中國精神想像中的「五四」吧！看看這其中真實與虛構，莊嚴與荒誕，歷史與現實，是如何的交織在一起。看看在這幅「五四」的形象中，究竟凸現了什麼，同時又抑制了什麼。

從「五四」至今，每次逢五逢十的紀念，使得「五四」已成為一個龐大的知識生產群，一門跨越多學科、多領域的「顯學」。當然，這其中就不免有真真假假、虛虛實實的交相輝映，並由此而共同塑造了「五四」的形象。然而，這種對「五四」的不斷闡釋和過度闡釋，已經使得「五四」不堪重負。

蒙田曾說過：「對解釋進行解釋，甚於解釋本身。」所以，我以為，重新審視、剝離這種「過度闡釋」，是我們進入「五四」研究的一個必要的前提，就如對冬末春初的一棵大樹，有必要刪芟那些枯枝，讓陽光充分的流瀉進來，讓那些富有生命力的枝幹能強勁地衝向天空。

從時間上看，對狹義性的「五四」的評論，是與「五四」一樣漫長。在「五四」運動爆發不久，就有對「五四」運動的評論。據胡適考證，「五四運動」一詞，最早是見於一九一九年五月二十六日的《每週評論》上一篇署名為「毅」（羅家倫）的文章〈五四運動的精神〉。[102]此後，每當中國現代思想、文化歷史進入一個特殊的、轉折的時期，就總會不斷地有文章出現，並逐漸形成了對於「五四」的「鏡子」化的思維方式。也就是說，人們總是用「五四」時期的中國知識分子的作為、責任來反思、觀照「當下」的知識分子的精神立場，以此來獲得一種自我確認的視野。

---

102 胡適：〈回憶五四〉，《獨立評論》第149期（1935年）。

　　但是，「五四」真正成為一門具有穩定的研究範式和詳實的史料積累的「顯學」，還是在新中國成立之後。所以，我們要對「五四」研究進行歷史反思和檢討，首先必須要面對的就是這套充滿意識形態性的闡釋框架，其經典文本，就是毛澤東分別在一九三九年五月初發表的〈五四運動〉，五月四日的講話〈中國青年運動的方向〉和一九四○年一月十五日發表的〈新民主主義論〉。這三篇文章，基本上確定了一九四九年中國大陸「五四」研究的闡釋框架，其影響之深遠，在今天的許多文字中，還能看到其思路的印痕。在這裡，我準備以這三篇文字作為基礎文本來加以細讀，從而把握其闡釋框架的內在理路、矛盾性和複雜性，在細讀中，我將充分考慮到它們之間的互文性。

　　在〈五四運動〉中，文章一開頭就寫道：

　　　　三十年前的五四運動，表現中國反帝反封建的資產階級民主革命已經發展到一個新階段。五四運動成為文化革新運動，不過是中國反帝反封建的資產階級民主革命的一種表現形式。由於那個時期新的社會力量的生長和發展，使中國反帝反封建的資產階級民主革命出現了一個壯大了的陣營，這就是中國的工人階級、學生群眾和新興的民族資產階級組成的陣營。而在「五四」時期，英勇出現於運動先頭的則有數十萬的學生，這是五四運動比較辛亥革命進了一步的地方。

毛澤東對「五四」的這段論述具有歷史性和框架性的意義。他後來在不同的歷史時期所做的許多相關的闡述，都不外乎是對這一論述的具體闡發。他首先明確地指出，「五四」運動是中國資產階級民主革命的一個新的起點，這就在中國現代政治革命的歷史高度，確立了「五四」的重要性和標誌性，這也是「五四」研究史上第一次賦予「五四」以如此崇高的歷史內涵。在〈新民主主義論〉中，毛澤東進一步

明確指出，「五四」運動是中國「舊民主主義」和「新民主主義」的分界線。這一論述，不能簡單地看做是一種歷史論斷，事實上，它潛在地決定了「五四」研究中的正統性和規範性闡釋的思路和方向。因此，在「五四」中尋找所謂的「新質」——新的世界觀，新的歷史觀，新的思想的萌芽等等，就成為五〇年代後大陸的「五四」研究的思維起點，同時，它也圈定了闡釋的邊界。在〈五四運動〉中，毛澤東又明確指出，「五四」是一場文化革新運動，但同時也把這場文化運動界定為是中國反帝反封建的資產階級民主革命的一種表現形式，這樣，就把文化思想的問題納入政治革命的大框架內來加以定位。我以為，這一思路，在提升了「五四」的革命性的同時，也擠壓和抽取了「五四」內涵中的思想文化容量。

在〈新民主主義論〉中，這一思維特徵得到了進一步的強化：

> 在中國文化戰線或思想戰線上，「五四」以前和「五四」以後，構成兩個不同的歷史時期。在「五四」以前，中國文化戰線上的鬥爭，是資產階級的新文化和封建階級的舊文化的鬥爭，在「五四」以前，學校與科舉之爭，新學與舊學之爭，西學與中學之爭，都帶著這種性質。那時的所謂學校、新學、西學，基本上都是資產階級代表所需要的自然科學和資產階級的社會政治學說（論基本，是說那中間還夾雜了許多中國的封建餘毒在內）。在當時，這種所謂新學的思想，有同中國封建思想作鬥爭的革命作用，是替舊時期的中國資產階級民主革命服務的。可是，因為中國資產階級的無力和世界已經進到帝國主義時代，這種資產階級思想只能上陣打幾個回合，就被外國帝國主義的強力思想和中國封建主義的復古思想的反動同盟所打退，被這個思想上的反動同盟軍稍稍的反攻，所謂新學，就偃旗息鼓，宣告退卻，失了靈魂，而只剩下它的軀殼了。舊資產

階級民主主義文化，在帝國主義時代，已經腐化，已經無力了，它的失敗是必然的。「五四」以後則不然，在「五四」以後，中國產生了完全嶄新的文化主力軍，這就是中國共產黨人所領導的共產主義的文化思想，即共產主義的宇宙觀和社會革命論。

這段話太重要了，它不僅充分體現了毛澤東理論話語所特有的風格：即那種隨意中含有鋒芒，大概括小論證的邏輯結構和正反二元的思維術，而且對「五四」乃至中國現代思想文化史的研究也產生了深遠的影響，所以，我才會如此大段的援引。如果說，在〈五四運動〉中，毛澤東對「五四」運動政治意義的確定，為「五四」研究劃定了理論邊界，那麼，這段話就是給「五四」形象地套上了「緊身衣」，戴上了「有色眼鏡」。從此，人們在研究中，就竭力把「五四」與所謂的「舊資產階級民主主義文化」區別開來，同時，也簡單化、抽象地把聖潔的「五四」與留有「餘毒」的舊文化隔離開來，從此，人們研究的思維走上了被指定的獨木橋。另一方面，就這樣，在此後的「五四」的研究中，人們唯一可以做的事情就是為新的「宇宙觀和社會革命論」尋找合理的、充分的說明。反思、懷疑和思維的多樣性，在這裡，就變得不可能了。歷史在這樣的思維圖景中，呈現的是一種「新」與「舊」的斷裂。思維的球體在這種阿基米德的「新」支點上，不是滾動得更自由，而是更不自由。

　　毛澤東的又一個有規範力的觀點，就是關於「五四」運動中的階級構成的分析，他說：「這就是中國的工人階級、學生群眾和新興的民族資產階級組成的陣營」，而青年學生則起著先鋒隊的作用，在〈中國青年運動的方向〉中，毛澤東進一步說道：「看一個青年是不是革命的，只有一個標準，這就是看他願意不願意，實行不實行和廣大的工農群眾結合在一起。」在這種觀點的規範之下，必然會把眾多

「五四」人物劃出「革命的隊伍」，其內在的邏輯延伸，就是，只要被劃出「革命隊伍」的，那也就沒有什麼可以研究的價值。所以，在很長一段時期內，中國大陸的「五四」研究，所限定的就是那麼幾個研究對象。

這套闡釋框架是中國革命處於關鍵時刻形成的，所以，它一開始就依附於毛澤東對中國政治形勢的分析上，中國共產黨領導的革命的勝利，不但在政治上賦予了這套闡釋框架的合法性和權威性。而且，這套闡釋框架一經形成，隨之就啟動了大量的意識形態化的知識再生產。比如，大量回憶錄的出版發行，每年五月四日的節慶，逢五逢十的慶典，和更多的、不計其數的研討會，這一切都使得「五四」從一種歷史和文化的研究對象，走向意識形態的普遍化、規範化、慶典化。尤其是這種慶典化，它極其有效地製造了相關的歷史話語的權力。這種慶典化，就是對這種權力的展示和敘述，從而維護它的神聖性和權威性。但是，從「五四」研究正常化所應該具有的理論規範和尺度來看，我以為，這一套闡釋框架的缺陷又是相當明顯的。

第一，它誤讀了歷史「現場」。誠然，我們已不可能在嚴格的時間意義上回到過去來對歷史進行「重演」一番，但我們還是能夠借助相關的「歷史性」文獻、敘述，來呈現「當時」的情景。確定歷史的「真實性」，是任何思想史研究的基本前提。然而，由於意識形態的強制性，使得「五四」研究常常介入一些有意或無意的虛構和對歷史事實的偏離。比如，關於毛澤東在「五四」時期的活動，關於馬克思主義在中國的傳播，關於中國工人階級在「五四」期間的覺醒狀況等，在已有的許多文章中，關於這方面的歷史敘述，在我看來，並不是全然真實的。

第二，這套闡釋框架誇大了「新」、「舊」之間的斷裂性。它把思想、文化的歷史進程分割成「新」與「舊」的二元對立模式，更重要的是，這種二元對立模式中就隱含著相應的「好」與「壞」，「對」與

「錯」的價值判斷。我以為，割斷思想史的聯結，把思想的發生理解成一種「裂變」，這是不可思議的。這種二元對立的思維模式，因為是如此的尖銳、清晰和富有權威性，它一經形成，就表現出強勁的慣性和約束力，即使那些力圖否定、批判這套闡釋框架的理論思考，也無法擺脫它的影響。這正像列許登堡所說，模仿有正有負，「反其道以行也是一種模仿」。我以為，在林毓生關於「五四」整體性反傳統的論述中，我們也能看到這種二元對立思維模式的影子。[103]林毓生的理論論述，無論怎樣的強調創造性轉化，但是，他先在他自己的理論邏輯中設置兩個對立的「極點」：「傳統」與「五四」，這就必然限制了他的研究的自由度。林毓生的研究成果一傳到大陸，就引起大陸學術界的強烈反響，就我所讀到的材料來看，這些反響都缺乏一種強有力的挑戰性。我以為，問題的癥結就在於，論爭的雙方都一樣只能在「兩點一線」的思維軌道上運思。同時，在其理論展開的過程中，都缺少必要的歷史還原和歷史敘述，而常常是一步到位地引進價值判斷。更重要的原因就是，論者在事實發展的矛盾處，或者是思想轉變的晦暗不明的地方，常常是用個人意志替換歷史意志，用「後置」的價值和觀念清理歷史中的思想的矛盾性，並且，這種替換、清理，其結果常常又是曲意彌縫或強詞奪理的，這就使得我們的研究心態和視野失去了本應該具有的從容反思和理解的風度。

第三，這套闡釋框架在突顯一種符合意識形態要求的歷史主題的同時，遮蔽了歷史內在的複雜性、多樣性。「五四」時期是一個東西方文化交融的時代，也是新舊衝突、調整、融合的時代，在這樣一種開放的歷史情景之中，思想和文化的存在必然是多樣的，更重要的是，在這一時期，各種思想、文化是處於一種既衝突又融合，既排斥又對話，既有序又無序的狀態，也許這種充滿中間性的地帶，呈膠著

---

103 參閱林毓生：《中國意識的危機》（貴陽市：貴州人民出版社，1987年）。

狀的思想史狀況，才是歷史最真實的最深刻的面貌。因此，在這裡，就要求思想史研究的話語方式也應該是說明性的，而非評判性的，每一個研究者都應該具有一種「轉著看」的多維視角機制。

但是，儘管有如此之多的地方值得指摘，我以為，這個闡釋框架還是迄今為止，在「五四」研究中最為穩固的，也仍然有著它強大的生命力。也就是說，在它的「內質」裡，還是有思維的「亮點」在閃爍。其原因就在於：

第一，它有力地揭示「五四」反封建的思想「內核」。這不僅符合「五四」的歷史本質，同時，也為「五四」研究在新的歷史條件下提供了開放、生長的空間。因為，在二十世紀中國的歷史進程中，反封建這個任務一直未能置身於思想史背景的「五四」完成，依然任重道遠。也正是因為這一點，使得「五四」總是在歷史轉型之中成為了一種象徵，一種動力和一種資源。因此，「五四」的課題，總是與對現實的反思聯繫在一起，同時，也使得現實課題具有了一種歷史的反思性。

第二，它確定了「五四」研究中幾個必要的思維界樁。如「五四」運動的政治意義，「五四」時期新舊思想的關係，「五四」運動的主體構成，「五四」運動與中國現代歷史的關係等。也就是說，儘管這個闡釋框架在探討這些基本問題時，它的運思方式有著內在的缺陷，但是，它所提出的這幾個基本的討論點，是任何一種「五四」闡釋框架所無法繞開的「基點」。這就有如：無論理論大廈的結構、式樣怎樣的變化、更新，但是，地基總是穩定的，支撐大廈的「樁點」也總是確定的。

第三，這個闡釋框架自覺地把自身放在俄國十月革命發生之後的世界文化變革的大構架之中。我以為，這就使得它的視野顯得相當的開闊，它賦予了「五四」以特殊的意義內涵，即「五四」對現代文化批判的積極姿態。因為，十月革命在思想文化上，對以資產階級文化

為主體的現代文化，進行了深入的分析和批判，從而塑造了新的文化形態。因此，從世界文化的範圍來看，「五四」是置身於這種批判性的新的世界歷史文化建構之中。在過去的研究中，我們較多的集中在「五四」對傳統文化的批判、反思上，而沒有看到，作為現代形態的「五四」，同時也內含著對現代文化批判的力量，這就是把「五四」納入十月革命之後的世界文化變革的大構架中來加以思考，所必然具有的「題中之意」。我以為，在這一點上，「五四」將能夠為我們反思、探討現代性問題提供有價值的資源。

二

我們不應該在潑掉髒水的時候，連嬰兒也潑掉。同樣的，也不應該為了摧毀舊房子，就連地基也廢棄不要了。「五四」是一個充滿問題、思考和對話的時代，所以，相應地，後人對它的理解、思考和進入的方式也將是多元的。因此，我以為，有必要來分析一下另外幾種在一九四九年前就已存在，但後來一直被抑制的闡釋框架。這幾個框架雖然並不像第一個那樣強有力，但在今天，當我們重新來反思它的時候，卻依然能夠發現諸多有價值的「亮點」。

這裡首先要提到的是「中國文藝復興說」。

對於這一「中國文藝復興說」的「五四」闡釋框架，提倡和討論最有力的是作為當事人的胡適。胡適一向強調對「新文化運動」和「五四」運動作出區分。他認為，「『新文化運動』是一場中國的文藝復興」，他說道：「事實上語言文字的改革，只是一個（我們）曾一再提過的更大的文化運動之中，較早的，較重要的和比較成功的一環而已。這個更廣大的文化運動有時被稱為『新文化運動』，意思是說中國古老的文化已經腐朽了。它必須要重新生長過。這一運動有時也叫做『新思想運動』，那是著重於當代西洋新思想，新觀念和新潮流的

介紹。」「我們如果回頭試看一下歐洲的文藝復興我們就知道，那是從新文學、新文藝、新科學和新宗教之誕生開始的，同時，歐洲的文藝復興也促使現代歐洲民族國家之形成。因此歐洲文藝復興之規模與當時中國的『新文化』運動，實在沒有什麼不同之處。」接著，胡適提出了支撐他的這個闡釋框架的兩個最重要的證據：一是「都清晰地看到歐洲文藝復興時期對新語言、新文學、新（文化交通）工具──也就是新的自我表達的工具之需要」；二是「中西雙方（兩個文藝復興運動）還有一項極其相似之點，那便是一種對人類（男人和女人）一種解放的要求」。[104]我以為胡適的這套闡釋框架拓展了「五四」研究的廣度和深度，使「五四」研究能夠在一個比較廣闊的比較文化的空間中伸展開來。但是，它所存在的問題也是一樣的明顯。

第一，這套闡釋框架過多地關注那表現在中西方「文藝復興」的歷史結構上的相似性，即把中西方文藝復興的歷史思想特徵，都概括為存在著一種「提倡……否定……」的模式，但沒有看到它們有著各自不同的歷史語境。在這裡，如果我們把歷史作為一個大文本來看待的話，那麼，每一次對歷史的重新閱讀，人們閱讀的立場和試圖在文本中讀出的「含義」，都會是不同的。更重要的是，對於一個歷史文本，在我看來，既可以採用「再敘述」的方式，也可以採用「反敘述」的方式。事實上，中西方在表層相似的歷史文化「復興」的背後，它們各自敘述的方式和敘述的立場是不同的。也許可以這樣說，歐洲的文藝復興接近於「再敘述」，「五四」新文化運動則更接近於「反敘述」。

第二，由於這套闡釋框架內在地對思想文化具有親和性和對政治意識形態的疏離感，所以，它必然地把「五四」運動理解為一種「政治干擾」。就如胡適所說的那樣，「從我們所說的『中國文藝復興』這

---

104 胡適撰，曹藝等譯：《中國的文藝復興》（長沙市：湖南人民出版社，1998年），頁 38-39。

個文化運動的觀點來看，那場由北京學生們發動而為全國人民一致支
援的，在一九一九年所發生的『五四』運動，實是這整個文化運動
中的一項歷史性的政治干擾，它把一個文化運動轉變成一個政治運
動」[105]。胡適之所以對「五四」得出了這樣一種批判性的結論，我以
為，正是這套闡釋框架內在邏輯延伸的必然結果。這套闡釋框架，由
於把「五四」運動理解成一種單向度的政治行為，這樣就把它與新文
化運動割裂開來，而沒有看到在那個共同的歷史語境中，二者之間所
存在思想、精神主題的一致性。在我看來，新文化運動是承接歷史經
驗而來的，是在中國近現代政治性的大歷史語境之中發生和展開的，
而「五四」運動從某種意義上說，是它多年所培育的花蕾的一次美麗
而熱烈的綻放。

　　當然，指出任何一套業已形成的闡釋框架的「鬆動」處是容易
的。比如，四〇年代，李長之就對此提出了尖銳的批評。[106]但是，這
套「中國文藝復興說」的闡釋框架，並非胡適個人的思想創建，而是
代表著中國現代自由主義知識分子的「五四」立場，並且有著其獨特
的建構過程，同時，這套闡釋框架在中國現代思想進程中，也曾產生
過「召喚性的力量」。這套闡釋框架的最初建構是始於一九一八年冬
開始籌辦，一九一九年一月出版的《新潮》。該刊的刊名取為 The
Renaissance，即文藝復興之意。可以看出，這群在胡適指導下的年輕
的北大學生已經認識到當時正在中國開展的思想文化運動與歐洲文藝
復興的相似之處。就在「五四」運動不久，一九一九年六月，蔣夢麟
在談歐洲文藝復興時，稱之為「解放運動」，接著，他說，「最近的五
四運動是朝著這種解放邁出的第一步」[107]。一九三三年胡適應芝加哥
大學比較宗教學系「哈斯克講座」之邀，做了題為「當代中國的文化

105　胡適：《胡適文集》（北京市：北京大學出版社，1998年），卷1。

106　參閱李長之：《迎中國的文藝復興》（北京市：商務圖書館，1946年）。

107　蔣夢麟：〈改變我們對人生的態度〉，《新教育》第5期（1919年）。

走向」的講演（出版時改名為《中國的文藝復興》）。[108]這標誌著該闡釋框架的全面建構。我以為，這一闡釋框架的重要意義，就在於它可以與毛澤東的「新民主主義革命起點說」構成互相補充的關係。第一，這套闡釋框架認識到「新文化運動」與傳統內在的聯繫。胡適在《中國的文藝復興》中就說道：「這場運動是由既了解他們自己的文化遺產，又力圖用新的批判與探索的現代歷史方法論去研究他們的文化遺產的人領導的。在這個意義上，它又是一場人文主義的運動。在所有這些方面，這場肇始於一九一七年，有時被稱為『新文化運動』，『新思想運動』，『新潮』的新運動，都引起了中國青年一代的共鳴，被看成是預示著並表明了一個古老民族和一個古老文明的新生的運動。」[109]「以歷史上看，中國的文藝復興曾有好幾次，但是因為，沒有自覺因素，這些運動就只是革命性轉變的自然過程，但從未達革命性轉變之功，它們帶來新的範型，但從未推翻舊範型，舊範型繼續與它們共存，並最終消化它們。」[110]我以為，胡適在這裡所指出的「新文化運動」對傳統文化的繼承與轉化的方式和思路，對於我們今天的「五四」研究仍然是有啟發性的。第二，這套闡釋框架充分認識到，西方文明在新文化催生中所起的重要作用。由於「與陌生文明的接觸帶來了新的價值標準，人們可借此對本土文化進行重新審視，重新評價，而文化的自覺改革、更新就是此種價值轉換的自然結果，沒有與西方文明的緊密接觸，就不可能有中國的文藝復興」[111]。回過頭來對照一下目前的研究現狀，胡適這段話中所提出的問題和思路，我

---

108 中譯本於一九九八年由湖南人民出版社出版。

109 胡適撰，曹藝等譯：《中國的文藝復興》（長沙市：湖南人民出版社，1998年），頁38-39。

110 胡適撰，曹藝等譯：《中國的文藝復興》（長沙市：湖南人民出版社，1998年），頁38-39。

111 胡適撰，曹藝等譯：《中國的文藝復興》（長沙市：湖南人民出版社，1998年），頁38-39。

以為，在「五四」研究中至今仍然是十分薄弱的。事實上，在「五四」與外來文化關係上，我們還有許多的問題需要重新提問、思考和回答。我們還有許多路要走，還有許多的荊棘要穿越。

三

　　除了上述兩種闡釋框架外，還有一種對「五四」的闡釋，我稱之為「啟蒙說」。應該說，這套闡釋框架是最具廣泛性的，也是最具批判性，同時，必須看到的是，這套闡釋框架又最具有民間性。「啟蒙說」充分表達了一部分中國現代知識分子對「五四」的精神想像。然而，這一套的闡釋框架，其理論的命運又是最艱難的，尤其在一九四九年之後的語境中，它只能成為了一種民間性思想的話語形態。但是，它在許多方面所達到的思考深度，在今天仍是具有啟發性的。由於這方面的研究成果十分豐富，我這裡只能選擇以魯迅對「五四」的論述和馮雪峰、胡風等人對魯迅的論述為核心，也就是說，在許多敏感的歷史時期，人們常常是從魯迅那裡汲取到啟蒙的思想資源，或者是通過相關的魯迅研究，獲得對「五四」啟蒙思路的承接。我以為，這種特殊方式的「暗合」，不僅是魯迅研究和「五四」研究中一個值得思考的現象，同時，在更廣泛的意義上，對這一現象的研究，也能把握到二十世紀中國一部分知識分子的精神生長的民間性和曲折性。

　　魯迅最直接體現這種闡釋思路的表述，主要是散見於他對創作於「五四」時期的自己或別人的作品的評論上，如《中國新文學大系小說二集》〈導言〉，《自選集》〈自序〉以及對「五四」時期曾共同作戰過的朋友的回憶文章，如〈對《新潮》的一部分意見〉、〈憶劉半農君〉、《守常全集》〈序〉。當然，這一切都只是魯迅關於「五四」啟蒙思想的「顯在」論述的一方面，我以為，更值得我們深思的是他對啟蒙自身的質疑、絕望以及擺脫、反抗這種絕望的潛在的複雜的、深刻

的另一面。如他與錢玄同的關於「鐵屋子」的對話[112]，如他在與許廣平通信中關於「人道主義與個人的無治主義的消長起伏」的說法[113]。我以為，這些都將是我們重新反思「五四」啟蒙複雜性的重要的思想資源，在中國現代歷史上，還沒有哪一個人，像魯迅對「五四」啟蒙的深刻性和複雜性的思考那樣具有如此的深度和力量，還沒有哪一個「五四」啟蒙的承擔者和現代知識分子進行過如此深刻的自我解剖和反省，正是在這一點上，魯迅的思考顯示出我們在上篇中所提到過的啟蒙主體的自我啟蒙、自我認知的問題意識及其在現代歷史語境下的持續性。

正因為魯迅代表了中國啟蒙思想的最豐富同時也最複雜的內涵，所以，在某種意義上說，對魯迅思想的深度闡釋，也是一種對「五四」啟蒙思想的繼承和發揚。在這裡，我們首先要談到的是，在魯迅研究史上，馮雪峰和瞿秋白對魯迅啟蒙思想內涵和意義的闡釋。

一九二八年五月，馮雪峰寫了著名的《革命與知識階級》，在文章的第二部分〈中國革命的現階段〉中，馮雪峰先是分析了「中國革命已到了如何的階段」，接著指出，「在這幾個階段間，中國知識階級做工做得最好的，就只與封建勢力鬥爭的一段上」，即「五四」運動階段，其中的代表就是魯迅。在文章的第三部分中，他對此進行了具體的闡述。

> 實際上，魯迅看見革命是比一般的知識階級早一二年，不過他也常以「不勝遼遠」似的眼光對無產階級的，但無論如何，我們找不出空隙，可以斷言魯迅是詆謗過革命的。魯迅自己，在藝術上是一個冷酷的感傷主義者，在文化批評上是一個理性主

---

112 魯迅：《吶喊》〈自序〉。
113 魯迅一九二五年五月十八日致許廣平的信。

義者，因此，在藝術批評方面，魯迅不遺餘力地攻擊傳統的思想——在「五四」「五卅」期間，知識階級中，以個人論，做工做得最好的是魯迅；但他沒有在創作中暗示「國民性」、「人間黑暗」是和經濟制度有關的，在批評上，對於無產階級只是一個在旁邊的說話者。所以魯迅是理性主義者。到了現在，魯迅做的工作是繼續與封建勢力鬥爭，仍立在向來的立場上，同時他常常反顧人道主義。

但是，反顧人道主義並非十分壞的事情。革命在它的手段上，因為必要，拋棄了人道主義；但在理想上，革命是無論如何都不肯拋棄徹底的人道主義。同樣，革命也必須歡迎與封建勢力繼續鬥爭的一切友方的勢力，革命自己也必須與封建勢力鬥爭的。[114]

雖然，馮雪峰的這段論述，在今天看來，有很多誤解和片面性，但是，他是較早地站在「五四」啟蒙的立場，對魯迅思想的價值和意義給予了充分的評價。[115]

　　第二個對魯迅啟蒙思想作出比較全面、深入論述的代表人物，應該說是瞿秋白。這最重要的是體現在《魯迅雜感選集》〈序言〉之中。瞿秋白首先通過闡釋雜文這一文體在中國現代社會文化中的重要性，來高度評價了魯迅雜文在中國現代社會歷史中的戰鬥性和思想性，他說道：

　　　　魯迅的雜感其實是一種「社會論文」——戰鬥的「阜利通」
　　　　（feuilleton）。誰要是想一想這將近二十年的情形，他就可以

---

114 馮雪峰：〈革命與知識階級〉，見《雪峰文集》（北京市：人民出版社，1983年），卷2，頁291-292。
115 參閱王富仁：《中國魯迅研究的歷史與現狀》（杭州市：浙江人民出版社，1999年）。

懂得這種文體發生的原因。急遽的劇烈的社會鬥爭，使作家不能夠從容的把他的思想和情感熔鑄到創作裡去，表現在具體的形象和典型裡；同時，殘酷的強暴的壓力，又不允許作家的言論採取通常的形式。作家的幽默才能，就幫助他們用藝術的形式來表現他的政治立場，他的深刻的對於社會的觀察，他的熱烈的對於民眾鬥爭的同情。不但這樣，這裡反映著「五四」以來中國的思想鬥爭的歷史。雜感這種文體，將要因為魯迅而變成文藝性的論文（阜利通──feuilleton）的代名詞。自然，這不能夠代替創作，然而它的特點是更直接的更迅速的反映社會上的日常事變。

　　瞿秋白另一個重要的觀點就是，概括「五四」運動前魯迅的思想特點：魯迅在「五四」前的思想，進化論和個性主義還是他的基質。我以為，這既是對魯迅的概括，也是對「五四」啟蒙思想的某些本質的概括。

　　由於當時的革命實踐的曲折和馬克思主義的不成熟，因此，無論是馮雪峰，還是瞿秋白對魯迅及其「五四」啟蒙思想的認識，都存在著自身所無法克服的歷史侷限。[116]我以為，接下來我們要談到的胡風對魯迅啟蒙思想的論述，可能要相對深刻得多了。胡風在〈從「有一分熱，發一光」生長起來的──紀念魯迅先生逝世七週年及文學活動四十週年〉一文，先回顧了魯迅一生的思想發展過程，對魯迅在「五四」時的思想，他概括地指出：

　　　　在五四新文化運動裡面，我只想指出在魯迅身上的兩個基本的特點。第一，只有他是帶著深刻的思想遠見來參加的……其

116　參閱王富仁：《中國魯迅研究的歷史與現狀》（杭州市：浙江人民出版社，1999年）。

次，由於這思想運用和過去的經驗，只有他是帶著高度的警覺性來參加的。

最後，他總結了魯迅的思想特徵，說道：

> 要接近魯迅這一偉大的存在從他底作為意識形態的思想內容的一面當然能夠取得豐富的財產，但從他底作為思想生命的人生態度的一面更能夠汲取無窮的教訓。我們現在所探討的是後者，到這裡就可以把握到一個中心的特徵，那就是，他底內在的戰鬥要求和外在的戰鬥任務的完全合一，這可以和天地造化比美的寶貴的精神。這使得他和知識販賣者急功好利者，看勢立論者一切種種的新舊戲子們底生理構造沒有一絲一毫的相同。[117]

一九四六年胡風發表了另一篇重要的論文，對魯迅的啟蒙思想做了更富激情和深度的闡述，他說道：

> 魯迅生於封建勢力支配一切的中國社會，但卻抓住了由於由市民社會發生期到沒落期所到達的正確的思想結論。堅決地用這來爭取祖國底進步和解放。這是他的第一個偉大的地方。「五四」運動以來，只有魯迅一個人搖動了數千年黑暗傳統，那原因就在他的從對於舊社會的深刻認識而來的現實主義的戰鬥精神裡面。最後，魯迅底戰鬥還有一個大的特點，那就是把「心」和「力」完全結合在一起。[118]

117　胡風：《胡風評論集》（中）（北京市：人民文學出版社，1989年），頁338。
118　胡風：〈關於魯迅精神的二三基點〉，《胡風評論集》（中）（北京市：人民文學出版社，1989年），頁338。

由於胡風自身濃郁的詩人氣質，所以，他更理解，更傾心於魯迅的精神動力學方面，更能突進到魯迅思想火焰的核心，也讓自己得到燃燒。所以，他的論述就比別人多一分熱情，也多一分切膚之感。[119]

我以為，無論是馮雪峰、瞿秋白，還是胡風，他們對「五四」啟蒙思想的闡釋，與毛澤東的闡釋框架，在理論上是能夠相互補充的，由於特殊的歷史原因，他們的闡釋則被抑制了。但是，那也只是暫時地潛伏著，並沒有消亡。這也就是為什麼新時期在提倡「新啟蒙」這一思想時，首先是在魯迅研究上得到呼應，也是在魯迅研究的進程中得到了深化。所以，我以為，「新啟蒙」的說法，從某種意義上，是對馮雪峰、瞿秋白、胡風的三、四〇年代的啟蒙思想闡釋的更高意義上的回歸，是一種「接著講」的思想方式。因此，它在「五四」研究中，必然具有十分強勁的理論和思想生命力。

四

五月四日的示威遊行，儘管滿腔熱血的青年學生痛毆了賣國者，火燒了趙家樓，但是，它在政治上並沒有什麼決定性的意義。封建王朝的崩潰和中華民國的成立是在這之前八年（1911），袁世凱復辟的失敗是在這之前三年，而中國共產黨的成立又在這之後兩年（1921）。但是，在現代中國的思想文化史上，這一天卻是決定性的，它確是一個標誌。就像那散落大地的種子，終於綻開了新芽，它預示春的到來。就像在一片低沉的和聲中，那突然跳出的一個響亮的音符，於是，四周開始齊聲合唱。就像長江大河滔滔洪水中那根屹立的水文標杆一樣，它能測度出正奔騰而來的洪峰的流速、流量和高度。因此，在這個意義說，「五四」研究，一直是二十世紀中國意識

---

119 參閱王富仁：《中國魯迅研究的歷史與現狀》（杭州市：浙江人民出版社，1999年）。

形態歷史中一個敏感而重要的問題。「五四」的本身不僅作為一個思想文化的歷史現象而存在，同時，對它的闡釋也是一種對二十世紀中國思想文化的積極建構，也許可以這樣說，「五四」的研究史，可以看成一份二十世紀中國文化思想變化的「晴雨錶」，一條潛伏在二十世紀中國知識分子精神結構中的敏感的神經線，也可以看成是一個意識形態對立雙方都試圖佔據的思想高地，這其中一個很重要的原因，就是「五四」與意識形態之關係。確實，在較長的歷史時期中，由於狹隘的、強制性和功利性的意識形態作用，「五四」研究偏離了思想研究和學術研究所應該具有的反思性、批判性的角度。但是，排除「五四」研究的意識形態特徵，我以為，這是另一種學術幻覺。因為就「五四」本身來看，它的產生目標和推動力就存在於深刻的意識形態性的歷史語境之中。

文學史的敘述問題

一

　　隨著現代人文教育體制的確立和發展，文學研究已成為這一日益細密化的學科體制中一個不斷膨脹的知識生產群。比如，近一個世紀以來，人們對文學史的寫作一直保持著強烈而持久的興趣，就是這一知識生產的重要表徵之一。先有王國維、胡適、魯迅、鄭振鐸等大師們的墾拓、開創之功，後有源源不斷、數量驚人的文學史著作的出版。[1]這些日益積聚和豐富的學術資源，都預示著「文學史學」作為文學研究領域中的一個獨立分支，將「呼之欲出」。同時，這也對建立「文學史學」提出了內在的學術要求。

　　然而，在這種生機勃勃的文學史研究和寫作的學術格局中，一些原先潛伏著或者被有意忽視但又確實需要在理論上作出回應和總結的問題，也隨之變得尖銳和急切起來：其一，已有的文學史研究和寫作，多是借助於一般歷史學（比如社會史、思想史甚至革命史）的觀念、框架和理論模式，而沒有充分考慮到文學史作為「文學」史和文

---

[1]　一九四九年前出版的各種文學史著作有三百多種（據黃山書社一九八六年出版的《中國文學史書目提要》統計），一九四九年到一九九一年間出版的各類文學史著作多達五百七十八部（據遼寧大學出版社一九九二年出版的《中國文學史著作版本概覽》統計）。一九九一年至今（2000年）出版的各類文學史著作雖然還沒有人做過完整的統計，但估算起來至少也在四百種左右，也就是說，全部加起來，在這一個世紀中出版的各類文學史著作竟達一千兩百多種。

學「史」的雙重性。[2]（事實上，這種雙重性正是文學史研究與寫作的獨特性之所在。）其二，與此相關的另一個更深層的困境，是我們一向缺少把「文學史」作為一種獨立的學術物件，進行深入的理性反思和理論建構，這樣就使得文學史的學術個性經常搖擺於一般歷史學和文學批評的兩個極端之間，有時甚至成為某種意識形態的附庸或圖解。

　　正是基於對上述的文學史研究、寫作的現狀和困境的理性反思，我提出了「文學史學的本體性研究」這一命題。我認為，這一命題的理論展開，其面臨的最大困難就是，如何確定一套建構文學史學所必不可少的、基本性的理論話語體系，即確定「文學史學」作為一個獨立的學科範疇所必要的理論範式：它的理論規範（這其中又包括框架、特點、功能）和話語方式。我的研究就從對建構文學史學的一些基本話語的討論開始。著名文學理論家韋勒克在其名著《文學理論》一書中對此有過許多精闢的反思與見解，是我們思維拓展的重要資源。[3]

二

　　雖然任何一種的文學史寫作都有自己的話語形態，但就話語方式來看，它與一般的歷史著作並沒有根本性的差別，從某種意義上說，二者都是一種敘述方式。那麼，關於敘述的一些根本性問題，就成為我們進入文學史的具體寫作之前首先要分析的對象。

2　戴燕：〈中國文學史：一個歷史主義的神話〉，《文學評論》1998年第5期。進一步的討論可參閱戴燕：《文學史的權力》（北京市：北京大學出版社，2002年）。

3　參閱〔美〕韋勒克等：《文學理論》（北京市：生活·讀書·新知三聯書店，1984年）。

（一）文學史的敘述框架問題

　　即應該如何把文學的歷史演進放在一個相互聯繫的關係網絡之中來加以敘述。應當承認，已有的大多數的文學史著作正如韋勒克所指出的：「要麼就是社會史，要麼就是文學作品所闡述的思想史，要麼只是按編年順序寫下的具體作家、作品的印象和評價。」[4]因此，如何解決文學史敘述框架中的幾對矛盾：文化史（思想史、社會史）與詩學史之間的矛盾；具體作家、作品的獨創性和文學傳統的持續性、穩定性之間的矛盾；文學作品作為研究對象時的歷史性和作為審美對象時的「現時性」之間的矛盾，就成為探討文學史的敘述框架的核心問題。[5]為此，我提出了共生互動框架說。所謂的共生互動框架說，就是在新的文學史敘述形態中，我們不能因噎廢食，簡單地把文化史（思想史、社會史）的內涵排除殆盡，而走向另一種極端，即只一味地關注形式、風格等詩學因素的演變過程。在這裡，問題的關鍵在於：必須找到文化與詩學在歷史進程中真正的耦合點。我認為，反映著時代面貌的具有普遍性的文化思想和文化精神，不是由於個別作家或作品形成的，並且是不以他（它）的意志為轉移的。所以，相對於具體作家、作品來說，一個時代的文化思想、文化精神是外在的。但是，作為個體的作家、作品又不能脫離時代及其文化思想、文化精神的。比如，一個作家的思維方式、情感方式和藝術觀念總是被他的時代那具有普遍性的文化思想、文化精神所浸染。所以，在這個意義上說，文化思想、文化精神又是內在的。換言之，具有普遍性的文化思想、文化精神給具體的詩學創造注入了豐富的意韻，同時，詩學創造又把一個時代的文化思想、文化精神加以個性化、典型化和精粹化。[6]

4　參閱〔美〕韋勒克等：《文學理論》（北京市：生活・讀書・新知三聯書店，1984年）。

5　〔美〕韋勒克等：《文學理論》（北京市：生活・讀書・新知三聯書店，1984年），頁290。

6　參閱王元化：《思辨隨筆》（上海市：上海文藝出版社，1994年），頁128-130。

在整個歷史過程中，文化和詩學一直是在不斷地相互催生、相互交融、相互創造。這二者是處於一種共生、互動的內在關係之中。同樣，獨創性和文學傳統之間的內在關係也是如此。獨創性不是對傳統的背離，任何一個作家都是在一個特定的傳統內進行創作並採用它的種種技巧，純粹的「空無依傍」的藝術創造是不可想像的。問題的關鍵就在於，任何一種真正的創造，都必須具有新的感性力量和藝術價值，正因為有了這種新的感性力量和藝術價值，才使文學傳統作為一個變化的整體能夠不斷地增長著。[7]這也就是說，一方面，正是與那個傳統背景發生對照時，創造才可能被理解，被接受。另一方面，正是由於部分偏離已經形式化了的傳統，創新才可能實現；在歷史過程中，對一個具體作家、作品，讀者、批評家和同時代的作家對它的看法總是在不斷變化的。即解釋、批評和鑑賞的過程從來沒有完全中斷過，並且看起來還將無限期地繼續下去[8]，於是，這些批評、闡釋的資源極有可能連同那些具體作家、作品一起構成了文學史的對象。然而，對於一個文學史的敘述者來說，儘管擁有如此眾多的闡釋資源，但他仍然不能排除自己的「當代性」、「個人性」。[9]因此，重要的是，必須在這種對象與闡釋的歷史性和敘述者的「當代性」、「個人性」之間建立起一種共生、互動的框架。也就是說，要求文學史的敘述者對所能接觸到的盡可能多的過去和現在讀者的印象進行本質的、客觀的分析。（理論上是如此提倡的，但事實上這又是很難做到的。）同時，在對歷史的敘述中，盡可能地在自己的敘述之中喚起那些作品的

7　〔美〕韋勒克等：《文學理論》（北京市：生活·讀書·新知三聯書店，1984年），頁296。

8　〔美〕韋勒克等：《文學理論》（北京市：生活·讀書·新知三聯書店，1984年），頁293。

9　〔美〕韋勒克等：《文學理論》（北京市：生活·讀書·新知三聯書店，1984年），頁294。

活躍的特性、激勵人心的力量和形式的美感。[10]我認為，這種強調共生、互動的敘述框架，能有力地改變已有的文學史敘述中的文化／詩學，獨創性／傳統，歷史性／當代性的相互分離、靜態的二元論思維方式，從而把對文學的歷史敘述建立在一種綜合的、整體的、動態的框架之中。當然，在這一新的敘述框架中，我們也必須警惕那種體系化的、擴張性的「文學史帝國」的方法論傾向。因為，所謂的框架不是一個包容萬象的容器或實體，而是一種關係範疇。

（二）文學史的敘述形態問題

　　即任何一個研究者都不可能把有關文學的一切過去都原封不動地搬上紙面。他必須有自己特殊的眼光、角度和價值立場。這裡我們就接觸到了文學史的敘述形態問題，這其中有兩個影響深遠的理論模式需要檢討：一個是認為文學的歷史過程存在著一種從生到死的封閉進化過程。如陳平原所言：這一觀念常常認為，一個文學類型或一種文體，一旦達到某種極致的階段，就必然要枯萎、凋謝，最後消失。從「五四」新文化運動開始，進化的觀念就逐漸被引入到文學史的敘述模式中，文學演進的歷史被描述為如同生物體一樣，經歷萌芽、生長、開花、成熟、僵化到最後死亡的全過程。這一進化的歷史觀使得中國人有力地糾正了在過去的文學史敘述中過分擬古、崇古的價值取向，而獲得一種強調運動、變遷和聯繫的動態的整體性的視野。但是，在這一文學史的敘述形態中，由於過分突出進化的必然和衰亡的命定，排除了文學演進過程中的偶然性和作家主觀努力以及天才發揮的餘地，因此，在這種文學史的敘述形態中，很難理解文學發展的多種可能性。[11]第二個理論模式就像韋勒克的批評的那樣，線性地認為

---

10 〔美〕韋勒克等：《文學理論》（北京市：生活・讀書・新知三聯書店，1984年），頁295。

11 參閱陳平原：《小說史：理論與實踐》（北京市：北京大學出版社，1993年），頁159。

文學的發展、演變是向一個目標接近的過程。即一種典型的歷史目的論的觀念。這一隱藏在文學史的敘述形態背後的歷史目的論觀念，在一九四九年到新時期之間出版的大量的文學史著作中，都曾留下很深刻的痕跡。比如，在這期間出版的眾多的新文學史著作，都一致強調運用新民主主義理論來闡釋新文學的發展的內在方向。這種歷史目的論觀念，其潛在的思維方式，是過分相信歷史與邏輯的一致性。對此，王元化曾反思道，所謂的邏輯和歷史的一致性，在黑格爾的哲學意義上，就是認為，人類的認識歷程和邏輯的發展歷程彼此相符，都是由低級向高級，由萌芽狀態向成熟狀態，不斷向前推進。但是，如果過分相信邏輯推理，或以邏輯推理代替歷史的實證研究，就會形成以抽象代替具體的弊端。歷史的發展固然可以從中推導出某些邏輯性的規律，但歷史和邏輯畢竟並不是同一的，後者不能代替前者，同時，歷史的發展往往也不是可以根據邏輯推理，順理成章地得出結論的。[12]比如，由於這種歷史目的論的影響，導致了在過去的幾十年中，我們對中國現代文學有過許許多多的不同「定性」的理論興趣，先是把中國現代文學定性為「新民主主義文學」，而後又提出中國現代文學是「現代化（性）的文學」，這些提法都隱含著某種所謂的「深層歷史意識」：即相信紛繁複雜的文學現象背後（或者說深層）必然存在著某個具有「客觀性」、「本質性」的東西，只要把這一東西「浮出海面」，我們就能梳理出一個歷史結構來。這樣，一方面就必然把作為精神活動的文學創作的豐富可能性化約成一種特定的狀態。（事實上，我們根本不可能把充分個性化的文學想像與文學創作，用一種明確的方式加以確定。）另一方面，也把我們理解歷史的多樣性方式給簡化了，或者說整合了。因為，既然歷史敘述能夠通過一個中心概念（無論是新民主主義，還是現代性）把一切現象邏輯地整合起

12　參閱王元化：《思辨隨筆》（上海市：上海文藝出版社，1994年），頁128-130。

來，那麼，在此之後，我們除了對這一中心概念加以證實、推論之外，將毫無作為。鑑於上述兩個方面的理論困境，我提出了感性—知性—理性這樣一個不斷演進深化的動態的文學史敘述形態：即從混沌的關於整體的表象開始（感性）——分析的理智所作的一些簡單的規定（知性）——經過許多規定的綜合而達到的多樣性的統一（理性）。馬克思曾把這樣的一種分析模式和理論方法稱為「由抽象上升到具體」的方法，並且指出這種方法「顯然是科學的正確的方法」。[13]如果我們把這一方法引入到文學史的敘述中，那麼，就能夠有效地避免進化論和歷史目的論所潛在的形而上學的思維困境。具體地說，在文學史的敘述中，我們一方面要把具體的作家、作品與一般的歷史價值與審美價值聯繫起來，但這並不是要把每一個具體的作家、作品貶黜為僅僅是一般歷史價值或審美價值的樣本，而是在這種一般歷史價值或審美價值的背景下，發現具體作家、作者所內含的新的歷史經驗與審美經驗，即要給個體以新的歷史與美學意義。另一方面，也不是要把歷史理解為一種直線前進的理論預設成一條不連續的無意義的流，而是既要保持歷史中的具體作家的個性，同時又要呈現歷史過程的多樣性。[14]也就是說，在新的文學史敘述形態中，感性—知性—理性這三個環節，缺一不可。而過去的文學史敘述，常常是在知性面前就止步了。其結果就是，在文學史的敘述中，或者不得不承認那種認為歷史是無意義的變化的流的看法，或者不得不運用某些超文學的標準，即用一些絕對的、外部的標準來研究文學演進的歷史進程。[15]因此，只有運用這種「感性—知性—理性」的敘述形態，我們才能談論

13　參閱王元化：《思辨隨筆》（上海市：上海文藝出版社，1994年），頁121。

14　〔美〕韋勒克等：《文學理論》（北京市：生活・讀書・新知三聯書店，1984年），頁296。

15　〔美〕韋勒克等：《文學理論》（北京市：生活・讀書・新知三聯書店，1984年），頁296。

歷史進化，而且在對這一進化過程的敘述中，每一具體作家作品的個性和魅力又不被削弱。

（三）文學史的敘述時間問題

　　這又包含著三個相關層面的內容。第一，關於文學史應該如何分期的問題。已有的文學史著作在分期上多數是採用依據政治變化進行分期的辦法，也有少數著作採用依據曆法上的世紀、年代等不同的分期，把文學史寫成編年史的樣子。[16]這兩種分期的方法在某種意義上都有截斷眾流、簡潔明快的方便之處。但是，文學史的發展有其自身的特殊性與規律性，即它的分期往往與政治史、曆法的分期有不相一致的地方。當遇到這種情況時又該如何處理？處理的依據是什麼？這都是值得探討的。第二，與此相關的問題是，對於一個斷代的文學史敘述來說，上、下限又該定在何處？這就要求我們不僅需要辨別出一種傳統慣例的衰退和另一種傳統慣例的興起，同時，還要探討為什麼這一傳統慣例的變化會在某一特定的時代發生？[17]第三，生存於兩個不同時期的作家之間，又是如何相互影響，並且這種相互影響的歷史痕跡又是如何在文學史的分期上留下許多模糊、交叉的地帶。所以，僅僅以曆法上或政治史的依據來劃分文學史，是不足以解釋文學變化的。因為，文學變化是一個複雜的歷史過程，它隨著場合的變遷而千變萬化。這種變化，從某種意義上說，部分是由於內在的原因，由於文學既定規範的枯萎和對變化的渴望所引起，但也部分是由於外在的原因，由於社會的理智的和其他的文化變化所引起的。[18]我們說，把

16　〔美〕韋勒克等：《文學理論》（北京市：生活・讀書・新知三聯書店，1984年），頁303。

17　〔美〕韋勒克等：《文學理論》（北京市：生活・讀書・新知三聯書店，1984年），頁307。

18　〔美〕韋勒克等：《文學理論》（北京市：生活・讀書・新知三聯書店，1984年），頁309。

歷史理解為一浪推一浪，一代勝一代的連續鏈，那只是一種歷史幻
覺，但是，從當前的文學史寫作之中，我們卻能很分明地看到當代人
在不同程度上都染上了歷史時間的焦慮症。一個最典型的例子，那就
是，一方面，我們在文學史的敘述中，把歷史時段劃分得越來越短，
越來越密；另一方面，在每一個限定的時段內，都努力尋找一種所謂
的轉換。我以為，目前人們正熱衷討論的所謂近代向現代的創造性轉
換這一課題，就存在著這種歷史時間的焦慮症。因為我們不能從它們
之間時段的相鄰接這一外在特徵，就推導出這其中必然存在著某種轉
換關係。所以，我以為，在討論文學史的分期問題上，我們應該保持
一種開放的心態，充分考慮到歷史過程中的變異和轉換。同時，也應
該拉開更加廣闊的歷史長度來考察、敘述歷史。

知識之美
——論周作人散文中知識的審美建構

緒論

　　周作人研究是一個極具挑戰性的課題。近一個世紀以來，關於周作人，可謂是眾說紛紜。撇開在特定的歷史時期，由於政治性因素的干擾所造成極端片面化和簡單化的誤區不論，在某種意義上說，學術界已有的關於周作人研究的任何一種說法，都是對周作人複雜性的一個側面的接近，都是對周作人散文「貌似閒適」的風格背後的「苦味」「苦悶」之心境的解讀。在我看來，無論是接近的努力，還是解讀的嘗試，既與研究者對中國現代知識分子思想道路與歷史命運的回望與反思相聯結，又與研究者對自身處境的當下關懷相聯結。因此，周作人研究的開放與封閉，活躍與沉寂，必然會隱隱約約地透露出具體時代的思想文化和歷史語境轉變的信息。

　　當下的學術語境是一個「話語飽和」、「範式多元」的時代，人文科學領域的任何一個課題研究都面臨著訊息過剩但又創新乏力的尷尬處境。因此，今天選擇這樣一個課題來研究，它的難度就顯得尤其突出：其一，周作人研究不是今天才開始，它已走過近一個世紀的學術歷程，在時間長度上可以說與魯迅研究一樣漫長。在其曲折發展的學術史上，儘管它不像魯迅研究那樣名家輩出，名作紛呈，但畢竟已有許多重要的著作論文問世。儘管如此，但我認為，真正具有學術史意義的周作人研究，應該是以新時期為開端。它的標誌就是學術界開始

科學地而不是標籤式地運用歷史唯物主義和辯證唯物主義的理論與方法來看待、分析、評價周作人思想道路、藝術成就及歷史功過。就學術成果而言，應以舒蕪的《周作人的是非功過》和錢理群的《周作人論》為這方面的代表性著作。前者以唯理與審美的筆致具體而辯證地分析了周作人思想與藝術上的獨特性、複雜性及歷史命運。後者以魯迅為參照視野，在比較中深入分析周作人的思想與人生歷程，盡可能具體地展示出周作人的豐富性、複雜性。儘管這兩部著作的出版均在九〇年代，但仍然是我們今天研究周作人不可或缺的參考文獻。其二，周作人自身在思想、藝術、個性、經歷等方面的複雜性、豐富性和特殊性，也為歷來的研究設定了特有的難度：怎樣的周作人才是「真實」的周作人？或者說真實的周作人又是怎樣的？這是頗難回答卻又耐人尋味的問題。回顧學術史，可以看出，在不同的歷史階段，都不乏有人嘗試著去理解、去把握這一問題的「真實內核」，這其中既有周作人的朋友、同事、學生，也有眾多基於不同立場的研究者，但是，這些努力的結果常常是令人遺憾的。在他們的筆下，周作人的形象往往顯得既清晰又模糊，既複雜又簡單，既明確又動搖，這就更增加了對周作人認識的難度。在我所讀過的相關文獻中，有兩個人的敘述讓我記憶猶新：一是胡蘭成，二是溫源寧。學者胡蘭成曾對周作人與魯迅做過一個十分形象的對照，他說：「周作人是骨子裡喜愛希臘風的莊嚴，海水一般清朗的一面的，因為迴避莊嚴的另一面，風暴的力，風暴的憤怒與悲哀，所以接近了道家的嚴冷，而又為這嚴冷所驚，走到了儒家精神的嚴肅……我以為，周作人與魯迅乃是一個人的兩面，魯迅也是喜愛希臘風的明快的。因為希臘風的明快是文藝復興時代的生活氣氛，也是五四時代的氣氛，也是俄國十月革命的生活氣氛。不過在時代的轉變期，這種明快，不是表現於海水一般的平靜，而是表現於風暴的力，風暴的憤怒與悲哀。」[1]胡蘭成認為「周作人

1　胡蘭成：《中國文學史話》（上海市：上海社會科學院出版社，2004年），頁167。

與魯迅乃是一個人的兩面」，初讀起來，你可能會疑惑不解，但仔細體會，似乎又含義深遠。這個說法讓我想起卡爾維諾的短篇小說《分成兩半的子爵》，小說講述的是這樣一個故事：一個人在戰爭中被彈片劈成兩半，但這兩半都奇蹟般活著，他們生活在同一個鄉村，其中一半在村裡作惡多端，另一半則行善多多，這兩個半個身子的人相互仇視，最後在一次決鬥中，當他們把劍刺入彼此的身體時，奇蹟發生了：主人翁「梅達爾多就這樣變歸為一個完整的人，既不好也不壞，善與惡具備，也就是從表面上看來與被劈成兩半之前並無區別」。卡爾維諾在這篇充滿寓言性的小說中，揭示了善與惡、愛與恨的共生性，也許正是這種共生性才是人性本質之所在，才是人性的完整性之所在。無獨有偶，當學者溫源寧提起周作人時，也是把他同風浪，同海洋聯繫在一起，他也看到了清朗的另一面。他說：「風浪！提到風浪，令人聯想到海洋；提起海洋，又令人聯想到艦艇。彷彿是命運的奇特諷刺，周先生這位散文作家，還確實曾經是一名海軍軍官學校的學員！但是，歸根到底，又並不非常奇特。還有什麼能比一艘鐵甲戰艦在海上乘風破浪更加優雅動人的呢？不錯，周先生正好就像一艘鐵甲戰艦，他有鐵的優雅！」[2]如果我在這裡問一句：何謂「鐵的優雅」？可能最好的回答也只可意會，不可言傳。值得注意的是，胡蘭成和溫源寧這兩種形象性的說法有一種內在的一致性，即他們都敏銳地看到周作人思想、性格中同時存在著直面／迴避、清朗／風暴、優雅／剛毅的雙重特性，它們構成了周作人性格的兩面。我認為，只有同時看到這兩面性，才算是較為具體真實地接近周作人的豐富性。因此，在研究過程中，緊緊抓住研究對象思想性格的這種兩面性特徵並辯證地加以分析，是我們研究周作人不可缺少的理論分析方法。其三，周作人是個文化身分複雜多重的歷史人物，這就給後人留下了動搖而歧義的文化想像和文化身分的認同感。但無論如何，周作人首先

2　溫源寧：《不夠知己》（長沙市：岳麓書社，2004年），頁176。

是一位有獨特風格的散文大家，他所有的思想表達和文化身分表徵都
是借助個性化的散文風格和散文文體呈現出來。也就是說，散文創作
對周作人而言，絕不是單純的情緒表達。在精神意義上說，它是周作
人作為啟蒙思想家、文學家和學者的存在方式。他的散文創作及其文
體就深層的價值結構而言，是以審美的方式來表現和確立作家自身的
思想立場、思維方式、情感結構和文化身分。因此，關於周作人散文
的研究必然是一種集知識、思想、文化、審美等多維度多視野的整合
性研究。

　　當我們對周作人研究的難度有了足夠的理論分析之後，接下來的
問題不是裹足不前，而是整裝待發。在此，我們首先要確定三個問
題：一是我們的研究起點是什麼？我認為，對周作人散文文本的解讀
與分析是這一切研究的出發點。二是周作人散文文本在話語方式、審
美建構、審美風格和文體生成等方面具有怎樣的特徵呢？三是對於這
些特徵的解讀與分析又將怎樣與周作人思想個性的特殊性、複雜性等
要素聯繫在一起呢？我認為，對這三個問題的展開，就構成論文內在
的研究方向：即從文本出發，目標是要抵達一個隱藏在文本深層並內
在於研究對象思想與人格的複雜內核。當然，這一過程不可能一蹴而
就，研究者必須經歷一系列從知識到審美，從話語方式到意義生成的
分析環節。

　　如何清晰而具體地建構這一分析過程，就像一位登山者必須對攀
登路線了然於胸一樣，這是實現理論預設的關鍵。因此，這一建構過
程也是本文研究路線的選擇與確定過程。我認為，周作人對魯迅小說
散文的觀察方式，在這一方面具有啟示性。在魯迅去世不久，周作人
撰寫了三篇題為〈關於魯迅〉的文章。已有的魯迅研究對這三篇文章
似乎並不在意，但我認為，周作人在這三篇文章中所體現出來的觀
察、理解魯迅的方式，具有方法論的意義。他說：「魯迅寫小說散文
又有一特點，為別人所不能及者，即對於中國民族的深刻的觀察。大

約現代文人中對中國民族抱著那樣一片黑暗的悲觀的難得有第二吧。豫才從小喜歡『雜覽』，讀野史最多，受影響亦最大，——譬如讀過《曲洧舊聞》裡的〈因子巷〉一則，誰會再忘記，會不與《一個小人物的懺悔》所記的事情同樣的留下很深的印象呢？在書本裡得來的知識上面，又加上親自從社會裡得來的經驗，結果便造成一種只有苦痛與黑暗的人生觀，讓他無條件（除藝術的感覺外）的發現出來，就是那些作品。……這是寄悲憤絕望於幽默。」[3]我認為，這段話內含著周作人理解與分析魯迅小說散文的三個層次：一是魯迅小說散文的思想來源：書本裡的知識與來自社會觀察的人生經驗。二是魯迅小說散文的思想生成方式，即前述的來源內在地造成不滿、苦痛與黑暗的人生觀。三是魯迅小說散文的思想表達方式，即寄悲憤絕望於幽默。（值得一提的是，李長之所著的《魯迅批評》（一九三五年版）一書，其內在的邏輯結構與周作人此處的分析過程有極大的相似之處。）我認為，這三個有機聯繫的層次所體現的內在結構，也是我們研究周作人散文的思維結構，即周作人散文的思想之資源、周作人散文的思想生成方式、周作人散文的思想表達方式。

　　既然我們已經確定了研究方向和研究路線，那麼，如何邁開第一步就顯得成敗攸關。現在我們可以回到問題的開端上來，當然，確定問題的開端，既可以是關於周作人散文的風格與文體，也可以是關於周作人散文的中外文化資源。但是，我的選擇是關於周作人散文的話語方式。那麼，周作人是如何認識與評價自己散文的話語方式呢？這其中是否內含著對我們的研究具有啟發性的要素呢？且看下面的分析。周作人曾自我評價說：「我的頭腦是散文的，唯物的。」[4]這句話看起來似乎並不經意，也沒有引起研究者的足夠注意。但在我看來，卻是意味深遠的：什麼是「散文的」？從字面的簡單推理，也許可以

3　周作人：〈關於魯迅〉，《瓜豆集》（石家莊市：河北教育出版社，2002年）。

4　周作人：〈《桃園》跋〉，《永日集》（石家莊市：河北教育出版社，2002年）。

把「散文的」理解成「非詩性的」或「非詩化的」。顯然，這還不能準確地揭示出其中的內涵。從句法邏輯關係上看，「散文的」是與「我的頭腦」聯繫在一起，由此，我認為，此處所謂的「散文的」確指一種非情緒的，非感性的，非想像性的思想方法和思想表達方式。它的具體特徵應該是理智性的，求真性的。在某種意義上說，只有這種理智性的思想方法和表達方式才能揭示、理解、把握世界的「唯物性」；同時，對於世界內在的「唯物性」來說，只有這種理智性的思想方法和表達方法，才可能充分把握其唯物性的實質和精髓，這就在理論思維的過程中形成了表達內容和表達方式的統一性。我認為，這種「統一性」正是周作人散文話語方式的真實而獨特的形態特徵。然而，創作是一種複雜的感性／理性、情感／理智、知識／想像的審美過程，在這一過程中，審美內容與審美方式的統一性具有自己的表現形態、媒介、機制。那麼，具體落實到周作人散文，這種「表達方式的散文式」與「表達內容的唯物性」之間中介是什麼？或者說，這種散文式與唯物性的統一性在文本中表現出來的重要的話語方式和話語特徵是什麼？我認為，主要表現為：在周作人散文中存在著大量對「知識」的引述與言說，這些引述與言說又常常被歸約為一個看似淺顯的概念「常識」。他曾說：「我不信世上有一部經典，可以千百年來當人類的教訓的，只有記載生物的生活現象的 Biologie（生物學）才可供我們參考，是人類行為的標準。」[5]後來，他又在《一簣軒筆記》〈序〉裡進一步闡釋道：「常識分開來說，不外人性與物理，前者可以說是健全的道德，後者是正確的智識，合起來就可以稱之為智慧。」周作人常稱自己是一個愛智者，那麼，周作人是如何獲得這些「常識」（知識）？這些「常識」（知識）對周作人的思想生成具有怎樣意義？這些「常識」（知識）在周作人散文中又是如何存在的？這

5　周作人：〈祖先崇拜〉，《談虎集》（石家莊市：河北教育出版社，2002年）。

種存在方式又是如何體現出獨特的審美價值呢？因此，對周作人散文中「知識」的引述與言說之追蹤，是我們的研究能夠拾階而上的「基石」。

一　知識之美

　　閱讀周作人散文，給我直接的審美感觸並不是常說的「浮躁淩厲」或「閒適平淡」，而是觸目皆是的廣徵博引。周作人在散文中所表現出來的氣象之開闊、見識之廣博、文獻之熟稔，令人欽佩不已。他在散文中多方徵引，似乎信手拈來但無不恰到好處。對此，曹聚仁在一篇題為〈苦茶〉的文章中，曾引述朱自清的一段評論：「有其淵博的學識，就沒有他那通達的見地，而胸中通達的，又缺少學識，兩者難得如周先生那樣兼全。」可見朱、曹兩人對周作人散文創作的這一特點的推崇。這裡，我僅選擇兩個散文系列為例來加以說明。

（一）「草木蟲魚」系列

　　這一系列散文名篇的創作在周作人創作歷程中具有特殊意義，它是周作人宣稱「文學無用論」之後嘗試的另一種文學選擇，正如他所言：「我在此刻還覺得有許多事不想說，或是不好說，只可挑選一下再說，現在便姑且擇定了草木蟲魚。」[6]儘管如此，在「草木蟲魚」系列中，周作人還是十分隱晦地表達了自己「不想說」的苦境和「不好說」的窘境。〈金魚〉是「草木蟲魚」系列的第一篇，或許是剛嘗試著創作這樣文體的散文，周作人在文中對知識的展示似乎還有些生澀與節制，文中僅引用英國作家密倫關於「金魚」的故事，更多的筆觸則是回憶與聯想。但是到了〈蝨子——草木蟲魚之二〉，情況有了

6　周作人：〈小引〉，〈草木蟲魚〉，《看雲集》（石家莊市：河北教育出版社，2002年）。

變化，文中僅直接引用的著作就有：羅素所著《結婚與道德》、洛威所著《我們是文明人》、褚人獲所編《堅瓠集》、佛經《四分律》、小林一茶的詩。通過這些舊故新典和逸聞趣事，原本令人厭惡的蝨子，在周作人筆下卻讓人覺得生趣盎然。作者借助人類文化史上關於「蝨子」的各式各樣的說法，展示了對生命的不同理解與感受。對於經歷了政治血腥之後的作者來說，這種對生命的尊重和對生命的「威儀感」，確是一種心靈的慰藉。〈兩株樹——草木蟲魚之三〉，寫的是再平常不過的白楊與烏桕，但文本中的「白楊」與「烏桕」卻大有文章可作，作者引用的著作就有：《古詩十九首》、謝在杭的《五雜俎》、《本草綱目》、《南史》〈蕭惠開傳〉、《唐書》〈契苾何力傳〉、陸龜蒙的詩、《齊民要術》、《玄中記》、《群芳譜》、張繼的《寒山詩》、王端履的《重論文齋筆錄》、范寅的《越諺》、羅逸長的《青山記》、《篷窗續錄》、汪日楨的《湖雅》、寺島安良編的《和漢三才圖會》。這些文獻中既有關於白楊與烏桕的植物性特徵的說明，又有關於這兩種樹的人文想像。從文章的內在審美結構來看，作者似乎更看重後者，這篇散文的審美魅力也更多是源於關於兩株樹的情感與想像。事實上，作者在文中極少抽象地描寫「白楊」和「烏桕」，而是把關於「白楊」或「烏桕」的知識和具體的情境性時間、地點、人物聯繫在一起，借助「樹」的話題而展示自己的情感與思考。比如，文中在引用了《越諺》、《篷窗續錄》、《青山記》中關於柏樹的描寫之後，作者說道：「這兩節很能寫出柏樹之美，它的特色彷彿可以說是中國畫的，不過此種景色自從我離了水鄉的故國已經有三十年不曾看見了。」細心的讀者，一定可以體會到文中隱約地透露出一種對鄉土的懷念和一種長期漂泊在外的悵然。從散文創作的技巧來看，周作人這種情緒的流露，似乎是在不經意之間勾起的一種情緒反應，讓人覺得潤物無聲但又濕痕宛在。正是這種不露痕跡地從知識引述到情感抒寫的巧妙過渡，才使得文中關於「樹」的知識，充滿了情感之思。〈莧菜梗——

草木蟲魚之四〉，當我看到這個題目時，心頭不免一緊，周作人究竟
將如何妙手寫來才能使這種民間中低賤的食物，讓讀者在閱讀過程中
能慢慢地「口舌生津」。且看文中的技巧，一開篇作者先是創設了一
種特殊的情緒氛圍：「近日從鄉人處分得醃莧菜梗來吃，對於莧菜彷
彿有一種舊雨之感。」而後，就一路引述他者之言，文中引述的著作
有：郭注《爾雅》、《南史》〈王智深傳〉、《南史》〈蔡樽附傳〉、《本草
綱目》、郭注《爾雅》〈釋草〉、郝懿行疏、《學圃餘疏》、《群芳譜》、
《酉陽雜俎》、《邵氏聞見錄》、《菜根談》、《醉古堂劍掃》、《娑羅館清
言》。莧菜梗原是南方平民生活中再樸實不過的食物，但在周作人寫
來卻是酸甜苦辣，五味俱全。借助所引用的文獻，作者寫出了莧菜不
同的品類，關於莧菜食法的讓人好奇的傳說，莧菜梗的不同製法等。
一株莧菜梗，在生活中誰也不會多注目片刻的食物，如此寫來，則充
滿了生活的情趣，飽含著特定的生活態度和生活意志。從這篇散文的
內在情感的邏輯關係來看，作者先由從鄉人處分得莧菜梗而彷彿有一
種舊雨之感，進而勾起了鄉俗鄉土之憶。在記憶中，作者突出了鄉人
生活之堅忍，在文章的最後以之對照在亂世生活中青年之耽溺。這
樣，莧菜梗就在散文內在情感結構的演進過程中不斷增加生活與人文
的意味，從「食物」漸漸蛻變為情感符號、文化符號，這一過程就是
這篇散文的審美建構過程。〈水裡的東西──草木蟲魚之五〉中引述
的著作有：芥川龍之介的小說、柳田國男的《山島民譚集》、岡田建
文的《動物界靈異志》、《幽明錄》。在周作人全部散文創作中，這可
以算得上是一篇奇文，他通過對古今中外有關「河鬼」或「河伯」的
傳說與記錄的引述，把一種不可見的「東西」，寫得形象生動，趣味
盎然。更關鍵的是，作者的態度本質上是唯物的，但這種「唯物」不
是機械與冷酷的，而是充滿人情與人文性的關懷。他說：「是的，河
水鬼大可不談，但是河水鬼的信仰以及有這信仰的人卻是值得注意
的。我們平常只會夢想，所見的或是天堂，或是地獄，但總不大願意

來望一望這凡俗的人世，看這上邊有些什麼人，是怎麼想。」這裡的慨歎一方面飽含著周作人內心的一種寂寞感：也許只有這些關於不可見的東西的想像，才可能驅除自己在動盪人世間的苦痛，使之暫時得以忘卻。另一方面也飽含著周作人對現實人生的關懷。寂寞與關懷、忘卻與記憶、內心與現實、烏有之鄉與當下處境，在他關於「河伯」的述說中，不可思議地纏繞在一起。同時，也體現了作為一個理性主義者，周作人試圖通過對子虛烏有傳說的解讀來理解信仰來源的思想追求。〈關於蝙蝠——草木蟲魚之七〉是草木蟲魚系列的結響之章。文中引述的著作有：《和漢三才圖會》、東京兒歌、北原白秋的《日本民謠》、雪如女士編的《北平歌謠集》、日本《俳句辭典》、Charles Derennes 所著的《蝙蝠的生活》。儘管表面上看，作者似乎感興趣的是在於廣徵博引，但在藝術創造上，這篇散文仍有許多特異之處，值得我們細細推敲：首先在文體上，它是一篇書信，由於自己的學生沈啟無有感於「年來只在外面漂泊，家鄉的事事物物，表面上似乎來得疏闊，但精神上卻也分外地覺得親近。偶爾看見夏夜的蝙蝠，因而想起小時候聽白髮老人說『奶奶經』以及自己頑皮的故事，真大有不勝其今昔之感了」。於是寫信給周作人說：「關於蝙蝠君的故事，我想先生知道的要多多許，寫出來也定然有趣。何妨也就來談談這位『夜行者』呢？」沈啟無信中的這一番話顯然勾起周作人許多情思，喚醒了他知識儲庫中許多關於「蝙蝠」的傳說與趣事。於是，他就以回信的方式寫了這篇散文。其次，這篇散文的妙處還在於，作者沒有用直接的筆觸來寫蝙蝠的生態，而是把更多的筆墨放在描寫蝙蝠活動的背景，通過背景傳達一種融和著寂寞的微淡的哀愁之心情、敗殘之感和歷史憂愁之情調。第三，這篇散文在藝術技巧上還有一個不動聲色的細微體貼處，即作者大量引用關於「蝙蝠」的兒歌和童謠，不禁使人油然而生一種鄉土之思、一種時間之思：這隻蝙蝠始終飛翔在作者暗淡寂寞的心靈天空，從今而後，每當黃昏到來之際，這隻藝術世界中

的蝙蝠總是帶來一種行將日暮的情調——或憂或愁、若明若暗的思緒，牽扯著無數讀者的夢境和夜思，這就是周作人散文能夠超越時間鴻溝的審美魅力。

在創作了一系列關於草木蟲魚的散文之後，周作人還創作了〈蚯蚓——續草木蟲魚之一〉和〈螢火——續草木蟲魚之二〉，筆力更顯蒼老，心緒更多滄桑，智識更具透澈與練達。由於篇幅的原因，此處不再展開分析。我認為，草木蟲魚系列一方面充分展示了周作人關於生物界事物的知識，這些知識有時寄存於傳說、史書、地志民俗之中，有時寄存於文人的創作之中，無論是哪一種形態，周作人都能娓娓道來，給人以知識的啟迪。另一方面，這些生物界的事物在周作人的筆下都充滿情趣和生機，瀰漫著一種人文色彩。最為重要的是，草木蟲魚系列似乎還隱約地透露出周作人內在隱秘的創作動機，即在動盪的時代中，為自己的心靈和不安找到一種可以棲居的知識與審美的住處。因此，我們就不難理解這樣的一個審美現象：在草木蟲魚系列之中，作者常常在文章結尾處情不自禁地把所寫的事物與自己的故鄉、自己的兒時、自己的記憶聯繫在一起，由此而幽幽暗暗地傳達出一種淡泊、憂鬱但又似乎可以把握、可以體會的鄉土之思與生命之思。就散文藝術而言，如果沒有這種從「知識存在」到鄉土之思、生命之思的審美建構過程，那麼，這些「草木蟲魚」只能是一系列科普小品或「知識小品」。

（二）民間民俗系列

如果說草木蟲魚系列展示的是周作人散文中一股獨特的情感之思與對生命之感念。那麼，民間民俗系列，透露的則是周作人十分敏銳的對人世間、對人心、對凡人信仰的悲憫與同情的人文之思。就知識的審美建構方式而言，這兩個系列散文的共同特徵就是借助大量的文獻徵引和豐富的知識表述來隱曲地傳達作者內在情感與思想。

　　關於民間民俗系列散文，我首先要分析的是〈無生老母的消息〉。就我的閱讀經歷來說，這是一篇百讀不厭的散文。事實上，周作人自己對此也比較得意，他在晚年寫給鮑耀明的信中曾明確說這篇散文是他「敝帚自珍」，「至今還是喜愛」的隨筆之一。在文中作者引述了劉青園的《常談》、黃丱谷的《破邪詳辯》三卷、續又續三續各一卷、小林一茶的隨筆集《俺的春天》、茂來女士的《西歐的巫教》、柳宗元的《柳州復大雲寺記》等。作者通過大量的文獻引述揭示出中國民間信仰中盛行無生老母崇拜的內在心理秘密：「大概人類根本的信仰是母神崇拜，無論她是土神穀神，或是水神山神，以至轉為人間的母子神，古今來一直為民眾的信仰的對象。客觀地說，母性的神秘是永遠的，在主觀的一面，人們對於母親的愛總有一種追慕，雖然是非意識的也常以早離母懷為遺恨，隱約有回去的願望隨時表現，這種心理分析的說法我想很有道理。不但有些宗教的根源都從此發生，就是文學哲學上的秘密宗教思想，以神一或美為根，人從這裡分出來，卻又蘄求回去，也可以說即是歸鄉或云還元。」作者這種對荒誕無稽的民間信仰之同情與理解，透露的是一種深厚的人性之體貼與人文之關懷。五四是一個科學與理性的時代，同樣的，科學與理性是五四一代人最重要的思想與價值尺度。但是，有趣的是，在五四一代人中，常常充滿著對「非科學」、「非理性」的關注與關懷。比如，五四之前，魯迅就曾在〈破惡聲論〉中大膽地宣稱：「夫人在兩間，若知識混沌，思慮簡陋，斯無論已：倘其不安物質之生活，則自必有形上之需求。……雖中國志士謂之迷，而吾則謂此乃向上之民，欲離是有限相對之現世，以趣無限絕對之至上者也。人心必有所憑依，非信無以立，宗教之作，不可已矣……偽士當去，迷信可存，今日之急也。」[7]魯迅的這段話，實為周作人之先聲。我認為，這種悖論式的精神結構

7　魯迅：〈破惡聲論〉，《魯迅全集》（北京市：人民文學出版社，1981年），第8卷。

是值得我們深思：人性的複雜和內心之奧秘常常是清晰而明確的「科學」與「理性」尺度所揭示不了的，人們要揭示人性內在的「暗物質」，需要的是一種體驗、同情與理解。儘管這是一種悖論，但恰恰是這種獨特的精神結構，才構成五四一代人精神世界的寬廣與深邃、科學與人性、理性與人道、精英與民間等因素共生共融的複雜格局，也正是這種獨特的精神格局深刻地影響了這一代作家創作的人文情懷。就周作人散文而言，這種的情懷在〈鬼的生長〉一文中就體現得相當飽滿。在這篇散文中儘管關於「鬼的生長」一事看似荒誕不經，但作者仍一本正經地大量引述古今中外關於鬼的生長的說法，僅引述的文獻就有：紀昀的《如是我聞》、邵伯溫的《聞見錄》、俞曲園的《茶香室三鈔》、錢鶴岑的《望杏樓志痛編補》等。在理性上，周作人並不相信有關鬼的生長的說法，但在內心深處，在人情的體貼上，在人性的理解上，他則希望有其事，正如他所言：「我不信鬼，而喜歡知道鬼的事情，此是一大矛盾也。雖然，我不信人死為鬼，卻相信鬼後有人，我不懂什麼是二氣之良能，但鬼為生人喜懼願望之投影則當不謬也。陶公千古曠達人，其〈歸園田居〉云：『人生似幻化，終當歸空無。』〈神釋〉云：『應盡便須盡，無復更多慮。』〈擬挽歌辭〉中則云：『欲語口無音，欲視眼無光，昔在高堂寢，今宿荒草鄉。』陶公於生死豈尚有迷戀，其如此說於文詞上固亦大有情致，但以生前的感覺推想死後況味，正亦人情之常，出於自然者也。常人更執著於生存，對於自己及所親之翳然而滅，不能信亦不願信其滅也，故種種設想，以為必繼續存在，其存在之狀況則因人民地方以至各自的好惡而稍稍殊異，無所作為而自然流露，我們聽人說鬼實即等於聽其談心矣。」說鬼談虛，是中國傳統士人的樂趣之一。蘇東坡式的姑妄言之、姑妄聽之的態度，是周作人比較欣賞的，這其中有超功利的意味。我想，如果在超功利的態度之中，能融進「聽人說鬼實即等於聽其談心」的關懷，那麼，流傳在中國民間的許多事物都可以成為談

論的對象，都可以獲得一種人文化的理解，這已不是一種簡單的民間立場，更重要的是一種人文的立場。正如周作人所言：「傳說上李夫人楊貴妃的故事，民俗上童男女死後被召為天帝使的信仰，都是無聊之極思，卻也是真的人情之美的表現：我們知道這是迷信，但我確信這樣虛幻的迷信裡也自有美與善的分子存在。這於死者的家人親友是怎樣好的一種慰藉，倘若他們相信。」科學之知識因為有了這種情感的浸潤，將在無聲之中蛻去其堅硬的外殼，煥發其柔和的思想之光；理性之內核因為有了這種人文之思，才顯得更加人道，更加人性；人生的幻滅之痛，生命的今昔存歿之感，靈魂有無的疑惑等等不幸，因為有了這種人文之思，似乎可以獲得少許的慰藉和感懷。

必須指出的是，這種人文之思並沒有減弱周作人散文中民間民俗系列散文的堅實而銳利的理性內核。唯理與求真的維度仍然是周作人永不放棄的解剖之刀。比如，〈關於雷公〉一文，作者對有關「雷公」的民間傳說進行廣徵博引，僅直接引述的文獻就有：《寄龕全集》、俞蛟的《夢廠雜著》、汪鼎的《雨韭庵筆記》、汪芣的《松煙小錄》與《旅譚》、施山的《薑露庵筆記》、王應奎的《柳南隨筆》、王充的《論衡》、桓譚的《新論》、謝在杭的《五雜俎》、日本十四世紀的「狂言」裡的《雷公》和日本滑稽小說《東海道中膝栗毛》等。在這些古今中外不同的關於「雷公」的說法中，作者重點選取其中的「陰譴說」來加以批判，他追問道：「陰譴說——我們姑且以雷殛惡人當作代表，何以在筆記書中那麼猖獗，這是極重要也極有趣的問題，雖然不容易解決。中國文人當然是儒家，不知什麼時候幾乎全然沙門教（不是佛教）化了，方士思想的侵入原也早有……」從中國民間關於「雷公」的說法，可以看出傳統儒家文化在歷史流變過程中，其理性的內核是如何受到道教與方士思想的侵蝕，從而破壞了它的內在健全性。在〈關於雷公〉一文中，作者所運用的這種文化人類學式的考論，可以說是周作人民間民俗系列散文的文化批評的基本維度。

在文章的結尾，作者還從中日兩國民間對「雷公」的不同說法中，比較出兩國國民不同的文化心理結構：「日本國民更多宗教情緒，而對於雷公多所狎侮，實在卻更有親近之感。中國人重實際的功利，宗教心很淡薄，本來也是一種特點，可是關於水火風雷都充滿那些恐怖，所有記載與說明又都那麼慘酷刻薄，正是一種病態心理，即可見精神之不健全。日本庶幾有希臘的流風餘韻，中國文人則專務創造出野蠻的新的戰慄來，使人心愈益麻木萎縮，豈不哀哉。」這種對中外民間民俗所表現出來的深層國民文化心理結構差異性的關注，是周作人民間民俗系列散文的重要主題之一。關於這一主題的理性考量，甚至深刻地影響了周作人日本研究的轉向。比如，在〈關於祭神迎會〉一文中，作者引述柳田國男的《日本之祭》、張岱的《陶庵夢憶》、范寅的《越諺》等文獻，充分比較中日民間的祭神迎會的不同風俗，展示了一幅幅生動而具體的民間祭神迎會的風俗畫。但作者真正的比較目的卻在於通過這一幅幅的風景畫，進而把握中日民間文化心理結構的差異之所在。他說：「日本國民富於宗教心，祭禮還是宗教儀式，而中國人是人間主義者，以為神亦是為人生而存在者，此二者之間正有不易渡越的壕塹。」在這裡，關於民間民俗的知識或記憶從具體的歷史形態深化為充滿理性判斷力和深邃感的歷史與文化智慧，在這種歷史與文化智慧的觀照之中，知識、文化或記憶成為一種有意味的存在，散文中大量的關於民間民俗知識的引述，也在無形之中深化為一種文化批評或文明批評的話語方式，進而揭示出在它的深層所隱藏著民族的、文化的、歷史的深刻差異性，正是抓住差異性，並加以透澈的理性分析和文化人類學的考論，才使得周作人散文具有一種逼人的智性之鋒芒。

　　生命之感、人文之思與智性之鋒芒，構成了周作人散文中知識之美的三種面向。儘管在分析過程中，我們對這三種面向加以分別論述，但事實上在周作人散文中，這三種面向常常是融合在一起，正是

這種交融共生的形態，構成周作人散文獨特的變幻的搖曳多姿的審美風格。

二　知識之源

　　讀書人常感慨人生有限，學海無涯。浩如煙海的古今中外典籍，以有限的生命根本無法窮盡。人生歷程就如白駒過隙，轉瞬即逝。儘管生命是如此的短暫和渺小，但求知的好奇心與探索的意志一直在推動著人類閱讀、思考的步伐，這就是思想的力量，也是思想的偉大之處。

　　當我們欽佩周作人知識廣博的同時，也不免會追問：周作人散文中這種廣博的知識是如何獲得的？這就不得不提到一個概念：「雜學」，我認為，在周作人那裡，「雜學」不僅僅是一種閱讀方式或者說獲取知識的方式，它更是一種具有價值意義的知識立場和文化建構的理念。周作人曾在一篇題為〈我的雜學〉的具有自傳性的文章中，對自己的「雜學」做了概括，共計十八類：「（一）古文；（二）小說；（三）古典文學；（四）外國小說；（五）希臘神話；（六）神話學與安特路朗；（七）文化人類學；（八）生物學；（九）兒童文學；（十）性的心理；（十一）藹理斯的思想；（十二）醫學史與妖術史；（十三）鄉土研究與民藝；（十四）江戶風物與浮世繪；（十五）川柳落語與滑稽本；（十六）俗曲與玩具；（十七）外國語；（十八）佛經。」[8]對一個常人而言，一生中若能鑽研這十八類中任何一個門類，都足以成就一門大的學問。令人驚訝的是，周作人在這十八類雜學中都有自己的心得、自己的發現。這些心得與發現都內在地構成了他多元化的知識結構中的一個要素，形成了周作人獨具特色的知識之源。對於今

8　周作人：〈我的雜學〉，《苦口甘口》（石家莊市：河北教育出版社，2002年）。

天的研究而言，只是簡單地排列這十八類知識形態是沒有意義的。在這裡，有些問題值得我們提出來加以分析：一是周作人式的知識分類是隨意的嗎？如此分類的內在根據是什麼？現代分類學的研究告訴我們：對知識的分類是現代學科知識的理性化、系統化的重要標誌。中國傳統學術關於知識分類及其系統不僅有一套成熟的分類體系，而且有其內在的邏輯方式，即所謂的「四部之學」。它的確切含義，指的是由經、史、子、集四部為框架建構的一套包括眾多知識門類，具有內在邏輯關係的知識系統，並以《四庫全書總目》之分類形式得以最後確定。到了晚清時期，「四部之學」的知識系統在西學東漸大潮衝擊下，不斷解體與分化。[9]我認為，作為五四一代的歷史人物，周作人不僅置身在這一知識系統從傳統向近代轉型的歷史過程，而且體察到這一知識系統的分類方式轉型的現代性意義，並分享這種轉型過程所帶來的知識分類的嶄新的自由感。這是我們在分析五四一代歷史人物的知識結構形成時，不能不看到的特異之處。值得一提的是，關於五四知識分子的知識結構和知識背景，現已漸漸引起一些研究者重視。二是這十八類的知識形態既有主流、正統的知識話語，但更多的是一種非主流、非正統的知識話語。我認為，後者對建構周作人獨特的文化身分具有十分重要的意義。著名哲學家福柯在《知識考古學》一書中，令人信服地揭示了知識與權力之間的複雜而微妙之關係，當然，這裡所說的「知識」不侷限於科學知識本身，它不是具體地指實證科學中的某一個分支，而是不同時代知識的構架（結構、形狀、組織、體制等），換句話說，不是表面的知識而是深度的知識，不是做什麼而是怎麼做、或做的規則。[10]按照福柯的這一理論發現，任何一

9　關於「四部之學」，主要參考左玉河：《從四部之學到七科之學》（上海市：上海書店出版社，2004年），頁4。

10　謝地坤主編：《西方哲學史》（南京市：鳳凰出版社，2005年），第七卷（下），頁1044。

種知識話語的表述和分類方式都受制於特定時代的權力結構，在某種意義上說，表述方式越清晰，分類方式越嚴整，意味該話語系統被監禁、規訓、強制的力度越嚴厲，也意味著對他者的排斥、指責、抑制的可能性越強大。[11]因此，傳統的知識系統及其分類，事實上在其深層乃是體現為一種潛在的權力結構，它規定了什麼是正統、主流的價值，什麼是知識者應遵循的表達規範。其目的只有一個，就是強制地向人們灌輸一種權力結構所認可的「正確」的說話方式。這樣的一套知識系統及分類就可能把大量其他的知識形態排除在外，其結果則限制了一個民族對知識新領域的冒險和對新知識的好奇心、創造。[12]因此，我認為，周作人這一獨特分類方式看似隨意，但內在仍有其現代性的知識分類的意義。行文到此，有一個相關的問題就自然地浮現出來：在五四一代作家的觀念中，文體的界限是相當自由的。事實上，五四之後盛行的越來越清晰與明確的文體概念和文體分類方式，對創作的自由與想像力的解放都是一種束縛。對此，周作人是十分敏感的，以至於到了二十世紀四○年代，他還在提倡一種文體與思想都很駁雜的文體。

　　當然，周作人的這種「雜學」式知識結構的形成，不僅經歷了漫長的積累過程，而且形成了相當個人化的經驗。關於這種知識結構的形成過程與內在經驗的形態學分析，對我們探討五四一代知識分子的思想生成方式及其複雜過程有十分典型的意義。周作人曾以其一貫自謙而又不無自信的口吻多次談及這一經驗。比如，在〈我學國文的經驗〉中，他說道：「我到十三歲的年底，讀完了《論語》、《孟子》、《詩經》、《易》及《書經》的一部分。『經』可以算讀得也不少了，

11　謝地坤主編：《西方哲學史》（南京市：鳳凰出版社，2005年），第七卷（下），頁1044-1045。

12　謝地坤主編：《西方哲學史》（南京市：鳳凰出版社，2005年），第七卷（下），頁1044-1045。

雖然也不能算多，但是我總不會寫，也看不懂書，至於禮教的精義尤其茫然，乾脆一句話，以前所讀之經於我毫無益處，後來的能夠略寫文字及養成一種道德觀念，乃是全從別的方面來的。總結起來，我的國文的經驗便只是這一點，從這裡邊也找不出什麼學習的方法與過程，可以供別人的參考，除了這一個事實，便是我的國文都是從看小說來的，倘若看幾本普通的文言書，寫一點平易的文章，也可以說是有了運用國文的能力。現在輪到我教學生去理解國文，這可使我有點為難，因為我沒有被教過這是怎樣地理解的，怎麼能去教人。如非教不可，那麼我只好對他們說，請多看書。小說，曲，詩詞，文，各種；新的，古的，文言，白話，本國，外國，各種；還有一層，好的，壞的，各種；都不可以不看，不然便不能知道文學與人生的全體，不能磨煉出一種精純的趣味來。」[13]在周作人這段話裡，有幾點需要分析：其一，周作人認為自己的國學經驗是得自於「經外」，這顯然是一種完全有別於傳統的知識生成方式，它呈現的是一個處於知識系統從傳統向近代轉型過程的中國知識分子的特殊的思想與知識之路。反過來說，正是這種特殊的知識之路才可能建構起這一代人的有別於傳統的現代性的思想與理論視野。其二，在傳統知識系統中被排斥在外的「知識類型」，如小說、雜書、俗曲等，在周作人的閱讀構成中卻成為主導形態。當然，周作人的知識之路是否真的像事後回憶那樣一路通暢呢？這是值得懷疑的問題，但有一點必須肯定，這樣的知識生成方式必然會萌生出不同於按部就班的思想方法和文化想像力。正如福柯所揭示的那樣：「不同文明時代種種話語霸權——這話語的詞序與事物或做事情的秩序是同構的。它們之間的聯結很簡單，只是通過話語。」[14]也就是說，如果話語一旦發生變遷或斷裂，則就

13　周作人：〈我學國文的經驗〉，《談虎集》（石家莊市：河北教育出版社，2002年）。

14　轉引自謝地坤主編：《西方哲學史》（南京市：鳳凰出版社，2005年），第七卷（下），頁1048-1049。

意味著文明史的斷裂，在這樣的語境中，人們突然不像從前那樣說話了，老輩人聽不懂小輩人說話了。[15]那麼，人們又是如何真正地感受到這種斷裂及其深刻意義呢？研究者又是如何分析這種文明史的斷裂呢？在福柯看來：「問題的關鍵在於，說話人或作者是否具有建立新關係的能力——能否想到新的關係，這是一種新的啟蒙。辨別說話的能力，最簡單的辦法是觀察說出不同語言用法的能力，用不同時代、不同人、不同學科、不同性質的問題交互說話的能力，把具有不同相貌排列方法的語言系列重新組合的能力，使別人無法為你說出來的話語歸類的能力。」[16]如果我們把福柯的理論邏輯運用到對周作人知識生成方式的分析上，就可以看出，周作人得自經外與閱讀小說的知識生成方式給予他豐富的、多樣性的、關係的、差異的、距離的瀰漫性知識空間，他的思想的創造力、想像力與解構力也就在這瀰漫的自由的知識空間中充分迸發出來。我認為，這種知識之路對反思當下的文學教育與人文教育不失為一種有價值的資源。

　　周作人對自己的這種知識之路頗為看重，在前前後後的許多文章中，他都有意識地談到類似的體會：「我的國文讀通差不多全靠了看小說，經書實在並沒有給了什麼幫助，所以我對於耽讀小說的事還是非感謝不可的。」[17]「我學國文的經驗，在十八九年前曾經寫了一篇小文，約略說過……乾脆一句話，以前所讀之經於我毫無益處，後來的能夠略寫文字及養成一種道德觀念，乃是全從別的方面來的。關於道德思想將來再說，現在只說讀書，即是看了紙上的文字懂得所表現的意思，這種本領怎麼學來呢？簡單的說，這是從小說看來的。」[18]

---

15 轉引自謝地坤主編：《西方哲學史》（南京市：鳳凰出版社，2005年），第七卷（下），頁1048-1049。

16 轉引自謝地坤主編：《西方哲學史》（南京市：鳳凰出版社，2005年），第七卷（下），頁1048-1049。

17 周作人：〈小說的回憶〉，《知堂乙酉文編》（石家莊市：河北教育出版社，2002年）。

18 周作人：〈我的雜學〉，《苦口甘口》（石家莊市：河北教育出版社，2002年）。

小說真的具有像周作人所說的如此巨大的功能嗎？這是我們不得不提出的疑問。因為在傳統的知識系統中，小說根本不是「學問」。換言之，關於小說的閱讀，對周作人的知識生成究竟具有一種怎樣的功能呢？這是我們要回答的問題。在傳統的閱讀構成中，小說歷來被視為「閒書」，正統教育是不允許學童閱讀小說的。但有趣的是，對小說閱讀的興趣卻是無法遏制的，在某種意義上說，它深深地植根於人類的天性，正如周作人所經常引用的劉繼莊《廣陽雜記》中一段話所言：「余觀世之小人，未有不好唱歌看戲者，此性天中之《詩》與《樂》也；未有不看小說，聽說書者，此性天中之《書》與《春秋》也；未有不信占卜祀鬼神者，此性天中之《易》與《禮》也。」只有這樣源於天性的知識形態，才可能生成像周作人所說的歷久彌新的情感吸引力。那麼，傳統小說的吸引力又源自何處呢？我認為，主要的原因在於：傳統小說在文化功能上，由於與底層經驗、民間經驗緊緊聯結在一起，使得這一文體承載著許多現實的、感性的生活材料和思想材料，這對一個正在成長中的思想與心靈來說，猶如汲取到充滿活力的生活之源；另一方面，傳統小說在思想價值上，又常常表現為一種樸實的道德感或者價值關懷，由於這種道德感與價值關懷沒有經受官方的正統的知識權力的刪剪，它多是表現出獨有的多義性、歧義性，這為心靈與思想的自由抉擇提供一種難得的考驗機會。當然，最重要的是，傳統小說的想像方式與話語方式所傳達出來的「狂歡」化文化想像力和文化激情，帶給讀者的是一種解放的力量，一種成長的力量，一種無所畏懼的探索勇氣。

事實上，在周作人的閱讀史上，小說閱讀僅僅是閱讀之開場或者說只是閱讀構成的一小部分，除此之外，他還有許多的擇取。比如，他在〈關於竹枝詞〉一文中就明確說到：「不佞從小喜雜覽，所喜讀的品類本雜，而地志小書為其重要的一類，古蹟名勝固復不惡，若所

最愛者乃是風俗物產這一方面也。」[19]他曾把自己的這種讀書方法稱為「非正宗的別擇法」。[20]他說道:「這個非正宗的別擇法一直維持下來,成為我擇書看書的準則。這大要有八類。一是關於《詩經》、《論語》之類。二是小學書。即《說文》、《爾雅》、《方言》之類。三是文化史料類,非志書的地志,特別是關於歲時風土物產者。如《夢憶》、《清嘉錄》、《思痛記》、《板橋雜記》等。四是年譜、日記、遊記、家訓、尺牘類。如《顏氏家訓》、《入蜀記》等。五是博物書類。如《農書》、《本草》、《詩疏》、《爾雅》各本。六是筆記類。範圍甚廣,子部雜家大部分在此列。七是佛經之一部。特別是舊譯《譬喻》、《因緣》、《本生》各經,大小乘戒律,代表的語錄等。八是鄉賢著作。我以前常說看閒書代紙煙,這是一句半真半假的話,我說閒書,是對於新舊各式的八股文而言,世間尊八股是正經文學,那麼我這些當然是閒書罷了,我順應世人這樣客氣的說,其實在我看來原都是很重要極嚴肅的東西。重複的說一句,我的讀書是非正統的。因此,常為世人所嫌憎,但是自己相信其有意義亦在於此。」[21]值得注意的是,這裡提到了「非正宗的別擇法」。那麼,所謂的「正宗」又是什麼?當然是中國傳統讀書人視為「大經大法」的經典。與中規中矩的正統閱讀方式不同,非正宗的別擇帶給周作人一種非正宗的閱讀經驗。就周作人所提到的許多閱讀種類來看,雖然並不全是傳統知識系統中的異端,但確實有很大部分是長期被正統知識系統視為「閒書」或不入流之讀物。我認為,這種離經叛道的閱讀經驗為周作人打開新的知識視野,儘管這種開闢並不以有意識地顛覆傳統知識結構為目的,但至少給予周作人以另一種眼光打量傳統知識的正統性。這種獨特的閱讀經驗和閱讀方式,在五四一代思想人物成長過程中都有十

---

19 周作人:〈關於竹枝詞〉,《過去的工作》(石家莊市:河北教育出版社,2002年)。

20 周作人:〈我的雜學〉,《苦口甘口》(石家莊市:河北教育出版社,2002年)。

21 周作人:〈拾遺〉,《知堂回想錄》(下)(石家莊市:河北教育出版社,2002年)。

分典型的表現，比如，周作人就說魯迅「從小喜歡『雜覽』，讀野史最多，受影響亦最大」。我認為，選取從閱讀構成與閱讀結構的視角來分析中國現代思想史的形成與發展，不失是一種有價值的研究視角。更重要的是，我們要看到，當周作人描述自己的這種非正宗的別擇時，在其所表現出來的自信和自得的語調背後，充滿著一種衝破正統知識藩籬的快感和自由感，這對於我們這一代人日益學院化、規範化的閱讀想像、閱讀情境來說，真是一種久違的感覺，一種清新而有活力的感覺。

　　儘管周作人在許多地方都自謙地強調自己的「自然科學的知識很是有限，大約不過中學程度罷，關於人文科學也是同樣的淺嘗，無論哪一部門都不曾有過系統的研究」，但必須指出，周作人的雜學並非氾濫無歸，他有自己內在的標準。對此，他曾在《苦竹雜記》〈後記〉中有過一段明確的表述：「來書徵文，無以應命。足下需要創作，而不佞只能寫雜文，又大半抄書，則是文抄公也，二者相去豈不已遠哉。但是不佞之抄卻亦不易，夫天下之書多矣，不能一一抄之，則自然只能選取其一二，又從而錄取其一二而已，此乃甚難事也。」[22]接著，他十分肯定地談到自己的選擇標準：「因此，我看書時遇見正學的思想正宗的文章都望望然去之，真真連一眼都不瞟，如此便不知道翻過了多少頁多少冊，沒有看到一點好處，徒然花費了好些光陰。我的標準是那樣的寬而且窄，窄時網進不去，寬時又漏出去了，結果很難抓住看了中意，也就是可以抄的書。不問古今中外，我只喜歡兼具健全的物理與深厚的人情之思想，混合散文的樸實與駢文的華美之文章，理想固難達到，少少具體者也就不肯輕易放過。」[23]這段話經常被研究者所引述，它明確傳達出周作人選擇的標準。我們常常驚喜「開卷有益」，又往往慨歎「沙多金少」，這兩種情形看似矛盾其實統

22 周作人：〈後記〉，《苦竹雜記》（石家莊市：河北教育出版社，2002年）。
23 周作人：〈後記〉，《苦竹雜記》（石家莊市：河北教育出版社，2002年）。

一，其關鍵在於閱讀者自身所具有的學識、判斷力、鑑別力。正如周作人在〈情詩〉、〈猥褻論〉、〈沉淪〉、〈文藝與道德〉以及〈淨觀〉等文章中那樣，反覆強調閱讀要有三種態度：藝術的自然、科學的冷靜、道德的潔淨。周作人自身就實踐著這三種態度，其中關於物理與人情，始終是周作人論世知人、衡史論文的堅定不移的立足點，也是周作人進行文明批評和社會批評的基本尺度。

　　周作人曾以選讀筆記為例，談到自己對標準的堅持：「簡單的說，要在文詞可觀之外再加思想寬大，見識明達，趣味淵雅，懂得人情物理，對於人生與自然能巨細都談，蟲魚之微小，謠俗之瑣屑，與生死大事同樣的看待，卻又當作家常話的說給大家聽，庶乎其可矣。」[24]在這段話的意思中有兩個關鍵字，就是「情理」與「常識」，這也是周作人對選擇標準的最簡要概括。然而，究竟什麼是「情理」呢？對此，周作人曾有過自己的解釋：「我覺得中國有頂好的事情，便是講情理，其極壞的地方便是不講情理。隨處皆是物理人情，只要人去細心考察，能知者即可漸進為賢人，不知者終為愚人，惡人。」[25]顯然，這裡所謂的「情理」，是指一種根據科學理性與人性要求的生活態度、生活立場和生活價值。這種生活態度、生活立場和生活價值由於受到舊傳統的規範和道德約束以及知識權力的規訓，變得十分單一、狹窄，乃至殘酷無情。這種情形不利於中國人心靈與中國文化的健全與寬容的養成，也在一定程度上扼殺文化與心靈的成長的自由感。因此，在周作人看來，提倡「情理」就顯得十分的必要。什麼是「常識」呢？按周作人的解說：「常識乃只是根據現代科學證明的普通知識，在初中的幾種學科裡原已略備，只須稍稍活用就是了。」[26]這種對「常識」的重視，我認為，是來自周作人對倫理自然化的內在

24　周作人：〈談筆記〉，《秉燭集》（石家莊市：河北教育出版社，2002年）。

25　周作人：〈情理〉，《苦茶隨筆》（石家莊市：河北教育出版社，2002年）。

26　周作人：〈常識〉，《苦竹雜記》（石家莊市：河北教育出版社，2002年）。

要求，周作人曾說過，中國須有兩大改革，一是倫理之自然化，二是道義之事功化。[27]且不說周作人在二十世紀四〇年代說這番話時是否有替自己「落水」做辯解的真實心意。但是，關於倫理之自然化，確實是一種現代的科學理性，它對中國傳統文化的現代轉換具有重要的思想價值。五四新文化運動期間，曾發生了一場關於「科學與玄學」的人生觀大論戰，對這一論戰的內在文化理路的分析，目前學術界做得並不充分，我認為，只有把這一論戰放置在中國文化的大傳統、大語境之中，才能發現其真實面相。中國傳統文化中存在著一個奇怪現象：即常常把自然問題倫理化，倫理問題玄學化，形成科學與玄學的纏繞和糾結的複雜結構。自然問題的倫理化，就造成一味地抬高道德的訴求與倫理的規範，反過來也就遮蔽了人們對自然的探求。對自然的無知，從某種意義上說，就是對自身的無知，在這種無知情況下所產生的知識及想像必然是一種道德化的解說，並且，在具體的知識實踐過程中，必然會把這種道德化的解說意識形態化地體現為一種律令式的主觀意志，其結果就是產生了大量唯意志論的行為。因此，對於常識的呼喚，成為了建立一個理性社會所必須具備的最低標準。對於情理與常識的關注和提倡，體現了周作人作為一個中國的啟蒙思想家的中國文化之立場，以及他對中國文化缺失性的深入理解。儘管他提出的情理與常識的標準是如此之微小與淺顯，但卻是深刻地切中時弊。直到今天，「情理」與「常識」的健全仍是中國文化良性成長的重要資源。

三　知識之刃

　　從閱讀經驗到知識生成，再到知識的再創造，這是一個複雜的心

27　周作人：〈道義之事功化〉，《知堂乙酉文編》（石家莊市：河北教育出版社，2002年）。

智運作過程，因為有了閱讀經驗並不等於具備了內在判斷力的知識生
成。同樣的，知識生成若想獲得自我更新、自我實現的力量，就必須
把這種知識生成還原到具體的現實、經驗或歷史語境中加以考量，以
磨礪其分析問題的鋒芒。這一過程並不是在所有的讀書人身上都能獲
得實現，只有堅持運思和實踐在具體複雜的歷史或經驗世界中，這種
知識生成所內在的意義與功能才可能上升成為一種智慧或者一種獨到
的眼光和視野。天下讀書人多矣，但有智慧的人卻萬不一見，這不免
讓人沮喪。周作人是如何做到了這一智慧的展現呢？這讓人羨慕，也
讓人深思。我認為，周作人在這方面的智慧表現具有許多的方式，但
其中最重要的是他確立了知識生成和再創造過程的歷史理性和批判維
度，在這種歷史理性和批判維度中，他共時性地並置了現實與歷史、
經驗與理論、個別與普遍之間的矛盾性，並在這種矛盾性的文化衝突
和裂縫中找到批判的意義與立場。周作人的這種尋找是一種批判性的
尋找，是一種對矛盾性的深度解構與翻轉，從而讓事物顯現其被長期
遮蔽了的另一種面目。當然，我們並不是說任何的翻轉或解構都是新
的發現。就本文所討論的問題而言，這種獨特的解構性以及解構性所
具有的批判維度帶給周作人以十分銳利而獨到的知識之刃。

　　這首先表現在周作人形成了對歷史人物迥異時論的評價眼光。比
如，他對顧炎武的評價就是一個突出的例子。顧炎武在明末清初思想
界的地位，世所推崇。有清一代，許多學者都視其為開一代學風的大
儒。近代學人梁啟超、錢穆分別在《清代學術概論》、《中國近三百年
學術史》等著作中頌揚有加。關於這一點，周作人不可能不知道，但
他卻有自己的評價。他說：「我最覺得奇怪的是顧亭林《日知錄》，顧
君的人品與學問是有定評的了，文章我看也寫得很乾淨，那麼這部舉
世推尊的《日知錄》論理應該給我一個好印象，然而不然。我看了這
書也覺得有幾條是好的，有他的見識與思想，樸實可喜，看似尋常而
別人無能說者，所以為佳，如卷十三中講館舍、街道、官樹、橋樑、

人聚諸篇皆是。但是我總感到他的儒教徒氣，我不菲薄別人做儒家或
法家道家，可是不可有宗教氣而變成教徒，倘若如此則只好實行作揖
主義，敬鬼神而遠之矣。《日知錄》卷十五『火葬』條下云：『宋以禮
教立國而不能革火葬之俗，於其亡也乃有楊璉真伽之事。』這豈不像
是廟祝巫婆的話，卷十八『李贄』、『鍾惺』兩條很明白地表出正統派
的凶相。」[28]在這裡，關於周作人對《日知錄》正面的評價，暫且不
論。但我卻有一個疑問：為什麼周作人會指責《日知錄》有「儒教徒
氣」，有「正統派凶相」呢？難道周作人不能理解《日知錄》寫作的
歷史語境嗎？在明清之際易代的文化語境中，明末清初的士人筆下常
常出現「戾氣」、「躁競」、「氣矜」、「氣激」等字樣，正如趙園先生所
言：「以『戾氣』概括明代尤其明末的時代氛圍，有它異常的準確
性。而『躁競』等等，則是士處此時代的普遍姿態，又參與構成著
『時代氛圍』。」以周作人對這些士人的閱讀，他一定能體會到這種
「時代氛圍」和在這種「時代氛圍」中士人的內心苦衷。[29]但是，一
旦體察到在這種「時代氛圍」中士人心靈世界的不寬容，周作人就會
下意識地聯繫到自身的語境。因此，周作人對《日知錄》的解讀，總
會讓人聯想到他對左翼文化的態度。我認為，這種潛在的情感邏輯正
是周作人形成特殊的文化解讀向度的內在原因。與評價顧炎武不同，
周作人對傅青主、劉繼莊、劉青園、郝蘭皋等人則給予了較高的評
價。他在〈關於傅青山〉一文中對「傅青山」這位「向來很少人注
意」的明朝遺老的「特別的地方」進行了全面的評價：「他的思想寬
博，於儒道佛三者都能通達，故無偏執處。」「漁洋的散文不無可
取，但其見識與傅顏諸君比較，相去何其遠耶。」「我們讀全謝山所
著《事略》，見七十三老翁如何抗拒博學鴻詞的徵召，真令人肅然起

---

28 周作人：〈談筆記〉，《秉燭談》（石家莊市：河北教育出版社，2002年）。

29 關於明清之際易代文化語境的討論，主要參考趙園：《明清之際士大夫研究》（北京
　　市：北京大學出版社，1999年），頁4。

敬，古人云，薑桂之性老而愈辣，傅先生足以當之矣。文章思想亦正如其人，但其辣處實實在在有他的一生涯做底子。」[30]傅山是明末清初思想界一位奇人，他「博及群書」、「道兼仙釋」，卻又「一意孤行」。儘管梁啟超把他與顧、黃、王、李、顏並稱「清初六大師」，但是，思想史和學術史上對他全面地認識與評價並不多見，因此，周作人的這篇文章確有特殊的學術價值。在這篇文章中周作人還說到劉繼莊可以與傅青主相比，那麼，劉繼莊又是何許人也？周作人看重他的又是什麼呢？周作人說道：「劉繼莊穎悟絕人，博覽，負大志；不仕，不肯為詞章之學。生平志在利濟天下後世，造就人才，而身家非所計，其氣魄頗與顧亭林相似，但思想相通，氣象闊大處還非顧君所能企及。」[31]周作人在文中還對劉繼莊的「氣度之大，見識之深」多加讚揚，他說：「明季自李卓吾發難以來，思想漸見解放，大家肯根據物理人情加以考察，在文學方面公安袁氏兄弟說過類似的話，至金聖歎而大放厥詞，繼莊所說本來也沿著這一條道路，卻因為是學者或經世家的立場，所以更為精練。」[32]他最後說道：「紫庭所說橫絕宇宙之胸襟眼界正是劉繼莊所自有的……蓋其心廓然大公，以天下為己任，使得志行乎時，建立當不在三代下，這意見我是極贊同的。雖然在滿清時根本便不會得志，大概他的用心只在於養成後起的人而已吧。清季風氣一轉，俞理初蔣子瀟龔定庵戴子高輩出，繼莊學問始再見重於世。」[33]我們引述的這些高度評價，在周作人一貫節制的筆下是十分難得的，可見周作人對劉繼莊之心儀。明清之際是一個易代的、動盪的歷史文化語境，在這樣的一個歷史文化語境之中，一方面，中國傳統知識分子陷入極度的精神危機之中，糾結在內心的危機

30　周作人：〈關於傅青主〉，《風雨談》（石家莊市：河北教育出版社，2002年）。

31　周作人：〈廣陽雜記〉，《立春以前》（石家莊市：河北教育出版社，2002年）。

32　周作人：〈廣陽雜記〉，《立春以前》（石家莊市：河北教育出版社，2002年）。

33　周作人：〈廣陽雜記〉，《立春以前》（石家莊市：河北教育出版社，2002年）。

意識，一旦無法驅除，就會不斷刺激士論的聲調，這樣就難免有苛責之言，誅心之論。但這些士論又是一把雙刃劍，它既刺中時弊，卻又自傷銳氣，正如錢謙益所親身感受到的那樣：「兵興以來，海內之詩彌盛，要皆角聲多，宮聲寡，陰律多，陽律寡；噍殺恚怒之音多，順成嘽緩之音寡。繁聲人破，君子有餘憂焉。」[34]這話說得多麼激切而沉痛。另一方面，易代的語境也促使某些有責任感的知識分子進行深度的歷史反思，努力尋找明代滅亡的歷史原因。當然，所有的這些尋找都是一種歷史後設，只不過在明清之際，這種的歷史探索與反思尤其顯得悲壯與悲涼，也特別能顯示出中國傳統文化中「士」的精神血脈。因此，在明清易代的特殊歷史時期，順理成章地出現了一個蔚為壯觀的歷史文化現象：即這一時期出現了一大批特別有個性、有思想、有決斷力的思想人物，如顧炎武、王夫之、黃宗羲等，他們展示了中國傳統士大夫處在危機處境時的精神風采和精神向度。從思想話語的生成語境來解讀這一思想史現象，也許能窺見一斑。在這一時期，由於出現了眾多複雜的、慘痛的歷史事件與歷史事變，這就為士論提供了無數可以闡釋言說的空間，在不同的闡釋言說過程中，不僅表現了士大夫們各自不同的文化觀念、文化立場，也展示了各自不同的精神選擇和人格氣節。我認為，周作人在散文中為什麼較多的選擇這一時期的歷史人物加以評價並形成自己的評價方式，也可以從這方面找到其內在原因：周作人始終把他自己所處的時代認為是近似明末，他在〈歷史〉一文中不無暗淡地說道：「假如有人要演崇弘時代的戲，不必請戲子去扮，許多腳色都可以從社會裡去請來，叫他們自己演。我恐怕也是明末什麼社裡的一個人。」正是出於這種悲觀的歷史宿命論，周作人內心才有一種自我拯救的自覺。他一方面擔心著「故鬼重來」的陷阱，另一方面又努力在歷史中尋找迴避的智慧。在

---

34 錢謙益：〈施愚山詩集序〉，《錢牧齋全集》（上海市：上海古籍出版社，2003年）。

某種意義上說，他試圖追蹤前賢的思想與個性，其最深層的精神訴求就是為自己的當下生存，為自己的安身立命找到一種現實選擇的合理依據。

當然，在周作人對中國傳統士人的評價中，有三個人物尤其引人注目，即他所常常標舉為中國思想界的三盞明燈：李贄、俞理初、王充。我們首先來看周作人是如何評價李贄的？周作人說道：「我說中國思想界有三賢，即是漢王充，明李贄，清俞正燮，這個意見玄同甚是贊同的。我們生於衰世，猶喜尚友古人，往往亂談王仲任李卓吾俞理初如何如何，好像都是我們的友朋，想起來未免可笑，其實以思想傾向論，不無多少因緣，自然不妨托熟一點。三賢中唯李卓吾以思想得禍，其人似乎很激烈，實在卻不盡然。據我看去他的思想倒是頗和平公正的，只是世間歷來的意見太歪曲了，所以反而顯得奇異，這就成為毀與禍的原因。思想的和平公正有什麼憑據呢？這只是有常識罷了，說得更明白一點便是人情物理。懂得人情物理的人說出話來，無論表面上是什麼陳舊或新奇，其內容是一樣的實在，有如真金不怕火燒，顛撲不破，因為公正所以也就是和平。」「我曾說看文人的思想不難，只須看他文中對婦女如何說法即可明瞭。李卓吾的思想好處頗不少，其最明瞭的亦可在這裡看出來。」「李卓吾此種見解蓋純是常識，與《藏書》中之稱讚卓文君正是一樣，但世俗狂惑，聞之不免駭然，無名氏之批，猶禮科給事中張問達之疏耳，其詞雖嚴，唯實在只是一聲吆喝，卻無意義者也。天下第一危險事乃是不肯說誑語，許多思想文字之獄皆從此出。本來附和俗論一聲亦非大難事，而狷介者每不屑為，致蹈虎尾之危，可深慨也。」「卓吾老子有何奇，也只是這一點常識，又加以潔癖，乃更至於以此殺身矣。」「但只有常識，雖然白眼看天下讀書人，如不多說話，也可括囊無咎，此上又有潔癖，則如飯中有蠅子，必哇出之為快，斯為禍大矣。」「中國讀書人喜評史，往往深文周納，不近人情，又或論文，則咬文嚼字，如吟味制

藝。卓吾所評乃隨意插嘴，多有妙趣，又務為解放，即偶有指摘亦具情理，非漫然也。」「他知道真的儒家通達人情物理，所言說必定平易近人，不涉於瑣碎迂曲也。《焚書》卷三〈童心說〉中說的很妙，他以為經書中有些都只是聖人的迂闊門徒，懵懂弟子，記憶師說，有頭無尾，得後遺前，筆之於書。此語雖近遊戲，卻也頗有意思，格以儒家忠恕之義，亦自不難辨別出來。」[35]在明代的思想史、學術史上，李贄無論如何都是一位特異之士，從個性上說，李贄自謂「其性偏急，其色矜高，其詞鄙俗，其心狂癡，其行率易」。[36]袁中道也認為他「本息機忘世、槁木死灰之人，念念在滋于古之忠臣義士、俠兒劍客，讀其遺事亦為泣淚橫流，痛哭滂沱而若不自禁」。[37]這樣一個性張揚，感情奔放之人，「又不幸生當晚明專制政府惡化之時，上則權臣逆閹專國，下則科舉道學壞才。憤世疾俗，養成滿腔鬱勃不平之氣，激盪發洩，遂至無復分際範圍。而王學左翼之『禪狂』，既反抗束縛之傾向，復與李氏個性相投，於是推波助瀾，其勢不可遏止矣」。[38]但是，縱觀周作人對李贄的評價，有意思的是，周作人似乎並不認可李贄思想與個性的張揚，他突顯的則是李贄的「尋常處」。這顯然與思想史、學術史上的一般性「定論」頗有抵觸。那麼，周作人為什麼要如此評價李贄呢？這其中是否存在一種潛對話的語境呢？我認為，這是十分值得分析的問題。思想史上的李贄是一個離經叛道的反叛者或者說「異端」的形象，在明代晚期的語境中，李贄的一系列言論確有驚世駭俗之效果，而正是這樣的人物，周作人卻說他只是說出樸實的人情物理而已。顯然，這其中就隱藏著周作人自己對所謂人情物理的解讀。仔細分析，我們可以看出周作人看重的是李贄說真話的勇氣，

---

35 周作人：〈讀《初潭集》〉，《藥堂雜文》（石家莊市：河北教育出版社，2002年）。
36 轉引自蕭公權：《中國政治思想史》（北京市：新星出版社，2005年），頁377。
37 轉引自蕭公權：《中國政治思想史》（北京市：新星出版社，2005年），頁377。
38 轉引自蕭公權：《中國政治思想史》（北京市：新星出版社，2005年），頁377。

那麼，這又與周作人對所置身的文化語境中日益高漲的新八股化的社會文化風氣的警惕有何關係呢？進一步來看，當評價李贄時，周作人特別同情他因文字而得禍。我認為，這種同情是出於周作人對自身的語境考量：面對日益壯大的左翼文學思潮和左翼文化壓力，像周作人這樣的自由主義作家，就難免於心有戚戚焉。從這些分析來看，在周作人對李贄的評價中確實交錯著許多複雜的語境連通和潛對話的意向。如果研究者不能敏銳地看到這一點，那麼，周作人筆下對歷史人物與眾不同的評論方式就很難讓人理解。

在清代思想學術史上，俞理初也並不是一個特別突出的人物，但周作人卻給予了他特別高的評價，這其中必然有許多值得深思的地方。我們先來分析周作人究竟看中俞理初思想的哪些特別的方面？並對他作出怎樣的解讀？他說：「《類稿》的文章確實不十分容易讀，卻於學問無礙，至於好為婦人出脫，越縵老人雖然說的有點開玩笑的樣子，在我以為正是他的一特色，沒有別人及得的地方。記得老友餅齋說，蔡子民先生在三十年前著《中國倫理學史》，說清朝思想界有三個大人物，即黃梨洲，戴東原，俞理初是也。蔡先生參與編輯年譜，在跋裡說明崇拜俞君的理由，其第一點是『認識人權』，實即是他平等的兩性觀。」「清朝三賢我亦都敬重，若問其次序，則我不能不先俞而後黃戴矣。我們生於二十世紀的中華民國，得自由接受性心理的知識，才能稍稍有所理解，而人既無多，話亦難說，婦人問題的究極屬於危險思想，為老頭子與其兒子們所不悅，故至於今終未見有好文章也。俞君生嘉道時而能直言如此，不得不說是智勇之士。」[39]無論是明清思想史，還是學術史，方以智、顧炎武、王夫之、黃宗羲、戴震、顏元等人，都是必須專門論述的歷史人物。相比而言，俞理初就不可能具有這樣重要的歷史地位。那麼，周作人在自己的評價中卻有

39　周作人：〈關於俞理初〉，《秉燭集》（石家莊市：河北教育出版社，2002年）。

意抬高俞理初，其真實的意圖是什麼？周作人對俞理初的再發現與再評價的尺度又是什麼呢？對於俞理初的全面思想、著述而言，周作人據以立論的這一尺度是斷章取義，還是一以貫之呢？這也是我們不得不提出的系列問題。很顯然，對於俞理初的評價，周作人並非簡單地位移歷史上下文，他的立足點是經過現代科學洗禮的性心理學說，這就不免給人耳目一新之感。事實上，現代性心理學說在周作人思想結構中的重要意義，已有的研究並不充分。在我看來，它不僅使周作人從「妖精打架上想出道德來」，而且，也使他「參透了人情物理，知識變成了智慧，成就了一種明淨的觀照」。除此之外，對俞理初文字的獨具特色，周作人也是頌揚有加。他在〈俞理初的詼諧〉一文中這樣寫道：「俞君不是文人，但是我讀了上文，覺得這在意思及文章上都很完善，實在是一篇上乘的文字。我雖然想學寫文章，至今還不能寫出能像這樣的一篇來，自己覺得慚愧，卻也受到一種激勵。近來無事可為，重閱所收的清朝筆記，這一個月中間差不多檢查了二十幾種共四百餘卷，結果才簽出二百三十條，大約平均兩卷取一條的比例。但是更使我覺得奇異的是，筆記的好材料，即是說根據我的常識與趣味的二重標準認為中選的，多不出於有名的文人學士的著述之中，卻都在那些恓幅無華的學究們的書裡，如俞理初的《癸巳存稿》、郝蘭皋的《曬書堂筆錄》是也。講到學問與詩文，清初的顧亭林與王漁洋總要算是一個人物了，可是讀他們的筆記，便覺得可取的地方沒有如預料的那麼多。為什麼呢？中國文人學士大抵各有他們的道統，或嚴肅的道學派或風流的才子派，雖自有其系統，而缺少溫柔敦厚或淡泊寧靜之趣，這在筆記文學中卻是必要的，因此無論別的成績如何，在這方面就難免很差了。這一點小事情卻含有大意義，蓋這裡不但指示出看筆記的途徑，同時也教了我寫文章的方法也。——我讀《存稿》，覺得另有一種特色，即是議論公平而文章乃多滑稽趣味，這也

是很難得的事。」[40]周作人非常看重文章中的滑稽趣味。他說，風俗詩「須記得有詼諧的風趣貫串其中，這才辛辣而仍有點蜜味」。「滑稽——或如近時所謂幽默，固然含有解紛之功用，就是在談言微中上自有價值，可以存在，此正是天道恢恢所以為大也。」[41]就是對自己的文章，周作人也很欣賞其中的「邪曲」，甚至親自動手編選了一部《苦茶庵笑話選》，在〈序〉中全面闡發了自己對「笑話」、「猥褻」、「幽默」的獨特理解。在俞理初的雜文中，周作人找到藝術的同路人，這就不免欣喜之色溢於言表。

　　無論是激賞俞理初的痛斥纏足、同情婦女命運的仁慈之心，還是傾心俞理初雜文的獨具魅力，周作人對俞理初的評價，顯然是建立在多重的價值維度之上。首先是俞理初思想中對兒童、婦女的態度，深得周作人之心。在某種意義上說，關注兒童與婦女是周作人一生思想的核心價值之一，也是周作人尋找思想史上的同道或進行歷史評價的尺度之一。俞理初對傳統婦女命運的同情，對兒童天性的理解，在周作人看來，都是中國文化史上空谷足音，是中國近代啟蒙思想的先聲。儘管如此，俞理初的婦女和兒童觀與周作人仍有重大差異。周作人關於婦女和兒童的思考是建立在現代性心理學與現代兒童心理學之基礎上，表達的是一種經過科學知識洗禮的人文關懷。這一點，周作人是十分清醒的，他曾說：「我輩生在現代的民國，得以自由接受心理的新知識，好像是拿來一節新樹枝接在原有思想的老幹上去。」然而，俞理初的思想更多是基於一種對儒家「仁」的道德理想的把握。無視這種差異，我們就無法正確評價周作人思想的深刻現代性。其次，周作人欣賞俞理初文章中的趣味，即滑稽，這是基於周作人這種非常獨特的審美追求，就像我們在上文指出的那樣，周作人在多篇文章都談到了對文章中滑稽味的欣賞，甚至把這種滑稽味理解成一種特

40　周作人：〈俞理初的詼諧〉，《秉燭後談》（石家莊市：河北教育出版社，2002年）。
41　周作人：〈北京的風俗談〉，《知堂乙酉文編》（石家莊市：河北教育出版社，2002年）。

殊的文化人格，從周作人對滑稽味的欣賞之中，我們似乎也能窺見其獨特的審美心靈。

中國傳統文化歷經兩千多年始終保持著內在的穩定性，原因何在？這是文化史與思想史的一個大課題，關於這一點，學術界談論較多的是中國傳統文化如何具有強大的同化力。漢魏與兩宋思想對佛教的吸收，近代以來「中學為體，西學為用」理念的倡導，都顯示這一文化傳統在面對外來影響時的生命力與文化智慧。但我認為中國傳統文化自身所孕育的自我批判意識與自我批判能力，更是這一文化傳統始終穩定存在與發展的另一種有力機制。中國傳統文化在任何一個時期都會產生源於自身的異端分子，這些異端分子的存在，當時可能是一種破壞、消解的力量。但正是這種的自破壞、自消解的方式，才可能使文化自身具有去蔽清源的能力。我認為，在某種意義上說，這種源於自身的去蔽清源的能力，對文化傳統的價值調適尤其具有歷史的深遠意義，這也正是周作人看中俞理初的第三個方面，即俞理初對中國傳統士人精神結構的批判：「『著者含毫吮墨，搖頭轉目，愚鄙之狀見於紙上也。』可謂窮形極相。古今來此類層出不盡，惜無人為一一指出，良由常人難得之故。蓋常人者無特別稀奇古怪的宗旨，只有普通的常識，即是向來所謂人情物理，尋常對於一切事物就只公平的看去，所見故較為平正真切，但因此亦遂與大多數的意思相左，有時也有反被稱為怪人的可能，如漢孔文舉、明李宏甫皆是，俞君正是幸而免耳。中國賢哲提倡中庸之道，現在想起來實在也很有道理，蓋在中國最缺少的大約就是這個，一般文人學士差不多都有異人之稟，喜歡高談闊論，講他自己所不知道的話，寧過無不及，此莠書之所以多也。如平常的人，有常識與趣味，知道凡不合情理的事既非真實，亦不善美，不肯附和，或更辭而辟之，則更大有益世道人心矣。俞理初可以算是這樣一個偉大的常人了，不客氣的駁正俗說，而又多以詼諧的態度出之，這最使我佩服，只可惜上下三百年此種人不可多得，深

恐只手不能滿也。」[42]「根本物理人情，訂正俗傳曲說，如為人心世
道計，其益當非淺鮮。若能有人多致力於此，更推廣之由人事而及於
物性，凡逆婦變豬以至雀人大水為蛤之類悉加以辨訂，則利益亦蓋廣
大，此蓋為疾虛妄精神之現代化，當不愧稱之為新《論衡》也。」[43]
從這段引文可以曲折地看出，俞理初深得周作人之心並非僅其「卓」
識，而多是其「常」識。若是仔細揣摩，你不免會讚歎周作人的這種
評價歷史人物的眼光，自有他的特殊之處：中國文化結構及其教育體
制，其最大的弊端即在於製造許多脫離實際的風氣或培養中國士人的
虛假的精英意識，從生活中來的經驗常常被排斥為芻夫之議，不值一
提，這樣的結果便是文化的想像力與文化創造力極可能被扼殺在萌芽
階段。或許俞理初走的仍然是中國士大夫傳統的知識之路，但他始終
堅持這路是平凡的、現實的、人間性的，這也就是周作人所突出的俞
理初的常識立場、常識思維。在某種意義上說，周作人對常識立場、
常識思維的重視，也是其自身啟蒙立場的歷史投射。清代思想學術史
上的俞理初究竟是佔據一種怎樣的地位，周作人並不關心。在周作人
眼中的俞理初是平凡的，正是這種建立在常識基礎上的平凡，才成其
偉大的常人。我們似乎也可以用同樣的推理來評價，來把握周作人的
知識立場，他那種建立在情理與常識基礎上的知識立場，正是使他有
別於所有學院式知識分子的特殊之處。

　　當周作人談論李贄或俞理初時，他總會提及王充。王充作為一個
歷史人物在漢代學術史、思想史上的地位早有定論。一般來說，學術
界都會闡述王充思想中的自然論、無神論和「實知」、「知實」的理性
精神，但是，王充思想中因幽暗混沌的天道觀而形成的命定論，也讓
後人疑惑不已。[44]我感興趣的問題是，王充疾虛妄的精神究竟撥動周

42　周作人：〈俞理初的詼諧〉，《秉燭後談》（石家莊市：河北教育出版社，2002年）。

43　周作人：〈俞理初論莠書〉，《藥堂雜文》（石家莊市：河北教育出版社，2002年）。

44　徐復觀：《兩漢思想史》（上海市：華東師大出版社，2001年），卷2，頁384。

作人思想世界中的哪一根敏感神經？顯然，周作人對理性功能及其意義有著一種特殊的意志力。他曾引用《舊約》〈傳道書〉中一段話：「我又專心察明智慧、狂妄和愚昧，乃知這也是捕風。因為多有智慧，就多有愁煩；加增知識，就加增憂傷。」接著他說道：「話雖如此，對於虛空的唯一的辦法其實還只有虛空之追跡，而對於狂妄與愚昧之察明乃是這虛無的世間第一有趣味的事，在這裡我不得不和傳道者的意見分歧了。」[45]可以說，察明同類之狂妄和愚昧，就是現代的疾虛妄精神，是理性的內在反叛力的表現。在某種意義上說，也是僵化的人類精神世界的叛徒性之表現。但我們不得不看到在周作人思想中另一種思想形式的存在，即周作人始終對民眾信仰保持巨大的寬容性，對未知世界保持極具同情性的理解。這顯然與這種疾虛妄的精神相矛盾，我認為，正是這種矛盾性使周作人內心不時陷入獨有的緊張感。

　　關於王充的思想意義，周作人曾在〈俞理初論莠書〉一文這樣說道：「從前我屢次說過，在過去二千年中，我所最為佩服的中國思想家共有三人，一是漢王充，二是明李贄，三是清俞正燮。這三個人的言論行事並不怎麼相像，但是我佩服他們的理由卻是一個，此即是王仲仁的疾虛妄的精神，這其餘的兩人也是共通的，雖然表現的方式未必一樣。」[46]他在〈啟蒙思想〉一文中又說道：「古人作文希望有功於人心世道，其實亦本是此意，問題乃在於所依據的標準，往往把這個弄顛倒了，藥劑吃錯，病反增進，認冥為明，妄加指示，則導人入於暗路，致諸禍害，正是極常見事也。但我想這問題也還簡單，大小只須一個理，關於思想者但憑情理，但於人無損有益，非專為一等級設想者，皆善也，關於事物者但憑事理，凡與已知的事實不相違背，或可以常識推理知其然者，皆可謂真，由是進行，庶幾近光而遠冥矣。

---

45 周作人：〈偉大的捕風〉，《看雲集》（石家莊市：河北教育出版社，2002年）。

46 周作人：〈俞理初論莠書〉，《藥堂雜文》（石家莊市：河北教育出版社，2002年）。

唯習俗相沿，方向未能悉正，後世雖有識者，欲為變易，其事甚難，
其人遂不易得，二千年中曾找得三人，即後漢之王仲仁，明之李卓
吾，清之俞理初，而世人不知重，或且迫害抹殺之，間嘗寫小文表
揚，恐信受者極少，唯亡友燁齋表示同意而已。」儘管生活在一千多
年前，但在王充疾虛妄的精神結構中卻內含著十分重要的合理內核，
潛伏著敏銳的傳統知識分子的精神立場。按照薩伊德在《知識分子
論》一書中對現代知識分子的定義：「他或她全身投注於批評意識，
不願接受簡單的處方、現成的陳腔濫調，或迎合討好、與人方便地肯
定權勢或傳統者的說法或做法。永遠不讓似是而非的事物或約定俗成
的觀念帶著走。」互讀比參之下，你就會發現王充思想的獨特魅力和
周作人對之評價的信念之所在。後來他在另一篇文章中又說過相似的
話：「上下古今自漢至於清代，我找到了三個人，這便是王充、李
贄、俞正燮，是也，王仲仁的疾虛妄的精神，最顯著的表現在《論
衡》上，其實別的兩人也是一樣，李卓吾在《焚書》與《初潭集》，
俞理初在《癸巳類稿》、《存稿》上所表示的正是同一的精神。他們未
嘗不知道多說真話的危險，只因通達物理人情，對於世間許多事物的
錯誤不實看得太清楚，忍不住結果是不討好，卻也不在乎。這種愛真
理的態度是最可高貴，學術思想的前進就靠此力量，只可惜在中國歷
史上不大多見耳。我嘗稱他們為中國思想界之三盞燈火，雖然很是遼
遠微弱，在後人卻是貴重的引路的標識……對於這幾位先賢我也正是
如此，學是學不到，但疾虛妄，重情理，總作為我們的理想，隨時注
意，不敢不勉。」[47]周作人對李贄、俞理初和王充的高度評價，對許
多治思想史的學者來說，可能有些結論是難以接受的，但是，如果我
們能充分考量周作人這些言論的潛在語境與潛對話的意向，那麼，對
其中的含義就可能有所把握。值得注意的是，當周作人說到這三者
時，常把他們與自己的同時代人物蔡元培、錢玄同聯繫在一起，這種

---

47 周作人：〈我的雜學〉，《苦口甘口》（石家莊市：河北教育出版社，2002年）。

有意或無意的提示對我們的深入理解是十分重要的。周作人看重蔡元培與錢玄同的是他們身上所體現出來的深刻而鮮明的唯理主義精神，他曾說：「蔡先生事業成就彰彰在人耳目間；毋庸細說，若舉提大綱，當可以中正一語該之，亦可以稱之曰唯理主義。」[48]聯繫周作人在這時期對左翼思想「狂信」的指責，就可以看出他對唯理主義追崇的價值指向了。以賽亞‧柏林在一部題為《刺蝟和狐狸》的著作中，把人類思想史上的大師分成「刺蝟」型和「狐狸」型，按照李歐梵先生的解讀，所謂的「刺蝟」型就是相信宇宙一切可以憑一個系統來解決，所謂的「狐狸」型就是不相信世界上的事情可以靠一個系統，或者納入一個系統可以解決。我認為，周作人就是這樣一隻充滿智慧的懷疑的現代思想界「狐狸」，他不像「刺蝟」那樣具有刺激性、攻擊性，更多的時候則是深藏在洞中，冷眼旁觀，狡黠而睿智地打量，曲曲折折地發表自己的見解，他對李贄、俞理初、王充的評價就充分顯示出這種曲折的狐狸型的思想方式。我認為，若是學術界看不到這種潛對話的意向，就無法真正的豐富而具體的把握周作人思想的獨到之處。

結束語

　　我認為，「知識」話語及其審美建構在周作人的精神世界中具有三層含義：一是是建構一種健全的人生觀的基礎。他說：「大家都做善人，卻幾乎都不知道自己是人；或者自認為是『萬物主靈』的人，卻忘記了自己仍是一個生物。在這樣的社會裡，決不會發生真的自己解放運動的，我相信必須個人對自己有一種了解，才能立定主意去追求正當的人的生活。希臘哲人達勒思的格言道『知道你自己』，可以

48　周作人：〈論蔡子民先生的事〉，《藥味集》（石家莊市：河北教育出版社，2002年）。

說是最好的教訓。」為此，他指出關於「認識自己」所必須具有的知識形態，即周作人所界定的常識主要有：「第一組，關於個人者」，包括「人身生理」（特別是性知識）、「醫學史」及「心理學」，以求從身心兩方面了解人的個體；「第二組，關於人類及生物者」，包括「生物學」（包括進化遺傳諸說）、「社會學」（內容廣義的人類學、民俗學、文化發達史及社會學）、歷史以及多側面的展開「人類」的本質；「第三組，關於自然現象者」，包括「天文」、「地理」、「化學」，以求了解與人相關的一切自然現象，即人所生活的自然環境；「第四組，關於科學基本者，包括數學哲學，以求掌握科學的認識『人』及其生活的世界的基本工具」；「第五組，藝術」，包括神話學、童話，以求了解幼年時期的人類，還包括「文學、藝術、藝術史、藝術概論」，其目的在「將藝術的意義用於生活上，使大家有一點文學的風味」。[49]這幾方面的內容涉及到了健全的精神結構所必須具備的要素。顯然，周作人是把這一系列知識形態作為建構合理的情、知、意的心智結構的基礎資源。二是「知識」及其審美建構是周作人內心的一種需要。周作人在《自己的園地》〈舊序〉中曾說道：「我自己知道這些文字都有些拙劣生硬，但是還能說出我所想說的話：我平常喜歡尋求友人談話，現在也就尋求想像的友人，請他們聽我的無聊賴的閒談。我已明知我過去的薔薇色的夢都是虛幻，但是我還在尋求——這是人生的弱點——想像的友人，能夠理解庸人之心的讀者。我並不想這些文字會於別人有什麼用處，或者可以給予多少愉悅，我只想表現凡庸的自己的一部分，此外並無別的目的……我因寂寞，在文學上尋求慰安，夾雜讀書，胡亂作文，不值學人之一笑，但在自己總得了相當的效果了。」[50]如果說寫作是排遣寂寞的一種方法，那麼，閱讀則是一種結緣的方式。如果要問周作人為什麼要以這樣的方式結緣？也許，正像

---

49 周作人：〈婦女運動與常識〉，《談虎集》（石家莊市：河北教育出版社，2002年）。
50 周作人：〈舊序〉，《自己的園地》（石家莊市：河北教育出版社，2002年）。

周作人自己回答的那樣：「這或者由於不安於孤寂的緣故吧。富貴子
嗣是大眾的願望，不過這都有地方可以去求，如財神送子娘娘等處，
然而此外還有一種苦痛卻無法解除，即是上文所說的人生的孤寂。孔
子曾說過，鳥獸不可與同群，吾非斯人之徒而誰與。人是喜群的，但
他往往在人群中感到不可堪的寂寞，有如在廟會時擠在潮水般的人叢
裡，特別像是一片樹葉，與一切絕緣而孤立著。念佛號的老公公老婆
婆也不會不感到，或者比平常人還要深切吧，想用什麼儀式來施行拔
除，列位莫笑他們這幾顆豆或小燒餅，有點近似小孩們的『辦人
家』，實在卻是聖餐的麵包蒲陶酒似的一種象徵，很寄存著深重的情
意呢。我現在去念佛拈豆，這自然是可以不必了，姑且以小文代之
耳。」「我自己寫文章是屬於哪一派呢？說兼愛固然夠不上，為我也
未必然，似乎這裡有點兒纏夾，而結緣的豆乃彷彿似之，豈不奇
哉。」[51]糾纏在周作人內心的苦痛與驅除、寂寞與無奈、孤獨與合
群，這些矛盾性的情緒在這番話裡一覽無餘。三是「知識」及審美建
構對於周作人而言又是一個狐狸的洞穴：一方面，他找到了排遣寂寞
的方式，在知識世界中他理解歷史，但是，這種理解可能帶來的是一
種徹底悲觀情緒與虛無的歷史觀，形成周作人式的暗淡的、無助的
「歷史循環感」，這種歷史循環感不可避免地銷蝕了他參與現實生活
的願望。另一方面，他在閱讀中又找到了一種文化優越感，這種文化
優越感進一步保護他日益猶豫不決的紳士立場，使他心安理得地以一
種精英的姿態看待生活的紛擾與不安，看待現實的不滿與屈辱。——
就這樣，周作人像魯迅批評晚年的章太炎先生那樣：「退居於寧靜的
學者，用自己所營造的和別人所幫造的牆，和時代隔絕了。」[52]

51　周作人：〈結緣豆〉，《瓜豆集》（石家莊市：河北教育出版社，2002年）。

52　魯迅：〈關於太炎先生二三事〉，《魯迅全集》（北京市：人民文學出版社，1981年），
　　卷6。

魯迅：邊沿的世界

　　我曾在一篇文章〈中國傳統空間知覺方式的變遷與中國現代性問題的起源語境〉（《東南學術》2001年第3期）中闡述了這樣一個觀點：如果說，「現代性」的問題，在西方語境中，首先是一個時間性問題。那麼，在我看來，中國的古老世界在遭遇「現代性」的時候，它首先遇到的則是一個空間性問題：一個從傳統「天圓地方」的空間知覺方式到近代「天崩地裂」的空間知覺方式的急劇轉變、動盪的歷史過程，一個如何在新的空間知覺方式中進行自我認同與意義重建的問題。從空間知覺方式的變遷及其內在矛盾性的角度來思考中國近現代思想史的特徵，這就成為我目前思考、研究魯迅的一個基本的歷史思想和理論視野。

一　邊沿意識：一種生命存在的獨特形態

　　在〈影的告別〉中，魯迅寫下了這樣一段話：

> 然而，我終於彷徨於明暗之間，我不知道是黃昏還是黎明。我姑且舉灰黑的手裝作喝乾一杯酒，我將在不知道時候的時候獨自遠行。
>
> 嗚乎嗚乎，倘若黃昏，黑夜自然會來沉沒我，否則我要被白天消失，如果現是黎明。

在〈頹敗線的顫動〉中，魯迅塑造了這樣一個形象：

> 她在深夜中盡走，一直走到無邊的荒野；四面都是荒野，頭上
> 只有高天，並無一個蟲鳥飛過。她赤身露體地，石像似的站在
> 荒野的中央，於一剎那間照見過往的一切……她於是舉兩手盡
> 量向天，口唇間漏出人與獸的，非人間所有，所以無詞的言語。

在〈死火〉中，魯迅又講述了這樣一個夢境：

> 我夢見自己在冰山間奔馳。
> ……
> 但我忽然墜在冰谷中。

在〈怎麼寫〉一文中，魯迅敘述了這樣一種心情：

> 我靠了石欄遠眺，聽得自己的心音，四遠還彷彿有無量悲哀，
> 苦惱，零落，死滅，都雜入這寂靜中，使它變成藥酒，加色、
> 加味、加香。這時我曾經想要寫，但不能寫，無從寫。

這些不同篇章中的四段話，從表面上看，它們之間並不存在著必然的聯繫。但是，細細一讀，就能發現，它們在空間的知覺方式上卻有著驚人的一致性：即都選擇了一個敏感而特殊的邊沿性位置——「明暗之間」、「無邊的荒野」、「冰山與深谷」以及「石欄邊」——來展開自己的隱喻和想像。從空間位置來看，這四處位置都是處在一個盡頭或者說一個極限上。從對這些邊沿性位置的體驗來看，這裡潛在的意味是：一個危機與逆轉的關口，一個選擇與棄絕的關口，一個疏離與進入的關口，一個充實與空虛、沉默與開口的關口。如果我們把分析的視野再擴展開來，那麼就會發現，對於人類心理體驗來說，這樣的關口往往是主體的心理活動最活躍，最複雜的時刻。對於人類的

認知與思維來說，處於這樣的關口，往往會形成某種特別敏銳的觀察、感受方式，會形成某種極其特殊、深刻的思維方式。對於人類的藝術想像來說，處在這樣的關口就有如在藝術家的想像通道口上架起一個多稜鏡，人性的秘密和生活的形象在這裡變幻不息。因此，這種因主體存在、體驗或選擇的空間邊沿性而創造出來的邊沿性心理，邊沿性思維和邊沿性想像，已經成為世界思想史和文學（藝術）史上一個值得探討的現象。

回溯文化史，我們會發現，人類的邊沿性思維、邊沿性心理、邊沿性想像，源遠流長，早在「蘇拉格底的對話」中就已經存在。比如，在柏拉圖的《蘇格拉底申辯論》中，審判和等待宣佈死刑的場景，決定了蘇格拉底語言的特殊性質，他是作為站在邊沿上的人進行答詢式的自白，還有《斐多篇》裡關於心靈永生的交談，以及交談中人物外表的和內心的波折跌宕，都是由生命臨終的場景直接決定了的。這一點，後來在《盧奇安對話集》中全面發展成了一種所謂的「地獄邊的對話」。[1]這種對邊沿性心理，邊沿性思維和邊沿性想像的藝術表現到了近現代，更是得到眾多作家的青睞。波特賴爾在《窗戶》中就曾想像過這樣一種邊沿性圖景：「從打開的窗戶外面向室內觀看的人，決不會像一個從關著的窗戶外面觀看的人能見到那麼多的事物。沒有任何東西比一扇被燭光照亮的窗戶更深邃，更神秘、更豐富、更陰鬱、更燦爛奪目。在陽光下所能見到的一切往往不及在窗玻璃後面發生的事情那樣有趣。在這黑暗的或是光亮的洞穴裡，生命在延長，生命在做夢，生命在受苦。」托爾斯泰就是一位描寫這種邊沿性心理，邊沿性思維和邊沿性想像的偉大作家。比如，在《戰爭與和平》中，托爾斯泰描寫了安德烈受重傷（一種生命的邊沿）時的心理過程：「高高的天空，雖然不明朗，卻仍然是無限高遠，天空中靜靜

1　參閱〔蘇聯〕《巴赫金全集》（石家莊市：河北教育出版社，1998年），卷6，頁146。

地飄浮著灰色的雲。……『多麼安靜，蕭穆，多麼莊嚴，完全不像我那樣奔跑』，安德烈公爵想：『不像我那樣奔跑、吶喊、搏鬥。完全不像法國兵和炮兵那樣滿臉帶著憤怒和驚恐互相爭奪掃帚，也完全不像那朵雲彩在無限的高空中那樣飄浮。為什麼我以前沒有見過這麼高遠的天空，一切都是空虛，一切都是欺騙。除了它之外什麼都沒有，什麼都沒有甚至連天空也沒有，除了安靜、蕭靜，什麼也沒有，謝謝上帝……』」像如此這般的對一個人處於生命或情感邊沿時的心理和思想的變化、流動的想像與描寫，在托爾斯泰作品中比比皆是。

　　如果說，對於波特賴爾來說，這種邊沿性位置給予他的是更豐富、更瑰麗的藝術想像力。那麼，對於屠格涅夫來說，他在《門檻》這一邊沿上發現了一個人作出選擇，作出犧牲的艱難和勇氣：「啊，你想跨進這門檻來作什麼？你知道裡面有什麼東西在等著你？」茨威格更是一個善於想像與創造邊沿性的藝術世界的大作家。他在小說《象棋的故事》中，描寫了一個律師博士在納粹集中營這樣一個空間和生命都處於邊沿性的地方，是如何借助於一本棋譜，度過一段邊沿性的精神生活。這部小說對那種人類處於邊沿時的心理，描寫得驚心動魄。他告訴人們：只有人類才可能不斷忍受這種邊沿感，也只有人類才可能借助自我的想像、智慧戰勝這種邊沿性所帶來的空虛和焦慮。當然，在世界文學史和思想史上，集中體現這種邊沿性思維、邊沿性心理、邊沿性想像，還有兩個典型的例子。一個是陀思妥耶夫斯基，就在他臨刑前（這是一個人的生命邊沿），突然，又被宣佈赦免死刑，這時他看到了教堂在晨曦中紅光四射，好像為了天國的最後晚餐，神聖的朝霞染紅了教堂外觀。他望著教堂，突然有一種幸福的感覺，彷彿看到了在死的後面是神的生活。這是一種糅合著痛苦與甜美、危機與安詳、希望與絕望的心情，一種渴望與尋找「神」的心

情。[2]正如巴赫金研究發現的那樣，這一切都深刻地影響了他的小說創作的思想與風格。只要我們看一看《罪與罰》中拉斯柯尼科夫在用斧頭砍死一個放高利貸的老太婆之後的一系列心理危機，看一看《卡拉馬佐夫兄弟》中伊凡與「魔鬼」（伊凡心中的另一個自我）的對話，就會知道，這是一個有著多麼博大而深刻的邊沿感的作家，這些都是世界文學史和思想史上最為激動人心的篇章。另一個就是卡夫卡，《變形記》中的格里高爾・薩姆沙，有一天起床後發現自己變成一隻大甲蟲（一種處於人性的邊沿）；《城堡》中那個測量員K，無論怎樣都無法進入城堡（一種精神想像的邊沿）；《審判》中的約瑟夫・K，一天早晨一個無形的法庭代表闖進他家，宣佈他「被捕」了，後來又被莫名其妙地處死（一種生命危險的邊沿）；《地洞》中，一隻小動物即使躲到地洞裡，仍感到四周有敵人侵襲，終日心驚膽戰（一種生活空間的邊沿）。

　　從上面我們對世界文學史與思想史上邊沿性心理、邊沿性想像與邊沿性思維的一個簡要分析，可以見出，「邊沿」這一空間知覺，內含著豐富而深刻的思想、精神、想像的內涵。當然，在另一方面，「邊沿」這一概念，由於如此的常見和常用，就像一枚因使用過久而變得面目模糊的硬幣一樣。因此，我以為，有必要在這裡對它的內涵從哲學與文化學等意義向度，做些簡要的闡釋。從哲學向度上看，邊沿意識在縱軸上，它向上與超越性聯繫在一起，向下則與異化、荒誕等困境聯結在一起；在橫軸上，相對中心而言，邊沿又是一種疏離，一種不信任，一種嘲諷和一種解構。從文化學向度上看，邊沿意識體現的是一種獨立的理性的精神和思想的存在方式。從藝術創作心理學來看，邊沿意識又將帶給一個作家以更自由和更具超越感的想像力。

　　讓我們再一次回到魯迅的精神世界。如果說，那個「靠了石欄遠

2　參閱茨威格：《人類群星燦爛的時代》（北京市：生活・讀書・新知三聯書店，1987年）。

眺的人」是魯迅的一種隱喻性自我形象的話，那麼，當他站在這沉重
的邊沿上時，他究竟看到了什麼？又想到了什麼？這又怎樣的深刻地
影響了他的創作呢？這一切在世界文學史和思想史上又具有怎樣的意
義？每當我閱讀魯迅作品時，這種邊沿性的體驗和邊沿性的空間感，
一直攫住了我的心靈和想像。

在我看來，魯迅的一生都處於這種邊沿意識之中，更重要的是，
他一生對這種邊沿性都有著深切、敏銳的感受，有著一種獨立、執著
的堅守。——就這樣，他以自己獨特的人格和創作躍進了人類精神的
深淵。

少年時代，家境的突然變故和急劇衰敗，使得魯迅過早地就感受
到人世間的陰暗的一面。他在一篇回憶文章中，就談到的一個細節：
「我從一倍高的櫃檯外送上衣服或首飾去，在侮蔑裡接了錢，再到一
樣高的櫃檯上給我久病的父親去買藥。」[3]——在寫下這段話時，他
人到中年，然而，他對那櫃檯的高度依然記得如此清晰，他對那「侮
蔑」的眼光依然如此敏感，他對自己在櫃檯外（一種生活的邊沿）的
感受依然是如此的刻骨銘心，這一切，都讓我震撼不已。他也曾感慨
地說道：「有誰從小康人家而墜入困頓的麼，我以為在這途路中，大
概可以看見世人的真面目。」[4]多年之後，當有一次許廣平在通信
中，向他抱怨說親戚的難纏時，他的回信卻說：「嘗嘗也好，因為更
可以知道所謂親戚本家是怎麼一回事，知道世事可以更加真切了，倘
永是在同一境遇，不忽而窮，忽而又有點收入，看世事就不能有這麼
多變化。」[5]在廣州時，有一次，當青年學生問他為什麼憎惡舊社會
時，他直截了當地回答道：「我小的時候，因為家境好，人們看我像
王子一樣，但是，一旦我家庭發生變故後，人們就把我看成叫花子都

3　魯迅：〈自序〉，《吶喊》，《魯迅全集》（北京市：人民文學出版社，1981年）。

4　魯迅：〈自序〉，《吶喊》，《魯迅全集》（北京市：人民文學出版社，1981年）。

5　魯迅一九二六年十月二十八日致許廣平信，見《兩地書》。

不如了，我感到這不是一個人住的社會，從那時起，我就恨這個社會。」[6]由於這些世態的炎涼、人性的陰暗所造成的創傷，在他心智還不成熟然而又特別敏感的少年時代就強加於了他，使得他一生都背負著這種疏離感，再也擺脫不掉，並深深地影響了他往後的思想判斷和情感氣質。[7]所以，當他離開家鄉，要進水師學堂，他卻把這件事稱為「彷彿是想走異路，逃異地，去尋求別樣的人們」。[8]在離鄉不久的家書中，他無比沉鬱地表達了自己在旅次中特殊的「異鄉人」的感受：「斜日將墜之時，暝色逼人，四顧滿目非故鄉之人，細聆蕩耳皆異鄉之語，一念及家鄉萬里，老親弱弟必時時相語，謂今日當至某處矣，此時，真覺柔腸欲斷，涕不可抑。」[9]如果說，到此為止，「異鄉」感，邊沿感，只是一種因環境的變遷而帶來的生存的挫折感，只是一種少年人特別容易敏感到的心理創傷，只是在他的情感底色上刻下深淺不一的痕跡。那麼，留學日本時期的《新生》的流產，使得他感到的則是自己的思想在時代的邊沿性。他回憶說：「我感到未嘗經驗的無聊，是自此以後的事。我當初是不知其所以然的；後來想，凡有一人的主張，得了贊和，是促其前進的，得了反對，是促其奮鬥的，獨有叫喊於生人中，而生人並無反應，既非贊同，也無反對，如置身毫無邊際的荒原，無可措手的了，這是怎樣的悲哀呵，我於是以我所感到者為寂寞。」[10]值得指出的是，這時的「邊沿性」已經不僅僅是一種滲透著寂寞、孤獨和悲哀的感受，更重要的是，這種感受同時也滲透著作者對於整個時代的苦悶。《新生》的思想活動失敗不

6　薛綏之主編：《魯迅生平史料彙編》（天津市：天津人民出版社，1987年），第4輯，頁359。

7　參閱王曉明：《魯迅傳》（上海市：上海文藝出版社，1993年）。

8　魯迅：〈自序〉，《吶喊》，《魯迅全集》（北京市：人民文學出版社，1981年）。

9　魯迅：《集外集拾遺補編》，《魯迅全集》（北京市：人民文學出版社，1981年），卷7，頁467。

10　魯迅：〈自序〉，《吶喊》，《魯迅全集》（北京市：人民文學出版社，1981年）。

久，母親又遞給了他一杯婚姻的苦酒，人生的失敗接踵而來，讓我們來聽聽他當時痛苦的心靈吧：「我於是用了種種法，來麻醉自己的靈魂，使我沉入於國民中，使我回到古代去。」[11]這時的魯迅，如此深切地感到自己就處於人生的邊沿，他甚至刻了一方石章，曰「竢堂」，又給自己選了一個號，叫做「俟堂」。「竢」、「俟」都是「待死」的意思。如果一個人在人生的邊沿上已經徘徊了這麼久，並且，這種邊沿感已經使他對自己都表示出一種棄絕的態度，那麼，他又怎麼會激昂、樂觀呢？那麼，他又怎麼不會對所有的一切都投以深深的懷疑目光呢？[12]這種心境就有如傅雷對倫勃朗畫作的體驗，四周是如此的陰暗，總讓人感到有一股飄忽、陰冷的氣息正緊緊地逼來，畫面中央有那麼一道光線搖曳著穿過，然而，那一點微弱的亮光更使人看到光亮之外黑暗的廣大、濃重，更能讓人想像到畫面人物朦朧的表情中，正隱藏著無限的悲哀，彷彿人生的燈盞正漸漸地暗淡，儘管還沒有到了最後的熄滅，但已經臨近，哪怕只要一絲的風，就有熄滅的可能。[13]

　　「五四」的浪潮終於把遲疑的魯迅捲了進去。但是，我們在魯迅「五四」的吶喊聲中，更多的是聽到他的絕望之聲和反抗這絕望的掙扎之音。且不說《野草》中那些頹敗、枯寂的意象，那些無詞的言語，那些瀰漫於文本中的沉重、淒厲的氣氛，那些讓人感到奇兀、淒絕的想像方式。事實上，整個的二十年代，魯迅都處於這種「彷徨於明與暗之間」的邊沿意識之中。一九二五年，他對許廣平說：「我所說的話，常與所想的不同，至於何以如此，則我已在《吶喊》的序上說過：不願再將自己的思想，傳染給別人。何以不願，則因為我的思

11 魯迅：〈自序〉，《吶喊》，《魯迅全集》（北京市：人民文學出版社，1981年）。

12 參閱王曉明：《魯迅傳》（上海市：上海文藝出版社，1993年）。

13 參閱傅雷：《世界美術名作二十講》（北京市：生活・讀書・新知三聯書店，1985年）。

想太黑暗，而自己終不能確知是否正確之故。」[14]一九二六年十一月，他在〈寫在《墳》後面〉中說道：「然而我至今終於不明白我一向是在做什麼。比方做土工的罷，做著做著，而不明白是在築臺呢還在掘坑。所知道的是即使是築臺，也無非要將自己從那上面跌下來或者顯示老死；倘是掘坑，那就當然不過是埋掉自己。」[15]這裡的築臺、掘坑和跌死，都是一種邊沿性的說法，都是對那種處於邊沿上的危機感和疏離感、絕望感的隱喻。

一九二八年，魯迅同許廣平來到上海，開始了他生活和生命的新階段。在接下來的思想和文藝鬥爭中，他儼然成為左翼陣營的精神領袖。但這一切都無法使他「竦身一搖」，擺脫開那種與他生命緊緊相連的邊沿感，擺脫開那種總是用邊沿性的眼光看待世界的思維方式，那種用邊沿性的想像方式來揭穿社會假面的潛在衝動。一九三四年七月三十日，他在給日本朋友山本初枝的信中，就說道：「我有生以來，從未見過近來這樣的黑暗，⋯⋯非反抗不可。」[16]同年十二月十八日，他在給楊霽雲的信中，自稱是在敵人和「戰友」的夾攻下「橫站」。[17]一九三五年四月二十三日，他在給蕭軍、蕭紅的信中說道：「最令人寒心而且灰心的，是友軍中的從背後來的暗箭，受傷之後，同一營壘中的快意的笑臉。」[18]四個月後，他又說道：「使我自己說，我大約也還是一個破落戶，不過思想較新。」[19]到這裡，他已把自己整個地放在中國知識分子的精神歷史的「邊沿」來加以看待和理解了。

從少年時代對自己的現實生活的邊沿性的感知，到青年時代對自己生命的邊沿性的感知，到中年時代對自己在時代思想中的邊沿性的

---

14 魯迅一九二五年五月三十日致許廣平信，見《兩地書》。

15 魯迅：〈寫在《墳》後面〉，《魯迅全集》（北京市：人民文學出版社，1981年）。

16 魯迅一九三四年七月三十日致山本初枝信。

17 魯迅一九三四年十二月十八日致楊霽雲信。

18 魯迅一九三五年四月二十三日致蕭軍、蕭紅信。

19 魯迅一九三五年八月二十四日致蕭軍信。

感知，再到晚年對自己在整個知識分子精神歷史中的邊沿性的感知，就是這樣，魯迅一步一步地把自己向邊沿推進，同時又是不斷地「加色，加味，加香」，使自己對這種邊沿的認識無限深化和豐富；就是這樣，他一步一個腳印地讓自己立定在邊沿的位置，同時，又不斷地堅守著自己獨立的品格。著名德語作家《荒原狼》的作者，赫爾曼·海塞曾說過這樣的一段話：

> 每當某種聯想使我獲得「耶穌」的印象，或者耶穌這個詞語鳴響於我的耳畔，映入我的眼簾時，我在最初的一個瞬間所看見的絕不是十字架上的耶穌，或者是沙漠中的耶穌，或者是顯示奇蹟的耶穌，或者是復活的耶穌。而是看見在西客馬尼花園飲下最後一杯孤獨之酒的耶穌，此刻，死亡和更高的新生的痛苦撕裂著他的靈魂，他以臨終前那種動人心弦的，孩子般祈盼慰藉的神態環視著他的門徒，試圖在絕望的孤獨中尋得一絲溫暖和人間親情，一種美麗稍縱即逝的幻覺，然而他的門徒都在睡覺。就在痛苦無法忍受的時刻，他轉身尋望這些志同道合的追隨者，這些唯一追隨他的門徒，他是如此的坦然，如此地充滿人性，如此地忍受著痛苦，此刻，他比以往任何時候更接近他們。[20]

是的，就像那陀氏站在人生的邊沿上，突然發現自己比任何時候都接近天國一樣，就像偉大的基督，在此刻發現自己比任何時候更接於人性一樣，儘管魯迅一生都站在「邊沿」上，然而，他比現代中國任何一個人都接近於他的民族，都深知他的民族的心靈，都憎恨那些靈魂不幸的老中國的兒女們，卻又像他自己強調的那樣，必須「像熱

---

20 參見赫爾曼·海塞：《陀思妥耶夫斯基的上帝》（北京市：社會科學文獻出版社，1999年），頁44。

烈地擁抱著所愛一樣，更熱情地擁抱著所憎——恰如赫爾庫來斯的緊抱了巨人安太烏斯一樣，因為要折斷他的肋骨」[21]——他就是以這種獨特的方式貼近和深吻著他腳下的大地，照拂著那些不幸的人們，正是在這一點上，魯迅以反抗絕望的姿態走進了人類偉大人物的形象之列。

正因為他對邊沿性有著如此強烈而深沉的體驗，所以，魯迅對中西方思想文化史上那些邊沿性的人物，才會有著深沉的認同感，才會有著如此強大的思想穿透力，他在這些人物身上發現了別人所未能發現的思想內涵。這一點，從魯迅對古籍與翻譯作品的選擇上，就看得很明顯。在《域外小說集》中，魯迅所譯的安德烈夫的《謾》和《默》、迦爾洵的《四日》都充滿著一種沉重、壓抑的邊沿感。他後來收錄在《現代小說譯叢》、《現代日本小說集》中的譯作如《黯澹的煙靄裡》、《幸福》、《三浦右衛門的最後》等，都是描寫一種邊沿性的人性與人生。在他譯了《工人綏惠略夫》四年之後，在一次與許廣平的通信中，他還這樣評價小說中的主人翁：「要救群眾，而反被群眾所迫害。終至成了單人，忿激之餘，一轉而仇視一切，無論對誰都開槍，自己也歸於毀滅。」[22]可見，他對自己譯筆下的人物的情感、思想、命運的邊沿感有著多麼深切的認同。又比如，魯迅在《漢文學史綱要》的司馬遷一節中，曾特意引述了司馬遷〈報任安書〉中的一段話：

> ……所以隱忍苟活，函糞土之中而不辭者，恨私心有所不盡，鄙沒世而文采不表於後也。古者富貴而名摩滅不可勝記，惟俶儻非常之人稱焉。蓋西伯拘而演《周易》；仲尼厄而作《春

21　魯迅：〈再論「文人相輕」〉，《且介亭雜文二集》，《魯迅全集》（北京市：人民文學出版社，1981年）。

22　魯迅一九二五年五月三十日致許廣平信，見《兩地書》。

秋》；屈原放逐，乃賦《離騷》；左丘失明，厥有《國語》，孫
子臏腳，《兵法》修列。……《詩》三百篇，大抵聖賢發憤之
所為作也。此人皆意有所鬱結，不得通其道，故述往事，思來
者。及如左丘明無目，孫子斷足，終不可用，退論書策，以舒
其憤，思垂空文以自見。僕竊不遜，近自托於無能之辭，網羅
天下放失舊聞，考之行事，稽其成敗興壞之理，凡百三十篇。
亦欲以究天人之際，通古今之變，成一家之言。草創未就，適
會此禍，惜其不成，是以就極刑而無慍色。僕誠已著此書，藏
之名山，傳之其人，通邑大都，則僕償前辱之責，雖萬被戮，
豈有悔哉？然此可為智者道，難為俗人言也！……

司馬遷在這段話中特別點出古之聖賢正是處於邊沿狀態（無論是肢體
還是生命）而激發了他們偉大的作為，並且只有這種邊沿性的狀態，
才能真正使他們獲得一種可為「智者道，難為俗人言」的智慧。就在
引述司馬遷的這段論述之後，魯迅對司馬遷評論道：「恨為弄臣，寄
心楮墨，感身世之戮辱，傳畸人於千秋，雖背《春秋》之義，固不失
為史家之絕唱，無韻之《離騷》矣。惟不拘於史法，不囿於字句，發
於情，肆於心而為文……」可以見出，魯迅對司馬遷的身世之感，以
及司馬遷的這種身世之感對創作的影響，有著多麼深刻的認同和理
解。值得注意的是，魯迅在這裡把《史記》與《離騷》聯繫在一起，
而這兩部書，可以說，都是作者的人生境遇處於邊沿時憑心而言、不
遵守矩度的逸響偉辭。魯迅就是如此敏銳地穿透了這種獨特的創作心
理秘密，就在這穿透之中，他照見了人類偉大的思想與藝術的創造
本質。

　　那麼，對魯迅來說，其內在的這種邊沿意識，帶給他的是一種怎
樣的邊沿性思維、邊沿性心理和邊沿性想像力呢？而這又對他的創作
產生怎樣的影響呢？

二　邊沿意識與魯迅的創作

　　我們可以做這樣的一個設想：如果一個人置身於邊沿性的空間位置上，那麼，在他的視覺圖景之中，萬物都將被整合進如下一個統一的平面二度空間之內，將形成如下圖所示的視覺結構：

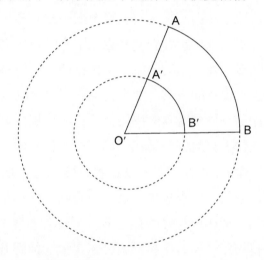

　　注：1. O′是指邊沿性的空間位置。
　　　　2. A′O′B′是指第一層次的視野，在這一層次的視野中，事物呈現各自的多樣性，聯繫性和比較性。
　　　　3. AO′B是指第二層次的視野，在這一層次的視野中，事物被成像化。

　　如圖所示，在這樣的一個平面二度空間內，事物之間原來中斷的、模糊的、甚至不存在的聯繫性、比照性就被建立起來。也就是說，這些被主體視覺所整合進同一空間內的事物，它們各自的多樣性特徵及其相互之間的矛盾性，由於有了聯繫、對比，就顯示出來。這就猶如在一個舞臺上，雖然已有了許多道具、佈景，但在劇情還沒有開演之前，它們充其量只是一些物品或畫有圖案的幕布，但一旦燈光照亮，音樂響起，情節開始了，那麼，這一切都彷彿一下子被賦予了生命和意義，就成為了劇情中一個有機的組成部分。我以為，這就是

邊沿意識帶來的第一個思維特徵：它使得主體獲得了一種善於在同時共存和相互作用、聯繫之中觀察一切事物的思維能力。[23]如果要對這一思維特徵進行一個形象化的概括，那麼，它就如釋典《楞嚴經》中所說的那樣：「道場中陳設，有八圓鏡各安其方，又取八鏡，覆懸虛空，與壇場所安之鏡，方向相對，使其形影，重重相涉。」我以為，釋典中所說的這種甲鏡攝乙鏡，而乙鏡復攝甲鏡之攝、交互映照的變動的、流轉的方式，就很接近於邊沿意識帶來的對事物獨特的觀察、思維的方式，我稱之為思維的「鏡幻」化特徵。我以為，這種鏡幻化的思維方式、觀察事物的方式，使得魯迅對自己所面對的世界有著極其敏銳、極其深刻、極其豐富的感受力，極具陀思妥耶夫斯基式的思維方法，即「在別人只看到一種或千篇一律事物的地方，他卻能看到眾多而且豐富多彩的事物。別人只看到一種思想的地方，他卻能發現，能感觸到兩種乃至多種思想，別人只看到一種品格的地方，他卻能從中揭示出另一種相反品格的存在。一切看來平常的地方，然而在他的世界裡變得複雜了，有了多種成分。在每一種聲音裡，他能聽出兩個相互爭論的聲音；在每一個表情裡，他能看出消沉的神情，並且立刻準備變為另一種相反的表情；在每一個手勢裡，他同時能察覺到十足自信和疑慮不決；在每一個現象上，他能感知存在著深刻的雙重性和多種含義」。[24]這也就像他曾經用自己獨特的話語方式所表達過的那樣：「自稱盜賊的無須防，得其反倒是好人；自稱正人君子的必須防，得其反則是盜賊。」[25]「我們所認為在崇拜偶像者，其中的有一部分其實並不然，他本人原不信偶像，不過將這來做傀儡罷了。和尚

---

23 參閱〔蘇聯〕巴赫金：〈拉伯雷的創作與中世紀和文藝復興時期的民間文化〉，《巴赫金全集》（石家莊市：河北教育出版社，1998年），卷6。

24 參閱〔蘇聯〕巴赫金：〈拉伯雷的創作與中世紀和文藝復興時期的民間文化〉，《巴赫金全集》（石家莊市：河北教育出版社，1998年），卷6。

25 魯迅：〈小雜感〉，《而已集》，《魯迅全集》（北京市：人民文學出版社，1981年）。

喝酒養婆娘，他最不信天堂地獄。巫師對人見鬼見神，但神鬼是怎樣的東西，他自己的心裡是明白的。」[26]當然，魯迅的這種鏡幻化的觀察、思維才能尤其是在那些長篇雜文中得到了淋漓盡致的發揮。

　　例如，〈論照相之類〉這篇雜文，作者開頭是以回憶者的口吻，漫不經心地敘述了 S 城的人們關於洋鬼子挖眼睛、挖心肝的紛紛擾擾的傳說。這樣的傳說，在西方文明進入到中國內地時，是經常能遇到的，它常以扭曲、變形的方式糅合著當地迷信、傳聞，捏造出一個個可驚可怖的傳說來。魯迅就是抓住這種傳說「似是而非」、「以訛傳訛」的特徵，點出了傳統社會在遭遇西方文化時，所表現出來的「迷信」與「恐懼」相混雜的社會心理。這些筆墨戲擬了鄉下老太太的無知的口吻、思維方式和話語方式，就在這種充滿滑稽感、荒誕不經而又相當口語化的話語方式中，暗含著作者批判的鋒芒。接著，作者有意設置了這樣的一個疑問：「然而洋鬼子是吃醃眼睛來代醃菜的麼？」答曰：「是不然，據說是應用的。一，用於電線……二，用於照相。」這段看似平常的自問自答，當然都是作者戲擬 S 城人們出於自身的迷信心理而設想出來的，然而，為什麼眼睛能用於照相呢？──作者順著這一思路佯問道──原來是「因為我們只要和別人對立，他的瞳子裡一定有我的一個小照相的」，這又是一種建立在鄉下人經驗上的推理。事實上，中國社會中的許多荒謬思想，就是建立在這樣似是而非的推理之上，由此，作者的筆鋒就深入到了對「國民性」中的思維方式的批判層面上來。接著，作者又從挖眼睛作為照相材料的情況轉到照相形式有所謂的「二我圖」、「求己圖」等，從這些照相形式上，作者點出了其中隱藏著可怕的「繪圖倫理學」，那就是：「凡是人主，也容易變成奴隸，因為他一面既承認可做主人，一面就當然承認可做奴隸，所以威力一墜，就死心塌地，俯首貼耳於新

---

26 魯迅：〈通信（復張孟聞）〉，《集外集拾遺》，《魯迅全集》（北京市：人民文學出版
　　社，1981年）。

主人之前了。」至此，魯迅就從對一般性社會迷信心態的批判，推進到對深層次的文化心理結構的批判。在這逐層深化的解剖中，我們彷彿又聽到魯迅在年輕時所思索的問題的回聲：為什麼我們民族缺少「誠」與「愛」呢？——那是因為淪於異族的時間太久了。接著，作者又順著關於照相的思路，聯想到北京街頭照相館所常見梅蘭芳的男扮女裝相，最後點出這是由於中國人長期受到壓抑而導致的文化心理的畸形變態和審美趣味的畸形變態。就是這樣，作者看似漫不經心地把一些很常見的生活細節和生活現象整合在一起，讓它們悄然之間發生了深刻的聯繫、對照，從而揭穿了隱藏在它們背後的心理特徵。這些生活細節、生活現象，就如一面面小小的鏡子，而作者就有如那一隻「看不見的手」，慢慢地在調整、設置這些鏡子的位置、角度，讓它們能夠相互映照，從而把潛伏在它們背後的「東西」都相互的「亮相」出來。這裡，可以順帶提及的是，在中國傳統的敘事中常有一個隱喻，那就是，翻過鏡子的背後，卻發現一個截然不同的形象或結局，這說明了在中國傳統敘事智慧中，已經有了一種「翻」過一面看人生的雙重思維方式。現在，再讓我們來看看另一篇雜文〈由中國女人的腳，推定中國人之非中庸，又由此推定孔夫子有胃病（「學匪」派考古學之一）〉，這是魯迅雜文中一篇獨樹一格的奇文。一九三三年，國民黨當局提出要以「孔孟之道治國」，鼓吹「中庸之道」是「天下獨一無二的真理」。魯迅則以「考古學」形式，這是作者有意識地為自己設置了一個邊沿性的觀察點，以便於把歷史與現實，真實與想像，邏輯與謬誤都能納入一個共時性的空間，讓它們之間比照、衝突，從而進行揭露和嘲諷。這篇奇文的深刻意義，在於啟示人們在現實觀察中，對國民黨當局的反動宣傳，要「正面文章反面看」，要看透他們之所以鼓吹「中庸」正是由於他們「不中庸」。[27]更重要的

---

27 參閱姚春樹：〈雜文大師魯迅的雜文〉，《二十世紀中國雜文史》（福州市：福建教育出版社，1997年），上冊，頁273-306。

是，這裡顯示出魯迅獨特的鏡幻化的思維方式。他往往不是簡單的設置正——反或歷史——現實這樣雙重的思維結構，而是充分調動了思維過程的正——反——正……歷史——現實——歷史……這樣多重反覆，多重映照，多重折射的方式，從而讓對象窮形盡相，讓揭露和批判的筆鋒深入到對象心靈皺折的每一個角落，每一道縫隙之中。

　　魯迅在談到自己的思想特點時，一再說道：「我看事情太仔細，一仔細，即多疑慮。」[28]「我的習性不大好，每不肯相信表面上的事情」，常有「疑心」。[29]對於魯迅這種「多疑」的思維方式，學術界有人借助於西方對愛因斯坦等自然科學家思維方式的概括，將其稱之為「兩面神思維」。「兩面神」是指古羅馬神話中的雅努斯（先是太陽神、後又成了門神），他有兩副面孔：一幅看著過去，一副看著未來；一副年輕，另一幅年老。所謂「兩面神思維」即是同時關注相反的兩個方面，是一種「雙向視角」。[30]而我以為，用「鏡幻化思維」也許更準確些，首先是因為這是魯迅對事物的觀察的一個基本範疇，他不是單一地關注形成過程，而是把所有的材料包括歷史與現實都放在同一個存在的空間內，加以戲劇性的對比，加以流轉性的觀照。其次，魯迅擅長於讓材料的內涵轉化成一種形象化的存在，通過形象自身的映照、折射來表現意義。第三，魯迅的思維方式最深刻、最敏銳之處，就在於他能夠揭示出人與事物背後所潛藏的折折疊疊的心理狀態，就如人們在秋陽下曬冬衣一樣，藏了一個季節的衣裳，只要一抖，就不僅散發出陣陣的黴味，更是風塵僕僕……。

　　如果我們把人的思維也作為一個文本來看待的話，那麼「鏡幻化」指的是魯迅的邊沿性思維文本的內在結構方式，而我接下來要談到的「鏡像性」，則是這個思維文本的「文體」形態。如果說，「鏡幻

---

28 魯迅：〈八〉，《兩地書》，《魯迅全集》（北京市：人民文學出版社，1981年）。

29 魯迅：〈十〉，《兩地書》，《魯迅全集》（北京市：人民文學出版社，1981年）。

30 參閱錢理群：《名作重讀》（上海市：上海教育出版社，1996年），頁39-40。

化」是著眼於邊沿性思維所整合成的視覺圖景中的事物的聯繫性，對
照性，矛盾性。那麼，「鏡像性」則是著眼於作家主體對這個視覺圖
像的完形、成像的能力。它是邊沿性思維的第二層次，也是一個更具
整體性的層次，正是在這一層次內，充分體現了魯迅作為一個藝術家
的天才。對此，魯迅自己有一個很好的說明：「我的雜文，所寫的常
是一鼻，一嘴，一毛，但合起來，已幾乎是或一形象的全體，不加什
麼也過得去的了。但畫上一條尾巴，卻見得更加完全。」[31]這種鏡像
性的思維力量，最典型的體現就是，在魯迅的雜文中，創造出許多充
滿內涵和隱喻的形象和意象，如「落水狗」、「叭兒狗」、「細腰蜂」、
「夏三蟲」、「掛著鈴鐸的山羊」、「火神爺」、「喪家的資本家的乏走
狗」、「二醜」、「西崽」等形象，以及如「黑色的大染缸」、「小擺
設」、「變戲法」等意象。[32]瞿秋白對魯迅創造的雜文形象給予了很高
評價，認為「簡直可以當做普通名詞」「認做社會上的某種典型」。[33]
這些雜文形象不僅賦予雜文論旨以形象的生命和魅力，他（它）們自
身就包含著豐富的社會內容，耐人尋味。如，「黑色的染缸」和「變
戲法」是魯迅雜文中反覆出現的意象。在《兩地書（四）》中，魯迅
說：「中國大約太老了，社會上事無大小，都惡劣不堪，像一隻黑色
的染缸，無論加進什麼新東西去，都變成漆黑。可是除了再想法子來
改革之外，也再沒有別的路。」在《花邊文學》〈偶感〉中又說：「每
一新制度，新學術，新名詞，傳入中國，便如落在黑色染缸，立刻烏
黑一團，化為濟私助焰之具，科學，亦不過其一而已。」「此弊不
去，中國是無藥可救的。」這確是生動而精警的絕妙比喻。像「戲臺
小天地，天地大戲臺」「做戲」或「變戲法」這樣一些在民間廣泛流

---

31 魯迅：〈後記〉，《准風月談》，《魯迅全集》（北京市：人民文學出版社，1981年）。

32 參閱姚春樹：〈雜文大師魯迅的雜文〉，《二十世紀中國雜文史》（福州市：福建教育
　　出版社，1997年），上冊，頁273-306。

33 瞿秋白：《魯迅雜感選集》〈序言〉（哈爾濱市：北方文藝出版社，2006年）。

傳，而又內涵豐富的意象，魯迅的筆常常能「點石成金」，讓它們在自己的筆下生發出無限的喻義來，從而，讓自己的思想批判的火花穿越喧囂的現實生活，在讀者的心靈中熠熠閃亮。如在《馬上支日記》、《做宣傳與做戲》、《現代史》、《變戲法》和《朋友》等雜文中，魯迅就借用了這些獨特的意象，來批評中國的國民性，揭露「國粹家」、「做戲的虛無黨」，國民黨的「宣傳」及其「戲子的統治」，這既生動形象，又含不盡之意，確實有著一種「四兩撥千斤」的審美震撼力。³⁴除了運用這些喻義深遠的形象或意象外，魯迅還特別擅長給對象起「綽號」和畫漫畫，在這方面，他有獨特的心得，就如他在《且介亭雜文二集》的〈五論「文人相輕」——明術〉中所論述的那樣：「果戈理誇俄國人之善於給別人起名號——或者也是自誇——說是名號一出，就是你跑到天涯海角，它也要跟著你走，怎麼擺也擺不脫。這正如傳神的寫意畫，並不細畫鬚眉，並不寫上名字，不過寥寥幾筆，而神情畢肖，只要見過被畫者的人，一看就知道是誰；誇張了這人的特長——不論優點或弱點，卻更知道這是誰。……批評一個人，得到結論，加以簡括的名稱，雖只寥寥數字，卻很要很明確的判斷力和表現的才能的。必須貼切，這才和被批判者不相離，這才會跟了他跑到天涯海角。」在我看來，世界文學史上，只有不多的幾個作家在這方面的才能，能夠與魯迅相比肩。我們在拉伯雷的《巨人傳》中，能看到這種才能的光輝痕跡，但失之誇張。在海涅的政治諷刺詩中，也能看到這種才情如電光一閃，但又太刺眼眩目，我們當然更熟悉的是果戈理了，但又覺得太滑稽了一些，失之雋永。魯迅很讚賞「五四」時期錢玄同創造的「桐城謬種」和「選學妖孽」，認為只有他自己創造的「革命小販」和「洋場惡少」相映成趣。其實除此之外，還有「捐班文人」、「糞帚文人」、「商定文豪」、「文壇鬼魅」等，也都是

---

34 參閱姚春樹：〈雜文大師魯迅的雜文〉，《二十世紀中國雜文史》（福州市：福建教育出版社，1997年），上冊，頁273-306。

「寥寥幾筆」，就把對象「神情畢肖」勾畫出來，讓他逃到「天涯海角」也甩不掉的。魯迅常說自己喜歡「以小見大」，「借一斑而略窺全豹」，所以，在他的筆下，對象雖然只是一個小動作，一個眼神，一個表情，但已能讓讀者會心一笑或靈機一動或恍然大悟。魯迅很重視對人物動作的描摹，他有時刻畫某一類人物的某一動作，就能揭露某一類人的精神狀態及其本質。比如，在《中國文壇上的鬼魅》中，魯迅寫到在第一次大革命失敗後，國民黨反動派進行血腥大屠殺，許多革命青年被送上絞刑架，而文學上的所謂「第三種人」中的某些人，則「拉」著那些脖子上套著絞索的青年的腳，僅這一動作就把「第三種人」的幫兇面目揭露無遺了。而像《推》、《踢》、《爬和撞》、《推的餘淡》、《沖》等，則更是以集中誇張的方式，突出某一類人物的語言，有時是原話，有時是改造的，有時則是虛擬的。當年陳西瀅鄙視中國人，說什麼：「這樣的中國人，呸！」魯迅把這句話稍加分析之後，反唇相譏：「這樣的中國人，呸！呸！！！」他的筆就如同古希臘神話中的那個法力無邊的神，只看上一眼，物件就會變成石頭。[35]是的，在魯迅的筆下，這些形象，只要被他描上一筆，哪怕是輕輕的一筆，對象就整體性地被成了像。就像一塊石頭，不，更像一個雕塑，讓人感覺到它有形狀，有色彩；觸摸起來有質地，有稜角，雖然表面上是如此的凹凸不平，粗糙不一，但又栩栩如生，神情畢肖。因此，從某種意義上說，魯迅不僅是一個歷史和人性的偉大的攝影家，更是一個偉大的雕塑家。

　　站在地平線盡頭的人，總會感覺到在極目遠眺處，天空與大地是黏合在一起的；站在懸崖邊的人，也會覺得天空與深淵是處於同一個垂直面上。這種獨特的視覺誤差，正是由於置身於空間邊沿上所帶來的一個特殊的視覺圖景。在這裡，上與下、遠與近的距離都縮短了，

35　參閱姚春樹：〈雜文大師魯迅的雜文〉，《二十世紀中國雜文史》（福州市：福建教育出版社，1997年），上冊，頁273-306。

融合了。在這樣的一個視覺圖景中，主體的想像力對外界就有了一種強大的「翻轉」能力和超越能力，也就是說，世界在他的眼中，不僅變成了直觀的物件了，變成了一個「它者」，更重要的是，他還能把它轉過來。想像一下，當你站在無邊的大地盡頭時，你會覺得，過往一切的紛爭、名利都是可笑的，都不存在了。當你站在懸崖邊時，你會覺得一切現實的苦難都不再可怕了，因為只要輕輕一躍，一切都將隨風飄散。無論是處於這其中的哪一種位置上，你都會有一種抒情的衝動。所以，你會發現，在中外文學史上，天際盡頭和懸崖邊，這兩種空間位置都是抒情詩人最喜歡選擇的詩學地形。這是因為就在這邊沿的瞬間，他感到了一種超越的自由。我以為，邊沿意識在魯迅創作的抒情方式上也留下了深深的印痕。這首先是形成了一種反諷式的抒情。所謂反諷，如果從一般性的技巧層面來理解，就是：「表面上貶低而實際上提高讀者對某一事物的評價，或表面上提高而實際上貶低讀者對某一事物的評價。」[36]美國學者韓南在《魯迅小說的技巧》中，就是從技巧的層面對魯迅小說中的反諷（在文中被譯成反語）做了精彩的分析。但我以為，反諷在魯迅的創作中並非僅僅是一種技巧，而更重要的是，它一方面體現了作為「它者」的世界如何被主體所感知，敘述和表現，另一方面，主體通過在價值立場上有意識地設置誤差、誤讀，顯示出他在心理和智慧上對「它者」世界的超越。因此說，反諷更主要是一種特殊的感受、體驗和抒情的方式。這正如巴赫金在分析陀思妥耶夫斯基的小說時所概括的那樣，其具體內涵是：其一，它是同一切道貌岸然的東西相敵對的；同一切自居為正統性，真理性的東西相敵對的，它充滿著諷刺和批判的熱情；它充滿著一種對占統治地位的真理和權力的解構意識。其二，在表現形式上，它體現出一種「逆向」、「反向」的邏輯方式。其三，在藝術創造中，它有

---

36 韓南：〈魯迅小說的技巧〉，《國外魯迅研究》（北京市：北京大學出版社，1981年）。

助於主體發揮虛構的自由，為作家藝術想像力的騰飛創造條件，幫助作家擺脫各種狹隘正統的審美觀點的束縛，為作家用新的審美眼光觀察，體會一切現存事物的相對性，並用獨特的藝術形象和審美形式表現出來創造條件。其四，值得注意的是，「反諷」並非單純的否定性和單義性的，必須看到「反諷」這種特殊的抒情方式所具有的整體性、辯證性的特徵。即它是保持肯定的東西於否定之中，保持前提的內容於結果之中。[37]我以為，如果不了解「反諷」的這些特徵，那就無法發現魯迅小說內在的豐富性。比如《狂人日記》就是一個充滿多重反諷的文本，我以為，這是一個很值得分析的文本。作者創作的本意是要暴露禮教和家族制度的黑暗，然而選取的主人翁卻是一個「狂人」，把一個偉大的時代主題，落在一個「失常」的人物身上，這裡面就構成了第一重的反諷關係。即在正統的、規範的意識中被認定反常的「狂人」，反而是一個最具有深度和敏感的思想批判者。在「狂人」最瘋狂的「發病」的心理時刻，他卻恰恰表現出對社會最為清醒、敏銳的分析和批判，這就構成了第二重反諷關係。當「狂人」要勸他的兄弟改變過去「吃人」的狀況時，他卻發現自己曾經也吃過人，這就構成第三重反諷關係。第四重的反諷關係則是體現在整個文本的結構形態上，即文言的「小序」與「白話」正文。我以為，這幾重反諷把在一個有著漫長封建歷史的社會中的人的覺醒與反抗的艱難性、矛盾性，曲折而又豐富地揭示出來。也正是借助於這種多重的反諷關係，魯迅把一個先覺者的痛苦與寂寞，悲觀與失望，反抗與懺悔，都表達了出來。我以為《狂人日記》不僅是魯迅，而且是中國現代文學中一部最偉大的抒情小說，因為它把一個先覺者最痛苦的情緒抒寫出來了，它把我們民族蓄蘊已久的悲憤表現出來了。我以為，正

---

37 參閱〔蘇聯〕巴赫金：〈拉伯雷的創作與中世紀和文藝復興時期的民間文化〉，《巴赫金全集》（石家莊市：河北教育出版社，1998年），卷6。

是有了這種借助反諷而獲得的抒情，使得魯迅那因長久的寂寞、孤獨而不堪重負的心靈，得到了暫時的紓解和康復。如果沒有創作《狂人日記》，我以為，魯迅接下來的小說創作是不可理解的。請讀一讀接著而來的《孔乙己》，你就會發現，這其中即使有痛苦，有悲憤，然而，平靜得多了，有如一道清涼而又有點寒意的河水漫過淺灘，這種情感在文體間如此悠悠地流著。而對於《狂人日記》來說，那其中的情感就有如那奔騰而來的激流，不斷地匯聚在一個狹窄河道的出口。這情感之中不僅有個人的命運感，更有著整個民族的命運感，就有如激流中有泥沙、有礫石，它必須得到疏導。聽！那浪聲有如萬馬齊鳴；看！那水勢正千鈞一髮。然而，一旦瞬間開閘放流，那麼，這種蓄積已久的強大的勢能所轉化成的動能，極其可能把堤壩沖毀，所以，它需要借助於涵洞、導流明渠等多重管道的洩洪。猶如這多重的反諷，一方面，最有效地疏解了情感的洪峰，另一方面，又不會導致自我崩毀。我以為《狂人日記》對整個中國現代文學創作心理的影響，是不可低估的。它有如女性分娩時，那陣陣撕心裂肺的痛苦聲，在這陣痛之後，產婦則陷入了一種母性的寧靜的成熟感之中。《狂人日記》達到了我們民族的一個心理的極限，一個體驗的極限，而一個民族終於有一個人敢正視、承擔這種極限，這就預示這個民族是清醒的，是有救的。可以說，這是中國二十世紀文學中一個相當典型的現象。

　　在某種意義上《狂人日記》可以說是魯迅小說中抒情的反諷性最為曲折、複雜，也最具有深度和文學史意義的藝術表現。所以，我以為，如果我們循著這樣的思路，那麼，對魯迅其他小說的反諷分析，也就相對容易些。

　　與反諷相聯繫的魯迅創作中的另外一種獨特的抒情方式，那就是理趣化。「理趣」一詞，早見於釋典，如《成唯識論》卷四論「第八識」：「證此識有理趣無邊，恐有繁文，略述綱要。」又卷五論「第七識」：「證有此識，理趣甚多。」最早把它轉用到文藝批評上的是沈德

潛:「蓋『理趣』之旨,初以針砭僧詩,本曰『禪趣』,後遂充類旁通,泛指說理。」清代史震林在《華陽散稿》〈自序〉中說道:「詩文之道有四,理、事、情、景而已,理有理趣,事有事趣,情有情趣,景有景趣;趣者,生氣與靈機也。」[38]在魯迅研究中較早把「理趣」與魯迅的創作聯繫在一起的是朱自清先生。朱自清先生在《魯迅先生的雜感》中說道:「魯迅先生的《隨感錄》……還有一些『雜感』,在筆者也是『百讀不厭』的,這裡吸引我的,一方面固然也是幽默,一方面卻還有別的,就是那傳統的稱為『理趣』,現在我們可以說是『理智的結晶』的,而這也就是詩。」這裡,值得注意的是,朱先生已經看到了魯迅雜文創作中的「理趣」是一種智慧形態與抒情形態相結合的結晶體。因此,我以為,從更根本上說,理趣是一種主體與世界之間所建立起來的超越性的新型的關係。即主體在理趣性的抒情方式中,無論在心理還是在智慧上都高出了他的世界。賀拉斯曾說:「含笑說真理,又有何妨呢?」在西方也有一個諺語,「為了對抗世界和命運的嘲弄,世界上還有什麼比笑更強大的手段!面對這幅諷刺的假面,最強大的敵人也會感到恐懼」。歷史學家米什萊在評價拉伯雷時就說過:「一個時代的天才及其先知般的力量,通過這種打趣逗樂的折射,得到淋漓盡致的展示。」[39]在這樣的一個理趣化的主體抒情圖景裡,一切貌似神聖、權威和正統的事物都被脫冕了;一方面,小丑們在做著「末日」前最後的盡情地歡舞。另一方面,笑聲代替了陰鬱在四處激盪,讓善良的人聽出希望的預言,讓真理破土而出,讓罪惡匿跡遁形。[40]因此,可以說「理趣」作為一種主體對「它者」世

38　轉引自錢鍾書:《管錐篇》(北京市:中華書局,1986年),第3冊,頁1145。

39　參閱〔蘇聯〕巴赫金:〈拉伯雷的創作與中世紀和文藝復興時期的民間文化〉,《巴赫金全集》(石家莊市:河北教育出版社,1998年),卷6。

40　參閱〔蘇聯〕巴赫金:〈拉伯雷的創作與中世紀和文藝復興時期的民間文化〉,《巴赫金全集》(石家莊市:河北教育出版社,1998年),卷6。

界的敘述、表現、感知的方式，是有其世界觀深度的。這正如馬克思說過的，所有這些舊權力和舊真理的代表者，都不過是「真正的主角已經死去的那種世界制度的丑角」。十九世紀末到二十世紀的中國社會就像任何轉型時期社會一樣，充滿著扮演丑角的舊權力和舊真理的代表者。魯迅曾得出一個「做戲的虛無黨」的概念：「中國的一些人，至少是上等人，他們的對於神，宗教，傳統的權威……是什麼也不信從的，但總要擺出和內心兩樣的架子來……雖然這麼想，卻是那麼說，在後臺這麼做，到前臺又那麼做……將這種特別人物，另稱為『做戲的虛無黨』。」[41]事實上，中國現代史就是一幅「變戲法」。那一批又一批「你方唱罷我登場」的人物，多是這種「做戲的虛無黨」。而要看清這一面目，就需要有一種站在戲場外的視野，即一種邊沿性的視點，就需要有一種超越性的眼光。安徒生童話中那個在視窗俯視街上遊行隊伍，然後脫口而出「皇帝沒有穿衣服」的孩子，正是人類智慧與真理的象徵。因此，從某種意義上說，魯迅的「理趣」是一種參悟了歷史秘密和人生真理的智者和戰鬥者的笑，是現代中國人所達到的智慧高度的標誌。這一切在他那數量眾多的雜文中，都有一種酣暢淋漓的表現。所以，他的雜文既是一部保存現代社會無窮無盡的眾生相的現實史詩，也是一部主體不斷批判、戰鬥的心靈史詩，更是一部不斷發現真理和創造智慧的思想史詩。

　　敘事從根本意義上說，是一種人類對自我經驗的「書寫」。按照現代敘事學理論，敘事形式、結構是與人類如何來感知、整理和表現世界這樣的一整套「語法」、「句法」相對應的。因此，我們從魯迅小說的敘事形式來看，這種邊沿意識所帶來的潛在影響也是很深刻的。在我的閱讀中，曾經有兩個敘事特徵，引起了我的注意：一是，魯迅

41　魯迅：〈馬上支日記〉，《華蓋集續編》，《魯迅全集》（北京市：人民文學出版社，1981年）。

小說在敘事結構上經常呈現出「閉──開──合──沖」這種「摺扇」式結構。也就是說，魯迅往往是在小說一開始就點出了一個終局，接著，展開情節的敘述，然後又回到終局，最後又以一種不肯定的、遲疑的或掙扎的方式，沖宕開原有敘事的閉合性。我以為，《狂人日記》、《故鄉》、《祝福》、《在酒樓上》、《孤獨者》、《傷逝》，這些小說文本都比較明顯地體現了這種結構特徵。比如，《孤獨者》一開頭就是一句：「我和魏連殳相識一場，回想起來倒也別致，竟是以送殮始，以送殮終。」接著，作者敘述「我」與魏連殳的交往過程，然後，又回到「我」給魏連殳送殮這一終局來，最後，作者以這樣的一段話結尾：「我快步走著，彷彿要從一種沉重的東西中衝出，但是不能夠。耳朵中有什麼掙扎著，久之，久之，終於掙扎出來了，隱約像是長嗥，像一匹受傷的狼，當深夜在曠野中嗥叫，慘傷裡夾雜著憤怒和悲哀。我的心地就輕鬆起來，坦然地在潮濕的石路上走，月光底下。」比如，《在酒樓上》先是敘述「我」在酒樓上與呂緯甫的相遇，接著，是呂緯甫敘述自己這幾年來的經歷，然後，又回到「我」與呂緯甫在酒樓分別，結尾的一段與《孤獨者》很相似：「我獨自向著自己的旅館走，寒風和雪片撲在臉上，倒覺得很爽快。見天色已是黃昏，和屋宇和街道都織在密雪的純白而不定的羅網裡。」《傷逝》也是這樣的：一開頭，就是一句：「如果我能夠，我要寫下我的悔恨和悲哀，為子君，為自己。」這樣的話語應該是事情已經結束，又不可挽回時說的，但是，小說結構卻突兀而起。接著，作者敘述自己一年來與子君從戀愛到同居再到分離。最後，又是一段話：「我要向著新的生路跨進第一步去，我要將真實深深地藏在心的創傷中，默默地前行，用遺忘和說謊做我的前導……」在魯迅小說中，相近的敘事結構還能找到不少，這裡就不再一一列舉。但是，這裡要追問的是，這種「摺扇」式的敘事結構具有怎樣的意義呢？我以為，這首先是魯迅小說內在的一種敘事策略，他把一個人物的精神和心理變化放在一面

扇形的結構之中，其目的不僅要展示這種精神和心理形成或發展的過程性，而且要力圖更豐富，更多樣地展現造成這種心理和精神變化的社會、歷史、文化的諸多因素，及其主人翁與它們之間內在矛盾性、聯繫性。這既是由魯迅創作的時代語境所決定的，因為在那個轉型時代，對於一個主體來說，首先面臨的是多重社會關係和社會矛盾對他精神的牽制。這又是由魯迅的邊沿意識所決定的，因為，邊沿意識使得魯迅獲得一種在同時共存和相互作用的空間性的觀察範疇中思考、表現問題的能力。其次，在小說敘述結構中，那臨近結尾的一「合」，就如那打開的摺扇最後「刷刷」地合上，成了一個多層次的立體。這對於小說文本來說，則構成了一個獨立的世界，它的人物就生活在其中。文學史上，只有極少數的作家，可以說創造了自己的世界。然而，特別值得指出的是，魯迅小說敘事結構的最後，總存在突如其來的對原有閉合敘事結構的沖宕。我以為，這種沖宕，一方面賦予小說敘事以更強烈的動態感，敘述的流程由此而轉了個彎，但不知又流向何方……另一方面，這一沖宕也是作者主體精神意識的閃光，正是由於邊沿性的位置，為作家主體創造了一個可以面對面直觀的「它者」世界。如果說，小說前面的閉合型敘事是對這一「它者」世界的再現和再敘述。那麼，這最後的沖宕一筆是主體對「它者」世界的一種「照亮」。就在這一瞬間，他彷彿看見了自己的命運，看見了自己的過去與未來，也看見了自己的突圍希望。

在魯迅小說中「敘述人」的問題，也引起我很大興趣，在魯迅小說中，敘述人，無論是第一人稱「我」的敘述，還是第三人稱的他者敘述，「敘述人」常常表現出一種遲疑，困惑，猶豫不決的特徵，比如《孔乙己》中的「我」，《祝福》中的「我」，《傷逝》中的「我」等，這些「敘述人」看起來在他們的生活世界中都有些不自在、有些彆扭。這其中的獨特意味，已經引起研究者的興趣。這裡，我想從邊沿性意識的角度來做一些分析：由於作家的邊沿意識，他就獲得了一

種相對於他的世界的外位性。所謂的外位性，就是指作者極力處於他所創造世界的外在位置，包括空間上的，時間上的，價值上的以及涵義上的。[42]這樣，借助於這種外位性，一方面，作者能夠通過敘述人的視點，來描繪主人翁的外表、形象，身後背景。雖然，作者自覺地身處在主人翁的生活天地之外，但又能夠自由地創造主人翁的合理性的生活情節。另一方面，這種外位性，從更高的一層上看，作者又在敘述人之外創造了第二重視野，即敘述人本身又成了作者觀察的對象，作者可以與他展開對話、交往，或質疑他的價值立場或支持他。這樣就使得敘述人處在了主人翁與作者之間的尷尬位置，處於了一種不得不與作者的價值立場進行對話的過程性位置。敘述人的遲疑、困惑，反映了作家自身的思想與價值的對話性。敘述人不是作者的替身，他有自己的立場、視點，但他又不是與作者毫無聯繫的，而是積極地參與作者主體世界和價值立場的建構，這樣，敘述人可能就獲得一種反觀作者的第三重視野。[43]正是這種多重性、流動性的視野，帶給魯迅小說敘述人的複雜內涵。我以為，由於這種作者的邊沿意識和由此而形成的在敘事中的外位性，豐富了魯迅小說中的敘述人的內涵和意義。

三　從「邊沿」看「中間」：一種觀察角度的變換

直接從時間和空間的知覺形式這一維度，來切入魯迅思想和創作研究，儘管目前學術界有關這方面的成果並不多，但我以為，這將是一個新的研究生長點。事實上，為學術界所重視的「歷史中間物」意

42　〔蘇聯〕巴赫金：《巴赫金全集》（石家莊市：河北教育出版社，1998年），卷1，頁108。

43　〔蘇聯〕巴赫金：《巴赫金全集》（石家莊市：河北教育出版社，1998年），卷1，頁108。

識這一概念，就「暗合」著時間知覺這一維度。這一概念一提出，就表現出強勁的闡釋功能。但同時，也遭到不少的質疑和挑戰。因此，如何在反思這一概念的基礎上，建構起一個空間—時間的分析模式，是我接下去所要做的理論工作中，一個比較重要的思維關注點。應該說，最早提出魯迅的「歷史中間物」意識的研究者是錢理群。錢先生是在歷史—自我的關係框架內，闡述了這一概念的內涵：「無論是在二十世紀古老中國向現代中國（過渡）的歷史縱座標上，還是在由國別文化的封閉體系向世界文化開放體系過度的歷史橫座標上，魯迅都處於『歷史中間物』的位置。」[44]後來，汪暉則進一步地深化，豐富和發展了這一概念的內涵，並以此作為他的魯迅研究的重要的理論基石。他曾在《無地彷徨》〈自序〉中這樣說道：

> 〈歷史的「中間物」與魯迅小說的精神特徵〉一文，試圖在魯迅小說世界的複雜的精神特徵與魯迅內心世界之間找到關聯的紐帶。從方法上說，我的意圖在於把理解魯迅小說的重心從客體方面轉到主體方面，從而展現作品的心理內容。但這篇文章的主要貢獻卻是提出了「中間物」意識這一概念，並用以解釋魯迅對世界的感知方式……在我看來，「中間物」這一概念標示的不僅是魯迅個人所處的歷史位置，而且是一種深刻的自我意識，一種把握世界的具體感受世界觀。[45]

汪暉的這一創造性的成果，為中國魯迅研究開闢了一個全新的境界。[46]但是，必須指出的是，由於這一研究框架是建立在時間——歷史性這

---

44 錢理群：《心靈的探尋》（上海市：上海文藝出版社，1988年），頁16。

45 汪暉：《無地彷徨》（杭州市：浙江文藝出版社，1994年），頁7。

46 王富仁：《中國魯迅研究的歷史與現狀》（杭州市：浙江人民出版社，1999年），頁212。

樣縱向軸上。所以，它較多地討論的是魯迅與傳統文化內在的矛盾
性，魯迅自身道德感的矛盾性與悖論性。

就像「洞見」就在「不見」之旁一樣，我以為，這套闡釋概念，
還有許多值得質疑與反思的地方。

第一，汪暉對「歷史中間物」這一概念的闡釋，並沒有具體複雜
地提示出魯迅對傳統的時間知覺方式突破的本體性意義。而我以為，
正是這一內在本體性與「邊沿意識」，才真正體現了魯迅作為一個現
代思想家的「現代性」。傳統的時間知覺強調的是一種持續性和延綿
性。這種時間知覺，最具象化的自然是《論語》中的那句話：「子在
川上曰：『逝者如斯夫！不舍晝夜！』」在這種永恆流逝的時間知覺之
中，中國人又常常滲入了自己種種的生命體驗。陸機在〈歎逝賦〉中
就感慨道：「川閱水以成川，水滔滔而日度，世閱人而為世，人冉冉
而行暮。人何世而弗新，世何人之能故。」詩人張九齡在〈登荊州城
望江〉中，更是把這種感情抒發得悲愴萬分：「滔滔大江水，天地相
終始，經閱幾世人，復歎誰家子。」當然，我們更熟悉的當數蘇東坡
〈前赤壁賦〉中那段含義雋永、玄機四伏的對話。

　　　客曰：……「固一世之雄也，而今安在哉！況吾與子漁樵于江
　　　渚之上，侶魚蝦而友麋鹿，駕一葉之扁舟，舉匏樽以相屬。寄
　　　蜉蝣於天地，渺滄海之一粟。哀吾之須臾，羨長江之無窮。挾
　　　飛仙以遨遊，抱明月而長終。知不可乎驟得，托遺響於悲
　　　風。」
　　　蘇子曰：「客亦知夫水與月乎？逝者如斯，而未嘗往也；盈虛
　　　者如彼，而卒莫消長也。蓋將自其變者而觀之，則天地曾不能
　　　以一瞬；自其不變者而觀之，則物與我皆無盡也。而又何羨
　　　乎！……」

時間如流水，這是中國傳統時間知覺的一個典型的意象。在這種傳統的時間知覺中，時間具有強大的消融性，個體在時間面前，常常萌生無常感、空虛感。這正如王勃在〈滕王閣序〉中所說的：「天高地迥，覺宇宙之無窮；興盡悲來，識盈虛之有數。」也就是說，在傳統的時間知覺中，個體常常是被時間之流侵蝕著，被時間之流裹挾著，而沒有自己的位置。然在，在我看來，魯迅意識到自己是「中間物」，從根本上說，就突破了這種傳統時間知覺的對主體的消融性，從而為主體的存在找到「位置」，並由此展開了對歷史的否定、反思的力量和角度。更進一步說，「中間物」意識，由於在時間知覺的框架內確立和突出了主體存在的清醒而明確的「位置」意識，所以，傳統時間進程的特徵，在這裡，就變得完全不可能是彌合無間的，永恆流逝的。主體在意識到他的「位置」的那一瞬間，他就創造了自我的形象，就創造了反思過去，前瞻未來的能力，就獲得了對於短暫的自我生命的突圍。這就有如帕斯卡曾說過的：「人不過是一株蘆葦，自然界中最脆弱的東西，可是，他是會思想的蘆葦，要壓倒他，世界萬物不需要武裝起來，一縷水汽，一滴水，就能置人於死，可是，即使世界萬物將人壓倒了，人還是比壓倒他的世界萬物高出一等，因為他知道他會死，知道世界萬物在哪些地方勝過他。世界萬物卻一無所知。」[47]同樣，當主體一經意識到自己是一個無窮鏈條上的一個環節時，實際上，他就讓這一個環節握在了自己的手中，他就讓時間不能像過去那樣不留痕地過去，於是，他就以瞬間超越了永恆的流逝。所以，我以為，「歷史中間物」意識，並非單一指示著魯迅主體精神結構與傳統的內在的深刻聯繫，更重要的是，它標誌著一種超越性。也就是說，在其「此在」的瞬間，他能夠回憶，反思，前瞻和觀照，而就是這樣，他同時獲得了一種對時間的超越。我以為，如果我們看不到「歷

---

47 帕斯卡撰，何兆武等譯：《思想錄》（北京市：商務印書館，1997年）。

史中間物」意識這一概念中所內在的超越性力量的話，那麼，我們就不能說是全面、深刻地理解和闡釋了魯迅的這一概念的內在豐富性。

第二，我以為，「中間物」意識除了包含著自我——歷史這一個縱向的時間軸，還內含著自我——社會這樣一個橫向的空間軸。汪暉曾借用了湯因比的一段話：「這一個聯絡官階級具有雜交品種的天生不幸，因為他們天生就是不屬於他的父母的任何一方面」，「他們不但是『在』而不『屬於』一個社會，而是還『在』而『不屬於』兩個社會」。接著，他論述道：「魯迅不幸正隸屬於這『聯絡官階級』，而更其不幸的是，魯迅雖然『不屬於』其中任何一種文明或社會，無論是傳統中國還是現代西方，他恰恰又無法擺脫與這兩者之間的內在關聯。因此，他反傳統，又在傳統之中；他既倡導西方的價值，又對西方的野心保持警惕。」[48]由於堅持在縱向的時間軸上思考問題，所以，汪暉在揭示魯迅精神的悖論性時候，卻恰恰沒有看到，這種「在」而「不屬於」兩個社會的主體存在方式，事實上，是一種空間上的「邊沿性」。我以為，這種空間的邊沿性帶來的不僅僅是一種把過去的社會——文化——政治秩序視為一個整體並予以否定的「整體觀」的思維模式，更主要的是一種把崇高「抹平」化，把神聖俯就化，使中心的界限與距離不再存在的解構性的思維方式。對於立在邊沿的主體來說，世界就如一個虛擬的廣場，時間在這裡加冕、脫冕，神聖性在這裡被戴上假面，崇高卻由小丑來扮演。[49]在這裡，整個中國現代社會和歷史就成了一個交替與變更、死亡與新生的狂歡節。

第三，汪暉在「歷史中間物」意識的概念中，雖然揭示了魯迅精神結構中反抗絕望的偉大的悲劇感，但是正像「不幸的家庭各有各的不幸」一樣，這種悲劇感也有著它極其不同的內涵，而這一點恰恰為

---

48 汪暉：《反抗絕望》（上海市：上海人民出版社，1991年）。

49 參閱〔蘇聯〕巴赫金：〈拉伯雷的創作與中世紀和文藝復興時期的民間文化〉，《巴赫金全集》（石家莊市：河北教育出版社，1998年），卷6。

汪暉所忽視。我以為，如果說，這種立足於邊沿的意識也同樣具有一種與強烈自我否定與自我反觀的相伴隨的悲劇感的話。那麼，在我看來，這種悲劇感，更接近於加繆筆下的西西弗的悲劇感：風塵僕僕的西西弗受諸神的懲罰把巨石推上山頂，而石頭由於自身的重量，重新又滾下山去，西西弗只好重新下山，再一次地推上石頭，如此無限反覆。諸神以為沒有什麼比這更讓西西弗痛苦了，但是，西西弗卻堅定地走向那無窮無盡的苦難的山底與山頂的往返途程，他意識到了自己每一次勞作的悲劇，他意識到了自己勞作方式的荒謬。然而，他接受了命運所加於他的痛苦與荒謬。正是他意識到了這種荒謬，同時，他就成為自己的主人。「他超出了他自己的命運，他比他搬動的巨石還要堅硬。」「應該認為，西西弗是幸福的。」[50]我以為，正是由於邊沿性的位置，使得魯迅整個地照見了世界，正如紀德所說的「流動的水不是一面好鏡子，只有它停下來，才能照見自己」一樣，他在對象世界中也照見了自己，並因此而獲得心靈的超越與審美的寧靜。

第四，雖然「中間物」意識這一概念，由於過分地強調一種「悲觀主義」的認識觀，使得它對魯迅的某一種文本如《野草》具有很強大的闡釋力，但是，它又失去了對更多文本闡釋的功能。在我看來，魯迅的所有文本（包括小說、雜文、散文和翻譯、古籍整理）都是他心靈的產物，應該把它們作為一種整體性的思想存在和審美存在來看待，這正像我們在上面所分析的那樣，如果從邊沿意識的角度切入，也許就能獲得一種整體性把握和探討。

由於邊沿意識，使得主體自覺地獨立於時代思想、文化空間，所以，這就使魯迅能夠獲得一種對現代文化的同時性批判的敏感性和深刻性。以中國現代思想文化狀況來看，真正構成了對現代文化自身深刻的批判、反思力量，並不是那些處於主流思想的人物，而是那些處

---

50 〔法〕加繆撰，杜小真譯：《西西弗神話》（北京市：生活・讀書・新知三聯書店，1998年）。

於主流思想的邊沿性人物，如王國維、陳寅恪等人，而魯迅正是其中一位典範。我以為，邊沿意識所內在的對現代文化的同時性批判、反思的理論意義，在研究界還沒有引起足夠的關注。關於這一問題，將牽涉到一個更大的思想史的敘述架構，因此是另一個研究課題的內容了，那麼，本文就暫時到此結束吧。

戲擬

──《故事新編》的語言問題

　　魯迅曾說《故事新編》是「神話、傳說和史實的演義」。現有的研究成果幾乎把所依據的神話、傳說和史實以及穿插進去的現代生活的細節都能一一考證出來。在這裡，為了論述的方便，我把所依據的這些神話、傳說和史實界定為舊文本，把這些舊文本的語言稱為「他者」語言。「演義」說明了作者在創作時是與舊文本始終保持著一種特殊的關係。因此，我們在《故事新編》中總能感受到一種「他者」語言或隱或現的存在。問題的關鍵就在於：我們必須深入探討這些「他者」語言是按照一種怎樣的方式被組織進這部小說的文本之中？在這語言的再創造過程中，作家主體的心靈又是如何地賦予文本語言以一種新的意味？這又在文本語言形式內部構成一個怎樣的富有張力性的空間？這裡，我們便接觸到《故事新編》創作語言的一個很重要的特徵：戲擬。

　　每一種語言都是一個置身於具體語境的存在，並且與這一語境保持著特定的邏輯關係和指物述事的語義關係。[1]但是，當把一種語言從一種語境轉移到另一種語境時，不僅語言形式而且語言背後的「客體」和「意義」都可能發生變異。[2]比如，「作家」一詞肯定只能出現

1　〔蘇聯〕巴赫金：《巴赫金全集》（石家莊市：河北教育出版社，1998年），卷5，頁242。

2　〔蘇聯〕巴赫金：《巴赫金全集》（石家莊市：河北教育出版社，1998年），卷5，頁242。

在現代語境之中，但是，如果把這個詞移到一個古人之口，那麼，它就脫離了特定的「上下文」，它原來的含義就會發生變化，其結果，就使得它的語境變得不真實。如果這種不真實是作家有意為之的，那就可能成為一種戲擬。比如，在〈出關〉中，讓「提拔新作家」這一話語出自幾千年前的老子時代的一個「帳房先生」之口，這顯然是一種有意為之的不真實，是魯迅故意讓文本中的「帳房先生」模擬三〇年代出版商的口吻。除了這種有意為之的不真實外，語言要成為戲擬，還需要一個前提條件就是：在這模擬語言中，必須能夠聽出一種新的立場、新的意向，並且，這種新的意向往往是否定性的、諷刺性的。[3]比如，我們剛才所舉的〈出關〉中的這一例，就明顯帶有一種對出版商的諷刺的意味。

語言戲擬的種類是紛繁複雜的。不僅一個完整的話語，可以對之進行戲擬，任何文本中有意義的片段，甚至一個單詞，也都可以對之進行戲擬，只要我們在戲擬所生成的新文本空間中能夠聽出作家所賦予的一種新意向。另一方面，不同語體之間，不同社會階層的語言之間，也都可以進行戲擬。[4]比如，讓一個古人說英語，讓一個鄉下人講述一個充滿文學性想像的故事。還有，同一語境中的語言相互之間也可以進行戲擬。比如，讓一句相同的話在文本中重複一遍，就會產生新的意向，它們之間就可能構成戲擬的關係。

由於語言的戲擬，形成《故事新編》文本的一個重要特點：即一個文本同時存在著多層意向——人物的意向、舊文本的意向與作家的新意向，這構成一種你中有我、我中有你，新舊交叉、重疊、衝突、變異的眾聲喧嘩的語言空間。就像要進入一座房子，先得找對門一樣，如果不理解文本的這些特點，或者僅僅是用普通的詞彙學、語義學和修辭學去分析它們，就可能把《故事新編》語言創造性的地方指

3　〔蘇聯〕巴赫金：《巴赫金全集》（石家莊市：河北教育出版社，1998年），頁242。

4　〔蘇聯〕巴赫金：《巴赫金全集》（石家莊市：河北教育出版社，1998年），頁242。

責為一種語法上的錯誤，或者把這種語言形式內部的豐富的意味理解成一種簡單的修辭。──如果是這樣的話，那麼，對文本的解讀，就只能是四處碰壁，遑論登堂入室。

上篇　戲擬的類型分析[5]

一

從文本語言內部的意向關係的角度來看，《故事新編》中語言戲擬的形態可以分成兩種類型：一種是單一指向的戲擬。也就是說，作家在對「他者」語言進行虛擬時，其目的是重在擬，從表層上看，作者所賦予的新意向與它在舊文本中的意向基本上是一致的。比如，〈非攻〉中語言幾乎就是《墨子》〈公輸〉語言的現代漢語版，作者用平靜的敘述語言對《墨子》中有關的部分進行再創作，在這一再創作的過程中，雖然作者並沒有賦予這些語言以一種強烈、鮮明的諷刺意味，但是，在深層的審美再創造上，語言的戲擬在這裡承擔的是一個審美化功能：墨子在《墨子》〈公輸〉的文本語境中只不過作為墨家思想的代表，一個思想的符號，而不是一個藝術形象。從《墨子》〈公輸〉到〈非攻〉，語言戲擬的具體表現，首先是創造了一個小說的文本語境，即把文本從一種哲學典籍轉化為一種具有充分審美內涵的小說文體形式。其次，使墨子從一種符號化的存在轉化為一個具有血肉和生命力的審美形象。更重要的是，在這一虛擬過程中，語言內部已經滲透著作家主體豐富的感受、個性和精神力度。在〈非攻〉中，此時的墨子是活動、行走在一個被魯迅心靈和審美之光照亮的文

5　這一節的寫作，我很大程度上得益於巴赫金對陀思妥耶夫斯基小說語言的研究。可　參閱〔蘇聯〕巴赫金：《陀思妥耶夫斯基詩學問題》（北京市：生活・讀書・新知三　聯書店，1988年）；《巴赫金全集》（石家莊市：河北教育出版社，1998年），卷5。

本世界中。如果沒有這種心靈和審美之光的照亮，那麼，這種戲擬可能就落入一種單純、平凡、呆板的模仿性的語言窠臼中。應該指出，在這一類型的戲擬中，《故事新編》文本中所特有的否定性、諷刺性的意味並不突出。

二

《故事新編》的創作語言中另一種更大量、也更重要的戲擬類型，是一種具有雙重指向的戲擬。即作者在類比或虛擬「他者」語言時，賦予了「他者」語言以一種新的意向，並且這種新意向同「他者」語言中原來的意向完全相反。其結果是，一種語言形式的內部竟含有兩種不同的語意指向，含有兩種聲音。這兩種不同意向在同一個語言形式結構內部的矛盾衝突，就使得這種語言形式的意味、層次和表現力更加豐富。[6]這是《故事新編》創作語言中最值得分析、探討的語言形式。

這一類型的戲擬《故事新編》中，可以分成下面幾種細類：

（一）模擬他人話語而改變其意向[7]

每一種語言雖然是由詞彙、語法等因素結構而成的，但它同時又具有其自身的語體特徵[8]：或典重，或嫻雅，或飄逸，或艱澀。而這種語體特徵的生成和確定，需要一種大家所共同約定的對語言的認識、接受、判斷的標準來支撐著。如果這些共同約定的前提被有意加

6　參閱〔蘇聯〕巴赫金：《陀思妥耶夫斯基詩學問題》（北京市：生活・讀書・新知三聯書店，1988年），第五章。

7　〔蘇聯〕巴赫金：《巴赫金全集》（石家莊市：河北教育出版社，1998年），卷5，頁265。

8　〔蘇聯〕巴赫金：《巴赫金全集》（石家莊市：河北教育出版社，1998年），卷5，頁265。

以置換的話，那麼，它的語體特徵就可能發生變異。「典重」可能就變為一種虛假的空洞，「嫻雅」就可能會成為一種濫俗。比如，《補天》中有這樣的一段語言：

> 「嗚呼，天降喪。」那一個便淒涼可憐的說，「顓頊不道，抗我後，我後躬行天討，戰於郊，天不祐德，我師反走，……」
>
> 「什麼？」伊向來沒有聽過這類話，非常詫異了。
>
> 「我師反走，我後爰以厥首觸不周之山，折天柱，絕地維，我後亦殂落。嗚呼，是實惟……」
>
> 「夠了，夠了，我不懂你的意思。」伊轉過臉去了，卻又看見一個高興而且驕傲的臉，也多用鐵片包了全身的。
>
> 「那是怎麼一回事呢？」伊到此時才知道這些小東西竟會變這麼花樣不同的臉，所以也想問出別樣的可懂的答話來。
>
> 「人心不古，康回實有豕心，覦天位，我後躬行天討，戰於郊，天實祐德，我師攻戰無敵，殛康回於不周之山。」
>
> 「什麼？」伊大約仍然沒有懂。
>
> 「人心不古，……」

這段話中的幾處文言是類比《尚書》語言。《尚書》意即「上古帝王之書」，《史記》〈孔子世家〉中就說到孔子修《書》。自漢以降，《尚書》一直被視為中國封建社會的政治哲學經典，既是帝王的教科書，又是貴族子弟及其士大夫必遵的「大經大法」，在歷史上影響頗深。[9]其語言充滿著古奧、典重、尊嚴之風。但是，我們在〈補天〉中的這段類比的語言裡，卻分明能感受到一種油滑、嘲諷的意味。

　　現在，我們必須來分析一下這種油滑、嘲諷的意味是如何產生

9　參閱《中國大百科全書》（北京市：中國大百科全書出版社，1986年），《中國文學卷》「尚書」條目。

的？作者在創作中對所類比的語言的內在形式又做了怎樣的改造？我以為，首先是作者有意突出說話者的神情、語態，如文本中分別寫道：「那一個便淒涼可憐的說」、「又看見一個高興而且驕傲的臉」。這樣就在無形之中襯托出說話者在語氣中所流露出來的懷疑、憤慨、諷刺、嘲笑、挖苦的不同意味。其次，作者有意誇大女媧與「他者」在對話時的隔膜，比如，文本中寫道：「『什麼？』伊大約仍然沒有懂。」就在這種有意誇大的語言創作中，表示出一種笑謔和諷刺的意味。再次，作者有意把兩段針鋒相對，相互駁難的話語放置在同一個語境，讓它們互相指涉、互相對立。比如，從這兩段話語中可以發現，兩方都指責對方「無道」，都標榜自己是替天行道和合法性，這樣把它們放在同一語境中，就讓它們自身構成一種相互質疑的矛盾性，從而達到一種自我反諷的效果。——就是通過這三種形式的操作，所類比的語言形式的典重、尊嚴、古奧的外衣漸漸剝落，顯露出一種斑駁、古怪的特徵來。這樣，作家所有意要在字裡行間滲透的「油滑」、「嘲諷」的意味，就在不知不覺中得以生成，使得整個文本充滿耐人尋味的語言魅力。

（二）轉述他人語言而改變其意向[10]

這種語言形式在《故事新編》中有諸多的表現。當把一個人口中說的話移用到另一個人口中，雖然內容依舊，但其中的語調和潛臺詞可能卻變了。比如，〈奔月〉中「去年，就有四十五歲了」以及下文的「若以老人自居，是思想的墮落」等語，都是引自高長虹的一篇文章〈1925北京出版界形勢指掌圖〉：「須知年齡尊卑，是乃祖乃父們的因襲思想，在新的時代是最大的阻礙物。魯迅去年不過四十五歲……如自謂老人，是精神的墮落！」又如下文「你真是白來了一百多

10　〔蘇聯〕巴赫金：《巴赫金全集》（石家莊市：河北教育出版社，1998年），卷5，頁265。

回」，也是針對高長虹在這篇〈1925北京出版界形勢指掌圖〉中自稱與魯迅「會面不只百次」的話而說的。「即以其人之道，反諸其人之身」，是引自高長虹的《公理與正義的談話》：「正義，我深望彼等覺悟，但恐不容易吧！公理：我即以其人之道反諸其人之身。」還有，「你打了喪鐘」，是引自高長虹的《時代的命運》：「魯迅先生已不著言語而敲了舊時代的喪鐘。」「有人說老爺還是一個戰士」，「有時看去簡直好像藝術家」，也是從〈1925北京出版界形勢指掌圖〉中引來：「他（按，指魯迅）所給與我的印象，實以此一短促的時期（按，指一九二四年末）為最清新，彼此時實為一真正的藝術家的面目，過此以往，則遞降而至一不很高明而卻奮勇的戰士的面目。」[11]魯迅在一九二七年一月十一日致許廣平的信中提到〈奔月〉時，說道：「那時就作了一篇小說和他（指高長虹）開了一些小玩笑。」從這些考證出來的材料可以看出，小說中有許多地方是轉述高長虹當年誹謗魯迅的語言。在這裡，魯迅對這些語言進行了一個微妙的戲擬：在〈奔月〉中，讓這些語言分別出自老太太、逢蒙、嫦娥、女乙之口，而這些人物在〈奔月〉中又都是扮演著喜劇性的角色，充滿著欺騙、背信、怯懦的性格特徵。同時，在語境的創造上，作者又有意讓這些言語都在一種尷尬、失敗的困境中說出，語調中帶著強詞奪理、無事生非的意味。於是，就是通過這樣的一種微妙的語言戲擬，魯迅既生動地完成了對筆下的喜劇性人物的勾畫，同時，在充滿著戲謔、滑稽的語言類比中，也把高長虹的惡意攻擊的行徑含蓄地漫畫化了。

　　這裡，必須指出的是，與上述的第一種類型相比較，雖然，這也是一種有意錯移言語的承擔者、指稱者和時空形式的戲擬。但是，〈奔月〉中這種戲擬並非單純地依靠語境的變化，而是直接以語言形式的扭曲、怪異來對我們的閱讀產生衝擊力。它打破了語言敘述的一

---

11 轉引自〈奔〉注釋8，《魯迅全集》（北京市：人民文學出版社，1981年），卷2，頁369-370。

般表現形式，使語言變得陌生化。因為每一個話語都在一定的句法規範和語義水準上結合起來，一旦偏離這些格式，動搖了這些語言所置身的特定的上下文的邏輯關係，這些語言就會變得陌生起來。[12]比如，我們在閱讀〈奔月〉時，我們會一下子被這些戲擬的語言弄得莫名其妙，總感覺到小說中這幾句話有些彆扭、怪異，這就造成閱讀障礙，迫使我們不得不停下來追問：這種怪異、彆扭的語言感覺從哪裡來？就是在這種對語言的體味、追問中，加深了我們對文本意味的感悟和解讀。

(三) 諷擬性的講述體[13]

　　講述體語言是小說中塑造和表現人物性格一個重要的方式。講述體語言的特徵與講述者的身分、個性等主體性因素是密切相關的。如果，一個講述者在使用自己的語言時，表現出與自我主體性相背離的特徵，那麼，這其中就會有一種新的意味在悄然生成。[14]

　　比如，〈采薇〉中阿金講述伯夷、叔齊之死的一段話：

> 「老天爺的心腸是頂好的」，她說。「他看見他們的撒賴，快要餓死了，就吩咐母鹿，用它的奶去餵他們。您瞧，這不是頂好的福氣嗎？用不著種地，用不著砍柴，只要坐著，就天天有鹿奶自己送到你嘴裡來。可是賤骨頭不識抬舉，那老三，他叫什麼呀，得步進步，喝鹿奶還不夠了。他喝著鹿奶，心裡想，『這鹿有這麼胖，殺它來吃，味道一定是不壞的。』一面就慢

---

12 參閱〔蘇聯〕巴赫金：《陀思妥耶夫斯基詩學問題》（北京市：生活・讀書・新知三聯書店，1988年），第5章。

13 〔蘇聯〕巴赫金：《巴赫金全集》（石家莊市：河北教育出版社，1998年），卷5，頁265。

14 〔蘇聯〕巴赫金：《巴赫金全集》（石家莊市：河北教育出版社，1998年），卷5，頁265。

慢的伸開臂膊，要去拿石片。可不知道鹿是通靈的東西，它已
經知道了人的心思，立刻一溜煙逃走了。老天爺也討厭他們的
貪嘴，叫母鹿從此不要去。您瞧，他們還不只好餓死嗎？那裡
是為了我的話，倒是為了自己貪心，貪嘴呵！……」

這段語言逼真、生動地類比了粗俗女僕阿金的口吻。現在，我們有必
要來分析一下這段講述體語言的諷刺意味又是如何產生的？──通過
下面的解讀，我們將不得不驚歎魯迅在語言創作上的驚人的創造力。

　　第一，從文本中可以看出，阿金是個粗俗的鄉下女人，然而，她
在講述伯夷、叔齊之死時，卻充滿著一種只有文學家才會有的想像力
和文采，這顯然是作者有意賦予她的，就在這種與其想像力極不相稱
的講述中，勾畫出阿金的幸災樂禍的醜態。在對這一段文本語言的解
讀中，我們眼前彷彿躍出一位鄉下女子，她生動地比劃著，而且唾沫
四濺。

　　第二，阿金是極其迷信，在她的語調中不是充滿著對上天的虔誠
嗎？然而，我們細細一讀，就會發現，在阿金的想像中，上天的賜福，
不過就是「用不著種地，用不著砍柴……」這些安逸、享樂的事而
已。阿金試圖假借上天的名義來誹謗伯夷、叔齊之死，為自己開脫。

　　第三，在阿金的講述中，一個人的死亡彷彿是毫不可怕的，伯
夷、叔齊的「殉節」，在阿金看來，只不過是一種「惡趣」。阿金是按
照自己心中的欲望來想像伯夷、叔齊之死。關於「叔齊想殺鹿吃」的
說法和想像，也只不過是阿金自己心中所想的美事罷了。

　　第四，就是這樣一個粗俗、迷信的鄉下女人，在她講述伯夷、叔
齊的死亡時，彷彿有一種比這二者更高的精神和道義上的優越感，對
自己的誹謗、污蔑的行徑卻毫不知恥。這使我不禁想起魯迅的另兩篇
文章〈阿金〉和〈瑣憶〉中的「阿金」和「衍太太」。現實生活中，
類似的人，類似的語調、口吻、神態，我們不是時常都能見到、聽到

嗎？不是有許多人往往把自己最醜惡、濫俗的欲望、貪求假借著正
統、嚴肅的旗號而橫行嗎？在生活中，我們不是時常能遇到像阿金式
的捕風捉影、栽贓、污蔑嗎？這是一種多麼可怕的精神缺陷，它幾乎
充斥著生活的每一個場合，甚至我們自己的靈魂，冷靜一想，不禁讓
人不寒而慄。

（四）人物作為諷擬的對象時的語言[15]

當作者描述一個人物的語言時，若有意誇大人物的神態、口吻，
那就會形成戲擬。[16]這種戲擬的語言形式最典型的莫過於〈理水〉中
的描寫文化山上學者們的一段語言了：

> 「禹來治水，一定不成功，如果他是鯀的兒子的話」，一個拿
> 拄杖的學者說。「我曾經搜集了許多王公大臣和豪富人家的家
> 譜，很下過一番研究功夫，得到一個結論：闊人的子孫都是闊
> 人，壞人的子孫都是壞人——這就叫作『遺傳』。所以，鯀不
> 成功，他的兒子禹也一定不會成功，因為愚人是生不出聰明人
> 來的！」
> 「O‧K!」一個不拿拄杖的學者說。
> 「不過您要想想咱們的太上皇」，別一個不拿拄杖的學者說。
> 「他先前雖然有些『頑』，現在可是改好了。倘是愚人，就永
> 遠也不會改好……」
> 「O‧K!」
> 「這這些些都是廢話」，又一個學者吃吃的說，立刻把鼻尖脹

---

15 〔蘇聯〕巴赫金：《巴赫金全集》（石家莊市：河北教育出版社，1998年），卷5，頁
266。

16 〔蘇聯〕巴赫金：《巴赫金全集》（石家莊市：河北教育出版社，1998年），卷5，頁
266。

得通紅。「你們是受了謠言的騙的。其實並沒有所謂禹，『禹』是一條蟲，蟲蟲會治水的嗎？我看鯀也沒有的，『鯀』是一條魚，魚魚會治水水水的嗎？」他說到這裡，把兩腳一蹬，顯得非常用勁。

「不過鯀卻的確是有的，七年以前，我還親眼看見他到崑崙山腳下去賞梅花的。」

「那麼，他的名字弄錯了，他大概不叫『鯀』，他的名字應該叫『人』！至於禹，那可一定是一條蟲，我有許多證據，可以證明他的烏有，叫大家來公評……」

這裡，作家對那些自詡為學者的人物的語氣、聲像、神態都進行了惟妙惟肖的戲擬。如果進一步來解讀這種微妙的戲擬，那是相當有意思的。

　　作者首先有意使文本中的語言成色混雜。比如，出現了像「O‧K」這樣的英語單詞，這種語言成色的有意混雜，一方面暗示了文本中的語言使用者是具有某種特定的身分、背景的知識者，另一方面含蓄地諷刺了說話者的一種洋化的媚態。其次，作者故意把文本中的語義邏輯簡單化：比如，文中說「闊人的子孫都是闊人，壞人的子孫都是壞人——這就是叫作『遺傳』」。「遺傳」作為一種科學術語是有其特定的內涵、外延和理論表述方式。然而，在這裡卻是以一種最簡單、直接的邏輯關係表述出來。顯然，這種簡單的表達方式與這些學者自詡為「很下過功夫研究」是極不相稱。這就使我們頓生一種恍然大悟之感：原來這些自詡為很下過功夫研究的學問家們，也不過得出一個「老掉牙」的歪理罷了。第三，有意誇大語言形式內部的親近感。比如，「咱們的太上皇」，他先前有些「頑」。「頑」是大人對小孩所用的口吻，然而，這裡說的卻是「太上皇」，況且又是「咱們的」，在故作親近的語氣裡透出一種獻媚、卑怯的神態。文本中的這種有意

對人物語言的誇張、變形，就使得語言本身充滿肖像感，人們只要一
讀到這些語言，就能油然而生一種對這語言主體的想像、勾畫。因
此，單純的類比，可能只會使文本陷入一種平實、沉悶的氛圍，而只
有這種獨特的戲擬，才可能使文本煥發出形象和生命的藝術魅力，才
可能使文本從簡單、低下的逗樂打趣，昇華為審美創造。

（五）語言形式的重複而達到自身的戲擬[17]

　　相同的語言形式重複出現在同一語境中，就可能產生一種戲擬關
係。[18]比如，〈出關〉中有這樣一段語言：

> 老子毫無動靜地坐著，好像一段呆木頭。
> 「先生，孔丘又來了！」他的學生庚桑楚，不耐煩似的走進
> 來，輕輕的說。
> 「請……」
> 「先生，您好嗎？」孔子極恭敬的行著禮，一面說。
> ……
> 老子也並不挽留他，站起來扶著拄杖，一直送他到圖書館的大
> 門外。
> 孔子就要上車了，他才留聲機似的說道：
> 「您走了？您不喝點兒茶去嗎？……」
> 孔子答應著「是是」，上了車，拱著兩隻手極恭敬的靠在橫板
> 上，冉有把鞭子在空中一揮，嘴裡喊一聲「都」，車子就走動
> 了。待到車子離開了大門十幾步，老子才回進自己的屋裡去。

17　〔蘇聯〕巴赫金：《巴赫金全集》（石家莊市：河北教育出版社，1998年），卷5，頁
　　266。
18　〔蘇聯〕巴赫金：《巴赫金全集》（石家莊市：河北教育出版社，1998年），卷5，頁
　　266。

這段描寫老子接見和送走孔子的語言在〈出關〉中原封不動地重複了兩遍。這顯然是一種有意為之的語言表現方式，這種重複所產生的新的意味，是很值得我們仔細加以揣摩、回味的。雖然在表層上，這兩段語言形式毫無任何變化的痕跡，這一前一後，講的都是同樣的話，但是，話語中所含的情感、態度是截然不同的，所以，越是這樣一種近乎木訥、不動聲色的重複，越是暗示著其中必定有更豐富的意味在生成。這樣，就促使我們努力穿透表層的語言形式，去捕捉、把握其內在的意義。這種有意為之的重複，就是通過語言形式內部的情感在不同語境中的變化、反差，來構成一種對自身的反諷。這是一種十分微妙的審美把握，我們在解讀過程中，經常是很輕易就忽略文本中的這樣一些語言片段。事實上，一個文本，就像一張完美的構圖，其中每一個色塊都是這種完美的一部分。同時，也共同創造了這種完美感。所以，對一個偉大作家的文本的解讀，如果僅僅是拘泥於語言形式的表層，似乎是不夠的，還必須有回味，有聯想。也就是說，既要有高峰遠望、意氣浩然的想像力境界，又要有曲澗尋幽、精微雋永的感受力。這就是我在對《故事新編》文本解讀過程中所獲得的切身感受。

（六）語言的象聲戲擬[19]

這在《故事新編》中相當常見，比如，《補天》中出現了「Nga! Nga」、「Akon，Agon」、「Uvu，Ahaha」，《理水》中有「好杜有圖」、「古貌林」等莫名其妙的象聲詞。這些象聲戲擬表現出一種共同的特徵：故意通過語義的含混、消解，使說話者的表達淪為一種無意義的純音響形式，從而構成對說話者精神存在的嘲弄。試想，如果一個人的說話僅僅是為了發出一連串毫無意義的聲響，那麼，這種表達就可能是純粹的生理的需要。而語言是我們思維的直接現實，是一種人的

---

19 〔蘇聯〕巴赫金：《巴赫金全集》（石家莊市：河北教育出版社，1998年），卷5，頁267。

主體性的重要表徵，這些空洞的聲音，只能是出於空洞的心靈。這裡，我著重解讀了〈起死〉中的一段象聲戲擬：

> 天地玄黃，宇宙洪荒。日月盈昃，辰宿列張。
> 趙錢孫李，周吳鄭王。馮秦褚衛，姜沈韓楊。
> 太上老君急急如律令！敕！敕！敕！

顯然，這裡的語言形式表層上是一種對道教咒語的戲擬，對於咒語來說，語言的聲調、節奏是儀式中最重要的形式構成，語義是無關緊要的。但是，有意思的是，這一咒語的語言全是引自《千字文》、《百家姓》，而這兩本書則是儒家教育的開蒙讀本。這種把這兩本書有意地糅進咒語中，並戲擬了咒語的聲調，就潛在地構成了對儒家教育經典的一種含蓄而又深刻的反諷。

　　以上我們所分析的《故事新編》文本語言的戲擬類型，僅僅是為了研究的方便而加以區分開來的。事實上，只要仔細地解讀，就會發現，在《故事新編》的文本中，這些戲擬的語言類型經常是在同一語境中或者同時出現，或者相互結合、交叉、重疊，從而組成更大型的戲擬，表現出更活躍的活動能力、變化能力和滲透能力，它們共同創造了《故事新編》文本語言的獨特的風格和韻味。

三

　　隨著戲擬的類型的不同，《故事新編》語言戲擬的深度也有不同：一種是把「他者」語言作為一種特殊的風格來加以戲擬。[20]對於

20　〔蘇聯〕巴赫金：《巴赫金全集》（石家莊市：河北教育出版社，1998年），卷5，頁268。

這種類型的戲擬語言，我們一眼就能看出它是在效仿或師法某個人或某一特殊風格類型的語言。比如，〈補天〉中「小東西」背誦如流地說道：「裸裎淫佚，失德蔑禮敗度，禽獸行。國有常刑，惟禁！」這是戲擬《尚書》「訓」中的那種「詰屈聲牙」、古奧難懂的語言風格。然而，其諷刺的意味則是通過對這種語言風格的折射而呈現出來的：「訓」在《尚書》中多指臣勸導、進諫君主的話，其語氣總是遲緩、拘謹的。而〈補天〉中「小東西」說它時，卻是「背誦如流」，這說明對言語者來說，這段話僅僅是掩飾性的，他根本就不關注說話的對象是誰，他之所以要如此堂而皇之地說道，僅僅是為了掩飾自己心靈的醜態，這就對語言自身的風格構成一個反諷。另一方面，從語義的角度來看，這段話說明的是自己對禮教的維護，然而說這段話的人卻是一個裸體而帶有肉欲的形象，這樣，語義自身也構成一個反諷。隨著我們解讀的深入，就會發現，文本中的反諷筆觸也隨之從語言形式、風格掘進到背後、深層的潛意識活動中去，帶給我們的是一種從「此言」悟到「此人」、「此心」的審美的縱深感。

　　在文本中，戲擬的另一種深度就是戲擬人物觀察、思考和說話的方式、格調。[21]比如〈理水〉有這樣的一段對話：

　　　　「呸，使我的研究不能精密，就是你們這些東西可惡！」
　　　　「不過這這也用不著家譜，我的學說是不會錯的。」鳥頭先生更加憤憤地說。「先前，許多學者都寫信來贊成我的學說，那些信我都帶在這裡……」
　　　　「不不，那可應該查家譜……」
　　　　「但是我竟沒有家譜」，那「愚人」說。「現在又是這麼的人荒

21　〔蘇聯〕巴赫金：《巴赫金全集》（石家莊市：河北教育出版社，1998年），卷5，頁270。

馬亂，交通不方便，要等您的朋友們來信贊成，當作證據，真
也比螺螄殼裡做道場還難。證據就在眼前：您叫鳥頭先生，莫
非真的是一個鳥兒的頭，並不是人嗎？」

「哼！」鳥頭先生氣忿到連耳輪都發紫了。「你竟這樣的侮辱
我！說我不是人！我要和你到皋陶大人那裡去法律解決！如果
我真的不是人，我情願大辟——就是殺頭呀，你懂了沒有？要
不然，你是應該反坐的。你等著罷，不要動，等我吃完了炒
麵。」

鳥頭先生作為一個「學者」，他說話的內容、方式、格調，總是「三
句不離本行」，語言中不斷夾雜著諸如「家譜」、「學說」等字眼。並
且，總喜歡列舉證據來說明自己所說的正確性、嚴密性，比如，「先
前……」；總喜歡運用解釋性的句子，如，「就是殺頭呀！你懂了沒
有？!」並且，多用複合句式，「如果……」、「要不然」，這樣的說話
方式只能出自有知識和文化的人們之口，並且，說話中總是表現出相
應的思維方式和表達情緒的方式，比如，在鄉下人面前，鳥頭先生自
覺自己是上等人，所以，在氣急敗壞時，總是運用威逼、命令的言
語，如「你等著罷」。然而，對鄉下人來說，他說話的內容和方式，
又總是從自己的一種相當簡單、樸素的生活經驗出發，比如「比螺螄
殼裡做道場還難」。並且，他運用的也多是一種直接、簡單的邏輯推
理。這段簡短的對話，就把鳥頭先生和鄉下人各自的說話方式、思維
方式相當傳神地勾勒出來。除此之外，〈出關〉中有一段「方言」戲
擬，也很能說明《故事新編》文本語言的這種戲擬的深度。

「來篤話啥西，俺實直頭聽弗懂！」帳房說。
「還是耐自家寫子出來末哉。寫子出來末，總算弗白嚼蛆一場
哉口宛。阿是？」書記先生道。

這是對吳方言的戲擬：一方面，活脫脫地把帳房先生和書記先生那種企圖與老子拉近乎、故作親密的神態勾勒出來。從我們日常的生活經驗，就可以知道，如果對一個陌生的對象說方言，其意味就表示把別人作為同鄉或自家人來看待。另一方面，帳房和書記先生這時心理是既想請求老子把所講的內容寫出，但又有點兒看不起他。但是，此時老子畢竟還是上司的客人，還是不可輕易怠慢的。所以，他就用方言的方式來達到自己那種既想發洩又能掩飾的意圖。魯迅就是借助這樣微妙的戲擬，使讀者讀到此處，會有一種會心一笑的愉悅。所以，我在對《故事新編》文本語言的解讀過程中，常常會獨自發笑，為這些語言的妙處、創造性而擊掌稱絕。

四

在我看來，任何一種文本的語言分析，都不能僅僅停留在技術性的剖析層面，而是應該由此進入對作家藝術創造性的闡釋和說明。可以看出，在《故事新編》的語言創造過程中，那些舊文本的「他者」語言，對魯迅來說，既是一種豐富的源泉，同時也是一種挑戰。雖然，魯迅對語言的感受總是具體、生動的，總是富有自己的方式。但是，在《故事新編》的創作過程中，他卻不得不處於舊文本語言和新文本語言的交相輝映的語言空間中。對於他來說，這種創作的語言空間是雙重的：一方面，新舊文本語言的交互層累，相互啟動，可能會為作家的創作提供一種豐富的語言資源。然而，另一方面，他也可能遭遇到更大的挑戰。即他很可能會在這種相互攝入的鏡像式的語言空間中，變得頭暈目眩，而喪失了自己的語言個性。可以說，選擇戲擬的方式，就成為魯迅此時創作的最成功的途徑：一方面，保持「擬」於「戲」之中，使得自己與舊文本語言保持著適當的、可調節的位置，即在「新」編中沒有喪失「故」事的意味。另一方面，借助於

「戲」，即作家主體思想、情感、態度的積極投射、滲透，使「擬」變得生動起來，使得「故」事中充滿「新」的氣息、新的意味和新的生命。正是這樣，在《故事新編》的創作中，魯迅作為詩人的感受力、想像力，學者的廣博，思想家的精深得到最為完美的結合。如果失去其中的任何一方面，那麼，《故事新編》就可能變成另外的模樣。

下篇　戲擬與魯迅晚年的思想、心靈

一

　　巴赫金曾指出：每一位作家對於語言都有自己獨特的感受方式，都有自己特殊的採擷語言的手段和範圍。然而，並非僅此而已，更重要的是，一個作家的語言表達方式是根源於他所獨特的思考和感受方式，他觀察和理解自己和周圍世界的方式。在他的語言形式的背後，我們能觸知到那活生生的具體跳動著的心靈節拍。完整圓滿、從容鎮定的語言是最難於同那種混亂恐怖、惶惑不定的心靈合拍的。而在那扭曲、分裂的敘述語言中，掙扎的一定是個陰沉、痛苦、絕望的靈魂。[22]維特根斯坦曾把語言看作是在每一點上與我們的生活，與我們活動相互滲透的東西。因此，當我們研究語言時，實際上是在研究一個作家主體的經驗結構。[23]我以為，如果我們從《故事新編》語言形式的戲擬這一角度切入，那麼，將會對魯迅晚年的思想、心靈獲得一種更豐富、更複雜的解讀。

　　張承志曾以一個作家的敏感把握到了「讀《故事新編》會有一種

22　〔蘇聯〕巴赫金：《巴赫金全集》（石家莊市：河北教育出版社，1998年），卷5，頁269-270。

23　維特根斯坦：〈美學講演錄〉，《二十世紀西方美學經典文本》（上海市：復旦大學出版社，2000年），卷2。

生理的感覺，它決不是愉快的」。[24]是的，在那種戲擬的語言形式中，
我們分明能體味到一種作家對世界和人的存在的苦澀、無奈的荒誕
感。儘管這是我們在每一個文本中都能清晰地感受到的，但是，當我
把《故事新編》中的八個文本串接起來，進行連續性解讀時，有一個
現象漸漸地引起了我的注意：我曾把《故事新編》中創作於晚年的五
篇小說按創作時間順序重新排列了一下：〈非攻〉（1934年8月）──
〈理水〉（1935年11月）──〈采薇〉、〈出關〉和〈起死〉（1935年12
月）。我突然發現，從〈非攻〉到〈起死〉，文本中語言戲擬的類型、
方式在不斷地強化，到了〈起死〉，語言的戲擬則達到最張揚。這
時，不僅語言形式是戲擬的，甚至體裁形式本身也走向戲擬，它不得
不採用了戲劇形式。在〈非攻〉中，戲擬語言是間歇性地出現在文本
平靜的敘事語式中。到了〈理水〉，則一掃那種平淡敘事的語調，戲
擬語言從頭到尾包圍著主人翁大禹的語言，並且表現出一種毫不掩飾
的誇張、喧嘩，但是，這時表現主人翁大禹的語言，在文本中還是保
持著相當的清醒和理智的格調。到了〈采薇〉、〈出關〉、〈起死〉，表
現主人翁的語言就完全戲擬化了。從〈非攻〉到〈起死〉，在語言形
式的戲擬不斷強化的深層，我們彷彿觸知到作家的越來越急躁不安的
心靈節拍，我們彷彿看到了作家的心靈在努力而絕望地力圖衝破戲擬
語言的荒誕感的包圍。然而，我們越是在全面的戲擬中，越是看到作
家在這種痛苦的掙扎中陷得越深。這裡，我們就接觸到了魯迅晚年創
作的一個隱秘的心理動因：為什麼在停止小說創作近十年之後，魯迅
又提起筆來創作小說呢？同時，值得注意的是，後四篇小說是在一個
很短的時間內創作出來的。魯迅在談自己創作時，曾說過：「人感到
寂寞時，會創作。」所以，在這個意義上說，《故事新編》的創作顯
示了魯迅晚年的一次獨特的生命體驗和文學要求。在現實的種種境遇

24 張承志：〈與先生書〉，《荒蕪英雄路》（北京市：中信出版社，2008年）。

中，使得魯迅感受到生存的荒誕，於是，他試圖通過寫作的方式和一種價值認同來排遣這種不可重負的感受。寫作本身就如一面鏡子，使他能夠從現實生活的不可逆轉的流逝中抽身出來，獲得瞬間的觀照，以便能夠更清晰地照見自己的面容，使自己內心深處的一些混亂的情緒、朦朧的感受得以比較清晰、完整的浮現，並從中獲得一種自我認同的價值立場，但是，如果這種寫作的觀照，使他更清楚地看到的卻是一種更實在的荒誕和虛無，那麼，這將是多麼可怕的體驗。彷彿一個在洶湧的波濤中努力掙扎的落水者，他在絕望中抓到一根樹枝，卻發現是空心的，枯萎的，這時，他肯定會喪失最後一絲力氣。因為，沒有什麼比在絕望中看到絕望更為可怕和令人寒心了——《故事新編》的創作再一次顯示了魯迅晚年內在心靈的這種不可克服、排遣的矛盾性。魯迅晚年曾對馮雪峰說道，他將不可能作像《野草》式的文章了。在我看來，雖然，魯迅放棄《野草》式的藝術表現方式，實際上，他並沒有擺脫《野草》式的「鬼氣」和「冷氣」。《故事新編》所呈現出來的那副末世相的怪誕、猙獰，不就是這一股「鬼氣」和「冷氣」糾結、纏繞的化身嗎？

　　我以為，要對《故事新編》獲得富有深度的解讀，把它與《狂人日記》、《野草》中的〈墓碣文〉放在一起闡釋是相當必要的。〈墓碣文〉一向被認為是《野草》乃至魯迅全部作品中最為難懂的一篇。在這篇作品中，魯迅最尖銳、徹底地把自己「生命存在的虛無哲學」展現出來，這是一個已被普遍接受的觀點。我以為，這種闡釋僅僅是讀通了文中的前半段：「……於浩歌狂熱之際中寒；於天上看見深淵；於一切眼中看見無所有；於無所希望中得救。……」然而，文中的後半段話：「……抉心自食，欲知本味。創痛酷烈，本味何能知？……痛定之後，徐徐食之。然其心已陳舊，本味又何由知？……」其含義在許多研究文章中，要麼被籠罩在前半段的意義之下，要麼就被含含糊糊地蒙混過去。若從文本的內在語義的轉折來看，文本中的後半段

話的含義是對前半段話的否定。更重要的是，這裡的否定並非辯證發展的一個中間環節。在這裡，虛無和虛無是堅硬地對峙著，敵視著，沒有留下任何得救的餘地。沒有什麼比在虛無中看到更大、更徹底的虛無，更令人可怕的了。這就如，沒有什麼比感受到病毒就流淌在血液中，正爬過自己的神經末梢，合著心律在動，更能摧毀一個人的生存意志了。同樣的，《狂人日記》也應該做如此的解讀：《狂人日記》的傑出之處就在於他寫出了一個人的熱情、意志和生命如何地被摧毀的過程。周圍人的懷疑的眼光，對「仁義道德」吃人本質的發現，知道兄弟也在合夥想吃自己，這些都不能摧毀「狂人」的意志和勇氣，反而激起他改造、療救的信心。只有當他以自己的方式認識到自己也是吃人的人時，才最後使他從病理的瘋狂陷入心理、意志的瘋狂。可以說，究其魯迅的一生都抗拒著這「瘋狂」以及它的種種變體的可怕的追逐和誘惑。他不是時常希望著自己能夠「竦身一搖」，將一切「擺脫」，給自己輕鬆一下嗎？然而，他真的能夠嗎？每一次的「竦身一搖」，每一次的「擺脫」，還不是使他更清晰地看到自己所尋找、所追求的東西的真面目嗎？！矛盾和超脫、危機和認同親近得就如一個一體兩面的「怪物」，盤桓在他的靈魂深處。這就如張承志所說：「宛如魔圈，宛如鬼牆，先生孤身一人，自責自苦，沒有答案。他沒有找到一個巨大的參照物……一九三六年先生辭世留下了費解的《故事新編》勉作答案，但更留下了《狂人日記》為自己不死的靈魂吶喊……先生只差一步沒有瘋狂。」[25]

二

　　惟其這種心理的荒誕感、危機感是如此的沉重，所以，對魯迅的

---

25 張承志：〈與先生書〉，《荒蕪英雄路》（北京市：中信出版社，2008年）。

晚年來說，他更渴望著能尋求一種文化認同的價值立場。正如湯因比所指出的那樣：對於個體而言，文化是一種先在的「存在」，它在根本上塑造了個體，並決定了他們怎樣來構想自身世界，怎樣看待別人，怎樣介入相互之間的責任網絡，以及怎樣在日常生活世界裡作出選擇，文化具有安身立命的功能，個人要想尋找精神歸宿，乃捨文化莫屬。[26]因此，對於像魯迅這樣與傳統文化保持如此深刻的精神聯繫的偉大思想家來說，尋求文化認同是他必然的思路，就像無數中國知識分子曾經所做的那樣。然而，也就是在這種尋求的過程中，魯迅顯示了比中國現代其他知識分子更為清醒、痛苦、分裂和悲劇性的心靈特徵。[27]比如，魯迅在晚年創作的〈非攻〉、〈理水〉、〈采薇〉、〈出關〉、〈起死〉中，有意選擇了先秦文化中的儒、道、墨三家作為自己的創作對象，也就隱秘地暗示了他的這種尋找文化認同的渴求。

　　然而，我還是情不自禁地懷疑道：他真的能夠為自己的心靈找到一處真正的安身立命之地嗎？他真的相信自己能夠最終逃脫痛苦和絕望的糾纏嗎？帶著這些疑惑、問題，我進入了《故事新編》的文化層面的解讀，語言形式依然是我解讀的切入口。因為，任何的語言形式都並非是單純的存在，而是都帶有自己的一整套客體和意義。現代語言學家甚至認為，一種文化體系的形態是由該種文化的語言的「形態」所決定的。按照薩丕爾的說法：「『真實的世界』在很大程度上建基於群體的語言習慣之上……我們群體的語言習慣決定著我們怎樣解釋。」[28]這裡，引起我注意的是這樣一個特殊的現象：在《故事新編》戲擬的語言形式中，先秦文化呈現給我們的卻是一幅衰敗、逃亡的末世圖景。在中國知識分子的精神想像中，文化史上的春秋戰國時代，是一幅「百家爭鳴」，充滿創造力、思辨力和自由精神的歷史圖

---

26 湯因比：《歷史研究》（上海市：上海人民出版社，2000年，修訂插圖本）。

27 汪暉：〈自序〉，《汪暉自選集》（桂林市：廣西師大出版社，1996年）。

28 薩丕爾：《語言與文化文選》，（加利福尼亞：加州大學出版社，1949年），頁162。

景。可以說，這幾乎已成為中國知識分子一種歷史文化「情結」，一種精神的「伊甸園」。然而，在《故事新編》中，魯迅在對這一歷史文化的表現中，挖掘出來的卻是陰暗、腐敗的內核。這顯然是一種全新的、獨特的文化解讀。但是，我要追問的是，魯迅為什麼會有這樣獨特的解讀？它究竟是源於一種怎樣的心理驅迫？這裡，我集中以《故事新編》中創作於晚年的五篇小說〈非攻〉、〈理水〉、〈采薇〉、〈出關〉、〈起死〉為例，來加以討論。

在過去的研究中，一般是把〈非攻〉、〈理水〉放在一起來加以解讀的，認為：「以〈非攻〉和〈理水〉為開端的魯迅後期寫的五篇歷史小說都表現了作家在自覺地運用歷史唯物主義的觀點來處理古代題材，致力於真實地反映歷史的本質。而且洋溢著樂觀主義的精神。」[29] 持這一論點最有力的證據就是魯迅寫在〈非攻〉之後一個月的雜文〈中國人失掉自信力了嗎〉。暫且不說這種論證、推導的方式是否合理。雖然，魯迅常常是用兩副筆墨來寫作的，但是，他在雜文和小說這兩種不同的創作方式中所流露出來的思想感情又經常是有其內在的一致性。即使在這篇雜文中，他不也按捺不住地透露出一種被壓抑著的悲涼嗎？——「他們在前仆後繼的戰鬥，不過一面總在被摧殘、被抹殺，消滅於黑暗中。」然而，為什麼長期以來，我們會如此執著地認定上述的樂觀主義的觀點呢？問題的關鍵就在於，我們一直未能把握到《故事新編》在思想和藝術結合方面所達到的創造性高度：那就是使小說有了一種「境界」。這是對《故事新編》文本解讀的又一個關鍵的方式。茅盾曾以一個作家的審美感悟力說道：「至於境界，八篇各不相同。例如，〈補天〉詭奇，〈奔月〉雄渾，〈鑄劍〉悲壯，而〈采薇〉詼諧。」[30] 茅盾在此運用了「境界」一詞，顯然是基於他對

---

29 王瑤：〈《故事新編》散論〉，《魯迅作品論集》（北京市：人民文學出版社，1984年）。

30 茅盾：《聯繫實際，學習魯迅》，《茅盾評論集》（北京市：人民文學出版社，1978年），上冊。

《故事新編》藝術特徵的更深層、更整體性的感悟。王國維在《人間詞話》開章明義：「詞以境界為最上，有境界則自成高格，自有名句。五代北宋之詞所以獨絕者在此。」他還舉例說：「『紅杏枝頭春意鬧』著一『鬧』字，而境界全出，『雲破月來花弄影』著一『弄』字，而境界全出矣。」[31]由此可見；能把「境界」全盤托出者，一定是那真感情和真景物強烈而又充滿生命力的遇合點。在文本中，只要有了這個遇合點，就可能煥發出詩性和智慧的光彩。我以為，《非攻》中的最後一段，就是這樣的一個遇合點，也是我們解讀文本的「關節」所在，它把這篇小說的「境界」全盤托出。遺憾的是，在過去的研究中，對這一結尾的解讀，一直是不夠充分，甚至沒有引起我們的注意。請看，文中是這樣寫道：

> 墨子在歸途上，是走得慢了，一則力乏，二則腳痛，三則乾糧已經吃完，難免覺得肚子餓，四則事情已經辦妥，不像來時的匆忙。然而比來時更晦氣：一進宋國界，就被搜檢了兩回；走近都城，又遇到募捐救國隊，募去了破包袱；到得南關外，又遭著大雨，到城門下想避避雨，被兩個執戈的巡兵趕開了，淋得一身濕，從此鼻子塞了十多天。

在這裡，構成文本荒誕情緒的是，人與其生活的割裂，行動者與其環境的分離：墨子為解救宋國而四處奔波，但是，當他為此而飽嚐艱辛之後，不僅沒有得到相應的回報，反而被宋人榨取了自己身上最後一絲利益和力量。沒有什麼比在自己的土地上，自己卻淪落為陌生人更讓人感到孤獨、痛苦和荒誕了。這就如魯迅在一九三五年四月二十三日致蕭軍、蕭紅的信中曾說的：「最令人寒心而且灰心的是友軍中的

---

31 王國維：《人間詞話》，《王國維文集》（北京市：中國文史出版社，1997年），卷1。

從背後來的暗箭，受傷之後，同一營壘中的快意的笑臉，⋯⋯我以為這境遇，是可怕的，我倒沒有什麼灰心，大抵休息一會，就仍然站起來，然而好像也終究也有影響，不但顯示文章上，連自己也覺得近來還是『冷』的時候多了。」我想，這是非經歷深沉的創傷的人所不能寫的。顯然，魯迅在〈非攻〉中的最後一段，所要表達的也就是這種情感。這是一種由於無數次創傷的經驗，而沉澱、蓄積已久，忽然迸發的情感。正是這種情感使得一整個小說的感情格調發生了一個大轉折，正是有了這種轉折，它「照亮」、昇華了文本前面敘述的全部意義。可以說，如果沒有這最後一段，〈非攻〉充其量只不過是一篇平凡、沉悶之作，根本不可能使我們的閱讀有了一種「境界」之感。

　　對於〈理水〉的解讀，長期以來，我們也還是沿著〈中國人失掉自信力了嗎〉的思路進入文本。魯迅對大禹的傳說是相當熟悉，這是沒有異議的。青少年時期，魯迅經常探訪的故鄉名勝古蹟中就有禹陵。一九一二年在《〈越鐸〉出世辭》中，他熱烈稱頌故鄉人民復有大禹「卓苦勤勞之風」。一九一七年作《會稽禹廟窆石考》，對窆石的由來，文字刻鑿的年代以及前人的種種說法做了謹嚴的考證。幾乎所有的研究文章都是依靠這些材料來說明、引導人們對〈理水〉的解讀。然而，這種文本的解讀方式，恰好忽略了〈理水〉中兩個微妙卻又是關鍵性的文本表現特徵：一是從文本中可以看出，大禹治水的事蹟在整個的敘述中是被「虛寫化」了，而把大禹如何地被身邊的小人們包圍、糾纏這一困境最大限度地在文本的敘述中「前置化」，這從文本的語言上可以看出：關於大禹的敘述語言是在文本戲擬語言的眾聲喧嘩中，斷斷續續、若隱若現地飄浮著。並且，在真正敘述大禹出場之前，文本的前半部分，就有意地進行了大量的喜劇化的場景敘述。語言形式的戲擬是這些敘事的顯著特徵，也就是說，在大禹出場之前，文本就已經瀰漫著一種濃郁的諷刺、嘲弄的意味，這對我們解讀大禹這一形象內涵，不可能不會留下敏感的暗示。我以為，這種充

分的戲擬化是作家有意暗示給我們的一種解讀立場和向度。二是在文本的最後，作者有意用戲擬的語言形式寫了禹回京以後，管理了國家大事，在衣食上，態度也改變了一點：

> 吃喝不考究，但做起祭祀和法事來，是闊綽的；衣服很隨便，但上朝和拜客時候的穿著，是要漂亮的。所以市面仍舊不很受影響，不多久，商人們就又說禹爺的行為真該學，皋爺的新法令也很不錯；終於太平到連百獸都會跳舞，鳳凰也飛來湊熱鬧了。

這裡，必須指出的是，這一結尾與文本中的後半段敘述大禹如何艱辛、勞頓構成一個大轉折。與〈非攻〉的結尾一樣，這一大轉折，使得小說的「境界」全盤托出。這一轉折在文本的敘述結構之中具有舉重若輕的意義，這就如一個人拚命地向前奔跑著，突然，他站住了，因為他發現前面就是萬仞深淵。這時，他將會是如何的沮喪、頹廢。〈理水〉中的這一結尾，就是這樣一種臨淵回首，使得人們對文本中關於大禹的英雄主義的敘述，產生一種嘲諷、消解的意味。

三

魯迅最後寫作的三篇小說〈采薇〉、〈出關〉、〈起死〉的深刻性、豐富性，也是一直沒有得到相應的解讀。我以為，這是魯迅晚年對中國知識分子精神世界的一次最深刻的逼視、反省和拷問。〈采薇〉、〈出關〉、〈起死〉所描寫的主人翁是中國知識分子中兩類最主要、最典型的精神原型：出世與入世。這三篇小說都表現出一種「精神逃亡」的寓言式結構。在文本中，魯迅有意把他們放在種種萬難忍受的境界裡，來試煉他們，剝去了他們表層的面目，拷問出藏在底下的靈

魂的真實內涵來。[32]

對〈采薇〉的解讀，《史記》〈伯夷叔齊列傳〉將是一個相當重要的前結構的文本。在《史記》中，司馬遷對伯夷、叔齊的死，而喟歎於天地之無情。當然，司馬遷在這裡是借他人之酒澆自己胸中之塊壘。〈采薇〉的創作從某種意義上說，是接過《史記》中這一話題的。與司馬遷不同的是，魯迅在伯夷、叔齊的身上卻拷問出了他們靈魂自身的缺陷。在伯夷、叔齊逃亡的路途中，魯迅有意虛構了兩個困境：一是，當伯夷、叔齊正驚惶失措地想逃往首陽山的時候，不料被自稱華山大王的強盜「小窮奇」攔住，在「小窮奇」的淫威之下，伯夷、叔齊受盡屈辱、嘲諷，而他們卻毫無一點反抗之心，只有唯唯諾諾，低聲下氣之神情。殊不知，古訓早有「士可殺而不可辱」、「殺身以成仁」。雖然，伯夷、叔齊宣稱自己恪守先王之規矩，然而，當自己的尊嚴被侵犯、侮辱時，卻又毫無勇氣反抗，這就使人們不禁對他們的精神世界投以質疑的眼光，當一個人連捍衛自己的勇氣和力量都沒有時，那就可想而知，他那遵守先王之規矩的精神道路將走多遠？！二是，當伯夷、叔齊落腳於首陽山之後，表面上，他們似乎完成了某種恪守先王規矩的精神儀式。然而，他們卻又陷入了另一種困境，那就是，被饑餓感和生存欲望所緊緊追逐。當阿金姐告訴他們說：「『普天之下，莫非王土』，你們吃的薇，難道不是我們聖上的嗎」時，這無異於宣告他們的精神上所謂的操守，卻是另一種道德的虛偽、墮落的證據。魯迅在與〈采薇〉寫作時間相距不遠的〈陀思妥耶夫斯基的事〉一文中，說道：「不過作為中國的讀者的我，卻還不能熟悉陀思妥耶夫斯基式的忍從──對於橫逆之來的真正的忍從。在中國，沒有俄國的基督。在中國，君臨的是『禮』，不是神。百分之百的忍從，在未嫁就死了訂婚的丈夫，堅苦的一直硬活到八十歲的所

32　魯迅：〈陀思妥耶夫斯基的事〉，《且介亭雜文二集》，《魯迅全集》（北京市：人民文學出版社，1981年）。

謂節婦身上，也許偶然可以發見罷，但在一般的人們，卻沒有。忍從的形式，是有的，然而陀思妥耶夫斯基式的掘下去，我以為，恐怕也還是虛偽。……只有中庸的人，固然並無墮入地獄的危險，但也恐怕進不了天國的罷。」[33]可以說，在〈采薇〉中，魯迅對伯夷、叔齊的精神批判，就是這樣一種陀思妥耶夫斯基式的深掘和拷問。這確實是一種相當深刻、無情的解剖，在這裡，沒有一個人被告知是堅貞、清白的。

　　對〈出關〉的解讀，最關鍵之處就在於：要讀通「關」的意義，這是文本敘述的焦點。「關」從某種意義上說，也是中國傳統知識分子現實命運的一個象徵。「關」是王權控制的界限。老子的西出函谷關，就是試圖逃離王權的控制，然而，出了「關」又會怎樣呢？這就如關尹喜所預言的：「看他走得到，外面不但沒有鹽，面，連水也難得。肚子餓起來，我看是後來還要回到我們這裡來的。」可見，即使暫時逃離了王權的控制，但仍然逃離不了生存的種種困擾。這就是一種擺在傳統知識分子人生關口的尷尬。或許，這種尷尬也十分近似於魯迅晚年的處境。晚年的魯迅是相當孤獨的，一九三三年十月二十一日，他在致鄭振鐸的信中說道：「上海……非讀書之地，我居此五年，亦自覺心粗氣浮，頗難救藥。」一九三四年四月九日，在致姚克的信中，他又說道：「上海真是是非蜂起之鄉，混跡其間，如在烘爐上面，能躁而不能靜，頗欲易地，靜養若干時……」一九三五年九月十二日，在致胡風的信中，他將「左聯」中的某些領導人比喻成「在背後用鞭子打我」的「工頭」。此後不久（一九三六年二月二十九日），他在致曹靖華的信中，明確表示了對於「左聯」解散的不滿，並表示了不願加入新成立的「文藝家協會」，「似有人說我破壞統一，亦隨其便」。五月十四日，在致同一人的信中更是感慨至極地說道：

33　魯迅：〈陀思妥耶夫斯基的事〉，《且介亭雜文二集》，《魯迅全集》（北京市：人民文學出版社，1981年）。

「近來時常想歇歇。」甚至，有一次，當一位朋友勸他換地方療養時，他竟聲調激越地反問：「什麼地方好去療養？！」[34]所以，從某種意義上說，〈出關〉是魯迅對他自己的現實處境和即將做出的人生選擇的一次最清醒、深刻的思考。而當一個人把自己所有的道路都想絕時，他又將怎樣邁出新的一步呢？所以，我有時也不免要懷疑魯迅自己所說的：「走『人生』的長途，最易遇到的有兩大難關。其一是『歧路』，倘是墨翟先生，相傳是慟哭而返的，但我不哭也不返，先在歧路頭坐下，歇一會，或者睡一覺，於是選一條似乎可走的路再走，……其二便是『窮途』了，聽說阮籍先生也大哭而回，我卻也像在歧路上的辦法一樣，還是跨進去，在刺叢裡姑且走走。」[35]也許，這只不過是給自己打氣，安慰旁人的話而已。這正如張承志所看到的：「《故事新編》恰出版於他的卒年，這不可思議——先生很久以前就已經向『古代』求索，尤其向春秋戰國那樣中國的大時代強求，於是，只要把痛苦的同感加上些許藝術氣力，便篇篇令人不寒而慄。……它們的問世本身就意味著作家已經無心再寫下去。」[36]

四

當我第一次讀到湯瑪斯・曼的小說《浮士德博士》中的這段話：「確實，此前的種種噩夢在這不尋常的童聲合唱中，進行了徹底的新的結構；這個合唱中已完全是另一種樂隊總譜，另外的節奏。然而，在這音響朗朗、美妙和諧的天籟中，沒有一個樂音是在地獄的笑聲中

---

34 鄭伯奇：〈最後的會面〉，《魯迅生平史料彙編》（天津市：天津人民出版社，1983年），第5輯，頁1099。此處參閱王曉明：《魯迅傳》（上海市：上海文藝出版社，1993年）。

35 一九二五年三月三十一日致許廣平信，見《兩地書》。

36 張承志：〈與先生書〉，《荒蕪英雄路》（北京市：中信出版社，2008年）。

不非常準確地出現過的。」[37]當時，我一直感到費解：美妙的天籟如何會說是源於地獄的笑聲呢？直到今天，當我從《故事新編》極富創造性的語言戲擬中把握到魯迅充滿荒誕感的心靈時，我才終於明白：在這裡，天才的完美與天才的深刻是一致的。他把自己心靈中最不可承擔的重負，最黑暗的感受，卻是最完美地表現、流淌在自己的語言形式之中，這就是一位偉大詩人的創造力。

---

37 此處參閱〔蘇聯〕巴赫金：《巴赫金全集》（石家莊市：河北教育出版社，1998年），卷5，頁300註腳2。

仰看流雲

——《朝花夕拾》的詩學闡釋

引論

　　俄國著名作家康·帕烏斯托夫斯基在其經典之作《金薔薇》一書中，講述了一個關於「金薔薇」的樸實而悲傷的故事：故事的主人翁夏米，原是法國殖民軍團的一個普通列兵，復員之後，始終過著一貧如洗的生活，最後當上了巴黎的一名清掃工。儘管許多年過去了，但是，這個卑微的清掃工的內心始終無法忘卻曾經的一段經歷。墨西哥戰爭期間，夏米在韋拉克魯斯得了嚴重的瘧疾，於是他不得不被遣送回國。團長藉此機會托夏米把他的八歲女兒蘇珊娜帶回法國。在返國途中，為了安撫鬱鬱寡歡的蘇珊娜，夏米絞盡腦汁為她講了一個又一個的故事，這其中有一個故事打動了小姑娘的心，那是發生在夏米家鄉的往事。有一個年老的漁婦，「在她那座耶穌受極刑的十字架上，掛著一朵用金子打成的，做工粗糙的，已經發黑的薔薇花」，儘管如此貧困，老漁婦始終不願意把這件寶物賣掉，據說，這朵金薔薇是老漁婦年輕的時候，她的未婚夫為了祝願她幸福而饋贈給她的，並且，關於這個罕見的金薔薇還流傳著這樣的一個說法：「誰家有金薔薇，誰家就有福氣。不光是這家子人有福氣，連用手碰到過這朵金薔薇的人，也都能沾光。」這種說法終於應驗了，老漁婦的兒子，一位畫家，出人意料地從巴黎回來了，從此，「老婦人的小屋完全變了個

樣，不但充滿了歡笑，而且十分富足」。當夏米講完這個故事時，小
姑娘忽然問道：將來是否也會有人送她一朵金薔薇呢？夏米機智地回
答說，世上什麼事都可能發生。到了魯昂後，夏米就把小姑娘交給了
她的姑媽，而他自己卻流落到巴黎當了一名清掃工。就這樣，許多年
過去了，在一次夜闌人靜時分，身為清掃工的夏米在塞納河邊的一座
橋欄上，不期然地遇上了因與男友不合而傷心欲絕的蘇珊娜，此時的
蘇珊娜已出落成一個大姑娘了，因同情她的處境，夏米就讓蘇珊娜在
自己的家中暫住下來。五、六天後，蘇珊娜又與男友重歸於好，離開
夏米在巴黎郊外破敗的小屋，但這短暫的相聚徹底改變了夏米的內心
世界，也徹底改變了夏米此後的人生。自從送別蘇珊娜之後，他就不
再把手飾作坊裡的塵土倒掉了，而是全都偷偷地倒進一個麻袋，背回
家去。他決定把手飾作坊的塵土裡的金粉篩出來，鑄成一小塊金錠，
然後用這塊金錠打一小朵金薔薇送給蘇珊娜，祝願她幸福。就這樣，
日復一日，年復一年，篩出的金粉終於足夠鑄成一小塊金錠了。夏米
就請一位老工匠打了一朵極其精緻的薔薇花，此時，夏米的生命之火
業已到了忽明忽滅、搖曳不定的瞬間。可憐的夏米，因為蘇珊娜遠渡
美國終於沒有送出那朵凝結他一生的幻想、激情與愛的金薔薇。[1]在
講完這個淒婉的故事之後，康·帕烏斯托夫斯基深情地寫道：「每一
分鐘，每一個在無意中說出來的字眼，每一個無心的流盼，每一個深
刻的或者戲謔的想法，人的心臟的每一次覺察不到的搏動，一如楊樹
的飛絮或者夜間映在水窪中的星光——無不都是一粒粒金粉。我們，
文學家們，以數十年的時間篩取著數以百萬計的這種微塵，不知不覺
地把它們聚集攏來，熔成合金，然後將其鍛造成我們的『金薔
薇』——中篇小說、長篇小說或者長詩。夏米的金薔薇！我認為這朵

1　〔俄〕康·帕烏斯托夫斯基撰，戴驄譯：《金薔薇》（上海市：上海譯文出版社，2012
　　年），頁1-12。

金薔薇在某種程度上是我們的創作活動的榜樣。奇怪的是沒有一個人花過力氣去探究怎樣從這些珍貴的微塵中產生出生氣勃勃的文字的洪流。然而，一如老清掃工旨在祝願蘇珊娜幸福而鑄就了金薔薇那樣，我們的創作旨在讓大地的美麗，讓號召人們為幸福、歡樂和自由鬥爭的呼聲，讓人類廣闊的心靈和理性的力量去戰勝黑暗，像不落的太陽一樣光華四射。」[2]——在這個意義上說，作家每一次真誠的、源於內心的創作，猶如夏米執著而艱苦的勞作，在簸揚之間，喧囂與浮華隨風飄散，而作家一直要到沉甸甸的記憶、情感與思想猶如金粉般隱隱出現了，才能安下心來。[3]因此，每一部優秀的作品，都是一朵金薔薇，不論它旨在送給自己，還是他人。夏米是幸福的，他終於在有生之年鑄就了那朵金薔薇；但夏米又是不幸的，因為這朵金薔薇還沒來得及優雅而熱烈地綻放，就痛苦地凋萎在死亡記憶之中。然而，作為文學經典的「金薔薇」，卻能擺脫夏米式的命運之厄，儘管也將承受四季無窮的變幻，風雨無情的打擊，但它總能在春暖花開之際，綻放依然。《朝花夕拾》就如這樣一朵熠熠閃光的「金薔薇」，它也是由魯迅內心世界無限飛揚的記憶金粉鑄就而成。如今，在經受歲月磨礪之後，它仍舊如此綽約而雋永地開放在中國現代散文盛壇之上。

　　全面檢讀已有的《朝花夕拾》的研究文獻，我們不得不遺憾地看到，迄今為止，關於《朝花夕拾》的研究，仍以王瑤在一九八三年發表的〈論《朝花夕拾》〉為最高水準。高遠東曾在一九九〇年的一篇評論中感慨地說道：「如果說新時期的魯迅作品研究的學術『記錄』大多由中青年學者所創造（如《吶喊》、《彷徨》研究之於王富仁、汪暉，《野草》研究之於孫玉石、錢理群），那麼關於《故事新編》和

2　〔俄〕康・帕烏斯托夫斯基撰，戴驄譯：《金薔薇》（上海市：上海譯文出版社，2012年），頁11-13。

3　〔俄〕康・帕烏斯托夫斯基撰，戴驄譯：《金薔薇》（上海市：上海譯文出版社，2012年），頁11。

《朝花夕拾》研究的最高『記錄』則仍由王先生這樣的前輩學者保持著。箇中原因頗耐人尋味。」[4]二十餘年過去了，《吶喊》、《彷徨》、《野草》與《故事新編》的研究又有了很大的進展，唯獨面對《朝花夕拾》的研究現狀，我們的感慨一仍如舊，此時，箇中原因已不是「頗耐人尋味」一詞所能敷衍的了。當然，要找到差距並試圖超越，首先必須公正而謙遜地分析和繼承前人的研究成果。王瑤的〈論《朝花夕拾》〉，我們認為，有以下幾個方面的重大貢獻。其一，他指出，「《朝花夕拾》各篇雖然也可以各自獨立成文，但作為一本書卻是有機的整體。」[5]論文寫道：「在魯迅諸多創作集中，《朝花夕拾》這一特點是不容忽視的。因此，研究《朝花夕拾》，不能只把它看做是片段的回憶錄，也不能滿足於只就各篇作細緻地分析，還要注意把全書作為一個統一的機體來考察，了解作者寫這一組文章的總的意圖和心境，從總體上把握此書的意義、價值和特色，認識它在中國現代散文創作和魯迅作品中的地位。」[6]王瑤的這一論斷，具有方法論的意義，它確定了《朝花夕拾》研究所必要的整體性視野和架構。其二，王瑤對《朝花夕拾》的藝術特點分析精當，並敏銳地看到《朝花夕拾》這些藝術特點與日本廚川白村《出了象牙之塔》一書中關於 Essay（隨筆）的論述之關係。他說：「這些藝術特點很容易使我們聯想到在寫《朝花夕拾》的前一年，魯迅翻譯的日本廚川白村《出了象牙之塔》一書中關於 Essay（隨筆）的論述。」[7]王瑤對這一內在關係的揭示，有助於我們更深入地探討《朝花夕拾》對外來文學資源的借鑑與創新，也有助於我們更準確地闡釋《朝花夕拾》藝術特點的生成

4　高遠東：《現代如何「拿來」──魯迅的思想與文學論集》（上海市：復旦大學出版社，2009年），頁242。

5　王瑤：《魯迅作品論集》（北京市：人民文學出版社，1984年），頁147。

6　王瑤：《魯迅作品論集》（北京市：人民文學出版社，1984年），頁147。

7　王瑤：《魯迅作品論集》（北京市：人民文學出版社，1984年），頁166。

過程。在論文中，王瑤對這一問題作出獨到的分析，他寫道：「廚川白村對散文隨筆的特點所作的這些理論性的闡述，對中國曾有過很大的影響；郁達夫說：『至如魯迅先生所翻的廚川白村氏在《出了象牙之塔》裡介紹英國 Essay 的文章，更為弄文墨的人，大家所讀過的妙文。』值得注意的是，不僅他所闡述的這些特點與《朝花夕拾》的寫法有所契合，而且這也是得到魯迅自己的首肯的。據當時刊登《朝花夕拾》文章的《莽原》負責人之一李霽野回憶：『魯迅先生在同我們談到《出了象牙之塔》的時候，勸我多讀點英國的 Essay，並教導我勉力寫這種體裁的文章。』接著就說他們（指李霽野等人）同魯迅談過如『《狗·貓·鼠》這樣別開生面的回憶文，似乎都受了一點本書的影響，但思想意義的深度和廣度，總結革命經驗的科學性，堅持韌性鬥爭的激情，都不是《出了象牙之塔》所能比擬，先生倒是也不否認的』。魯迅並且給他們（指李霽野等人）談過這類文章的寫法：『要鍛鍊著撒開手，只要抓緊韁頭，就不怕放野馬；過於拘謹，要防止走上『小擺設』的絕路。』」[8]王瑤的這番闡述，不僅對探討《朝花夕拾》之「幽默和雍容」的藝術特點是如何形成有重要作用，而且對探討魯迅雜文的藝術特點是如何形成，也有重要的啟示。遺憾的是，迄今為止，在這條探索的路上，後人向前邁進的步伐仍然十分有限。其三，〈論《朝花夕拾》〉是王瑤生前所寫的最後一篇關於魯迅研究的論文，對其個體生命歷程而言，「不能不說另有一種意義」。[9]在論文的字裡行間，我們隱約地體會到，王瑤透過對魯迅回憶之解讀，曲折地流露出某種屬於他自己內心世界的情緒，不知不覺之中就與魯迅在回憶之中所流淌的情感交相輝映。總之，〈論《朝花夕拾》〉一文既有對魯迅創作心境的獨特解讀，又有對《朝花夕拾》藝術之美的獨特揭

8　王瑤：《魯迅作品論集》（北京市：人民文學出版社，1984年），頁167。

9　高遠東：《現代如何「拿來」──魯迅的思想與文學論集》（上海市：復旦大學出版社，2009年），頁213。

示，也有王瑤對自己晚年心境的獨特觀照，這一切，都使得這篇論文成為《朝花夕拾》研究史上的經典之作。

這就是擺在新一代《朝花夕拾》研究者面前令人敬畏的高度和無聲的挑戰。

在王瑤這些洞見的啟發下，我們或許能夠開闢出無數條通向《朝花夕拾》藝術世界的探索新路。在這裡，我們選擇的是詩學闡釋的研究方法。所謂詩學闡釋，就是將現代文本學理論付諸作品解讀、分析的話語批評實踐。在方法論上，詩學闡釋首先強調文本作為一個獨立自足的藝術世界，有著獨特的語言、意象、意境和意蘊，這就必然涉及對文本的敘述技巧、修辭方式、文體風格等審美機制的分析。其次強調文本的生成性，認為，文本中不僅有作家經驗的再現，而且有情感、個性的融入與價值關懷，因此，詩學闡釋必須把對文本的解讀與分析放置於「論世」與「知人」的網路交錯之中，方可參透「文義」與「文心」。第三，詩學闡釋必然要覺察文本與作家所置身的歷史的、當下的精神主潮、審美風尚之間的複雜互動。基於上述的理論規定性，詩學闡釋在具體的操作實踐中，既要注意汲取西方現代文本學理論強調語言、結構、文體和修辭分析之長處，又要繼承中國傳統文本學關注文本與作家個性、文學傳統、時代風貌的多重融合性的理論智慧。綜觀而言，文本的詩學闡釋，既要求有針對文本內部的敘述、結構、風格的具體而微的揭示，又要求辯證地看待文本與外部的時代精神、文學傳統和作家個性之間多重的對話性與互文性。[10]

在這一研究方法的指引下，我們的研究思路擬向兩個維度展開。

一是，在對文本的縱向生成的解讀中，闡釋文本的藝術之美。從縱剖面看，《朝花夕拾》的文本生成結構，是一種從「所憶」→「所感」→「所思」這樣一個從感性經驗到情感觀照再到智性審視的過

---

10 鄭家建：《東張西望──中國現代文學論集》（福州市：海峽文藝出版社，2008年），頁150-157。

程，這也是一種從審美到審智的過程。在這樣一個過程，文本的任何一個層面，無論是「所憶」、「所感」還是深藏著的「所思」，都需要借助語言的技巧與經營才能得以實現。換句話說，都必須落實在文本的敘述結構、抒情方式、修辭特點、文體風格等多重有機的審美創造上。只有對這一複雜的審美創造過程進行細緻解讀與精當剖析，才能揭示出《朝花夕拾》作為經典的藝術奧妙。

　　二是，在對文本內與外的橫向關係的解讀中，闡釋文本意義結構的豐富性與複雜性。作家的精神主體、生命體驗、現實處境、文學傳統、思想脈絡以及創作道路等要素，對《朝花夕拾》而言，既在文本之內，又在文本之外，都與《朝花夕拾》存在著或隱或顯、或深或淺、似斷實連、似非而是的複雜關係。面對這種複雜關係，只有具備開闊的視野和足夠的細緻與耐心，才可能揭示《朝花夕拾》在「舊事」與「重提」、「朝」與「夕」的時空錯位之間所孕育著的心靈與思想的深邃性。

　　《朝花夕拾》作為中國現代散文的經典之作，對它進行詩學闡釋將有助於我們探索現代散文的闡釋路徑。因此，我們的研究目標是，借助《朝花夕拾》研究個案，試圖建立一種關於現代散文的闡釋方法，或者說解讀路徑。眾所周知，在中西方文學史上，散文創作在數量上浩如煙海。與此類似，在中西方文學理論史、文學批評史上，散文理論也是繁茂如林，並尤為蕪雜叢生。在這種情況下，若要選擇一種具有可操作性的解讀與分析的理論方法，則不免舉步維艱、四顧茫然，讓人幾乎無所措手。因此，如何像小說研究在理論方法上有敘事學那樣，建立一種散文之解讀與分析的方法論，哪怕是初步的，也將是一個十分誘人的學術課題。《朝花夕拾》的詩學闡釋，或許可以成為一次有益的嘗試。

上篇　說吧，記憶
──《朝花夕拾》「回憶」的敘述學分析

　　著名作家納博科夫把他的自傳題為《說吧，記憶》，我一直很迷戀這一書名。每一次閱讀這本書時，總有一種說不清的情緒，我總在想，當一個人的記憶之門打開之時，究竟會有怎樣的人與事隨之而汩汩流出呢？一個人又是怎樣做到讓這些汩汩流出的人與事，能夠有聲有色地活在話語的世界之中呢？令人欣慰的是，在西方文學史上有許多作家做到了，如歌德、巴爾扎克、普魯斯特、喬伊絲、福克納、海明威、茨威格、卡內蒂、格拉斯等人，他們都為世人奉獻了凝結著各自記憶與生命的經典之作。而在中國，堪與之媲美之作又有幾多？答案誠然是見仁見智，但無論如何，魯迅的《朝花夕拾》必居其一。

　　魯迅在《朝花夕拾》〈小引〉中曾別有深意地說了這樣的一番話：「我有一時，曾經屢次憶起兒時在故鄉所吃的蔬果：菱角、羅漢豆、茭白、香瓜。凡這些，都是極其鮮美可口的；都曾是使我思鄉的蠱惑。後來，我在久別之後嘗到了，也不過如此；唯獨在記憶上，還有舊來的意味存留。他們也許要哄騙我一生，使我時時反顧。這十篇就是從記憶中抄出來的，與實際內容或有些不同，然而我現在只記得是這樣。」[11]可以說，《朝花夕拾》的創作，是魯迅在重拾那些早已飄零在記憶深處的「舊來意味」。那些曾經蔥郁的「朝花」，如今或許早已斑斕。因此，對這一記憶世界的反顧，是我們研究的出發點。

　　在我們的闡釋視野之中，反顧的路徑有兩條：一是，按照魯迅的寫作順序逐篇闡釋；二是，先對《朝花夕拾》的記憶世界進行整體性的觀照，而後按照敘述形態的不同加以類型分析。顯然，第二種路徑更符合整體性視野與架構，這也是本文所選取的反顧之路。

11　魯迅：《魯迅全集》第二卷（北京市：人民文學出版社，2005年），頁236。

　　當你進入《朝花夕拾》的記憶世界，就會發現，這裡的記憶井然有序，這裡的記憶有隱有顯，這裡的記憶有詳有略。更令人驚歎的是，記憶之中的人和事，並沒有因為時光的流逝而變得模糊不清，反而顯得栩栩如生、歷歷在目。那麼，魯迅如何做到這一點？這不僅是心理學問題，也是一個敘述學的問題。因此，對魯迅記憶世界的敘述學分析，就成為打開《朝花夕拾》文本世界第一道大門的關鍵所在。

一　被喚醒的靈魂

　　《朝花夕拾》的不少篇章，對中國讀者來說，確實是耳熟能詳。毫無疑問，印象最深刻的當屬其中的一系列人物形象。就讓我們再一次從那文字世界裡喚醒阿長、藤野先生、范愛農等人吧，且看看他們是如何從魯迅的記憶深處緩緩地走出，又是如何清晰地佇立在一代又一代讀者的眼前──恍若與我們迎面相逢。

　　在〈阿長與《山海經》〉一文中，魯迅深情地回憶了一個連屬於自己的名字也沒有的小人物，即「我」的保姆長媽媽。他寫道：「我們那裡沒有姓長的；她生得黃胖而矮，『長』也不是形容詞。又不是她的名字……記得她也曾告訴過我這個名稱的來歷：先前的先前，我家有一個女工，身材生得很高大，這就是真阿長。後來她回去了，我那什麼姑娘才來補她的缺，然而大家因為叫慣了，沒有再改口，於是她從此也就成為長媽媽了。」開頭的這一番敘述，似乎在喚起讀者的同情。然而，不，魯迅隨即把筆鋒一轉，寫道：「雖然背地裡說人長短不是好事情，但倘使要我說句真心話，我只得說：我實在不佩服她。」是的！你看，在這個鄉下女人身上有著不少讓人討厭的「毛病」：「常喜歡切切察察，向人們低聲絮說些什麼事。還豎起第二個手指，在空中上下搖動，或者點著對手或自己的鼻尖。我的家裡一有些小風波，不知怎的我總疑心和這『切切察察』有些關係。」在這裡，

魯迅勾畫了兩個極具小說化的細節：「低聲絮說」和「豎起第二個手指，在空中上下搖動……」——簡練而生動地寫出長媽媽喜歡搬弄是非的缺點。但是，又不全然如此，阿長也有其細心的一面，如，「又不許我走動，拔一株草，翻一塊石頭，就說我頑皮，要告訴我的母親去了」。這些管教對生性喜歡無拘無束的孩子來說，顯然都是一種束縛。白晝時，阿長的管束儘管細心但又讓人討厭，然而，睡著的時候，卻是另一番情景：「一到夏天，睡覺時她又伸開兩腳兩手，在床中間擺成一個『大』字，擠得我沒有餘地翻身，久睡在一角的席子上，又已經烤得那麼熱。推她呢，不動；叫她呢，也不聞。」寫到這裡，阿長給人的印象差不多成為一個大大咧咧、不守規矩的粗俗女人。但是，不，「她懂得許多規矩；這些規矩，也大概是我所不耐煩的」。若果真如此，阿長又有什麼值得「我」深情回憶呢？顯然，這是作者有意要把讀者引向情感判斷的歧路口，其目的是為了出乎意料地展示阿長性格的另一面：正當「我」對繪圖的《山海經》念念不忘卻又一籌莫展之際，唯有她做到了：「過了十多天，或者一個月罷，我還很記得，是她告假回家以後的四五天，她穿著新的藍布衫回來了，一見面，就將一包書遞給我，高興地說道：『哥兒，有畫兒的『三哼經』，我給你買來了！』我似乎遇著了一個霹靂，全體都震悚起來；趕緊去接過來，打開紙包，是四本小小的書，略略一翻，人面的獸，九頭的蛇……果然都在內。」這是文本敘述的重大轉捩點，但在這一敘述之中，魯迅有意略去了許多細節，如，阿長是如何買到「三哼經」的？這個過程對於一個不識字的女人來說，究竟是歷盡艱辛，還是得來全不費工夫？阿長買到「三哼經」時的心理狀態又是如何？其動機是出於對「我」單純的愛，還是功利性地對「我」這個小少爺的討好？書價或許是一筆不小的開支，阿長有過猶豫嗎？這些看起來是基於人性的正常追問，魯迅都避而不語。文本只是集中筆墨極力突出「我」得到「三哼經」的激動心情，從而通過「我」的情感反

應來折射阿長性格中所隱藏著的淳樸、善良的一面。文本敘述推進到
這裡，也就完全翻轉了此前對阿長「不大佩服」、「無法可想」、「不耐
煩」的感受。阿長，這個勞苦的鄉下女人就是這樣在魯迅的峰迴路轉
的敘述流變中，生動而鮮明地展示了她個性的多樣性和豐富性。就是
這樣，時隔三十多年之後，在魯迅的記憶世界中，她再次復活了。值
得注意的是，在刻畫阿長這一人物形象時，魯迅主要選取最能突出人
物個性的細節、語言和神態，並且通過多個極富戲劇性的場景，展示
人物細微的心理過程，使得人物性格更加生動、豐滿，這其中也展現
了魯迅傑出的小說家天賦。

　　日本仙台的一個名不見經傳的醫學教授，因〈藤野先生〉一文而
在中國變得家喻戶曉。在這篇散文中，魯迅回憶了在仙台醫學專門學
校短暫的一年求學中與藤野先生之間的獨特友誼。和〈阿長與《山海
經》〉中借助「我」與阿長的情感關係之曲折變化來推進敘述發展有
所不同，對於藤野先生的回憶，魯迅側重於場景化敘述。這樣的敘述
形態，並不要求敘述過程的完整性、曲折性，而看重的是有效的敘述
聚焦，聚焦點越明確，人物性格的展示就越鮮明有力。〈藤野先生〉
一文，作者對藤野先生的正面著筆並不多，主要集中在關於「我」與
「藤野先生」幾次交往場景的敘述：第一次是他擔心「我」能否抄下
他上課的講義，希望「我」拿給他看一看，於是，「我交出所抄的講
義去，他收下了，第二、三天便還我，並且說，此後每一星期要送給
他看一回。我拿下來打開看時，很吃了一驚，同時也感到一種不安和
感激。原來我的講義已經從頭到末，都用紅筆添改過了，不但增加了
許多脫漏的地方，連文法的錯誤，也都一一訂正。這樣一直繼續到教
完了他所擔任的功課：骨學，血管學，神經學」。第二次是藤野先生
修改我講義上的下臂血管的解剖圖，文中寫道：「還記得有一回藤野
先生將我叫到他的研究室裡去，翻出我那講義上的一個圖來，是下臂
的血管，指著，向我和藹地說道：『你看，你將這條血管移了一點位

置了——自然，這樣一移，的確比較的好看些，然而解剖圖不是美
術，實物是那麼樣的，我們沒法改換它。現在我給你改好了，以後你
要全照著黑板上那樣的畫。』但是我不服氣，口頭答應著，心裡卻想
道：『圖還是我畫的不錯；至於實在的情形，我心裡自然記得的。』」
敘述之中，作者有意突出了「我」與藤野先生的「衝突」，從而產生
了文本敘述的錯層感：「我」越是不以為然，反而越能突出藤野先生
在治學上的嚴謹與求真的態度，也就越能充分地把「我」在回憶之時
所感到的愧疚感表達出來，其產生的審美效果是，在敘述過程中，這
一切表面上看起來是波瀾不驚，但內在之間卻暗流湧動。儘管此處的
敘述並非對藤野先生性格的正面刻畫，但特意聚焦他對解剖圖的較真
態度，目的是要從側面刻畫他性格中方正嚴謹的一面。在敘「事」之
中刻畫人物性格，是這篇散文重要的創作方法之一。文本關於「我」
與藤野先生第三次與第四次的交往的敘述，就相對簡略些，這種詳略
得當的敘述使得文本的結構更加富有節奏。當然，在這種簡略之中，
作者並沒有放過對人物性格的有力刻畫，如，第三次敘述藤野先生對
「我」是否肯解剖屍體的擔心，文中寫道：「解剖實習了大概一星
期，他又叫我去了，很高興地，仍用了極有抑揚的聲調對我說道：
『我因為聽說中國人是很敬重鬼的，所以很擔心，怕你不肯解剖屍
體。現在總算放心了，沒有這回事。』」作者用了「極有抑揚的聲
調」來形容，寫出藤野先生的內心從擔心到釋然再到欣喜的複雜過
程。值得注意的是，在文本中魯迅特別敘述了藤野先生試圖向「我」
了解中國女人裹腳的裹法，進而了解足骨怎樣變成畸形。二十多年
後，這一細節再現於魯迅的腦海，肯定別有深意。裹腳作為中國傳統
文明的野蠻性表徵之一，曾引起新文化運動的思想家們猛烈的抨擊，
其中尤以周作人、魯迅的批判最為激烈、深刻。藤野先生作為一個醫
學工作者，從醫學的角度關注裹腳對足骨畸形的傷害，這一幕往日的
情景，一定給了魯迅許多的批判勇氣與力量。在對第三次、第四次交

往的簡略敘述之後，作者的筆致由「弛」轉入「張」。關於「我」與藤野先生的第五次交往的敘述，文本極顯詳盡之所能，不僅描繪了人物在交往之中的語言、神態，而且盡可能突出人物的心理活動，如，文中寫道，「到第二學年的終結，我便去尋藤野先生，告訴他我將不學醫學，並且離開這仙台。他的臉色彷彿有些悲哀，似乎想說話，但竟沒有說。」「將走的前幾天，他叫我到他家裡去，交給我一張照相，後面寫著兩個字道：『惜別』，還說希望將我的也送他。但我這時適值沒有照相了；他便叮囑我將來照了寄給他，並且時時通信告訴他此後的狀況。」在這段敘述之中，作者再一次有意強調「我」與藤野先生之間的情感錯位：「其實我並沒有決意要學生物學，因為看得他有些淒然，便說了一個慰安他的謊話。」對此，藤野先生不僅沒有識破，反而表示惋惜，這就無聲地突出了他性格中真誠的一面。在離別之際，藤野先生對「我」有許多「惜別」之舉，而「我」因生活狀況之無聊，無以回應。文本越是強化這種情感錯位，就越能突出人物的性格特徵，也就越能突出人物之間的無法割捨的情感聯結。值得一提的是，對於眾所周知的魯迅離開仙台的原因，在〈藤野先生〉一文中，魯迅並沒有像在《吶喊》〈自序〉中那樣著力渲染，從這點的區別也可以看出，魯迅在〈藤野先生〉一文中為了達到對人物性格的刻畫，而對敘述節奏和敘述聚焦所作的有意調控。

與〈藤野先生〉一樣，〈范愛農〉一文也是魯迅對青年時代友人的回憶。但在對回憶的敘述方式上，兩者卻截然不同。〈范愛農〉一文，作者強調的是敘述的時間性與歷史感，在敘述之中著眼於人物的外貌、語言、神態的前後不同，以此來展示人物的心理變化，刻畫人物性格。魯迅選取了四個時期的范愛農來寫，突出不同時期范愛農不同的性格特徵。也可以說，〈范愛農〉一文寫了四個不同的「范愛農」。一是日本時期的范愛農：「這是一個高大身材，長頭髮，眼球白多黑少的人，看人總像在渺視。他蹲在席子上，我發言大抵就反對；

我早覺得奇怪，注意著他的了，到這時才打聽別人：說這話的是誰
呢，有那麼冷？認識的人告訴我說：『他叫范愛農。』」很顯然，作者
有意借助人物的外貌、神態、語言和動作，突出的是范愛農的憤慨。
這種「憤慨」的情緒，體現了十九世紀末的中國有志青年一方面對清
王朝充滿痛恨而另一方面又找不到有力反抗手段的內在衝突。范愛農
的「憤慨」是一代人的「憤慨」，也是一個時代的「憤慨」，在這裡，
可以看出魯迅敘述的高度歷史概括力。二是革命前的范愛農：「他眼
睛還是那樣，然而奇怪，只這幾年，頭上卻有了白髮了，但也許本來
就有，我先前沒有留心到。他穿著很舊的布馬褂、破布鞋，顯得很寒
素。談起自己的經歷來，他說他後來沒有了學費，不能再留學，便回
來了。回到故鄉之後，又受著輕蔑、排斥、迫害，幾乎無地可容。現
在是躲在鄉下，教著幾個小學生餬口。但因為有時覺得很氣悶，所以
也趁了航船進城來。他又告訴我現在愛喝酒，於是我們便喝酒。從此
他每一進城，必定來訪我，非常相熟了。我們醉後常談些愚不可及的
瘋話，連母親偶然聽到了也發笑。」需要指出的是，關於回國之後至
辛亥革命之前這段時間范愛農的具體情形，作者是轉述范愛農自己的
說法。我認為，魯迅巧妙地運用間接敘述的方式，既符合「限知視
角」的內在要求，又把自己對革命前范愛農的處境與心境的同情，深
深地埋藏起來。這很容易使我們想起魯迅在《吶喊》〈自序〉中對自
己情形的一段敘述：「如置身毫無邊際的荒原，無可措手的了，這是
怎樣的悲哀呵，我於是以我所感到者為寂寞。這寂寞又一天一天的長
大起來，如大毒蛇，纏住了我的靈魂。」[12]這一時期的范愛農與這一
時期的魯迅一樣，內心充滿著「寂寞」與「苦悶」，這種寂寞與苦悶
有它特定的時代內涵。然而，與〈自序〉中對「寂寞」的「無端的悲
哀」[13]不同，魯迅關於范愛農的「寂寞」與「苦悶」的敘述，則透出

12　魯迅：《魯迅全集》（北京市：人民文學出版社，2005年），卷1，頁439。
13　魯迅：《魯迅全集》（北京市：人民文學出版社，2005年），卷1，頁439。

一股「笑聲」，恰是這一點，讓我看到魯迅性格的另一面，即他在痛苦之中的「跌宕自喜」。三是革命中的范愛農：「到冬初，我們的景況更拮据了，然而還喝酒，講笑話。忽然是武昌起義，接著是紹興光復。第二天愛農就上城來，戴著農夫常用的氈帽，那笑容是從來沒有見過的。」「愛農做監學，還是那件布袍子，但不大喝酒了，也很少有工夫談閑天。他辦事，兼教書，實在勤快得可以。」關於革命中的范愛農，作者敘述的重點是「范愛農的歡欣」，這種歡欣源於辛亥革命所帶來的解放感，源於對共和的信仰。作者儘管著墨不多，但還是寫出了辛亥革命帶給二十世紀之初中國知識分子的精神力量與精神變化，還是生動地再現了那個時代的精神氣氛。悲哀的是，這種「歡欣」之心情很快就消失殆盡，因為，辛亥革命並沒有帶來根本性的深刻變化，於是當「季茀寫信催我往南京」時，范愛農「也很贊成，但頗淒涼，說：『這裡又是那樣，住不得，你快去罷……』我懂得他無聲的話，決計往南京」。此後，范愛農不得不又回到舊的精神軌道上來。魯迅對范愛農的這種精神變化的敘述，深刻地融入了自己的歷史體驗，他曾說過：「見過辛亥革命，見過二次革命，見過袁世凱稱帝，張勳復辟，看來看去，就看得懷疑起來，於是失望，頹唐得很了。」[14]毋庸置疑，在對革命期間范愛農精神變化的敘述之中，包含著魯迅自身的諸多歷史觀感，正如他自己所說，「後來也親歷旁觀過幾樣更寂寞更悲哀的事，都為我所不願追懷，甘心使他們和我的腦一同消滅在泥土裡的。」[15]四是革命後的范愛農，當「我從南京移到北京的時候，愛農的學監也被孔教會會長的校長設法去掉了。他又成了革命前的愛農。我想為他在北京尋一點小事做，這是他非常希望的，然而沒有機會。他後來便到一個熟人的家裡去寄食，也時時給我信，景況愈困窮，言辭也愈淒苦。終於又非走出這熟人的家不可，便在各

14 魯迅：《魯迅全集》（北京市：人民文學出版社，2005年），卷4，頁468。
15 魯迅：《魯迅全集》（北京市：人民文學出版社，2005年），卷1，頁440。

處飄浮。不久,忽然從同鄉那裡得到一個消息,說他已經掉在水裡,淹死了」。在這一敘述中,魯迅有一個特別的提示:「他又成了革命前的范愛農」,強調范愛農的精神立場和精神處境與革命之前仍有內在的一致性,但另一方面作者在敘述時又連續用了兩個「愈」,突出范愛農在物質與精神方面更加的困苦。這種革命之後知識分子日益嚴重的困苦,魯迅在其小說《在酒樓上》、《孤獨者》、《故鄉》、《祝福》之中均有深刻的揭示,在雜文關於俄國十月革命前與後的知識分子選擇、出路與命運的論述之中,也有深刻的闡釋。可以說,范愛農的困苦,是一個時代之困苦的縮影,范愛農之死,是一個時代的精神之死。文本能獲得如此強烈的表現力,顯然得益於魯迅在敘述之中把自己的經歷和體驗深刻地投注其中。因此可以說,范愛農是魯迅精神家族的同胞兄弟,是魯迅的第二「自我」。

二　鐫刻的時光

〈阿長與《山海經》〉、〈藤野先生〉和〈范愛農〉三文,敘事的目的在於寫人,三篇散文在寫人方面各具特色。與此不同,〈五猖會〉、〈從百草園到三味書屋〉、〈父親的病〉、〈瑣記〉四篇散文,則重在敘事,當然,其間也寫到人物,如,「我」的父親、書塾先生、衍太太、S 城名醫等,但都不是敘述的重點之所在。僅就敘事而言,若仔細分析,則會發現,這四篇散文的敘事方式、敘事角度和敘事結構也頗有差異,這充分體現了魯迅高超的敘述才能。

〈五猖會〉一文,魯迅回憶了自己在童年時代的一次尷尬而又困惑的經歷。這篇散文初看起來,敘述重點應該放在關於五猖會方面,但是,魯迅並沒有順從讀者的這種預期,文本中關於五猖會的敘述是簡略而快速的,文本的前半部分,在敘述之中盡力保持著一個基調,那就是孩子們對五猖會的歡快而期盼的心情,其目的是在結構上為後

文情感的轉折埋下伏筆。文本敘述的重點則放在轉折的關口：當「我」正在為即將去東關看五猖會而興高采烈之際，父親卻有了一個出乎意料的舉動。文中寫道：「要到東關看五猖會去了。這是我兒時所罕逢的一件盛事。」「因為東關離城遠，大清早大家就起來。昨夜預定好的三道明瓦窗的大船，已經泊在河埠頭，船椅、飯菜、茶炊、點心盒子，都在陸續搬下去了。我笑著跳著，催他們要搬得快。忽然，工人的臉色很謹肅了，我知道有些蹊蹺，四面一看，父親就站在我背後。」「『去拿你的書來。』他慢慢地說。我忐忑著，拿了書來了。他使我同坐在堂中央的桌子前，教我一句一句地讀下去。我擔著心，一句一句地讀下去。兩句一行，大約讀了二三十行罷，他說：『給我讀熟。背不出，就不准去看會。』他說完，便站起來，走進房裡去了。我似乎從頭上澆了一盆冷水。但是，有什麼法子呢？自然是讀著，讀著，強記著──」這樣的時刻，讓「我」終生難忘。值得注意的是，這裡的敘述非常之詳實：船、船椅、飯菜、茶飲、點心等，一應俱全，足見此行之隆重，然而，越是這種敘述的渲染，就越為文本接下來的情感逆轉增加一層敘述張力。且看作者又是如何敘述接下來的情感變化：「我」先是從蹊蹺變成忐忑著，而後是「擔著心」，最後是「似乎從頭上澆了一盆冷水」，人物的心理經歷著從疑惑到緊張再到絕望的過程，這一過程彷彿是一步一步地逼近人物的心坎。然而，在這裡的敘述之中，作者對父親的刻畫始終只停留在簡要的幾句言語上，讀者根本無法看到此時父親的神態和心理活動，但是，對父親的敘述越是如此的簡潔，讀者卻越能感受到父親此時的威嚴，也越能感受到「我」此時的緊張。這種對潛在的心理落差的巧妙設置，更增加文本敘述的張力和飽和度。

〈從百草園到三味書屋〉是一篇膾炙人口的名文，一段童年的快樂時光隨著魯迅的回憶而神采奕奕。與〈五猖會〉強調自己難以忘懷的一段磨難不同，〈從百草園到三味書屋〉始終洋溢著輕鬆、活潑和

童趣的氛圍。作者並沒有刻意去營造這種氛圍，而是娓娓道來，在輕鬆的筆調之中，時光彷彿在倒流。與〈五猖會〉有意在敘述之中設置心理落差不同，〈從百草園到三味書屋〉則淡化敘述的戲劇性和衝突結構，讓敘述沿著線性的進程而緩緩展開，就像一個人在不知不覺之中慢慢成長，快樂或者痛苦，有的依然記得，有的早已隨風飄散，這其間沒有遺憾，也沒有痛惜，只有一個個或深或淺的印痕鐫刻著時光悄悄流逝。但是，在〈從百草園到三味書屋〉看似平淡的敘述之中，也隱含著雋永的意味，這種意味是隨著文本敘述的徐徐展開而漸漸浮現出來，就如一顆含在口中的青橄欖。且讓我們從文本的開頭說起：「我家的後面有一個很大的園，相傳叫作百草園……不必說碧綠的菜畦，光滑的石井欄，高大的皂莢樹，紫紅的桑椹；也不必說鳴蟬在樹葉裡長吟，肥胖的黃蜂伏在菜花上，輕捷的叫天子（雲雀）忽然從草間直竄向雲霄裡去了。單是周圍的短短的泥牆根一帶，就有無限趣味，油蛉在這裡低唱，蟋蟀們在這裡彈琴，翻開斷磚來，有時會遇見蜈蚣；還有斑蝥，倘若用手指按住它的脊樑，便會拍的一聲，從後竅噴出一陣煙霧。何首烏藤和木蓮藤纏絡著，木蓮有蓮房一般的果實，何首烏有臃腫的根。有人說，何首烏根是有像人形的，吃了便可以成仙，我於是常常拔它起來，牽連不斷地拔起來，也曾因此弄壞了泥牆，卻從來沒有見過有一塊根像人樣。如果不怕刺，還可以摘到覆盆子，像小珊瑚珠攢成的小球，又酸又甜，色味都比桑椹要好得遠。」如此的敘述，真是精彩之極，毫不誇張地說，僅僅舉出這一例，就足以證明現代散文風格的「幽默、雍容、漂亮、縝密」。敘述之中不僅充分展示了魯迅豐富的自然知識和對自然細緻的觀察力，而且也充分展示了魯迅獨特的語言表現力：不僅準確地寫出百草園中不同動植物的形態、特徵，而且還能讓它們各具特性、各有風姿。同時，為了展示百草園中童趣的多樣性，作者還有意選擇冬季時的百草園來加以描繪：「冬天的百草園比較的無味；雪一下，可就兩樣了。拍雪人（將

自己的全形印在雪上）和塑雪羅漢需要人們鑑賞，這是荒園，人跡罕至，所以不相宜，只好來捕鳥。薄薄的雪，是不行的；總須積雪蓋了地面一兩天，鳥雀們久已無處覓食的時候才好。掃開一塊雪，露出地面，用一支短棒支起一面大的竹篩來，下面撒些秕穀，棒上繫一條長繩，人遠遠地牽著，看鳥雀下來啄食，走到竹篩底下的時候，將繩子一拉，便罩住了。但所得的是麻雀居多，也有白頰的『張飛鳥』，性子很躁，養不過夜的。」與前面對百草園動植物的細緻描繪不同，作者在這裡突出冬季時分百草園的另一番景象：儘管已成為人跡罕至的荒園，但童年的「我」仍然能在雪天從「無味」之中找到屬於自己的樂趣——捕鳥。文本對捕鳥的過程有一個非常細緻的描述，從中可以看出魯迅對這一活動之記憶的鮮活感，也使得這一場景充滿著電影特寫鏡頭的畫面感。總之，文本雖然僅有兩處寫到百草園，但又各有不同的側重點，展現了童趣的不同方面，使得文本的敘述顯得搖曳多姿、各呈異彩。「從百草園到三味書屋」，按理說，文本對如何「到」、為什麼要「到」，應有詳細敘述，但是，作者對此只是一筆帶過，並沒有詳加敘述，這樣就在無形之中加快了敘述節奏，相應的，也增強了文本連續性的畫面感。對百草園的描寫，作者重在外部生態，而對三味書屋的描寫，則主要借助人物來映襯。這種在敘述方面有意識的差別，使文本的敘述方式、敘述風格有了多樣性的展示。且看作者是如何描繪三味書屋及其學習生活：「出門向東，不上半里，走過一道石橋，便是我的先生的家了」，「他是一個高而瘦的老人，鬚髮都花白了，還戴著大眼鏡。我對他很恭敬，因為我早聽到，他是本城中極方正、質樸、博學的人」。「先生讀書入神的時候，於我們是很相宜的。有幾個便用紙糊的盔甲套在指甲上做戲。我是畫畫兒，用一種叫作『荊川紙』的，蒙在小說的繡像上一個個描下來，像習字時候的影寫一樣。讀的書多起來，畫的畫也多起來；書沒有讀成，畫的成績卻不少了。」對於三味書屋的讀書生活，可寫的方面很多，可選擇

的寫法也很多，但魯迅有意選擇一種從側面寫來的方法。從側面寫來
的方法在中國古文寫作傳統中則是十分常見，這種寫法一般不正面描
寫所要敘述的重點，而是通過對與此有關的人物及其活動的敘述，來
映襯所要敘述的重點之所在。關於三味書屋的敘述，魯迅就借鑑了這
一寫法，生動地再現這一段讀書生活中幾件記憶猶新的事：一是，當
「我」問先生「怪哉」這蟲怎麼一回事時，他似乎很不高興，臉上還
有怒色。然而，先生為什麼不高興呢？童年的「我」不得而知，當
「我」重新憶起此事時，對先生不高興的原因，或許能略加推測，但
也僅僅止於推測而已。二是，先生讀書時陶醉的情形：「讀到這裡，
他總是微笑起來，而且將頭仰起，搖著，向後面拗過去，拗過去。」
通過如此極富畫面感的描寫，一個私塾老先生迂執而又可笑的神態，
躍然紙上。

　　魯迅在《吶喊》〈自序〉中曾寫過這樣的一段話：「有誰從小康人
家而墜入困頓的麼，我以為在這途中，大概可以看見世人的真面
目。」[16]「父親的病」顯然是這途中一個關鍵的事件。對這一事件的
記憶，也是魯迅心靈的一個痛苦的糾結點。他曾說道：「我有四年
多，曾經常常，——幾乎是每天，出入於質鋪和藥店裡，年紀可是忘
卻了，總之是藥店的櫃檯正和我一樣高，質鋪的是比我高一倍，我從
一倍高的櫃檯外送上衣服或首飾去，在侮蔑裡接了錢，再到一樣高的
櫃檯上給我久病父親去買藥。回家之後，又須忙別的事了，因為開方
的醫生是最有名的，以此所用的藥引也奇特：冬天的蘆根，經霜三年
的甘蔗，蟋蟀要原對的，結子的平地木……多不是容易辦到的東西。
然而我的父親終於日重一日的亡故了。」[17]櫃檯和質鋪的高度、別人
侮蔑的眼神，至今想起仍然刻骨銘心，可見這一番磨難在魯迅心靈上

16　魯迅：《魯迅全集》（北京市：人民文學出版社，2005年），卷1，頁437。
17　魯迅：《魯迅全集》（北京市：人民文學出版社，2005年），卷1，頁437。

所烙下的創傷印痕是多麼的難以撫平，以至於「病」與「藥」成為魯迅創作中一個具有原型意義的母題：從軀體之傷痛擴展深化到對精神之傷痛的省思。值得注意的是，在小說和雜文中，魯迅關於痛與病的敘述，字裡行間總是流淌著一種悲傷乃至憤激的情緒，總是直接強調疾病體驗對身心、人格與思想成長的複雜影響，但在〈父親的病〉中，魯迅則選擇了一種看似輕鬆的喜劇性的筆法。然而，文本的敘述之中越是洋溢著喜劇性，讀者卻越感到一種沉重的悲劇性，越能品味出一種濃郁的悲傷與失望，文本內在的這種巨大的審美情感的落差，正是這篇散文敘述的關鍵之所在。這種敘述方式在寫於此前的小說《阿Q正傳》中，魯迅對此已有淋漓盡致的發揮。當然，由於〈父親的病〉觸及自己的「至親至痛」，因此，這種喜劇性的敘述方式必然會有所克制，且看下列的敘述過程：作者先是敘述如何請來S城中所謂的「名醫」：「我曾經和這名醫周旋過兩整年，因為他隔日一回，來診我父親的病。那時雖然已經很有名，但還不至於闊得這樣不耐煩；可是診金卻已經是一元四角。現在的都市上，診金一次十元並不算奇，可是那時是一元四角已是鉅款，很不容易張羅的了；又何況是隔日一次。他大概的確有些特別，據輿論說，用藥就與眾不同。我不知道藥品，所覺得的，就是『藥引』的難得，新方一換，就得忙一大場。先買藥，再尋藥引。『生薑』兩片，竹葉十片去尖，他是不用的了。起碼是蘆根，須到河邊去掘；一到經霜三年的甘蔗，便至少也得搜尋兩三天。可是說也奇怪，大約後來總沒有購求不到的。」和《吶喊》〈自序〉中的有關敘述相比，這裡的敘述更加詳細，也更有意突出這位名醫在「藥引」方面的與眾不同，越是寫出其「與眾不同」，就越能造成一種心理假像：這位「名醫」的醫術越高明，也就越增加親人對治癒父親的期待。然而，實際的治療效果卻恰恰相反，這就造成期待的落空，從而產生了一種深刻的喜劇感。「這樣有兩年，漸漸地熟識，幾乎是朋友了。父親的水腫是逐日利害，將要不能起床；我

對於經霜三年的甘蔗之流也逐漸失了信仰，採辦藥引似乎再沒有先前一般踴躍了。」這是「我」在父親生病過程中與 S 城的所謂「名醫」第一回合的交往。雖然，「我」對那些「藥引」逐漸失去信仰，但還沒有滑入無望的深淵。而接著，請到的是另一位「名醫」，其藥引之莫名其妙有過之而無不及，關於這次交往的敘述，魯迅有意放鬆先前的克制，漸漸地對喜劇性筆法有所張揚：「陳蓮河的診金也是一元四角。但前回的名醫的臉是圓而胖的，他卻長而胖了：這一點頗不同。還有用藥也不同。前回的名醫是一個人還可以辦的，這一回卻是一個人有些辦不妥帖了，因為他一張藥方上，總兼有一種特別的丸散和一種奇特的藥引。蘆根和經霜三年的甘蔗，他就從來沒有用過。最平常的是『蟋蟀一對』，旁注小字道：『要原配，即本在一窠中者。』似乎昆蟲也要貞節，續弦或再醮，連做藥資格也喪失了。但這差使在我並不為難，走進百草園，十對也容易得，將它們用線一縛，活活地擲入沸湯中完事。然而還有『平地木十株』呢，這可誰也不知道是什麼東西了，問藥店，問鄉下人，問賣草藥的，問老年人，問讀書人，問木匠，都只是搖搖頭，臨末才記起了那遠房的叔祖，愛種一點花木的老人，跑去一問，他果然知道。」文本緊緊抓住這位「名醫」的「藥引」之奇特，並對這種「奇特」性進行有意的張揚，其目的是為了造成一種落差：藥引越是奇特，越讓人期待有獨特的藥效，然而，父親的病還是終於沒有辦法挽救了。文本的情感至此從無望落入了絕望之中。用這種喜劇性的筆法寫出這種絕望的心境，這需要一種多麼高超的敘述技巧。細心的讀者會發現，在〈父親的病〉中，作者很少用筆去觸及在父親生病與治病期間，「我」和家人的內心世界，但是，讀者就在作者關於尋找藥引的敘述之中，仍能讀出「我」和家人心情的焦慮與期盼。如，文中一連串的「問藥店，問……」就婉轉地暗示著內心的焦慮與慌亂。借助對一連串動作的描寫來襯托人物的內心世界，這一寫法不僅在這篇散文中有精彩的體現，而且在〈肥皂〉、〈離

婚〉等小說中已有「圓熟」與「深切」的展示。[18]

　　無論是〈五猖會〉、〈從百草園到三味書屋〉還是〈父親的病〉，魯迅對回憶的敘述都相對集中在若干有限的人與事之上，敘述技巧的關鍵在於通過敘述視角和敘述節奏的有效調控，形成有效聚焦，從而使這些有限的「人」與「事」能夠鮮明而生動地浮現出來。然而，在〈瑣記〉一文中，作者對回憶的敘述，由於時空的跨度更大了，因此，對敘述技巧的要求也更複雜了。首先，如何做到「瑣記」不「瑣」，是這篇散文的第一重挑戰。為此，作者有意選取若干片段來寫，並且這些片段都是處在自己成長歷程關鍵性的轉捩點。如，文本對「我」為何要離開S城的敘述：由於「我聽到一種流言，說我已經偷了家裡的東西去變賣了，這實在使我覺得如掉在冷水裡」。「S城人的臉早經看熟，如此而已，連心肝也似乎有些了然。總得尋別一類人們去，去尋為S城人所詬病的人們，無論其為畜生或魔鬼。」同樣是這一經歷，《吶喊》〈自序〉的敘述則相當的簡略：「我要N進K學堂去了，彷彿是想走異路，逃異地，去尋找別樣的人們。」[19]敘述的重點也有所不同，〈瑣記〉更強調「離開」的原因及其心情，從而顯得具體而又深切。「記」是一種最常見的文體，也正是因為其文體之「熟」，相應的，文體之「匠氣」與「板滯」的危機也容易發作，因此，如何做到「記」而不枯燥、不呆板，是這篇散文的第二重挑戰。為此，作者通過有意渲染一些似乎無關緊要的「小事」，從而高度智慧地把筆致放在環境與氛圍的描寫上，借此營造出一系列獨特的記憶氛圍，使「瑣記」之中充滿著時代真實感與歷史逼真性。如，「我」對學校的記憶，除了「桅杆」之外，就是早已填平的游泳池了。作者是這樣描寫的：「原先還有一個池，給學生學游泳的，這裡面卻淹死

18　魯迅：《魯迅全集》（北京市：人民文學出版社，2005年），卷6，頁238。
19　魯迅：《魯迅全集》（北京市：人民文學出版社，2005年），卷1，頁437。

了兩個年幼的學生。當我進去時，早填平了，不但填平，上面還造了一所小小的關帝廟。廟旁是一座焚化字紙的磚爐，爐口上方橫寫著四個大字道：『敬惜字紙』。只可惜那兩個淹死鬼失了池子，難討替代，總在左近徘徊，雖然已有『伏魔大帝關聖帝君』鎮壓著。辦學的人大概是好心腸的，所以每年七月十五，總請一群和尚到雨天操場來放焰口，一個紅鼻而胖的大和尚戴上毗盧帽，捏訣，念咒：『回資羅，普彌耶吽，唵吽！唵！耶！吽！！！』」這就是十九世紀末中國所謂新式學堂的縮影，表面上是新學新氣象，骨子裡仍是古舊與迷信的。歷史的氣氛在魯迅關於和尚如何做道場的充滿幽默的敘述之中，不僅變得真切可感，而且在悄然之間所有關於這段歷史的宏大敘事都被解構了，展現為「草根中的歷史」、「民間中的歷史」。當然，這樣氣氛對一位有志於追求新學的知識分子來說，「總覺得不大合適，可是無法形容出這不合適來。現在是發現了大致相近的字眼了，『烏煙瘴氣』，庶幾乎其可也。只得走開」，「於是毫無問題，去考礦路學堂去了」。如何在對「瑣記」的敘述之中，不忘卻「我」的主體性存在，是這篇散文的第三重挑戰。只有始終記住「我」的主體性存在，才能在「瑣記」之中抓住一條回憶的主線，從而形成敘述的主脈。關於這一點，在〈瑣記〉之中，作者不斷強調「我」在環境變化之中所做的不同選擇，不斷突出「我」在新環境之中所獲得的新體會，目的都是為了突顯「我」的存在。如，敘述「我」對「新學」的閱讀：「看新書的風氣便流行起來，我也知道了中國有一部書叫《天演論》。星期日跑到城南去買了來，白紙石印的一厚本，價五百文正。翻開一看，是寫得很好的字，開首便道：『赫胥黎獨處一室之中……』哦，原來世界上竟還有一個赫胥黎坐在書房裡那麼想，而且想得那麼新鮮？一口氣讀下去，『物競』『天擇』也出來了，蘇格拉第、柏拉圖也出來了，斯多葛也出來了。」儘管有長輩的反對，但「仍然自己不覺得有什麼『不對』，一有閒空，就照例地吃侉餅、花生米、辣椒，看《天演論》」。

「我」的感受在敘述之中仍然那麼新鮮、親切，這種獨特的在場感，生動地再現了那段歷史氛圍。〈瑣記〉回憶的是自己的一段經歷，然而透過一個人的經歷，折射的是一段宏闊的歷史。在〈瑣記〉之中，只要記憶在場，「我」就一定在場，隨之我們就能聽到歷史漸行漸近的足音。

三　「現在」與「過去」的交錯

　　《朝花夕拾》中寫人敘事的篇章，較少地雜入對現實社會的批判，以上的分析充分說明這一點。然而，〈狗‧貓‧鼠〉、〈二十四孝圖〉這兩篇散文則不同，在這兩篇文本中，有關回憶均是由於現實的激發，因此，這兩篇散文對回憶的敘述，必然存在兩重敘述視角、兩種敘述語調。敘述的挑戰性就在於，在文本之中，魯迅必須做到這兩重敘述視角之間的轉換是自然的，而不是相互割裂；這兩種敘述語調的銜接是順暢的，而不是突兀的。這一敘述的挑戰性也是我們要分析的關鍵之所在。先來看一看〈狗‧貓‧鼠〉一文，魯迅在這篇散文中回憶了在童年時代對「隱鼠」的喜愛：「這類小鼠大抵在地上走動，只有拇指那麼大，也不很畏懼人，我們那裡叫它『隱鼠』，與專住在屋上的偉大者是兩種。我的床前就帖著兩張花紙，一是『八戒招贅』，滿紙長嘴大耳，我以為不甚雅觀；別的一張『老鼠成親』卻可愛，自新郎、新婦以至儐相、賓客、執事，沒有一個不是尖腮細腿，像煞讀書人的，但穿的都是紅衫綠褲。我想，能舉辦這樣大儀式的，一定只有我所喜歡的那些隱鼠。⋯⋯但那時的想看『老鼠成親』的儀式，卻極其神往⋯⋯正月十四的夜，是我不肯輕易便睡，等候它們的儀仗從床下出來的夜。然而仍然只看見幾個光著身子的隱鼠在地面遊行，不像正在辦著喜事。直到我熬不住了，快快睡去，一睜眼卻已經天明，到了燈節了。」事實上，作者在如此滿懷深情地回憶起童年時

代對隱鼠的喜愛之前，已經用了很多的筆墨敘述自己為什麼仇貓，那
是因為貓對強者的媚態，對弱者的兇殘。在字裡行間影射的是當時魯
迅正與之論戰的「現代評論派」的「正人君子」們。在審美接受中，
讀者之所以會產生這樣的閱讀反應，主要是由於魯迅在敘述之中很巧
妙地引述「正人君子」們當下的一些言論，這看似斷章取義，卻又順
理成章；看似莫名其妙，卻又渾然天成。比如，在文中有這樣的一段
話：「蟲蛆也許是不乾淨的，但它們並沒有自鳴清高；鷙禽猛獸以較
弱的動物為餌，不妨說是兇殘的罷，但它們從來就沒有豎過『公理』
『正義』的旗子，使犧牲者直到被吃的時候為止，還是一味佩服讚歎
它們。」這裡所指涉的「公理」「正義」是陳西瀅等人最常用的字
眼，甚至在一九二五年十一月北京女子師範大學復校後，陳西瀅等人
還在宴會席上組織所謂的「教育界公理維持會」，支持北洋政府迫害
學生和教育界進步人士，魯迅在雜文〈「公理」的把戲〉中對此則有
全面的揭露。[20]但是，從文體的內在規定性來看，如果讓類似的現實
指涉在文本中無限制地擴展，那麼，〈狗・貓・鼠〉在文體上就會蛻
變成為一篇雜文。這時，魯迅就必須從此前敘述的信馬由韁轉而趕緊
抓住韁頭，實現從「現實」回望「過去」，在這轉換的節點上，作者
巧妙地寫下這樣一段話：「但是，這都是近時的話。再一回憶，我的
仇貓卻遠在能夠說出這些理由之前，也許是還在十歲上下的時候了。
至今還分明記得，那原因是極其簡單：只因為它吃老鼠——吃了我飼
養的可愛的小小的隱鼠。」從敘述結構的功能上看，這段話真正起到
起承轉合的作用，使文本順暢地完成從「現在」折向「過去」，從今
天的「我」向過去的「我」的過渡。文本接下來就沿著有關「隱鼠」
的視角而展開，敘述自己如何最終如願以償了：「有一回，我就聽得
一間空屋裡有著這種『數錢』的聲音，推門進去，一條蛇伏在橫樑

---

20 吳中傑：《魯迅傳》（上海市：復旦大學出版社，2008年），頁207。

上，看地上，躺著一匹隱鼠，口角流血，但兩肋還是一起一落的。取來給躺在一個紙盒子裡，大半天，竟醒過來了，漸漸地能夠飲食，行走，到第二日，似乎就復了原，但是不逃走。放在地上，也時時跑到人面前來，而且緣腿而上，一直爬到膝髁。給放在飯桌上，便撿吃些菜渣，舔舔碗沿；放在我的書桌上，則從容地遊行，看見硯臺便舔吃了研著的墨汁。這使我非常驚喜了。我聽父親說過的，中國有一種墨猴，只有拇指一般大，全身的毛是漆黑而且發亮的。它睡在筆筒裡，一聽到磨墨，便跳出來，等著，等到人寫完字，套上筆，就舔盡了硯上的餘墨，仍舊跳進筆筒裡去了。我就極願意有這樣的一個墨猴，可是得不到；……『慰情聊勝無』，這隱鼠總可以算是我的墨猴了罷，雖然它舔吃墨汁，並不一定肯等到我寫完字。」劫後餘生的隱鼠在作者的敘述之中顯得活靈活現，生趣盎然。這裡的敘述視角與敘述語調均保持在童年的記憶圖景之中，這就是〈狗·貓·鼠〉在現實激發下所憶起的童年經驗之一。必須看到的是，這篇散文正是由於在現實的種種言論和處境的刺激之下起筆的，因此，在敘述之中必然潛存著一個現實性的召喚結構與意義指向，這樣就使得文本的敘述視角不得不頻繁地往返於過去與現實之間。「童年的經驗」也就在視角的不斷過渡與轉換之中，漸漸地成長、成熟，猶如一顆種子在歲月雨水的浸潤之下，在吸足水分之後，慢慢地膨脹、蘇醒，而後開始萌發抽芽。當「我」敘述到隱鼠被踏死之後，敘述的視角與語調又自然地回到「現在」：「這確實是先前所沒有料到的。現在我已經記不清當時是怎樣一個感想，但和貓的感情卻終於沒有融和；到了北京，還因為它傷害了兔的兒女們，便舊隙夾新嫌，使出更辣的辣手。『仇貓』的話柄，也從此傳揚開來。」這在結構上巧妙地照應了文章的開頭，作者所要表達的批判性的情感也在看似平和的語調之中悄然地蕩漾開來。

　　如果說〈狗·貓·鼠〉敘述的智慧在於作者通過敘述視角和敘述語調的調控技巧，很自然地完成從現實情境回望童年經驗，再從童年

經驗回到現實情境的過渡與轉換，那麼，對於〈二十四孝圖〉來說，如何處理「過去」的敘述立場與「今天」的敘述立場之間的聯繫與差異，則是至關重要的。〈二十四孝圖〉是「我」在童年時代的閱讀物之一，那麼，在童年時閱讀〈二十四孝圖〉的經驗與感受是什麼？這種經驗與感受在「我」今天的內心世界留下什麼樣的印象呢？這其中的聯繫與差異又是怎樣呢？今天的「我」對此又是如何評判呢？「過去」的我與「今天」的我，就在這些疑問之中相互纏繞。因此，如何將「他們」有序地解開與連接，確實需要作者的心靈手巧。且看作者在這裡所展現的不凡身手。文本一開始就用了很長的篇幅來鞭撻所謂的「反對白話，妨害白話」者，而後才轉入對有關〈二十四孝圖〉的敘述：「這雖然不過薄薄的一本書，但是下圖上說，鬼少人多，又為我一個所獨有，使我高興極了。那裡面的故事，似乎是誰都知道的；便是不識字的人，例如阿長，也只要一看圖畫便能夠滔滔地講出這一段的事蹟。但是，我於高興之餘，接著就是掃興，因為我請人講完了二十四個故事之後，才知道『孝』有如此之難，對於先前癡心妄想，想做孝子的計畫，完全絕望了。」這裡的敘述，強調的是「我」在童年時閱讀〈二十四孝圖〉的整體感受，敘述立場控制在童年的「我」經驗感受之內。為了使這種敘述立場更加明確，作者進而集中選擇了自己閱讀「老萊娛親」與「郭巨埋兒」兩幅圖時的經驗與體會，這樣就把敘述立場從整體性向個體化聚焦。在〈二十四孝圖〉中，「其中最使我不解，甚至於發生反感的，是『老萊娛親』和『郭巨埋兒』兩件事」，「我至今還記得，一個躺在父母跟前的老頭子，一個抱在母親手上的小孩子，是怎樣地使我發生不同的感想呵。他們一手都拿著『搖咕咚』。這玩意兒確是可愛的……然而這東西是不該拿在老萊子手裡的，他應該扶一枝拐杖。現在這模樣，簡直是裝佯，侮辱了孩子。我沒有再看第二回，一到這一葉，便急速地翻過去了」。只要細心的閱讀，讀者就會發現，在這段敘述之中交錯著兩個立場，一是

「我至今還記得」，這顯然指的是童年經驗；二是「然而……現在這模樣，簡直是裝佯，侮辱了孩子」，這顯然是成人的判斷。這兩種敘述立場的過渡，此處只用「然而」就完成了。但是，對於「郭巨埋兒」的敘述，顯然要複雜得多，其中尤為典型的是，作者運用了「佯謬法」，即表面上是故作不解，實際上是一目了然。文本是這樣敘述的：「至於玩著『搖咕咚』的郭巨的兒子，卻實在值得同情。他被抱在他母親的臂膊上，高高興興地笑著；他的父親卻正在掘窟窿，要將他埋掉了……我最初實在替這孩子捏一把汗，待到掘出黃金一釜，這才覺得輕鬆。然而我已經不但自己不敢再想做孝子，並且怕我父親去做孝子了。家境正在壞下去，常聽到父母愁柴米；祖母又老了，倘使我的父親竟學了郭巨，那麼，該埋的不正是我麼？如果一絲不走樣，也掘出一釜黃金來，那自然是如天之福，但是，那時我雖然年紀小，似乎也明白天下未必有這樣的巧事。」借助「佯謬」，作者細緻入微地刻畫了「我」在童年閱讀「郭巨埋兒」故事時的心理活動：先是「捏一把汗」，而後「才覺得輕鬆」，然而一想到自己的家境則又感到恐懼，一波三折地寫出兒童由於對人情世故還十分不解而產生的充滿困惑與憂懼的心理變化過程。接著，作者又很自然地過渡到「現在」的立場：「現在想起來，實在很覺得傻氣。這是因為現在已經知道了這些老玩意，本來誰也不實行」，這是「我」久經歷練、洞悉世故之後的自嘲與解脫，也讓讀者會心一笑。

四　黑暗之舞

在《朝花夕拾》中，〈無常〉是一個異數，也是一篇奇文。如果非要在《朝花夕拾》之中選擇一篇「經典中的經典」，我會毫不猶豫地選擇〈無常〉。這篇散文與〈女吊〉，堪稱魯迅散文的雙璧。無論是構思的奇妙、敘述的奇崛，還是想像的奇幻，〈無常〉均有無可超越

的獨到之處。先來看構思的奇妙。〈無常〉一文始終存在著雙重結構：生／死、陽間／陰間、冤抑／反抗、可怖／可愛、鬼／人，這種雙重結構的存在，一方面使得關於無常的敘述有著很明確的現實指向，另一方面也讓文本從陰鬱可怖的氛圍之中，透露出一股生命與反抗的樂趣。「無常」是魯迅故鄉的民間迎神賽會上的一個特別的角色，對於「無常」，在文本中作者是把「他」放在不同的語境加以展示，這充分體現了這篇散文敘述的奇崛。先是迎神賽會上的「無常」：「至於我們——我相信：我和許多人——所願意看的，卻在活無常。他不但活潑而詼諧，單是那渾身雪白這一點，在紅紅綠綠中就有『鶴立雞群』之概。只要望見一頂白紙的高帽子和他手裡的破芭蕉扇的影子，大家就都有些緊張，而且高興起來了。」然後是城隍廟或東嶽廟裡的「無常」：「城隍廟或東嶽廟中，大殿後面就有一間暗室……在才可辨色的昏暗中，塑造著各種鬼……而一進門口所看見的長而白的東西就是他。」接著，則是《玉歷鈔傳》上的「無常」：「身上穿的是斬衰凶服，腰間束的是草繩，腳穿草鞋，項掛紙錠；手上是破芭蕉扇，鐵索，算盤；肩膀是聳起的，頭髮卻披下來；眉眼的外梢都向下，像一個『八』字。頭上一頂長方帽，下大頂小，按比例一算，該有二尺來高罷；在正面……直寫著四個字道：『一見有喜。』」最後才是目連戲中的「無常」：「不過這懲罰，卻給了我們的活無常以不可磨滅的冤苦的印象，一提起，就使他更加蹙緊雙眉，捏定破芭蕉扇，臉向著地，鴨子浮水似的跳舞起來。」這四個不同語境中的「無常」形象有著不同的特徵：或可愛，或可怖，或灑脫，或冤苦。最後，再來看一看這篇散文想像的奇幻，這一特點在作者敘述目連戲的戲臺上的「無常」時體現得最為充分：「在許多人期待著惡人的沒落的凝望中，他出來了，服飾比畫上還簡單，不拿鐵索，也不帶算盤，就是雪白的一條莽漢，粉面朱唇，眉黑如漆，蹙著，不知道是在笑還是在哭。但他一出臺就須打一百零八個嚏，同時也放一百零八個屁，這才

自述他的履歷。」「我至今還確鑿記得，在故鄉時候，和『下等人』一同，常常這樣高興地正視過這鬼而人，理而情，可怖而可愛的無常；而且欣賞他臉上的哭或笑，口頭的硬語與諧談⋯⋯」在這個想像的世界中，作者彰顯了「無常」人性與人情的一面，而去掉了陰森恐怖的另一面。從此，「無常」從黑暗的魂靈之舞，昇華成一個親切、可愛的文學經典形象，就像「女吊」那樣。此後，這兩個鬼魂成為了「比一切鬼魂更美、更強的鬼魂」。

　　茅盾曾說：「在中國新文壇上，魯迅君常常是創造『新形式』的先鋒；《吶喊》裡的十多篇小說幾乎一篇有一篇形式。」[21]綜上所述，我認為，這一評價若移用到《朝花夕拾》上來，也是頗為貼切的。

中篇　悲欣交集
——《朝花夕拾》的情感結構

　　三月的泉州，柔細的刺桐花絮滿城飄飛。在這個季節，日暮時分，有一次我登上清源山，在途中，看到岩石上刻著弘一法師的一行字：悲欣交集。蒼勁的線條之中透露悲涼、灑脫，剎那間，我的內心有一種說不出的感慨。四近是漸漸黯淡的霧靄，連綿的清源山像一隻疲憊蹣跚的怪獸，在霧靄之中隱隱約約。春雨漸漸地下得淅淅瀝瀝，行人也漸漸稀少下來，獨自一人，在這行文字面前，我佇立了很久，我知道，這是弘一法師的絕筆，他把一生的悲歡離合、把對生命的眷戀與洞悉、把人性的羈絆與灑脫、把今生與來世、把恐懼與超然，都淋漓盡致地揮灑在這四個字的書寫之中。線條尚且如此，何況文字。古往今來，無論是自傳，還是回憶錄乃至自傳體文學，其中最重要同時也最複雜的主人翁，無疑是「自我」。然而，自我在不同文本之中

21　雁冰：〈讀《吶喊》〉，《時事新報・學刊》第91期（1923年）。

有不同的存在方式：或者深藏不露，或者飄忽不定，或者喬裝打扮，
或者躍然紙上。比如，茨威格在《昨日的世界》裡就宣稱，講述自己
就是講述一個時代，他說道：「我從未把個人看得如此重要，以致醉
心於非把自己的生平歷史向旁人講述不可。只是因為在我鼓起勇氣開
始寫這本以我為主角——或者確切地說以我為中心的書以前，所曾發
生過的許多事，遠遠超過以往一代人所經歷過的事件、災難和考察。
我之所以讓自己站到前邊，只是作為一個幻燈報告的解說員；是時代
提供了畫面，我無非是為這些畫面作些解釋，因此我所講的根本不是
我的遭遇，而是當時整整一代人的遭遇。」[22]或許茨威格有些謙虛
吧！在《昨日的世界》中，我們分明看到了二十世紀前半葉一個歐洲
猶太知識分子的理想、激情與挫折；在一個劇烈變動的時代中，一個
人文知識分子肩負著困惑與悲傷而漸漸遠去的背影。赫爾岑或許更有
俄國知識分子的坦率，所以他在《往事與隨想》中明確宣稱自己的寫
作更關注「自我」的內心，他說道：「本書與其名為見聞錄，不如說
是自白書。正因為這個緣故，來自往事的片段回憶與出自內心的隨
想，交替出現，混雜難分。」[23]然而，即使在自己的回憶之中，「自
我」真的能言聽計從，萬般馴服嗎？顯然不是的。君特‧格拉斯在其
自傳《剝洋蔥》中就說：「回憶像孩子一樣，也愛玩捉迷藏的遊戲。
它會躲藏起來。它愛獻媚奉承，愛梳妝打扮，而且常常並非迫不得
已。它與記憶相悖，與舉止迂腐、老愛爭個是非曲直的記憶相悖。你
若是追問它，向它提問，回憶就像一顆要剝皮的洋蔥。」[24]的確如
此，洋蔥每剝一層，似乎離「核心」更進一層。但是，剝著剝著，你
會發現，最後的「核心」是沒有的，每層都可能是「核心」：「第一層

22　〔奧〕斯蒂芬‧茨威格：《昨日的世界——一個歐洲人的回憶》（北京市：生活‧讀
　　書‧新知三聯書店，1991年），頁1。

23　〔俄〕赫爾岑：《往事與隨想》（北京市：人民文學出版社，1993年），頁1。

24　〔德〕君特‧格拉斯：《剝洋蔥》（南京市：譯林出版社，2008年），頁4。

洋蔥皮是乾巴巴的，一碰就沙沙作響。下面一層剛剝開，便露出濕漉漉的第三層，接著就是第四、第五層在竊竊私語，等待上場。每一層洋蔥皮都出汗似的滲出長期迴避的詞語……層層何其多，剝掉重又生。」[25]君特・格拉斯在面對回憶之時的感慨與無奈，魯迅在《朝花夕拾》〈小引〉中也有相似的說法：「我常想在紛擾中尋出一點閒靜來，然而委實不容易。目前是這麼離奇，心裡是這麼蕪雜。帶露折花，色香自然要好得多，但是我不能夠。便是現在心目中的離奇和蕪雜，我也還不能使他即刻幻化，轉成離奇和蕪雜的文章。或者，他日仰看流雲時，會在我的眼前一閃爍罷。」[26]正是這樣的兩難困境，使得每一次的回憶都需要連接「今天」與「昨天」的橋樑。正如薩義德在自傳《格格不入》中所說的那樣：「寫這本回憶錄的主要理由，當然還是我今日生活的時空與我昔日生活的時空相距太遠，需要連接的橋樑，這距離的結果之一，是在我重建一個遙遠時空與經驗時，態度與語調上帶著某種超脫與反諷。」[27]那麼，魯迅在《朝花夕拾》中所找到的連接「今日」與「昨日」的橋樑是什麼呢？我認為，就是流露在文本之中漸漸成長變化、漸漸變得清晰可鑒的自我情感。正是自我情感的作用，才使得記憶中的人與事從沉默之中浮現出來，變得熠熠生輝。反過來說，也正是有了這些記憶中的人與事，才使得自我情感有所附著，變得日益成熟與飽滿，就如米（記憶）在釉（自我情感）的作用下發酵成酒。魯迅就曾表述過相似的心情：「我靠了石欄遠眺，聽得自己的心音，四遠還彷彿有無量悲哀，苦惱，零落，死滅，都雜入這寂靜中，使它變成藥酒，加色，加味，加香。」[28]那麼，在

---

25 〔德〕君特・格拉斯：《剝洋蔥》（南京市：譯林出版社，2008年），頁5。

26 魯迅：《魯迅全集》（北京市：人民文學出版社，2005年），卷2，頁235。

27 〔美〕愛德華・W. 薩義德撰，彭淮棟譯：《格格不入：薩義德回憶錄》（北京市：生活・讀書・新知三聯書店，2004年），頁5。

28 魯迅：《魯迅全集》（北京市：人民文學出版社，2005年），卷4，頁18。

《朝花夕拾》之中，魯迅究竟表達了怎樣不同的自我情感呢？這些不同的自我情感在不同的文本中又有著怎樣不同的表達方式呢？在審美創造中，作家的所感與所憶又是如何相互點醒呢？

毫無疑問，在《朝花夕拾》中，魯迅所表達的自我情感是豐富多樣甚至是錯綜複雜的。為了闡釋的方便，我們按照這些自我情感的性質與構成，把它們劃分為：複雜、單純和混合三種類型。通過對這三種類型的解讀，我們可以借此感知與把握魯迅內心豐富性的不同特徵和不同表現形態。就像一個艱辛跋涉的旅人，有時因久經滄桑而對人世間充滿懷疑，有時因多歷磨難而內心積聚憤怒，有時因人生的挫敗而力抑悲憤，有時因友人的亡故而痛苦不安；然而，有時又會單純如赤子之心，渴望著受人愛護的溫暖，渴望著沉睡天性的蘇醒，渴望著無拘無束的童趣，渴望著繁華如夢的迎神賽會。這一切都使得《朝花夕拾》情感之河低迴曲折，猶如因四季變化而不同的河流——或汨汨流淌，或競相奔流，或迷霧籠罩，或清澈見底。面對《朝花夕拾》這些複雜豐富的自我情感，我們在闡釋視野上應聯繫魯迅其他文類的創作，特別是雜文，方可透析；同時，在分析方法上，既要注意《朝花夕拾》情感世界的整體性，又要關注這種整體性在不同篇章的具體特點。

一　現實的指向

我將其納入自我情感複雜類型的文本，有〈狗‧貓‧鼠〉、〈二十四孝圖〉和〈無常〉。在這三篇散文中，都有一個明確的現實的價值立場，童年的經驗與感受均在這現實的價值立場中得到折射，有時相互剝離、有時彼此變異、有時又互相映照。

在〈狗‧貓‧鼠〉一文中，魯迅表達了兩重的情感，一是對「貓」的痛恨，他說道：「現在說起我仇貓的原因來，自己覺得是理

由充足，而且光明正大的。一、它的性情就和別的猛獸不同，凡捕食雀鼠，總不肯一口咬死，定要盡情玩弄，放走，又捉住，捉住，又放走，直待自己玩厭了，這才吃下去，頗與人們的幸災樂禍，慢慢地折磨弱者的壞脾氣相同。二、它不是和獅虎同族的麼？可是有這麼一副媚態！但這也許是限於天分之故罷，假使它的身材比現在大十倍，那就真不知道它所取的是怎麼一種態度。」上文已指出，〈狗・貓・鼠〉一文是在現實問題直接激發下寫成的，這裡的「貓」以及關於「仇貓」的原因，均是有所指涉，為此有必要對相關的歷史語境做些簡要回顧。一九二四年年底，「女師大」風潮一起，魯迅就站在學生這一方。他第一次公開表示對此次學潮的意見，是一九二五年五月十二日發表在《京報副刊》上的《忽然想到》（七）[29]，他寫道：「我還記得中國的女人是怎樣的被壓制，有時簡直牛羊而不如，現在托了洋鬼子學說的福，似乎有些解放了。但她一得到可以逞威的地位如校長之類，不就雇傭了『掠袖擦掌』的打手似的男人，來威嚇毫無武力的同性的學生們麼？不是利用了外面正有別的學潮的時候，和一些狐群狗黨趁勢來開除她私意所不喜的學生們麼？而幾個在『男尊女卑』的社會生長的男人們，此時卻在異性的飯碗化身的面前搖尾，簡直牛羊而不如。」[30]隨著「女師大」事件的擴大，隨即引發了當時北京教育界的分化。在這種情勢之下，魯迅對「現代評論派」的「正人君子」們玩弄所謂「公理」的把戲，及時地予以迎頭痛擊，這些在《華蓋集》及《華蓋集續編》中均有精彩的呈現。[31]可以說，在〈狗・貓・鼠〉中所宣稱的「仇貓」的原因，就是魯迅在論戰中間所積累的憤怒情感的曲折體現，也使得這篇散文在回憶之中充滿著時代感和論辯

---

29 朱正：《一個人的吶喊：魯迅（1881-1936）》（北京市：十月出版社，2007年），頁161。

30 魯迅：《魯迅全集》（北京市：人民文學出版社，2005年），卷3，頁64。

31 吳中傑：《魯迅傳》（上海市：復旦大學出版社，2008年），頁207。

性。與「貓」的隱喻義相對立，「鼠」在文本中所隱喻的則是另一重含義，文本中反覆強調，在動物世界的殘酷而血腥的競爭之中，「鼠」時刻處於弱勢的地位。如果讀者能像對「貓」的隱喻解讀那樣聯繫該文本的寫作語境，那麼，就會對「鼠」的隱喻意義有所會心。一九二五年五月二十一日，魯迅寫了雜文〈「碰壁」之後〉，尖銳地抨擊那些所謂教育家們對學生的迫害，他把無限的同情與正義給予了受迫害的學生，文中說道：「此刻太平湖飯店之宴已近闌珊，大家都已經吃到霜淇淋，在那裡『冷一冷』了罷……我於是彷彿看見雪白的桌布已經沾了許多醬油漬，男男女女轉著桌子都吃霜淇淋，而許多媳婦兒，就如中國歷來的大多數媳婦兒在苦節的婆婆腳下似的，都決定了暗淡的運命。」「我吸了兩枝煙，眼前也光明起來，幻出飯店裡電燈的光彩，看見教育家在杯酒間謀害學生，看見殺人者於微笑後屠戮百姓，看見死屍在糞土中舞蹈，看見污穢灑滿了風籟琴，我想取作畫圖，竟不能畫成一線。」[32]在〈狗・貓・鼠〉中，「鼠」的處境不就是這些弱勢學生的寫照嗎？只有正視在這一歷史階段魯迅與「正人君子」們艱苦的論戰，才能找到解讀〈狗・貓・鼠〉情感內涵的切入點。魯迅曾感慨地說道：「現在是一年的盡頭的深夜，深得這夜將盡了，我的生命，至少是一部分的生命，已經耗費在寫這些無聊的東西中，而我所獲得的，乃是我自己靈魂的荒涼和粗糙，但是我並不懼怕這些，也不想遮蓋這些，而且實在有些愛他們了，因為這是我轉輾而生活於風沙中的瘢痕。凡有自己也覺得在風沙中轉輾而生活著的，會知道這意思。」[33]兩個月後，魯迅寫成了〈狗・貓・鼠〉，於是，內心的愛與恨、悲痛與憤激再一次得以宣洩與書寫。

在〈二十四孝圖〉一文中，魯迅表達的同樣是雙重情感體驗：一是對傳統教育扼殺天性、扭曲人性的鞭撻，他激烈而又語帶嘲諷地抨

---

32 魯迅：《魯迅全集》（北京市：人民文學出版社，2005年），卷3，頁76-77。
33 魯迅：《魯迅全集》（北京市：人民文學出版社，2005年），卷3，頁4-5。

擊道：「正如將『肉麻當作有趣』一般，以不情為倫紀，誣衊了古人，教壞了後人。老萊子即是一例，道學先生以為他白璧無瑕時，他卻已在孩子的心中死掉了。」「彼時我委實有點害怕：掘好深坑，不見黃金，連『搖咕咚』一同埋下去，蓋上土，踏得實實的，又有什麼法子可想呢。我想，事情雖然未必實現，但我從此總怕聽到我的父母愁窮，怕看見我的白髮的祖母，總覺得她是和我不兩立，至少，也是和我的生命有些妨礙的人。後來這印象日見其淡了，但總有一些留遺，一直到她去世──這大概是送給我〈二十四孝圖〉的儒者所萬料不到的罷。」眾所周知，「人的發現」是五四思想的偉大與深刻之處，其中「兒童的發現」與「婦女的發現」又是驅動「人的發現」這駕思想馬車的堅實的兩翼。以幼者為本位，對傳統禮教束縛、扼殺兒童天性的批判，在《新青年》〈隨感錄〉中已有十分激烈的表達，如，魯迅在《隨感錄》〈二十五〉中寫道：「中國娶妻早是福氣，兒子多也是福氣，所有小孩，只是他父母福氣的材料，並非將來『人』的萌芽，所以隨便輾轉，沒人管他，因為無論如何，數目和材料的資格，總還存在，即使偶爾送進學堂，然而社會和家庭的習慣，尊長和伴侶的脾氣，卻多與教育反背，仍然使他與新時代不合。大了以後，幸而生存，也不過『仍舊貫如之何』，照例是製造孩子的傢伙，不是『人』的父親，他生了孩子，便仍然不是『人』的萌芽。」[34]在《隨感錄》〈四十〉中，魯迅更是大聲疾呼：「可是東方發白，人類向各民族所要的是『人』──自然也是『人之子』」。[35]對「人之子」的呼喚，是魯迅五四思想啟蒙的主線之一，也是魯迅立人思想的核心內容之一，它貫穿魯迅一生的思想探索和思想追求。二是對兒童天性的同情與發現：「回憶起我和我的同窗小友的童年，卻不能不以為他幸

---

34 魯迅：《魯迅全集》（北京市：人民文學出版社，2005年），卷1，頁312。
35 魯迅：《魯迅全集》（北京市：人民文學出版社，2005年），卷1，頁338。

福，給我們的永逝的韶光一個悲哀的弔唁。我們那時有什麼可看呢，只要略有圖畫的本子，就要被塾師，就是當時的『引導青年的前輩』禁止、呵斥，甚而至於打手心。我的小同學因為專讀『人之初性本善』讀得要枯燥而死了，只好偷偷地翻開第一葉，看那題著『文星高照』四個字的惡鬼一般的魁星像，來滿足他幼稚的愛美的天性。昨天看這個，今天也看這個，然而他們的眼睛裡還閃出蘇醒和歡喜的光輝來。」為了讓兒童的天性從傳統文化束縛之中解放出來，五四時期的思想家們提出了不同的方案和不同的解放道路。除魯迅之外，周作人、胡適、陳獨秀、李大釗、錢玄同、劉半農等人，對此均有自己的言說。毫不誇張地說，在五四思想中瀰漫著一種「兒童崇拜」的風氣。因此，當我們重新審視這些言論時，就會發現，在這其中，有些不免刻意追求「語不驚人死不休」，有些不免「劍走偏鋒」。當然，如果我們要充分汲取這種沉澱在歷史之中的思想資源，則需要有一番披沙揀金的功夫。在諸多言論之中，魯迅的思想則顯出難得的理性與辯證。在這方面，最為經典的思想文獻就是〈我們現在怎樣做父親〉一文，從某種意義說，這是魯迅的「人」學論綱，它理性、深刻地闡釋了以幼者為本位的「人」學思想。這是古舊的東方民族為了從已承受兩千多年的家庭制度束縛之中解放出來所發出的一篇人性解放的宣言，它警醒了現代中國人重新審視自己的文化歷史，重新審視自己所遵從的規範倫理，重新審視自己所承擔的責任倫理。文中寫道：「我現在以為然的道理，極其簡單。便是依據生物界的現象，一，要保存生命，二，要延續這生命，三，要發展這生命（就是進化）。生物都這樣做，父親也就是這樣做……自然界的安排，雖不免也有缺點，但結合長幼的方法，卻並無錯誤……人類也不外此，歐美家庭大抵以幼者弱者為本位，便是最合於這生物學的真理的方法……所以我現在心以為然的，便只是愛……這樣，便是父母對於子女，應該健全的產生，盡力的教育，完全的解放……中國覺醒的人，為想隨順長者解放

幼者，便須一面清結舊賬，一面開闢新路。就是開首所說『自己背著因襲的重擔，肩住了黑暗的閘門，放他們到寬闊光明的地方去，此後幸福的度日，合理的做人』。這是一件極偉大的要緊的事，也是一件極困苦艱難的事。」[36]在今天的父母看來，這樣的言論不僅並非驚世駭俗，恰恰是通情達理的「常識」。但在當時，這樣的思考猶如瞬間閃爍的思想火光，點亮了五四人性解放與蘇醒的天空，給予了剛剛走出黑暗與寒冷的五四新人們，一線黎明的曙光和初春的溫暖。

〈無常〉一文所抒發的感情也是雙重的。表層上看，魯迅試圖借「無常」來傾訴自己內心的憤激之情，讀者對文中的許多「憤言」自然會產生「同情之了解」，如文中說道：「他們── 敝同鄉『下等人』──的許多，活著，苦著，被流言，被反噬，因了積久的經驗，知道陽間維持『公理』的只有一個會，而且這會的本身就是『遙遙茫茫』，於是乎勢不得不發生對於陰間的神往。人是大抵自以為銜些冤抑的；活的『正人君子』們只能騙鳥，若問愚民，他就可以不假思索地回答你：公正的裁判是在陰間！想到生的樂趣，生固然可以留戀；但想到生的苦趣，無常也不一定是惡客。」正如在〈狗・貓・鼠〉一文中已分析過的那樣，這段話中的「正人君子」、「公理」等詞彙都是有所指涉。魯迅與「現代評論派」的「正人君子」們的論戰和「三一八」慘案發生後的悲憤心境，直接影響了這篇散文的抒情內容與抒情方式，且讓我們還原歷史語境。在「女師大」事件中，魯迅針對「現代評論派」打著「公理」旗號的言論，進行了有力的還擊，這就使得陳西瀅有點招架不住。這時，同一陣營的徐志摩就故作公允的樣子出來說話了，「大學的教授們」，「負有指導青年重責的前輩」，是不應該這樣「混鬥」，所以他要「對著混鬥的雙方猛喝一聲，帶住」。[37]然而，魯迅並沒有被這虛假的公允所迷惑，誓言徹底揭穿「正人君子」

---

36 魯迅：《魯迅全集》（北京市：人民文學出版社，2005年），卷1，頁135-145。
37 吳中傑：《魯迅傳》（上海市：復旦大學出版社，2008年），頁230。

們所玩弄的「流言」與「公理」的把戲，他隨即寫了〈我還不能「帶住」〉，予以堅決回應。他說道：「『負有指導青年重責的前輩』，有這麼多的醜可丟，有那麼多的醜怕丟嗎？用紳士服將『醜』層層包裹，裝著好面孔，就是教授，就是青年的導師麼？中國的青年不要高帽皮袍，裝腔作勢的導師；要並無偽飾，——倘沒有，也得少有偽飾的導師。倘有戴著假面，以導師自居的，就得叫他除下來，否則，便將他撕下來，互相撕下來。撕得鮮血淋漓，臭架子打得粉碎，然後可以說後話。這時候，即使只值半文錢，卻是真價值；即使醜得要使人『噁心』，卻是真面目。略一揭開，便又趕忙裝進緞子盒裡去，雖然可以使人疑是鑽石，也可以猜作糞土，」縱使外面滿貼著好招牌⋯⋯毫不中用的！[38]此番言論，真可謂「正對論敵之要害，僅以一擊給與致命的重傷」。[39]也正如他自己所言：「我自己也知道，在中國，我的筆要較為尖刻的，說話有時也不留情面。但我又知道人們怎樣地用了公理，行私利己，使無刀無筆的弱者不得喘息，倘使我沒有這筆，也就是被欺侮到赴訴無門的一個，我覺悟，所以要常用，尤其是用於使麒麟皮下露出馬腳。」[40]如果不是在嚴峻的現實之中承受著無窮無盡的身心創傷與痛苦，如果不是時常在夜闌人靜之際不得不獨自舔盡流血的傷口，如果不是在人生的歷程中無數次身陷空無而又無所不在的「無物之陣」，魯迅不可能對「流言」，對「反噬」會如此的深惡痛絕，對「下等人」的「活著」「苦著」會如此的感同身受。對於魯迅來說，「華蓋」之運，真是沒完沒了。「三一八」慘案發生後，陳西瀅又在《閒話》裡無端指責「民眾領袖」，說他們「犯了故意引人去死地的嫌疑」，這種陰險的論調，讓魯迅「已經出離憤怒了」，於是，接連寫了〈死地〉、〈可慘與可笑〉、〈空談〉等文予以駁斥，有力地伸張

38　魯迅：《魯迅全集》（北京市：人民文學出版社，2005年），卷3，頁258-259。

39　魯迅：《魯迅全集》（北京市：人民文學出版社，2005年），卷11，頁41。

40　魯迅：《魯迅全集》（北京市：人民文學出版社，2005年），卷3，頁260。

了正義與勇氣。[41]我認為，正是長期處在這樣險惡的歷史環境，才使得魯迅對在「一切鬼眾中，就是他有點人情」的「活無常」，產生了特殊的親近感。當然，在對「無常」與眾不同的親近感背後，還有一重隱秘的情感體驗，也就是說，在魯迅深邃的情感世界中始終存在著一個鮮為人知的角落，那就是他對黑暗世界的凝視甚至眷戀，這在小說中、在《野草》中、在〈女吊〉中、在他終生所搜集的漢畫像磚的拓片中，都有幽深的體現。在魯迅的作品即使是相對明亮的文本之中，讀者總能看到一種黑暗底色，總能感覺到一種幽暗的影子在飄忽。或許正是不斷對黑暗的凝視，使魯迅磨礪了銳利的目光，使他能清醒地看到現實的另一面，並讓自己從與現實的緊張而壓抑的對峙之中解放出來。對「無常」的親近與欣賞，何嘗不是這樣一次心路歷程！

二　寂寞與溫暖

　　從情感的複雜性來看，〈藤野先生〉頗似《狗・貓・鼠》、《二十四孝圖》和〈無常〉，但這篇散文的情感廣度卻又有所不同：一是深刻地表達了中國知識分子的「日本體驗」，尤其是作為弱國子民的屈辱感：「中國是弱國，所以中國人當然是低能兒，分數在六十分以上，便不是自己的能力了：無怪他們疑惑。」中國近現代知識分子的「日本體驗」，不僅對中國近現代文學史、文化史、思想史、政治史、學術史均產生了深廣的影響，而且，對中國近現代知識分子精神與人格的形成也具有獨特的作用。關於這一課題，儘管學術界已有所展開，但仍有許多未竟的領域有待開掘。[42]二是「幻燈片事件」所給予魯迅情感的刺激：「我接著便有參觀槍斃中國人的命運了。第二年

---

41 吳中傑：《魯迅傳》（上海市：復旦大學出版社，2008年），頁233。

42 李怡：《日本體驗與中國現代文學的發生》（北京市：北京大學出版社，2009年）。

添教黴菌學，細菌的形狀是全用電影來顯示的，一段落已完而還沒有
到下課的時候，便影幾片時事的片子，自然都是日本戰勝俄國的情
形。但偏有中國人夾在裡邊：給俄國人做偵探，被日本軍捕獲，要槍
斃了，圍著看的也是一群中國人；在講堂裡的還有一個我。『萬
歲！』他們都拍掌歡呼起來。這種歡呼，是每看一片都有的，但在
我，這一聲卻特別聽得刺耳。此後回到中國來，我看見那些閑看槍斃
犯人的人們，他們也何嘗不酒醉似的喝彩，──嗚呼，無法可想！但
在那時那地，我的意見卻變化了。」魯迅在創作生涯中曾多次提到這
一事件，可見它對其思想變化的重要性，其中有兩次關於這一事件的
敘述，相對比較完整，其一是〈藤野先生〉，其二是《吶喊》〈自
序〉。然而，同樣是敘述這一事件所給予「我」的刺激，與《吶喊》
〈自序〉相比，〈藤野先生〉則有所克制，對「我的意見的變化」之
原因，並未作更深入的剖析。這其中的緣由，我認為，除了因為此前
在《吶喊》〈自序〉中已經有所敘述之外，〈藤野先生〉一文如此處
理，還有審美表現上的考量：魯迅盡力壓抑自己受傷情感的抒發，不
讓它淹沒了對藤野先生的感激之情。如果不是這樣，那麼，文本的情
感結構就會失衡，並將破壞逐漸變得濃厚的抒情氛圍。〈藤野先生〉
一文在抒情上的有意調適，不僅沒有讓文本的情感慢慢消解，反而使
得整個文本隨著敘述進程展開，抒情也在平穩之中漸漸達到飽和度。
三是表達對藤野先生的懷念：「不知怎地，我總還時時記起他，在我
所認為我師的之中，他是最使我感激，給我鼓勵的一個。有時我常常
想：他的對於我的熱心的希望，不倦的教誨，小而言之，是為中國，
就是希望中國有新的醫學；大而言之，是為學術，就是希望新的醫學
傳到中國去。他的性格，在我的眼裡和心裡是偉大的，雖然他的姓名
並不為許多人所知道。」「他所改正的講義，我曾經訂成三厚本，收
藏著的，將作為永久的紀念。」「他的照相至今還掛在我北京寓居的
東牆上，書桌對面。每當夜間疲倦，正想偷懶時，仰面在燈光中瞥見

他黑瘦的面貌，似乎正要說出抑揚頓挫的話來，便使我忽又良心發現，而且增加勇氣了，於是點上一枝煙，再繼續寫些為『正人君子』之流所深惡痛疾的文字。」這麼一大段沉鬱的直抒感情的筆墨，在魯迅的文字世界中並不多見，足以見出藤野先生在他的內心世界的獨特地位。然而，在另一方面，我們也可以從中讀出魯迅寫下這段文字時內心的寂寞與孤獨。此時的魯迅正隻身身處在荒涼的廈門島，正像他所描述的那樣：「記得還是去年躲在廈門島上的時候，因為太討厭了，終於得到『敬鬼神而遠之』式的待遇，被供在圖書館樓上的一間屋子裡。白天還有館員、釘書匠、閱書的學生，夜九時後，一切星散，一所很大的洋樓裡，除我之外，沒有別人。我沉靜下去了，寂靜濃到如酒，令人微醺。望後窗外骨立的亂山中許多白點，是叢塚；一粒深黃色火，是南普陀寺的琉璃燈。前面則海天茫茫，黑絮一般的夜色簡直似乎要撲到心坎裡。」[43]是的，遠在黑暗的北平的家，暫時是回不去了；痛在內心的兄弟失和，永遠無法彌縫；情意初萌的愛，則又前途未卜……這一切都使得魯迅深陷寂寞與孤獨的漩渦而急於自拔。然而，哪裡才能找到抗爭的精神資源？顯然，不是在自己周圍人們之中，也不是在「當下」的現實之中。此時，四顧茫然，只能投向遙遠的回憶世界。從某種意義上說，魯迅與藤野先生的友誼，是灰暗的中日現代關係史上的一抹亮麗的玫瑰色。[44]有意思的是，對這一抹「玫瑰色」不同的解讀，曾影響了日本學者對魯迅形象的不同塑造，典型的事例就是，在竹內好的《魯迅》出版第二年，太宰治出版了題為《惜別》的小說，其中關於魯迅這段經歷的敘述，就呈現出與竹內好的《魯迅》完全不同的生活場景和精神歷程。無論其中如何分歧，這一切都將豐富我們對〈藤野先生〉的闡釋。

---

43 魯迅：《魯迅全集》（北京市：人民文學出版社，2005年），卷4，頁18。
44 董炳月：〈序〉，《惜別》（北京市：新星出版社，2006年），頁15。

在〈范愛農〉一文中，作者的感情發展波瀾起伏，但最為集中也最為強烈的流露，是在他得知范愛農落水死亡的時候：「夜間獨坐在會館裡，十分悲涼，又疑心這消息並不確，但無端又覺得這是極其可靠的，雖然並無證據。一點法子都沒有，只做了四首詩，後來曾在一種日報上發表，現在是將要忘記完了。」在這看似平靜的敘述之中，包含對老友范愛農無限的同情與懷念，對命運的多舛無限的感慨與憂傷。但是，這篇散文在獲得這一極具力度的情感表達之前，作者早已有意地進行了多次的情感抑制與迴旋，從而形成〈范愛農〉一文獨特的抒情方式與抒情風格。一開始，「我」和范愛農的情感，彼此是極不融洽的，文中寫道，在認識范愛農之初，由於在發電報上的爭執，使「我」對他的感情極惡：「從此我總覺得這范愛農離奇，而且很可惡。天下可惡的人，當初以為是滿人，這時才知道還在其次，第一倒是范愛農。中國不革命則已，要革命，首先就必須將范愛農除去。」這些故作誇張的筆調，其目的是要強調「我」對范愛農的惡感，並把讀者和范愛農的情感關係強烈推開，引向疏遠、冷淡的邊緣。接著，作者敘述了自己對范愛農惡感如何從淡忘到和緩的過程：「然而這意見後來似乎逐漸淡薄，到底忘卻了，我們從此也沒有再見面。」文本的抒情形態在此完成一個小轉換，從冷淡、疏遠的冰點漸漸升溫。當「我們」在一次偶然的場合再見面時，「互相熟視了不過兩三秒鐘」，就認出彼此來，「不知怎地我們便都笑了起來，是互相的嘲笑和悲哀」。儘管作者在這裡並沒有明確而詳細地敘述互相嘲笑什麼、悲哀什麼。但是，正是如此，給讀者留下無限的思考空間。有一點是明確的，是相同的經歷與處境，使彼此相互理解、相互接近。此後，「我」和范愛農時常來往，紹興光復之後，兩人還一起在師範學校共事過，面對「內骨子依舊」的所謂「光復」，只有范愛農理解「我」的處境與心情，所以，當季茀來信讓「我」去南京時，也只有范愛農贊成。「我」離開後，范愛農又成為「革命前的愛農」，但他對「我」

仍寄託著期待。文本正是通過對「我」和范愛農之間的情感關係，如何從對立逐漸變得密切起來這一過程性的敘述，才能夠將最後的抒情推升到情感飽和的「爆破點」。為了實現抒情方式的迴旋，〈范愛農〉一文還大量使用倒敘和間接敘述的方式，比如，關於范愛農在日本時為什麼要故意反對「我」的解釋，文本就使用了倒敘的方式；關於在「我」離開後范愛農的生活情形，用的則是間接敘述方式。這樣，不僅增加文本結構的彈性，而且也使得文本的抒情方式顯得虛實相生、張弛有度。

　　與〈藤野先生〉、〈范愛農〉一樣，〈阿長與《山海經》〉所要表達的也是對「他者」的感情。然而，更內在的相似之處，則在於三者都是在文章即將結束之際，才把抒情推向高峰，這一抒情特徵在〈阿長與《山海經》〉一文中尤為突出。在文章的最後，魯迅運用傳統悼文的文體和語言形式，直抒胸臆道：「……我的保姆，長媽媽即阿長，辭了這人世，大概也有了三十年了罷。我終於不知道她的姓名，她的經歷；僅知道有一個過繼的兒子，她大約是青年守寡的孤孀。仁厚黑暗的地母呵，願在你懷裡永安她的魂靈！」這裡的情感噴發，其效果，猶如巨浪拍擊海岸所綻放的沖天浪花和澎湃濤聲。事實上，為取得這種抒情效果，在文本的前面部分，抒情已有過多次反覆與迴旋，猶如海浪一層一層的疊加，每一次疊加之中都有前行與退後的交錯，最後才積累成更大的能量。一開始，「我」對阿長的搬弄是非深為不滿；對她的睡相，也實在無法可想；對她教給「我」的道理，感到煩瑣之至。然而，對她的感情有了明顯的變化，是在她告訴「我」有關「長毛」的故事之後：「這實在出於我意想之外的，不能不驚異。我一向只以為她滿肚子是麻煩的禮節罷了，卻不料她還有這樣偉大的神力。從此對於她就有了特別的敬意，似乎實在深不可測。」但「這種敬意」在得知她謀害了「我」的隱鼠之後，又完全消失了——情感又再次回到低點，猶如人為了跳得更高，必須有一段助跑，有一個向下

力蹬的動作一樣，此前的抑制和迴旋，都是為了文本在最後能抒發出更強有力的情感。〈阿長與《山海經》〉中這種波浪式上升的複雜的抒情方式，形成這篇散文獨特的內斂與舒展並存的抒情風格。

三　悲傷的旅程

　　關於〈五猖會〉，我們應該關注魯迅所表達的兩種情感。一是對童心的再發現。「我常存著這樣的一個希望：這一次所見的賽會，比前一次繁盛一些。」「記得有一回，也親見過較盛的賽會。開首是一個孩子騎馬先來，稱為『塘報』；過了許久，『高照』到了，長竹竿揭起一條很長的旗，一個汗流浹背的胖大漢用兩手托著；他高興的時候，就肯將竿頭放在頭頂或牙齒上，甚而至於鼻尖。其次是所謂『高蹺』，『抬閣』，『馬頭』了；還有扮犯人的，紅衣枷鎖，內中也有孩子。我那時覺得這些都是有光榮的事業，與聞其事的即全是大有運氣的人，──大概羨慕他們的出風頭罷。」童趣盎然的文字寫出了對迎神賽會的好奇、期待和參與的衝動，在文字之間流淌著一股歡欣雀躍的熱情，一種生動活潑的感性。可以想像，一個久經滄桑的中年人在回憶之時是多麼神往於那個已經逝去的充滿歡樂的世界。二是內心的寂寞與悲哀。在這段關於迎神賽會的描述之中，我們體會到了魯迅情感世界的豐富性和複雜性。這些文字越是生機蓬勃、歡聲笑語，我們越能感受到他的寂寞與悲哀。也就是說，這種歡樂的情感並不是文本要表達的終極訴求。果不其然，文本的情感結構隨即急轉直下，正當「我」為能去看五猖會而興高采烈之際，父親卻要「我」把書背下來。儘管最終在父親的監督下，「我」把書背了下來，可以去看會了，但「我卻並沒有他們那麼高興。開船以後，水路中的風景，盒子裡的點心，以及到了東關的五猖會的熱鬧，對於我似乎都沒有什麼大意思」。情感在這裡有一個巨大的落差，彷彿一道河流從百米之高的

懸崖飛流而下，形成了強勁的瀑布。這種情感的落差越大，轉變得越
急，就越能體味出作者內心的失落。值得注意的是，關於這段經歷的
敘述是與「父親」聯繫在一起，必然使得文本對傳統教育批判的鋒芒
內斂了許多了，但又沒有失去其應有的力度。文本如何做到了這一點
呢？我認為，在這裡，作者非常智慧地以視角的轉換來兼顧思想與審
美的齊頭並進。他在最後寫道：「直到現在，別的完全忘卻，不留一
點痕跡了，只有背誦《鑒略》這一段，卻還分明如昨日事。我至今一
想起，還詫異我的父親何以要在那時候叫我來背書。」難道作者真的
不解「父親何以要在那時候叫我來背書」嗎？顯然不是，這是作者在
故作困惑，從而能夠把矛盾交織的內心感情深藏起來。

　　在《朝花夕拾》之中，〈從百草園到三味書屋〉最為廣大青少年
讀者所熟悉，其原因除了它被選入中學課文之外，還有一個更內在的
原因，那就是這篇散文情感的歡樂、單純和明亮，彷彿是一枝開放在
清晨還帶著露水的玫瑰，撲面而來的是陽光的氣息，是自然的生機。
在文本之中，魯迅充分敞開了他對童年生活的歡樂之體驗：百草園
「其中似乎確鑿只有一些野草，但那時卻是我的樂園」。然而，正像
魯迅在《秋夜》中運用象徵主義的創作方法所表達的那樣，棗樹「知
道小粉紅花的夢，秋後要有春；他也知道落葉的夢，春後還是秋」。[45]
在〈從百草園到三味書屋〉中，我們也能夠隱隱約約發現魯迅在這種
歡樂、單純與明亮的書寫之中所潛藏的寂寞和孤獨。長期以來，研究
界關於〈從百草園到三味書屋〉的闡釋，對於文本中潛在的這種寂寞
和孤獨的情緒，在有意或無意之間加以忽略了。為了對此有更具體的
解讀，必須回到〈從百草園到三味書屋〉的創作語境和在這期間魯迅
的內心感受。這篇散文寫在廈門時期，魯迅在給友人的書信中，對這
期間的生活常常感慨繫之：「無人可談，寂寞極矣。」「為求生活之

45　魯迅：《魯迅全集》（北京市：人民文學出版社，2005年），卷2，頁166。

費，僕僕奔波，在北京固無費，尚有生活，今乃有費而失卻了生活，
亦殊無聊。」[46]「這裡就是不愁薪水不發。別的呢，交通不便宜，消
息不靈，上海信的來往也需兩星期，書是無論新舊，無處可買，我到
此來僅兩月，似乎住了一年了，文字是一點也寫不出。這樣下去是不
行的，所以我在這裡能多久，也不一定。」[47]事實上，這些情感在
〈從百草園到三味書屋〉之中也有著細微而曲折的流露：文本在充分
敞開歡樂之後，並沒有忘卻隨之而來的遺憾，就像風和日麗之時，突
然發現遠處的地平線上正悄然升起一抹烏雲。他寫道：「我不知道為
什麼家裡的人要將我送進書塾裡去了，而且全城中稱為最嚴厲的書
塾。也許是因為拔何首烏毀了泥牆罷，也許是因為將磚頭拋到間壁的
梁家去了罷，也許是因為站在石井欄上跳了下來罷……都無從知道。
總而言之：我將不能常到百草園了。Ade，我的蟋蟀們！Ade，我的
覆盆子們和木蓮們！」這不是簡單地向百草園的告別，而是向歡樂的
時光告別，作者也並非真的不知道「為什麼家裡的人要將我送進書塾
裡去了」，從審美效果上看，作者越是對原因故作種種推測，就越能表
達出在告別百草園時的遺憾與憂傷。與〈五猖會〉一樣，這種事後對
原因佯做不知的曲筆，形成了《朝花夕拾》中別具一格的抒情方式。

　　在〈父親的病〉一文中，魯迅所表達的情感，表層上看似乎比較
明確，如，對傳統中醫的批判，對傳統禮教的批判。其中對傳統中醫
的批判，由於時代的差異而形成認識上的不同，需要做一些分析。今
天的醫學發展，使人們對傳統中醫的認識有了巨大的變化，我們不能
由此而指責魯迅的偏激。因為對傳統中醫的批判，在五四一代思想家
們的論述中，主要是把矛頭指向傳統中醫背後的天人感應的思維方式
和巫醫不分的方法論，這一套思維方式和方法論與中國傳統社會的世

46　魯迅：《魯迅全集》（北京市：人民文學出版社，2005年），卷11，頁563。

47　魯迅：《魯迅全集》（北京市：人民文學出版社，2005年），卷11，頁595。

界觀與價值觀之間具有同構性。對於這一內在陷阱，五四一代知識分子具有足夠的敏感與警惕，如陳獨秀、胡適、周作人、錢玄同、劉半農、林語堂等人在當時都發表過許多看似過激但不失銳利的言論。所以，我們也要在這樣的思想史背景中思考與理解魯迅對中醫的批判性。在這批判性的言辭背後，我們能體會到魯迅從無奈到絕望的情緒：父親的病在不同的「名醫」的診治下，卻日重一日地變得更加無望，並且這種無望的體驗是如此可怕地糾結在每一天的日常生活之中。值得注意的是，在文本之中，魯迅對這種情感的表達，使用的是一種近乎「黑色幽默」的方式。他放筆敘述了兩個「名醫」是如何開出種種奇特而又難辦的藥方與藥引，自己又是如何經受一番千辛萬苦的磨難才找到藥引，但其療效並沒有讓父親的病有所好轉，反而越來越重，這就造成過程與結果的錯位。文本沒有直接抒發這種錯位所帶來的絕望感，而是反其道而行之，有意渲染「名醫」們的藥引如何奇特，似乎給人以一線希望，語言之中也充滿著戲謔性的意味，文本對這種戲謔性的意味越是有意加以渲染，就越能反襯出「我」的內心的焦慮與無望。如果更進一層來看，那麼，在這種絕望的情緒背後，還存在著一種更深刻的體驗，即對生存和生命的荒誕之感。〈父親的病〉始終在敘述著一種悖謬性的存在形態：家人越是努力救治，而父親的病越是無望的嚴重起來；臨終的父親越是痛苦，而家人卻越是關注外在的習俗——此時此刻，沒有人耐心、冷靜地理解他臨終的心情。所以，在最後，作者說道：「我現在還聽到那時的自己的這聲音，每聽到時，就覺得這都是我對於父親的最大的錯處。」這種自嘲式的幽默包含著對人生荒誕的無限感慨——作者越是敢於自嘲，就越能看清他對人生體驗的深度。

　　和〈父親的病〉一樣，〈瑣記〉一文的情感看似簡單，實則複雜。在一篇文章之中相對完整地展現自己的經歷與情感的變化過程，這在魯迅作品中實屬少見，僅有《吶喊》〈自序〉是如此。〈瑣記〉

中，首先表達的是一種夾雜著憤怒卻又不知如何反抗的屈辱感：「大約此後不到一月，就聽到一種流言，說我已經偷了家裡的東西去變賣了，這實在使我覺得有如掉在冷水裡。流言的來源，我是明白的，倘是現在，只要有地方發表，我總要罵出流言家的狐狸尾巴來，但那時太年青，一遇流言，便連自己也彷彿覺得真是犯了罪，怕遇見人們的眼睛，怕受到母親的愛撫。」魯迅的這番感歎，寫出了許多人在成長中或許都有過的類似體驗。其次是對新式學堂風氣的厭惡之感。他形象而幽默地寫道：「初進去當然只能做三班生，臥室裡是一桌一凳一床，床板只有兩塊。頭二班學生就不同了，二桌二凳或三凳一床，床板多至三塊。不但上講堂時挾著一堆厚而且大的洋書，氣昂昂地走著，決非只有一本『潑賴媽』和四本《左傳》的三班生所敢正視；便是空著手，也一定將肘彎撐開，像一隻螃蟹，低一班的在後面總不能走出他之前。」幽默形象的筆致之中充滿著辛辣的反諷意味。再次是漂泊之感：「畢業，自然大家都盼望的，但一到畢業，卻又有些爽然若失。爬了幾次桅，不消說不配做半個水兵；聽了幾年講，下了幾回礦洞，就能掘出金銀銅鐵錫來麼？實在連自己也茫無把握，沒有做〈工欲善其事必先利其器論〉的那麼容易。爬上天空二十丈和鑽下地面二十丈，結果還是一無所能，學問是『上窮碧落下黃泉，兩處茫茫皆不見』了。所餘的還只有一條路：到外國去。」上述的三種體驗分別鑴刻在魯迅不同的人生階段，表面上看起來彼此之間似乎較少聯繫，但是，若加以深層的分析，就會發現，貫穿於這三種體驗之中有一條共同的情感主線：那就是與周圍環境的「格格不入」。無論是「S城」，還是「礦路學堂」，「總覺得不合適」，這種「格格不入」的情感體驗，可以說是現代中國最先覺醒的一代知識分子的情感寫照。這一點，魯迅在《故鄉》、《祝福》、《在酒樓上》、《孤獨者》等小說中，均有深刻的表達。正是這種的「格格不入」，使得這一代知識分子不停地流蕩、漂泊，背負著「走」的命運。在一九二三年十二月所做的題

為〈娜拉走後怎樣〉的演講中，魯迅特別講述了一個來自歐洲的傳說：「耶穌去釘十字架時，休息在 Ahasvar（阿哈斯瓦爾）的簷下，Ahasvar 不准他，於是被了詛咒，使他永世不得休息，直到末日裁判的時候。Ahasvar 從此歇不下，只是走，現在還在走。走是苦的，安息是樂的，他何以不安息呢？雖說背著咒詛，可是大約總該是覺得走比安息還適意，所以始終狂走的罷。」[48]Ahasvar 是傳說中的一個補鞋匠，被稱為「流浪的猶太人」，我們無從揣測，當魯迅講述這個傳說時，他的內心感受是如何。然而，〈瑣記〉之中所表達的這種因「格格不入」而造成的流宕與漂泊，不就是傳說中「走」的最好詮釋嗎？就像我們在《朝花夕拾》其他篇章中所看到的那樣，在〈瑣記〉一文中，魯迅也是用一種幽默、輕鬆的筆致來寫這種漂泊、流宕的感受，正是這種幽默的方式使得壓在心頭的漂泊之沉重與疲憊得以緩解。如，在文本的最後，作者寫道：「留學的事，官僚也許可了，派定五名到日本去。日本是同中國很兩樣的，我們應該如何準備呢？有一個前輩同學在，比我們早一年畢業，曾經遊歷過日本，應該知道這些情形。跑去請教之後，他鄭重地說：『日本的襪是萬不能穿的，要多帶些中國襪，我看紙票也不好，你們帶去的錢不如都換了他們的現銀。』四個人都說遵命。別人不知其詳，我是將錢都在上海換了日本的銀元，還帶了十雙中國襪──白襪，後來呢？後來，要穿制服和皮鞋，中國襪完全無用；一元的銀圓日本早已廢置不用了，又賠錢換了半元的銀圓和紙票。」正是在這種自我調侃、自我嘲諷之中，把初到異國他鄉的艱難與寂寞超越了，就像卡爾維諾所說的那樣──用「輕」表達「重」。[49]

　　魯迅在《漢文學史綱要》中給予司馬遷的《史記》以高度的評

---

48 魯迅：《魯迅全集》（北京市：人民文學出版社，2005年），卷1，頁170。

49 〔義〕卡爾維諾撰，黃燦然譯：《新千年文學備忘錄》（南京市：譯林出版社，2009年），頁1-31。

價：「史家之絕唱，無韻之《離騷》。」[50]這一評價，不僅蘊涵著魯迅對於《史記》思想與藝術成就的高度讚賞，也蘊涵著魯迅對司馬遷「發奮著書」的心領神會。魯迅自己的創作何嘗不是如此。他曾說道：「我以為如果藝術之宮裡有這麼麻煩的禁令，倒不如不進去吧；還是站在沙漠上，看飛沙走石，樂則大笑，憤則大罵，即使被沙礫打得遍身粗糙，頭破血流……」[51]「這裡面所講的仍然並沒有宇宙的奧義和人生的真諦。不過是，將我所遇到的，所想到的，所要說的，一任它怎樣淺薄，怎樣偏激，有時便都用筆寫了下來。說得自誇一點，就如悲喜時節的歌哭一般，那時無非借此來釋憤抒情。」[52]「世上如果還有真要活下來的人們，就先該敢說，敢笑，敢哭，敢怒，敢罵，敢打，在這可詛咒的地方擊退了可詛咒的時代！」[53]「在現在這『可憐』的時代，能殺才能生，能憎才能愛，能生與愛，才能文。」[54]儘管上述言論是針對雜文創作而言，但也提示我們，魯迅散文創作中的情感也是如此這般的息息相通。

下篇　知性之美
——《朝花夕拾》的審智意義

　　魯迅曾對《朝花夕拾》在創作過程中所經歷的環境變遷有過一個生動的描述：「文體大概很雜亂，因為是或作或輟，經了九個月之多。環境也不一：前兩篇寫於北京寓所的東壁下；中三篇是流離中所作，地方是醫院和木匠房；後五篇卻在廈門大學的圖書館的樓上，已

50　魯迅：《魯迅全集》（北京市：人民文學出版社，2005年），卷9，頁435。

51　魯迅：《魯迅全集》（北京市：人民文學出版社，2005年），卷3，頁4。

52　魯迅：《魯迅全集》（北京市：人民文學出版社，2005年），卷3，頁195。

53　魯迅：《魯迅全集》（北京市：人民文學出版社，2005年），卷3，頁45。

54　魯迅：《魯迅全集》（北京市：人民文學出版社，2005年），卷6，頁405。

經是被學者擠出集團之後了。」[55]身處流離的創作環境，必然會激發作者對人生、對社會、對歷史、對生命作出更透澈、更複雜的反思與凝視。從審美創造的高度來看，如果《朝花夕拾》僅有上述所分析的「敘事」與「抒情」兩個層次，它還不可能成為中國現代散文的經典之作。值得玩味的是，在這個文本之中，還存在著更內在的、更不易捕捉的「所思」層，這就是《朝花夕拾》的「審智意義」。有學者把散文之中的「審智」形態稱之為散文的「知性」，並認為，「所謂『知性』，當然有相對於理性和感性而言之意，但在此我無意強調它的哲學意義如老黑格爾所言。其實我所說的『知性』，乃指融合在此類散文中的一種不離經驗而又深化了經驗的感受力、理解力，因為它既不同於理論論述的理性化，抒情敘事的感性化，甚至與激情意氣有餘而常常欠缺理性的節制及『有同情的理解』的論戰性雜文也迥然有別，所以姑且借用現代詩學中的知性來指稱它。……知性散文表達的則是經過反省和玩味，獲得理解和深化的人生經驗與人生體驗。正因為所表達的不離經驗和體驗，所以知性散文仍保持著生動可感的魅力，又因為所表達的經驗與體驗業已經過了作者的反覆玩味和深化開掘，所以知性散文往往富有思想的魅力或智慧的風度。」[56]事實上，中國現代散文的審智問題或者說知性問題[57]，很早就有學者注意到了。如，胡適在一九二二年即指出：「這幾年來，散文最可注意的發展乃是周作人等人提倡的『小品』散文。這一類作品，用平淡的談話，包含著深刻的意味；有時卻很像笨拙，其實卻是滑稽。」[58]很顯然，這裡所謂的內含於平淡的談話之中的「深刻的意味」，就有一層思想與智慧

---

55 魯迅：《魯迅全集》（北京市：人民文學出版社，2005年），頁236。

56 解志熙：《摩登與現代──中國現代文學的實存分析》（北京市：清華大學出版社，2006年），頁399。

57 孫紹振：〈導言〉，《中國散文60年選》（福州市：海峽文藝出版社，2010年）。

58 胡適：〈新文學運動〉，《胡適學術文集》（北京市：中華書局，1993年），頁160。

的含義。一九二七年鍾敬文在〈試談小品文〉中則提出散文有兩個主要元素，便是情緒與智慧，情緒是湛醇的情緒，而智慧是「超越的智慧」。[59]郁達夫也強調說，散文是偏重在智的方面的，「智的價值是和情感的價值和道德的價值等總和起來」。[60]當然，關於散文的知性或者說審智的論述，當屬周氏兄弟最為豐富、深刻。兩者相比之下，學術界對周作人理論的誤讀也最多，根源恰恰就出在其最著名的散文理論文獻之一〈美文〉。在〈美文〉中，周作人這樣寫道：「外國文學裡有一種所謂論文，其中大約可以分作兩類。一、批評的，是學術性的。二、記述的，是藝術性的，又稱作美文，這裡邊又可以分出敘事與抒情，但也有很多兩者夾雜的。這種美文似乎在英語國民裡最為發達，如中國所熟知的愛迭生、闌姆、歐文、霍桑諸人都作有很好的美文，近時高爾斯威西、吉欣、契斯透頓也是美文的好手。讀好的論文，如讀散文詩，因為他實在是詩與散文中間的橋。」「他的條件，同一切文學作品一樣，只是真實簡明便好。」[61]這篇散文理論文獻由於影響太大了，導致的結果是，人們對周作人散文理論創造性的認知始終停留在〈美文〉所提出的敘事與抒情範疇上。事實上，周作人在〈美文〉之後的一系列文章中，不僅在審美認知上已經大大超越了這種「敘事與抒情」的範疇，而且對現代散文的內涵有了更加豐富、深刻的闡述，只有把這些後續的論述與〈美文〉相聯繫，才能完整看出周作人的散文理論發展與特點。如，一九三〇年周作人在《近代散文抄》〈序〉中說道：「小品文則又在個人的文學之尖端，是言志的散文，他集合敘事說理抒情的分子，都浸在自己的性情裡。」[62]一九三二年，他在《雜拌兒之二》〈序〉中又寫道：「平伯那本集子裡所收的

---

59 鍾敬文：〈試談小品文〉，《文學月報》（合訂本）第7卷（1927年）。

60 郁達夫：〈文學上的智的價值〉，《現代學生》第2卷第9期（1933年）。

61 周作人：《周作人散文全集》（2）（桂林市：廣西師範大學出版社，2009年），頁356。

62 周作人：《周作人散文全集》（5）（桂林市：廣西師範大學出版社，2009年），頁695。

文章大旨仍舊是雜的，有些是考據的，其文詞氣味的雅致與前編無異，有些是抒情說理的，如《中年》等，這裡邊兼有思想之美，是一般文士之文所萬不能及的。此外有幾篇講兩性或親子問題的文章，這個傾向尤為顯著。這是以科學常識為本，加上明淨的感情與清澈的理智，調和成功的一種人生觀，以此為志，言志固佳，以此為道，載道亦復何礙。」[63]在一九三五年的《中國新文學散文一集》〈導言〉中，周作人更明確地寫道：「我相信新散文的發達成功有兩重的因緣，一是外援，一是內應，外援即是西洋的科學哲學與文學上的新思想之影響，內應即是歷史的言志派文藝運動之復興。假如沒有歷史的基礎，這成功不會這樣容易，但假如沒有外來思想的加入，即使成功了也沒有新生命，不會站得住。」[64]從以上簡要的梳理可以看出，周作人在〈美文〉之後始終都在強調散文中要有說理、思想等智性範疇。在中國現代散文史上，除了這些對散文知性的論述之外，更可貴的是，也出現了不少具有審智意義或者說充滿知性之美的優秀之作。正如解志熙所指出的那樣，梁遇春的《春醪集》，朱光潛的《給青年的十二封信》，溫源寧的《不夠知己》，錢鍾書的《寫在人生邊上》，馮至的《決斷》、《認真》諸文以及李霽野的《給少男少女》等，與周氏兄弟散文一道，共同繪就了中國現代散文史開闊而且開明的人文精神景觀。[65]然而，長期以來，研究界對《朝花夕拾》的審智意義始終關注、闡釋得不夠。

　　王瑤在〈論《朝花夕拾》〉中曾發出這樣的疑問：「為什麼在鬥爭特殊困難的時候魯迅要寫這麼一本以回憶往事為內容的散文集呢？」

63　周作人：《周作人散文全集》（6）（桂林市：廣西師範大學出版社，2009年），頁122-123。

64　周作人：《周作人散文全集》（6）（桂林市：廣西師範大學出版社，2009年），頁729。

65　解志熙：《摩登與現代——中國現代文學的實存分析》（北京市：清華大學出版社，2006年），頁398-400。

他自己的回答是：「原因恐怕是多方面的。如前所述，現實鬥爭的『刺激』，應該還是一個直接的誘因……更重要的原因，是魯迅覺得把這些自己感受最深的經歷寫出來，不僅是個人的事情，而且對青年人有重大的現實意義。……我們知道《莽原》主要是由魯迅寄以期望的一些青年人辦的刊物，魯迅全力支持他們，並把這組文章題名為《舊事重提》。『舊事』之所以值得『重提』者，不僅因為它對現實仍有重要的借鑑或啟示作用，而且正因為是『重提』，說明經過時間的考驗，作者對它的認識和理解也已經深化了，它就更應該引起人們的思考和重視。」[66]我認為，正是魯迅對自己所「歷」、所「閱」、所「感」的「所思」，即智性的觀照、省思、昇華，才成就《朝花夕拾》簡勁而深沉的審智高度。

一　成長的困惑

在《朝花夕拾》中，〈二十四孝圖〉對傳統教育扼殺天性的批判最為嚴厲；但在另一方面，對兒童天性的信仰也最為堅固——這兩種思想立場在文本之中如一枚硬幣的兩面，彼此照應，彼此共生。魯迅在〈二十四孝圖〉之中反覆提醒人們：不論傳統教育如何給兒童天性設下種種的陷阱和枷鎖，兒童愛美的天性，即使還很幼稚，但總會蘇醒，也總有自己的生命力，總能像大石重壓之下的小草那般，曲曲折折地生長。這一思想與魯迅在〈隨感錄〉以及〈我們應該怎樣做父親〉等雜文中的思考一道匯成了魯迅人學的思想激流，並和周作人的「兒童的發現」等論述，構成了五四新文化中的一股清澈而又有力湧動的思想洪流，不斷衝擊著舊思想舊文化的岸堤，使之日漸崩塌。

〈五猖會〉與〈二十四孝圖〉都有一個共同的主題，那就是對傳

---

66 王瑤：《魯迅作品論集》（北京市：人民文學出版社，1984年），頁151-154。

統教育的批判。但是，正像上面所做過的分析那樣，〈五猖會〉的思想也並非如此單純。我認為，魯迅在文中所要思考的是「成長的困惑和代際的隔膜」。魯迅充分同情兒童的天性，因為兒童的天性總是表現出如此強烈的渴望和好奇心，正是這種渴望與好奇，使得兒童對外在世界始終保持著生機勃勃的興趣與愛好。童年時「我」對五猖會的渴念即是其一。但這種渴念是屬於「我這一代」，而「我」的父輩或許也曾經歷過這種渴念，而如今則忘卻了，所以「他」無法理解「我」的這種渴念。「他」有著與「我」完全不同的僅僅屬於他們自己的價值關懷，有著與「我」完全不同的僅僅屬於他們自己的責任倫理，正是這種代際的隔閡才造成一代又一代人的成長困惑。所以，在文章的最後，魯迅感慨地說道：「我至今一想起，還詫異我的父親何以要在那時候叫我來背書。」這種成長的困惑和代際的隔膜將是永恆而輪迴的，魯迅在《野草》〈頹敗線的顫動〉，小說《故鄉》、《孤獨者》中都曾思考過這一精神困境，在他的雜文中更是感慨萬千。如，在《雜憶》中就寫道：「我常常欣慕現在的青年，雖然生於清末，而大抵長於民國，吐納共和的空氣，該不至於再有什麼異族軛下的不平之氣，和被壓迫民族的合轍之悲罷。果然，連大學教授，也已經不解何以小說要描寫下等社會的緣故了，我和現代人相距一世紀的話，似乎有些確鑿。」[67]在寫於一九三五年的〈病後雜談之餘〉中魯迅則生動地說道：「假如有人要我說革命功能，以『舒憤懣』，那麼，我首先要說的是剪辮子……想起來也難怪，現在的二十歲上下的青年，他生下來已是民國，就是三十歲的，在辮子時代也不過四五歲，當然不會深知道辮子的底細的了。那麼，我的『舒憤懣』，恐怕也很難傳給別人，令人一樣的憤激、感慨、歡喜、憂愁的罷。」[68]在臨終絕筆〈因

---

67 魯迅：《魯迅全集》（北京市：人民文學出版社，2005年），卷1，頁236。
68 魯迅：《魯迅全集》（北京市：人民文學出版社，2005年），卷6，頁189-190。

太炎先生而想起的二三事〉中，魯迅也表達過類似的想法。也就是
說，魯迅對這一精神困境的省思已經超越成長與代際的層面，深化到
對文化、歷史和民族之間隔膜的反思。

　　與〈五猖會〉相比，〈從百草園到三味書屋〉關於成長的思考則
是亮麗、絢爛的一篇。但是，正像我們已指出的那樣，仍然能看到
「陰影」在文本的背後悄然升起，漸漸地融入絢爛亮麗的氛圍，讓人
不禁感慨快樂時光的短暫，美好事物的易逝。儘管百草園是「我」的
童年樂園，但這一樂園很快就不再屬於「我」，「我」不得不告別心愛
的一切，走進全城最嚴厲的書塾，去面對枯燥的習字與對課。儘管趁
先生陶醉之際，「我」可以做自己想做的事：畫畫兒，但作為「我」
快樂時光見證者的一大本《蕩寇志》和《西遊記》的繡像，最後也不
得不「因為要錢用，賣給一個有錢的同窗了」。一切曾經快樂的時
光，最終都徹底地離散而去。值得注意的是，在〈阿長與《山海
經》〉和〈藤野先生〉中，同樣寫過一個鮮為人所關注的「遺失」的
細節。在前文，魯迅寫道：「阿長送給我的木刻的《山海經》，都已經
記不清是什麼時候失掉了。」在後文，藤野先生曾改正過的講義，
「不幸七年前遷居的時候，中途毀壞了一口書箱，失去半箱書，恰巧
這講義也遺失在內了」。因「遺失」而帶來了缺憾，永遠是成長中一
個難以追回的美好的缺憾，任何一個人生都是如此。

二　對人性的洞察

　　在中國現代文學史上，還沒有一位作家像魯迅這樣受到那麼多的
誤解、誤讀乃至污蔑。在紛擾之中，說他「尖刻」，就是歷來潑向魯
迅的「髒水」之一。是的，魯迅曾經在《死》之中說過：「歐洲人臨
死時，往往有一種儀式，是請別人寬恕，自己也寬恕了別人。我的怨
敵可謂多矣，倘有新式的人問起我來，怎麼回答呢？我想了一想，決

定的是：讓他們怨恨去，我一個都不寬恕。」[69]然而，有哪一個人敢
於把話說得如此堂堂正正，如此徹頭徹尾呢？這正是魯迅人性中光明
磊落的一面。其實，他是一個真正充滿人情味的人性之子，在他的筆
下有著太多對人性無限豐富的體察與寬容。比如，在他對阿長的感情
與理解之中，就看得很分明：阿長是一個卑微的鄉下女人，她喜歡搬
弄是非，但她也有狡黠而樸素的智慧，比如，當「母親聽到我多回訴
苦之後，曾經這樣地問過她。我也知道這意思是要她多給我一些空
席。她不開口」。我很長一段時間都在揣摩，阿長為什麼不開口？難
道是確實愚鈍而無法理會「我」母親的話中之義？還是因愧疚而沉
默？抑或裝傻試圖掩飾而過？我想，後者的可能性會更大些。值得一
提的是，文本之中特別敘述了一個元旦的戲劇性情景，阿長在元旦清
晨惶急的那一幕確實讓人感動不已，儘管長年勞作，但她也有對自己
幸福的渴望。我想，只有對生活充滿愛、對人性充滿溫情的心靈，才
能理解並同情一個卑微的底層勞動婦女對幸福的微不足道的祈盼。這
種理解與同情正是源於魯迅對人性的溫暖而又柔軟的擁抱。值得注意
的是，作者在文本中花費大幅筆墨，敘述了阿長對「我」講長毛的故
事，儘管由此見出阿長的迷信，但在這可笑的迷信之中卻迸發出一種
令人敬畏的勇氣和自我意識，如，阿長就對長毛故事中的女性作用深
信不疑：「城外有兵來攻的時候，長毛就叫我們脫下褲子；一排一排
地站在城牆上，外面的大炮就放不出來；再要放，就炸了！」儘管這
裡有可笑的誇張，也有可憫的愚昧，但她的勇氣與自我意識確實讓人
「不能不驚異」。當然，這其中還包含著魯迅多重的歷史與文化的反
思：其一，在阿長式的民間想像中，她對所謂「起義」「革命」之類
的理解是混亂的，「她所謂『長毛』者，不但洪秀全軍，似乎連後一
切土匪強盜都在內」。其二，突顯了農民戰爭的「暴力性」──輕易

---

69 魯迅：《魯迅全集》（北京市：人民文學出版社，2005年），卷6，頁612。

地殺人與任意地掠奪。其三，中國底層民眾對野蠻的壓迫的薩滿教式的反抗。這一切都使得這個文本增加了豐富而複雜的歷史洞見。阿長是個不識字的女人，但她在心中卻默默記住了「三哼經」，買到「三哼經」的過程，或許歷經辛苦，或許輕而易舉。重要的是，她粗糙的心靈出乎意料地始終保存著對「我」的渴盼的敏感與體貼。正是這一點，使她成功地做成「別人不肯做，或不能做的事」。魯迅正是通過對一個底層勞動婦女性格的豐富而個性化的展示，表達了自己對人性的多樣化理解，儘管這其中有批判有諷刺，但更有寬容和敬意。這種對人性的多樣化理解，貫穿魯迅一生的創作歷程。如，寫於晚年的兩篇散文〈我的第一個師父〉和〈「這也是生活」……〉，讀來意味雋永。「我」的師父是一個和尚，但他有一個「我的師母」，「在戀愛故事上，卻有些不平常」。「我所熟識的，都是有女人，或聲明想女人，吃葷，或聲明想吃葷的和尚。」[70]文中對「我」師父師母和師兄們的言行舉止的評價，不僅毫無道學式的苛酷，而且充滿人情的溫潤。在〈「這也是生活」……〉一文中，作者深有感觸地寫到自己在病中的深夜醒來：「街燈的光穿窗而入，屋子裡顯出微明，我大略一看，熟識的牆壁，壁端的稜線，熟識的書堆，堆邊的未訂的畫集，外面的進行著的夜，無窮的遠方，無數的人們，都和我有關。我存在著，我在生活，我將生活下去……」[71]正是對生活的無限關聯感和深情注視，才使得人們的內心變得日益豐富，才使得人們在深夜敏銳聽到黎明的足音漸漸走近，才使得人們有勇氣在無盡的等待與磨難之中抵抗廣闊無邊的寒冷，這就是每一位讀者在閱讀這篇散文時所沛然而生的內心感動。

　　關於〈父親的病〉，似乎要說的話已經不多了。然而，敏感的讀者一定會對文本中的這樣一段敘述，頗感疑惑和不安。無數次的閱

---

70 魯迅：《魯迅全集》（北京市：人民文學出版社，2005年），卷6，頁579。
71 魯迅：《魯迅全集》（北京市：人民文學出版社，2005年），卷6，頁601。

讀，我都會產生這種心理反應。魯迅在文本中寫道：「父親的喘氣頗長久，連我也聽得很吃力，然而誰也不能幫助他。我有時竟至於電光一閃似的想道：『還是快一點喘完了罷……』立刻覺得這思想就不該，就是犯了罪；但同時又覺得這思想實在是正當的，我很愛我的父親。便是現在，也還是這樣想。」文中的語氣似乎在辯解，又似乎在懺悔，這正是這個文本思想的複雜之處。有的論者將它解讀成魯迅的原罪意識，有的論者甚至由此探討魯迅個體心理與人格之中的弒父情結。我認為，這段文字之中體現的則是魯迅對人性中幽暗面的認識，「所謂幽暗意識是發自對人性中與宇宙中與始俱來的種種黑暗勢力的正視與省悟：因為這些黑暗勢力根深柢固，這個世界才有缺陷，才不能圓滿，而人的生命才會有種種的醜惡，種種的遺憾」。[72]對人性幽暗面的認識，是人類偉大的思想文化的重要組成部分。「我們知道，西方傳統文化有兩個源頭，希臘羅馬的古典文明和古希伯來的宗教文明。希臘羅馬思想中雖然有幽暗意識，但是後者在西方文化中的主要根源卻是古希伯來的宗教。這宗教的中心思想是：上帝以他自己的形象造人，因此每個人的天性中都有基本的一點『靈明』，但這『靈明』卻因人對上帝的叛離而汩沒，由此而黑暗勢力在人世間伸展，造成人性與人世的墮落。在古希伯來宗教裡，這份幽暗意識是以神話語言表述出來的，因此，如果我們只一味拘泥執著地去了解它，它是相當荒誕無稽的。但是我們若深一層地去看它的象徵意義，卻會發現這些神話所反映出的對人性的一種『雙面性』了解──一種對人性的正負兩面都正視的瞭解。一方面它承認，每個人，都是上帝所造，都有靈魂，故都有其不可侵犯的尊嚴。另一方面，人又有與始俱來的一種墮落趨勢和罪惡潛能，因為人性這種雙面性，人變成一種可上可下，『居間性』的動物，但是所謂『可上』，卻有著限度，人可以得救，

---

72 張灝：《張灝自選集》（上海市：上海教育出版社，2002年），頁2。

卻永遠不能變得像神那麼完美無缺。這也就是說，人永遠不能神化。
而另一方面，人的墮落性卻是無限的，隨時可能的。這種『雙面
性』、『居間性』的人性觀後來為基督教所承襲，對西方自由主義的發
展曾有著極重要的影響。」[73]在中國，對人性幽暗面的認識最深刻、
最徹底也最豐富的思想流派當屬法家，這是眾所周知的。事實上，儒
家文化在這方面也有它獨特的思想洞察力和思想貢獻，「儒家思想與
基督教傳統對人性的看法，從開始的著眼點就有不同。基督教是以人
性的沉淪與陷溺為出發點，而著眼於生命的贖救。儒家思想是以成德
的需要為其基點，而對人性作正面的肯定。不可忽略的是，儒家這種
人性論也有其兩面性。從正面看去，它肯定人性成德的可能，從反面
看去，它強調生命有成德的需要就蘊涵著現實生命缺乏德性的意識，
意味著現實生命是昏暗的，是陷溺的，需要淨化，需要提升。沒有反
面這層意思，儒家思想強調成德和修身之努力將完全失去意義。」[74]
我認為，對人性幽暗面的自我體認，是魯迅一生最深邃最銳利的思想
武器，它不僅是魯迅對國民性批判的怒火與利劍，也是魯迅自我解剖
的不竭動力。關於魯迅幽暗意識的思想資源及其形成過程，在研究界
還沒有引起足夠重視。我認為，這是解讀魯迅思想世界的又一把關鍵
性的鑰匙。[75]

　　潛存在〈瑣記〉有關回憶片段連綴的深層結構之中，有一個深邃
的主題值得思考，那就是對喬裝成溫情與善良的「虛偽之惡」的體
察，這在魯迅關於衍太太的刻畫之中看得尤其透澈。對「虛偽之惡」
所衍生出「瞞和騙」與「做戲的虛無黨」，是魯迅對傳統文化和國民
劣根性的一個深刻的診斷。他曾在〈論睜了眼看〉一文中寫道：「中
國人的不敢正視各方面，用瞞和騙，造出奇妙的逃路來，而自以為正

73　張灝：《張灝自選集》（上海市：上海教育出版社，2002年），頁3。

74　張灝：《張灝自選集》（上海市：上海教育出版社，2002年)，頁11。

75　鄭家建：〈思想的力量〉，《文藝報》，2010年9月22日。

路。在這路上，就證明著國民性的怯弱，懶惰，而又巧滑。一天一天的滿足著，即一天一天的墮落著，但卻又覺得日其見光榮。」[76]「中國人向來因為不敢正視人生，只好瞞和騙，由此也生出瞞和騙的文藝來，由這文藝，更令中國人更深地陷入瞞和騙的大澤中，甚而至於自己不覺得。世界日日改變，我們的作家取下假面，真誠地，深入地，大膽地看取人生並且寫出他的血和肉來的時候早到了；早就應該有一片嶄新的文場，早就應該有幾個兇猛的闖將！」[77]在這慷慨激昂的疾呼之中，魯迅渴望著坦率與誠實的文學精神，渴望著能激濁以揚清的文化創造力，渴望著堆積在民族靈魂深處的歷史積垢，能徹底地被滌蕩。魯迅在《馬上支日記》中還形象地把那些「雖然這麼想，卻是那麼說，在後臺這麼做，到前臺又那麼做……」的人，稱為「做戲的虛無黨」或「體面的虛無黨」[78]，「衍太太」形象或許是這一稱號最具體生動的注釋。

三　存在之思

〈狗‧貓‧鼠〉一文，內含著作者對生命存在的思考，尤其是對處於複雜激烈競爭之中的弱者生命之脆弱性的思考。且看魯迅是如何思考在動物界的生存邏輯鏈中，作為弱者的老鼠的生存狀態：「老鼠的大敵其實並不是貓。春後，你聽到它『咋！咋咋咋咋！』地叫著，大家稱為『老鼠數銅錢』的，便知道它的可怕的屠伯已經降臨了。這聲音是表現絕望的驚恐的，雖然遇見貓，還不至於這樣叫。貓自然也可怕，但老鼠只要竄進一個小洞去，它也就奈何不得，逃命的機會還很多。獨有那可怕的屠伯——蛇，身體是細長的，圓徑和鼠子差不

76　魯迅：《魯迅全集》（北京市：人民文學出版社，2005年），卷1，頁254。

77　魯迅：《魯迅全集》（北京市：人民文學出版社，2005年），卷1，頁251-255。

78　魯迅：《魯迅全集》（北京市：人民文學出版社，2005年），卷3，頁346。

多，凡鼠子能到的地方，它也能到，追逐的時間也格外長，而且萬難倖免，當『數錢』的時候，大概是已經沒有第二步辦法的了。」我認為，魯迅之所以在這裡要如此細緻地描述老鼠在逃命過程中的驚恐、絕望和最終無可逃脫的劫難，目的是為了要強烈地傳達出弱者的脆弱與無辜，弱者的無可反抗的命運。事實上，對生命尤其是弱者生命狀態的獨特關懷，是魯迅一生思考的主題。如，一九三三年他在〈為了忘卻的紀念〉中悲憤地回顧道：「在這三十年中，卻使我目睹許多青年的血，層層淤積起來，將我埋得不能呼吸，我只能用這樣的筆墨，寫幾句文章，算是從泥土中挖一個小孔，自己延口殘喘，這是怎樣的世界呢？」[79]是的！在他的生命歷程中經歷了太多無辜的殺戮與血腥的事件，他的文字觸目驚心地記述著這一切：看過清王朝殺人（〈藥〉、〈虐殺〉、〈隔膜〉、〈買《小學大全》記〉），看過袁世凱的殺人（《「殺錯了人」異議》），看過帝國主義殘殺中國平民（《忽然想到》〔十〕、〔十一〕），看過段祺瑞政府殘殺手無寸鐵的青年學生（〈無花的薔薇之二〉、〈死地〉、〈空談〉、〈為了忘卻的紀念〉），看過恐怖的「清黨」運動（〈答有恒先生〉、《而已集・題辭》），看過國民黨反動政府殘殺進步人士（〈中國無產階級革命文學和前驅的血〉、〈寫於深夜裡〉）……正是不斷目睹這種種或公開或秘密的殘酷而血腥的事實，幼時記憶中的這個景象，才會被反覆勾起，並與現實的情景互相疊加，互相印證。[80]

　　〈范愛農〉一文既有反思歷史的沉重之感，又有感歎一代知識分子命運的蒼涼之感。雖然辛亥革命成功了，但並沒有給中國社會帶來根本性的變化，正如文中所說：「我們便到街上去走了一通，滿眼是白旗。然而貌雖如此，內骨子是依舊的，因為還是幾個舊鄉紳所組織

---

79 魯迅：《魯迅全集》（北京市：人民文學出版社，2005年），卷5，頁502。
80 陳丹青：〈魯迅與死亡〉，《笑談大先生》（桂林市：廣西師範大學出版社，2011年）。

的軍政府，什麼鐵路股東是行政司長，錢店掌櫃是軍械司長……」這種歷史的循環和停滯之感，魯迅在《阿Q正傳》和一系列雜文中均有深刻的論述。如，他曾說道：「可以知道我們現在的情形，和那時的何其神似，而現在的昏妄舉動，糊塗思想，那時也早已有過，並且都鬧糟了。」「試將記五代、南宋、明末的事情的，和現今的狀況一比較，就當心驚動魄於何其相似之甚，彷彿時間的流駛，獨與我們中國無關，現在的中華民國也還是五代，是宋末，是明季。」[81]無論是改朝換代，還是革命光復；無論是專制，還是共和……知識分子總是處於政治的歧途上，總是不得不在歷史的洪峰之中沉浮漂流。在范愛農身上，我們可以看到魏連殳、呂緯甫的身影，也可以看到魯迅對處在歷史變革中知識分子命運的思考。因此，在〈范愛農〉一文中，魯迅所表達的歷史思考是深沉的：處於變革之中的知識分子，總是痛苦地承擔著「在而不屬於兩個社會」[82]尷尬的命運。

對〈藤野先生〉思想寓意的解讀，長期以來人們較多地停留在直觀的層面，認為，藤野先生由於對學術的熱愛而超越國界和種族的隔閡。但是，在我看來，〈藤野先生〉彷彿打開了一扇窗，讓我們窺見魯迅的自我與思想形成過程中所存在的另一種形態的精神源泉。當我們分析魯迅的自我與思想形成的精神資源時，一般地說，傾向於從以下幾個方面來闡釋：一是中國古代文化與精神傳統，尤其是魏晉傳統；二是西方文化中的「摩羅詩人」傳統，尤其是十九世紀末以尼采為代表的「新神思宗」的現代性批判的思想傳統；三是近代以來以章太炎思想為主脈的師承傳統。但是，〈藤野先生〉則告訴我們：還有一個感性的、記憶的傳統，這個傳統雖然不是以深厚的文化脈絡為底蘊，但它卻以活生生的經驗與情誼，浸潤與影響著「我」的精神成

---

81 魯迅：《魯迅全集》（北京市：人民文學出版社，2005年），卷3，頁17。
82 汪暉：《反抗絕望》（北京市：生活·讀書·新知三聯書店，2008年，增訂版），頁112。

長。我認為，正視魯迅的自我與思想中的這個具體而生動的感性傳
統，將有助於更具個性化地理解與闡釋魯迅的自我與思想成長過程和
價值資源的多元性和複雜性。

　　〈無常〉中的「活無常」是一個民間文化的形象，當我們欣賞、
親近這一獨特的民間文化形象時，不能忘卻魯迅在這一形象之中所投
入的複雜的思想意蘊。首先是魯迅與眾不同的審美觀。那就是對陰鬱
之美的愛好，這種審美趣味，在中國現代審美文化史上絕對是一種
「異數」，他《朝花夕拾》中的〈死〉、〈女吊〉和《野草》中的〈墓
碣文〉、〈死後〉諸文以及對漢畫像磚拓片的鑑賞，都是這種別具一格
而又迥異流俗的審美觀的確證。其次，在這種審美觀背後，深藏著魯
迅對死亡與生命的雙重性理解：生命之重總是與死亡之輕相生相伴。
正如《野草·題辭》所說的那樣：「過去的生命已經死亡。我對於這
死亡有大歡喜，因為我借此知道它曾經存活。死亡的生命已經朽腐。
我對於這朽腐有大歡喜，因為我借此知道它還非空虛。」[83]再次，這
種獨特的審美觀是魯迅用於反抗現實的秘密武器之一，海內外學者夏
濟安[84]、李歐梵[85]和丸尾常喜[86]、陳丹青[87]對這一問題均有精彩的論
述，此處就不再展開。

　　盧那察爾斯基曾在「純粹藝術家」和「純粹思想家」之間做過一
個極富創見的比較，他說：「所謂的『純粹藝術家』，看起來彷彿是憑
著感情衝動而進行的創作，事實上這不過說明：在這種藝術家身上，
具體形象的思維，是起著支配作用的。普列漢諾夫正確地認為，藝術

83　魯迅：《魯迅全集》（北京市：人民文學出版社，2005年），頁163。

84　〔美〕夏濟安：《魯迅作品的黑暗面》，樂黛雲編：《國外魯迅研究論集》（北京市：
　　北京大學出版社，1981年）。

85　〔美〕李歐梵：《鐵屋中的吶喊》（石家莊市：河北教育出版社，2000年）。

86　〔日〕丸尾常喜：《「人」與「鬼」的糾葛──魯迅小說論析》（北京市：人民文學出
　　版社，2006年）。

87　陳丹青：《笑談大先生》（桂林市：廣西師範大學出版社，2011年）。

工作不能排除概念的思維。然而，我們也可以假定有這麼一個人，在他邏輯概念領域內完成的過程超過了情感形象思維。在頭一種情況下，可能為藝術家兼思想家；後一種，則是思想家兼藝術家。然而如果我們發現有這麼個人，他的思維幾乎完全缺乏形象性（這正如完全欠缺使用概念的思維一樣，是很少可能有的情況），那麼我們就可以認為，這就是近乎『純粹思想家』的類型。」[88]魯迅究竟屬於哪一種類型呢？我想，關於《朝花夕拾》的知性闡釋，或許能給你提供一條思考的線索。

結語——「變動中的秩序」

小時候，生活在鄉下，晚上只能就著一盞小小的煤油燈，讀書寫字。當大人們不在身邊的時候，我就趁機走神。其中有一個情節至今記憶猶新。那時，我常常會出神地盯住煤油燈，緊緊地看著，那根細細的蜿蜒曲折的燈芯線的頂端，燃著一團小小的火焰，火舌總在不停地向上闖騰而又微微地搖擺著。在火焰的中央有一粒深藍的火心，靜靜燃燒著，似乎凝固了，又似乎有一點虛空——那時，我不知該怎樣形容這番景象。直到有一天，我讀到卡爾維諾在《新千年文學備忘錄》中的一個說法——火焰的原則即「變動中的秩序」時，才似乎有所領悟。這一種動中有靜的內在結構，這種外部表現為有形、變動、實在，而內核穩定、凝結卻又虛空的形態，不正是散文的美學原則嗎？

優秀的散文，總像是一團燃燒的火焰。作家所歷、所聞、所見、所閱，構成了作家無限豐富多彩的經驗和知識，這些經驗和知識在作家的內心世界不斷地累積、碰撞、擠壓、沉澱、醞釀，急切地等待某

---

88 〔俄〕盧那察爾斯基：《海涅——思想家》，《外國理論家作家論形象思維》（北京市：中國社會科學出版社，1979年）。

個契機的出現，正如那源源不斷地輸向燈芯的煤油；契機終於來了，那可能是一句話，一個細節，一個擦肩而過的臉龐，一種莫名其妙的情緒，一次不期然的相遇，一次輕微的心傷，這時，創作的衝動就像一點火星落入油盞之中，於是，經驗和知識就在瞬間被點燃了，內心情感像火舌一般升騰，發出「嗦嗦」的聲音，舔破四周的黑暗。這猶如散文之中汨汨流淌的自我情感——或悲傷、或憤激、或歡欣、或渴望。然而，有經驗的人都知道，觀察、判斷這團火焰能燃燒多久，它的火力猛不猛，關鍵還在於其火心是否深藍，是否穩定。對於散文的最高要求也是如此，即作家能否在對「所感」的抒發之後，再深化一步：有所思，有所沉思，有所深思，有所哲思，如果能達到這一深度，那麼，這團火焰就將永遠燃燒在讀者的心中，並照亮整個世界。於是，這樣的散文也就可能成為文學性經典。這就是《朝花夕拾》從回憶到文學經典的創造之路。

下

清華國學研究院述論

小引

　　著名史學家傅斯年在〈歷史語言研究所工作之旨趣〉中曾說：「歷史學和語言學發展到現在，已經不容易由個人作孤立的研究了，他既靠圖書館或學會借給他材料，靠團體為他尋材料，並且須得在一個研究的環境中，才能大家互相補其所不能，互相引會，互相訂正，於是乎孤立的製作漸漸的難，漸漸的無意謂，集眾的工作漸漸的成一切工作的樣式了。」正是基於新的學術體制的內在要求，二十世紀上半葉，中國學術界成立了眾多的人文學術研究機構，其中尤以北京大學研究所國學門、清華學校國學研究院[1]、廈門大學國學研究院、中山大學語言歷史學研究所、中央研究院歷史語言研究所等最為著名。這些人文研究機構的創立與發展是中國現代學術史上的一個重要現象，它既是現代學術的創造中心，又是現代學術思想、學術方法的教育中心；它既是中國現代學術體制化進程的產物，但它的創立與發展又進一步推動這一學術體制化的進程。現代人文學術機構的發展使中國現代學術研究在短時間內改變了落後於西方漢學的局面，創造了中國現代學術發展史的一個「奇蹟」。因此，把現代人文學術研究機構作為一個獨立的學術文化現象來加以全面深入的研究是有意義的。

　　具體研究內容：一是現代人文學術研究機構的沿革、類型和內部運行機制。二是現代人文學術機構之間有著怎樣相同或相近的學術理

1　以下簡稱清華國學研究院或清華國學院。

念、學術方法？這些學術理念與學術方法對中國現代學術發展具有怎樣的意義？三是它的學術教育方式、教育經驗有哪些值得我們總結、借鑑？這些學術教育方式、學術教育經驗與中國傳統的書院教育又有哪些區別或聯繫？四是以史為鑒。以現代人文學術機構的學術教育理念、方式、實效來反思當代中國的學術教育現狀。

　　在某種意義上說，清華學校國學研究院是探討這些問題的最典型的範例和個案。

梁啟超

上篇　梁啟超與清華國學研究院之關係述論

　　張蔭麟在〈近代中國學術史上之梁任公先生〉一文中，將梁啟超一生的智力活動分為四個時期，並認為：「每時期各有特殊之貢獻與影響。第一期自撇棄辭章考據，就學萬木草堂，以至戊戌政變以前止，是為『通經致用』之時期；第二期自戊戌政變以後至辛亥革命成功時止，是為介紹西方思想，並以新觀點批評中國學術之時期，而仍以『致用』為鵠的；第三期自辛亥革命成功後至先生歐遊以前止，是為純粹政論家之時期；第四期自先生歐遊歸後至病歿，是為專力治史之時期。此時期漸有為學問而學問之傾向，然終不忘情國艱民瘼。」[2]張蔭麟的「四期說」一出就得到學術界的廣泛認同。浦江清曾評價說：「蔭麟紀念梁任公之文……甚佳，頗能概括梁先生晚年思想上及學術上之貢獻。」[3]在已成顯學的梁啟超研究中，關於第一、二、三

2　素癡（張蔭麟）：〈近代中國學術史上之梁任公〉，《大公報》，1929年2月21日。

3　浦江清：〈清華園日記〉，1929年2月6日。此處轉引自張蔭麟：《素癡集》（天津市：百花文藝出版社，2005年），頁192。

期的論述，堪稱成果堅實、名作紛呈。相比之下，關於「第四期」的研究，則相對薄弱。而在薄弱之中，關於梁啟超與清華國學研究院關係之研究尤為如此。儘管在絕大多數的梁啟超傳記中，都會提及梁啟超在「第四期」與清華國學研究院的特殊關係及其講學情形，但均語焉不詳。常見的敘述一般如此：「年四十六，漫遊歐洲。翌年東歸，萃精力於講學著述。」[4]「戊午冬出遊歐洲一年，庚申春歸國。自是主講清華、南開、東南諸校，專事著述。」[5]「庚申春歸國，專以著述講論為業。」[6]然而，反觀梁啟超一生的生命與思想歷程，就會發現，梁啟超「第四期」的講學與著述不僅在時間上佔據了很大比重，而且對青年學子亦影響深遠。在時空相交錯而成的座標軸上，梁啟超與清華國學研究院之關係恰好可以成為「第四期」研究的凝結點。因此，我們認為，深入研究梁啟超與清華國學研究院之關係，不僅能較為全面反映梁啟超在「第四期」的實際作為和貢獻，而且還能建立一個觀察中國現代早期人文學術教育生態的有效「視窗」。

　　必須加以注意的是，與清華國學研究院其他幾位導師相比，梁啟超與清華國學研究院的關係更具曲折性和特殊性。造成這種狀況的內在原因有兩個：一是梁啟超在中國近現代政治史上顯赫的政治聲名以及備受非議的「善變」、「屢變」的政治選擇、思想立場和學術取向；二是梁啟超比其他人更深入參與和推動了十九世紀末到二十世紀初的中國早期人文學術教育的轉型過程，而清華國學研究院正是這一轉型過程的新生事物之一。因此，梁啟超與清華國學研究院的關係，更顯示出其複雜性與多重性，從這個意義上說，研究梁啟超與清華國學研

4　梁啟勳：〈梁啟超小傳〉，收入夏曉虹編：《追憶梁啟超》（北京市：生活・讀書・新知三聯書店，2009年，增訂本），頁2。

5　伍莊：《梁任公先生行狀》，夏曉虹編《追憶梁啟超》（北京市：生活・讀書・新知三聯書店，2009年，增訂本），頁4。

6　劉盼遂：〈梁任公先生傳〉，《圖書館學季刊》第3卷第1、2期（1929年）。

究院的歷史關係及其內在過程，是一個極具學術價值的課題，從中可以透視中國現代早期人文學術教育的特點、理念、運作及其存在的問題，並試圖以此為鏡鑒，反思當下中國的人文學術教育體制、生態及其弊端。

　　本文的研究方法主要採取實證的立場，以時間演變為「述」之經，以意義闡釋為「論」之緯，「述」與「論」相交織，力求在對史料的爬梳與闡析之中，呈現那一段歷史的複雜性、豐富性和人文內涵。

（一）

　　一九二五年九月十三日，梁啟超在致女兒梁令嫻的信中提到：「我搬到清華已經五日了（住北院教員住宅第二號）。」這不是梁啟超第一次來清華園。事實上，梁啟超與清華學校的關係由來已久，他的內心對清華園這塊土地並不陌生。在此之前，他不僅多次與清華園有過緊密接觸，而且每次都留下不少具有紀念意義的印記。雖然，這些印記和梁啟超波瀾壯闊的一生相比，顯得點滴而又瑣屑，但它們清晰地記錄著梁啟超對清華園乃至中國現代早期人文學術教育的思考與期待，已成為中國現代教育史上一段彌足珍貴的思想史料。因此，不僅需要仔細挖掘、梳理，也值得重新解讀與闡釋。

　　早在一九一四年十一月十日，梁啟超就曾應邀來到剛創辦三年的清華學校演講，他在題為〈君子〉的演說中，先借用《易經》乾卦與坤卦的大象象，指出「自強不息」、「厚德載物」，「推本乎此，君子之條件庶幾近之矣」。並以之勉勵清華學子說：「清華學子，薈中西之鴻儒，集四方之俊秀，為師為友，相蹉相磨，他年遨遊海外，吸收新文明，改良我社會，促進我政治，所謂君子人者，非清華學子，行將焉屬？」[7]在梁啟超一生無數次慷慨激昂的演講之中，這或許只是一次

7　梁啟超：〈在清華學校演說詞〉，收入夏曉虹編：《《飲冰室合集》集外文》（北京市：北京大學出版社，2005年），中冊。

再平常不過的演講，但在清華園則激盪成響徹歷史時空的黃鐘大
呂——因為清華學校後來便把「自強不息、厚德載物」作為校訓。梁
啟超生命與學術中的清華園大門也由此漸漸開啟。在此次演講後不
久，「是年冬（1914）先生（指梁啟超）假館於北京西郊清華學校，
著《歐洲戰役史論》一書成」。[8]梁啟超在該書的「第二自序」中敘述
了這段短暫而充實的清華園生活經歷：「吾初發意著此書，當戰事初
起之旬日後耳……而都中人事冗沓，每日欲求二三小時伏案操觚，竟
不可得，於是仍假館於西郊之清華學校……閱十日脫稿。蓋十日間筆
未嘗停綴矣……其校地在西山之麓，爽塏靜穆，其校風嚴整活潑，為
國中所希見，吾茲愛焉。故假一室著書其間，亦嘗以此書梗概為諸生
講演，聽者娓娓不倦。」[9]從中可以遙想當年梁啟超心情愜意且師生
之間其樂融融的情形。書成後，梁啟超餘興未盡，並為賦示該校校員
及諸生詩一篇，其中有幾句頗值玩味，亦能概見此時梁啟超心態之一
斑：「在昔吾居夷，希與塵客接。箱根山一月，歸裝稿盈篋。（吾居東
所著述多在箱根山中）雖匪周世用，乃實與心愜，如何歸乎來，兩載
投牢筴，愧俸每賴沘，畏譏動魂懾，冗材憚享犧，遐想醒夢蝶。推理
悟今吾，乘願理夙業。郊園美風物，昔遊記攸玞，願言賃一廡，庶以
客孤笈。」[10]從詩中看來，僻靜清幽的清華園，或許能讓梁啟超那顆
奔競躁動的心靈獲得暫時的棲息，使他在這裡有機會重新思考人生的
進與退、沉與浮、絢麗與寂寞。也是在這一年（1914）的十二月三
日，梁啟超在與清華學校教職員及各級長、各室長的座談會上，還就
所謂「國學」問題，發表了自己見解，他說：「清華學生除研究西學

8　丁文江、趙豐田編：《梁啟超年譜長編》（上海市：上海人民出版社，2009年），頁
　　442。

9　梁啟超：《飲冰室合集》（北京市：中華書局，1936年），《專集》之三十，頁1。

10　梁啟超：《飲冰室合集》（北京市：中華書局，1936年），《文集》之四十五，下冊，
　　頁71。

外，當研究國學；蓋國學為立國之本，建功立業，尤非國學不為功，苟日專心於西學，而荒廢國學，雖留美數十百年，返國後仍不足以有為也。」[11]梁啟超對「國學」的高調宣揚，從一個側面反映出晚清民初的學術界，由於西學的強勢衝擊而引發的學人們對國學的價值焦慮與強勁反彈。學之「中」「西」，既是貫穿二十世紀中國學術史的一個敏感話題，也是考量二十世紀中國知識分子的文化立場與價值取向的重要座標。誠然，「國學」之功是否如此之巨，見仁見智，亦不應以任公之論為定讞。一九一四年間這一系列密切的言行，預示著梁啟超與清華園之關係已找到一個良好的契合點，並透露出梁啟超在這一時期的思想與情感世界的新關注點：學術和教育，而這兩個關注點也漸漸成為他在「第四期」的思想關懷的主導面。

時隔不到三年即一九一七年一月十日，梁啟超又一次應邀來清華學校演講，在開場白中，他愉快地回憶起兩年多前假館清華的情形：「鄙人於兩年前，吾嘗居此月余，與諸君日夕相見。雖年來奔走四方，席不暇煖，所經危難，不知凡幾，然與諸君之感情，既深且厚，未嘗一日忘。故在此百忙中，亦不能不一來與諸君相見。」言語之中雖不免流露出沉痛的人生感慨，但也表達了對清華諸君念念不忘之情懷。此次演講題為〈學生自修之三大要義〉，梁啟超就「為人之要義；做事之要義；學問之要義」，與清華學子「以相切磋」。[12]演講之中不僅充滿長者與幼者、兩個不同年齡層次、兩種完全不同的人生經驗之間的對話，而且也充滿著梁啟超期待融入年輕生命群體的內心訴求。一九二〇年冬，梁啟超又應邀來清華學校作題為〈國學小史〉的講演，此次講演的累計時間之長，為歷次之最。[13]他在《墨子學案》

11　此處轉引自黃延復：《清華傳統精神》（北京市：清華大學出版社，2006年），頁317。

12　梁啟超：〈在清華學校之演說〈學生自修之三大要義〉〉，收入夏曉虹編：《《飲冰室合集》集外文》（北京市：北京大學出版社，2005年），中冊。

13　此處轉引自黃延復：《清華傳統精神》（北京市：清華大學出版社，2006年），頁317。

〈自敘〉中對此次演講過程有較為詳細的敘述：「去年冬，應清華學校之招，為課外講演，講國學小史。初本擬講十次，既乃賡續至五十次以上。講義草藁盈尺矣。諸生屢以印行為請，顧茲稿皆每日上堂前臨時信筆所寫，多不自愜意。全書校定，既所未能，乃先取講墨子之一部分，略刪訂以成此書。」[14]在梁啟超研究中，人們常常困惑於梁啟超著述體例之蕪雜，這也是梁啟超著述常為時人所詬病的「缺點」之一。指責固然容易，同情之了解尤為必要。因此，如果我們把梁啟超煌煌數千萬言的著述，按照體例的不同，分成不同文體的話，那麼上述的自敘就在不經意間透露了造成其著述「演講體」與「著述體」不同的根本原因之所在。事實上，《飲冰室合集》中的不少著述，未經校定就彙集成書，「信筆所寫」的痕跡猶宛然在目，難免有蕪雜、粗疏之處。

　　一九二一年間，梁啟超比往年更經常應邀來清華學校講演，與清華學校之關係有了進一步的發展。這期間的講演有記載的僅兩次，一次是題為〈五千年史勢鳥瞰〉，特別值得一提的是另一次題為〈中國韻文裡頭所表現的情感〉的講演，此係梁啟超在清華學校講國史時為該校文學社諸生所做的文學講演。[15]關於這次演講，當時就讀於清華學校的梁實秋，曾有一段深情的回憶：「我記得清清楚楚，在一個風和日麗的下午，高等科樓上大教堂裡坐滿了聽眾，隨後走進了一位短小精悍亮頭頂寬下巴的人物，穿著肥大的長袍，步履穩健，風神瀟灑，左右顧盼，光芒四射，這就是梁任公先生……先生的講演，到緊張處，便成為表演。他真是手之舞之足之蹈之，有時掩面，有時頓足，有時狂笑，有時歎息……這一篇講演分三次講完，每次講過，先生大汗淋漓，狀極愉快。聽過這講演的人，除當時所受的感動之外，

14　梁啟超：《飲冰室合集》（北京市：中華書局，1936年），《專集》之三十九，頁1。
15　李國俊編：《梁啟超著述系年》（上海市：復旦大學出版社，1986年），頁197。

不少人從此對於中國文學發生強烈的愛好。先生嘗自謂『筆鋒常帶情感』，其實先生在言談講演之中所帶的情感不知要強烈多少倍。」[16]或許，沉浸在演講的酣暢淋漓之中的梁啟超，根本不會想到自己的話語會如此有效催生著一個年輕人心中文學夢想的種子，使之而後在歲月中花開花落。值得注意的是，這期間梁啟超除了學術講演外，對清華學校之校政也有所評議，在某種意義上說，這種評議的衝動也是他一貫思想作風的體現，即思想的活力時刻處在一種對現實的敏銳觀察與深度判斷的精神張力之中。如，他在《徹底翻騰的清華革命》〈序〉中寫道：「我與清華學校，因屢次講演的關係，對於學生及學校，情感皆日益深摯。關於本校改革發展諸問題，頗有所蘊積，原預定作一次講演，題目『清華學校之前途』。因搜集材料未備，且講課太忙，迄未能發表，今因《徹底翻騰的清華革命》出版之便，述吾希望之要點如下。」文中提出五點建議：一、改組董事會；二、組建一實務性的校友會；三、經費完全獨立，由董事會管理，不必再經外交機關之手；四、縮減留美經費，騰出財力，辦成一完備之大學；五、希望積極地預籌資金，為十八年後賠償終了時維持學校生命之預備。[17]暫且不論梁啟超這番話是否為一廂情願，但從這段序言中可以看出，此時的梁啟超在內心對於清華學校的關注，已經從「客座」的身分感轉變為「局內人」的角色意識，前瞻性地著眼於清華學校長遠的可持續性的發展，以及追求獨立自主的辦學體制。角色意識的內在轉換，催生了梁啟超更強烈地寄望於清華教育能形成特色之路，也促使他更明確地對清華的人文教育提出自己鮮明的主張。如，一九二三年二月，在一次與清華學校記者談話中，梁啟超先是批評美國教育是「實利主

16　梁實秋：〈記梁任公先生的一次演講〉，《梁實秋文集》（廈門市：鷺江出版社，2002年），卷2，頁430-432。

17　梁啟超：《徹底翻騰的清華革命‧序》，收入夏曉虹編：《《飲冰室合集》集外文》（北京市：北京大學出版社，2005年），中冊。

義」，認為「這種實利主義的又一結果就是將人做成一個部分的人」。
而後，當談到自己關於教育的理念時，則毫無保留地表達了人文主義
的教育關懷與理想，他說：「我們中國教人做人向來是做一個整個的
人的，他固然有混混淪淪的毛病，然而只做一個部分的人，未免辜負
上帝賜給我們所人人應享的『一個人』的生活了。我以為清華學生應
當謀這些極端的貫通融洽，應當融和東西文化，不要只代一面做宣傳
者。」[18]梁啟超這一人文主義教育理念對清華學校與清華國學院乃至
後來形成的清華大學之大學文化與大學精神，究竟有著怎樣深遠的影
響，由於沒有足夠的史料支撐，無法判斷，但在今天，這段話仍然有
著意味深長的啟發性。

　　一九二三年九月以後，梁啟超在致友人信中就直接宣稱：「下半
年在清華講學，通信請寄彼處。」[19]《清華週刊》也把梁著歸入「清
華作品介紹」一欄予以介紹，至此，梁啟超作為「局內人」的角色定
位日漸強固。這一年秋，梁啟超以講師的身分在清華學校講授《最近
三百年學術史》（每週三晚七點半至九點半）和《群學要籍》（隔週四
晚七點半至九點半），同時做一些普通演講，這些講授和演講均反應
熱烈，學生會特地通過議案，請梁啟超賡續講學。[20]儘管其時還非常
年住校，活動內容亦紛雜不一，但梁啟超上述這些在清華學校的講演
和學術活動則有兩條線索隱匿其中：一是，梁啟超與清華學校關係的
變化過程，從游移的、客座式向相對明確的、穩定的狀態逐步深化；
二是，每一步的深化，其主導面均圍繞學術與教育而展開。一段嶄新
的歷史似乎呼之欲出。

18 轉引自齊家瑩：《清華人文學科年譜》（北京市：清華大學出版社，1999年），頁
　　1-2。
19 丁文江、趙豐田編：《梁啟超年譜長編》（上海市：上海人民出版社，2009年），頁
　　645。
20 劉曉琴：〈梁啟超與清華〉，李喜所主編：《梁啟超與近代中國社會文化》（天津市：
　　天津古籍出版社，2005年）。

（二）

　　如上所述，從一九一四年到一九二五年的十餘年間，梁啟超與清華學校之關係日益密切。與此偕行，梁啟超在這十餘年間的人生經歷也可謂是櫛風沐雨、幾經危難。相比之下，梁啟超與清華學校的關係，則是這期間難得的風和日麗。儘管斷斷續續，但這種美好的情緣畢竟潤物無聲，關係的種子在這種短暫與和諧的氛圍中正醞釀著破土而出。但是，在這關鍵的時刻，仍有待於梁啟超自身生命與思想土壤的深耕與培育，只有這樣，才能最終促使這顆關係的種子在春寒料峭之際初綻新芽。在這個意義上說，我們認為，真正觸動梁啟超就聘清華國學院導師一職，還有更深層的原因，那就是他歐遊歸來後在思想與心態上所發生的一系列深刻變化及其重新作出的價值選擇，這猶如那因深耕而日漸肥沃的土壤，加速了種子的生根發芽。從心理學角度來說，這種心理變化與價值選擇的尋找、確立和最終實現的過程，必然會訴諸一個既新鮮又熟識且較為穩定具體的訴求對象，那麼，對梁啟超而言，重拾學術與教育之舊業就順理成章了。因此，有必要對這一「重拾」過程，做一番仔細考量。為此，我們若能對梁啟超年譜中的一些史料做一個簡要的鉤稽，那就會看得相對明晰些。據《梁啟超年譜長編》記載，「上年（1916）護國運動成功以後，先生原有放棄政治生活的意向和從事社會教育事業的計畫」，但是自一九一六年以來，「憲法問題、對德外交問題、內閣問題、復辟問題等，都與梁氏有不可解的關係，所以最後又不期然而然地捲入漩渦裡面了」。[21]果然不出時人之所料，一九一七年七月十七日段祺瑞內閣成立時，梁啟超受任為財政總長。對於此次就任財政總長職，梁啟超「原抱有很大的希望，他最大的目的，就是想利用緩付的庚子賠款和幣制借款來徹底

---

21 丁文江、趙豐田編：《梁啟超年譜長編》（上海市：上海人民出版社，2009年），頁517。

改革幣制，整頓金融，可惜結果事與願違，就是消極方面的維持現狀，也沒有得到很好的成績」。[22]因此，他於十二月三十日不得不請辭，在任僅五個月。這樣的結局，對於始終交織著入世之自覺和用世之抱負的梁啟超精神訴求而言，無疑又是一次「飲冰之旅」。他在辭職呈文中感慨萬端：「受任以來，竭智盡力，以謀挽救，雖規劃略具，而實行維艱。」[23]從此，梁啟超再也沒有踏入仕途，真可謂「成也蕭何！敗也蕭何」。在這種情況下，梁啟超內心的訴求對象必然隨之發生重大的轉移。從人格心理學的角度來看，訴求對象的轉移過程，也是個體重新建立新的心理補償機制的過程，在這一過程中，個體必須找到新的意義關注點以填充訴求轉移而留下的心裡空虛。如果個體不能較快實現這一心理過程，那麼就會使個體人格陷入焦慮不安的心理狀態，嚴重的情形，甚至會導致人格分裂或精神出現危機。幸運的是，梁啟超很快就找到了新的精神出路：重拾學術與教育之舊業，並借此有效建立起自我調適的心理補償機制。在這個意義上說，一九一八年，對梁啟超而言，是一個特殊的年份，因為這是他此後真正致力於教育事業與專力治學的起點年份，也是徹底實現訴求轉移的心理年份。年初，他曾有發起松社的計畫[24]，關於此舉之目的和功用，其友人張君勱在致梁啟超的信中這樣寫道：「晨間唐規嚴來談松社發起事，以讀書、養性、敦品、勵行為宗旨。規嚴之意，欲以此社為講學之業，而以羅羅山、曾文正之業責先生也。聞百里前在津曾亦為先生道及此舉，今日提倡風氣舍吾黨外，更有何人？蓋政治固不可為，社會事業亦謂不可為，可也？苟疑吾自身亦為不可為，則吾身已

---

22 丁文江、趙豐田編：《梁啟超年譜長編》（上海市：上海人民出版社，2009年），頁540。

23 丁文江、趙豐田編：《梁啟超年譜長編》（上海市：上海人民出版社，2009年），頁550。

24 丁文江、趙豐田編：《梁啟超年譜長編》（上海市：上海人民出版社，2009年），頁553。

失其存在，復何他事可言。笛卡兒所謂『我思，故我存』。唯有我
思，故有是非。哲學之第一義諦如是，道德之第一義諦亦復如是。規
嚴之意既為方今救世良藥，而又為吾黨對於社會對於自身處於無可逃
之地位，故力贊其說，而敢以就正於先生也。」[25]這是在混亂而黑暗
的現實之中，有良知的知識分子勇於承擔、勇於自救的精神之路。面
對政治不可為的情勢，知識分子立身於社會之中可選擇的為數不多的
作為，只能也只有學術與教育之事業。張君勱信中的這一番痛心之
辭，梁啟超讀來必定會「于吾心有戚戚焉」。因為這其中深切地觸及
中國知識分子對精神價值的最後認同，每當政統崩壞、道統飄搖之
際，學統就成為中國知識分子最後的意義據持，並可能由此而激發出
更加執著的精神熱力來張揚學統的價值關懷，以實現安身立命。雖然
在今天我們已看不到梁啟超回信的具體內容，但僅從後來他對松社事
務的關心，就足以見出他對發起松社的目的與功用的贊同。

　　然而，在梁啟超這一時期的學術生涯中，更具表徵性的事件，則
是他重燃通史之撰的熱情。我們知道，歷史寫作通常作為中國知識分
子的精神傳統和知識傳統中最重大的事業之一，也往往是學統重建中
最具活力的方式之一。正如司馬遷在〈報任安書〉中所言：「網羅天
下放失舊聞，略考其事，綜其終始，稽其成敗興壞之紀……亦欲以究
天人之際，通古今之變，成一家之言。」誠哉斯言！這一年春夏間，
梁啟超摒棄百事，開始專心致力於通史之作，數月間成十餘萬言。[26]
據年譜記載，這期間在致友人的信中，他多次談到正在著述通史的情
形。如，五月初，他在致陳叔通的信中寫道：「所著已成十二萬言
（前稿須復改者頗多），自珍敝帚，每日不知其手足之舞蹈也。體例

---

25 丁文江、趙豐田編：《梁啟超年譜長編》（上海市：上海人民出版社，2009年），頁
　553。

26 丁文江、趙豐田編：《梁啟超年譜長編》（上海市：上海人民出版社，2009年），頁
　553。

實無餘暇作詳書告公，弟自信前無古人耳。宰平曾以半日讀四萬言之稿兩遍，謂不忍釋，吾計凡讀者或皆如是也。」[27]自負之情，溢於言表。由於梁啟超在中國近現代思想文化史上的重要地位，他的通史之撰，已不僅僅是其個人學術新取向的表徵，而成為一個令時人期待的文化與學術事件，因為在這其中表達著那些與梁啟超思想文化立場相同或相近的部分知識分子的共同文化想像和價值訴求。在開始著述不久，友人們就對其著述太勤，頗為憂心。如，陳叔通在三月三十日的信中寫道：「通史但日以為程，似不可求速……」[28]四月十九日的信中又寫道：「久未接書，靜生來，詢悉著作太猛，未免稍疲，甚以為念。」[29]由此可見，其時梁啟超的著述生活不僅引發大家的期待，也牽動著友人的心。當然，如果站在精神史的視角來解讀這種牽動，那麼就會發現，除了友情之外，這種牽動之中還關切著這些知識分子對新的歷史想像與精神共同體建構之期待。正是這種彼此心靈的默會與相通，使得報告自己著述的進展，也每每成為梁啟超這一時期致親友信中必會談及的內容之一。如，五月五日在致籍亮儕書中寫道：「……每日著書能成二千言以上，三四月後當有以屬公心目也。」[30]五月七日在致蹇季常書中寫道：「獻歲以來，覃思述作，彼玩物之習，亦大減矣。」[31]五月十日再致蹇季常，書中寫道：「所著書日必成

27 丁文江、趙豐田編：《梁啟超年譜長編》（上海市：上海人民出版社，2009年），頁554。

28 丁文江、趙豐田編：《梁啟超年譜長編》（上海市：上海人民出版社，2009年），頁554。

29 丁文江、趙豐田編：《梁啟超年譜長編》（上海市：上海人民出版社，2009年），頁554。

30 丁文江、趙豐田編：《梁啟超年譜長編》（上海市：上海人民出版社，2009年），頁555。

31 丁文江、趙豐田編：《梁啟超年譜長編》（上海市：上海人民出版社，2009年），頁555。

二千言以上，比已哀然巨帙，公來時可供數日消遣也。」[32]夏秋間，梁啟超在致其弟仲策的信中，更是把著史之時的得意心情淋漓盡致地表達出來，他寫道：「今日《春秋載記》已脫稿，都百有四頁，其得意可想，夕當倍飲以自勞，弟亦宜遙浮大白以慶我也。擬於《戰國載記》後，別為《秦以前文物制度志略》一卷，以後則兩漢、三國為一卷，南北朝、唐為一卷，宋、元、明為一卷，清為一卷，皆不以屬於《載記》，弟所編資料可從容也。明日校改前稿一過，即從事《戰國》，知念奉聞。」[33]在這期間，關於通史之撰的進展，成為梁啟超與友人共享的知識話語和聯結的精神紐帶。這種知識話語的高度共享，正是二十世紀初期中國知識分子表達共同訴求的可靠通道，也是內在精神的聯結方式之一。由於在這期間梁啟超著述太勤，致使其患嘔血病甚久，由此可見梁啟超著史之深切，其情可感，其思也深。但若從更深一層來追問，或許從中可以解讀出梁啟超此時內心的另一番意味：當訴求對象發生轉移之後，必然會刺激個體產生對於重建心理補償機制的急迫感，正是這種急迫感才能促使個體煥發出如此巨大的意志力。就如司馬遷在《史記》〈太史公自序〉中所言：「於是論次其文。七年而太史公遭李陵之禍，幽於縲絏。乃喟然而歎曰：『是余之罪也夫？是余之罪也夫！身毀不用矣。』退而深惟曰：『夫《詩》、《書》隱約者，欲遂其志之思也。昔西伯拘羑里，演《周易》；孔子厄陳蔡，作《春秋》；屈原放逐，著《離騷》；左丘失明，厥有《國語》；孫子臏腳，而論兵法；不韋遷蜀，世傳《呂覽》；韓非囚秦，〈說難〉、〈孤憤〉；詩三百篇，大抵賢聖發憤之所為作也。此人皆意有所鬱結，不得通其道也，故述往事，思來者。』」這是一種精神意

---

32 丁文江、趙豐田編：《梁啟超年譜長編》（上海市：上海人民出版社，2009年），頁555。

33 丁文江、趙豐田編：《梁啟超年譜長編》（上海市：上海人民出版社，2009年），頁556。

義之間，跨越歷史時空的遙相呼應，構成了中國知識分子精神傳統之中歷久彌新的共同想像。後來由於梁啟超病情未見好轉，通史之作也就半途而廢。[34]對此，梁啟超在致友人的信中寫道：「……蓋蓄病已旬日，而不自知，每日仍為長時間講演，余暑即搦筦著述，頗覺憊而不肯休息，蓋發熱殆經旬矣……」[35]值得注意的是，通史之作暫時中斷後，梁啟超轉而耽讀佛書[36]，患病之中的這種閱讀轉向，也可以看作梁啟超人格矛盾的表現之一。從個體人格心理學來看，梁啟超是一個入世與用世之心思均很深、很重的知識分子，但恰恰就是如此一個人，又常常充滿著對佛家出世之心的嚮往，言談與著述間也不乏對佛教教理、教義的精微之理解。這種人格矛盾現象，在二十世紀中國知識分子的精神史上，僅僅是個例，抑或具有普遍性？這或許是一個值得追問的文化史和精神史課題。

（三）

一九一八年年底，梁啟超醞釀近一年的歐遊計畫終於成行。十月二十八日，梁啟超偕蔣百里、劉子楷、丁在君、張君勱、徐振飛、楊鼎甫等六人由上海乘日本郵船橫濱丸放洋。[37]儘管此行之目的很複雜，但有一點可以肯定，即全面了解西方社會和文化思想，並以此為參考架構重建中國現代思想文化，是梁啟超最為期待的目的之一。在臨行前晚，梁啟超與友人對此有過深入交流，他在《歐遊心影錄節

---

34 丁文江、趙豐田編：《梁啟超年譜長編》（上海市：上海人民出版社，2009年），頁557。

35 丁文江、趙豐田編：《梁啟超年譜長編》（上海市：上海人民出版社，2009年），頁557。

36 丁文江、趙豐田編：《梁啟超年譜長編》（上海市：上海人民出版社，2009年），頁558。

37 丁文江、趙豐田編：《梁啟超年譜長編》（上海市：上海人民出版社，2009年），頁553。

錄》一書中，曾這樣寫道：「是晚我們和張東蓀、黃溯初談了一個通宵，著實將從前迷夢的政治活動懺悔一番，相約以後決然捨棄，要從思想界盡些微力，這一席話要算我們朋輩中換了一個新生命了。」[38]歐遊途中，梁啟超隨時隨地對自己的經歷、觀察和感想都有所記述，住在巴黎的時候，曾整理出一部分，後題作《歐遊心影錄節錄》，其中〈中國人之自覺〉一文，尤能見出梁啟超在歐遊過程中所發生的思想見解轉變之軌跡。[39]身處「一戰」之後滿目瘡痍的老歐洲，此時的梁啟超產生的不是對西方文化的崇拜，而是反思與批判，並以此為契機，力促其重新審視中國傳統思想文化的現代性價值和現實生命力。對其個人而言，這在梁啟超思想發展歷程之中是一次深刻的大轉型。但放在當時的時代文化大語境中，由於是對西方社會的感性體察，因此，由此而產生的對西方文化的反思與批判，必然是有所偏執。同時，建立在這種偏執的理解基礎上而對中國傳統文化的單向考量，也就不可避免地有其缺失之處，即遮蔽了對中國傳統思想文化在向現代性轉換過程中所內在的複雜性、侷限性，進行更全面、更清醒的評估與反省。因此，在新文化運動正當蓬勃興起的大語境之中，梁啟超的相關話語與思考就顯得有些落寞與孤鳴。一九二〇年三月五日，梁啟超抵達上海，宣告歷時一年三個月的歐遊歷程結束。據年譜記述，這次歸來後，梁啟超對於國家問題和個人事業完全改變舊日的方針和態度，所以此後絕對放棄上層的政治活動，重新開始唯用全力從事培植國民實際基礎的教育事業和學術著述。[40]梁啟超此番所下決心，從他後來的教育與學術作為來看，並沒有食言，有年譜之記載為證：一九二〇年，僅其所著手的教育與學術事業就有：承辦中國公學，組織共

38　梁啟超：《飲冰室合集》（北京市：中華書局，1936年），《專集》之二十三，頁39。

39　丁文江、趙豐田編：《梁啟超年譜長編》（上海市：上海人民出版社，2009年），頁575-576。

40　丁文江、趙豐田編：《梁啟超年譜長編》（上海市：上海人民出版社，2009年），頁576。

學社，發起講學社，整頓《改造雜誌》，著作《墨經校釋》和《清代
學術概論》書成。[41]在二十世紀中國學術史上，《清代學術概論》已是
清學研究的經典之作[42]，但學術界對這一時期的梁啟超的墨學研究則
關注不夠，從某種意義上說，這一時期的梁啟超對中國傳統墨學的研
究，不僅是二十世紀墨學史上重要的組成部分，而且從中還可以讀出
梁啟超的人生價值取向：在萬木草堂之時，梁啟超就「好墨子，誦說
兼愛、非攻之論」；年齡漸長，仍不改初衷，也曾夫子自道云：「啟超
幼而好墨，二十年來於茲。」梁啟超之所以如此傾心於墨家之學，不
僅是因為墨學之「精深博大」、「俊偉而深摯」遠非先秦其他學派所能
比擬，更重要的是，墨家的「摩頂放踵利天下為之」的精神，對梁啟
超具有強烈的人格感召力，其自號「任公」、「兼士」，亦可見其對這
種精神與人格的期許。[43]無獨有偶，魯迅對墨家也是推崇有加。二十
世紀初，在激烈的反傳統聲浪中，墨家悄然成為一門顯學，許多知識
分子都把目光投注於此，潛在地傳遞著一種共同的精神想像。對墨家
精神之追隨，梁啟超與魯迅乃至二十世紀中國眾多知識分子之間有著
深刻的精神相通性，這也是二十世紀中國知識分子精神史中值得探究
的現象之一。

　　一九二一年是梁啟超著述較勤的一年，在五月十六日致女兒梁令
嫻的信中，他寫道：「吾自汝行後，未嘗入京，且除就餐外，未嘗離
書案一步，偶欲治他事，輒為著書之念所奪，故並汝處亦未通書
也。」[44]在七月二十二日致女兒梁令嫻的信中，他又寫道：「吾返家已

41　丁文江、趙豐田編：《梁啟超年譜長編》（上海市：上海人民出版社，2009年），頁
　　576。

42　朱維錚：〈《清代學術概論》導讀〉（上海市：上海古籍出版社，1998年）。

43　馬克鋒：〈梁啟超與傳統墨學〉，李喜所主編：《梁啟超與近代中國社會文化》（天津
　　市：天津古籍出版社，2005年）。

44　丁文江、趙豐田編：《梁啟超年譜長編》（上海市：上海人民出版社，2009年），頁
　　597。

一年多，又從事著述生涯，自覺其樂無量。」[45]看起來梁啟超對這期間自己的學術生涯，頗有志得意滿、樂此不疲的心境。是年秋，梁啟超應天津南開大學之聘，在該校主講中國文化史，後合集而成《中國歷史研究法》一書。在該書的自序中，梁啟超對《中國歷史研究法》的撰述緣起及經過均有所敘述：「客歲在天津南開大學任課外講演，乃衰理舊業，益以新知，以與同學商榷，一學期終，得《中國歷史研究法》一卷，凡十萬言，孔子曰『工欲善其事，必先利其器』，吾治史所持之器，大略在是。吾發心殫三四年之力，用此方法以創造一新史。」[46]撰史的意向，仍然念念不忘，它成為梁啟超自我鞭策的動力之一。《中國歷史研究法》一書，在學術思想上充分體現了梁啟超治史的自覺的方法論意識，在二十世紀中國史學史上具有重要的開創性。

　　一九二二年，是梁啟超在「第四期」中參與教育事業最多的年份之一，我們可以根據年譜勾畫出一份簡要的日程表：一九二二年春，梁啟超在清華學校講學；四月起，應各學校與團體之請為學術講演二十餘次。八月初，遊濟南，講演於中華教育改進社，是月上旬赴南京，中旬至上海，下旬至南通講演於中國科學社年會，八月三十一日赴武昌，並講演於長沙，講演畢，經河南返天津。十月，《大乘起信論考證》一書成，同月，赴南京東南大學講學。[47]梁啟超在這十個月之內由北而南，再由東而西，在當時交通條件十分不便的情況下，水陸兼程，可謂是風塵僕僕。同年十月，《梁任公近著第一輯》編定成書，他在該書的自序中，對自己兩年來的著述與講學生涯有所敘述：「民國九年（1920）春，歸自歐洲，重理舊業，除在清華、南開諸校

---

45 丁文江、趙豐田編：《梁啟超年譜長編》（上海市：上海人民出版社，2009年），頁598。

46 梁啟超：《飲冰室合集》（北京市：中華書局，1936年），《專集》之七十三，頁2。

47 丁文江、趙豐田編：《梁啟超年譜長編》（上海市：上海人民出版社，2009年），頁611。

擔任功課，及在各地巡迴講演外，以全力從事著述。有《清代學術概論》約五萬言，《墨子學案》約六萬言，《墨經校釋》約四萬言，《中國歷史研究法》約十萬言，《大乘起信論考證》約三萬言，又三次所輯講演集約十餘萬言。其餘未成或待改之稿有《中國韻文裡頭所表示的情感》約五萬言，《國文教學法》約三萬言，《孔子學案》約四萬言，又《國學小史稿》及《中國佛學史稿》全部棄卻者各約四萬言，其餘曾經登載各日報及雜誌之文，約三十餘萬言，輒輯為此編，都合不滿百萬言，兩年半來之精力，盡在是矣。」[48]從這段自敘中可以較為清晰地看到，這兩年半來，梁啟超不僅著述甚勤，而且斬獲頗豐。十一月，《梁任公學術講演集》輯成，蓋輯梁啟超一年來在各地所作學術講演而成者，書分一、二、三輯（第一輯、二輯一九二二年十一月出版，第三輯一九二三年九月出版）。由於講演具有感性、隨興的特點，所以在講演集中，我們更能看到梁啟超人格中坦誠率性的另一面。比如，他在一篇題為〈趣味教育與教育趣味〉的講演中，就說道：「假如有人問我，你信仰的什麼主義？我答道：我信仰的是趣味主義。有人問我，你的人生觀拿什麼做根底？我便答道：拿趣味做根底。我生平對於自己所做的事，總是做得津津有味，而且興致淋漓，什麼悲觀咧，厭世咧，這種東西，我所用的字典裡頭可以說完全沒有。我所做的事常常失敗——嚴格的可以說沒有一件不失敗——然而我總是一面失敗一面做，因為我不但在成功裡頭感覺趣味，就在失敗裡頭也感覺趣味。」[49]或許這裡頭的話有些誇張，但頗能讀出梁啟超學術個性的生機勃勃的另一面。一九二二年冬，梁啟超將在東南大學所講原題為《中國政治思想史》的講義，「經整理後，成《先秦政治思想史》一書」。在該書的自序中，梁啟超詳述成書過程：「啟超治中

---

48 梁啟超：《飲冰室合集》（北京市：中華書局，1936年），《文集》之三十九，頁48。
49 丁文江、趙豐田編：《梁啟超年譜長編》（上海市：上海人民出版社，2009年），頁613。

國政治思想，蓋在二十年前，於所為《新民叢報》、《國風報》等，常做斷片的發表，雖大致無以甚異於今日之所懷，然粗疏偏宕，恆所弗免。今春承北京法政專門學校之招，講先秦政治思想，四次而畢，略賡前緒而已。秋冬間，講席移秣陵，為東南大學及法政專門講此本講義，且講且編，起十月二十三日，訖十二月二十日，凡兩閱月成。初題為《中國政治思想史》，分緒論、前論、本論、後論之四部，其後論則自漢迄今也。[50]值得注意的是：「梁啟超在闡發先秦政治哲學之餘，深贊中國古代哲學之精深博大，並殷殷然以如何發揮而光大之之業期待於將來，並以結論一章專討論此點，及與西洋現代政治思想之比較問題，他寫道：『讀以上諸章可知先秦諸哲之學術，其精深博大為何如？夫此所語者，政治思想之一部分耳，他多未及，而其足以牖發吾儕者已如此。今之少年，喜謗前輩，或撾拾歐美學說之一鱗一爪，以為抨擊之資，動則誣其祖，曰昔之人無聞知。嘻！何其傷於日月乎，多見其不知量也。』」[51]事實上，梁啟超這番感慨是有所指涉，在話語的背後存在著一種潛對話的指向，回望當時的文化語境，很顯然，此番話語中的潛對話結構，主要是指向當時的新文化運動一種傾向，即對外來文化的全盤肯定和對傳統文化的全盤否定。

一九二三年的梁啟超，已不滿足於在文化與教育事業方面僅僅扮演著講演者的角色，僅僅發揮傳道授業解惑的作用，而是試圖有一番更大的作為。首先，他開始尋求建立更堅實的文化創造的物質基礎和文化傳播基地，一月，他發起創辦文化學院於天津，並在〈為創設文化學院求助於國中同志〉一文中，以不容置疑的語氣，強調創設文化學院的重要性，文中這樣寫道：「啟超確信中國儒家之人生哲學，為

50　丁文江、趙豐田編：《梁啟超年譜長編》（上海市：上海人民出版社，2009年），頁626。

51　丁文江、趙豐田編：《梁啟超年譜長編》（上海市：上海人民出版社，2009年），頁627。

陶養人格至善之鵠，全世界無論何國，無論何學派何學說，未見其
比，在今日有發揮光大之必要。啟超確信先秦諸子及宋、明理學，皆
能在世界學術上佔重要位置，亟宜爬羅其宗列，磨洗其面目。啟超確
信佛教為最崇貴最圓滿之宗教，其大乘教理尤為人類最高文化之產
物，而現代闡明傳播之責任，全在我中國人。啟超確信中國文學、美
術在人類文化中有絕大價值，與泰西作品接觸後當發生異彩，今日則
蛻變猛進之機進漸將成熟。啟超確信中國歷史在人類文化中有絕大意
義，其資料之豐，世界罕匹，實亙古未闢之無盡寶藏，今日已到不容
局鋪鐇之時代，而開採之須用極大勞費。啟超確信欲創造新中國，非
賦予國民以新元氣不可，而新元氣決非枝枝節節吸受外國物質文明所
能養成，必須有內發的心力以為之主。」[52]在這段文字之中，不僅蘊
涵著梁啟超所一貫具有的激情、理想與鼓動性的力量，而且也體現出
梁啟超開闊宏大的文化視野。它已超越一則啟事的意義，是一篇全新
的文化宣言，它全面闡述了這一時期梁啟超的文化理念，對了解梁啟
超在這一時期的學術思想與文化思想，具有綱領性的意義。有意義的
是，梁啟超對中國傳統文化價值與意義的考量，是把它放在「今」與
「外」的交織座標上，這不僅具有方法論的意義，而且超越了二十世
紀初常見的要麼激進的西化、要麼保守的本土化，這一困擾著許多人
的悖論性的文化心態。同年三月，梁啟超著《陶淵明》一書成，四月
一日為該書做短序一篇，並述成書經過，他說道：「客冬養病家居，
誦陶集自娛，輒成論陶一篇，陶年譜一篇，陶集考證一篇。更有陶集
和定本，以吾所推證者重次其年月，其詩之有史跡可稽者為之解題。
但未敢自信，僅將彼三篇布之云爾。」[53]讀陶淵明以自遣，不僅讀出

---

52 梁啟超：〈為創設文化學院事求助於國中同志〉，收入夏曉虹編：《《飲冰室合集》集
　　外文》（北京市：北京大學出版社，2005年），中冊。

53 丁文江、趙豐田編：《梁啟超年譜長編》（上海市：上海人民出版社，2009年），頁
　　638。

悠然的心境，更讀出梁啟超在現實與政治的急風驟雨的間歇，對寧靜
與安詳生活的想像與期待。四五月間，梁啟超養病於北京西郊之翠微
山，其時曾應《清華周刊》記者之請，為該刊撰〈國學入門書要目及
其讀法〉一文[54]，對於這一時期山居生活之心曠神怡，他曾有一段動
人的描寫：「癸亥長夏，獨居翠微山之秘魔岩，每晨盡開軒窗納山
氣，在時鳥繁聲中作書課一小時許以為常。」[55]七月，主講南開大學
暑期學校，自稱「日日編講義也（正甚得意）」。[56]十月，發起戴東原
兩百週年生日紀念會並撰緣起文一篇[57]，實際上，梁啟超從這一年的
八月起就投入戴東原研究，這有書信為證：「書樣寄上，有書復云搏
請告以我滿腦裡都是顧亭林、戴東原，更無餘裕管閒事也。」[58]也是
在這一年，梁啟超做成了一件既關乎學術又頗有紀念性意義的事，那
就是，創辦了松坡圖書館。他在〈館記〉中寫道：「民國五年
（1916）十一月七日蔡公薨，國人謀所以永其念者，則有松坡圖書館
之議。顧以時事多故，集資不易，久而未成，僅在上海置松社，以時
搜購圖籍作先備。十二年（1923）春，所儲中外書既逾十萬卷，大總
統黃陂黎公命撥北海快雨堂為館址。於是以後廡奉祀蔡公及護國之役
死事諸君子，擴前檻藏書，且供閱覽。詩曰：『高山仰止，景行行
止。』入斯室者萬世之後猶當想見蔡公為人也。」[59]眾所周知，蔡鍔

54　丁文江、趙豐田編：《梁啟超年譜長編》（上海市：上海人民出版社，2009年），頁
　　638。

55　丁文江、趙豐田編：《梁啟超年譜長編》（上海市：上海人民出版社，2009年），頁
　　642。

56　丁文江、趙豐田編：《梁啟超年譜長編》（上海市：上海人民出版社，2009年），頁
　　643。

57　丁文江、趙豐田編：《梁啟超年譜長編》（上海市：上海人民出版社，2009年），頁
　　645。

58　丁文江、趙豐田編：《梁啟超年譜長編》（上海市：上海人民出版社，2009年），頁
　　647。

59　丁文江、趙豐田編：《梁啟超年譜長編》（上海市：上海人民出版社，2009年），頁
　　647。

（字松坡）是梁啟超早年主長沙時務學堂時的門生，與梁啟超有著深
厚的師弟子之誼。後來，民國四年（1915）秋，洪憲帝制問題發生，
梁啟超辭去參政院，主張絕對反對帝制，由天津至上海，與蔡鍔策劃
入滇，發起護國軍，於雲南大張討袁之義旗。[60]在這場反對帝制的運
動中，梁啟超與蔡鍔生死與共，在這種歷史背景之下，梁啟超對蔡鍔
的紀念，已超越彼此之間的師生之情，昇華為一種對政治理念的尊重
與堅持。

（四）

一九二四年是梁啟超生命歷程中情感起伏最大，也是最受折磨的
一個年份。在春季，梁啟超的學者生活還能一仍如舊，講學、著述依
然是他生活的主要內容，這從他致親友的信中可以略見一二。如，四
月十六日他在致女兒梁令嫻的信中寫道：「我每日埋頭埋腦著書，平
均每日五六千字，甚得意。」[61]四月二十三日他在致張東蓀等人的信
中又寫道：「日來因趕編講義，每日埋頭腦於其間，百事俱廢，得來
書，日日欲復，日日擱置。」[62]這兩封信中所提到的著述一事，當指
〈清代學者整理舊學之總成績〉一文[63]，關於這一著述，他在四月二
十三日致張元濟的信中做了詳細記述：「頃著有〈清代學者整理舊學
之總成績〉一篇，本清華講義中一部分，現在欲在《東方雜誌》先行
登出（因全書總須一年後方能出版）。但原文太長，大約全篇在十萬

60　丁文江、趙豐田編：《梁啟超年譜長編》（上海市：上海人民出版社，2009年），頁
　　454-472。

61　丁文江、趙豐田編：《梁啟超年譜長編》（上海市：上海人民出版社，2009年），頁
　　652。

62　丁文江、趙豐田編：《梁啟超年譜長編》（上海市：上海人民出版社，2009年），頁
　　653。

63　丁文江、趙豐田編：《梁啟超年譜長編》（上海市：上海人民出版社，2009年），頁
　　653。

以外，不審與東方編輯體例相符否？此文所分門類（一、經學，二、小學及音韻學，三、校注古字，四、辯偽書，五、輯佚書，六、史學，七、方志，八、譜牒，九、目錄學，十、地理，十一、天算，十二、音樂，十三、金石，十四、佛學，十五、編類書，十六、刻叢書，十七、筆記，十八、文集，十九、官書，二十、譯書）。每類首述清以前狀況，中間舉其成績，末自述此後加工整理意見。搜集資料所費工夫真不少。我個人對於各門學術的意見，大概都發表在裡頭，或可以引起青年治學興味，頗思在雜誌上先發表，徵求海內識者之批駁及補正，再渺為成書。」[64]〈清代學者整理舊學之總成績〉後收入《中國近三百年學術史》，作為其中第十三至十六章，由民志書局印行出版[65]，在刊物上先發表而後收入著作之中，文字的物質載體變化了，這表面上看來似乎無關緊要，但恰恰是梁啟超某些著述成書過程的典型方式與途徑。借助這一典型個案，或許可以進一步揭示為什麼梁氏著述常有結構鬆散甚至前後矛盾之弊，這也為學術界更深入探討梁啟超學術著述的體例與結構，提供一個更加文本化的內在視角。值得一提的是，這年七、八月間，作為中國現代歷史教育的最早倡導者之一，梁啟超對中等學校的歷史教育問題開始有所關注，他曾致信師範大學史地學會商國史教本問題，信中寫道：「頃擬有國史教本，預備在改進社年會提出。唯鄙人於中學教授一無經驗，本案不過臆述梗概，深盼本會同人一為研究，再提對案，共同討論……果能得一定篇可行之案，則於將來之史學運動，當有補也。」[66]此舉看似平常，但其啟蒙之功甚巨，對於二十世紀初期中國學人的諸如此類的智識啟蒙

---

64 丁文江、趙豐田編：《梁啟超年譜長編》（上海市：上海人民出版社，2009年），頁653。

65 李國俊編：《梁啟超著述系年》（上海市：復旦大學出版社，1986年），頁225。

66 丁文江、趙豐田編：《梁啟超年譜長編》（上海市：上海人民出版社，2009年），頁655。

之用心，周作人曾經說過這樣的一段話：「弄學問的人精進不懈，自修勝業，到得鐵杵磨針，功行已滿，豁然貫通，便是證了聲聞緣覺地位，可以站得住了，假如就此躲在書齋裡，那就是小乘的自了漢……理想的學者乃是在他自己修成勝業之後，再來幫助別人，古人所云，以先知覺後知，以先覺覺後覺就是這個意思，以法施人，在佈施度中正是很重要的一種方法。近代中國學者之中也曾有過這樣的人，他們不但竭盡心力著成專書，預備藏之名山，傳之其人，還要分出好些工夫來，寫啟蒙用的入門書……此皆是大乘菩薩之用心，至可佩服者也。」[67]這裡所說的「近代中國學者之中也曾有過這樣的人」，雖然周作人未曾列名一二，但必然包括梁啟超在內。當然，在今天近乎苛酷的學術評價體系與學術生產體制之中，這種「善舉」實為兩難，但無論如何，能如大乘菩薩般的啟蒙書之用心，確是難能之可貴。對於當今學人而言，這種學術良知的召喚，常常激起的是一種有心無力的尷尬與焦慮。

　　好景不長，從這年四月起，梁啟超就因為夫人的病狀，情緒時常陷入焦灼之中，影響所及，常常「心緒不寧，不能執筆」。[68]九月十三日，梁啟超夫人去世，這給他的精神生活造成巨大的痛苦，這種苦痛之情形，他在十二月三日為北京《晨報》紀念增刊所寫的〈苦痛中的小玩意兒〉一文中有較為具體之流露：「《晨報》每年紀念增刊，我照例有篇文字，今年真要交白卷了。因為我今年受環境的酷待，情緒十分無俚，我的夫人從燈節起臥病半年，到中秋日奄然化去，她的病極人間未有之痛苦，自初發時醫生便已宣告不治，半年以來，耳所觸的只有病人的呻吟，目所接的只有兒女的涕淚。喪事初了，愛子遠行，

---

67 周作人：〈大乘的啟蒙書〉，《周作人散文全編》（桂林市：廣西師範大學出版社，2009），卷9。

68 丁文江、趙豐田編：《梁啟超年譜長編》（上海市：上海人民出版社，2009年），頁655。

中間還夾著群盜相噬，變亂如麻，風雪蔽天，生人道盡，塊然獨坐，幾不知人間何世。哎，哀樂之感，凡在有情，其誰能免？平日意態活潑興會淋漓的我，這回也嗒然氣盡了。提筆屬文，非等幾個月後心上的創痕平復，不敢作此想。」[69]創傷的體驗需要一種寧靜氛圍來平復，恰在此時，曾經的清華園，正打開沉重的大門，靜靜迎候這位久經滄桑的「舊識」。

（五）

回顧了上述的思想與生命歷程，我們有把握地說，正是家事國事、內憂外患等各種因素的綜合作用，且個人處在身心俱憊之際，才促使梁啟超最終選擇清華國學研究院作為他一生志業的歸宿地。我們認為，這樣的分析與解讀，與學術界長期以來對梁啟超就聘清華國學研究院原因的推測，相比之下，更顯得合情合理，也更具有過程性的闡釋。

長期以來學術界關於梁啟超為何同意就聘以及如何就聘國學研究院導師一職，有多種不同的說法，歸納起來，不外乎三種。一種說法是胡適推薦。如清華國學研究院畢業生、史學家周傳儒就持這一觀點，他在〈史學大師梁啟超與王國維〉一文中寫道：「一九二三年，北大成立國學研究所，胡適主其事……越二年，清華亦成立研究院國學門。胡適推薦王海寧、梁任公為導師，繼又增聘陳寅恪、趙元任、李濟，五星聚奎，盛比鵝湖。」[70]周傳儒的這一說法，在學術界廣為流傳並為許多研究論著所吸納。第二種說法，可以隱喻為移花接木之說，認為，梁啟超與其他人本來打算在天津籌設「文化學院」，與「崇

---

69 丁文江、趙豐田編：《梁啟超年譜長編》（上海市：上海人民出版社，2009年），頁657-658。

70 周傳儒：〈史學大師梁啟超與王國維〉，夏曉虹編《追憶梁啟超》（北京市：生活・讀書・新知三聯書店，2009年，增訂本），頁320。

拜列寧偶像的團體相對立」，後因經費拼湊不齊沒有辦成。而當時的
清華學校正急於要聘到國學教授，於是清華教授莊澤宣就與梁啟超商
量，「何不將此院設於清華」，雙方幾經磋商，「此議逐漸變化，便成立
了今之國學院」。[71] 對於這種說法，學術界質疑較多。第三種說法，則
是折中上述兩種說法，認為，梁啟超應是清華國學研究院的倡議者，
只是在清華國學研究院確立導師時，梁任公也得到胡適的推薦。[72] 以
上三種說法均有旁證、外證，亦均有其道理，從邏輯上也都能從一個
角度合理地推導出其存在的可能性。但我們認為，在歷史研究中，更
應強調本證、內證，同時在論述的視野上，與其纏繞於某些說法而莫
名所以，不如建立一個較長時段的視野。也就是說，如果我們能從梁
啟超與清華學校之間由來已久的關係以及在此期間他的思想與心態之
變化來加以闡析，那麼，不僅可以展示事件前因後果及其發展線索，
而且哪怕蛛絲馬跡也可以編織成意義之網。由此，從一個較具歷史縱
深感的視野，我們看到了梁啟超怎樣走向清華園的心路歷程。

中篇　一樣的清華園，不一樣的梁啟超

　　如前所述，一九二五年九月八日，梁啟超開始入住清華園北院教
員住宅第二號，由此正式開啟了清華國學研究院導師之生涯。此時，
梁啟超的內心世界是複雜的：一方面，在現實政治的漩渦之中，幾經
沉浮之後，他已徹底失望；另一方面，他又期待著能借助學術與教
育，重建他理想中的學統，從而賡續中國學術精神與文化脈絡，這是
梁啟超作為一位中國近代傑出的知識分子所始終秉持的責任倫理。正
如我們所知道的那樣，在入住清華園的前一年（1924年9月），梁啟超

---

71 莊澤宣：〈我們的清華改革潮論〉，轉引自劉曉琴：〈梁啟超與清華〉，李喜所主編：
　　《梁啟超與近代中國社會文化》（天津市：天津古籍出版社，2005年），頁481。
72 聞奇、周曉雲編著：《清華精神九十年》（北京市：民族出版社，2001年），頁29。

遭遇了一場家庭變故（即梁夫人病喪），這更加劇了他的內心的困擾
與痛苦，也促使他迫切地找尋一個新的心靈棲居之處和價值關懷的
「安身立命」之所。於是，地處北京西郊的清華園，在風塵僕僕的視
線之中漸漸地變得清晰、敞亮，這一刻的清華園，退去了世俗生活的
喧囂與混亂，拂去了歲月的塵埃與暗淡，依然凝重而莊嚴地佇立著，
熱切地召喚著年輕而充滿求知欲的眼神投向這裡。在這其間，我們彷
彿與充滿歷史滄桑感的目光不期然而遇，從中可以讀出了他對年輕一
代學子的信心與期待，讀出了他對學術精神的尊重與信仰。是的，但
願清華園這一片幽靜的土地，能給已過天命之年的梁啟超，帶來些許
的安慰與棲息；能給予他足夠的時間，讓許多未竟的著述畫上完滿的
句號；能給予他祥和的氛圍，有機會與年輕而富有朝氣的一代新人，
共同創造一段中國現代人文學術教育史的傳奇。

（一）啟超在清華國學研究院時期的學術年表

　　清華國學研究院創辦伊始，社會各界就對它充滿期待。李濟之曾
追憶說：「民國十四年（1925），為清華學堂開辦國學研究院的第一
年，這在中國教育界，可以說是一件創舉。國學研究院的基本觀念，
是想利用現代科學的方法整理國故……那時華北的學術界的確是很活
躍的，不但是純粹的近代科學，如生物學、地質學、醫學等均有積極
的研究工作表現，受人重視，就是以近代科學方法整理國故為號召，
也得到社會上熱烈的支持。」[73]正是這種學術大氛圍，更加強烈地激
發了梁啟超對清華國學研究院的厚望，為了全身心投入國學研究院事
務，他明確拒絕了當局所發出的參與憲法起草之邀。從他一九二五年
五月八日覆甯季常信中可以見出，梁啟超這時已把清華國學研究院的
事業放在自己生涯中優先籌畫的地位，他說道：「研究院事屬草創，

---

73 李濟之：〈回憶中的蔣廷黻先生〉，《傳記文學》第8卷第1期（1966年）。

開學前有種種佈置，一到七月非長川住院不可……院事由我提倡，初次成立，我稍鬆懈，全域立散，我為自己信用計，為良心命令計，斷不能捨此就彼，此事實上無可如何，實辜負盛意。」[74]一九二五年九月十七日，梁啟超在入住清華園不久，就在《清華週刊》第三百五十期上發表了〈學問獨立與清華第二期事業〉，文中寫道：「凡一獨立國家，其學問皆有獨立之可能與必要。」「一國之學問獨立，須全國各部分人共同努力，並不望清華以獨佔。但為事勢便利計，吾希望清華最少以下三學問之獨立自任：一、自然科學──重者生物學與礦物學。二、工學。三、史學與考古學。」「若能辦到此者，便是清華第二期事業成功。一國之政治獨立及社會生活獨立，但以學問為之基礎。吾儕今努力從事於學問獨立，即為他日一切獨立之準備。如此乃可語於清華第三期事業。」[75]話語之中流淌著對清華未來的殷切期望。在清華國學研究院期間，梁啟超所參與的學術與教學活動繁多，這在他此間致親友的信中時有談及：「校課甚忙──大半也是我自己找著忙──我很覺忙得有興會。新編得講義極繁難，費得腦力真不少。」[76]「吾日來之忙，乃出情理外……但此乃研究院初辦，百事須計畫，又加以他事，故致如此耳。十日半個月後當逐漸清簡，汝等不必以我過勞為慮也。」[77]「每星期大抵須在城中兩日，餘日皆在清華。」[78]為了對梁啟超在清華國學研究院時期的學術活動情況，能獲

---

74 丁文江、趙豐田編：《梁啟超年譜長編》（上海市：上海人民出版社，2009年），頁622。

75 梁啟超：〈學問獨立與清華第二期事業〉，收入夏曉虹編：《《飲冰室合集》集外文》（北京市：北京大學出版社，2005年），中冊。

76 丁文江、趙豐田編：《梁啟超年譜長編》（上海市：上海人民出版社，2009年），頁681。

77 丁文江、趙豐田編：《梁啟超年譜長編》（上海市：上海人民出版社，2009年），頁681。

78 丁文江、趙豐田編：《梁啟超年譜長編》（上海市：上海人民出版社，2009年），頁681。

得比較全面深入的歷史呈現，我們認為，有必要做一種「史表」式的
鉤稽。「史表」是中國古代歷史著述中十分重要也較為常見的體例之
一，中國史學發展史上就有不少運用史表進行歷史表述的典範之作，
其中也不乏深得史家之推崇的史學經典。比如，在清初，與顧祖禹、
顧炎武合稱「無錫三顧」的顧棟高，其「所著書曰《春秋大事表》，
係將《左傳》之全部，分寫若干標題，綜集一題之事實，列而為表，
蓋與《通鑑紀事本末》之作法相同，不過易紀事而為表耳。梁任公極
稱是，亦善抄書可以成創作之一例。清代史家如萬斯同，以善製表
名，近人吳先生廷燮所撰《歷代方鎮年表》，袞然巨帙，可與萬氏之
《歷代史表》先後輝映。至如清代官撰之《歷代職官表》，陳芳績之
《歷代地理沿革表》，楊丕復之《輿地沿革表》，段長基之《疆域沿革
二表》，皆總考諸史以為一書，非一枝一節之比，極有裨於治史」。[79]
由此可見，史表之功用頗為宏卓。清代史家章學誠十分推崇「史表」
作為一種述史體例的獨特性，他明確說道：「表取年經事緯，封建與
地理，參稽則著，援引書名於下。」[80]他在《湖北通志》〈族望表〉
〈序例〉和《人物表》〈序例〉中對「表」的好處，則尤加推崇：「今
仿《周官》遺意，特表氏族，有十便焉……」「表則取其囊括無遺，
傳則取其發明有自。意冀該而不傷於蕪，約而不致漏，庶幾經緯相
資，以備一方之記載也哉」。[81]歷代史家對史表之發明與推重，為我們
打開了可資借鑑之門。下面，我們通過參考齊家瑩編撰的《清華人文
學科年譜》[82]，孫敦恆編撰的《清華國學研究院紀事》[83]，丁文江、
趙豐田編撰的《梁啟超年譜長編》，李國俊編撰的《梁啟超著述系

79　金毓黻：《中國史學史》（北京市：商務印書館，1999年），頁287。

80　章學誠：《文史通義》〈外篇六〉（上海市：上海古籍出版社，1997年）。

81　章學誠：《文史通義》〈外篇六〉（上海市：上海古籍出版社，1997年）。

82　齊家瑩編撰：《清華人文學科年譜》（北京市：清華大學出版社，1999年）。

83　孫敦恆：《清華國學研究院紀事》，《清華漢學研究》（北京市：清華大學出版社，
　　1995年），第1輯。

年》[84]，林志鈞編輯的《飲冰室合集》，夏曉虹編輯的《〈飲冰室合集〉集外文》[85]，吳學昭整理的《吳宓日記》及袁英光、劉寅生編撰的《王國維年譜長編》[86]等著作，並結合自己的搜檢資料所得，鈎稽梁啟超在清華國學研究院時期所從事的學術與教育活動，並在此基礎上，有所選擇有所側重地編撰梁啟超在清華國學院時期的學術年表如下（年表所引用的上述諸書，尤以齊著、孫著為主，在此特加說明。同時，為了行文的方便，對引用之出處一律簡注）：

1　一九二五年

　　二月二十二日，吳宓在日記中記道：「是夕赴津謁梁，即夕歸。」（見《吳宓日記》Ⅲ，頁6）吳宓此行之目的，是持清華曹雲祥校長聘書，謁梁啟超先生，「梁先生極樂意前來」。（見《吳宓自編年譜》，頁260）

　　三月十三日，梁啟超到清華商議相關事宜。（見《吳宓日記》Ⅲ，頁8）

　　三月，梁啟超作〈致王國維書〉，請王國維「將所擬清華研究院招生試題抄示一二，俾擬題參考」（見齊家瑩編撰的《清華人文學科年譜》，頁10，下文簡稱齊著）。原函無月份，據函內「先生不日移居校中……弟因家中有人遠行……四月半間當來校就教一切」等語，並查知王國維是年三月住進清華學校，四月十五日，梁啟超的女兒出國。故推斷該函作於三月。（見李國俊編：《梁啟超著述繫年》，頁238，下文簡稱李著）

　　四月七日，梁啟超作〈致王國維書〉，將新擬考生試題寄王國

84　李國俊編：《梁啟超著述繫年》（上海市：復旦大學出版社，1986年），頁225。

85　夏曉虹編：《〈飲冰室合集〉集外文》（北京市：北京大學出版社，2005年），上、中、下冊。

86　袁英光、劉寅生編著：《王國維年譜長編》（天津市：天津人民出版社，1996年）。

維，並建議改變廣泛命題考試的辦法。（見李著，頁239）

四月二十三日，梁啟超來校，與王國維一同商定研究院招生試題。（見孫敦恆編撰的〈清華國學研究院紀事〉，載《清華漢學研究》，頁277，下文簡稱孫著）

七月三十日，梁啟超作〈致王國維書〉，告閱考生試卷情況。（見齊著，頁15）

九月八日，國學院舉行第一次教務會議，梁啟超等人到會。會上宣佈了各教授指導研究學科的範圍和普通演講的講題及時間。梁啟超的指導範圍是：諸子、中國佛學史、宋元明學術史、清代學術史、中國文學。普通演講的講題是：中國通史。（見齊著，頁17-18）

九月九日下午，梁啟超在研究院召開的茶話會上做了題為〈舊日書院之情形〉的講演。（見齊著，頁19）

九月十一日，〈學問獨立與清華第二期事業〉，刊載於《清華週刊》第三百五十期。同日，〈為美國同學捐款致學生會函〉，刊載於《清華週刊》第三百五十期。（見夏曉虹編輯的《《飲冰室合集》集外文》，中冊，頁959、頁962，以下簡稱夏編）

九月十一日，梁啟超在研究院向全體學生做如何選擇研究題目和進行研究的談話（後以〈梁任公教授談話記〉為題，發表在《清華週刊》第三百五十二期）（見孫著，頁285）。他說：「設研究院之本意，非欲諸君在此一年中即研究出莫大之成果也；目的乃專欲諸君在此得若干治學方法耳。治學方法舉一反三，能善讀一書，即能用其法以讀他書，能善治一學，即能用其法以治他學。諸君若能以專精一書為研究，而因以學得最精密最經濟的讀書法，吾以為所得，固已多矣。」「本院主張於論文或研究之外，更兼取專書研究之一途徑也。」還說道：「研究似以先有客觀材料，而以無成見地判斷出之為佳，故太寬泛而專靠推論者少選。」「總之，本院目的，在養成諸君研究學問的方法，以長期見面機會，而加以指導。」「至於研究指導，即不在個

人範圍之下者，亦可盡襄助。教授方面，以王靜安先生為最難得，其專精之學，在今日幾稱絕學。而其所謙稱為未嘗研究者亦高我十倍。我於學問未嘗有一精深之研究，蓋門類過多，時間又少故也，王先生則不然……（王先生）腦筋靈敏，精神忠實，方法精明，而一方面自己又極謙虛，此誠國內有數之學者。故我個人亦深以得與先生共處為幸。」（見夏編，頁963-966）

　　九月十三日，梁啟超與研究院學生談《指導之方針及選擇研究題目之商榷》，談話由周傳儒記錄（後連載於《清華週刊》第353、354期）（見齊著，頁20）。他說道：「研究院的目的，是在養成大學者，但是大學者不是很快很短的時間能養成的。」「至於大學者，不單靠天才，還要靠修養，如果用科學的方法來研究，並且要得精深結論，必須有相當的時間，並受種種磨煉，使其治學方法與治學興趣都經種種的訓練陶冶，才可以使學問有所成就。」又說：「在研究中，必須做到的，有兩件事：一、養成做學問的能力。二、養成做學問的良好習慣。」「能力方面」，包括「明敏、密察、別裁、通方」，這四種能力，「可以說是做學問必需的能力，而且是萬不可少的。但此種能力，在短時間中不易得，尤非經嚴格訓練以後不可得。」「習慣方面」，則包括「忠實、深切、敬慎、不倦」，「這四種良好習慣，非養成不可，反方面的壞習慣，非去掉不可。養成能力，即是磨煉材智，養成習慣，即是陶冶德性」。關於「選擇研究題目之商榷」，梁啟超所擬的原則是：「一、有範圍，而且範圍不宜太大。」「二、須有相當豐富材料。」「三、材料雖有，要用相當勞力，始能搜集。」「四、材料要比較的容易尋求。」「五、題目須前人所未做，或前人做得不滿意，亟須改做。」「六、題目須能照顧各方面。」並特意拈出「重訂《詩譜》」等十五個課題，進行了指導研究題目示例。（見夏編，頁966-972）

　　九月二十三日，梁啟超開始講授「中國歷史」（見齊著，頁22）。

關於講授的情形，學生姚名達在為《中國歷史研究法補編》所寫的跋中追憶道：「憶民國十四年（1925）九月二十三日，名達初受教於先生，問先生近日患學問欲太多，而欲集中精力於一點，此一點為何？先生曰『史也！史也！』是年秋冬即講中國文化史社會組織篇，口敷筆著，晝夜弗輟，入春而病，遂未完成。」

九月二十六日，研究院為指導學生進行專題研究，設定了五個研究室，梁啟超負責其中一室。（見齊著，頁23）

九月三十日，梁啟超在《晨報》上發表了一篇十分有趣的啟事，這從另一側面反映出他在清華園的生活情形，啟事說：「鄙人在清華學校每日上午皆有講課，城內親友乞勿以其時見訪，致徒勞遠涉不克拱迓。又下午亦忙於著述，見訪者如非有特別事故，請以坐談十五分鐘為度。」（見夏編，頁975）

十月十六日，梁啟超出席國學院第二次教務會議。會議議決：本院暫不發行刊物。理由是：一、雜誌按期出版，內容材料難得精粹，若以照片祝詞等充塞敷衍，於本院名聲有損無益；二、學生研究期限，暫定一年，研究時間已苦無多，若再分心於雜誌之著述及編輯，必荒學業；三、佳作可刊入叢書，短篇可於週刊及學報中分別刊登；同時決定編印「國學研究院叢書」，第一本為王國維的《蒙古史料四種校注》。（見孫著，頁289）

十月二十五日，大學部歷史教授劉崇鋐講「世界史」，講到印度部分，則請梁啟超代講「印度之佛教」一章（後講稿以《佛陀時代及原始佛教教理綱要》為題，連載於《清華週刊》第358至362期）（見齊著，頁24）。文前簡短的「引言」寫道：「劉先生為諸君講史，正講到印度部分，因為我喜歡研究佛教，請我代講『印度佛教』一章，可惜我所有關於佛教的參考書都沒有帶來，而且為別的功課所牽，沒有時間來做較完密的講義，現在所講很粗略，而且還有不少錯誤，只好待將來改正罷。」（見《飲冰室合集》，《專集》之五十四，頁1）

　　十一月二日，梁啟超在校講演〈研究院之目的及我對本院前途之志願〉。（見齊著，頁24）

　　十一月六日，梁啟超向研究院學生講演「讀書法」，由吳其昌記錄（分兩次刊載於《清華週刊》第 358、359期）。他說，求知目的有二：一是求智，二是致用。即「知行合一」，二者兼備方稱得上學問。（見孫著，頁290-291）

　　十一月十二日，梁啟超出席國學院第三次教務會議。議決：設古物史陳列室，舉行外出考查，與外界協同進行考古事業等。（見齊著，頁25）

　　十一月二十日，梁啟超在校講演「讀書示例──荀子」，由吳其昌記錄（後刊載於《清華週刊》第360、362、370、372期）（見孫著，頁292）。文中寫道：「吾人讀書，當分所讀之書為兩種。一『涉獵的』，二『專精的』。讀書示例，其所舉當然為專精的。然專精的書，亦不限於古書，如近人著作，有專精的價值者，亦可取而專精之，而欲舉例以講，則所舉當然必屬於古書一類。」並指出讀古書的五個要點：「（一）欲讀古書，當先明選擇之標準；（二）研究一書，必須先將此書之宗旨、綱領，完全了解，其關於此書之序文、凡例、目錄等，必須一一細讀；（三）研究一書，必須將明白著書之人歷史環境，學問淵源，等，及此書之解題、流傳、源委等；（四）後世名人之批評；（五）須求善本。古書流傳愈久，訛讀愈多，故必須求善本。」（見《飲冰室合集》，專集之一百三，頁103-105）

　　十二月二十五日，梁啟超在清華政治學研究會做題為「政治家之修養」的講演，由張銳、吳其昌記錄（後刊載於《清華週刊》第365期）（見齊著，頁26）。文中寫道：「政治家之修養，此題在現今狀況之下，頗有講之必要。然『政治家』一名詞，在現代為最不時宜之名詞。現今合時宜者在做『官』，不在做『政治家』。故有志於『做官』者，此等問題，正可不必一顧。近年來中國之狀態，概無政治可言，

亦無所謂政治家。但有『暴民』與『軍閥』，互相勾結而活動。故此處此情況之下，頗為悲觀。唯因前途陷於極悲觀之境，故我人有志研究政治學者，愈不得不講修養，以為將來運用之預備，以期一洗從前之積弊，而造成政治界上的一新紀元。」並強調了政治家的三大修養：學識之修養，才能之修養，德操之修養。（見夏編，頁984-991）

2　一九二六年

一月七日，梁啟超出席了國學院召開的第六次教務會議。在會上，吳宓報告了校務會議決議，即「此後研究院應改變性質，明定宗旨，縮小範圍，只作高深之研究，而不教授普通國學，教授概不添聘，學生甄取從嚴，或用津貼之法，冀得合格之專門研究生」，請教授們發表意見，趙元任與李濟表示同意校務會議決議，王國維未置可否，梁啟超表示反對（見孫著，頁293）。後與張彭春教務長談話後，梁啟超提出：普通講演不可廢，但不妨改為選科；宜與大學專門部國文系有聯絡關係；津貼生易招學生間相互誤會，若一定要設則宜另立名目；學生考取可較去年嚴些，但名額仍不妨以五十名為限。王國維極贊同梁啟超後一項提議。（見齊著，頁27）

一月十一日，梁啟超與王國維、趙元任共同接待荷蘭漢學家戴同達來清華國學院參觀，並進行了學術交流。（見孫著，頁295）

一月十三日，梁啟超致吳宓書，強調：「若校中維持一月五日決議原案，則自願辭去研究院教授一職，若仍留學校，則情願在大學部任職而已。」（見夏編，頁991）

一月二十一日，梁啟超出席國學院第七次教務會議，會上吳宓報告了校務會議臨時會議的情形及所議決諸條。梁啟超表示對校務會議此次之決議無異議。並表示願擔任指導中國文學。（見孫著，頁295）

二月，梁啟超致曹雲祥校長書，表示對張彭春辭去教務長的挽留（此函發表在1926年2月《清華週刊》）。（見夏編，頁993）

二月二十一日，梁啟超因病請假一月，入協和醫院治療。（見孫著，頁296）

三月二十七日，梁啟超與王國維、趙元任三教授擬就「本年招生各科命題及閱卷名單」，由研究院辦公室主任呈校長批准。（見齊著，頁30）

五月七日，梁啟超在清華學生舉行的「國恥紀念會」上發表講演，由梁思忠記錄（後載於《清華週刊》第379期）（見齊著，頁34）。大意是，十一年來之愛國運動，皆不得謂為真正的國民運動。蓋其缺點有三：一是今之所謂愛國運動，僅限於學生，又不得國民之同情；二是運動常常依賴軍閥；三是愛國運動每含有政治流毒。他號召同學「在這種消沉悲慘國無一是的環境下，咬牙吞淚拼著性命向前幹」。（見夏編，頁997-999）

五月十二日，梁啟超出席了由梅貽琦主持的國學院第九次教務會議。（見孫著，頁298）

六月二日，梁啟超出席了由梅貽琦主持的國學院第十次教務會議。（見孫著，頁299）

六月二十一日，梁啟超出席了由梅貽琦主持的國學院第十一次教務會議。（見孫著，頁300）

八月二十七日，研究院舉行本學年第二次教務會議，梁啟超未到會。議決之一，本學年多增臨時演講，題目及時間隨時宣佈；學生每人至少要選四門普通演講。梁啟超本學年擔任的普通演講是：（一）儒家哲學；（二）歷史研究法。指導研究學科範圍是：（一）中國文學史，（二）中國哲學史，（三）宋元明學術史，（四）清代學術史，（五）中國史，（六）史學研究法，（七）儒家哲學，（八）東西交通史，（九）中國文學。（見孫著，頁306）

九月八日，清華國學研究院舉行新學年開學典禮，由梁啟超講演（見齊著，頁40）。關於此次講演及這一時期生活之情形，他在致女

兒梁令嫻的信中詳述道：「我本月六日入京，七日到清華，八日應開學典禮講演，當日入城，在城中住五日，十三日返清華。」「此後嚴定節制，每星期上堂講授僅兩小時，接見學生僅八小時，平均每日費在學校的時刻，不過一小時多點。又擬不編講義，且暫時不執筆屬文，決意過半年後再作道理。」（見丁文江、趙豐田編：《梁啟超年譜長編》，頁700）

　　九月十四日，梁啟超出席了由梅貽琦主持的研究院本學年第三次教務會議。會議討論了學生補考問題，購置藏文藏經問題和創辦季刊問題。所謂的「季刊」即後來創辦的《國學論叢》。「《國學論叢》為本院定期出版品之一，內容除各教授著外，凡本院畢業生成績之佳者，均可連載。由梁任公先生主撰。」（見孫著，頁309）

　　九月中旬，研究院開始授課。梁啟超講授「儒家哲學」與「歷史研究法」。兩課均由周傳儒筆記（《儒家哲學》連載於《清華週刊》第384期至第402期，《歷史研究法》連載於《清華週刊》第384期至394期。後《儒家哲學》輯為一書，收入《專集之一○三》）。關於這段經歷，周傳儒回憶道：「梁在清華研究院講《儒家哲學》、古書真偽及其年代、歷史研究法、歷史研究法補編等，大多是我記錄的，我離開後由姚名達等記錄。梁每星期三上課，講儒家哲學。當時校中有人製了一條燈謎：梁任公先生每星期三講哲學。打一人名，謎底是：周傳儒。大家為之失笑。」（見周傳儒：〈回憶梁啟超先生〉，載《廣東文史資料》第38輯〔1983年6月〕）

　　十月七日，梁啟超出席了由梅貽琦主持的研究院本學年第四次教務會議。在會上，梁啟超提出，《實學》月刊不能作為本院之代表出版品，且本院季刊即將出版，尤易相混。議決，由辦公室通知該社，如繼續出版則須取消「清華國學研究院」字樣。（見孫著，頁310-311）

　　十月底，梁啟超在研究院舉行的本學年首次茶話會上做長篇講演，他從研究院的宗旨，談到樹立「智仁勇三者並重」新學風的問

題。這次講演由陸侃如、劉節記錄（後以〈梁任公先生在清華研究院茶話會演說辭〉為題，刊載於《清華週刊》第389期）（見齊著，頁42）。文中寫道：「我們研究院宗旨，諸君當已知道，我們覺得校中呆板的教育不能滿足我們的要求。想參照原來書院的辦法——高一點說，參照從前大師講學的辦法——更加以最新的教育精神。各教授及我自己所以在此服務，實因感覺從前的辦法有輸入教育界的必要。故本院前途的希望當然是很大的，但希望能否實現，卻不全在學校當局，還在諸位同學身上。我所最希望的，是能創造一個新學風。對於學校的缺點加以改正，固然不希望全國跟了我們的走。但我們自己總想辦出一點成績讓人家看看，使人知道這是值得提倡的，至少總可說，我們的精神可以調和現在的教育界，使將來教育可得一新生命，換一新面目。」（見《飲冰室合集》文集之四十三，頁5）

十一月九日，梁啟超出席國學院本學年第五次教務會議。（見齊著，頁42）

十二月一日，梁啟超出席國學院本學年第六次教務會議。（見孫著，頁313）

十二月十七日，梁啟超在大學部經濟系講演「民國初年之幣制改革」。（由孫碧奇筆記，刊於《清華週刊》第394期）（見齊著，頁43）

十二月，梁啟超在北京學術講演會及清華講演「王陽明知行合一之教」（後發表於《國學論叢》第1卷第1號和第2號）。在清華講演時，不但研究院學生前往聽講，大學部和舊制部學生亦積極前往。內容分為：「一、引證；二、知行合一說之內容；三、知行合一說在哲學上之根據；四、知行合一與致良知；五、陽明學說與現代青年。」（見孫著，頁314）

3　一九二七年

一月十八日，梁啟超出席梅貽琦主持的國學院本學年第七次教務

會議，在會上，梁啟超提議，請對於儒家哲學研究頗深，現正研究「人心與人生」問題的梁漱溟來校做長期演講。（見齊著，頁45）

　　二月十六日，新學期開始授業。研究院的課程略有改動，梁啟超的「歷史研究法」暫時停止，改講「從歷史到現實問題」（第一講）至「經濟制度改革新問題」（第五講），此一講演對於現時情形極為重要，故性質公開，除本院學生必須聽講外，大學部及舊制部學生均可旁聽，此題講完後仍續講「歷史研究法」。（見齊著，頁45）

　　二月二十四日，梁啟超出席國學院本學年第八次教務會議。（見孫著，頁315）

　　三月二十九日，梁啟超出席國學院本學年第九次教務會議。（見孫著，頁317）

　　四月十九日，梁啟超出席國學院本學年第十次教務會議。（見孫著，頁318）

　　五月十二日，梁啟超與王國維、陳寅恪等人出席清華史學會成立會，據姚名達在《哀余斷憶之三》中回憶說：「五月十二日史學會之成立亦足以紀述者焉……是日也，梁任公先生、陳寅恪先生與王靜安先生皆出席，而各致己見於眾。」（見孫著，頁319）

　　六月一日，在第二屆學生畢業典禮會後，清華國學院舉行了師生敘別會。梁啟超在即將散會之際致辭，歷述同學們之研究成績，並說：「吾院苟繼續努力，必成國學重鎮無疑。」（見齊著，頁53）

　　六月二日，王國維自沉頤和園昆明湖。關於此事及其影響，梁啟超在致女兒梁令嫻信中談道：「我本月初三離開清華，本想立刻回津，第二天得著王靜安先生自殺的噩耗，又復奔回清華，料理他的後事及研究院未完的首尾，直至初八才返到津寓……靜安先生自殺的動機，如他遺囑上所說：『五十之年，只欠一死，遭此世變，義無再辱。』他平日對於時局的悲觀，本極深刻……故效屈子沉淵，一暝不復視。此公治學方法，極新極密，今年僅五十一歲，若再延壽十年，

為中國學界發明，當不可限量。今竟為惡社會所殺，海內外識與不識莫不痛悼。研究院學生皆痛哭無聲，我之受刺激更不待言。」（見丁文江、趙豐田《梁啟超年譜長編》，頁738）

六月三十日，梁啟超偕研究院學生為北海之遊，並發表了談話，講話大半都是勸勉學生如何在道德和知識方面之修養的話，讀這篇談話，可以看出梁啟超不滿於現代學校制度和社會風俗，並謀如何改造之法。此外關於梁啟超施教的情形和對於清華的期望，在講話中也可概見一二（見丁文江、趙豐田《梁啟超年譜長編》，頁733）。在演講的最後，梁啟超說：「歸納起來罷，以上主要所講的有兩點：（一）是做人的方法──在社會上造成一種不逐時流的新人。（二）是做學問的方法──在學術界上造成一種適應新潮的國學。我在清華的目的如此。雖不敢說我的目的已經滿足達到，而終得了幾個很好的朋友。這也是我自己可以安慰自己的一點。今天是一年快滿的日子，趁天氣晴和時候，約諸同學在此相聚。我希望在座的同學，能完全明瞭了解這兩點──做人做學問──而努力向前幹下去呀。」（這次講演由周傳儒、吳其昌記錄，後以〈梁先生北海談話記〉為題，載《清華學校研究院同學錄》）。（見夏編，頁1039）

九月二十日，梁啟超率領清華國學院新舊生，前往王國維墓地悼念，祭畢向諸生發表了墓前悼詞（見孫著，頁326）。在演說中，梁啟超對王國維自殺的意義，王國維複雜而矛盾的個性以及王國維治學特點與成就，做了準確扼要的評述。最後勉勵道：「近兩年來，王先生在我們研究院和我們朝夕相處，令我們領受莫大的感化，漸漸成為一種學風。這種學風，若再擴充下去，可以成為中國學界的重鎮。」（夏編，頁1074）

九月二十日，梁啟超出席由梅貽琦主持的研究院本學期第二次教務會議，在會上，梁啟超提出，因自己有病不能常住校內，《國學論叢》事請陳寅恪代為主持，請趙萬里擔任部分編輯工作。（見齊著，

頁57）至此，梁啟超與清華國學院的關係開始漸行漸遠，由漸遠而漸疏。一九二八年二月十七日，他來函辭職，學校方面表示挽留。五月五日經學校方面的挽留，梁啟超表示願為通信導師。[87]儘管此時的病情變化無常，梁啟超的內心還是無法割捨與清華園的這一段情緣，如，五月八日，他在致女兒梁令嫻的信中還說道：「我清華事到底不能擺脫，我覺得日來體子已漸復元，雖不能擺脫，亦無妨，因為我極捨不得清華研究院。」[88]但是，隨著世事日益變得「極混亂極危急」，「可憂正多」，再加上自身的病狀反反覆覆，莫名所以，最後，迫使梁啟超於六月十九日辭去清華國學研究院的一切職務。儘管他在致女兒梁令嫻的信中一改以往的口吻，說道：「近日最痛快的一件事，是清華完全擺脫。」「在這種形勢之下……雖十年不到北京，也不發生什麼責任問題，精神上很是愉快。」[89]但我們相信，能身處「水木清華」的清華園，畢竟是他生活在自己所稱的「滿地火藥，待時而發，一旦爆烈，也許比南京更慘」的「絕地」北京城內一段相對寧靜的時光，在他幾經磨難的心靈深處，這或許是唯一可以實現精神漫遊的學術空間。

（二）置身清華園：不平靜的生活

與清華國學研究院其他幾位導師相比，梁啟超確實非同一般。

首先，他與中國近現代政治史之關係最為密切，也由此而備受非議。造成這種現象的原因是複雜而糾結的：一方面，是由於中國近現代政治史始終交錯著變革與保守、內憂與外患、危機與生機等種種複

---

87 齊家瑩編撰：《清華人文學科年譜》（北京市：清華大學出版社，1999年），頁63。

88 丁文江、趙豐田編：《梁啟超年譜長編》（上海市：上海人民出版社，2009年），頁758。

89 丁文江、趙豐田編：《梁啟超年譜長編》（上海市：上海人民出版社，2009年），頁761。

雜矛盾。[90]另一方面，也由於梁啟超自身人格結構的多面性。誠如鄭
振鐸所言：「梁氏還有一個好處或缺點——大多數卻以為這是他的最
可詬病之缺點——便是急於『用世』，換一句話，說得不好聽一點，
便是『熱衷』。他在未受到政治上的種種大刺激之前，始終是一位政
治家，雖然他曉得自己的短處，說是不適宜於做政治活動，然在七年
十二月之前，哪一個時候不在做著政治的活動，不在過著政治家的生
涯？戊戌不必說，民元二年不必說，民五六七年不必說，即留居日本
的時候，辦《清議報》，辦《新民叢報》，辦《國風報》，還不都在做
著政治活動麼？即民七的到歐洲去，還不帶有一點政治的意味麼？
《新民叢報》時代，論學之作雖多，然其全力仍注意在政治上。」[91]
儘管，作為一位政治人物，梁啟超始終在中國近現代政治的泥潭與漩
渦之中的奮力搏擊，結果仍是毀譽參半。然而，對自己與政治之間所
存在的始終無法割捨的特殊關係，梁啟超則頗為得意，他曾說道：
「吾二十年來之生涯，皆政治生涯也。吾自距今一年前，雖未嘗一日
立乎人之本朝。然與國中政治關係，殆未嘗一日斷。吾喜搖筆弄舌，
有所論議，國人不知其不肖，往往有樂傾聽之者。吾問學既譾薄，不
能發為有統系的理想，為國民學術闢一蹊徑；吾更事又淺，且去國
久，而與實際之社會闊隔，更不能參稽引申，以供凡百社會事業之資
料。唯好攘臂扼腕以談政治。政治談以外，雖非無言論，然匣劍帷
燈，意固有所屬，凡歸於政治而已。吾亦嘗欲借言論以造成一種人
物，然所欲造成者，則吾理想中之政治人物也。」[92]正如他自己所言
的那樣，借言論而鼓動政治思潮，是其得心應手的方式，也是他在中
國近現代政治史上所產生的最深刻的影響方式之一。對於自己的這一

90　參閱李劍農：《中國近百年政治史》（長沙市：湖南教育出版社，2008年）。

91　鄭振鐸：〈梁任公先生〉，《小說月報》第20卷第20號（1929年）。

92　梁啟超：〈吾今後所以報國者〉，此處轉引自夏曉虹編：《追憶梁啟超》（北京市：生
　　活‧讀書‧新知三聯書店，2009年，增訂本），頁75-76。

長處，梁啟超確然自信，事實亦是如此。但是，由於中國近現代政治
生態的複雜多變，亂象叢生，必然會影響中國近現代政治人物在去就
取捨之間搖擺不定，甚至不得不反覆無常，這是歷史的無奈。這種政
治漩渦所產生的離心力，若與歷史人物自身的心理及精神取向危機疊
加在一起，就會在無意之中，造成了眾多中國近現代政治思想人物深
刻的人格危機，從而使歷史悲劇與個體的人格悲劇相糾結。梁啟超可
以說是其中最為典型的個案之一。

　　在眾多中國近現代政治人物中，梁啟超因其「善變」「屢變」，而
受到的指責也最為直接，最為尖銳，並最能引發後人研究的興趣。不
滿者則斥責之，護之者則稱讚之。造成這樣兩種截然不同的評價，必
然是基於不同的政治立場、思想觀念和價值訴求。平心而論，對梁啟
超的政治人格的解讀和評價，無論是善意的褒揚，抑或惡意的誤讀，
面對中國近現代如此特殊複雜的政治與文化語境，均有其不可避免的
遮蔽之處。無論如何，我們認為，同情之了解，應成為這一闡釋與評
價的思想前提。[93]當人們全面檢讀這些不同的言論時，可能會承認鄭
振鐸的評價顯得相對公允和透澈，他說：「梁任公最為人所恭維
的──或者說，最為人所詬病的──一點是『善變』。學問上，在政
治活動上，在文學的作風上都是如此……我們看他初而保皇，繼而與
袁世凱合作，繼而又反抗袁氏，為擁護共和政體而戰，繼而又反抗張
勳，反抗清室的復辟；由保皇而至於反對復辟，恰恰是一個對面，然
而梁氏在六七年間，主張卻已不同至此。這難道便是如許多人所詬病
於他的『反覆無常』麼？我們看他，在學問上初而沉浸於辭章訓詁，
繼而從事於今文運動，說偽經，談改制，繼而又反對康有為氏的保教
尊孔的主張，繼而又從事於介紹的工作，繼而又從事於舊有學說的整
理，由主張孔子改制而至於反對孔教，又恰恰是一個對面。然而梁氏

---

93 張灝：《梁啟超與中國思想的過渡（1890-1907）》（北京市：新星出版社，2006年）。

卻不惜於十多年間一反其本來的見解。這不又是世人所譏誚他的『心無定見』麼？然而我們當明白他，他之所以『屢變』者，無不有他的最強固的理由，最透澈的見解，最不得已的苦衷。他如頑執不變，便早已落伍了，退化了，與一切的遺老遺少同科了；他如不變，則他對於中國的貢獻與勞績也許要等於零了。他的最偉大之處，最足以表示他的光明磊落的人格處便是他的『善變』，他的『屢變』。他的『變』，並不是變他的宗旨，變他的目的，他的宗旨他的目的是並不變動的，他所變者不過方法而已，不過『隨時與境而變』，又隨他『腦識之發達而變』其方法而已。」[94]鄭振鐸的這段分析不僅對於解讀梁啟超的思想與人格，甚至對於研究中國近現代思想與政治人物均有獨特的方法論意義。值得注意的是，在這段分析之中包含兩個重要範疇。一是價值論範疇：「善變」，則相對於「惡變」，「善變」在廣義上指的是一個主體適時改變的政治作為，將推動歷史發展或在歷史上產生積極向前的導向；「惡變」在廣義上的指向則是相反，指的是一個主體適時改變的政治作為，不僅無助於改變現狀，而且可能還會促使歷史進程向反方向退化，並由此而陷入嚴重的倒退之境地。在這個意義上說，「善變」與「惡變」，可以看作是基於對中國近現代歷史發展的作用與意義的考量，而提出的一對價值論範疇。二是方法論範疇：由於中國近現代政治生態的複雜性，在不同的歷史時期，影響、制約乃至干擾中國政治生態與政治進程的因素都會有所改變，因此，歷史運動的矛盾方式、矛盾結構必然會隨著時與境等因素的變遷而變遷。在這種情形之下，一個有歷史智慧的政治思想人物，必然要表現出更加靈活多樣，更加自由開闊的判斷力與視野，隨時隨地調整自己面向未來的姿態，介入歷史的方式和推動發展的給力點，只有這樣，才可能在歷史的洶湧波濤之中，自如地駕馭著每一次迎面撲來的驚濤

94　鄭振鐸：〈梁任公先生〉，《小說月報》第20卷第20號（1929年）。

駭浪。因此,「屢變」必然是中國近現代政治史的一種常態,也是由於長期處在複雜歷史情勢之中而鍛造出來的一種歷史智慧形態。

其次,在被聘為清華國學院導師之後,雖然梁啟超的主要精力從事於教育和學術活動,但是,他還是按捺不住不時發表一些政治性的言論,表達自己的政治關懷。正如繆鳳林所言:「歐遊既歸,講學平津各校,壬戌秋復一度至東南,繼乃專在清華。然梁氏學問之興味,實不敵其政治興味。講學之餘,常思組織一黨以握政權,時或借講學以散播種子,時不我與,及消磨歲月於筆舌生涯。世人多謂梁氏近年來自悟其短,忘情於政治活動者,非能知梁氏者也。」[95]繆鳳林的這番話,確實看到了梁啟超在清華國學院時期較不為人所知的生活另一面。根據已有的史料記述,可以充分說明繆鳳林此番與眾不同的說法,絕非空穴來風。如,梁啟超在一九二五年十月九日致女兒梁令嫻的信中就說道:「我對於政治上責任固不敢放棄(近來愈感覺不容不引為己任),故雖以近來講學,百忙中關於政治上的論文和演說也不少(你們在《晨報》和《清華週刊》上可以看見一部分),但時機總未到,現在只好切實預備功夫便了。」[96]一九二五年十月二十四、二十六、二十八日,梁啟超分三期在《晨報副刊》發表題為〈如何才能完成「國慶」的意義〉的長文,他先是對辛亥革命之後的中國社會政治文化種種亂象、怪象做了痛徹淋漓的揭批,最後說道:「我們這位十四歲的小祖宗(借《紅樓夢》稱呼賈寶玉的名)——中華民國沒有足月便出世,生下來千災百難以至今日,前途還有多少魔星,誰也不敢說,但他是我們身家性命所托賴,不把他扶轉出來,我們便沒得日子過,扶轉之法,頭一步治病源,第二步養元氣。治病源首在人人躬

---

95 繆鳳林:〈悼梁卓如先生(1873-1929)〉,《史學雜誌》第1卷第1期(1929年)。

96 丁文江、趙豐田編:《梁啟超年譜長編》(上海市:上海人民出版社,2009年),頁685。

踐道德的責任心，養元氣首在人人增長實際能力率。」[97]在此番話
中，情真意切地透露出梁啟超對年輕而脆弱的民國前程的憂患與焦
慮。一九二五年十二月十一日，梁啟超開始在《清華週刊》上（第三
六三至三六五期）發表了〈國產之保護及獎勵〉，週刊記者特意加上
編者按說：「此文代表梁先生最近對於政治問題、社會問題和經濟政
策的主張，已刊《晨報副刊》。梁先生恐留美同學多未讀到，特將原
文略加修改，賜登本刊，希留美同學特注意。」[98]——可見其良苦之
用心。一九二六年九月四日，梁啟超在致梁令嫻信中又說道：「國事
局面大變，將來未知所屆，我病全好之後，對於政治不能不痛發言
論。」[99]這絕非一時的憤慨之言，事實上，在病好之後，他確實這樣
做了。一九二七年二月，梁啟超暫時停止《歷史研究法》的普通演
講，而改以講授《經濟制度改革新問題》，因為他覺得這個問題對現
時情形極為重要。對於這件事，梁啟超在二月二十八日給家人的信
中，還專門談到：「中國現在政治前途像我這樣的一個人絕對的消極
旁觀，總不是一回事，非獨良心所不許，事勢亦不容如此。我已經立
定主意，於最近期間發表我政治上全部的具體主張，現在先在清華講
堂上講起，分經濟制度問題、政治組織問題、社會組織問題、教育問
題四項……以這兩回聽講情形而論，像還很好。第二次比第一次聽眾
增加，內中國民黨員乃至共產黨員聽了，像都首肯。現在同學頗有人
想自組織一精神最緊密之團體，一面講學，一面做政治運動，我只好
聽他們做去再看。」[100]值得注意的是，充分利用講堂來播撒思想與言

97　梁啟超：〈如何才能完成「國慶」的意義〉，《飲冰室文集》之四十二（北京市：中
　　華書局，1936年），頁65。

98　孫敦恆：〈清華國學研究院紀事〉，《清華漢學研究》（北京市：清華大學出版社，
　　1995年），頁292。

99　丁文江、趙豐田編：《梁啟超年譜長編》（上海市：上海人民出版社，2009年），頁
　　700。

100　丁文江、趙豐田編：《梁啟超年譜長編》（上海市：上海人民出版社，2009年），頁
　　721。

論的種子，以期收穫政治改革的願景，是梁啟超在清華國學研究院時期與眾不同的政治參與方式之一。一九二七年五月五日，他在致女兒梁令嫻的信中，更是把自己處於時局之中的矛盾心態充分地表露出來，他寫道：「在這種狀態之下，於是乎我個人的出處進退發生極大困難。這一個月以來，我天天被人包圍，弄得我十分為難。簡單說許多部分人……覺得非有別的團體出來收拾不可，而這種團體不能不求首領，於是乎都想到我身上。我一個月以來，天天在內心交戰苦痛中。我實在討厭政黨生活，一提起來便頭痛……若完全旁觀思難躲懶，自己對於國家實在良心上過不去。所以一個月來我為這件事幾乎天天睡不著，但現在我已決定自己的立場了……我再過兩禮拜，本學年功課便已結束，我便離開清華，用兩個月做成我這項新工作。」[101]此時，內心的交戰苦痛在折磨著梁啟超的良知，使他的思想與精神陷入了一種既焦慮又亢奮的狀態之中，於是，又一次「攘臂扼腕以談政治」的梁啟超，呼之欲出。

從梁啟超的這些所言所行，都可以看出，他在清華國學研究院期間並沒有放棄對時事與政治的關切。事實上，學術與政治的糾結，一直是中國知識分子精神結構的交錯點之一，甚至可以說是中國知識分子學統立場與政治權力的博弈的交會點。對於這個糾結點的不同解讀，由於解讀者立場的相異，可能會得出截然不同的評價，這種情形對於中國近現代知識分子而言尤其如此：如果解讀者立足於學術意義，那麼，梁啟超則難逃「其所述著，多模糊影響籠統之談，甚者純然錯誤」之苛責；若解讀者著眼於政治史和思想史價值，那麼，對梁啟超在中國近現代政治文化中濃墨重彩的表現，則必然是另眼相看。常燕生在〈悼梁任公先生〉一文中，曾有過一段頗為耐人尋味的論述：「人們對『學者』與『思想家』的分野往往是分不清楚的，其實兩者

---

101 丁文江、趙豐田編：《梁啟超年譜長編》（上海市：上海人民出版社，2009年），頁728-729。

的界限顯然不同。學者埋頭做研究的人，思想家卻是要指導群眾的。達爾文是學者，不是思想家；赫胥黎、斯賓塞是思想家，卻未必是學者。純粹的學者看不起思想家的淺薄，然而一般社會卻需要思想家更甚於學者。在整理國學方面，梁先生的功力成績未必勝於王國維、陳垣諸人，然而在社會所得的效益和影響方面講，梁先生的成績卻非諸學者所可及。在一切未上軌道的國家裡，社會需要思想家更甚於學者。一千個王國維的出現，抵不住一個梁啟超的死亡的損失。」[102]誠然，此處關於王國維與梁啟超的不同評價，是否恰當可以另當別論。但是，常燕生此番評價之中，有一點是獨具慧眼的，那就是，在中國近現代這樣一個「一切未上軌道」的歷史時期，思想啟蒙、思想變革等命題，毫無疑問應該成為優先考慮的大事，這也是中國近現代政治文化的核心價值訴求之所在。因此，在中國近現代思想史研究中，常燕生這段論述之中所內在的先論世而後知人的論辯邏輯，頗有啟發意義。

　　第三，與清華國學研究院其他幾位導師所擁有的相對寧靜的學者生活不同，在清華園期間，圍繞在梁啟超身邊的氣氛，表面上看起來似乎是平靜、融洽，但內部卻暗潮湧動。這裡我們不得不提到曾經在清華園裡所發生的一場「校長風波」，儘管這場風波在已有的梁啟超研究中常被一略而過。但它卻是梁啟超在清華園所經歷的一件比較重大的事件。這一事件本身看似孤立，卻牽動著許多力量團體的神經。從表面上看，這是一場因誤會而引發的不必要的人事悲劇，但其實質，則根植於中國現代教育生態的深層結構中一個敏感地帶，即學術獨立與行政權力的博弈。事情的起因是這樣的：一九二七年十月，外交總長頒佈改組清華學校董事會章程，外交部聘梁啟超等數人為庚款

102　燕生：〈悼梁任公先生〉，夏曉虹編：《追憶梁啟超》（北京市：生活・讀書・新知三聯書店，2009年，增訂本），頁91。

董事會董事，但不料卻引發了一連串意想不到的動盪。[103]對於這起事件的來龍去脈，梁啟超在致女兒梁令嫻的信中，有詳細的敘述：「秋季開學，我到校住數天，將本年應做的事，大約定出規模，便到醫院去。原是各方面十分相安的，不料我出院後幾天，外交部有改組董事會之舉，並且章程上規定校長由董事會中互選，內中頭一位就聘了我，當部裡徵求我同意時，我原以不任校長為條件才應允（雖然王蔭泰對我的條件沒有明白答覆認可），不料曹雲祥怕我搶他的位子，便暗中運動教職員反對，結果只有教員朱某一人附和他。我聽見這消息，便立刻離職，他也不知道，又想逼我並清華教授也辭去，好同清華斷絕關係，於是由朱某運動一新來之學生（研究院，年輕受騙）上一封書說，院中教員曠職，請求易人。老曹便將怪信郵印寄給我，諷示我自動辭職。不料事為全體學生所聞，大動公憤，向那寫匿名信的新生責問，於是種種卑劣陰謀盡行吐露，學生全體跑到天津求我萬勿辭職（並勿辭董事），恰好那時老曹的信正到來，我只好順學生公意，聲明絕不自動辭教授，但董事辭函已發出，學生們又跑去外交部請求，勿許我辭。他們未到前，王部長的挽留函也早發出了。他們請求外部撤換校長及朱某，外部正在派員查辦，大約數日後將有分曉。」[104]可以見出，對於此事梁啟超的最初反應是強烈而堅決，以至於事態發展的最終結果是，新來之學生（王省）被開除，朱某（朱君毅）辭職，曹雲祥旋亦去任。[105]時過境遷，當我們在今天重新解讀這場風波時，則頗感困惑，或許這其中存在著需要探究的「盲點」：一是為什麼梁啟超會給當時的清華校長曹雲祥造成要來「搶位子」的

103 劉曉琴：〈梁啟超與清華〉，李喜所主編：《梁啟超與近代中國社會文化》（天津市：天津古籍出版社，2005年），頁493。

104 丁文江、趙豐田編：《梁啟超年譜長編》（上海市：上海人民出版社，2009年），頁747。

105 蘇雲峰：《從清華學堂到清華大學（1911-1929）》（北京市：生活‧讀書‧新知三聯書店，2001年），頁85。

「假像」？二是為什麼曹雲祥會採用「暗中運動」之下策？三是為什麼又會引發學生如此的「公憤」？要深入探究這三個「盲點」，就必須回到梁啟超所身處的清華國學院語境。事實上，看似平和的清華園，就像不平靜的中國大時局一樣，這也是一個不平靜的校園，也是一個各種訴求、力量糾纏交錯、暗中博弈的校園。

先看第一個問題，曹雲祥當時的敏感不無前因。一九二五年十月十四日，已掌清華校務三年的曹雲祥，突然告訴教務長張彭春說，他計畫於十一月隨顏惠慶去駐英公使館任職，需要找人代理校務，由此引發起一場新的校長人選之爭，表面上平靜了數年的清華園，再度擾攘不安起來。[106]各種立場、訴求和勢力就此紛紛湧現、相互激盪，在這期間，有傳聞說梁啟超也有意「校長一職」，並已得到一些力量的支援。但是，出乎意料的是，這場擾攘了清華園半年之久的「校長風波」，後因一九二六年四、五月間，北京政局轉變，張作霖和吳佩孚聯合主持政府，以顏惠慶為內閣總理，顏與曹赴歐不成而暫告結束。儘管事情平息了，但在曹雲祥的內心則種下了誤會的種子。事實上，事情還可以追溯到更遠一些，據史料記載，一九二〇年以後，梁啟超開始在清華大學、南開大學擔任功課，同時十分著力於清華大學、南開大學培植勢力，其中對於清華大學的人事任命很留意。[107]如，一九二一年十一二月間，他在致友人信中說道：「要之清華、南開兩處必須收作吾輩之關中河內，吾一年費力於此，似尚不虛，深可喜也。」[108]可見梁啟超對清華的「野心」由來已久。在就聘清華國學研究院導師之後，梁啟超因其政治聲望與性格特點，對院務的介入也頗

---

106 劉曉琴：〈梁啟超與清華〉，李喜所主編：《梁啟超與近代中國社會文化》（天津市：天津古籍出版社，2005年），頁478。

107 劉曉琴：〈梁啟超與清華〉，李喜所主編：《梁啟超與近代中國社會文化》（天津市：天津古籍出版社，2005），頁479。

108 丁文江、趙豐田編：《梁啟超年譜長編》（上海市：上海人民出版社，2009年），頁605。

為深切，這一切言行都不免會引發外界聯想。常言道，往事並不如煙。曹雲祥絕不會如此快速地忘卻梁啟超曾有過的意願和舉動，因此，一九二七年十月這場所謂的「校長之爭」，看似源於曹雲祥的誤會，但冷靜一想，這種誤會也並非無中生有。

關於第二個問題，這就涉及當年清華園內部複雜的權力結構及其內部的暗中博弈，正如已有的研究所表明的那樣，由於教育界一直視清華為「肥肉」，有勢力的社會團體或個人都想插手清華，遂與清華師生產生衝突。從時任教務長的張彭春的日記之中，就會發現，覬覦清華者，在北方，除了南開大學以外，有北京大學留法派的李石曾、留英派的「現代評論」陶孟和等人。在南方，有東南大學集團，包括東南大學校長郭秉文，和黃炎培、陶行知所領導的中華教育改進社。保衛清華者為外交部、美國大使館和清華師生。在清華教師中，亦有派系傾軋問題，受清華長期教育出身者為主流派，直接考選留美、短期插班生和留美津貼生等均為非主流派。主流派「怕北大人或南開人得勢，控制了清華每年六、七十萬元的經費」，處處提高警覺。[109]在如此錯綜複雜的權力結構與權力博弈過程之中，已在清華經營五年之久的曹雲祥，不僅深諳此中「內幕」，而且也有屬於自己的一批利益追隨者，一旦風吹草動，必然就會有人產生草木皆兵之敏感。因此，即使曹雲祥自己不暗中指使，也會有人暗使手腳，以為羈絆。

關於第三個問題，那就更為複雜了。研究院學生的公憤，表面上是出於對梁啟超的力挽，但在深層上，是為了借此爭取自我生存的權力。關於這一隱秘的生存訴求，回顧國學研究院創辦史，就會有所明白：國學院在成立之初就有反對意見，其中以錢端升最為激烈，如，一九二五年年底，在國學院剛成立不久，錢端升在〈清華學校〉一文

---

109 蘇雲峰：《從清華學堂到清華大學（1911-1929）》（北京市：生活・讀書・新知三聯書店，2001年），頁78。

中就說道，「研究國學本無須特別機關」，今設院研究國學，不過是多一機關，兩分費用，使校內組織更趨於複雜難理罷了。[110]隨後，一九二六年一月五日的校務會議，不僅否決了吳宓的有關國學研究院發展計畫，反而通過張彭春所提出的「改變性質，明定宗旨，縮小範圍，不添教授」的提議。儘管這一提議遭到吳宓當場表示反對而暫時擱置。但在十九日召開的校務會議臨時會上，覆議結果仍對研究院不利，該事件發展的直接結果是，吳宓辭職，國學研究院學生因此而怪罪張彭春，隨之發動攻擊，也迫使張彭春辭職[111]，但這一切激烈之言行，並不能挽救國學研究院最終的命運，一九二六年三月八日，清華改組委員會在討論「清華學校組織大綱」時，接受了六位委員之一的錢端升意見，說國學研究院是一「畸形發展組織」，應立即廢除，將其教授和學生歸併於各系，於是，國學研究院學生聞訊，群起反對。[112]儘管如此，仍未能力挽狂瀾於既倒，國學研究院的命運也只能搖搖墜墜地懸於一線之間。在這緊張而敏感的氣氛中，國學研究院學生心中所蓄積已久的不滿，就自然在曹雲祥身上發洩出來。[113]如果不揭開這層面紗，今天的人們仍不能看清事情的真相。雖然事件最終平息了，但事件的過程留給梁啟超的影響卻是深刻的，從中可以看出梁啟超在清華園表面顯要而實質尷尬的處境。這一事件也提供了一個小小的洞眼，讓後人看到了世紀之初中國大學校園內政治與教育的糾結及其所生成的複雜的生態。

---

110 蘇雲峰：《從清華學堂到清華大學（1911-1929）》（北京市：生活・讀書・新知三聯書店，2001年），頁326。

111 蘇雲峰：《從清華學堂到清華大學（1911-1929）》（北京市：生活・讀書・新知三聯書店，2001年），頁327。

112 蘇雲峰：《從清華學堂到清華大學（1911-1929）》（北京市：生活・讀書・新知三聯書店，2001年），頁327。

113 蘇雲峰：《從清華學堂到清華大學（1911-1929）》（北京市：生活・讀書・新知三聯書店，2001年），頁328。

　　第四，在清華國學研究院的導師中，梁啟超與王國維年齡相仿，但其間的關係也最具傳奇性，透過對兩者關係變化發展的解讀，可以看出一代學人的胸懷與風範。早年梁啟超在《時務報》任主筆之時，王國維僅是時務報館中的一位默默無聞的書記員，這時的梁啟超已是名滿天下，而王國維還在度著黯淡的生涯，由於地位的懸隔，彼此也難得接近。[114]晚年當他們會師於清華國學研究院，儘管兩者政治立場迥異，但梁啟超對王國維則十分尊敬，據清華國學研究院畢業生回憶：「梁先生之齒，實長於觀堂先師，哀然為全院祭酒，然事無巨細，悉自處於觀堂先師之下。」[115]「梁先生為人很謙虛，他常說某個某個問題，自己不懂，王（國維）先生懂。」[116]「梁任公先生極服先生之學，凡有疑難，皆曰：『可問王先生。』」[117]從這些回憶之中，可以看出梁啟超對王國維在學術上的心儀。除此之外，從〈王靜安先生墓前悼辭〉和〈《王靜安先生紀念號》序〉（《國學論叢》第1卷第2號）這兩篇文章中，也能深切感受到梁啟超對王國維學術與內心世界的理解與評價的真知灼見。梁啟超的這兩篇文章，有兩個觀察點值得關注與重新解讀：一是對王國維自沉的分析，他首先異乎時論，對王國維自沉的原因與意義有著獨特的理解，他說：「自殺這個事情，在道德上很是問題：依歐洲人的眼光看來，這是怯弱的行為；基督教且認做一種罪惡。在中國卻不如此──除了小小的自經溝瀆以外，許多偉大的人物有時以自殺表現他的勇氣。孔子說：『不降其志，不辱其身，伯夷、叔齊歟！』寧可不生活，不肯降辱；本可不死，只因既不

---

114 丁文江、趙豐田編：《梁啟超年譜長編》（上海市：上海人民出版社，2009年），頁605。

115 吳其昌：〈王國維先生生平及其學說〉，夏曉虹等編：《清華同學與學術薪傳》（北京市：生活・讀書・新知三聯書店，2009年），頁424。

116 戴家祥：〈清華國學院・導師・治學〉，《文藝理論研究》1997年第4期。

117 徐中舒：〈追憶王靜安先生〉，陳平原編：《追憶王國維》（北京市：生活・讀書・新知三聯書店，2009年）。

能屈服社會，亦不能屈服於社會，所以終究要自殺。伯夷、叔齊的志氣，就是王靜安先生的志氣……這樣的自殺，完全代表中國學者『不降其志，不辱其身』的精神；不可以歐洲人的眼光去苛評亂解。」[118]梁啟超的這番解讀，是把王國維的自殺，放在中國知識分子的精神史大背景之下，加以理解與評價，從而梳理出一段隱約可見的自殺行為之精神人文譜系，頗顯其獨到與深邃之處。其次，他從性格與情感等角度分析了王國維自沉的內在原因，他說道：「王先生的性格很複雜而且可以說很矛盾：他的頭腦很冷靜，脾氣很和平，情感很濃厚，這是可從他的著述、談話和文學作品看出來的。只因有此三種矛盾的性格合併在一起，所以結果可以至於自殺。他對於社會，因為有冷靜的頭腦，所以能看得很清楚；有和平的脾氣，所以不能取激烈的反抗；有濃厚的情感，所以常常發生莫名的悲憤。」[119]「先生之自殺也，時論紛紛非一。啟超以為先生蓋情感最豐富而情操最嚴正之人也，於何見之？於其所為詩詞及諸文學批評中見之，於其所以處朋友師弟間見之。充不屑不潔之量，不願與虛偽惡濁之流同立於此世，一死焉而清冽之氣乃永在天壤。」[120]若非對王國維的內心世界有著深刻的理解與把握，絕不可能有如此透澈醒悟之認識。這種認識，也可以說是一種心靈的對話，一種心靈的呼應。梁啟超對王國維自沉原因的分析與陳寅恪在《王觀堂先生輓詞》〈序〉中之所言，一樣獨具慧眼，但在後來的王國維研究中，人們對梁啟超的這些分析則關注得不夠。與陳寅恪一樣，在梁啟超的評價與闡釋之中，同樣隱藏著一種深刻的精神認

---

118 梁啟超：〈王靜安先生墓前悼辭〉，夏曉虹編：《《飲冰室全集》集外文》（北京市：北京大學出版社，2005年），中冊，頁1073-1074。

119 梁啟超：〈王靜安先生墓前悼辭〉，夏曉虹編：《《飲冰室合集》集外文》（北京市：北京大學出版社，2005年），中冊，頁1074。

120 梁啟超：〈王靜安先生墓前悼辭〉，夏曉虹編：《《飲冰室合集》集外文》（北京市：北京大學出版社，2005年），中冊，頁1076。

同感，正是這種精神認同感，鑄就了清華國學研究院在中國現代學術史上的一以貫之的價值關懷與意義取向。

　　對於王國維的學術成就及其研究方法，梁啟超也有自己獨特的體認：「先生貢獻於學界之偉績，其章章在人耳目者：若以今文創讀殷墟書契，而因以是正商、周間史跡及發見當時社會制度之特點，使古史煥然改觀。若創治《宋元戲曲史》，搜述《曲錄》，使樂劇成為專門之學。斯二者實空前絕業，後人雖有補苴附益，度終無以度越其範圍。若精校《水經注》，於趙、全、戴外別有發明。若校注蒙古史料，於漠北及西域史實多所懸解。此則續前賢之緒，而卓然自成一家言。其他單篇著錄於《觀堂集林》及本專號與夫羅氏、哈同氏諸叢刻者，其所討論之問題雖洪纖繁簡不一，然每對於一問題，搜集資料，殆無少遺失，其結論未或不愜心切理，驟視若新異，反覆推較而卒莫之能易。學者徒歆其成績之優異，而不知其所以能致此者，固別有大本大原在也。先生之學，從宏大處立足，而從精微處著力。具有科學的天才，而以極嚴正之學者的道德貫注而運用之。」[121]關於王國維的研究，在今天學術史上已蔚為大觀，但許多洋洋灑灑的大文，並沒有突破梁啟超在此處所下的寥寥數語之精闢，可見梁啟超的學術判斷力之精到和學術視野之深邃。解讀梁啟超對王國維的評價，同樣讓人感慨的是梁啟超寬闊的胸襟。常言道：文人相輕，古已有之，於今為烈。但在這段文字之中，我們看到的則是一個學者對另一位同行的崇敬，一代學人對學術、思想和智慧的傾心相護，這正是二十世紀中國學術史不斷傳遞與接力的精神與思想的火種。

121　梁啟超：〈王靜安先生墓前悼辭〉，夏曉虹編：《《飲冰室合集》集外文》（北京市：北京大學出版社，2005年），中冊，頁1075。

（三）結語：繁華與寂寞

孟子曰：「頌其詩，讀其書，不知其人可乎？是以知人論世也。」對於一個歷史人物的研究不僅要知人，而且要論世。對梁啟超的研究也應如此。從論世一面來說，我們必須緊緊抓住二十世紀中國所獨特的政治文化特徵；從知人一面而言，我們不僅要解剖人物的人格結構，而且還要在比較分析的背景之下，呈現人物的複雜性、獨特性及其內在成因。對於這一點，梁漱溟的分析則獨具洞見，梁漱溟在〈紀念梁任公先生〉一文，曾選擇蔡元培與梁啟超做過一個有趣的比較，他說：「奇怪的是任公少於蔡先生八歲，論年輩應稍後，而其所發生之影響卻在前。」「當他的全盛時代，年長的蔡先生卻默默無聞。」然而，「民國八、九年後，他和他的一般朋友蔣百里、林長民、藍志先、張東蓀等，放棄政治活動，組織『新學會』，出版《解放與改造》及共學社叢書，並在南北各大學中講學，完全是受蔡先生在北京大學開出來的新風氣所影響」。「我們由是可以明白諸位先生雖都是偉大的，然而其所以偉大卻各異，不可馬虎混同。任公的特異處，在感應敏速，而能發皇千外，傳達給人。他對於各種不同的思想學術極能吸收，最善發揮，但缺乏含蓄深厚之致，因而亦不能綿歷久遠。像是當下不為人所了解，歷時愈久而價值愈見者，就不是他所有的事了。這亦就是為何他三十歲左右便造成他的天下，而蔡先生卻要待到五十多歲的理由。他給中國社會的影響，在空間上大過蔡先生，而在時間上將不及蔡先生，亦由此而定。」[122]梁啟超與蔡元培兩者對中國社會的影響，在空間和時間上是否發生了像梁漱溟所言的那種錯位現象，暫且不論。但梁漱溟在文中所做的比較分析，則極具方法論的啟示。中國近現代學術與思想文化史的許多人物，他們思想的產

---

122 梁漱溟：〈紀念梁任公先生〉，夏曉虹編《追憶梁啟超》（北京市：生活・讀書・新知三聯書店，2009年，增訂本），頁217-218。

生、發展、變化和最後的不同命運，都不是孤立的因素所造就的。他們不僅處於一種複雜的人際關係網絡，而且也處在一種多變而動盪的政治文化生態之中。他們的內心有不變的堅守，也有不得不變的困惑。他們的外在選擇，常常會遭遇出處去就取捨的矛盾，但是，其最終所做的任何一種選擇，又都承受著自身所無法把握的外驅力，都會留下深刻的心理刻痕，就像人不能抹去來路或深或淺的足跡一樣，歷史也不能抹掉這些蹣跚的前行甚至交錯雜亂的步法。因此，苛責一個歷史人物是容易的，但也是輕率的；理解一個歷史人物的內心是艱難的，但卻是必要的。魯迅曾批評說：中國人明於知禮義而陋於知人心。悖論的是，人心常常是深隱於內而不如禮義那樣呈現於外。可以說，「知人心」永遠是一個多解但卻無解的命題。在這種困境之中，比較研究的方法，或許能帶來新的轉機。因此，判斷一個歷史人物的作為、價值與意義，若能把他與同一歷史語境中的他者進行對話、比較，那就有可能得到相對全面而合理的闡釋。

下篇　清華國學院時期的梁啟超學術研究述論

（一）

　　梁啟超波瀾壯闊的一生，充滿激情、變化和傳奇性。他和清末民初的許多重大歷史事件息息相關，以「筆鋒常帶感情」而又舒展自如的嶄新文字奏響了中國近代思想啟蒙的最強音，他的言與行在中國近現代思想史、文化史、學術史和政治史上均留下了不可磨滅的深刻印記。就像鄭振鐸在其去世後不久所做的評價那樣：「他（指梁啟超，下同）在文藝上，鼓蕩了一支像生力軍似的散文作家，將所謂慊慊無生氣的桐城文壇打得個粉碎。他在政治上，也造成了一種風氣，引導了一大群的人同走。他在學問上，也有了很大的勞跡；他的勞跡未必

由於深湛的研究，卻是因為他的將學問通俗化了、普遍化了。他在新聞界上也創造了不少的模式；至少他還是中國近代最好的、最偉大的一位新聞記者。許多的學者們，其影響都是很短促的，廖平過去了，康有為過去了，章太炎過去了，然而梁任公先生的影響，我們則相信他尚未至十分的過去——雖然已經綿延了三十餘年。許多的學者們，文藝家們，其影響與勢力往往是狹窄的，限於一部分的人，一方面的社會，或某一個地方的，然而梁任公先生的影響與勢力，卻是普遍的，無遠弗屆的，無地不深入的，無人不受到的——雖然有人未免要諱言之。對於與近三十年來的政治、文藝、學術界有那麼深切關係，而又有那麼普遍，深切的影響與勢力的梁任公先生，還不該有比較詳細的研究麼？」[123]鄭振鐸這篇題為〈梁任公先生〉的長文寫於一九二九年二月，距一九二九年一月十九日梁啟超的去世，相隔不到一個月，這是梁啟超去世後，學術界較早一篇全面評價梁啟超歷史貢獻的論文，也是較早呼籲學術界要開展梁啟超研究的論文之一。儘管文中的一些具體論斷值得商榷，如，認為康有為、章太炎的影響都是短促的，等等。但是，文中把梁啟超的歷史貢獻，放在中國近現代思想文化大變革的大視野中加以評價，確能顯示出鄭振鐸作為文化史家的學術敏銳性和判斷力。從鄭振鐸提出「應該比較詳細地研究梁啟超」這一倡議至今的八十餘年，梁啟超研究在海內外漢學研究領域中不斷受到關注，當今已成為一門顯學，尤其在梁啟超與近代政治、梁啟超與近代思想變革、梁啟超與新史學、梁啟超與晚清學術、梁啟超與近代文學等課題的研究上，近幾年湧現了不少名家名著。[124]梁啟超研究的長足進展，正有力推動和深化整個中國近現代思想史、文化史和學術史研究。

123　鄭振鐸：〈梁任公先生〉，夏曉虹編：《追憶梁啟超》（北京市：生活・讀書・新知三聯書店，2009年），頁54-55、77、81。

124　侯傑、李釗：〈百年來梁啟超研究的回顧與展望〉，李喜所主編：《梁啟超與近代中國社會文化》（天津市：天津古籍出版社，2005年），頁834。

　　檢讀已有的梁啟超研究成果，讓人驚異的是，在梁啟超研究領域中仍有不少的薄弱環節有待於充實和提升。比如，有關梁啟超與清華國學研究院這一在其晚年思想與學術生活中佔有重要地位的事件，學術界的關注與研究，則並不充分。我們認為，這一課題大有文章可做。從方法論上說，思想史研究在考慮如何建立自己的闡釋架構時，往往會基於兩個向度的考量：在時間縱軸上，一般會選取研究對象富有意義的時段；在空間橫軸上，一般會優先確定研究對象的生命和精神表現相對活躍與密集的場域。截取梁啟超在清華國學研究院時期，並作為專題研究，比較切近這種思想史研究的時間性與空間性之考量。在研究歷程具體展開之前，我們首先須將「梁啟超在清華國學研究院時期」這一命題，還原到他一生思想發展變化的時間縱軸上，來確定其具體的意義座標。關於梁啟超思想發展變化的過程，學術界比較認同張蔭麟的「四期」劃分法。如前所述，張蔭麟在〈近代中國學術史上之梁任公先生〉一文中寫道：「任公先生一生之智力活動，蓋可分為四時期，每時期各有特殊之貢獻與影響。第一期自其撇棄辭章考據，就學萬木草堂，以至戊戌政變以前止，是為『通經致用』之時期；第二期自戊戌政變以後至辛亥革命成功時止，是為介紹西方思想，並以新觀點批評中國學術之時期，而仍以『致用』為鵠的；第三期自辛亥革命成功後至先生歐遊以前止，是為純粹政論家之時期；第四期自先生歐遊歸後以至病歿，是為專力治史之時期，此時期漸有為學問而學問之傾向，然終不忘情國艱民瘼。」[125]張蔭麟的「四期」劃分法，為後來的梁啟超研究確立了相對明確、穩定的時間架構，同時對梁啟超在每個時期的主要思想活動及其特徵，也做了扼要、準確的概括，很有啟發性。在時間跨度上，梁啟超從一九二五年九月就聘清

---

125 素癡（張蔭麟）：〈近代中國學術史上之梁任公〉，夏曉虹編：《追憶梁啟超》（北京市：生活‧讀書‧新知三聯書店，2009年），頁81、89。

華國學研究院導師，到一九二八年六月中旬因病完全辭去導師，這近
三年在清華國學研究院的時期恰好處在張氏所劃分的「第四期」的核
心時段。其次，我們還須將「梁啟超在清華國學研究院時期」的思想
與精神活動，還原到他一生思想發展變化的空間橫軸上，此時就會發
現，梁啟超在清華國學研究院時期的思想和學術取向，則最能體現
「第四期」的「專力治史」、「有為學問而學問之傾向」等主要特徵。
因此，專題研究清華國學研究院時期的梁啟超，具有兩個方面的意
義：第一，為受到學術界普遍關注的「第四期」梁啟超研究，找到一
種切實可行的方法論架構，這有助於將梁啟超研究還原成一種歷史化
的闡釋，而不是糾葛於脫離語境的觀念史研究。第二，透過清華國學
研究院時期的梁啟超這一視角，反觀梁啟超一生學術發展的歷程、特
點及其內在複雜結構。

（二）

　　梁啟超在清華國學研究院時期最頻繁的學術活動，最重要的學術
創造和最具影響力的學術思想，均貫穿著史學這一基本主線，正如那
個時代的學者所指出的那樣，「庚申（1920年）以後，梁氏任各校史
學講座，益專力於史；詔人治學，亦以史為首圖。嘗謂史學為國學中
心，故開列學生書目，特詳乙部。較時人之浮慕國學虛名，而史籍閣
束不觀者，相去甚遠」。[126] 對於梁啟超在中國近現代史學史上的地
位，學術界早有共識。如，在其去世不久，張其昀就於〈悼梁任公先
生〉一文中特別談到梁啟超在史學方面的重要貢獻，他說：「梁先生
學問興趣極廣，自言對於文哲史地諸學，均所愛好，而於史學興味尤
濃，其用力最勤，著作亦最為宏富。昔孔子論作史方法，分為其文其

---

126 繆鳳林：〈悼梁卓如先生（1873-1929）〉，夏曉虹編：《追憶梁啟超》（北京市：生
　　活‧讀書‧新知三聯書店，2009年），頁101。

事其義三種，唐代史家劉子玄遂昌史家三長之說，即才學識三長，誠
為千古不磨之論。由今日言之，凡欲成為偉大之史家，必須兼具文學
之情操，科學之知識，哲學之思想。而一般史學，大都得此失彼，若
兼具此三長，真曠世而一遇，難能而可貴者，此劉子玄所以有『史學
之難其難甚矣』之歎也。梁先生以卓絕一世之天才，膺此一席，必能
勝任而愉快，固為眾望之所歸矣。」[127]張其昀的這段評價，重點突出
了梁啟超作為一個偉大史家的所具備的素質與優異條件，這在當年眾
多悼念梁啟超的文字中，獨顯理性、冷靜，闡述也有據有節，奠定了
學術界對梁啟超史學貢獻之評價的基調。二十世紀八〇年代初，深知
其師治學之堂奧的清華國學院畢業生周傳儒，在〈史學大師梁啟超與
王國維〉一文中，對梁啟超與王國維的史學特點做了精闢而獨到的比
較與分析：「這兩位大師從文化繼承、學術淵源而言，皆同出乾嘉之
學，讀經書，治小學，曾一度受科舉之毒。然皆不久即毅然改途，另
治新學。梁師側重經世致用一面，王師側重訓詁考據一面。梁善綜
合，好作系統研究，所有著作，多洋洋灑灑，遠矚高瞻，不論總論分
論，自成系統，自成一家之言。王師則點點滴滴，好為分析比較，作
專篇，不著書，據材料之言，說明一事一物，不旁搜遠紹，不求系
統，不求完整，不為著作添枝葉。梁師貴通，王師貴專；梁師求淵
博，王師求深入。一綜合，一分析；一求系統完整，一求片言定案。
鵝湖之會，朱譏陸之博大，陸譏朱之支離。朱熹說『舊學商量加邃
密，新知培養轉深沉』；陸九淵說「博大功夫終簡易，支離事業競浮
沉』。王師殆紹繼晦庵方法，梁師殆承襲象山方法。」[128]周傳儒把王
梁之異同比成朱陸之異同，這是一個十分令人玩味的比較。有關「朱
陸之異同論」是學術思想史上一個公案，清代的章學誠在《文史通

127　張其昀：〈悼梁任公先生〉，夏曉虹編：《追憶梁啟超》（北京市：生活‧讀書‧新知
　　　三聯書店，2009年），頁106。

128　周傳儒：〈史學大師梁啟超與王國維〉，《社會科學戰線》1981年第1期。

義》〈朱陸篇〉中就感慨道：「宋儒有朱、陸，千古不可合之同異，亦千古不可無之同異也；末流無識，爭相之詬詈，與夫勉為解紛，調停兩可，皆多事也。」我們暫且不論周傳儒在王梁與朱陸之間所做的比較是否準確，但是，周傳儒把王、梁的史學特點放在中國學術思想史的源流與發展的大視野中加以分析、比較和評價，確有相當的獨創性和啟發性。

　中國的歷史寫作源遠流長，而建立在對歷史寫作不斷反思的基礎上而形成的中國史學傳統，也是源遠流長。金毓黻在《中國史學史》一書中，就開宗明義說道：「吾國先哲精研史學者，以劉知幾、章學誠二氏為最著，劉氏《史通》〈外篇〉，有〈史官建置〉、〈歷代正史〉兩篇，所論自上古迄唐初之史學源流演變，即中國史學史之濫觴也。章氏曾仿朱彝尊《經義考》之例，撰《史籍考》，尋其義例，蓋欲藉乙部之典籍，明史學之源流，體大思精，信為傑作，惜其稿本，以未付刊而散佚，不然，亦史學史之具體而微者矣。」[129]如果我們把梁啟超的史學貢獻放在這樣一個源流演變的大視野中加以闡析，那麼就會別開生面。二十世紀初，梁啟超對傳統史學進行了一系列反思、批判，並開啟了中國近代新史學對新理念、新方法的自覺性追求，為近代新史學的發展奠下了開拓之功。一九〇二年，梁啟超以「中國之新民」為署名，在《新民叢報》二至十一月上，連載了題為〈新史學〉的長文（關於〈新史學〉的內容、特點和意義，是中國史學史研究中不可繞開的話題。對此，謝保成主編的《中國史學史》（三）中有比較全面的概述與評價，可供研究者參閱）。梁啟超在文中大聲疾呼：「今日欲提倡民族主義，使我四萬萬同胞強立於此優勝劣敗之世界乎，則本國史學一科，實為無老無幼無男無女無智無愚無賢無不肖皆當從事，視之如渴飲饑食一刻不容緩者也。然遍覽乙庫中數十萬卷之

---

129 金毓黻：《中國史學史》（北京市：商務印書館，1999年），頁1。

著錄，其資格可以養吾所欲給吾所求者，殆無一焉。嗚呼！史界革命
不起，則吾國遂不可救。悠悠萬事，唯此為大！〈新史學〉之著，吾
豈好異哉？吾不得已也。」文中對「史界革命」的激情倡導，前所未
有，在近代啟蒙思想家章太炎、嚴復等人共同推動下，從此掀起近代
新史學的大波瀾。〈新史學〉一文振聾發聵之處，首先在於對舊史學
進行了尖銳的批評，聚焦點主要針對舊史學的「四弊二病一論三惡
果」。所謂「四弊」：即，一曰，知有朝廷而不知有國家。二曰，知有
個人而不知有群體。三曰，知有陳跡而不知有今務。四曰，知有事實
而不知有理想。總之，「是中國之史，非益民智之具，而耗民智之具
也」。所謂「二病」，即，其一能鋪敘而不能別裁。其二能因襲而不能
創作。所謂「一論」，即，批評舊史學的正統論史觀，梁啟超一針見
血地指斥「正統」之實質：「一言蔽之曰：自為奴隸根性所束縛，而
復以煽後人之奴隸根性而已。是不可以不辯。」所謂「三惡果」，
即，一曰難讀，二曰難別擇，三曰無感觸。如果說上述對舊史學內在
缺陷所做的分析與批判是著眼於對舊史學的「大破」意義上，那麼，
關於新史學的「立」，則是〈新史學〉一文更重要的思想建樹。在
〈新史學〉中，梁啟超從史學的定義與對象、特點、功能等方面，對
新史學的「立」提出明確而具體的認知。比如，關於新史學的定義與
對象，他認為：「歷史者，敘述人群進化之現象也……吾中國所以數
千年無良史者，以其於進化之現象，見之未明也……歷史者，敘述人
群進化之現象也……歷史所最當致意者，唯人群之事。苟其事不關係
人群者，雖奇言異行，而必不足以入歷史之範圍也。歷史者，敘述人
群進化之現象，而求得其公理公例者也。」這裡對新史學的定義與對
象所做的界定，在邏輯結構上呈現出從表像到本質、從外延到內涵的
逐步嚴密化的有機過程。關於新史學的特點，梁啟超從主客觀兩面進
行了闡發，他說：「凡學問必有客觀、主觀二界。和合二觀，然後學
問出焉。史學之客體，則過去現在之事實是也；其主體，則作史讀史

者心識中所懷之哲理是也。有客觀而無主觀，則其史有魄無魂，謂之非史焉可也（偏於主觀而略於客觀者，則雖有佳書，亦不過為一家言，不得謂之為史）。故善為史者，必研究人群進化之現象，而求其公理公例之所在。於是有所謂歷史哲學者出焉。歷史與歷史哲學雖殊科，要之苟無哲學之理想者，必不能為良史，有斷然也。」上述論斷中所使用的一些名詞，如「進化」、「主觀」、「客觀」，均是二十世紀初風行一時的「新學」詞彙，不論對這些「新學」詞彙的內涵，是「正解」還是「誤讀」，在文中，梁啟超均能自如地信手拈來，為我所用，讓傳統史學的概念系統和表述方式耳目一新。很顯然，如果沒有當時豐富的外來「思想資源」和「概念工具」，如果不具備對這些外來「思想資源」和「概念工具」的自覺性和敏銳性，那麼，梁啟超根本無法對新史學的特點做出如此具體而新穎的界說。[130]關於新史學的功能，梁啟超不無誇大其詞地說道：「史學者，學問之最博大而最切要者也，國民之明鏡也，愛國心之源泉也。」儘管梁啟超率先提出了有關新史學初步的概念系統，並在晚清史學界產生巨大的影響，但從學理層面來看，〈新史學〉典型地體現了晚清學術界的新史學觀念在形成過程中對西學的附會與依傍。不容諱言，包括梁啟超在內的新史學觀念的倡導者在當時所依據憑藉的西學知識確實過於膚淺。[131]細讀〈新史學〉一文，就會發現許多不可迴避的「硬傷」，比如，已有研究者就指出，梁啟超「新史學之界說」中的一些重要觀點，如歷史研究的內容是人類社會的進化及公理、公例，歷史進化路線呈螺旋形以及研究是主體與客體的結合等，基本上都取自日本浮田和民的《史學原論》第一、二、三、七章，只不過沒有採用浮田和民「歷史之本質」、「歷史之定義」、「歷史之價值」這樣的表述方式，而是以進化、

---

130 王汎森：《中國近代思想與學術的系譜》（石家莊市：河北教育出版社，2001年），頁149。

131 桑兵：《晚清民國的學人與學術》（北京市：中華書局，2008年），頁22。

社會進化、有規律的社會進化為脈絡展開論述。另外，包括批判舊史「知有個人而不知有群體」、「能鋪敘而不能別裁」等觀點，也都能看出對浮田和民觀點的吸收。[132]這典型體現了二十世紀初中國學術生態中「舊與新」、「本土與外來」、「傳統與現代」等思想要素之間相互交錯的複雜結構，正如史家汪榮祖所言：「如果說梁啟超的〈新史學〉是一篇宣言，顯然是激情的革命宣言，而非理性的改良宣言，不僅言過其實，而且多有謬誤。『家譜』『相斫書』云云，實在言過其實。二十四史即使是家譜，並不屬於二十四姓，他不經意出了基本的謬誤，而此誤貽患無窮……〈新史學〉顯要破舊立新，然其影響，破遠多於立……梁氏高唱『史界革命』，呼籲民族主義史學，其精神實屬十九世紀之『浪漫』，而非十八世紀之『啟蒙』。」[133]此當為公允之論也。

（三）

　　治中國史學史的學者，一般都會認同這樣的一個看法：最能代表梁啟超晚年史學思想且堪與〈新史學〉的影響相提並論者，就是《中國歷史研究法》一書及其補編。[134]《中國歷史研究法》成書前是梁啟超在南開大學的講義，一九二二年由商務印書館初版發行。該書分為「史之意義及其範圍」、「過去之中國史學界」、「史之改造」、「說史料」、「史料之搜集與鑑別」、「史跡之論次」六章，主要圍繞：史的目的、範圍和舊史的改造；歷史的因果和動力；史料的搜集和考證等三個重要史學理論問題而展開。時隔二十年，《中國歷史研究法》在上述三個重要史學理論問題的思考上，大大深化和發展了〈新史學〉的認識。關於史料的搜集和鑑別，則是該書中最具價值的部分，也最受後世史家之推崇。梁啟超認為，搜集和考證史料，目的是達到「求

---

132 謝保林主編：《中國史學史》（三）（北京市：商務印書館，2006年），頁1451。

133 汪榮祖：《學人叢說》（北京市：中華書局，2008年），頁175。

134 汪榮祖：《學人叢說》（北京市：中華書局，2008年），頁178。

真」，而「求真」乃是傳統學術「實事求是」的精神與方法的發展，求得史實的準確是史學發展的前提，否則，「其思想將為枉用，其批評將為虛發」；書中還提出鑑別偽材料的十二條原則，這以後擴展成為《古書真偽及其年代》一書。[135]《中國歷史研究法》出版不久，就引起海內外學術界的關注，日本學者桑原隲藏專門發表了一篇題為〈讀梁啟超的《中國歷史研究法》〉的評論文章，文中論道：「今梁氏本歐美的史學研究法，倡革新中國史學的急務，而公此《中國歷史研究法》於世，實與我的見解一致。所以，我不但為一己表示滿意，還要廣為中國學術界祝福；不但誠心誠意的慫恿有志於研究史學的中國人士去參考這部著作，並且還期望這部書的發行能夠相當的影響於將來的中國史界。」[136]應該說，這部書「較為深刻而詳細的，大都關涉史料與文獻考訂方面。」究其原因，一方面在於梁啟超關於史料的概念或運思，有效依傍西方文獻考訂方法；一方面在於梁啟超充分調動了其自身所具有的乾嘉考據之學問根底[137]，因此，在具體的闡發之中，兩者相互發明，並相得益彰。

　　梁啟超在清華國學院的史學講義，後題作《中國歷史研究法補編》刊世，學生姚名達回憶說，民國十四年（1925）秋冬開講，「入春而病，遂未完成！十五年（1926）十月六日，講座復開，每週二小時，綿延以至於十六年（1927）五月底。扶病登壇，無力撰稿，乃令周君速記，編為講義，載於《清華週刊》」。[138]《中國歷史研究法補編》「都十一萬餘言，所以補舊作《中國歷史研究法》之不逮，闡其新解，以啟發後學專精史學者也」。該書分為「總論」和「分論」兩

135　此處關於《中國歷史研究法》內容之評述，參閱了《二十世紀中國史學名著敘錄》（石家莊市：河北教育出版社，2002年），頁54-58。

136　桑原隲藏：〈讀梁啟超的《中國歷史研究法》〉，桑兵等編：《近代中國學術批評》（北京市：中華書局，2008年），頁127。

137　汪榮祖：《學人叢說》（北京市：中華書局，2008年），頁183。

138　姚名達：《中國歷史研究法・跋》（北京市：東方出版社，1996年），頁346。

部分，主要是圍繞「史家修養」和「專史的做法」兩個主題而展開。
關於史家的修養，傳統史家劉知幾、章學誠均推崇史家應具之史學、
史才、史識和史德，梁啟超在《中國歷史研究法補編》中專闢「史家
四長」一章，表層上仍沿用劉、章的提法，但在「內核」上，已經按
照近代學術的價值取向和理論範型，重新闡述史家應具有的修養。
「論專史的做法」是《中國歷史研究法補編》的重點，書中區分了五
種專史：人的專史、事的專史、文物專史、地方的專史、斷代的專
史，並分別做了提綱挈領式的闡析。[139]當今的學術界，已經把《中國
歷史研究法》和《中國歷史研究法補編》作為一個不可分離的整體來
加以看待。隨著當代史學思想、史學理論和史學方法的深入發展，這
兩部著作內在的缺陷，逐漸受到學術界的詬病。然而，我們認為，對
於《中國歷史研究法》和《中國歷史研究法補編》在二十世紀中國史
學史上的意義和地位，應該持歷史的、辨證的分析態度。不可否認，
這兩部著作留有二十世紀之初中國新史學尚處初創期的烙印，如，
《中國歷史研究法》一書的體例與內容在中國雖然可謂草創，但與當
時西洋和日本已經流行的史學入門、歷史研究法一類書極為相似。[140]
對此，臺灣學者杜維運在探此書之源時，就發現梁氏的研究法「對史
料的闡解，對史料的分類，對史跡的論次」，雖「都有突破性的見
解，都能言數千年中國史學家所未及言」，但「其不能全出新創，而
係接受了西方史學的影響」，這是「極為明顯」。[141]杜氏曾將梁啟超的
《中國歷史研究法》與法國史學家朗格諾瓦和瑟諾博司合著的《史學
原論》細作比較，「深覺二者關係極為密切，梁氏突破性的見解，其
原大半出於《史學原論》」。[142]事實上，冷暖自知，在被後人覺察箇中

139　此處關於《中國歷史研究法補編》內容之評述，參閱了《二十世紀中國史學名著敘
　　錄》（石家莊市：河北教育出版社，2002年），頁58-61。
140　轉引自汪榮祖：《學人叢說》（北京市：中華書局，2008年），頁179。
141　轉引自汪榮祖：《學人叢說》（北京市：中華書局，2008年），頁179。
142　轉引自汪榮祖：《學人叢說》（北京市：中華書局，2008年），頁179。

奧秘之前，梁本人對自己在治學中存在的這種不足，也是有自覺而清醒的認識。以史為證，在寫作時間稍遲於《中國歷史研究法》的《先秦政治思想史》一書中，梁啟超曾寫過這樣的一段話：「蓋由我儕受外來學術之影響，采彼都治學方法以理吾故物，於是乎昔人絕未注意之資料，映吾眼而忽瑩；昔人認為不可理之系統，經吾人而忽整；乃至昔人不甚了解之語句，旋吾腦而忽暢。質言之，則吾儕所持之利器，實『洋貨』也。坐是之故，吾儕每喜以吾歐美現代名物訓釋古書；甚或以歐美現代思想衡量古人。」初讀這段話，似乎覺得梁氏頗為贊同且以此「洋貨」為自珍，但是，緊接這段話之後，梁啟超則明確強調，「不宜以名不相副之解釋致讀者起幻蔽」，並承認「吾少作犯此屢矣。今雖力自振拔，而結習殊不易盡」，並告誡「同學勿吾效也」。[143]顯然，面對這種「結習」，梁啟超雖有心力自振拔，但又頗感心有餘而力不足。其深層原因就在於二十世紀初中國學術生態的複雜性。當時是一個大過渡、大轉型的時代，這樣一個時代的思想結構，必然會是：一方面，外來的「新思潮」驚濤拍岸；另一方面，本土的傳統思想暗流湧動。兩者相互際會激盪，最後，相互融匯，蔚為大觀。這種過渡性、錯雜性的特質，無論是器物層面，還是形而上的「道」的層面；無論是知識系統，還是價值系統；無論是人文科學，還是社會科學，均概莫能外。僅「以『思想資源』這一點來看，寬泛一點來說，清末民初已經進入『世界在中國』的情形，西方及日本的思想、知識資源湧入中國，逐步充填傳統軀殼，或是處處與傳統的思想資源相爭持」。面對這種情形，誰都無法置身度外，但是，又「不能小看『思想資源』」，「人們靠著這些資源來思考、表現、構築他的生活世界，同時也用它們來詮釋過去，設計現在，想像未來。人們受

143　梁啟超：《飲冰室合集》（北京市：中華書局，1989年），《專集》之五十，頁13。

益于思想資源，同時也受限於它們」。[144]處在這樣的學術生態中，作
為時代弄潮兒的梁啟超更不可能置身其外，因此，《中國歷史研究
法》對當時流行的西方史學理論和史學方法的依傍，甚至是粗糙的移
植，就不可避免。但我們也要看到，《中國歷史研究法》和《中國歷
史研究法補編》這兩部書畢竟是梁啟超多年研究歷史的治學積累，對
二十世紀初的中國史學界而言，「它們還是當時最好的史學方法教科
書，不僅為他早年所提倡的新史學充實了內容，而且為中國現代史學
奠定了一塊重要的基石」。[145]儘管有諸多內在缺陷，但仍不失之為
「後學立榜樣指門徑的典範之作」。[146]今天的學術界若不能看到這一
特點且予以充分評價，那就不是一種歷史主義態度了。

　　從〈新史學〉到《中國歷史研究法》與《中國歷史研究法補
編》，梁啟超始終在自覺地探索建立中國現代史學的新理念、新方法
與新途徑。同時，他也力求將這些新理念、新方法運用到自己的歷史
寫作過程中。梁啟超早年在萬木草堂時，就以正史、《通考》為日
課，史學已植其基。居東後嘗「欲草一《中國通史》，以助愛國思想
之發達」。[147]撰寫一部《中國通史》，是梁啟超一個「念茲在茲」的巨
大心願，在晚年偕清華國學研究院學生做北海之遊時，他還專門談及
這一「夙願」：「我個人對於史學有特別興趣，所以昔時曾經發過一個
野心，要想發憤從新改造一部中國史。現在知道這是絕對不是一個人
的力量所可以辦到的，非分工合作，是斷不能做成的。所以我在清
華，也是這個目的，希望用我的方法，遇到和我有同等興味的幾位朋

144　王汎森：《中國近代思想與學術的系譜》（石家莊市：河北教育出版社，2001年），
　　　頁150。

145　汪榮祖：《學人叢說》（北京市：中華書局，2008年），頁188。

146　許冠三：《新史學九十年》（長沙市：岳麓書社，2003年），頁1。

147　繆鳳林：〈悼梁卓如先生（1873-1929）〉，夏曉虹編：《追憶梁啟超》（北京市：生
　　　活·讀書·新知三聯書店，2009年），頁100-102。

友，合起來工作，忠實地切實地努力一下。」[148]但遺憾的是，這一計畫始終未能如願，這一命運在梁啟超龐大著述計畫中，並不屬於特例。如何看待梁啟超著述的「未完成性」現象，一直是梁啟超研究中比較敏感的問題，因為除了感慨「天不假之年」之外，對於這一「未完成性」現象的原因分析，必然觸及對梁啟超治學的深層心智結構及其侷限性的剖析。關於前者，慨歎多多，如，梁啟超的同代人繆鳳林在其悼念文章中就曾寫道：「近年來，梁氏屢欲裁其學問欲，專精於《三百年學術史》及《文化史》。吾人方謂以梁氏之魄力，及其數十年來所積之資格，其造福於史學界將無量，乃衰病侵尋，心力交瘁，年未六十，淹忽辭世。其遺著之導引後進，淪人靈府，雖或將過於梁氏之所期；然以一代新史學鉅子，不得志於時，委其心於書策，而猶不獲盡其才，良足悲。」[149]關於後一種情況，則議論紛紜，如，史家金毓黻先生就從學理層面對這一缺憾做過深入分析，他說：「余考梁氏自謂富於學問欲，尤擅長于史學，涉覽既泛無涯際，而文筆又能達其胸中所欲言，劉知幾所謂學識三長，梁氏實已備而有之。是故學如梁氏，才如梁氏，識如梁氏，始足以言修史，始足以言改造新史，吾於早歲甚期望梁氏撰成一完備之新史，以彌史界之匱乏，以慰學者之饑渴，然卒未見其有所造述，僅能得其所懸擬之目錄，及片段之記載，如上文所舉者而讀之，其未能屢求者之望，又可知也。蓋梁氏有所著作，皆造端宏大，非百余萬言不能盡，久之不能卒業，乃棄去轉而之他，如是者非一例，其意中所欲造之新史，遲之又久，不能成功，亦正如此，昔人有言，務博而業精，力分而功就，自古及今，未之見也，持此以論當代梁氏，可謂切中其病矣。」[150]金氏的這一番論

---

148 梁啟超：〈北海談話記〉，夏曉虹編：《《飲冰室合集》集外文》（北京市：北京大學出版社，2005年），中冊，頁1038-1039。

149 繆鳳林：〈悼梁卓如先生（1873-1929）〉，夏曉虹編：《追憶梁啟超》（北京市：生活‧讀書‧新知三聯書店，2009年），頁101-102。

150 金毓黻：《中國史學史》（北京市：商務印書館，1999年），頁405。

析，可謂鞭辟入裡，入木三分，堪為知者之言。

（四）

　　在清華國學研究院時期，相對而言是梁啟超晚年著述生涯中較少旁騖，也是專力於史最深的一個時段，可以說是梁啟超後期學術生命的一個高峰，也是最後的一個高峰，對他絢爛多彩的一生來說，這一時期也是其積蘊了一生的學術能量的最後的絢麗綻放。對於梁啟超的後期學術貢獻，張蔭麟曾有一個比較全面的評述：「其已見之主要成績可得言焉：（一）《中國歷史研究法》一書，雖未達西洋史學方法，然實為中國此學之奠基石，其舉例之精巧親切而富於啟發性，西方史法書中實罕甚匹。（二）關於學術史者，《先秦政治史》及《墨子學案》、《老子哲學》等書，推崇比附闡發及宣傳之意味多，吾人未能以忠實正確許之。唯其關於中國佛學史及近三百年中國學術史之探討，不獨開闢新領土，抑且饒於新收穫，此實為其不朽之盛業。（三）先生《中國文化史》之正文，僅成〈社會組織〉一篇，整裁猶未完善，然其體例及采裁，空依傍，亦一有價值之創作也。（四）關於文學史者，除零篇外，以《陶淵明》一書（內有年譜及批評）為最精絕。」[151]這些後期著述，雖在其一生的著述中所佔的數量比重並不大，但其品質均可視為梁啟超個人在不同學術領域的扛鼎之作。

　　梁啟超一生的著述煌煌數千萬言，可謂琳琅滿目，但又體例紛雜，其中頗有蕪雜之病，梁啟超則有自知之明，其在病中時曾存一個心願：「吾年得六十，當刪定生平所為文，使稍稍當意，即以自壽。」[152]但天不遂人願，念之徒增神傷。其友人林志鈞在一九三二年八月「任公而在，蓋六十歲」之際，編輯遺稿，並訂定已印諸集，共

---

151 素癡（張蔭麟）：〈近代中國學術史上之梁任公〉，夏曉虹編：《追憶梁啟超》（北京市：生活・讀書・新知三聯書店，2009年），頁89。

152 林志鈞：〈序〉，《飲冰室合集》（北京市：中華書局，1989年），頁3、4。

四十冊，分為文集、專集兩部分，其中文集十六冊，四十五卷；專集二十四冊，一百〇四卷。僅就數量一面而言，在清華國學研究院的諸導師中，應該說，梁啟超的著述絕對是最為高產的，但高產就不免失之蕪雜，廣博則難逃專精不足之弊，因此，也最受後人之詬議。比如，他曾擬了一個《中國文化史》的寫作提綱，全書範圍極為廣大：共分三部分，包括朝代篇、種族篇（上下）、地理篇、政制篇（上下）、輿論及政黨篇、法律篇、軍政篇、財政篇、教育篇、交通篇、國際關係篇、社會組織篇、飲食篇、服飾篇、宅居篇、考工篇、通商篇、貨幣篇、農事及田制篇、言語文字篇、美術音樂篇、載籍篇等共二十九篇。[153] 對於這樣一個龐大的寫作計畫，鄭振鐸曾評價說：「中國文化史是不是這樣的編著方法，我們且不去管它，即我們僅見此目，已知他著書的膽力之足以『吞全牛』了。」[154] 若將此言細細品味，則弦外之音，猶在耳際。事實上，對於這一點，梁啟超早有一個比較明智、理性的自我認識，他在《清代學術概論》中就有一段相當嚴厲的自我批評：「啟超務廣而荒，每一學，稍涉其樊，便加以論列；故其所述著，多模糊影響籠統之談；甚者純然錯誤。及其自發現而自謀矯正，則已前後矛盾。」[155] 他把這種弊病歸結為自己生性之特點：「啟超學問欲極熾，其所嗜之種類亦繁雜。每治一業，則沉溺焉，集中精力，能拋其他；歷若干時日，移於他業，則又拋其前所治者。以集中精力故，故嘗有所得；以移時而拋故，故入焉而不深。」[156] 誠然，二十世紀中國學術史上，像梁啟超這樣「款摯而坦易，胸中豁然」[157] 的學術心態，並不多見。儘管親歷時代的風雲際會，身經歷史

153　金毓黻：《中國史學史》（北京市：商務印書館，1999年），頁400-404。

154　鄭振鐸：〈梁任公先生〉，夏曉虹編：《追憶梁啟超》（北京市：生活・讀書・新知三聯書店，2009年），頁77。

155　梁啟超：《清代學術概論》（上海市：上海古籍出版社，1998年），頁89。

156　梁啟超：《清代學術概論》（上海市：上海古籍出版社，1998年），頁90。

157　林志鈞：〈序〉，《飲冰室合集》（北京市：中華書局，1989年），頁3。

的幾多磨難，但梁啟超仍不失「赤子之心」。和善於掩飾、藏拙、示
人以機巧的胡適等新潮學人相比，這正是梁啟超的可愛可敬之處。他
在逝世前不久寫給女兒梁令嫻的信中，還從學問趣味的角度，談到自
己治學的長處與短處，他說：「我是學問趣味極多的人，我之所以不
能專精有成者以此。然而我的生活內容異常豐富，能夠永遠保持不厭
不倦的精神，亦未始不在此。我每歷若干時候，趣味轉個新方向，便
覺得像換個新生命，如朝旭升天，如新荷出水，我感覺這種生活是極
可愛的，極有價值的。我雖不願你們學我氾濫無歸的短處，但最少也
想你們參采我爛漫向榮的長處（這封信你們留著，也算我自我的小小
的一個稱讚）。」[158]這一番自讚自許之辭，在人文學科分際越來越狹
窄化的今天，或許聽起來會有那麼一點警醒的意義。

（五）

在中國近代政治史上，梁啟超的「善變」與「屢變」，頗引人注
意，也備受非議，這是一種值得探究的政治人格現象，學術界對此已
有許多合理的解析（由於篇幅的原因，此處不再展開論述）。但我們
必須看到，這一政治人格現象在梁啟超的學術人格中也有所折射，就
如他自己所云：吾學「病在無恒，有獲旋失諸」[159]，儘管這一特徵不
可避免地制約著他的學術創造的精深，但就其對中國近代思想文化的
影響來看，梁啟超雖未必有精湛不磨的成功，然他的篳路藍縷，以開
荒棘的功績則已不小了[160]，這個獨特的意義畢竟是無人能取代的，也
不容否定的。周予同在〈五十年來中國之新史學〉中就說道：「就全部

---

158 丁文江、趙豐田編：《梁啟超年譜長編》（上海市：上海人民出版社，2009年），頁
　　774。
159 丁文江、趙豐田編：《梁啟超年譜長編》（上海市：上海人民出版社，2009年），頁
　　742-743。
160 鄭振鐸：〈梁任公先生〉，夏曉虹編：《追憶梁啟超》（北京市：生活・讀書・新知三
　　聯書店，2009年），頁81。

思想界說，梁氏是否是『陳涉』，尚有商榷的餘地；但就四十年前的史學界說，梁氏卻確是揭竿而起、登高而呼的草莽英雄陳涉呢！」[161]

　　把梁啟超比成史學界的「陳涉」！這是六十年前學術界對梁啟超學術人格的一個粗糙但不失形象的比擬。今天的學術界，對一個思想家或作家的學術人格或創作人格的研究已經深化到一個更科學的層次。在這裡，我們不妨借用余英時的一段妙趣橫生的分析：古希臘詩人 Archilochus 有殘句云：「狐狸知道很多的事，但是刺蝟則只知道一件大事。」關於此語自來解者不一。英國思想家伯林則借用這句話來分別一切思想家與作家為兩大類型。一是刺蝟型，這一類型的人喜歡把所有的東西都貫穿在一個單一的中心見解之內，他們的所知、所思、所想最後全都歸結到一個一貫而明確的系統。總之，他們的一切都唯有通過這樣一個單一的、普遍的組織原則才發生意義。另一方面則是狐狸型的人物。這種人與前一類型相反，從事於多方面的追逐，而不必有一個一貫的中心系統。他們的生活、行為以及所持的觀念大抵是離心的而非向心的；他們的思想向多方面拓展，並在不同層面上移動。因之他們對於各式各樣的經驗和外在對象，僅採取一種嚴肅的就事論事的認識態度，而並不企圖把它們納入一個無所不包的統一的論點之中。[162]我想，毫無疑義，梁啟超屬於狐狸型的思想家類型。在當今高高聳立的學院圍牆內，靜悄悄地蟄伏著無數的「刺蝟」，然而，在僵硬而粗暴的學術體制的圍追堵截之中，「狐狸」正在漸漸地銷聲匿跡。

　　這或許是我們今天重讀梁啟超的另一番含義吧！

---

161 周予同：〈五十年來中國之新史學〉，桑兵等編：《近代中國學術思想》（北京市：中華書局，2003年），頁360。

162 余英時：《中國知識人之史的考察》（桂林市：廣西師大出版社，2004年），頁425。

王國維

　　清華園地處北京西北郊，毗鄰瘡痍滿目的圓明園遺址。往昔的清華園一派寂靜，錯落有致的大禮堂、科學館、圖書館，清幽古樸的工字廳，微波中蕩漾著「水木清華」橫匾的倒影，這無聲的一切交織著傳統與現代，歷史與現實，憂患與夢想。這裡曾是現代中國學人的精神「聖地」，風雨中日益消褪的這一切，都在默默地見證著中國現代學術的發展歷程。矗立在校園內的「海寧王靜安先生紀念牌」不僅鐫刻著人們對一代大師的永恆紀念，而且也鐫刻著現代學術最核心的價值──「獨立之精神、自由之思想」。

　　從時間上看，王國維在清華園僅生活了兩年多，但他生命的最後歲月在這裡度過；儘管他仍然拖著那條具有意味的長辮子，但他的學術研究給國學研究院帶來的是二十世紀最具現代性的學術方法和學術思想；他以自沉的方式平靜地結束了自己五十一歲的生命，但他的死激起了深沉的情感波濤，泛開了說不盡的文化漣漪。這些矛盾性的現象，就使得研究清華國學研究院時期的王國維具有獨特的學術意義。

（一）就聘國學院始末

　　歷史研究強調「追本溯源」，但歷史中「本」與「源」常常是多重面向的，盡可能具體地呈現這種豐富性，是歷史敘述的基本要求。這裡的研究也將努力遵循這種學術邏輯。關於王國維與清華國學研究院關係的第一件大事就是王國維如何就聘國學研究院。這其中疑竇叢生：為什麼他會先拒後就？是什麼原因促使他做出最後的就聘決定？在這「拒」與「就」的時間差中，他的內心狀況又是如何？透過事件把握歷史中的人心真相是這裡研究的興趣之所在。關於王國維之就聘國學研究院，目前學術界有三種不同的說法，在某種意義上說，這三種說法均有可能性，它反映了王國維與二十世紀中國學術界關係的不

同面向，也體現了後人對中國現代學術關係的不同想像與期待。第一
種說法來自吳宓。吳宓在晚年編定的《吳宓自編年譜》中曾有這樣的
一段記述：「宓持清華曹雲祥校長聘書，恭謁王國維（靜安）先生，
在廳堂向上行三鞠躬禮。王先生事後語人，彼以為來者必係西裝革
履、握手對坐之少年，至是乃知不同，乃決就聘。」[163]這種敘述充滿
戲劇性：吳宓秉禮恭謁，王國維為情所動，事情的結局似乎轉瞬即
變。由於這是吳宓晚年的追述，其中就難免有「詩」與「真」的錯
雜。在這裡，我不禁有一個小小的疑問：既然吳宓是持校長的聘書，
那麼關於此事，王國維與校長之間可能已達成相對明確的意向，吳宓
不過履行著某種落實意向的功能。否則，一向冷靜過人的王國維難免
有過於輕信之嫌。但是，為什麼這種說法能廣為流傳呢？我想，也許
這其中戲劇性的場景比真相更具有文化象徵意味，更讓文化人有一種
心心相印之感。這在某種意義上說，人們在這種戲劇性的敘述之中，
更希望看到的是一種基於傳統價值理念的心靈互通。第二種說法來自
王國維學生趙萬里。趙萬里在《王靜安先生年譜》中曾經這樣寫道：
「正月，先生被召至使館，面奉諭旨命就清華研究院之聘。」[164]這一
說法在民間流傳廣泛，後人不加考辨卻又加以多方渲染。例如，有人
說「溥儀在天津關起門來做皇帝，便命師傅代寫了一道詔書，靜安先
生不好再謝絕，就答應了」[165]；有人甚至煞有介事地說，溥儀的這道
聖旨曾在「王先生家看到了，很工整，紅字」。[166]這些說法留下的致
命硬傷就是它的時間與事實不合。有學者在深入考證之後，就提出嚴

163　吳宓：《吳宓自編年譜》（北京市：生活・讀書・新知三聯書店，1995年），頁260。

164　此處轉引自孫敦恆：《王國維年譜新編》（北京市：中國文史出版社，1991年），頁
　　140。

165　此處轉引自陳鴻祥：《王國維傳》（北京市：人民出版社，2004年），頁564。

166　陳哲三：〈陳寅恪先生軼事及其著作〉，《談陳寅恪》（臺北市：傳記文學出版社，
　　1978年），此處轉引自陳鴻祥：《王國維傳》（北京市：人民出版社，2004年），頁
　　564。

肅的駁論：「事實是，已被褫奪了『皇帝』尊號的溥儀告別日本公使
芳澤，並在羅氏父子『扈從』下出京潛入天津張園的時間為一九二五
年二月二十三日，而王國維『決』就聘則在此之前。」[167]在這裡，更
深層的問題是，為什麼後人總是喜歡把屬於個人的文化事件解說為充
滿政治性意味的隱喻呢？似乎只有經過某種政治特權的認可，個人的
文化事件才顯得特別莊重，這其中是否有一種「權力崇拜」心理在作
祟呢？第三種說法是認為王國維的就聘是由於胡適的邀請和力勸。這
一說法因胡適私人信件的發表日益受到學術界的認可。在現有發現的
胡適致王國維的十三封信中，最早的一封寫於一九二四年四月十七
日，內容是胡適約請王國維將〈論戴東原《水經注》〉一文在《國學
季刊》登載。[168]與聘請有關的兩封信分別寫於一九二五年一月和二月
十三日，一月胡適致王國維信（原件無日期）的內容是：「清華學校
曹君已將聘約送來，今特轉呈，以供參考。約中謂『授課拾時』，係
指談話式的研究，不必是講演考試式的上課。」[169]由於這封信原件無
日期，所以我們無法推斷寫作的具體日期。同時，對於胡適在信中所
轉達的清華國學研究院約請之事，王國維回信的具體內容如今也不得
而知。但據胡適緊接著寫於二月十三日的另一封信，我們則可以推斷
出一二。信的內容是：「手示敬悉。頃已打電話給曹君，轉達尊意
了。一星期考慮的話，自當敬尊先生之命。但曹君說，先生到校後，
一切行動均極自由；先生所慮（據吳雨僧君說）不能時常往來清室一
層，殊為過慮。鄙意亦以為先生宜為學術計，不宜拘泥小節，甚盼先
生早日決定，以慰一班學子的期望。」[170]從胡適的這封信中至少可以
解讀出如下的含義：其一，王國維對清華國學研究院的聘約並沒有斷

---

167 陳鴻詳：《王國維傳》（北京市：人民出版社，2004年），頁54。

168 胡適：《胡適書信集》（北京市：北京大學出版社，1996年），頁328-329。

169 胡適：《胡適書信集》（北京市：北京大學出版社，1996年），頁353-354。

170 胡適：《胡適書信集》（北京市：北京大學出版社，1996年），頁356。

然拒絕，只是認為需考慮一星期後才能回復；其二，王國維擔心就聘
國學研究院後不能與清室往來；其三，對於王國維的這層擔心，胡適
在信中承諾將予以充分的自由；其四，聰明的胡適正力圖從學術的角
度打動王國維，信中所謂「小節」與「大節」之分，是基於學術的分
野而非政治立場之差異。那麼，在這一星期內王國維究竟考慮了什
麼？最終又是什麼原因催促他做出就聘的決定呢？針對這些疑問，在
這裡，我提出第四種說法，即「心理歸宿說」。我認為，要解讀王國
維就聘的深層原因，就必須探尋王國維決定就聘前的內心狀況。對
此，王國維在給友人蔣孟蘋的信中有一段比較具體的透露，他在信中
說道：「數月以來，憂惶忙迫，殆無可語，直到上月，始得休息。現
主人在津，進退綽綽，所不足者錢耳。然困窮至此，而中間派別意見
排擠傾軋，乃與承平時無異。故弟於上月已決就清華學校之聘，全家
亦擬遷往清華園，離此人海，計亦良得。數月不親書卷，直覺心思散
漫，會須收召魂魄，重理舊業耳。」[171]從信的內容來看，王國維向友
人報告了近況，主要是傾訴了內心的感受。顯然，王國維此時的內心
世界已有一種強烈的對世事紛擾忙迫的厭倦，對人事之間意氣相爭、
排擠傾軋的激憤，以及尋找解脫的心情。但是，這封信中也有許多事
情語焉不詳，值得細細回溯其內在隱曲：一是王國維為何而憂惶忙
迫？二是中間派別的排擠傾軋對王國維構成怎樣傷害與影響？三是這
種傷害和影響與王國維最終決定就聘國學研究院之間有何直接關係？
回到當時的歷史語境，我們可以作這樣的歷史敘述：在決定就聘國學
研究院之前，發生在王國維身邊的大事莫過於馮玉祥的「逼宮」，因
此，信中所指的「憂惶忙迫」蓋指此事。對於自己在「逼宮」中的情
形與感受，王國維在給日本友人狩野直喜的信中曾有描述：「一月以

---

171 王國維：〈書信〉，《王國維全集》（北京市：中華書局，1984年），頁412。此處轉引
　　自袁英光等：《王國維年譜長編》（天津市：天津人民出版社，1996年），頁439。

來，日在驚濤駭浪間，十月九日之變，維等隨車駕出宮，白刃炸彈，
夾車而行。比至潛邸，守以兵卒。近段、張入都，始行撤去，而革命
大憝行且入都，馮氏軍隊尚居禁御，赤化之禍，旦夕不測，幸車駕已
於前日安抵貴國公使館，蒙芳澤公使特遇殊等，保衛周密，臣工憂
危，始得喘息。」[172]此時的王國維，一方面惶惶然，另一方面又不忘
「聖上」安危。我認為，這種內心的無力感與無助感對他是一種深刻
的精神和思想的刺激。當時溥儀的小朝廷儘管處境狼狽不堪，但小朝
廷內部的鉤心鬥角卻愈演愈烈，這更讓正派、耿直的王國維深感厭
倦。這種情緒在他一九二四年六月六日給羅振玉的信中表達得十分充
分。他寫道：「觀之欲請假者，一則因前文未遂，愧對師友；二則因
此惡濁界中，機械太多，一切公心，在彼視之，盡變為私意，亦無從
言報稱，譬如禁御設館一事，近亦不能言，言之又變為公之設計矣。
得請之後，擬仍居輦轂，閉門授徒以自給，亦不應學校之請，則心安
理得矣。」[173]在信中王國維明確表示不再應學校之請，這原因顯然與
他對當時的大學認識有關。他曾在致蔣孟蘋信中寫道：「東人所辦文
化事業，彼邦友人頗欲弟為之幫助，此間大學諸人，亦希其意，推薦
弟為此間研究所主任（此說聞之日人）。但弟以絕無黨派之人，與此
事則可不願有所濡染，故一切置諸不問。大學詢弟此事辦法意見，弟
亦不復措一詞，觀北大與研究系均有包攬之意，亦互相惡，弟不欲與
任何方面有所接近……弟去年於大學已辭其脩，而尚掛一空名，即以
遠近之間處之最妥也。」[174]從信中可以看出，此時剛從溥儀小朝廷內
部爭鬥的漩渦之中脫身出來的王國維，內心絕不願自己陷入大學中的
另一種「相惡」。而當時正處於草創之初的清華國學研究院可能還沒

---

172 此信《王國維全集》〈書信〉失收。此處轉引自陳鴻祥：《王國維傳》（北京市：人
　　民出版社，2004年），頁556。
173 《羅振玉、王國維往來書信》（北京市：東方出版社，2000年），頁626。
174 王國維：〈書信〉，《王國維全集》（北京市：中華書局，1984年），頁394。

有滋生這種「相惡」的弊端，加上清華園地處僻靜的西直門外，這對身心處於焦慮、惶惑與疲憊之中的王國維來說，不失為一個可以心安理得之所。所以，我認為，正是這些內因與外因的互相作用，才使得王國維最後決定就聘清華國學研究院。可以說，如果沒有王國維自身內在心理的變化作為根本之因，外力是很難促使他作出最後的決定。

（二）清華園生活：平靜之下的漩渦

　　一九二五年四月十七日，王國維和家人從地安門織染局十號遷入清華園西院，開始他寧靜的學者生活。據趙萬里《王靜安先生年譜》中說，開始時「清華學校有意請他擔任研究院院長，但王國維以『院長須總理院中大小事宜』，『辭不就，專任教授』」，因此「主其事者改聘吳雨僧先生（宓）為主任。又新會梁任公先生（啟超）、武進趙元任先生、義寧陳寅恪先生為教授」。由於「院務革創，梁陳諸先生均未在校，一切規劃均請示先生而後定」。[175]很顯然，在國學院的草創期，王國維的到來確實發揮了重要而積極的作用。對於在清華園期間的日常生活，王國維的女公子王東明有過生動的描述，這段描述在質樸中不乏諧趣。她說：「父親的辮子，是大家所爭論的，清華園中有兩個人，只要一看背影，就知道他是誰，一個是父親，辮子是他最好的標誌。另一個是梁啟超，他的兩邊肩膀，似乎略有高低，也許是曾割去了一個腎臟的緣故。」「每天早晨漱洗完畢，母親就替他梳頭，有次母親事情忘了，或有什麼事煩心，就嘀咕他說：人家的辮子全都剪了，你留著做什麼？他的回答很值得玩味，他說：『既然留了，又何必剪呢？』」「當時有不少人被北大學生剪了辮子，父親又常出入北大，卻是安然無恙。原因是他有一種不怒而威的外貌，學生們認識他

175　此處轉引自袁英光等：《王國維年譜長編》（天津市：天津人民出版社，1996年），頁441。

的也不少，大部分都仰慕他、愛戴他。」[176]我們似乎可以在這不失機智的回答之中看出王國維內心與外表之間的矛盾性：不剪辮子並非因為他標新立異或堅持所謂的政治立場正統性。更準確地說，只是他對自己過去所做事情的尊重，也僅是對自己內心所持信念與立場的尊重而已。我認為，這並非像一般人所認為的那樣，是其有意顯示政治態度的一種方式。清華園的生活，除了喪子之痛與摯友之絕外，王國維的學者生活基本上是平靜的，但這兩件事對王國維晚年生活的打擊卻是重大的，其影響也是深遠的，值得深入探討。第一件事是喪子之痛。一九二六年九月，長子潛明在上海病情危重，王國維聞訊即乘車南下，到了上海，發現對於潛明的病情，藥石已回天無力。一九二六年九月二十六日，年僅二十八歲的潛明病逝於上海。[177]長子的病逝對王國維來說，是其至死都無法癒合的創痛。據趙萬里的《王靜安先生年譜》說，先生「久歷世變，境況寥落，至是復有喪明之痛，乃益復寡歡，自此情緒鬱悶」。[178]此事在他的心靈上所刻下了的巨大創傷，他在後來的生活中則屢次觸及，可見刻骨銘心，如，十二月一日，他在致馬衡的信中談及此事時，就表現出一種無奈的情緒。他說：「……亡兒之病，中西二醫並有貽誤，亦不能專咎西醫，即病者自身亦槍法錯亂。總之，運數如此無可說也。」[179]然而，隨之而來的是又一件痛心之事——他與摯友羅振玉的關係破裂。此事一直為羅王兩家後人所困惑，直到今天，由於有了羅振玉與王國維往來書信的發表，才可能將它的來龍去脈說個清楚。

---

176 王東明：〈懷念我的父親王國維先生〉，見陳平原、王楓編：《追憶王國維》（北京市：中國廣播電視出版社，1997年）。

177 參看袁英光等：《王國維年譜長編》（天津市：天津人民出版社，1996年），頁483。

178 此處轉引自孫敦恆：《王國維年譜新編》（北京市：中國文史出版社，1991年），頁158。

179 王國維：〈書信〉，《王國維全集》（北京市：中華書局，1984年），頁448。

　　關於此事的第一封信是一九二六年十月二十一日羅振玉寫給王國維的：

> 靜公有道：
> 馮友來，由滬運來小女家具，照單收到。索茶房酒資運送力十
> 二元，已交馮矣。頃又由頌清寄到（原函奉覽）大札，並匯來
> 伯深恤金等二千四百廿三元，雖已遵來示告小女，而小女屢次
> 聲明不用一錢，義不可更強，匯條暫存敝處（須取保乃可付，
> 亦未敢交馮友，恐有遺失），千萬請公處置。應匯都中何銀
> 行，示遵為荷，弟邇來事事了首尾，不欲多事，祈鑒宥。[180]

從當時的情況看，兒媳婦拒絕收下其夫潛明撫恤金是整個事件的導火
線。從信中語氣來看，羅振玉似乎是在為女兒的態度辯解，但友誼的
裂痕開始出現了。

　　王國維隨即的回信（1926年10月24日），語氣中就帶有幾分怨氣：

> 雪堂先生親家有道：
> 維以不德，天降鞠凶，遂有上月之變。于維為家子，于公為愛
> 婿，哀死寧生，父母之心彼此所同。不圖中間乃生誤會，然此
> 誤會久之自釋，故維初十日晚過津，亦遂不復相詣，留為異日
> 相見之地，言之惘惘！
> 初八日在滬，曾托頌清兄以亡兒遺款匯公處，求公代為令嬡經
> 理。今得其來函，已將銀數改作洋銀二千四百二十三元匯津，
> 日下當可收到。而令嬡前交來收用之款共五百七十六元，今由
> 大陸銀行匯上，此款五百七十六元與前款共得洋三千元正，請

180　《羅振玉、王國維往來書信》（北京市：東方出版社，2000年），頁659。

公為之全權處理……因維于此等事向不熟悉，且京師亦非善
地，須置之輕妥之地，亡男在地下當為感激也。

此次北上旅費，數月後再當奉還。令媛零用，亦請暫墊。維負
債無幾，今年與明春夏間當可全楚也。[181]

從信中可以看出，王國維此時經濟上雖然有些困窘，但他還是執意要
將撫恤金全數交付兒媳婦，箇中必有緣由，或許是擔心若不這樣做，
會留下什麼話柄。果然，在接下來的這封信中，王國維就多少說出了
家庭內部的一些不和：

雪堂先生親家有道：

昨奉手書，敬悉種切。亡兒遺款，自當以令媛之名存放。否
則，照舊時錢莊之例，用「王在記」，亦無不可，此款在道
理、法律，當然是令媛之物，不容有他種議論。亡兒與令媛結
婚，已逾八年，其間恩義未嘗不篤，即令不滿於舅姑，當無不
滿於其所夫之理，何以於其遺款如此之拒絕！若云退讓，則正
讓所不當讓。以當受者不受，又何以處不當受者？是蔑視他人
人格也。蔑視他人人格，於自己人格亦復有損。總之，此事於
情於理皆說不去，求公再以大義諭之。[182]

從信中的用詞來看，王國維已將兒媳婦的這種拒不受款的態度提升到
對家庭倫理和人格蔑視的嚴重性程度來加以評判，並表達了自己的憤
怒。但是，恰恰在信中，王國維又輕描淡寫地滑過了兒媳這一態度與
家庭內部不和的深刻關係。是王國維在有意迴避？這其中的過節又錯

---

181 《羅振玉、王國維往來書信》（北京市：東方出版社，2000年），頁659。

182 此信寫於一九二六年十月三十一日。《羅振玉、王國維往來書信》（北京市：東方出
版社，2000年），頁660。

在何人？顯然，對於這些疑問，信中均輕輕地掩飾過去。可以預料，
這種掩飾必然會激起羅振玉的憤怒，隨之，事情就漸漸地滑向不可調
和的矛盾邊緣：十一月三日，羅振玉立即給王國維回了一封長信，這封
信不僅超乎尋常的詳細，而且，羅振玉心中的怒氣也流溢紙面。

> 靜公惠鑒：
>
> 晨奉手書，敬悉一是。書中所言，有鈍根所不能解者，公言愈
> 明，而弟之不解愈甚……
>
> 來書謂小女拒絕伯深遺款，為讓人所不當讓，以當受者而不
> 受，又何以處不當者？是蔑視他人人格也；蔑視他人人格，於
> 自己人格亦復有損。又云即不滿於舅姑，當無不滿於所夫之
> 理。此節公斬釘截鐵，如老吏斷獄，以為言之至明矣，而即弟
> 之至不能解。
>
> 弟亦常稍讀聖賢之書矣，於取與之義，古人言之本明。如孟子
> 所謂「可以取，可以無取，取，傷廉。可以與，可以無與，
> 與，傷惠」，平生所知，如是而已。今以讓為拒，謂讓為損他
> 人人格，亦復傷及自己人格，則晚近或有他理，弟未嘗聞之也。
> 至謂不滿於舅姑一節，更為公縷縷言之。小女自歸尊府近十
> 年，依弟之日多而侍舅姑之日少，即伯深亦依弟之日多而侍公
> 之日少，亦誠有之。非避兩親而就婦翁也，因伯深海關一席在
> 津，弟亦在津，伯深所入，不足為立門戶，弟宅幸寬，故主弟
> 家，飲食一切，自應由弟任之；嗣伯深不安而移居，弟亦不強
> 者，伯深所為蓋惟恐累弟故也。及移居而女病，所入不足，仍
> 由弟助之，伯深更不安，乃送眷到京，居數月而女殤，乃復徙
> 津，仍主弟家；已而次女亦殤，又值移滬，乃一人到滬，留眷
> 在弟家，欲稍有積蓄，為接眷之費；而小女因連喪兩女，因而
> 致疾，醫者誑人，所費不少，致伯深仍無所蓄，乃由弟備資送

女至滬，為之憑屋，為之置器。合計數年所費，亦非甚少，然此之與，非孟子所謂傷惠之與也，朋友尚有通財之義，況戚屬乎！且弟不僅於伯深然，於季纓亦然，弟平生恒急人之急，從未視財貸為至寶，非蔑視財貸也，以有重於財貸者也。至弟此次到滬，小女言老爺沒錢，此次川資歷所費已不少，卒遭大故，女固異常傷心，而老爺亦財力不及，故以奩中金器變價，以充喪用，以減堂上負擔（於此可見其能體親心，何有於不愛舅姑），弟頗嘉為知禮。至海關恤款，遲早皆可取出，而公急於領款，小女亦遂仰體尊意，脫衰喪服而至海關（此亦足見其仰體親心，何得謂之不滿），而復申明，絕不用此錢，其存心亦未為不當。惟弟則覺死者屍骨未寒，此款遲早均可往取，何必亟亟？輕禮重財，是誠有之。此事乃弟與公絕對所見不合處，與小女無與也。前公書來，以示小女，小女矢守前語，不敢失信，故仍申前有信而可失，豈得為人，然公即以此加之罪矣。弟交公垂三十年，方公在滬上，混豫章於凡材之中，弟獨重公才秀，亦曾有一日披荊去棘之勞。此三十年中，大半所至必偕，論學無間，而根本實有不同之點。聖人之道，貴乎中庸，然在聖人已歎為不可能，故非偏於彼，即偏於此。弟為人偏於博愛，近墨，公偏於自愛，近楊。此不能諱者也。

至小女則完全立於無過之地。不僅無過，弟尚喜其知義守信，合聖人所謂夫婦所能，與尊見恰得其反。至此款，即承公始終見寄，弟即結存入銀行，而熟籌所以處之之策。但弟偏於博愛，或不免不得尊旨耳。[183]

183　此信寫於一九二六年十一月三日。《羅振玉、王國維往來書信》（北京市：東方出版
　　社，2000年），頁661-662。

這封信在羅振玉和王國維研究中都具有重要的歷史價值，信中除了羅
振玉對女兒的行動作出辯護之外，最要緊的內容是羅振玉對自己與王
國維三十年友誼的認識以及對自己與王國維性格差異的分析。不必為
賢者諱，在這場家庭內部的紛爭之中，我個人認為，似乎也暴露了王
國維性格的某些致命傷——固執與褊狹，這種性格往往會趨於偏激行
為。很顯然，羅振玉的這封信對王國維是有所觸動的，雖然如今無法
知曉王國維看完信之後的具體心理反應，但我們從羅振玉的另一封信
（1926年11月11日）中似乎能推測出一二來：

　　靜公惠鑒：
　　奉手書敬悉，亦拳拳以舊誼為言，甚善甚善。弟平日作書不逾
　　百字，賦性簡拙，從不欲與人爭是非，矧在今日尚有是非可言
　　耶？以來書嚴峻，故爾云云，殊非我心所欲也。[184]

從信中的內容看，兩人似乎已釋舊嫌，但感情傷痕的出現卻永遠不可
抹去。此後兩人的通訊，不僅次數越來越少，而且似乎都在迴避著什
麼。三十年友誼所留下竟是冰冷的灰燼，任憑歲月風吹雨打，流散
四方。

（三）教師的形象：靜默與嚴謹

　　清華國學研究院當時的課程設置分為兩類，一是分組指導、專題
研究；二是普通演講。在清華園兩年多時間裡，王國維的指導範圍主
要在經學——書、詩、禮；小學——訓詁、古文字學、古韻；上古
史；中國文學。[185]受業弟子徐中舒對王國維當年學術指導的情形有過

184　《羅振玉、王國維往來書信》（北京市：東方出版社，2000年），頁662。
185　參閱齊家瑩編撰：《清華人文學科年譜》（北京市：清華大學出版社，1999年）。

生動的描述：「研究院於公共課堂之外，每教授各設一研究室，各教授所指導範圍以內之重要書籍皆置其中，俾同學輩得隨時入室參考，且可隨時與教授接談問難。先生研究室中所置皆經學、小學及考古學書籍。此類書籍，其值甚昂，多余在滬時所不能見者，余以研究考古學故，與先生接談問難之時尤多，先生談話雅尚質樸，毫無華飾。非有所問，不輕發言；有時或至默坐相對，爇捲煙以自遣，片刻可盡數枚；有時或欲有所發揮，亦僅略舉大意，數言而止；遇有疑難問題不能解決者，先生即稱不知，故先生談話，除與學術有關係者外，可記者絕少也。」[186]試想當初師生默默對坐之情景，不免有些尷尬與沉悶。從現代教育理念來看，這種授業方法或許過於古板，但王國維對學術指導工作則是十分嚴謹的，據姚名達回憶說：「孔子適周之年，靜安先生蓋未深考，故偶贊名達之說，過後思之，知非定論，自審於考證之術尚無所長，而是時方究心史學理法，遂棄此就彼。當一九二五年之秋冬，實未嘗親炙先生而深叩方術也。翌年三月一日，頗欲研究《史記》，先生謂：『規模太大，須時過多奈何？』對曰：『姑就其一部分以理董之。』先生忽作而言曰：『六國年表，來歷不明。可因本紀、列傳、世家及《戰國策》互相磨勘，各注出處於表內作為箋注，亦一法也。』如命而為之半月，並參考先生所著之書，始領會先生治史，無往不為窮源旁搜之工作，故有發明，皆至準確。十七日，問：『六國年表，每多年差事誤如何？』先生曰：『勿管，但作箋注可也。吾人宗旨，為輯《秦記》。司馬遷明言因《秦記》……表六國時事，《秦記》不載月日，此篇亦無月日。自秦襄公元年至秦二世三年，依〈秦本紀〉、〈始皇本紀〉及此篇，皆係五百六十九年，必出一本。別篇與此篇有異同者，殆另有所本。故此篇除去與《左傳》、《戰

---

186 徐中舒：〈追憶王靜安先生〉，《文學週報》第27卷第6、7期合刊。此處轉引自孫敦恆：《王國維年譜新編》（北京市：中國文史出版社，1991年），頁147。

國策》及此書諸篇相同者，皆司馬遷取諸《秦記》者也。又《戰國
策》不紀年，諸侯《史記》又亡，則此篇所紀年載，亦出《秦記》無
疑。』名達遵命，改《六國年表箋注》為《六國年表尋源》，又旬日
而告成。統計所輯《秦記》，將及百條，以示先生，先生欣然無語，
不測其意何若也。六月十一日請益之余，先生謂曰：『治《史記》仍
可用尋源工夫，或無目的精讀，俟有心得，然後自擬題目，亦一法
也。大抵學問常不懸目的，而自生目的，有大志者，未必成功，而慢
慢努力者，反有意外之創獲。』名達因陳所欲努力之方徑，且謂畢業
後仍當留院。承先生垂詢家況，並勉以讀《詩》、《禮》，厚根柢，勿
為空疏之學。……當一九二六年九月二十二日，名達復見靜安先生於
清華園。翌日再問研究《史記》之法，仍謂尋源工夫，必有所獲。然
名達方編次章實齋遺著，謝弗能也。由今思之，愧無及矣。」[187]很顯
然，姚名達回憶中師生之間一問一答的論學情景與徐中舒回憶中的沉
悶之情形，確有天壤之別，可以看成是王國維另一種性格面的呈現，
這其中體現著一個有著長期研究心得的學者對後學治學方徑之指導。

　　在清華國學研究院的兩年間，王國維所開設的「普通演講」，其
講題多有變化：一九二五至一九二六年的講題是「古史新證」、「說文
練習」[188]；一九二六至一九二七年的講題是「儀禮」、「說文練習」。
關於王國維普通演講的情形，在這裡我們不妨選錄三段回憶來重現當
年的情景。據徐中舒回憶：「時先生方講《古史新證》，以鐘鼎款識及
甲骨文字中之有關古代史跡者，疏通而證明之，使古史得有地下材料
為之根據，此為先生平生最著名之研究。蓋取舊作〈殷卜辭中所見先
公先王考〉、〈續考〉、〈殷周制度論〉諸篇，增定而成。先生口操浙江
音之普通話，聲調雖低而清晰簡明可辨。當先生每向黑板上指示殷墟

187　姚名達：〈哀餘斷憶〉，《國學月報・王靜安先生專號》。此處轉引自袁英光等：《王
　　國維年譜長編》（天津市：天津人民出版社，1996年），頁497-498。
188　參閱齊家瑩編撰：《清華人文學科年譜》（北京市：清華大學出版社，1999年）。

文字時，其腦後所垂纖細之辮髮，完全映於吾人視線之前，令人感不可磨滅之印象焉。」[189]

　　如果說徐中舒上述的回憶側重於王國維的外貌神情，那麼劉盼遂的回憶則側重於學習體會。他說：「先師海寧王先生，學綜內外，卓然儒宗。而於甲部之書，尤邃《書》、《禮》。比歲都講清華園，初為諸生說《尚書》二十八篇，盼遂既疏剌之，成《觀堂學書記》矣。大抵服其樹義恢郭甄微，而能闕疑闕殆，以不知為不知。力剗向壁回穴之習，此則馬、鄭、江、段之所未諭。詢稱鴻寶。」「先師所講諸書，盼遂別有《觀堂學書記》、《說文》練習筆語，《古史新證》筆語、《金文舉例》筆語數種，待校理清楚，即當載入本刊（指《國學論叢》），期以揚先師之軼業，扇末年之游塵也。」[190]又據吳其昌的回憶：「《儀禮》賈疏最詳明精覈，先生所講，有即申說『鄭注賈疏』之義者；則不煩記，若此篇所記，僅擇先生深造自得之言，為先儒之所未發，出於『注疏』範圍之外者，故語甚篇略。」[191]從這些回憶中可以看出王國維的普通演講課對於弟子們具有十分重要的學術啟發意義，可以看成是一種現代學術教育的途徑，其中所潛藏的學術教育方式、理念和評價體系，值得我們今天加以汲取和發揚。

　　儘管天性古拙，王國維還是盡可能地參加國學院師生活動，在這些活動之中王國維展示了其性格的另一面。比如：「五十初度之辰，親友及門弟子均稱觴致賀。……出漢魏唐宋石經墨本多種以示諸同學，並講述石經歷史及其源流。」[192]「同人嘖嘖嗟賞，競提問語。先

189　此處轉引自袁英光等：《王國維年譜長編》（天津市：天津人民出版社，1996年），頁455。

190　劉盼遂：《觀堂學禮記》。此處轉引自袁英光等：《王國維年譜長編》（天津市：天津人民出版社，1996年），頁457。

191　吳其昌：《王靜安先生之（儀禮）講授記》。此處轉引自孫敦恆：《王國維年譜新編》（北京市：中國文史出版社，1991年），頁161。

192　參見趙萬里：《王國維年譜》。此處轉引自袁英光等：《王國維年譜長編》（天津市：天津人民出版社，1996年），頁497。

生辯答如流，欣悅異昔。始知先生冷靜之中有熱烈也。自是吾院師生，屢有宴會，先生無不與。」[193]

　　除了參與上述的學術教育活動外，王國維對清華國學研究院的發展也作出自己的貢獻，尤其在文獻、文物等研究資料的建設方面，用心頗多。比如，一九二五年九月中旬，他偕同研究院主任吳宓、助教趙萬里進城，在琉璃廠各書肆中訪尋中國書籍，遊觀多家，為校中圖書館選購若干種，皆研究院目前開課所必需讀者，十三經、二十四史皆在內。[194]據國學院教務會議記錄，王國維多次被委任主持有關資料建設的任務，如一九二六年六月二十一日的教務會通過專請王國維主持審查決定圖書購置及批價審定；主持歷史古物陳列室所須拓本之審查取捨。又如，在一九二六年八月二十七日的教務會議上，王國維向與會者報告了北大馬衡教授代作大斗量（王莽時代）模型一件；在一九二六年十一月九日的教務會議上，王國維報告：「藻玉堂書店有宋本二十四史一部，甚佳，已還價至三百元。又商務印館亦將出古本二十一史一部。此種基本書版本不同，各有長處，可以互相參校，似宜購置。」[195]此外，王國維還多次參加校外的學術活動，這在客觀上擴大了國學研究院的學術影響。如，一九二五年七月為燕京華文學校演講〈中國歷史之尺度〉，十一月又為北京歷史學會作題為《宋代之金石學》的講演，這些演講具有很高的學術價值，有的甚至由此開闢出一門重大的學科領域。

（四）學術轉向：西北地理與元史研究

　　王國維到清華園之後，學術研究的重點有所轉向，開始致力於西

193　姚名達：〈哀余斷憶〉。此處轉引自袁英光等：《王國維年譜長編》（天津市：天津人民出版社，1996年），頁497。

194　參見孫敦恆：《王國維年譜新編》（北京市：中國文史出版社，1991年），頁145。

195　孫敦恆：《王國維年譜新編》（北京市：中國文史出版社，1991年），頁155-160。

北地理及元代歷史研究。據趙萬里編撰的年譜說:「五月,從《通典》中抄出杜環《經行記》,而以《太平寰宇記》所引者校之。又從《五代史》中抄出高居誨《使于闐記》,從《宋史‧外國傳》抄出王延德《使高昌記》,並以王明清《揮麈前錄》所引校之,又從《吳船錄》抄出繼業《三藏行記》。從《庶齋老學叢談》抄出耶律楚材《西遊錄》,從陶宗儀《遊志續編》抄出劉祁《北使記》,又從明刊《秋澗大全文集》卷九十四《玉堂嘉話》中抄出劉郁《西使記》,以四庫本校之,共得古行記七種,裝為一冊,以備參閱。」[196]可見王國維對自己新的學術轉向有意識地進行了充分的準備。一九二五年十一月十五日,他在致羅振玉的信中談及自己近況時就說:「近頗致力於元史,而功效不多,將來或為考異一書,校之鳳老之《新史》,或當便於學者。」[197]據陳鴻祥的研究,王國維關於西北地理與元史研究的著述,可概括為三大系列:一是輯校(這方面,趙萬里的《王靜安先生年譜》中已有詳細記述,此處從略)。二是箋注。一九二六年四月,王國維編定《蒙古史料校注四種》(附《韃靼考》、《遼金時蒙古考》,係「清華研究院叢書」之一)。據「實任校刊之役」的趙萬里說,觀堂師原擬印《聖武親征錄校注》、《長春真人西遊記校注》,「嗣見師案頭有《蒙韃備錄》、《黑韃事略》二書,師箋識其上,蠅頭細書,殆逾萬字,因假錄之」。以上四種,乃是王國維研究蒙元史的奠基性著作。三是考論。自一九二五年至一九二七年四月,王國維陸續考定的著述有《黑車子室韋考》、《西遼都城虎思斡耳朵考》、《韃靼考》、《萌古考》、《金界壕考》、《南宋人所傳蒙古史料考》、《元朝秘書之主因亦兒堅考》(附《致藤田博士書》二通)、《蒙古劄記》以及《耶律文正公年譜》(一卷,餘錄一卷)等,這是王國維在大量佔用材料,進行認

196　此處轉引自袁英光等:《王國維年譜長編》(天津市:天津人民出版社,1996年),頁442。

197　《羅振玉、王國維往來書信》(北京市:東方出版社,2000年),頁649。

真輯錄和校注的基礎上寫成的，皆蒙元史研究方面的力作。[198]

　　對於自己開始轉向蒙元史研究，王國維在給友人的信中也曾不時談及。如，一九二五年六月二十三日，他在致蔣孟蘋的信中就寫道：「弟自郊居後，進城極少，每月不過一二次，近作《長春真人西遊記注》大略可以脫稿，唯尚有書須查，定稿尚須數日。」[199]七月十七日，他在致羅振玉的信中說：「《耶律年譜》其中人物與事蹟考出者已不少，所難者在集中所見最要數人姓名無從考，又各詩年代大略可定，不能確指為某年，將來只可於數年中錄一次耳。文正墓在萬壽山，今尚存，又以玉泉自號，稍涼後當往訪其墓也。」[200]此後不久即一九二五年八月二十三日，他在致馬衡信中又說道：「今年夏間為《長春真人西遊記》做注，又做《耶律文正公年譜》，均未定稿。元史素未留意，乃作小學生一次，亦有味也。」[201]儘管王國維把自己的蒙元史和西北地理研究自謙為「作小學生」，但是他所取得的學術成就卻是卓然成家，不可替代的。對於王國維在西北地理和元史研究方面的重要成就，梁啟超曾有一段評價：「若校注蒙古史料，於漠北及西域史實多所懸解。此則續前賢之緒，而卓然自成一家言……其所討論之問題，雖洪纖繁簡不一，然每對於一問題，搜集材料，殆無少遺失，其結論未或不饜心切理，驟視若新異，反覆推較而卒莫之能易。」[202]儘管梁啟超的這段評價未可視為歷史定論，但其中推崇之義清晰可見。

　　西北地理和元史研究被稱為「絕域與絕學」，但又是近代學術中

198　以上論述參見陳鴻祥：《王國維傳》(北京市：人民出版社，2004年)，頁594-595。

199　《王國維全集‧書信》(北京市：中華書局，1984年)，頁414。

200　《羅振玉、王國維往來書信》(北京市：東方出版社，2000年)，頁641。

201　《王國維全集‧書信》(北京市：中華書局，1984年)。

202　此信轉引自孫敦恆：《王國維年譜新編》(北京市：中國文史出版社，1991年)，頁177。

的一門顯學。[203]沈曾植、柯劭忞等人在這一領域中均有開拓性的建樹，而王國維於短時間內能在這一領域脫穎而出，必有其獨特的方法與視野。

1　國際化的學術視野

王國維避難日本期間就和日本漢學界建立起比較密切的學術聯繫，這種學術聯繫在後來又得到不斷加強與鞏固。在清華國學研究院期間，王國維在致日本友人的信中，經常報告自己學術研究近況，或與他們切磋討論相關的學術問題，這樣做就使得他一方面能及時了解國際學術界（特別是日本漢學界）對某一問題研究的進展，另一方面又能及時地將自己的研究心得對外發佈，這種開放的學術視野在今天對我們依然有重要的啟發性。我認為，在當今的人文學術研究中，文獻與資料可以是本土化，但研究的方法與視野則應該是國際化；問題可以是本土性的，但學術交流應該是國際性的。

對於這一問題，這裡我僅以王國維與日本友人神田喜一郎的書信交往為例，來加以說明。

一九二六年三月間，王國維在致神田喜一郎信中說道：「弟近作《韃靼考》一書，證明唐五代之韃靼於遼金史為阻卜、阻韃，並言元人所以諱言韃靼之故，三四月後可以印出，當呈教也。」[204]在六月二十九日的信中，他又說道：「近日將擬撰《皇元聖武親征錄校注》一卷，《長春真人西遊記注》二卷，《蒙韃備錄》、《黑韃事略箋證》各一卷，並《韃靼考》、《遼金時蒙古考》諸種，共為小叢書，付諸排印，

203　可參閱郭麗萍：《絕域與絕學——清代中葉西北史地學研究》（北京市：生活·讀書·新知三聯書店，2007年）。

204　此信轉引自孫敦恆：《王國維年譜新編》（北京市：中國文史出版社，1991年），頁153。

大約兩月中可成。」[205]據孫敦恆的研究：這年夏間，日本漢學家內藤虎次郎博士六十壽辰，作為紀念，其友人集資刊行《支那學論叢》，王國維乃以新著《西遼都城虎思斡耳朵考》付之。九月間他致神田的信中說道：「頃接手書，敬承一切。《西遊錄》足本已在印刷中，聞之至為快慰。弟所撰《親征錄校注》甚為草率，但意在介紹一《說郛》本耳，故不獨不知有那珂博士校注本，即知服齋本亦未得見（因弟所見《知服齋叢書》係初印本，故無此種）。此書印刷垂成，已發現當增訂之處尤多。頃見沈乙庵先生校本，釋《事略》中蘸字為站之異譯，此條甚佳。不知箭內博士本將來能印行否？」「糺軍之糺，亦或作乣。《遼史》及《蒙韃備錄》乣訛為紀，當本作糺。此糺字本是糾之別體，見於《集韻》，則乣或又糺之省歟？此事不敢遽定，故以字體說之。」[206]這些信件的內容很單純，極少涉及旁事，多集中於蒙元史及西北地理之討論，且多是王國維正在研究之課題。在這些信件中，王國維常常提出與當時日本漢學界不同的新見，這可以說是二十世紀中日學術交流史上的一段佳話。[207]

對於自己的學術創獲，王國維充滿自信，這種自信在某種意義上說體現著一位二十世紀中國學人對自己文化傳統的某種信念。比如，王國維曾在《元朝秘史之主因亦兒堅考》的「前言」說道：「十數年來，日本箭內亘、羽田亨、藤田豐八三博士及松井等，鳥山喜一二學士，各就遼金二史之糺軍發表其新說。余所得見者僅箭內亘〈再就遼金時代之糺軍〉、鳥山學士〈就糺軍之疑〉、藤內博士〈問題之二語糺與泊〉三篇。於是糺軍之事為史學上一大問題。余於契丹、女真、蒙古文字瞢無所知，對此問題自不能贊一詞。然近讀《元朝秘史》，就史實上發現與金末糺軍相當之名稱，此名稱與向來糺軍之音讀略有不

---

205 孫敦恆：《王國維年譜新編》（北京市：中國文史出版社，1991年），頁155。

206 孫敦恆：《王國維年譜新編》（北京市：中國文史出版社，1991年），頁158。

207 可參閱李慶：《日本漢學史》（上海市：上海外語教育出版社，2004年）。

同，於史實上之同一及言語上之歧互，殊不能得其解。適《史學雜誌》編者介藤田博士徵余近業，因提出此史實，並余個人之見解，以就正於博士，並乞羽田鳥山諸君之教。」[208]王國維的這番話，謙遜之中含著自信，讀來使人頗感其治學之堅實與態度之平和。對於和王國維的學術交往，神田喜一郎也曾有過這樣的回憶：「先生在學問方面的興趣，漸漸轉移於西北地理。屢屢寄信向我索取那珂、白鳥諸博士關於這方面的著作……大正十五年春，我在宮內省圖書寮書庫中，偶然發現的《西遊錄》足本，我將此發現報告先生，先生很高興，寄了一封長信，勸我盡速將全文付梓。」[209]這種鴻雁傳書、隔海相問的論學問難之情形，確實令人響往，它從一個側面反映出二十世紀中國學術發展的國際化姿態。

2 現代的學術方法

在二十世紀二〇年代，還留著前清的辮子，不免讓人把這種形象與迂腐、保守之類的含義聯繫在一起。但是，無論是在學術思想還是在學術方法上，王國維的學術研究都是現代的、科學的。梁啟超曾稱讚王國維的學術方法說：「我們看王先生的《觀堂集林》，幾乎篇篇都有新發明，只因他能用最科學而合理的方法，所以，他的成就極大。」[210]在王國維關於西北地理和元史的研究論著中，我們處處能見到科學方法所煥發出來的學術生機。關於這一點，王國維研究專家孫敦恆先生在《王國維年譜新編》中記載過這樣一件事：王國維在讀《金史》時就發現多處出現「阻」字樣，《元史》中並無關於這一部族的記載，王國維對此開始產生懷疑，在一次閱讀《元秘史》的過程中，他發現該書卷四載有如下的一段話：「大金因塔塔兒不從，王京

---

208 《觀堂集林》（石家莊市：河北教育出版社，2001年），卷16。

209 參見袁英光等：《王國維年譜長編》（天津市：天津人民出版社，1996年），頁516。

210 梁啟超：《王靜安先生紀念專號序》，《國學論叢》第1卷第3號（1927年）。

丞相領軍來剿，于浯渤河破之。」於是，王國維就把這段話與《金史》〈完顏襄傳〉相對照，發現兩書中所出現的地望、人名完全相合。他從中就得出結論，認為，《金史》之「阻䮌」即《元祕史》之「塔塔兒」，而「塔塔兒」一語亦即唐宋間韃靼之對音，於是，他就摘錄史籍中所言關於「韃靼」、「阻卜」、「阻䮌」之事，草成《韃靼年表》及《韃靼考》。[211]不久後，他讀到日本漢學家箭內亘博士的《韃靼考》，其中部分意見與之相同，也認為「阻卜」、「阻䮌」為「韃靼」。但是，箭內亘又認為，興安嶺以西的「韃靼」是蒙古種，而陰山的「韃靼」則出於沙沱，是土耳其人種，因震於漠北韃靼之威名而竊以自號。對於箭內亘的這一結論，王國維並不同意，他提出了自己的觀點：即當唐之季世，興安嶺左右諸部族，如室韋、蒙古、韃靼都有遷徙之事。蓋唐德既衰，回鶻也被黠戛斯所攻，去其故都，而漢塞下只有沙沱、退渾等部族，所以室韋、蒙古、韃靼三部族，乃各有一支部侵入陰山附近。這一歷史情況，前人均未發現，王國維即草成《韃靼後考》，對這一問題進行了富有說服力的疏通和證明。又摘出室韋南徙一章，寫成《黑車子室韋考》。[212]對於王國維運用現代的學術方法所得出的一系列有關西北地理與蒙元史的研究結論，羅振玉驚歎不已，他曾說：「吾友王忠愨公曩撰《南宋人所傳蒙古史料考》，斥王大觀《行程錄》、李大諒《征蒙記》及宇文懋昭《大金國志》為偽書，謂所記蒙古事多虛誣不實。復申論之曰：『凡研究史學者，於某民族史不得不依據他民族之記載，如中國塞外民族，若匈奴，若鮮卑，若西域諸國，除中國正史中之列傳載記外，殆無所信史也，其次者若契丹，若女真，其文化較近，記述亦較多，然因其文字已廢，除漢人所編之遼金二史外，亦幾無所謂信史也！』予深韙其言，而於宋

---

211 《觀堂集林》（石家莊市：河北教育出版社，2001年），卷14，《史林六》。又參閱袁英光等：《王國維年譜長編》（天津市：天津人民出版社，1996年），頁459。

212 參閱孫敦恆：《王國維年譜新編》（北京市：中國文史出版社，1991年），頁166。

人諸書所記遼事，蓋徵公所言之確當不易。」。[213]梁啟超把王國維的
這種治學方法稱為「通方知類」顧頡剛則稱之為「細針密縷」。從現
代學術方法論來看，王國維所運用的其實正是現代意義上的分析與綜
合相結合的方法。王國維曾在《論新學語之輸入》中說：「中國人之
特質，實際的也，通俗的也；西洋人的特質，思辨的也，科學的也。」
「西洋人長於抽象，而精於分類，對世界一切有切無形的事務，無往
而不用綜括及分析之二法。」[214]我認為，正是這種對現代的分析與綜
合方法的自覺意識與合理運用，才使得王國維的學術研究能取得如此
重大的成就。

3 深沉的學術創造動因

　　王國維在外表與神態上常給人一種靜默的壓力，但事實上，他的
內心世界卻是很豐富的──「先生冷靜之中固有熱烈也」。這種「冷
靜之中固有熱烈」，對他的學術研究具有十分重要的意義，使他常常
能發前人所未發。如，一九二五年八月王國維在《耶律文正公年譜》
中寫道：「元遺山以金源遺臣，金亡後，上耶律中書書，薦士數十
人，昔人恆以為詬病，然觀其書則云，以閣下之力，使脫指使之辱，
息奔走之役，聚養之分處之，學館之奉不必盡具。饘粥足以餬口，布
絮足以蔽體，無甚大費云云，此數十人中皆蒙古之驅口也，不但求免
為民，而必求聚養之、分處之者，則金亡之後，河朔為墟，即使免驅
（口）為良，亦無所得食，終必餒死故也。遺山此書，誠仁人之用
心，是知論人者，不可不論其世也。」[215]正統史學均認為元遺山是歷

---

213 羅振玉：《貞松老人外集》卷一。此處轉引自孫敦恆：《王國維年譜新編》（北京市：
　　中國文史出版社，1991年），頁163。

214 王國維：〈論新學語之輸入〉，《教育世界》第96號（1905年4月）。

215 《耶律文正公年譜餘記》，《海寧王靜安先生遺書》（北京市：商務印書館，1940
　　年），第32冊。

史上有爭議的人物，但是，在這裡，王國維則聯繫具體的歷史情境，
對其仁人之心進行了深切而細微的體察。

一九二六年二月二日，王國維在其所撰的〈黑韃事略跋〉中說
道：「彭大雅守重慶時，蜀已殘破，大雅披荊棘，冒矢石，竟築重慶
城，以禦利闓蔽夔峽，為蜀之根柢，自此支吾二十五年，大雅之功
也。然取辦迫促，人多怨之。其築重慶也，委幕僚為記，不愜意，乃
自作之曰：『某年月日守臣彭大雅築此，為國西門。謁武侯祠，自為
祝文，云云。』其文老成簡健，聞者莫不服之。後不幸遭敗而卒。蜀
人懷其思，為之立廟，故其為此書，敘述簡賅，足徵覘國之識……蒙
古開創時，史料最少。此書所貢獻，當不在《秘史》、《親征錄》之下
也。」[216]在這裡，王國維對彭大雅在困難與殘破之局中支持、開拓的
遭際之同情和稱讚，多少透露了他在清朝滅亡之後作為遺民的內心隱
衷。同年的七月二十二日，他在致蔣孟蘋信中更是感慨萬千地說道：
「天道剝而必復，人事憤而後發，實有此理，非漫為慰藉也，弟半年
中鼙鼓聲中成《皇元聖武親征錄校注》一卷，《長春真人西遊記》二
卷，《蒙韃備錄》、《黑韃事略箋證》各一卷，又有〈韃靼考〉、〈遼金
時蒙古考〉兩篇，共六種，合印一小叢書，於月內可以印成。」[217]我
認為，信中特意提到「鼙鼓聲中」是富有深意的，這可以看是一種春
秋筆法，其中隱約表達了王國維對當時歷史情形的態度。

王國維所處的時代，正是內外危機日益深重的年代，歷史的相似
性很容易引發有良知與責任感的知識分子的精神共鳴，而這種精神共
鳴又往往成為他們對歷史認識的深刻推動力，也使他們往往能在歷史
相似性中找到一種同情性的理解和判斷，並賦予歷史認識以一種深沉
的個人情懷。如，一九二七年三月，王國維在所撰的《金界壕考》中

---

216 《觀堂集林》（石家莊市：河北教育出版社，2001年），卷16，《史林八》。
217 《王國維全集‧書信》（北京市：中華書局，1984年），頁433。

說道：「《金史‧內族襄傳》贊論北邊築壕事，以元魏北齊之築長城擬之。後世記金界壕者……曰界壕、曰邊堡。界壕者，據地為溝塹，以限戎馬之足。邊堡者，於要害處築城堡，以居戍人。二者於防邊各有短長。邊堡之設，得擇水草便利處置之，而參差不齊，無以禦敵人之侵軼。壕塹足以禦侵軼矣，而工役絕大，又塞外多風沙，以湮塞為患。故世宗朝屢遣使經畫，卒不能決。章宗時邊患益亟，乃決開壕之策，卒於承安三年成之。共壕塹起東北訖西南，幾三千里，此實近古史上之大工役。今遺跡雖湮沒，而見於載籍者，尚可參稽而得其概略……雖壕塹之成甫十餘年，而蒙古人寇中原，如入無人之境，然使金之國力常如正隆大定之時，又非有強敵如成吉思忠完顏承裕，則界壕之築，仍不失為邊備之中下策，未可遽以成敗論之也。」[218]這種在歷史評價之中充分考慮多重人事的互動關聯，尤其是考慮國力之強弱與邊塞之固虛之間的辯證關係，某種意義上可以讀出王國維對當時中國國際處境的一種憂患之思。

4 嚴謹的治學態度

　　梁啟超曾評價王國維說：「先生古貌古飾，望者輒疑為竺舊自封畛，顧其頭腦乃純然為現代的，對於現代文化原動力之科學精神，全部默契，無所抵拒。而每治一業，恒以極忠實敬慎之態度行之，有絲毫不自信，則不以著諸竹帛；有一語為前人所嘗道者，輒棄去，懼蹈剿說之嫌以自玷污。蓋其治學之道術所蘊藉者如是，故以治任何專門之業，無施不可，而每有所致力，未嘗不深造而致其極也。」[219]梁啟超的這段話一方面點出王國維治學方法的現代性，另一方面又點出其治學態度的嚴謹性。王國維曾在一篇校注序中詳細地描述自己從事校

218　《觀堂集林》（石家莊市：河北教育出版社，2001年），卷15，〈史林七〉。

219　梁啟超：〈王靜安先生紀念專號序〉，《國學論叢》第1卷第3號（1927年）。

注的過程，其治學之嚴謹，從中可以略窺一斑。他寫道：「余前在海上嘉興沈先生座上，見其所校《說郛》本《親征錄》，為明弘治舊鈔，與何本異同甚多。先生晚歲不甚談元史事，然於《說郛》本猶鄭重手校。未幾，先生歸道山，其校本遂不可見。比來京師，膠州柯鳳孫學士為余言，元太祖初起時之十三翼，今本《親征錄》不具。《說郛》本獨多一翼，乃益夢想《說郛》本。旋知其本藏江安傅君沅叔所。乙丑季冬，乃從沅叔借校。沅叔並言尚有萬曆抄《說郛》本在武進陶氏。丙寅正月，赴天津，復從陶氏假之，其佳處與傅本略同，又江南圖書館有汪魚亭家鈔本，亦移書影抄得之，合三本互校，知汪本與何氏祖本同出一源，而字句較勝，奪誤亦較少；《說郛》本尤勝，實為今日最古最備之本。因思具錄其異同，為校記以餉學者。顧是書有今本之誤，有明鈔本之誤，有原本之誤，三者非一一理董，猶未易遽讀也。幸而此書之祖禰之《秘史》，與其兄弟之拉施特書、其子姓之《元史》及當時文獻尚可參驗。因復取以比勘，存其異同，並略疏其事實，為校注一卷。昔吳縣洪文卿侍郎譯拉施特書，並為《秘史》及此《錄》作注，而遺稿不傳，其說略見《元史譯文證補》中。武進屠敬山撰《蒙兀兒史記》，於是《錄》探索尤勤。近復有仁和丁益甫考證地理，亦非無一二可採。滋復剗取其說，其有瑕纇，間加辨正，雖不敢視為定本，然視何氏校本，則差可讀矣。」[220]這種幾經修訂的現象在王國維的著作中屢見不鮮。如，他在《長春真人西遊記校注》序中說道：「國維於乙丑夏日始治此書，時以所見疏於書眉，於其中地理人物亦復偶有創獲，積一年許，共得若干條，遂盡一月之力，補綴以成此注。」[221]這種嚴謹的治學態度還表現在對自己近乎苛責的學術追求中。如，有一次他在致友人的信中說：「《蒙韃備錄》與《黑韃

220　《觀堂集林》（石家莊市：河北教育出版社，2001年），卷16，〈史林八〉。
221　《觀堂集林》（石家莊市：河北教育出版社，2001年），卷16，〈史林八〉。

事略》兩箋，近來增補甚多，《遼金時蒙古考》亦須改作，亦深悔當
時出版之早。」[222]對已經面世的著作，他仍有一種精益求精、不斷增
訂的態度，可見其在治學之中嚴謹的態度。

（五）學術史意義：視野、材料與方法

　　在清華國學研究院的兩年，王國維留在現代學術方法史上最重大
的貢獻就是在普通演講《古史新證》中提出的「二重證據法」。《古史
新證》是改訂舊作《殷卜辭中所見先公先王考》、《續考》、《三代地理
小記》、《殷周制度論》等文而成，全書共分五章：（一）總論；（二）
禹；（三）殷之先公先王；（四）商諸臣；（五）商之都邑及諸侯。王
國維在《古史新證・總論》中說：「研究中國古史，為最糾紛之問
題，上古之事，傳說與史實混而不分，史實之中，固不免有所緣飾，
與傳說無異，而傳說之中，亦往往有史實為素地，二者不易區別，此
世界各國之所同也。在中國古代已注意此事。……至於近世，乃知孔
安國本《尚書》之偽，《紀年》之不可信，而疑古之過，乃並堯、
舜、禹之人物而亦疑之。其於懷疑之態度及批評之精神，不無可取。
然昔於古史材料，未嘗為充分之處理也。吾輩生於今日，幸於紙上之
材料外，更得地下之新材料。由此種材料，我輩固得據以補正紙上之
材料，亦得證明古書之某部分全為實錄，即百家不雅馴之言，亦不無
表示一面之事實，此二重證據法，唯在今日始得為之。雖古書之未得
證明者，不能加以否定。而其已得證明者，不能不加以肯定，可斷言
也。」關於「二重證據法」，學術界歷來十分重視。郭沫若曾說：「在
當初，我第一次接觸甲骨文字，那一樣一片墨黑的東西，但一找到門
徑，差不多只有一兩天工夫，便完全解決了它的秘密。這倒不是我一
個人有什麼了不起的本領，而我是應該向一位替我們把門徑開闢出來

---

222 此信轉引自孫敦恆：《王國維年譜新編》（北京市：中國文史出版社，1991年），頁
164。

的大師，表示虔誠的謝意的。這位大師是誰呢？就是一九二七年當北伐軍進展到河南的時候，在北平跳水死了的那位王國維了。」這裡所說的「門徑」即是王國維在《古史新證》中所大量運用的「二重證據法」，這種方法至今依然在學術界具有重要的影響。[223] 著名學者李學勤先生曾說道：「我想大家都知道，把考古學的東西和歷史學的東西放在一起來研究，特別是把地下的東西和地上的傳世文獻放在一起來研究，從方法上講，是我們大家尊重的王國維先生提出來的。王國維先生提出來的二重證據法，即地下的與地上的相互印證。這是很有名的。它為中國現代考古學的建立奠定了基礎。」[224]

縱觀王國維一生的學術研究，我認為，有三個方面的經驗值得總結：

1 「預流」而又不為「流」所「預」

陳寅恪曾對現代學者與學術思潮之間的關係，提出著名的「預流說」，他認為：「一時代之學術，必有新材料與新問題，取用此材料，以研求問題，則為此時代學術新潮流。治學之士，得預於此潮流者，謂之預流（借用佛教初果之名）。其未得預者，謂之未入流，此古今學術史之通義。」[225] 應該說，王國維一生的學術活動都與當時的「顯學」緊密相關，但同時又能以自己獨特的創造為這一「顯學」的深化或轉向開拓了新空間。對於這種情形，羅振玉曾有一段詳盡的評述：「初公治古文辭，自以所學根柢未深，讀江子屏《國朝漢學師承記》，欲於此求修學途徑。予謂江氏說多偏駁，國朝學術實導源於顧亭林處士，厥後作者輩出，而造詣最深者，為戴氏震、程氏易疇、錢

223　郭沫若：《革命春秋》。此處轉引自孫敦恆：《王國維年譜新編》（北京市：中國文史出版社，1991年），頁146。

224　李學勤：《走出疑古時代》（瀋陽市：遼寧大學出版社，1997年），頁3。

225　陳寅恪：〈陳垣敦煌劫餘錄序〉，《金明館叢稿二編》（北京市：生活・讀書・新知三聯書店，2001年）。

氏大昕、汪氏中、段氏玉裁及高郵二王，因以諸家書贈之。公雖加流
覽，然方治東西洋學術，未遑專力於此，課餘復從藤田博士治歐文及
西洋哲學、文學、美術，尤喜韓圖（康德）、叔本華、尼采諸家之
說，發揮其旨趣，為《靜安文集》。在吳刻所為詩詞，在都門攻治戲
曲，著書甚多，並為藝林所推重。至是予乃勸公專研國學，而先於小
學、訓詁植其基。並與論學術得失，謂尼山之學在信古，今人則信今
而疑古，國朝學者疑《古文尚書》，疑《尚書孔注》，疑《家語》，所
疑固未嘗不當，及大名崔氏著《考信錄》則多疑所不必疑矣。至於晚
近變本加厲，至謂諸經皆出偽造。至歐西哲學，其立論多似周秦諸
子，若尼采諸家學說，賤仁義，薄謙遜，非節制，欲創新文化以代舊
文化，則流弊滋多，方今世論益歧，三千年之教澤不絕如線，非矯枉
不能反經。士生今日，萬事無可為，欲拯此橫流，舍反經信古莫由
也。」對於羅振玉這番話語，王國維「聞而懼然，自懟以前所學未
醇，乃取行篋《靜安文集》百餘冊悉摧燒之，欲北面稱弟子」。對於
王國維的轉變，羅振玉給予了大力的支持，「盡出大雲書庫藏書五十
萬卷，古器物銘識拓本數千通，古彝器及其他古器物千餘品，恣公搜
討。復與海內外學者移書論學……每著一書，必就予商體例，衡得
失。如是者數年，所造乃益深且醇」[226]。王國維從西方哲學轉向國學
的過程也正反映了二十世紀初期中國近代學術轉向的歷程，因此這種
轉向既是個人的又是時代性的。

2 善於利用新材料

　　王國維曾應清華大學學生會之請，做過一場題為〈最近二三十年
中中國新發現之學問〉的演講。在演講中，王國維對近二、三十年來

226　羅振玉：《海寧王忠愨公傳》，傅杰編校：《王國維論學集》（北京市：中國社會科學
　　出版社，1997年）。

的新材料、新發現及其如何充分利用這批新材料做了精闢的論述，這也可以說是對自己治學經驗的總結。他說：「古來新學問起，大都由於新發見。有孔子壁中書出，而後有漢以來古文字之學；有趙宋古器出，而後有宋以來古器物古文字之學。唯晉時汲塚竹簡出土後即繼以永嘉之亂，故其結果不甚著。然同時杜元凱注《左傳》，稍後郭璞注《山海經》，已用其說；而《紀年》所記禹、益、伊尹事，至今成為歷史上之問題。然而中國紙上之學問賴於地下之學問者，固不自今日始矣。自漢以來，中國學問上之最大發現有三：一為孔子壁中書、二為汲塚古書、三則今之殷墟甲骨文字。敦煌塞上及西域各處之漢晉木簡，敦煌千佛洞之六朝及唐人寫本書卷、內閣大庫之元明以來書籍檔冊。此四者之一已足當孔壁汲塚所出，而各地零星發見之金石書籍，於學術有大關係者，尚不與焉。故今日之時代可謂之『發見時代』，自來未有能比者也。」[227]在演講中，王國維對自己如何運用這些新材料也做了自我評述：如關於殷墟甲骨文字，「余復拓此種材料作《殷卜辭中所見先公先王考》，以證《世本》、《史記》之為實錄；作《殷周制度論》以比較二代之文化」；關於敦煌塞上及漢西域各地之簡牘，「癸丑冬月，沙畹教授寄其校訂未印成之本於羅叔言參事，羅氏與余重加考訂，並斯氏在和闐所得者景印於世，所謂《流沙墜簡》是也」。在中國現代學術史上，王國維對「敦煌千佛洞之六朝唐人所書卷軸」、「內閣大庫之書籍檔案」和「中國境內之古外族遺文」等領域的研究，均有其獨到之建樹，他所得出的許多結論為這些研究領域的進一步發展奠定了堅實的基礎。

3　博約相生

　　張舜徽曾說：「王氏在考古學上的偉大成就，不決定於他有豐富

227　王國維：〈最近二三十年中中國新發現之學問〉，《靜安文集續編》。

的材料，而決定於他有雄厚的學養，能處理材料，分析材料。」[228]王
國維在學術研究中往往能夠在對大量複雜的材料排比、聯繫之中，找
到一些簡約而深刻的結論，並且這種結論常常是不能移易的。他曾
說：「文無古今，未有不文從字順者。今日通行文字，人人能讀之，
能解之。《詩》、《書》彝器亦古之通行文字，今日所以難讀者，由今
人之知古代不如知現代之深故也。苟考之史事與制度文物以知其時代
之情狀，本之《詩》、《書》以求其文之義例，考之古音以通其義之假
借，參之彝器以驗其文字之變化，由此而之彼，即甲以推乙，則於字
之不可釋、義不可通者，必間有獲焉。」[229]在這方面，最著名範例的
是《殷周制度論》。在《觀堂集林》〈序〉中，王國維對該文做了充分
的自我肯定：「於周代立制之源及成王周公所以治天下之意，言之尤
為真切。自來說諸經大義未有如此之貫串者。」[230]又如〈中國歷代之
尺度〉一文，其論證的思路就典型地體現由博到約的思維途徑。王國
維據劉歆銅斛尺，漢牙尺，後漢建初銅尺，無款識銅尺，唐鏤牙尺，
唐紅牙尺甲、乙，唐綠牙尺甲、乙，唐白牙尺甲、乙，無款識銅尺、
宋木尺甲、乙、丙，明嘉靖牙尺，清工部營造尺等凡十七種，作比較
之研究，由此，王國維得出一個重大結論：「尺度之制，由短而長，
殆成定例。然其增率之速，莫劇於東晉、後魏之間，三百年間，幾增
十分之三。……而自唐朝迄今，則所增甚微，宋後尤微。求其原因，
實由魏晉以降，以絹布為調，而絹布之制，率以二尺二寸為幅，四丈
為匹。官吏懼其短耗，為欲多取於尺，故尺度代有增益，北朝尤甚。
自金、元以降，不課絹布，故八百年來，尺度猶仍唐宋之舊。」[231]另

228　張舜徽：《訒庵學術講論集》，《訒庵學術講論集》（武漢市：華中師範大學出版社，
　　　2008年），頁382。

229　王國維：〈〈毛公鼎考釋〉序〉，《觀堂集林》（石家莊市：河北教育出版社，2001
　　　年），卷6。

230　王國維：〈序〉，《觀堂集林》（石家莊市：河北教育出版社，2001年）。

231　以上論述參閱袁英光等：《王國維年譜長編》（天津市：天津人民出版社，1996年），
　　　頁480。

外，王國維應北京歷史學會所做的學術講演《宋代之金石學》，也是一篇頗能說明其治學上博約相生的範例。王國維說：「宋代學術，方面最多，進步亦最著，其在哲學，始則碓劉敞、歐陽修等，脫漢唐舊注之桎梏，以新意說經；後乃有周敦頤、程顥、程頤、張載、邵雍、朱熹諸大家，蔚為有宋一代之哲學。其在科學，則有沈括、李誡等，於歷數物理工藝，均有發明。在史學，則有司馬光、洪邁、袁樞等，各有龐大之著述。在繪畫，則董源以降，始變唐人畫工之畫而為士大夫之畫。在詩歌，則兼尚技術之美，與唐人尚自然之美者，蹊徑迥殊。考證之學，亦自宋而大盛。故天水一朝人智之活動，與文化之多方面，前之漢唐，後之元明，皆所不逮也。近世學術多發端於宋人。如金石學，亦宋人所創學術之一。」王國維通過大量的史實，從古器物的搜集、傳拓及著錄、考訂和應用等三方面對宋代金石學的成就做了評價，得出的結論是：「金石之學，並自宋代，不及百年，已達完成之域。原其進步所以如是速者，緣宋自仁宗以後，海內無事，士大夫政事之暇，得以肆力學問，其時哲學、科學、史學、美術，各有相當之進步，士大夫亦各有相當之素養，賞鑒之趣味，與研究之趣味，思古之情與求新之念，互相錯綜，此種精神，於當時人物蘇軾、沈括、黃庭堅、黃伯思諸人著述中，在可以遇之，其對古金石之興味，亦如其對書畫之興味，一面賞鑒的，一面研究的也。漢唐元明時人之於古器物，絕不能有宋人之興味，故宋人於金石書畫之學，乃陵跨百代，在清中葉以後，金石之學復興，然於著錄考訂，皆本宋人成法，而於宋人多方面之興味，反有所不逮，故雖謂金石學為有宋一代之學，無不可也。」[232]這篇講演規模視野之宏大、論述之縝密也可稱得上其在《觀堂集林》〈序〉中所稱賞的「其術皆由博以返約，由疑而得信，務在不悖不惑，當予理而止」。

---

232 以上論述參閱袁英光等：《王國維年譜長編》（天津市：天津人民出版社，1996年），
　　頁494-496。

4　自覺的方法論意識

　　陳寅恪在〈王靜安先生遺書序〉中對王國維學術研究的方法論意識，曾做過充分的評價：「自昔大師鉅子，其關係於民族盛衰學術興廢者，不僅在能承續先哲將墜之業，為其托命之人；而尤在能開拓學術之區宇，補前修所未逮。故其著作可以轉移一時之風氣，而示來者以軌則也。先生之學博矣、精矣。幾若無涯岸之可望，轍跡之可尋。然詳繹遺書，其學術內容及治學方法，殆可舉三目以概括之者：一曰取地下之實物與紙上之遺文互相釋證。凡屬於考古學及上古史之作，如《殷卜辭中所見先公先王考》及《鬼方昆夷玁狁考》等是也。二曰取異族之故書與吾國之舊籍互相補正。凡屬於遼金元史事及邊疆地理之作，如《萌古考》及《元朝秘史之主因亦兒堅考》是也。三曰取外來之觀念與固有之材料互相參證。凡屬於文藝批評及小說戲曲之作，如《紅樓夢評論》及《宋元戲曲考》、《唐宋大麯考》等是也。此三類著作，其學術性質，固有異同，所用方法亦不盡符會，要皆足以轉移一時之風氣，而示來者以軌則。吾國他日文史考據之學，範圍縱廣，途徑縱多，恐料無以遠出三類之外。此先生之遺書所以為吾國近代學術最重要之產物也。」[233]有意思的是，王國維在評價沈曾植的學術研究時，所看重的也是沈氏學術研究的方法論，他說：「世所得而窺見者，其為學之方法而已。夫學問之品類不同，而其方法則一。國初諸老，用之以治經世之學，乾、嘉諸老用之以治經史之學，先生復廣之以治一切諸學。趣博而旨約，識高而議平。」[234]王國維這種高度自覺的方法論意識是日益成熟的現代學術精神的體現，也使得中國學術能夠從傳統的方法論形態，真正邁上現代性的方法論軌道。

233　陳寅恪：〈王靜安先生遺書序〉，《金明館叢稿二編》（北京市：生活・讀書・新知三聯書店，2001年）。

234　王國維：〈沈乙庵先生七十壽序〉，《觀堂集林》（石家莊市：河北教育出版社，2001年），卷23。

（六）說不盡的王國維之死：一種文化分析

　　一九二七年六月二日上午，王國維別了清華園，來到頤和園內，自沉於昆明湖，結束了自己的生命。對王國維的自沉一事，吳宓在其日記中做了詳細的記述，並寫下了自己的解讀。據一九二七年六月二日的《雨僧日記》：

> 　　晚飯後，陳寅恪在此閒談。趙萬里來，尋覓王靜安先生，以王先生晨出，至今未歸。家人驚疑故也。宓以王先生獨赴頤和園，恐即效屈靈均故事。已而侯厚培來報，知王先生已於今日上午十時至十一時之間，投頤和園之昆明湖中自盡。痛哉！
>
> 　　晚，赴陳寅恪宅。而研究院學生紛紛來見，談王先生事。晚九時，偕寅恪及校長、教務長、研究院教授、學生三十餘人，共乘二汽車，至頤和園，欲撫視王先生屍。而守門者承駐軍某連長之命，堅不肯開門。再四交涉，候一小時餘，始允校長、教務長及烏守衛長三人入內。宓乃偕餘眾乘汽車歸校。電燈猶未熄，已夜十二時矣。
>
> 　　王先生此次捨身，其為殉清室無疑。大節孤忠，與梁公巨川同一旨趣。若謂慮一身安危，懼為黨軍或學生所辱，猶未能知王先生者。蓋旬日前，王先生與寅恪在宓室中商避難事。宓勸其暑假中獨遊日本。寅恪勸其移家入京居住，己身亦不必出京。王先生言「我不能走」。一身旅資，才數百元。區區之數，友朋與學校，均可湊集。其云我不能走者，必非緣於經費無著可知也。今王先生既盡節矣，悠悠之口，譏詆責難，或妄相推測，亦只可任之而已。若夫我輩素主維持中國禮教，對於王先生之棄世，只有敬服哀悼已耳。[235]

---

235 《吳宓日記》（北京市：生活・讀書・新知三聯書店，1998年），第3冊，頁344。

又據一九二七年六月三日的《雨僧日記》：

> 晨起料理雜務。……又至寅恪宅中，遇梁任公等，談王靜安先
> 生之事。知其昨日就義，至為從容。故家人友朋，事前毫無疑
> 慮。旋同梁任公等同見校長，為王先生請恤金事。宓未就座，
> 獨先出。遇研究院學生吳其昌等二十餘人於校門外，遂同步行
> 至頤和園，在門外久坐，候眾均到，乃入。至排雲殿西之魚藻
> 軒。此即先生投湖水盡節之所。王先生遺體臥磚地上，覆以破
> 汙之蘆席。揭席瞻視，衣裳面色如生，至為淒慘。已而清華研
> 究院及大學部學生三四十人，及家庭友好，均來集。如是直待
> 至下午四時半後，北京檢察廳某檢察官始至，仍須解認檢驗，
> 並一一詢問證人。時天陰欲雨，屢聞雷聲。王先生遺體漸脹
> 大，眾殊急慮也。五時許，舁遺體至清晏舫後，園西北隅小門
> 外三間空室內，以前清冠服入殮。而候至晚八時半，柩始運
> 到。……乃隨眾送殯。研究院學生執素紙燈以隨，直至清華園
> 南二三里之剛果寺。停放既妥，即設祭。宓隨同陳寅恪行拜跪
> 禮。學生等亦踵效之。[236]

對於王國維的自沉，人們眾說紛紜，莫衷一是。概括起來，有以
下的幾種說法：

1 殉清說

清華校長曹雲祥在公佈王國維死訊時就說：「王靜安先生自沉頤
和園昆明池蓋先生與清室室關係甚深也。」這一說法影響很廣，前清
的遺民們多相信王國維的自沉為殉清。不過，這種說法也遭到不少的
駁斥，其中尤以郭沫若的批駁最為有力。郭沫若說：「真正受了清朝

---

236 《吳宓日記》（北京市：生活·讀書·新知三聯書店，1998年），第3冊，頁345-346。

深恩厚澤的大遺老們，在清朝滅亡時不曾有人死節，就連身居太師太傅之職的徐世昌，後來不是都做過民國的總統嗎？而一個小小的亡國後的五品官，到了民國十六年卻還要『殉節』，不真是愚而不可救嗎？……他臨死前寫好了的遺書，重要的幾句是『五十之年，只欠一死，經此世變，義無再辱』，絕沒有一字一名提到了前朝或者遜帝來。這樣要說他是『殉節』，實在是有點說不過去。況且當時時局即使危迫，而遜帝溥儀還安然無恙，他假如真是一味愚忠，也應該等溥儀有了三長兩短之後，再來死難不遲，他為什麼那樣著急？所以他的自殺，我倒也同意不能把它作為『殉節』看待。」[237]

2 時局所迫說

堅持王國維的自沉為時局所迫的說法，多為王國維的身邊學生，如趙萬里、戴家祥等人。戴家祥就說：「雖然，先生之死，自有宿因；而世亂日迫，實有以促其自殺之念。方五月二日，某承教在側時，先生云：『聞馮玉祥將入京，張作霖欲率兵總退卻，保山海關以東地，北京日內有大變。』嗚呼！先生致死之速，不能謂時局無關也。」[238]

3 精神矛盾苦悶說

同時也不乏有人從精神困境的層面來解讀王國維的自沉，在這方面，梁啟超和周作人的說法，尤有代表性。梁啟超說：「王先生的性格很複雜而且可以說很矛盾，他的頭腦很冷靜，脾氣很和平，情感很深厚，這是可從他的著述、談話、文學作品看出來的。只因有此三種矛盾的性格合併在一起，所以結果可以至於自殺。他對社會，因為不

---

237 郭沫若：〈魯迅與王國維〉，《文藝復興》第3卷第3期。

238 此處轉引自孫敦恆：《王國維年譜新編》（北京市：中國文史出版社，1991年），頁183。

能取激烈的反抗，有深厚的情感，所以常常發生莫名的悲憤，積日既久，只有自殺一途。我們若以中國古代道德觀念去觀察，王先生的自殺是有意義的，和一般無聊的行為不同。」[239]周作人也認為，王國維「以頭腦清晰的學者而去做遺老弄經學，結果是思想的衝突與精神的苦悶，這或者是自殺——至少也是悲觀的主因」[240]。

4 哲學上之解脫說

浦江清在眾說之中，獨抒己見，認為，王國維自沉是基於一種哲學上的解脫之理念。他在〈論王靜安先生之自沉〉一文中說：「抑余謂先生之自沉，其根本之意旨，為哲學上之解脫。三綱六紀之說，亦不過其解脫所寄者耳。先生抱悲天憫人之思，其早年精研哲學，受叔本華之影響尤深……雖然晚年絕口天人之語，然吾知其必已建設一哲學之系統。」

以上諸說，對王國維的自沉所內含的精神和文化的意義做了不同程度的詮釋，都不失為仁智之見。但是，在所有對王國維死因的討論中，尤以陳寅恪的理解最為深刻，也最具有深廣之意義。陳寅恪在〈王觀堂先生輓詞〉前面的長序中寫道：

> 凡一種文化值衰落之時，為此文化所化之人，必感苦痛，其表現上文化之程量愈宏，則其所受之苦痕亦愈甚。迨既達極深之度，殆非出於自殺無以示一己之心安而義盡也。其所殉之道，所成之仁，均為抽象理想之通性，而非具體之一人一事。……蓋今日之赤縣神州，值數千年未有之巨劫奇變；劫竟變窮，則此文化精神所凝聚之人，安得不與之共命運而同盡，此觀堂先生所以不得不死。遂為天下後世所極哀而深惜者也。

---

239 孫敦恆：《王國維年譜新編》（北京市：中國文史出版社，1991年），頁175。

240 周作人：〈傷感之二〉，《文學週報》第26卷。

七年之後，即一九三四年，陳寅恪又在〈王靜安先生遺書序〉中申論道：

> 古今中外志士仁人，往往憔悴憂傷，繼之以死。其所傷之事，所死之故，不止局於一時間一地域而已。蓋另有超越時間地域之理性存焉。而此超越時間地域之理性，必非同時地域之眾人所能共喻。然則先生之志事，多為世人所不解，因而有是非之論者，又何足怪也？

在序中，陳寅恪對王國維的精神世界進行了深刻的文化詮釋。十九世紀末，中國社會政治、經濟和文化危機日益加重，延續了幾千年的傳統思想文化也面臨著千年未有之巨變，因此，王國維精神之痛苦，從文化的意義上來說，是對傳統文化危機的反省與承擔。他猶如希臘傳說中的西緒福斯，努力把這塊不斷滾下山坡的傳統文化巨石向上推進，但無奈的是，他無法抗拒那不可挽救的命運，因此，在他內心世界的深處，必然會感到惘然、痛苦。王國維就是這樣以他全部的精神力量和痛苦的精神磨難，承擔著傳統文化的命運。在陳寅恪的序中，另一個發人深省的地方，就是他把王國維的死上升到一種文化哲學的高度來詮釋，認為，中國文化中的綱紀仁道，皆為抽象理想之通性，如柏拉圖所謂 Eidios 者，而非具體之一人一事，因此，王國維的自沉就是一種對終極價值的關懷，是一種具有宗教情感式的文化殉道。總之，陳寅恪從文化興廢和一代學人的命運的角度，對王國維的自沉給予了深刻的探討，也有力地駁斥了那些「流俗恩怨榮辱委瑣齷齪之說」[241]。

王國維的死對清華學人來說，具有一種「文化托命」的寓意。吳

241　參閱劉夢溪：《學術思想與人物》（石家莊市：河北教育出版社，2004年）。

宓就在日記中充滿深情地寫道:「宓又思宓年已及王先生之三分之二,而學不及先生十分之一。先生忠事清室,宓之身世境遇不同。然宓固願以維持中國文化道德禮教之精神為己任者。今敢誓於王先生之靈,他年苟不能實行所志,而溘忍以歿;或為中國文化道德禮教之敵所逼迫,義無苟全者,則必當效先生之行事,從容就死,惟王先生實冥鑒之。」[242]梁啟超也勉勵研究院的學子們說:「顧我同學受先生之教,少者一年,多者兩年,旦夕捧手,飫聞負劍辟咡之詔,其蒙先生治學精神之濡染者至深且厚,薪盡火傳,述先生之志事,賡續其業而光大之,非我同學之責而誰責也。」[243]殷殷之意,語重心長,從中可以讀出一代學人共同的文化關懷和文化憂思。

王國維的自沉所昭示的文化意義一直深刻地影響了清華學人的學術傳統,在中國現代學術史上,一代又一代的清華學人以具體的學術創獲,實踐著文化托命之旨義,並且,以現代的科學方法,對傳統思想文化進行創造性的轉化,從而為現代學術的發展產生了積極推進的作用。當然,這一切或許都超越王國維自沉的原初意義,歷史就是這樣以痛苦而悲壯的方式蹣跚前進。

陳寅恪

關於陳寅恪,人們已經談論很多了,內容涉及歷史、哲學、宗教、文學、中外文化交流等諸多領域。[244]這其中既有學理性的探究、

242　《吳宓日記》(北京市:生活‧讀書‧新知三聯書店,1998年),第3冊,頁346。

243　梁啟超:〈王靜安先生紀念專號序〉,《國學論叢》第1卷第3號。此處轉引自孫敦恆:《王國維年譜新編》(北京市:中國文史出版社,1991年),頁177。

244　二○○○年十二月,三聯書店出版了十三卷本的《陳寅恪集》,這是目前國內最為齊全的陳寅恪著述結集,為陳寅恪研究的進一步深入提供了詳實的文獻基礎。據筆者所見,有關陳寅恪的傳記有:蔣天樞撰:《陳寅恪先生編年事輯》(上海市:上海古籍出版社,1997年,增訂本);汪榮祖著:《陳寅恪評傳》(南昌市:百花洲

辨正，也有充滿感情色彩的推崇、景仰，也難免有個人式的心解、附會乃至道聽塗說與以訛傳訛。因此，形成了一個又一個虛實相間、搖曳多姿的關於陳寅恪的傳奇。基於論者自身的學術積累和學術興趣，這裡的探討主要集中在已有研究中相對薄弱的環節[245]：清華國學研究院（以下簡稱國學院）時期的陳寅恪，以期通過對這時期的幾個比較重要問題的探討，來展示陳寅恪早期的學術準備、學術創造以及文化理念。在研究方法上，我們強調對相關歷史文獻的整理、考辨與分析，力圖做到「以事實決事實」（王國維語），從而使陳寅恪從令人眩暈的神話般的天才光芒之中走進客觀、冷靜和清明的學術審視視野。

（一）「預西方之東方學之流」與早期的學術準備

開設清華國學研究院的目的就是「以研究高深學術，造成專門人才為宗旨」[246]，當年的國學研究院對於導師的選聘是十分嚴格並期以

文藝出版社，1992年）；吳定宇著：《學人魂——陳寅恪傳》（上海市：上海文藝出版社，1996年）；劉以煥著：《國學大師——陳寅恪》（重慶市：重慶出版社，1996年）；張求會著：《陳寅恪的家族史》（廣州市：廣東教育出版社，2000年）。有關學術討論會的論文集有：北京大學中古史研究中心編：《紀念陳寅恪先生誕辰百年學術論文集》（北京市：北京大學出版社，1989年）；王永興編：《紀念陳寅恪先生百年誕辰學術論文集》（南昌市：江西教育出版社，1994年）；紀念陳寅恪教授國際學術討論會秘書組織編：《紀念陳寅恪教授國際學術討論會文集》（廣州市：中山大學出版社，1989年）；中山大學歷史系編：《〈柳如是別傳〉與國學研究》（杭州市：浙江人民出版社，1995年）；中山大學歷史系編：《陳寅恪與二十世紀中國學術》（杭州市：浙江人民出版社，2000年）。有關專題性的資料集有：錢文忠編：《陳寅恪印象》（上海市：學林出版社，1997年）；張杰、楊燕麗選編：《追憶陳寅恪》（北京市：社會科學文獻出版社，1999年）；張杰、楊燕麗選編：《解析陳寅恪》（北京市：社會科學文獻出版社，1999年）。至於單篇論文由於數量太多，此處不再一一羅列。

245 陳寅恪是一九二六年秋到國學研究院，至一九二九年秋國學研究院停辦，前後共計四年。關於專題討論陳寅恪與清華國學院關係的學術論文，就筆者所見，目前只有桑兵：〈陳寅恪與清華研究院〉，《歷史研究》1997年第4期。

246 〈研究院章程〉，《清華週刊》第360期（1925年）。

厚望。聘任資格則明確規定三點：一是通知中國學術文化之全體；二是具正確精密之科學的治學方法；三是稔悉歐美日本研究東方語言及中國文化之成績。[247]實事求是地說，在當時國內學術界中要找到同時符合這三個條件的學者，大概也是屈指可數的，尤其是第三個條件，顯然是懸之過高，且不說像嚴復、康有為、章太炎等這樣的國學名家對當時的東方學並不深知，就是像沈曾植、屠敬山、柯鳳蓀、王國維等對西北邊疆史地卓有研究的「大儒」，也因「語言文字」能力的限制，只能「或是利用中國原有資料互校，或利用日人轉譯歐洲學者著述，未能用直接史料也」[248]。今天看來，在當時的中國學者中能同時具備這三項條件者，似乎也只有陳寅恪等少數人而已。正是憑藉著自身獨特的家學、資歷和學術準備，陳寅恪才可能與已是名滿天下的學術大師如王國維、梁啟超等人在清華園比肩共事。當然，這都是我們事後「以果溯因」而作出的解釋。事實上，當時的學者對此不可能有這樣全面的判斷，以至於學術界對於陳寅恪如何受聘到清華國學研究院來，一開始的版本就有多種，其中孰是孰非，殊難考定，因與本文主旨關係不大，此處暫且不論。無論這些說法多麼歧異，但有一個共同點是這些版本都涉及的，那就是，早在來清華國學研究院之前，陳寅恪就以「學識淵博」在海外留學生中傳頌一時。這裡略舉幾例以見一斑：陳氏的哈佛同學吳宓「於民國八年在哈佛大學得識陳寅恪，當時即驚其博學而服其卓識。馳書國內友人，謂『合中西新舊各種學問而統論之，吾必以寅恪為全中國最博學之人』」[249]。毛子水則回憶說：「我於民國十二年二月到德國柏林，那年夏天傅孟真也從英國來柏林，我見到他時他便告訴我，在柏林有兩位中國留學生是中國最有希望的讀者種子：一是陳寅恪，一是俞大維。……寅恪、元任、大

---

247 齊家瑩編撰：《清華人文學科年譜》（北京市：清華大學出版社，1999年），頁19。
248 俞大維：〈懷念陳寅恪先生〉，《大成》（香港）第49期。
249 吳宓：《吳宓詩集》（上海市：中華書局，1935年），頁146。

維、孟真，都是我生平在學問上最心服的朋友，在國外能晤言一室，
自是至樂。」[250]亦可見毛子水對陳寅恪的推崇。當然，上述兩則文獻
均是當事人的事後追憶，難免也有「詩與真」相交融的成分。為了盡
可能接近當時的人們對陳寅恪的真實看法，我們來引述一則當時的信
函：一九二四年三月十二日，時在德國留學的北大畢業生姚士鰲寫信
回母校彙報情況時，在信中就「對陳寅恪尤為推崇」[251]，稱其「能暢
讀英法德文，並通希伯來、拉丁、土耳其、西夏、蒙古、滿洲等十餘
國文字，近專攻毗鄰中國各民族之語言，尤致力於西藏文。印度古經
典，中土未全譯或未譯者，西藏文多已譯出。印度經典散亡，西洋學
者治印度學者，多依據中國人之記載，實在重要部分，多存西藏文書
中，就中關涉文學美術者亦甚多。陳君欲依據西人最近編著之西藏文
書目錄，從事翻譯，此實學術界之偉業。陳先生志趣純潔，強識多
聞，他日之成就當不可限量也。又陳先生博學多識，於援庵先生所著
之《元也里可溫考》、《摩尼教入中國考》、《火祆教考》，張亮丞先生
新譯之《馬可孛羅遊記》均有極中肯之批評」[252]。這一番話之所以重
要，不僅僅在於它「是當時國內公開見到關於陳寅恪的重要信息」[253]，
更重要的是在於它立足於當時西方之東方學的學術語境，對陳寅恪留
學期間的學術特點和學術格局做了一個扼要而準確的勾勒，從中可以
見出陳寅恪早期的學術背景。

　　很顯然，在陳寅恪的身上存在著同時期國內許多學術名流所沒有
的「看家絕活」，也正是這種「看家絕活」使得他能夠在強手如林的
清華園遊刃有餘。那麼，這一「看家絕活」究竟是什麼呢？我們認
為，要回答這一提問，就必須回到二十世紀初陳寅恪所置身的西方之

250　毛子水：〈記陳寅恪先生〉，《傳記文學》（臺灣）第17卷第2期（1970年）。
251　參見桑兵：〈陳寅恪與清華研究院〉，《歷史研究》1997年第4期。
252　參見桑兵：〈陳寅恪與清華研究院〉，《歷史研究》1997年第4期。
253　參見桑兵：〈陳寅恪與清華研究院〉，《歷史研究》1997年第4期。

東方學語境。正如陳寅恪所說：「一時代之學術，必有其新材料與新問題。取用此材料，以研求問題，則為此時代學術之新潮流。治學之士，得預於此潮流者；謂之預流（借用佛教初果之名）。其未得預者，謂之未入流，此古今學術史之通義，非彼閉門造車之徒，所能同喻者也。」[254]這就提示我們，如果不考慮陳寅恪當時的「所預之流」，就很難對陳寅恪早期的學術準備做一番真切而中肯的評價。為此，我們必須更具體地回到二十世紀初陳寅恪的留學語境。一九二一年，陳寅恪離開美國，重赴德國，進柏林大學研究院，研究梵文及東方古文字學等[255]，開始在歐洲長達四年的求學經歷，也從此開始了其親炙西方之東方學的知識歷程。且看這期間的柏林大學研究院和陳寅恪所師事的導師情況，就可見他對西方之東方學的「所預之深」。關於這方面的研究，張國剛在〈陳寅恪留德時期柏林的漢學與印度學——關於陳寅恪先生治學道路的若干背景知識〉一文中，已有詳細的論述。我在這裡主要是引述張先生的研究成果，以作為進一步展開論述的基礎。「柏林大學的印度學專業是一八二一年建立的，著名語言家和梵文學者、曾任普魯士政府教育部長並兼任柏林大學校長的威廉‧洪堡，聘請在巴黎執教的鮑勃（Franz Bopp）出任這個學科的首任教授（1821-1856）。鮑勃以他五年前出版的《論梵文的連詞體系：與希臘語、拉丁語、波斯語、日爾曼語連詞體系的比較》知名於世，是比較歷史語言學的重要奠基人之一。接替鮑勃的是魏伯（Albrecht Weber，任職時間為1856-1902）。魏伯的繼承人是皮舍爾（Richard Pischel, 1849-1908，任職時間為1902-1908）。此後幾十年間，德國許多著名的印度學家如季羨林的吐火羅語老師西克（Emil Sieg）和哥爾

254　陳寅恪：〈陳垣敦煌劫餘錄序〉，《金明館叢稿二編》（北京市：生活‧讀書‧新知三聯書店，2000年）。

255　蔣天樞：《陳寅恪先生編年事輯》（增訂本）（上海市：上海古籍出版社，1997年），頁44。

納（Karl. F. Geldner）等蜚聲世界的梵文學者都出身於柏林。從這裡
走出一個個梵文學教授，擔任哈勃大學、基爾大學和格廷根大學等印
度學重鎮的教席。」[256]可見，無論從學科承傳和延續的角度，還是從
人才濟濟的狀況來看，當時的柏林大學已成為歐洲最重要的東方學研
究中心之一，留學柏林期間的陳寅恪就是浸染在這樣濃郁的東方學氛
圍之中。二十世紀三〇年代中期，當季羨林到德國留學時，在柏林、
哥廷根等地，這種濃郁的東方學氛圍依然保存得十分完整。下面，我
們再來看看陳寅恪所親炙的導師的情況，以便進一步了解其學術訓
練、學術研究的承傳之所自。這些老師中最重要的要數呂德斯了，
「呂德斯在格廷根大學博士畢業，並跟著名的埃及學和語法學家基爾
霍恩（F. Kielhom）完成教授論文，曾在牛津大學短期進修，移帳柏
林以前，他是羅斯托克大學和基爾大學的教授，柏林印度學界後來評
論說：呂德斯在柏林大學三十三年非凡的成績表明，當初請這位年僅
四十歲的學者來柏林執掌世界一流的印度學教座，是哲學學院多麼英
明的決策」。對於呂德斯的治學特點，他的及門弟子阿爾斯多夫
（Ludwig Alsdorf）這樣評論：「呂德斯也許是那個時代最後一位難以
用『印度學家』來概括的學者，人們無法說出他的研究重點是什麼，
也無法說出他專攻什麼領域。他是吠陀語文學（Vedische Philologie）
最偉大的導師之一，他始終把吠陀研究作為印度學研究的中心內容；
他也是最有成就的碑銘學家和古文字學家，而巴利文和梵文佛教文獻
又是他最致力和成就卓著的領域之一。呂德斯還主編出版了德藏吐魯
番文書，他還留下了數不清的未出版的文稿。」[257]陳寅恪留學柏林期
間，正是呂德斯學術創造力最豐沛、最輝煌的歷史時期。當然，氛圍

---

256 張國剛：〈陳寅恪留德時期柏林的漢學與印度學——關於陳寅恪先生治學道路的若干
　　背景知識〉，《陳寅恪與二十世紀中國學術》（杭州市：浙江人民出版社，2000年）。
257 張國剛：〈陳寅恪留德時期柏林的漢學與印度學——關於陳寅恪先生治學道路的若干
　　背景知識〉，《陳寅恪與二十世紀中國學術》（杭州市：浙江人民出版社，2000年）。

有了，導師有了，但也只能說明一個學術大師的產生有了外部的條
件，更重要的是，還需要陳寅恪自己在這方面進行了長時期主觀上的
努力和準備。且看陳寅恪當時學習的具體情況，有幸的是，陳寅恪曾
留下六十四本留學筆記，使我們今天有機會窺見其冰山之一角。陳寅
恪所留下的六十四本留學筆記，據季羨林的解讀，筆記可分二十一大
類：一、藏文（十三本），二、蒙文（六本），三、突厥回鶻文（十四
本），四、吐貸羅文（一本），五、西夏文（二本），六、滿文（一
本），七、朝鮮文（一本），八、中亞、新疆（二本），九、佉盧文
（二本），十、梵文、巴利文、耆那教（十本），十一、摩尼教（一
本），十二、印地文（二本），十三、俄文、伊朗（一本），十四、希
伯來文（一本），十五、算學（一本），十六、柏拉圖（實為東土耳其
文）（一本），十七、亞力斯多德（實為數學）（一本），十八、《金瓶
梅》（一本），十九、《法華經》（一本），二十、天臺梵文（一本），二
十一《佛所行贊》（一本）。[258]從語言文字學上看，筆記本「涉及藏
文、蒙文、梵文、巴利文等多種文字，這些語言和文字，在當時的柏
林大學都有課程開設」[259]。更具體地分析，「筆記本中屬於『梵文、
巴利文、耆那教』共10本，其中第3本封面題梵文大訓（大疏），內容
是印度古代大語法家 Patanjali 所著的 Mahābhāsya，裡面是英文譯
文。而呂德斯正是這部經典的權威學者。第5、6、7本是石刻碑銘，
這正是呂德斯科研的強項。第4、8、9、10本是巴利文詞彙本，而巴
利文正是呂德斯最重要的研究領域。筆記本『突厥回鶻文一類』第14
本中有幾位教授的名字，其中就有呂德斯的名字。」[260]從這些實例中

---

258 季羨林：〈從學習筆記本看陳寅恪先生的治學範圍和途徑〉，《追憶陳寅恪》（北京
　　市：社會科學文獻出版社，1999年）。

259 張國剛：〈陳寅恪留德時期柏林的漢學與印度學——關於陳寅恪先生治學道路的若干
　　背景知識〉，《陳寅恪與二十世紀中國學術》（杭州市：浙江人民出版社，2000年）。

260 張國剛：〈陳寅恪留德時期柏林的漢學與印度學——關於陳寅恪先生治學道路的若干
　　背景知識〉，《陳寅恪與二十世紀中國學術》（杭州市：浙江人民出版社，2000年）。

可以看出陳寅恪對當時西方之東方學的熟稔和對這一學術研究所做的長時間艱苦的鑽研。我們認為，正是上述的主客觀兩個方面條件的相互作用，才可能使得陳寅恪在西方之東方學潮流之中從容優遊，也使得他有了自己的「看家絕學」。

　　季羨林在解讀完全部筆記後得出了三個結論：「（一）陳先生治學範圍廣。從這些學習筆記中也可以看出，先生治學之廣是非常驚人的。專就外族和外國語言而論，數目就大得可觀。英文、德文、法文、俄文等等，算是工具語言，梵文、巴利文、印度古代俗語、藏文、蒙文、西夏文、滿文，新疆現代語言，新疆古代語言，伊朗古代語言，古希伯來語等等，算是研究對象語言。陳先生對於這些語言都下過深淺不同的工夫。還有一些語言，他也涉獵過，或至少注意到了，比如印地語、尼泊爾語等等。專從筆記本的數量和內容來看，先生致力最勤的是中亞、新疆一帶歷史、語言和文化的研究，以及藏文研究和蒙文研究。這在他以後寫的論文中完全可以表現出來。（二）陳先生治學深度深。在中世紀印度諸俗語方言中，西北方言佔重要的地位。因此，國外有不少傑出的梵文學者從事這方面的研究，寫出了不少的專著和論文。但是在（二十世紀）二〇年代的中國，卻從來沒有聽說什麼學者注意到了這個問題。有之當以陳先生為第一人。他在筆記本九、佉盧文第一本裡面詳細地抄錄了佉盧字母《法句經》的經文，札記了不少的中世西北方言的特點。他也注意到 ahu=aham 這樣的音變現象。他雖然以後沒有這方面的文章，工夫是下過了，而且下得很深。（三）陳先生重視書目。研究一門學問，或者研究一個專題，第一步工作就是了解過去研究的情況和已經達到的水準。要做到這一步，必須精通這一學問或這一專題書目。他（陳寅恪）非常重視書目，在他的筆記本中，我發現了大量的書目，比如筆記本八第二本中有中亞書目一七〇種，西藏書目二〇〇種，此外，在好多筆記本中都抄有書目。從（二十世紀）二〇年代的水平來看，這些書目可以說

非常完全了，就是到了今天，它們仍有參考價值。」[261]

　　正是基於這樣的學術準備和學術視野，陳寅恪在回國前寫給妹妹的信即著名的〈與妹書〉中，針對國內學者對西方之東方學研究狀況隔膜的情形，婉轉地提出批評，同時表達了自己的治學之旨趣，因此，這封信也常常被學術界譽為陳寅恪一生治學之綱領。他說：「我所注意者有二：一歷史，（唐史西夏）西藏即吐蕃，藏文之關係不待言。一佛教，大乘經典，印度極少，新疆出土者亦零碎。及小乘律之類，與佛教史有關者多。中國所譯，又頗難解。我偶取金剛經勘過，其注解自晉唐起至俞曲園止，其間數十百家，誤解不知其數。我以為除印度西域外國人外，中國人則晉朝唐朝和尚能通梵文，當能得正確之解，其餘多是望文生義，不足道也。隋智者大師天臺宗之祖師，其解悉檀二字，錯得可笑。（見法華玄義）好在臺宗乃儒家五經正義二疏之體。說佛經，與禪宗之自成一派。與印度無關者相同。亦不要緊也。（禪宗自謂由迦葉傳心，係據護法因緣傳。現此書已證明為偽造。達摩之說我甚疑之。）」[262]回望二十世紀二〇年代的中國學術界，人們正熱衷於爭論學術之「中」與「西」，「新」與「舊」，「有用」與「無用」這些問題[263]，而關於東方學的研究幾乎是一片空白。然而，東方學又是二十世紀國際人文學術的一個重要的潮流，這就給陳寅恪提供了回國後大展身手的機會。學術史的機緣與個人的學術準備終於湊合在一起了。我想，這就是為什麼不是別人而是年紀輕輕且沒有什麼著述的陳寅恪，會被清華國學研究院所看重的關鍵之所在。

---

261 季羨林：〈從學習筆記本看陳寅恪先生的治學範圍和途徑〉，《追憶陳寅恪》（北京市：社會科學文獻出版社，1999年）。

262 陳寅恪：〈與妹書〉，《金明館叢稿二編》（北京市：生活・讀書・新知三聯書店，2001年）。

263 有關這方面的討論可參見羅志田：《國家與學術：清季民初關於「國學」的思想論爭》（北京市：生活・讀書・新知三聯書店，2003年）；桑兵：《晚清民初的國學研究》（上海市：上海古籍出版社，2001年）。

（二）寂寞與苦心

　　一九二六年七月八日，陳寅恪到國學研究院任教，從此開始了在清華園的生活。當時吳宓就贈詩曰：「燦燦池荷開正好，名園合與寄吟身。」在寧靜的清華園，以年齡、資歷而言，陳寅恪應該更容易與當年的國學研究院學生相接近，但卻有一個很奇怪的現象，那就是：在國學研究院的四年間，真正隨其專修的弟子卻很少，嚴格地說是沒有。有人這樣描述道：「另一位導師陳寅恪，剛從國外回來，名氣不高，學生根本不知道他學貫中西，也不去注意他。陳在清華大學講書，專講個人心得，繁複的考據，細密的分析，也使人昏昏欲睡，興味索然。所以真正能接受他的學問的人，寥寥可數。」[264] 與另外一些回憶性的描述過分地突顯陳寅恪在清華園聲望之卓著的情形相比，我們認為，這裡的描述大致可信。當然，出現這種寂寞而尷尬的情形，在某種意義上，則與清華國學研究院開辦之旨趣即導師「與學生以個人接觸，親近講習之機會，期於短時間內獲益至多」多少有些相矛盾。要分析簡中的原因，我們認為，應回到當時清華國學研究院的課程設置上。清華國學研究院的課程設置分成兩類：一是分組指導、專題研究，二是普通演講。先來看所謂的「專題研究」究竟有哪些具體的規定：「（一）本院略仿舊日書院及英國大學制度：研究方法，注重個人自修，教授專任指導，其分組不以學科，而以教授個人為主，期使學員與教授關係異常密切，而學員在此短時期中，於國學根底及治學方法，均能確有所獲。（二）本院開學之日，各教授應將其所擔任指導之學科範圍公佈，各學員應與各教授自由談話，就一己去向興趣學力之所近，擇定研究之題目，限於開學後兩星期內，呈報講師，由其核定備案。核定後，應即隨時受教授指導，就此題切實研究，大體

---

264 牟潤孫：《清華國學研究院》，香港《大公報》，1997年2月23日。此處轉引自桑
　　兵：〈陳寅恪與清華研究院〉，《歷史研究》1997年第4期。

不得更改，以免曠時雜騖之弊。（三）教授所擔任指導之學科範圍，由各教授自定。俾可出其平生治學之心得，就所最專精之科目，自由劃分，不嫌重複；同一科目，盡可有教授數位並任指導，各為主張。學員須自由擇定教授一位，專從請業，其因題目性質，須同時兼受數位教授指導者亦可為之，但既擇定之後，不得更換，以免紛亂。（四）教授于專從本人之請業之學員，應訂定時間，常與接談，考詢成績，指示方法及應讀書籍。其學員數人所研究之題目全部或一部相同者，教授可將該學員等同時接見，或在教室舉行演講，均由自定。」[265]雖然每年都會有些小變動，小調整，但陳寅恪在國學院所任的專題研究的學科，大致不出以下的範圍：「（一）年曆學（中國古代閏朔日月食之類）。（二）古代碑誌與外族有關係者之比較研究。（三）摩尼教經典與回紇文及譯本之研究。（四）佛教經典各種文字譯本之比較研究（梵文、巴利文、藏文、回紇文及中亞細亞文諸文字譯本與中文譯本之比較研究）。（五）蒙古、滿洲之書籍碑誌與歷史有關係者之研究。」[266]很顯然，這些指導的學科範圍對受業學生的語言能力有著巨大的要求，加之研究領域的冷僻，其結果是，請業者往往很少，對於這種不尷不尬之情形，年長的梁啟超曾不無苦心地為之做了一番婉轉的辯護：「陳先生寅恪所示古代碑誌與外族有關係者之類，此種題目雖小，但對內容非完全了解，將其種種隱僻材料搜檢靡遺，固不易下手也。」[267]既然專題研究的情形是如此，那麼陳寅恪這期間在國學研究院的教學指導情形又是如何？對此，有人曾這樣總結道：「總起來看，梁（啟超）、王（國維）都在研究院中有影響，而陳（寅恪）幾乎可以說沒有。概想起來，大約由於那時陳講的是年代學

265　〈研究院章程〉，《清華週刊》第360期（1925年）。

266　見齊家瑩編：《清華人文學科年譜》（北京市：清華大學出版社，1999年），頁18。

267　〈梁任公教授談話記〉，《清華週刊》第352期（1925年）。此處轉引自孫敦恆編著：《清華國學研究院史話》（北京市：清華大學出版社，2002年），頁68。

（曆法），邊疆民族歷史語言（蒙文、藏文）以及西夏文、梵文的研
究，太冷僻了，很少人能接受。」[268]沒有專從請業的學生也就罷了，
因為這與導師自身是否有能力及是否具備敬業精神等問題無關。但普
通演講卻不一樣，這是硬性規定，是每一位導師必須履行的職責之一
部分。可以想見，當年的陳寅恪面對充滿求知欲但大腦中對老師所講
內容又是「空空如也」的學生時，會是一種怎樣複雜的心情。按《研
究院章程》規定：「除分組指導、專題研究以外，各教授均須為普通
演講，每星期至少一個小時，所講或為國學根底之經史小學，或治學
方法，或本人專門研究之心得。此種普通演講，凡本院學員均須到場
聽受。」[269]陳寅恪於第二學年（因其是第二學年才到校任教）第一學
期擔任的普通演講課為（一）西人之東方學之目錄學，（二）《梵
文——金剛經》之研究。第二學期陳寅恪除原有演講之外，於每星期
二加授「梵文」一課，即以《金剛經》為課本。第三學年擔任「梵文
文法」。第四學年除原有的「梵文文法」外，加授「唯識二十論校
讀」。[270]對於陳寅恪的普通演講，當時的國學院學生普遍認為聽不
懂，據陳哲三回憶說：「陳先生演講，同學顯得程度很不夠。他所會
業已死了的文字，拉丁文不必講，如梵文、巴利文、滿文、蒙文、藏
文、突厥文、西夏文及中波斯文非常之多，至於英法德俄日希臘諸國
文更不用說，甚至於連匈牙利的馬扎兒文也懂。上課時，我們常常聽
不懂，他一寫，哦！才知道，那是德文，那是梵文，但要問其音，叩
其義方始完全了解。」[271]姜亮夫也有一個「現場」說法：「寅恪先生
講《金剛經》，他用十幾種語言，用比較法來講，來看中國翻譯的

---

268 牟潤孫：《清華國學研究院》，香港《大公報》，1997年2月23日。此處轉引自桑
　　兵：〈陳寅恪與清華研究院〉，《歷史研究》1997年第4期。
269 〈研究院章程〉，《清華週刊》第360期（1925年）。
270 參見孫敦恆編著：《清華國史研究院史話》。
271 陳哲三：〈陳寅恪先生軼事及其著作〉，臺灣《傳記文學》第16卷第3期（1970年3
　　月），此處見《追憶陳寅恪》。

《金剛經》中的話對不對，譬如《金剛經》這個名稱，到底應該怎麼講法，那種語言是怎麼說的，這種語法是怎麼講的，另一種又是怎樣，一說就說了近十種。……因此寅恪先生的課我最多聽得懂三分之一（而且包括課後再找有關書來看弄懂的），除此之外，我就不懂了。」[272] 在這裡，我們不妨把這一情形與胡適當年在北大講堂上的「盛況」做些對照。據顧頡剛對胡適的「中國哲學史」課的回憶：「胡先生講得的確不差，他有眼光，有膽量，有斷別，確是一個有能力的歷史學家。他的議論處處合於我的理性，都是我想說而不知道怎樣說才好的。」[273] 可見當年的胡適與青年學生之間有一種默契而生動的思想與精神的交流，然而，陳寅恪的情形卻是相反的。假如今天我們能夠回到當時的課堂（現場），我想，許多人的頭腦中都會有一個疑問浮現起來，和王國維、梁啟超所講授的經史小學等傳統國學相對照，陳寅恪所指導的專業和所承擔的普通演講課就顯得十分的特異：既然學生普遍反應是「聽不懂」，那又為什麼要堅持講授下去呢？這其中是否有陳寅恪的另一番用心呢？我認為，要回答這個問題，就必須涉及當時中國學術界對西方之東方學研究的反應與態度。比如，二十世紀二〇年代初北京大學研究所國學門主任沈兼士在〈籌劃北京大學研究所國學門經費建議書〉中就說道：「竊惟東方文化自古以中國為中心，所以整理東方學以貢獻於世界，實為中國人今日一種責無旁貸之任務。吾人對於從外國輸入之新學，因我固不如人，猶可說也；此等自己家業，不但無人整理之，研究之，並保存而不能，一聽其流轉散佚，不知顧惜，如敦煌石室之秘笈發見於外人後，法、英、日本均極重視，搜藏甚多，且大都整理就緒；中國京師圖書館雖亦存儲若干，然僅外人與私家割棄餘剩之物耳；又如英人莫利遜文庫，就中收

272　姜亮夫：〈憶清華國學研究院〉，《學術集林》第1卷。此處見《追憶陳寅恪》。
273　顧頡剛：《古史辨》〈自序〉（上海市：上海古籍出版社，1982年）。

藏中國史學上貴重之材料極多，中國亦以無相當機關主持收買，遂為
日人岩崎氏所得；近聞已囑託東京帝國大學文學部整理研究，不久當
有報告公佈。以中國古物典籍如此之宏富，國人實不能發揮光大，於
世界學術界中爭一立腳地，此非極為痛心之事耶！」[274]沈兼士的這種
面對西人之東方學蓬勃發展而國人卻毫無建樹的情形而產生的焦慮之
情，充溢於當時許多學者的心間。傅斯年在一九二八年的〈歷史語言
研究所工作之旨趣〉一文中，更是說得痛心疾首：「本來語言即是思
想，一個民族的語言即是這一個民族精神上的富有，所以語言學總是
一個大題目，而直到現在的語言學的成就也很能副這一個大題目。在
歷史學和語言學發達甚後的歐洲是如此，難道在這些學問發達甚早的
中國，必須看著他荒廢，我們不能製造別人的原料，便是自己的原料
也讓別人製造嗎？……我們中國人多是不會解決史籍上的四裔問題
的，丁謙君的諸史外國傳考證，遠不如沙萬君之譯《外國傳》，玉連
之解《大唐西域記》，高幾耶之注《馬哥博羅遊記》，米勒之發讀《回
紇文書》，這都不是中國人現在已經辦到的。凡中國人所忽略，如匈
奴、鮮卑、突厥、回紇、契丹、女真、蒙古、滿洲等問題，在歐洲人
卻是格外的注意。說句笑話，假如中國學是漢學，為此學者是漢學
家，則西洋人治這些匈奴以來的問題豈不是虜學，治這學者豈不是虜
學家嗎？然而也許漢學之發達有些地方正借重虜學呢！又如最有趣的
一些材料，如神祇崇拜，歌謠，民俗，各地各時雕刻文式之差別，中
國人把他忽略了千百年，還是歐洲人開頭為有規模的注意。……整理
自己的物事的工具尚不夠，更不說上整理別人的物事，如希臘藝術如
何影響中國佛教藝術，中央亞細亞的文化成分如何影響到中國的物
事，中國文化成分如何由安西西去，等等，西洋的東方學者之拿手好
戲，日本近年來也有竟敢去幹的，中國人目前只好拱手謝之而已……

---

274 沈兼士：《沈兼士學術論文集》（北京市：中華書局，1986年），頁362。

我們著實不滿這個狀態，著實不服氣就是物質的原料以外，即便學問
的原料，也被歐洲人搬了去乃至偷了去。」[275]在傅斯年之後接掌中央
研究院的著名學者李濟後來詮釋說：「文中所說的『不滿』與不服氣
的情緒，在當時的學術界已有很長的歷史……」[276]據陳垣的弟子回憶
說，陳垣在二十世紀二〇年代也曾多次說道：「現在中外學者談漢學，
不是說巴黎如何，就是說日本如何，沒有提中國的。我們應當把漢學
中心奪回中國，奪回北京。」[277]顯然的，要實現這一學術上的「雄心
壯志」，單純依靠個人的力量是遠遠不夠的，它必須有一種新型的具有
規模的「分工合作」機制，就如傅斯年所說：「歷史學和語言學發展
到現在，已經不容易由個人作孤立的研究了，他既靠圖書館或學會供
給他材料，靠團體為他尋材料，並且須得在一個研究的環境中，才能
大家互相補其所不能，互相引會，互相訂正，於是乎孤立的製作漸漸
的難，漸漸的無意謂，集眾的工作漸漸的成一切工作的樣式了。」[278]
也就是說，需要培養出大量的專業人才，而當時的國力和教育環境都
不可能派出大批的留學生到西方學習有關東方學的學問，這些難題必
須由像清華國學研究院、北京大學研究所國學門和中央研究院史語所
這樣名家匯集的研究機構來解決。通過這些機構，盡快地培養出大批
急需人才，以期改變國內東方學研究落後的尷尬情形。陳寅恪面對這
種令人尷尬的學術情形，也曾痛心地表達過自己的焦慮：「敦煌者，
中國學術之傷心史也。」「自發現以來，二十餘年間，東起日本，西
迄法英，諸國學人，各就其治學範圍，先後咸有所貢獻。吾國學者，

275　傅斯年：《民族與古代中國史》（石家莊市：河北教育出版社，2002年），頁467-
　　476。

276　此處參見陳以愛：《中國現代學術研究機構的興起》（南昌市：江西教育出版社，
　　2002年），頁115。

277　參見陳以愛：《中國現代學術研究機構的興起》（南昌市：江西教育出版社，2002
　　年），頁115。

278　傅斯年：《民族與古代中國史》（石家莊市：河北教育出版社，2002年），頁467-476。

其撰述得列於世界敦煌學著作之林者，僅三數人而已。」[279]推而廣之，我認為，這種對東方學研究落後的學術狀況的焦慮，事實上隱含著陳寅恪對中國學術獨立乃至民族精神獨立之企盼。他曾在〈吾國學術之現狀及清華之職責〉一文說道：「今日全國大學未必有人焉，能授本國通史，或一代專史，而勝任愉快者。東洲鄰國以三十年來學術銳進之故，其關於吾國歷史之著作，非國人所能追步。昔元裕之、危太樸、錢受之、萬季野諸人，其品格之隆汙，學術之歧異，不可以一概論；然其心意中有一共同觀念，即國可亡，而史不可滅。今日國雖倖存，而國史已失其正統，若起先民於地下，其感慨如何？今日與支那語同系諸語言，猶無精密之調查研究，故難以測定國語之地位，及辨別其源流，治國語學者又多無暇為歷史之探討，及方言之調查……蓋今世治學以世界為範圍，重在知彼，絕非閉戶造車之比。夫吾國學術現狀如此，全國大學皆有責焉，而清華為全國所最屬望，此謂大有可為之大學，故其職責尤獨重，因於其二十週年紀念時，直質不諱，拈出此重公案，實係吾民族精神上生死一大事者。」[280]在這個崇高而重大的意義上，也許能理解在寂寞之中陳寅恪「念茲在茲」的精神原動力！

　　陳寅恪曾反覆強調：「對於古人之學說，應具了解之同情……必須具備藝術家欣賞古代繪畫雕刻之眼光及精神，然後古人立說之用意與對象，始可以真了解。所謂真了解者，必神遊冥想，與立說之古人，處於同一境界，而對於其持論所以不得不如是之苦心孤詣，表一種之同情。」[281]聯想當時的寂寞情形和壓在陳寅恪心頭的職責感，我

---

279 陳寅恪：〈陳垣敦煌劫餘錄序〉，《金明館叢稿二編》（北京市：生活・讀書・新知三聯書店，2001年）。

280 陳寅恪：〈吾國學術之現狀及清華之職責〉，《金明館叢稿二編》（北京市：生活・讀書・新知三聯書店，2001年）。

281 陳寅恪：〈馮友蘭中國哲學史上冊審查報告〉，《金明館叢稿二編》（北京市：生活・讀書・新知三聯書店，2001年）。

們就能真切地理解那迴盪在清華園裡，近乎「獨語」的講課聲中所包
含著的一個學者的學術堅守、學術期望和學術苦心。今天，我們已不
可能起陳先生於地下而詢之，但我們可以捫心自問，這一期望實現
了嗎？

（三）較乾嘉諸老更上一層

　　早在留學期間，陳寅恪就曾自信地說道：「如以西洋語言科學之
法，為中藏文比較之學，則成效當較乾嘉諸老，更上一層。」史學家
汪榮祖在《陳寅恪評傳》一書中就曾用「較乾嘉諸老更上一層」標識
陳寅恪的治學特徵。[282]我認為，這段話若移用來概括陳寅恪在國學研
究院期間的學術創造，則尤為準確。在清華國學研究院期間，陳寅恪
主要致力於「中古佛教史研究」。代表性論文有〈大乘稻芊經隨聽疏
跋〉、〈有相夫人生天因緣曲跋〉、〈童受喻鬘論梵文殘本跋〉、〈懺悔滅
罪金光明經冥報傳跋〉、〈須達起精舍因緣曲跋〉、〈敦煌本十誦比丘尼
波羅提木叉跋〉[283]等。據其弟子蔣天樞回憶說：「是時先生授課之
餘，精研群籍，史、集部外，並及佛典。早年居金陵，與『支那內學
院』鄰近，已泛涉佛典，至是更進而為譯本佛經之研究，並以高麗本
藏本校梁慧皎《高僧傳》，眉間細字密行，間注梵文巴利文，蓋欲為
之箋證而未成也。」[284]儘管國學研究院時期陳寅恪的著述在數量上並
不多，但每一篇都有「證發舊籍之功」[285]，具有獨特的方法論和學術
史的意義。

　　第一，以多種語言相互考證，如以巴利文、梵文、藏文等考證古

282　汪榮祖：《陳寅恪評傳》（南昌市：百花洲文藝出版社，1992年）。

283　論文均收入《金明館文稿二編》。

284　蔣天樞：《陳寅恪先生編年事輯》（增訂本）（上海市：上海古籍出版社，1997年），
　　　頁220-221。

285　蔣天樞：《陳寅恪先生編年事輯》（增訂本）（上海市：上海古籍出版社，1997年），
　　　頁220-221。

代譯語。「吾國學者自佛教輸入中土後，研治者不少；晚清學者治者尤多，但因語文的限制，常不能與原本或其他語文的譯本對勘，以至不能糾正錯誤，常常以訛傳訛，導致誤解。」[286]這種現象在晚清民國的學術界是比較普遍的，實際的情形是，當時的許多學者根本不可能具有通識多種語言的能力，有關外族典籍的研究也只能是從日本學者手中輾轉得之，這樣，謬誤就自然難以避免。然而，陳寅恪卻能「通曉多種語文，能夠取譯文與原文對勘，猶如取燭照幽，立見謬誤所在及其來源」[287]。如在〈懺悔滅罪金光明經冥報傳跋〉一文，作者說道：「金光明經諸本，予所知者，梵文本之外，其餘他種文字譯本，尚存於今日者，中文則有北涼曇無讖譯之四卷本，隋寶貴之合部八卷本，唐義淨之八卷本。西藏文則有三本，其一為法成重譯之中文義淨本。蒙古文及 Kalmuk 文（予曾鈔一本）均有譯本。滿文大藏經譯自中文當有金光明經，但予未得見。突厥系文則有德意志吐魯番考察團所獲之殘本及俄國科學院佛教叢書本。東伊蘭文亦有殘闕之本。」作者在參證了這些不同文字的譯本之後，得出結論說：「據此諸種文字譯本之數，即知此經於佛教大乘經典中流通為獨廣，以其義主懺悔者，最易動人故也。」在〈童受喻鬘論梵文殘本跋〉一文中，陳寅恪把梵文大莊嚴論殘本與中文原譯加以校核，進而提出兩個疑問：「然有不同解者二。一，此書既為童受之喻鬘論，何以鳩摩羅什譯為馬鳴之大莊嚴論……二，元時此論之西藏文譯本，何以有莊嚴經論數字之梵文音譯？」對於這兩個疑問，陳寅恪的回答是：「寅恪以為慶吉祥等當時校勘中藏佛典，確見此論藏文譯本，理不應疑。唯此蕃文，當是自中文原譯本重譯為藏文，而莊嚴經論數字之梵文音譯，則藏文譯主，據後來中文原名，譯為梵音也。」著名史學家嚴耕望曾以陳垣、

---

286 參閱汪榮祖：《陳寅恪評傳》（南昌市：百花洲文藝出版社，1992年），頁84-85。
287 參閱汪榮祖：《陳寅恪評傳》（南昌市：百花洲文藝出版社，1992年），頁84-85。

陳寅恪為例，談及考證學的述證與辨證兩類別、兩層次：「述證的論著只要歷舉具體史料，加以貫串，使史事真相適當的顯露出來。此法最重史料搜集之詳贍，與史料比次之縝密，再加以精心組織，能於紛繁中見條理，得出前所未知的新結論。辨證的論著，重在運用史料，作曲折委蛇的辨析，以達到自己所透視理解的新結論。此種論文較深刻，亦較難寫。考證方法雖有此兩類別、兩層次，但名家論著通常皆兼備此兩方面，唯亦各有所側重。寅恪先生的歷史考證側重後者，往往分析入微，證成新解。」[288]正是這種豐富驚人的語文能力和考證方法的獨特性，才可能使他在中古佛教研究方面取得「光輝燦然，令人歎不可及的成就」[289]。胡適把陳寅恪與湯用彤並稱為研佛「最勤的，是最有成績的」專家，吳宓則稱他為「全中國此學（佛學）之翹楚」。

　　第二，「尺幅千里」。蕭公權稱陳寅恪的考證學境界為「此種尺幅千裡之妙境乃陳君夙所擅長，殆足以淩駕乾嘉諸公」[290]。按我們的理解，所謂的「尺幅千里」就是陳寅恪在考證之中常常能「以小見大」。[291]儘管他的佛學研究論文都很短小，但最後得出的結論都十分重大。例如在〈大乘稻芉經隨聽疏跋〉一文中，作者先是根據現存佛教典籍，「綜合推計，知其（法成）為吐蕃沙門，生當唐文宗太和之世，譯經於沙州、甘州」。而後對法成撰述的不同文字如中文、藏文做了考證，最後作者得出這樣的結論：「予因此並疑今日之所見中文經論注疏凡號為法成所撰集者，實皆譯自藏文，但以當時所據原書，

288　此處轉引自桑兵：《晚清民國的國學研究》（上海市：上海古籍出版社，2001年），頁190。

289　此處轉引自桑兵：《晚清民國的國學研究》（上海市：上海古籍出版社，2001年），頁190。

290　此處轉引自汪榮祖：《陳寅恪評傳》（南昌市：百花洲文藝出版社，1992年），頁87。

291　此處轉引自桑兵：《晚清民國的國學研究》（上海市：上海古籍出版社，2001年），頁190。

今多亡逸，故不易詳究其所從出耳。昔玄奘為西土諸僧譯中文大乘起信論為梵文。道宣記述其事，贊之曰：『法化之緣，東西互舉』，夫成公之於吐蕃，亦猶慈恩之於震旦；今天下莫不知有玄奘，法成則名字湮沒者且千載，迄至今日，鉤索故籍，僅乃得之。同為溝通東西學術，一代文化所托命之人，而其後世聲聞之顯晦，殊異若此，殆有幸有不幸歟！」在這不足一五〇〇字的短文中，陳寅恪既顯示了他廣博淵深的佛教文獻功底、縝密的考辨功力，又寄託了他深廣的歷史文化命運感。在這裡，人們不禁會把這段話中的感慨與他在〈楊樹達積微居小學金石論叢續稿序〉中的一段話相聯繫，在該序中，陳寅恪說道：「先生少時即肄業於時務學堂，後復遊學外國，其同時輩流，頗有遭際世變，以功名顯者，獨先生講授於南北諸學校，寂寞勤苦，逾三十年，不少間輟。持短筆，照孤燈，先後著書高數尺，傳誦於海內外學術之林，始終未嘗一藉時會毫末之助，自致力於立言不朽之域。與彼假手功名，因得表見者，肥瘠榮悴，固不相同，而孰難孰易，孰得孰失，天下後世當有能辯之者。」[292]我想，這序中多少也有著陳寅恪自身的感慨。在〈懺悔滅罪金光明經冥報傳跋〉中，作者通過考證不同版本的金光明經卷首均有冥報傳這一特徵，而後加以引申、概括說：「是佛經之首冠以感應冥報傳記，實為西北昔年一時風尚。今則世代遷移，當時舊俗，渺不可稽，而其跡象，仍留於外族重翻之本。……至滅罪冥報傳之作，意在顯揚物感應，勸獎流通，遠托法句譬喻經之體裁，近啟太上感應篇之注釋，本為佛教經典之附庸，漸成小說文學之大國，蓋中國小說雖號稱富於鴻篇巨制，然一察其內容結構，往往為數種感應冥報傳記雜糅而成。若能取此類果報文學詳稽而廣證之，或亦可為治中國小說史者之一助歟！」請別小覷這僅百餘字的文字，它可謂是「四兩撥千斤」，清晰地揭示了中國小說文體變遷

---

292 陳寅恪：〈楊樹達積微居小學金石論叢續稿序〉，《金明館叢稿二編》（北京市：生活‧讀書‧新知三聯書店，2001年）。

之中的一個秘密。治小說史的學者如胡適、孫楷第、鄭振鐸等人的研究結論和陳寅恪所揭示的規律，相得益彰。在〈敦煌本十誦比丘尼波羅提木叉跋〉一文中，作者說道：「西本君校刊此書，附以原寫本之音寫寫誤及異體文字表，雖其中頗有可見之體，不煩標列者，然此為考古學文字學重要事業，前人鮮注意及之者。若能搜集敦煌寫本中六朝唐代之異文俗字，編為一書，於吾國古籍之校訂，必有裨益。」清朝遺老且有「大儒」之稱的沈曾植曾稱讚王國維的治學方法說：「君為學乃善自命題。」[293]陳寅恪何嘗不是如此！他在這些論文中所提出的無論是文化史的、思想史的，還是學術史的命題，都足以讓後學窮盡一生的時間來鑽研。從某種意義上說，陳寅恪這些研究具有庫恩所說的狹義的「範式」意義，即它一方面開創新的治學門徑，而另一方面，又留下了許多待解決的新問題。[294]也正是這種「尺幅千里」之妙境，使我們閱讀陳寅恪的著作時，常有含英咀華之感。蔣天樞曾感慨地說道：「先生治學方法，用思之細密極之毫芒，雖沿襲清人治經途術，實匯中西治學方法而一之。」[295]

（四）在史中求史識

俞大維在〈懷念陳寅恪先生〉一文中曾說：「他（陳寅恪）研究的重點是歷史。目的是在歷史中尋找歷史的教訓。他常說『在史中求史識』。因是中國歷代興亡的原因，中國與邊疆民族的關係，歷代典章制度的嬗變，社會風俗、國計民生，與一般經濟變動的互為因果，及中國的文化能存在這麼久，原因何在？這些都是他研究的題目。」[296]也就是說，在陳寅恪的學術研究中始終存在著自己的價值關

---

293 轉引自陳鴻祥：《王國維傳》（北京市：人民出版社，2004年），頁434。

294 余英時：《重尋胡適歷程》（桂林市：廣西師範大學出版社，2004年），頁172。

295 蔣天樞：《陳寅恪先生編年事輯》（增訂本）（上海市：上海古籍出版社，1997年），頁89。

296 俞大雄：《懷念陳寅恪先生》，香港《大成》第49期（1970年）。

懷，只有這樣，我們才能理解陳寅恪晚年為什麼會用了近十年的時間，燃脂暝寫，撰成《柳如是別傳》，也許是擔心時人的不解，他在〈緣起〉中明確寫道：「披尋錢柳之篇什於殘闕毀禁之餘，往往窺見其孤懷遺恨，有可以令人想往不能自己者焉。夫三戶亡秦之志，九章哀郢之辭，即發自當日之士大夫，尤應珍惜引申，以表彰我民族獨立之精神，自由之思想。何況出於婉孌倚門之少女，綢繆鼓瑟之小婦，而又為當時迂腐者深詆、後世輕薄者所厚誣之人哉。」[297]顯然，這段文字與其前不久撰述的〈論再生緣〉中的一段話有許多相似之處：「端生此等自由及自尊即獨立之思想，在當時及其後百餘年間，俱是驚世駭俗，自為一般人所非議……抱如是之理想，生若彼之時代，其遭逢困厄，聲名湮沒，又何足異哉，又何足異哉！」[298]可見，陳寅恪的治學從來都是有深情寄焉。同樣的，我們在二十世紀二〇年代的陳寅恪之撰述中也可以讀到相似的感慨，這就提醒我們，必須在縝密、清晰的考證文字背後，尋找更多的弦外之音。二十世紀二〇年代末，陳寅恪對自己的佛經校勘工作，曾有過這樣一段感慨：「六百卷之大經，譯之者固甚難，而讀之者復不易也。寅恪初察此殘本內容，頗類玄奘譯大般若波羅蜜多經。因取六百卷之大經，反覆檢閱，幸而得其與西夏譯本相應之處。此經意義既有重複，文句復多近似。當時王君擬譯之西夏文殘本，仍有西夏原字未能確定及無從推知者，故比勘異同印證文句之際，常有因一字之羨餘，或一言之缺少，亦須竟置此篇，別尋他品。往往掩卷躊躇，廢書歎息。故即此區區檢閱之機械工作，雖絕難與昔賢翻譯誦讀之勤苦精誠相比並，然此中甘苦，如人飲

297 陳寅恪：《柳如是別傳》（北京市：生活・讀書・新知三聯書店，2001年），上冊，頁4。
298 陳寅恪：〈論再生緣〉，《寒柳堂集》（北京市：生活・讀書・新知三聯書店，2001年）。

水，冷暖自知，亦有未易為外人道者也。」[299]正是有了這種「冷暖自知的感慨」，所以，在他的校勘佛經的文字之中經常能讀到肺腑之言，如在〈童受喻鬘論梵文殘本跋〉一文的結尾，陳寅恪寫道：「凡此諸端，若非荻茲貝多殘闕之本，而讀之者兼通倉頡之大梵之文，則千載而下，轉譯之餘，何以知哲匠之用心，見譯者之能事。斯什公所以平居悽愴，興歎於折翮，臨終憤慨，發誓於焦舌歟？」很顯然，陳寅恪在佛經研究中，絕不是簡單地為考證而考證，為校勘而校勘，其背後有著他獨立的文化理念、文化堅守和文化理想，據俞大維回憶說：「他的梵文和巴利文都特精，但他的興趣是研究佛教對中國一般影響。至於印度的因明學及辯證學，他的興趣就比較淡薄了。本人（俞大維）還記得在抗戰勝利後（陳寅恪）回清華，路過南京，曾在我（俞大維）家小住。我曾將 Stcherbasky 所著書內關於法稱 Dharmakirti 的因明學之部及 Tucci 因藏文所譯龍樹回諍論（梵文本現已發現）念給他聽，他都不特感覺興趣。」[300]那麼，又是什麼動力支持著他長年累月地在枯黃的闕本殘卷之中，從事著繁重的考證呢？他在佛經校勘、考證的背後，感興趣的問題有哪些呢？我們認為，有以下幾個方面。

1 文化交流問題

　　陳寅恪曾在〈大乘義章書後〉一文中這樣寫道：「中國六朝之世，其中神州政治，雖為紛爭之局，而思想自由，才智之士亦眾。佛教輸入，各方面皆備，不同後來之據守一宗一家之說者。嘗論支那佛教史，要以鳩摩羅什之時為最盛時代。中國自創之佛宗，如天臺宗等，追稽其原始，莫不導源泉於羅什，蓋非偶然也。當六朝之季，綜貫包羅數百年間南北兩朝諸家宗派學說異同之人，實為慧遠……慧遠

299　陳寅恪：《金明館叢稿二編》（北京市：生活・讀書・新知三聯書店，2001年），頁213-214。

300　俞大維：《懷念陳寅恪先生》，香港《大成》第49期（1970年）。

之書，皆本之六朝舊說。可知佛典中，『道』之一名，六朝時已有疑義，固不待慈恩之譯老子，始成問題也。蓋佛教初入中國，名詞翻譯，不得不依託較為近似之老莊，以期易解。後知其意義不切當，而教義學說，亦漸普及，乃專用對音之『菩提』，而舍置義譯之『道』。」佛教傳入東土，是中國文化史上的一件大事，其影響之深遠，怎麼估計都不為過，為此，歷代學者均有論述。到了晚清、民國，由於面對一個強勢的西方文化的侵入，中國文化的處境就變得很微妙，也很尷尬，使得許多有識之士都想從中國文化與佛教交流史中尋找成功的途徑及資源，以應對當下的處境。比如，湯用彤精研中國佛教史，其終極目的也在為解答中西「文化思想之衝突與調和」這一大問題提供歷史的線索。[301]當時的人們對此提出的方案有許多，然而，不是偏於西方文化就是偏於傳統文化。由於陳寅恪既能直探傳統文化的深層價值又能通曉西方文化發展之路向，因此，他所提出的解決文化衝突的方略，尤其具有歷史的深度和睿智，比如，陳寅恪指出：「竊疑中國自今日以後，即使能忠實輸入北美或東歐之思想，其結局亦等於玄奘唯識之學，在吾國思想史上，既不能居最高之地位，亦終歸於歇絕者。其真能於思想上自成系統，有所創獲者，必須一方面吸收輸入外來之學說，一方面不忘本來民族之地位，此二種相反而適相成之態度，乃道教之真精神，新儒家之舊途徑，而二千年來吾民族與他民族思想接觸史之所昭示者也。」[302]陳寅恪始終十分關注這一文化交流問題，除了上述的宏觀卓識外，他還曾以佛經翻譯為例，細緻地分析文化傳播的兩種類型，一是直接傳播，二是間接傳播，尤其是對間接傳播的「利」與「害」做了深刻的分析，「間接傳播文化，

---

301 余英時：《現代危機與思想人物》（北京市：生活・讀書・新知三聯書店，2004年），頁378。

302 陳寅恪：〈馮友蘭中國哲學史下冊審查報告〉，《金明館叢稿二編》（北京市：生活・讀書・新知三聯書店，2001年）。

有利亦有害：利者，如植物移植，因易環境之故，轉可發揮其特性而
為本土所不能者，如基督教移植歐洲，與希臘哲學接觸，而成歐洲中
世紀之神學、哲學及文藝是也。其害，則輾轉間接，致失原來精意，
如吾國向日本、美國販運文化中之不良部分，皆其近例。然其所以致
此不良之果者，皆在不能直接研究其文化本原。研究本原首在通達其
言語，中亞語言與天竺同源。雖方言小異而大致可解，如近世意語之
於拉丁，按《出三藏記集》卷八僧叡大品經序謂『胡音失音，正之以
天竺』。蓋古譯音中如彌勒、沙彌之類，皆中亞語，今日方知。因此
可知中亞人能直接通習梵文，故能直接研究天竺之學術本源，此則間
接之害雖有亦不甚深也。」[303]陳寅恪關於文化傳播中的「利」與
「害」、「間接」與「直接」的分析，今天讀起來，仍然發人深省。

2 佛經與文學之關係

　　我們在上文中曾指出陳寅恪在佛教文獻考證、研究中，常常獨具
慧眼，發現佛經與中國文學的特殊關係，尤其是佛經對各種文體的體
制生成、變遷都有巨大而積極的影響，如他在〈有相夫人生天因緣曲
跋〉一文中寫道：「有相夫人生天因緣，為西北當日民間盛行之故
事，歌曲畫圖，莫不於斯取材。今觀佛曲體裁，殆童受喻鬘論，即所
謂馬鳴大莊嚴經論之流，近世彈詞一體，或由是演繹而成。此亦治文
化史者，所不可不知者也。」在〈須達起精舍因緣曲跋〉一文中，他
寫道：「今取此佛典與賢愚經原文較，已足見演經者之匠心，及文學
藝術漸進之痕跡，而今世通行之西遊記小說，載唐三藏車遲國鬥法
事，因與舍利佛降伏六師事同，又所述三藏弟子孫行者豬八戒等，各
矜智能諸事，與舍利佛日犍較力事，亦不無類似之處，因並附記之，
以供治小說考證者采覓焉。」儘管陳寅恪所下結論均十分謹慎，但這

303　蔣天樞：《陳寅恪先生編年事輯》（增訂本）（上海市：上海古籍出版社，1997年），
　　　頁220-221。

裡所提到的有關問題，實際上是中國各體文體變遷的一大關鍵，後來許多治學這一領域的學者，均在陳寅恪的結論上，建立其學術再出發的起點。

（五）結束語：史學的轉變

國學研究院停辦之後，陳寅恪儘管還寫有一些佛教史的研究論述，但他的研究重點基本上轉向魏晉至隋唐的政治史、文化史的研究領域。[304]正如他所說：「寅恪不敢觀三代兩漢之書，而喜談中古以降民族文化之史」[305]，「寅恪頻歲衰病，於塞外之史，殊族之文，久不敢有所論述」[306]。史學家余英時曾把這種學術轉向稱為陳寅恪一生史學三變的「第二變」[307]，那麼，陳寅恪為什麼要放棄其所獨擅的「塞外之史，殊族之文」呢？箇中的因由又是什麼呢？從中能讀出二十世紀中國學術史轉向的哪些重要資訊呢？這些疑問越來越引起了學術界的興趣，對它的回答，需另題論述。

吳 宓

關於吳宓，是二十世紀九〇年代文化語境中一個比較受關注的話題，並且學術界一反過去的批評基調，給予較高的評價。[308]比如，有

---

304 余英時：〈試述陳寅恪的史學三變〉，《現代危機與思想人物》（北京市：生活・讀書・新知三聯書店，2004年）。

305 陳寅恪：〈陳垣西域人華化考序〉，《金明館叢稿二編》（北京市：生活・讀書・新知三聯書店，2001年）。

306 陳寅恪：〈陳述遼史補注序〉，《金明館叢稿二編》（北京市：生活・讀書・新知三聯書店，2001年）。

307 余英時：〈試述陳寅恪的史學三變〉，《現代危機與思想人物》（北京市：生活・讀書・新知三聯書店，2004年）。

308 一九九〇年，一九九二年和一九九四年，陝西省比較文學學會等學術機構曾分別舉辦過三屆的吳宓學術討論會，前兩屆均有《吳宓學術討論會論文選集》出版。一九

的文章以吳宓與學衡派關係為個案，集中探討了中國現代文化保守主義的觀念、立場[309]；有的文章以吳宓矛盾、痛苦而又浪漫的情感生活為背景，剖析了中國現代某一特定類型知識分子的人格缺陷與精神困境[310]；有的文章則透過吳宓與白璧德的師承關係，分析了中國現代知識分子對西方新人文主義的接受、理解乃至誤讀的歷史過程。[311]總之，這些研究文章都力圖把吳宓放在一個多維的文化視野中加以描述、分析，這對我們重新認識這位被塵封已久的思想人物，具有十分重要的學術意義。當然，這些研究文章中的某些褒揚或判斷也存在著過甚或「溢美」之不當。

縱觀已有的研究成果，人們對清華國學研究院時期的吳宓——他的事功和學術——卻涉及得很少。究其原因，可能有兩個方面：其一，吳宓從一九二五年二月十二日被委任為國學研究院籌備處主任到一九二六年三月堅辭國學研究院主任，這期間只有短暫的十三個月，時間短，因而容易被研究者所忽略；其二，在這短暫的十三個月間，吳宓除了為籌備國學研究院而捲入許多具體、繁雜事務外，幾乎沒有留下多少獨立的學術創獲。而我們則認為，這短暫的十三個月，對於吳宓漫長的一生來說，卻有著特殊的意義，即他通過籌建國學研究院的一系列作為與事功，使自己接續上現代學術脈絡。同時，他通過對國學研究院各項章程的草擬與闡釋，間接地表達了自己對現代學術文

九八年六月，西南師大等單位發起並承辦了「吳宓先生逝世二十週年紀念大會暨吳宓學術研討會」，以上這些都可以見出二十世紀九〇年代以來學術界對吳宓研究的重視。

309　這些方面的研究可參見王泉根主編：《多維視野中的吳宓》（重慶市：重慶出版社，2001年）、李繼凱、劉福春選編：《解析吳宓》（北京市：社會科學文獻出版社，2001年）和《追憶吳宓》（北京市：社會科學文獻出版社，2001年）等著作中相關研究論文，以及沈衛威：《回眸「學衡派」》（北京市：人民文學出版社，1999年）與《吳宓與〈學衡〉》（開封市：河南大學出版社，2000年）等著作的相關章節。

310　同上。

311　同上。

化的理念、立場和價值關懷。在這期間，吳宓對自己因陷入事務而學業荒疏，內心有著焦慮、自責。作為一介書生，他不懂政治，但現實一次又一次迫使他陷入越來越深的校園「小政潮」，最後被碰得心灰意懶。他的這些內心經歷，是我們探討二十世紀二〇年代中國現代知識分子現實處境的一扇隱秘的「窗口」。

吳宓的同事和朋友溫源寧曾說吳宓是「一個孤獨的悲劇角色」，「一個矛盾」。[312]這十三個月國學研究院的經歷，不僅僅是吳宓一生「孤獨」與「矛盾」的片段，更是縮影。我認為，通過對國學研究院時期的吳宓之研究將有助於我們把這種「孤獨」、「矛盾」放在一個具體的思想文化語境中加以「同情性的了解」與「同情性的分析」，並進而重塑吳宓的學術形象。

一九九八年三月，三聯書店出版了由其女兒吳學昭整理注釋的十卷本的《吳宓日記》[313]，這使得學術界關於吳宓的研究，有了可靠而翔實的文獻基礎。這裡的研究，主要是借助於對這些日記的細緻解讀並徵引同時代的相關文獻加以參照，力圖對國學研究院時期的吳宓能有一個具體、清晰而又不失公允的呈現。

（一）

蔡元培曾說「大學者，囊括大典，網羅眾家之學府也」[314]，「大學者，研究高深學問者也」[315]。在今天，我們很難想像沒有蔡元培，

---

312 溫源寧：《不夠知己》（長沙市：岳麓書社，2004年），頁290。

313 《吳宓日記》共十冊，整理發表吳宓從一九一〇至一九四八年間所寫的日記（中缺一九一三、一九一六、一九三二、一九三四、一九三五年日記），由吳學昭整理注釋（北京市：生活・讀書・新知三聯書店，1998年）。本文中有關日記材料均引自《吳宓日記》，為了節省篇幅，不再一一注出。

314 〈《北京大學月刊》發刊詞〉，《蔡元培選集》（杭州市：浙江教育出版社，1992年），頁529。

315 〈就任北京大學校長之演說〉，《蔡元培選集》（杭州市：浙江教育出版社，1992年），頁490。

沒有陳獨秀、李大釗，沒有胡適、魯迅等人的北京大學，會是什麼樣子？同樣的，我們也很難想像如果當初沒有王國維、梁啟超、陳寅恪、趙元任等所謂的「四大導師」[316]，清華國學研究院又將會是什麼樣子？清華國學研究院之所以能夠成為二十世紀二〇年代中國學術史上的一個「重鎮」，這首先應當歸功於吳宓對王國維、陳寅恪、梁啟超三位導師的聘請，聘請的過程和其中所遇到的周折，在現代學術史上留下了一段廣為流傳的佳話。

先看聘請王國維一事。

對於此事，吳宓在日記中記得較為簡略：「二月十三日，星期五。入城，謁王國維（初見）。」而在晚年編定的《吳宓自編年譜》中則有較詳細的記述：「宓持清華曹雲祥校長的聘書，恭謁王國維（靜安）先生，在廳堂向上行三鞠躬禮。王先生事後語人，彼以為來者必系西服革履、握手對坐之少年，至是乃知不同，乃決就聘。」[317] 當然，這些都是事後之論。事實上，真正促使王國維就聘的原因並不像吳宓所說的這麼簡單，此前不久，王國維剛剛辭去北京大學國學門通訊導師一職，起因是不滿北京大學考古學會的〈保存大宮山古蹟宣言〉中有「亡清遺孽，擅將歷代相傳之古器物據為己有」等斥責之詞，因而憤然辭職。[318] 他在給沈兼士、馬衡的信中寫道：「弟近來身體屢弱，又心緒甚為惡劣，所以二兄前所屬研究生至敝寓諮詢一事，乞飭知停止。又研究所國學門導師名義，亦乞取消。」[319] 甚至要求將

---

316 有關「四大導師」的說法，據趙元任夫人楊步偉回憶說，四大教授「這個稱呼，不是我們自謅的，這實是張仲述找元任時信上如此說，第一次見面時也是如此說，而校長曹雲祥開會時也是如此稱呼的。……其實正式名稱是四位導師。」參見孫敦恆編著：《清華國學研究院史話》（北京市：清華大學出版社，2002年），頁38-39。

317 《吳宓自編年譜》（北京市：生活・讀書・新知三聯書店，1995年），頁260。

318 袁英光、劉寅生編著：《王國維年譜長編》（天津市：天津人民出版社，1996年），頁431-433。同時可參見錢劍平：《一代學人王國維》（上海市：上海人民出版社，2002年）。

319 袁英光、劉寅生編著：《王國維年譜長編》（天津市：天津人民出版社，1996年），

原定刊載於《國學季刊》的論文也一併收回：「又前胡君適之索取弟
所做〈書戴校水經注後〉一篇，又容君希白抄去金石文跋尾若干篇，
均擬登大學《國學季刊》，此數文尚擬修正，乞飭主者停止排印，至
為感荷。」[320]從這些強烈的措詞中，可見王國維態度之決絕。然而，
為什麼不到半年，王國維又能接受清華國學研究院的聘請呢？我認
為，箇中因由有兩方面：其一，儘管王國維對新式學校的新派學人的
思想、作風有牴觸情緒，但是，吳宓的恭謁和「執禮甚恭」的模樣，
在王國維看來，這不僅是對自己人格的尊重，更是對整個文化傳統的
尊重，正是這一點，王國維深引以為知己，並把吳宓目為自己可以
「文化托命之人」。其二，這一時期正值王國維的內心充滿了對政治
的失望情緒，他試圖尋找一個能夠慰藉自己的處所，如，他在一九二
五年三月二十五日致蔣孟蘋的信中曾有這樣的傾心之語：「數月以
來，憂惶忙迫，殆無可語。直至上月，始得休息。現主人在津，進退
綽綽，所不足者錢耳。然困窮至此，而中間派別以排擠傾軋，乃與承
平時無異，故弟於上月中旬已決就清華學校之聘，全家亦擬遷往清華
園，離此人海，計亦良得。數月不親書卷，直覺心思散漫，會須收召
魂魄，重理舊業耳。」[321]王國維在清華園所成就的學術業績和所獲的
人格尊重，都證明了清華國學研究院和吳宓最終沒有辜負王國維的這
種生命和文化理想的寄託。

　　吳宓在聘請王國維的同時，也在聘請梁啟超。據《吳宓日記》記
述：「二月二十二日，赴津謁梁。」在其晚年編定的《吳宓自編年

　　頁431-433。同時可參見錢劍平：《一代學人王國維》（上海市：上海人民出版社，
　　2002年）。
320 袁英光、劉寅生編著：《王國維年譜長編》（天津市：天津人民出版社，1996年），
　　頁431-433。同時可參見錢劍平：《一代學人王國維》（上海市：上海人民出版社，
　　2002年）。
321 袁英光、劉寅生編著：《王國維年譜長編》（天津市：天津人民出版社，1996年），
　　頁439。

譜》中，對此事也曾憶及道：「謁梁啟超先生。梁先生極樂意前來，
宓曾提及陳伯瀾姑丈，係梁先生之老友。」[322]因為梁啟超與清華學校
在之前就關係十分密切，因此，這次聘請並沒有太多的懸念與費什麼
周折。但是，聘請陳寅恪就不一樣了。

　　如果說吳宓聘請王國維時的那一幕情景，頗有些戲劇性的話，那
麼，聘請陳寅恪則確如他在日記中所稱的那樣：「頗費盡氣力與周
折。」吳宓與陳寅恪曾同遊哈佛，兩人與湯用彤號稱「哈佛三傑」。
吳宓對陳寅恪的道德文章是極為敬佩的，他曾在日記中說道：「陳君
學問淵博，識力精到，遠非儕輩所能及，而又性氣和爽，志行高潔，
深為傾倒，新得此友，殊自得也。」正是基於這種的深知，吳宓認為
陳寅恪是一位理想的國學研究院導師人選，出乎意料的是，吳宓在最
初向校方提出聘請陳寅恪一事卻經歷了一波三折：據《吳宓日記》記
載：二月十四日，「與 Y‧S 及 P‧C 談寅恪事。已允。」二月十五
日，「晨 P‧C 來，寅恪事有變化，議薪未決。」二月十六日，「是日
H‧H 來，同見 Y‧S，談寅恪事，即發電聘之。」事實上，陳寅恪
最初對吳宓的聘請也有過猶豫與遲疑。設想一下，如果當初陳寅恪與
清華園真的失之交臂，那麼，清華國學研究院的學術史將是另一番景
象。據《吳宓日記》中稱：「陳寅恪覆信來。（一）須多購書；（二）
家務，不即就聘。」但吳宓並沒有放棄努力，功夫不負有心人，兩個
月後陳寅恪終於同意就聘。據一九二五年六月二十五日的《吳宓日
記》稱：「晨接陳寅恪函，就本校之聘，但明春到校。」這期間，吳
宓擔心陳寅恪有所變卦，始終保持著與陳寅恪的密切聯繫，有關此事
的記述，在這時期的《吳宓日記》中頻頻出現，現略取幾則，以見一
斑：八月二十五日，「謁校長，（1）陳寅恪，准預支薪金二千元，又
給予購書公款二千元，即日匯往」。八月二十八日，「見瑞光，為寅恪

322　《吳宓自編年譜》（北京市：生活‧讀書‧新知三聯書店，1995年），頁260。

支四千元事」。九月一日，「下午，作函覆陳寅恪」。九月三日，「陳寅恪預支薪金千元，按1.76合美金568.12元，花旗銀行支票一紙，由會計處取來，寄柏林寅恪收。NO.25／7587」。九月十日，「請校長以英文證明函與陳寅恪」。九月十六日，「下午，見瑞光，示以《研究院經費大綱》。催陳寅恪款，並約定加給陳寅恪為研究院購書之款（二千元），於十月十日以前支領匯出」。十月八日，「下午領到會計處交來匯陳寅恪購書款二千元，按1.78合，得美金1123.59元，花旗銀行支票一紙 NO.25／7790。由本處附函中掛號寄去」。十一月九日，「陳寅恪函，十二月十八日，由馬賽起程」。十一月十二日，「詢悉庶務處為陳寅恪所留之住室，為學務處二百零二號」。從預支薪水、郵匯購書公款到回國後的住宿安排，吳宓對陳寅恪的就聘，可謂事無鉅細均親力親為。對比聘請王國維的情形，在聘請陳寅恪的過程中，吳宓在日記所感慨的「難哉」之歎，是發自肺腑的。但知者又何其之少！

　　「大學者，大師之謂也。」「四大導師」的相繼到職，為清華國學研究院的發展奠定深厚的人文基礎，迅速提升了國學研究院的學術品位和學術聲譽，擁有「四大導師」時期的國學研究院是清華人文學科年譜中最為光輝的一頁，也是中國現代學術史上一段華彩之章。對吳宓而言，通過在聘請過程之中與這幾位導師所建立起的親密的個人關係，也使自己的學術思想和學術取向與王國維、陳寅恪等人的現代學術脈絡相接續。陳寅恪曾對學人與學術潮流關係有過「預流」之說：「一時代之學術，必有其新材料與新問題。取用此材料，以研求問題，則為此時代學術之新潮流。治學之士，得預於此潮流者，謂之預流（借用佛教初果之名），其未得預者，謂之未入流，此古今學術史之通義，非彼閉門造車之徒，所能同喻者也。」[323]按道理，身處清

---

323 陳寅恪：〈陳垣敦煌劫餘錄序〉，《金明館叢稿二編》（北京市：生活·讀書·新知三聯書店，2001年），頁266。

華國學研究院這一學術氛圍中，吳宓也可以算是「預流」了，但吳宓卻沒能做出什麼創造性的研究來。這其中的原因，不能不引起我們的深思。我想，煩瑣的事務與個人迂直的性格，使得吳宓不得不深陷「事務主義」的泥潭而無法自拔，遑論有餘力從事研究。這絕非指責之言，回到歷史情境，也許我們就會多一些「同情之了解」。中國的學術生態總是與政治的清、濁，社會治、亂，經濟的強、弱等非學術因素緊密相關，而這一特點到了現代，尤為突出。因此，一個學術組織者往往需要投入大量的時間、精力與非學術的制約性力量相周旋。事實上，中國現代學術史上那些優秀「學術組織者」如蔡元培、胡適、梅貽琦、傅斯年等人，都有過相似的處境與感歎。

（二）

　　國學研究院創辦伊始，千頭萬緒，作為「主任」，吳宓幾乎是事必躬親。對於此事，馮友蘭曾有一段公允的評價：「雨僧一生，一大貢獻是負責籌備建立清華國學研究院，並難得地把王、梁、陳、趙四個人都請到清華任導師，他本可以自任院長的，但只承認是『執行秘書』。這種情況是很少有的，很難得的。」[324]而這「執行秘書」確實是在為國學研究院的發展而兢兢業業，盡著自己最大的心力，不僅有「執行」之名，更有「執行」之實。查閱一九二五年三月起的日記，我們就能具體真實地看到吳宓在這時期忙碌而辛勞的情景：

　　3月7日。　晨訪王國維（催《緣起》），未遇。
　　3月12日。王國維來，觀房舍。
　　3月21日。晨入城，謁王國維（出題事）。

324　此處轉引自孫敦恆：《清華國學研究院史話》（北京市：清華大學出版社，2002年），
　　　頁47。

4月14日。催辦王國維住宅事，就緒。

4月21日。上午，王靜安來，陪導見各部要人。

4月25日。上午，作研究院下半年教職員及薪金一覽表，上校長。

5月5日。 編《辦事記錄》（研究院籌備處）。又辦審查考生事。

6月24日。上午趙元任君來，補購書收條，所出《普遍語音學》考題。即由宓自行繕寫油印。

7月7日。 撰成致庶務處長函，詳述研究院房屋內容之佈置，及應製作之木器件數、式樣等。即日送交。又另繕一份，呈校長，候批准。

7月8日。 宓及衛君監研究院考生（第六考場），是日病尚未癒，以職務所在，勉往監考，步立終日，極為困憊也。

8月3日。 晨，草擬研究院學生《入學志願書》及《保證書》，即由招考處交印。上午，見李仲華：（一）發趙元任致 C. F. Palmer 儀器改由法國船運來之電。（二）議定研究生需交衣袋費一元五角。（三）趙君研究室中用之工作器具，交其購辦。又訪徐志誠，談研究生管理事。又草擬研究生取錄通告及繳費表，即交招考處付印，並告會計處。

8月20日。宓前於七月初，力疾草定研究院室中設備裝置。乃庶務處延宕久之。及今方始著手，致開學之日，未能齊備。哀哉！又庶務處遇事駁回，或延宕，殊感不便。

8月31日。晨，徐志誠來談，草定《研究院學生管理規則》。

9月4日。 晨作書，上校長。請購王國維先生所開研究甲骨文字及敦煌古物應用書目。均天津貽安堂發售，共價三百元十四元八角。宓面謁校長談此事，允交圖書館購辦。

9月8日。　下午一時至五時，在宓室，開研究院第一次教務會
　　　　　議，議決各事，以第二、三號佈告發表。

9月9日。　八時至十時，赴主任室，督視衛君等佈置一切，又
　　　　　辦理雜事多件。十時，至大禮堂行開學典禮，宓以
　　　　　研究院主任資格演說。

9月14日。徐志誠來，為羅倫十二日不請假，強行出校事。宓
　　　　　下午招羅倫來談，仍倔強。

9月15日。下午，與王、梁諸先生會談。三時至五時，偕王、
　　　　　梁、趙三教授謁校長。提出研究院購書特別辦法數
　　　　　條，待核准。

10月16日。開本院第二次教務會議。

11月12日。開研究院第三次教務會議。

11月13日。開研究院第四次教務會議。

11月17日。與王靜安先生議明年招考選考科目。

11月19日。下午，學監徐志誠來，談：（一）羅倫又擅自出校。
　　　　　（二）研究生仍不服請假規則，欲糾眾違抗事。即
　　　　　同往見校長，並與張仲述同集議。議決：（一）由校
　　　　　長警戒羅倫，並行懲罰。（二）學校先事通融讓步，
　　　　　改用門證，准學生（研究生）無課時自由出入。

11月23日。招羅倫來，告以記過一次，並曉諭百端，而羅態度
　　　　　倔強，無悔改意，且謂任學校開除。

12月5日。晨九時，偕王國維、趙萬里乘人力車入城。至琉璃
　　　　　廠在文德堂、述古堂、文友堂，為校中檢定書籍十
　　　　　餘種。

12月11日。連日撰編：（一）研究院明年發展計畫。（二）招考
　　　　　辦法。（三）預算。提交校務會議。

日記中相似內容的記述有許多，上面只是抄錄要略而已，從這裡就足見吳宓對國學研究院的「苦心」經營。

　　經過一番緊鑼密鼓的籌備，至此國學研究院終於開學了，也開始步入正常的教學與研究的軌道。然而，在這過程中，吳宓的艱辛、寂寞又誰知？又有誰能理解、記住呢？吳宓曾有詩云：「登高未見眾山應，螳臂當車只自矜。成事艱於蟻轉石，向人終類炭投冰。時衰學斁真才少，國亂群癲戾氣增。不宦已婚行獨苦，相知唯有夜窗鐙。」[325]一九二六年七月（此時吳宓已辭國學研究院主任一職），當他在清華園見到回國就聘的陳寅恪時，曾贈詩一首：「經年瀛海盼音塵，握手猶思異國春。獨步羨君成絕學，低頭愧我逐庸人。衝天逸鶴依雲表，墮溷殘英怨水濱。」[326]儘管這些詩句的字裡行間有不平之氣，有愧疚之情，有牢騷之語，但吳宓仍然在一絲不苟地操持著國學研究院的事務。然而，等待吳宓的道路並不平坦。在日常，他不僅要處理眾多繁雜的教務工作，面對個性各異的學生，而且還不得不捲入或明或暗的人事紛爭。而尤其後一點，是中國知識分子最不擅長的，也是最容易受到傷害，但是又是最躲避不了的。魯迅曾感慨地說道：「人們滅亡於英雄的特別的悲劇者少，消磨於極平常的，或者簡直近於沒有事情的悲劇者卻多。」[327]吳宓接下來所上演的悲劇，正能說明這一點。

（三）

　　正當吳宓對國學研究院的未來做著百般籌劃的時候，清華園內開始出現對國學研究院的發展方向的另一種不同的聲音。

---

325 詩見《吳宓日記》（北京市：生活・讀書・新知三聯書店，1993年），第3冊，頁42。

326 詩見吳學昭：《吳宓與陳寅恪》（北京市：清華大學出版社，1992年），頁35。

327 魯迅：〈幾乎無事的悲劇〉，《魯迅全集》（北京市：人民文學出版社，1981年），第6卷，頁371。

　　事情的起因在於吳宓與時任清華學校舊制部及大學普通部教務長
張彭春兩人對國學研究院未來發展的定位的分歧上，張彭春主張國學
研究院應辦成多科性的科學研究院並能夠與大學部相銜接，而吳宓
則主張國學研究院應是「國學」的研究院，強調它的獨立性、純粹
性。[328]在中國的現實邏輯中，所謂的「人事」，就是「人」與「事」
須臾不可分離，往往是簡單的一件事，在討論、交鋒中，就會漸漸地
蛻變成意氣之爭，門戶之爭，派別之爭，最終釀成不可收拾的人事風
波。即使是作為教育與學術機構的清華園，也不可能是這一具有中國
倫理文化特點的現實邏輯的「世外桃源」。吳宓的最終結局也證明了
難逃此例。事實上，張彭春的觀點代表了當時清華學校部分新派學者
對「國學研究院」的看法。[329]比如，留美的政治學者錢端升就曾明確
地對國學研究院的獨立存在的必要性，表示自己委婉的疑問，他說：
「曹校長任事已三年餘，雖種種積弊，未能盡除，然其寬大之氣，有
足多者。年來學風安靜，士子得以安心問學，其功非小。且延致通
儒，若梁任公，若王靜安，皆足以振清華之門楣，而減美化之譏
評。」[330]但又說：「至於研究院之應否特設機關更堪疑問。現時研究
院所開之學科，僅國學一門，國學之為重要，無待繁言，而在偏重西
學之清華猶然。現時研究院教授，若海寧王靜安先生，新會梁任公先
生，皆當代名師，允宜羅致。然注重國學羅致名師為一事，而特設研
究院又為一事。清華學生之受益于王梁諸先生者，初不限於研究院教
授乎？豈大學之尊不足以容先生乎？即云研究院已有學生三十人，然
此三十人者，固皆可為大學特別生，而今其專攻國學者也。蓋特置研

328 參見孫敦恆編著：《清華國學研究院史話》（北京市：清華大學出版社，2002年）；
　　沈衛威：《吳宓傳》（北京市：東方出版社，2000年）。

329 參見孫敦恆編著：《清華國學研究院史話》（北京市：清華大學出版社，2002年）；
　　沈衛威：《吳宓傳》（北京市：東方出版社，2000年）。

330 錢端升：〈清華學校〉，此處轉引自孫敦恆編著：《清華國學研究院史話》（北京市：
　　清華大學出版社，2002年），頁56-57。

究院，即多一個機關，亦即多一份費用，而益陷校內組織於複雜難理之境。」[331]錢端升的觀點顯然不是個別、孤立的，加之複雜的人事糾葛，有關國學研究院的存廢問題就愈演愈烈，最終以兩敗俱傷而收場。這正如吳宓在日記中所感慨的那樣：「自去年到此以來，局勢所驅，情事所積，宓之捲入與張氏為敵之黨，實亦不得不然者也。中立而不倚，強哉矯。宓庸碌，愧未能。直至此時，則更不能完全置身事外，而不與敵張氏者敷衍。語云，在山泉水清，出山泉水濁。蓋若出身任事，捲入政治，則局勢複雜，不能完全獨立自主。其結果，不得不負結黨之名，亦不得不為違心之事。近一年中，在清華辦事，所得之經驗，殆如此而已。」而吳宓得出這一經驗，是經歷了複雜多端的紛爭後而悟出的，只可惜「事到如今，為時已晚矣」。據《吳宓日記》，我們可以粗略勾勒出事情的來龍去脈：「一九二六年一月五日，校務會議開會，議研究院各提案，而張仲述（彭春）一力推翻，其結果，通過。此後研究院只做高深專門研究，教授概不增聘，普通國學亦不兼授。於是宓所提出之計畫盡遭擯棄。而研究院之設，僅成二三教授潛修供養之地矣。張君之意，是否欲將研究院取歸己之掌握，將宓排去，固不敢言，而其一力扶助趙（元任），李（濟）二君，不顧大局，不按正道，則殊難為之解也。」「一月七日，上午召開研究院教授會議，趙、李力贊校務會議之法案。王默不發言，獨梁侃侃而談，寡不敵眾。宓亦無多主張。其結果，即擬遵照校務會議之辦法，並將舊有之中國文學指導範圍刪去，專做高深窄小之研究。難哉！」

至此，吳宓深感自己力單勢薄，決心奮力一爭。據《吳宓日記》記載：「一月八日，決撰意見書，以宓之所主張，提出校務會議。不行，即辭職。庶幾光明磊落，否則人將不解，以宓為毫無宗旨辦法

---

331 錢端升：〈清華學校〉，此處轉引自孫敦恆編著：《清華國學研究院史話》（北京市：清華大學出版社，2002年），頁56-57。

者。且伈伈俔俔，寄人籬下，欲全身讀書而不得。故決採取積極之態度。無所恇怯，無所謙遜，以與張、趙輩周旋矣。」此後，儘管吳宓幾謁校長，多方周旋，然難免勢孤力弱，最後不得不因「校務決定與宓所持之國學研究院之說完全反背」而堅辭研究院主任一職。就這樣，吳宓對於國學研究院的事功黯然地落下帷幕。在這裡，我們暫且撇開其中的人事糾葛不論（在吳宓與張彭春鬧矛盾的同時，張彭春也正與校長曹雲祥意見不合，並因此而辭職）。客觀地說，在關於國學研究院的未來發展問題上，不難看出吳宓性格中固執、褊狹的一面。從現代大學的體制來看，不可能存在著某種缺乏延伸性、封閉的像國學研究院這樣「校中校」的辦學機制；從現代學科發展的趨勢來看，「國學」作為學科，它不僅在內部要進行自我滲透、自我整合，而且它的生長也必須要與別的學科相交融、相對話。純粹的、單性的學科存在，必然會喪失生命力的。應該說，張彭春等人強調銜接、整合的主張，有其內在的合理性，而這正是吳宓所沒有充分意識到的。

（四）

　　在內心追求上，吳宓始終在努力使自己在學術上有所創獲的。從日記中可以看出，他經常去聽講，比如，王國維的《說文學習》，他幾乎每課必聽。[332]日記曾有這樣一則記載：「九月二十日，是日在圖書館，翻閱《通報》等，作王國維〈中國近二三十年中新發見之學問〉篇注解，費二三日之力云。」

　　擔任國學研究院主任一職後，吳宓對自己的學術研究常常感到焦慮與不安，也時常自我反省。他對學術研究本質上是熱愛的，但無奈事務性的工作太多，在日記中時見他對自己在學術方面一無所獲而倍感自責。如，以下的記載：「一九二五年十月二十二日。下午，在舊

332　參見吳學昭：《吳宓與陳寅恪》（北京市：清華大學出版社，1992年），頁33。

禮堂，為普通科學生演講〈文學研究法〉。空疏虛浮，毫無預備，殊
自愧慚，宓深自悲苦。緣宓近兼理事務，大妨讀書作文，學問日荒，
實為大憂。即無外界之刺激，亦決當努力用功為學。勉之勉之，勿忘
此日之苦痛也。」在一九二六年一月六日擬呈校長的信中，更是把這
種自責的心情充分地表達出來：「一年以來，承命辦理研究院之事，
以至誠之心，將就各方，屈己求全，幸無隕越。唯自念學業日荒，著
述中輟，殊覺無以對己。亟應改轍，還我初衷。」公正地說，吳宓在
此期間也並非沒有學術創獲，只不過這一創獲不像王國維那樣體現在
對學術史上某個問題的新發現，新闡釋，從而推動學術研究的深入發
展，而是體現為一系列有關創辦國學研究院的學術宗旨、學術觀念。
我認為，這一點是我們應該給予充分評價的。他曾在題為〈清華開辦
研究院之旨趣及經過〉的演講中說道：「學問者一無窮之事業也。其
在人類，則與人類相終始；在國民，則與一國相終始；在個人，則與
其一身相終始……良以中國經籍，自漢迄今，注釋略具，然因材料之
未備與方法之未密，不能不有待於後人之補正，又近世所出古代史
料，至為夥頤，亦尚待會通細密之研究。其他人事方面，如歷代生活
之情狀，言語之變遷，風俗之沿革，道德、政治、宗教、學藝之盛
衰；自然方面，如川河之遷徙，動植物名實之繁賾，前入雖有記錄，
無不需專門分類之研究。」「而此種事業，終非個人及尋常學校之力
所能成就，故今即開辦研究院，而專修國學。唯茲所謂國學者，乃指
中國學術文化之全體而言。」正是吳宓心中有如此明確的學術理念，
使得他對自己荒於學術念茲在茲，然而，也正是這種「耿耿於懷」的
學術情感，使得他對自己的選擇有著痛苦的體認。他在一九二七年六
月十四日的日記中曾記下這樣的一段話：

　　晚，樓光午來，同出散步。又同訪陳寅恪，談久。宓設二馬之
　　喻。言處今之時也，不從理想，但計功利。入世積極活動，以

圖事功。此一道也。又或懷抱理想，則目睹事勢之艱難，恬然
退隱，但顧一身。寄情于文章藝術，以自娛悅，而有專門之成
就，或佳妙之著作。此又一道也。而宓不幸，則欲二者兼之，
心愛中國舊日禮教道德之理想，而又思以西方積極活動之新方
法，維持並發展此理想，遂不得不重效率，不得不計成績，不
得不謀事功。此二者常互背馳而相衝突，強欲以己之力量兼顧
之，則譬如二馬並馳，宓以左右二足分踏馬背而繫之，又以二
手緊握二馬之僵於一處，強二馬比肩同進。然使吾力不繼，握
僵不緊，二馬分道而奔，則宓將受車裂之刑矣。此宓生之悲劇
也。而以宓之性情及境遇，則欲不並踏此二馬之背而不能，我
其奈之何哉？（重點號為原文所有）

在這裡，吳宓對自我命運的一種近乎悲壯感的文化剖析，不可不說是
十分剴切的。然而，這也正是他一生悲劇之所在。事功與道義、事功
與學術的矛盾一直是糾纏於中國知識分子的內心世界，這一對矛盾，
從古至今，中國知識分子都未能處理好。比如，周作人在二十世紀四
〇年代曾明確地提倡「中國須有兩大改革，一是倫理之自然化，二是
道義之事功化」。對於第二點，他乾脆認為：「道義必須見諸事功，才
有價值，所謂為治不在多言，在實行如何耳。這是儒家的要義。」[333]
但周氏的事功，結局又如何呢？吳宓畢竟是一個書生，在中國現代社
會現實環境中，對他而言，可為的只有學術。充滿悖論的是，他一次
又一次地捲入各種紛爭之中，如，五四時期，主持《學衡》時與新文
化論爭，在國學研究院時期與張彭春的分歧。作為「一位白璧德式人
文主義者」，他只接受自己的理念指引，而很少去認真對待現實；他

---

333 周作人：〈道義之事功化〉，《知堂乙酉文編》（石家莊市：河北教育出版社，2002
年），頁70。

只聽從自己內心理念的召喚，而從未聽到這種召喚的現實回應；他對自己的君子之風十分固執，而從未反省這種君子之風在別人眼中又是如何的「格格不入」。他常常攪混了理想與現實，倫理與藝術，自我與他人，純粹的價值與現實的取捨。這一切都使他成為一個迂直而又有點可笑，熱誠而又有些無奈的「異數」。但無論如何，吳宓自始至終都是一位學者和君子。[334]

　　吳宓短暫的國學研究院生涯，可以給後人的啟發是深刻的：一個知識分子如何處理事功與學術，如何處理人事糾葛與人格堅守，如何處理理想與現實的矛盾。在這些問題上，吳宓最終被碰得頭破血流，足以給我們一種深刻的教訓。然而，作為研究者，如果不體諒吳宓的這種困境、苦境和矛盾，你就無法真正地解讀他，也無法給予他一種同情的理解，給予他一種相對客觀的評價。事實上，在現代學術史上像吳宓這樣類型的知識分子有許多，他們或塵封於歷史，或永遠被人們所遺忘，或一再被人們所曲解、誤解。然而，吳宓在八十年後重新又被學術界所關注，並且在吳宓身上，人們發現了許多感同身受的情景，這是吳宓的幸運，抑或是中國知識分子的無可逃脫的歷史循環呢？

---

334 溫源寧：〈吳宓先生：一位學者和君子〉，《不夠知己》（長沙市：岳麓書社，2004年）。

附錄

附錄
懷念父親

　　清晨時分，父親安詳地走了，離開和他相伴半個多世紀的母親，離開深愛他的兒女們。儘管對於這一結局，家人和親友早有心理準備，但它一旦真的降臨，我們內心的悲痛卻依然是如此的刻骨銘心。

　　在這特殊的時刻，我對於父親的記憶雖然僅有點點滴滴，但它就如夜空中的星星，閃爍在我寂寥而悲傷的精神天空。此後，無論是風清月朗，還是風雨如晦，這些閃爍的記憶都將伴隨著我的一生。

　　記憶中的父親很溫暖。小時候，一家八口擠在兩個房間，一間作為廚房和飯廳，另一間作為臥室。那時，我的哥哥還在偏遠的小山村當知青，較少回家，我、弟弟和父母睡在一張床上，在床前橫搭著另一張木板床，我的三個姐姐擠在一起。即使是冬夜，很冷，即使在夢中踢掉了被子，睡在父親身邊的我，仍然能感受到從父親身上傳遞過來的溫暖的體熱，在為我驅除寒意。記得有一次，我夜間醒來，突然一陣恐懼感襲來，我莫名其妙地感到害怕：若有一天睡在身邊的父親消失了，那我該怎麼辦？當時我就偷偷地哭了，透過牆板裂開的縫隙，我看到的是黑乎乎的叔叔家的廚房間，於是我感到了更深的恐懼。那一年，我九歲。當時的哭泣，熟睡中的父親沒有聽到；三十年後的今天，我內心的哭泣，父親也沒有聽到。然而，已經為人父的我，卻再次回到兒時的恐懼體驗之中，這一次父親真的走了。我的十歲的兒子直到今天仍要在大人們的陪伴下才能入睡，對此，許多朋友認為我過於縱容他，或許他們並不知道我內心這一保守了三十年的秘密。

　　記憶中的父親很辛苦。因為兄弟姐妹多，我們很少有時間和父親單獨在一起。我記憶中與父親在一起的情景，則是和一條崎嶇的山路

聯繫在一起。父親常常到鄉下買生豬，認識了許多鄉親。記不得因為什麼事情，父親有一次帶我到一個名叫孔坪的小山村作客，那裡住著一個我的義伯伯，我們走了一段很長很長由石條鋪就的山路，從清晨直到晌午過後。母親後來告訴我說，父親下鄉時都要走這麼長崎嶇的山路，冬天磨穿了鞋底，夏天因為拖鞋的摩擦而常常磨破腳面。如今父親要走一條更長的路，我們願他此行平坦，我們願他此行沒有風雨。父親，你累了，請歇一歇吧！

母親說父親年輕時身體多病，但在我的記憶中，父親的體格很健壯，加上他不修邊幅，給人的印象是很粗放，然而，他的性格卻是極為怯弱，甚至顯得有些過分。父親的膽小在我們家裡是有名的，若是他一個人待在家裡，他會感到害怕；夜黑了，如果母親去外婆家遲些回來，他也會感到害怕；夜間窗外的風聲、雨聲、腳步聲，甚至老鼠竄過的響聲，他都會膽戰心驚。但是，幾十年來，為了生活，他每天都要在清晨四點左右起床，穿過好幾條幽深的胡同，到單位去上班，我不知道當他曾經每天走過那一條條黑暗的小巷時，內心是如何的緊張與恐懼；我不知道是什麼力量使得他有了穿越黑暗的勇氣。是生活的意志？抑或對家庭與子女的責任感？如今有了我們的愛，即使再長、再黑的路，父親該不會害怕了。

在我的成長經歷中，父親從沒有罵過或打過我們兄弟姐妹，但這並不意味著我們沒有犯過錯。而是相反，小時候，因為家裡很窮，兄弟姐妹們尤其是我可能會為一點少得可憐的食物而爭吵。看到這種情景，父親不言不語的時候居多，有時也會把對我們的不滿，毫無理由地遷怒於母親，直至母親開口責罵了，大家才算平息下來。那時的我，還讀不懂父親沉默背後的感受。在我的記憶中，儘管父親看起來是個沒有多少文化的粗人，但他的內心卻是敏感的。家中要是有些不和諧的聲音，總是能從他的表情之中看出他的擔憂，他好像有操不完的心，有無數的人和事都與他休戚相關。姐夫們的生意、姐姐們的生

計、我們兄弟仨的事業，他總是掛念在心，但他又是無能為力的，只好把擔心和掛念深藏在內心，以自己的沉默表達一個父親平凡而深沉的愛。記得我在上海讀書期間，有近一個月未與家中通信，父親十分擔心，當時的通訊條件又十分落後，父親讓姐夫給我打了幾次電報，都未見回音，這時，他更緊張不安了，甚至懷疑我失蹤了，直到我回信了，他才放下心來。而如今我是多麼希望有機會讓父親再為我們擔心一次，再像往常一樣默默地望著我們回來，零零落落地詢問我們的近況。而他卻永遠地沉默了，並把對我們的愛永遠地帶走了。

為了養育我們兄弟姐妹，父親勞碌了一生，當我們有能力報答的時候，他卻病了。到了連病中的父親也失去的時候，我們才真正感受到即使是在病中，即使只有一絲的氣息，父親也還是我們內心實在的掛念和寄託。如今，當我從外地回來時，已不能興沖沖地走到房後的小屋，叫一聲熟悉的「爸爸」，因為他永遠地走了。回想起來，我是多麼後悔。在他的晚年，儘管我常回來看望他，但每次都很匆忙，有時，應酬多，很少能陪他坐坐。那時，他雖然已不能說話，但從他的眼神中，我可以體會到他是多麼希望我能在他的身邊多坐一會兒，即使他不能說話，也會感受到自己和兒子的距離是如此接近，而如今這距離變得咫尺天涯，生死茫茫。聽母親說，父親有一次聽說我們一家人要從福州回來看他，他坐在輪椅上激動得不肯去睡覺。短暫的相聚之後，當我兒子和他告別時，我看到了他的眼眶中充滿著淚水。或許，那時，他的內心還能清楚地感覺到見到我們的時間已經不多了。而我為什麼直到今天，才會理解他那時的心情呢？我多麼想多留他一天，多看他一天，多麼想再看到他盈滿淚水的眼睛，而如今這雙眼睛卻像一口乾枯的深井，被黑暗永恆地闔上了。

今夜，我在千里之外，將都市的喧囂和變幻關在了窗外，悄悄地在內心問自己：父親究竟是一個怎樣的人？我一時卻也說不清，只有記憶接踵而來，疊加在一起，模糊了我的眼簾，我多麼想能在今夜的

夢中，清晰地見到他，我們多麼想能像小時候那樣，輕輕地走過他的身邊，告訴他：我想念他，母親想念他，我們兄弟姐妹想念他。

　　長期置身在街頭的工作環境，使父親的嗓門特別大，但他卻是一個很細緻、很客氣的人。我成家後，他幾次到福州小住，但見到我有朋友來，他總是躲得遠遠的。有時甚至大半天不敢回來，客人走後，母親總是在焦急中等了很久，才見到父親餓著肚子，姍姍來遲。父親跨進門時，總不忘小聲地問一句：「客人走了嗎？」。對於子女們，父親是深愛的，他總擔心著我們的生活，似乎有牽掛不完的事，對於朋友，他是慷慨的，但自己平常的生活卻十分儉樸。有一次，他到福州來，我和莊新請他和母親在校園旁的一家小飯館吃飯，總共花了五十五元，他整整念叨了半天之久，總覺得我們太浪費了，他甚至想出從師大到西湖要走著去的主意，理由是乘坐公交車所費的一元錢太貴了。而如今，當我走進富麗堂皇的賓館時，心中總會悄然地想起父親責備的那一幕。我真的不希望他在另一個世界，還像生前那樣節儉。我真的希望能在熱鬧甚至有些鋪張之中，送他最後一程。

　　西元二○○七年十一月二十八日，對於活在這個世上的許多人來說，是無數個平凡日子中又一平凡的一天，但對我來說，卻是特別的。這一天，父親走了。對於另一個世界的有無，我過去總是猶豫不決，而如今，我希望它真的存在。我希望能用深情和愛為他打開平安、寧靜的門，能用內心的哭泣為他送別最後的旅程。

　　冬季的清晨充滿寒意，但願今天的清晨能夠遲些天亮，因為這樣，我們就能多留父親片刻。我多麼希望今天的父親，就像過去無數個日子那樣，僅僅是一次到鄉下的出行。天黑了，他仍然會風塵僕僕地回來；我多麼希望自己能回到兒時的情景，再一次感受他的溫暖。然而，這一切，如今只能留在心中。

　　父親走了，母親還健在，這是他留在這個世上最大的愛，也是留給我們子女最大的安慰。兩個老人用一生的時間表達和守護著樸素而

豐富的感情，用無言的方式交流和詮釋他們所擁有的一切最美好的掛念。我們願他能保佑母親健康，保佑我們兄弟姐妹平安，保佑所有親朋好友幸福，就像他生前在默默之中所做的那樣。

　　父親走了，我只能寫下這些蒼白的文字作為紀念。我知道，紙是再脆弱不過的，書寫總是有言不及義的窘迫，但是，我會用一生的時間，來書寫自己的思念，會用自己的方式來鐫刻這種思念的力量。

　　父親，願仁厚的大地安息您的靈魂！

二〇〇七年十一月二十八日

　　我的父親離世已近十年，這十年間我時常會想起他，每當這樣時刻，他的形象總能給我的內心帶來溫暖與堅強。今天我特別收入一篇舊文做為附錄，以表達我的思念：他曾給了我生命，當他離世後，卻給了我方向，此後，即使是山重水複的塵世，我也不會迷途。

鄭家建
二〇一六年十二月七日又記

後記

　　收在這個集子中的論文，寫在不同的時間，發表在不同的刊物上，其中幾篇還有不同的合作者，在這裡，一併做個說明。〈論中國現代文學研究的再出發〉，發表在《文藝理論研究》二〇〇五年第三期，合作者，汪文頂。〈論二十世紀中國小說研究的幾個生長點〉，發表在《福建論壇》二〇〇五年第十一期，合作者，吳金喜。〈中國現代性問題的起源語境〉，發表在《東南學術》二〇〇一年第三期。〈置身於思想史背景的「五四」〉，分別發表在《文藝理論研究》二〇〇〇年第四期、二〇〇一年第一期、三期。〈文學史的敘述問題〉，發表在《中國現代研究叢刊》二〇〇一年第一期。〈知識之美〉，分別發表在《魯迅研究月刊》二〇〇七年第十一期、十二期，合作者，林秀明。〈魯迅：邊沿的世界〉發表在《魯迅研究月刊》二〇〇〇年第十一期。〈戲擬──《故事新編》的語言問題〉，發表在《魯迅研究月刊》一九九八年第十二期。〈仰看流雲──《朝花夕拾》的詩學闡釋〉，分別發表在《中國現代文學研究叢刊》二〇一一年第十期、二〇一二年第九期、《東南學術》二〇一一年第六期，合作者，賴建玲。〈清華國學研究院述論〉分別發表在《文藝理論研究》二〇〇四年第五期、二〇〇六年第一期、二〇〇八年第二期、《東南學術》二〇一一年第二期、《福建師大學報》二〇〇八年第三期，合作者，吳金喜、舒暢、陳林男。感謝這些刊物的責編和論文的合作者，你們的真誠與智慧，給予這些文字以無言的力量與美感。

　　驀然回首，如夢初醒，這個集子中論文的寫作歷程，從我生命的

青春飛揚不知不覺跨越到中年滄桑。這其中的悲欣交集，櫛風沐雨，一如逝水年華，早已無可如何。今夜重讀，在我的內心深處，總有一種舊雨之感，彷彿在寂寞之間，推門忽見，燈火闌珊的遠處，老友正風塵僕僕地如約而至，可謂是——

　　惜別是何處？流水十年間。

鄭家建

二○一四年三月八日夜

　　本書兩年前由人民出版社初版，此次藉著在萬卷樓再版繁體本之契機，我又做了修訂。重讀自己的文字，彷彿見到了曾經的自己，熟悉而陌生，時光已逝而文心依舊。初撰時為情而造文，再讀則難免因文而生情。古希臘哲人赫拉克利特斷言，人不能兩次踏進同一條河流。但在自己的文字世界裡，時光之河卻能奇蹟般地倒流，只要你願意，每個人都可以一次又一次重新照見自己已逝的容顏，歷久而彌新。

鄭家建

又記於二○一六年十二月十五日

作者簡介

鄭家建

　　一九六九年二月出生，福建省福鼎市人。文學博士。現為福建師範大學文學院教授、博士生導師、院長。全國政協委員。

內容簡介

　　本書共分上、中、下三輯。上，重在從理論視野和研究方法等層面，對中國現代文學的一些基礎性問題進行探討。中，重在文本解讀，從詩學角度對《故事新編》、《朝花夕拾》和周作人散文等進行解讀，試圖探尋文學經典生成的審美過程。下，重在個案解析，選擇梁啟超、王國維、陳寅恪、吳宓為研究物件，力求從不同側面探究清華國學研究院的機構沿革、學術理念和學術成就，以期能為當下人文學術教育提供可資鏡鑒的歷史資源。

福建師範大學文學院百年學術論叢·第三輯 1702C10

透亮的紙窗（修訂本）

作　　者　鄭家建

總 策 畫　鄭家建　李建華

發 行 人　陳滿銘

總 經 理　梁錦興

總 編 輯　陳滿銘

副總編輯　張晏瑞

編 輯 所　萬卷樓圖書股份有限公司

排　　版　林曉敏

印　　刷　百通科技股份有限公司

發　　行　萬卷樓圖書股份有限公司

　　　　　臺北市羅斯福路二段 41 號 6 樓之 3

　　　　　電話 (02)23216565

　　　　　傳真 (02)23218698

　　　　　電郵 SERVICE@WANJUAN.COM.TW

香港經銷　香港聯合書刊物流有限公司

　　　　　電話 (852)21502100

　　　　　傳真 (852)23560735

如何購買本書：

1. 劃撥購書，請透過以下郵政劃撥帳號：

　　帳號：15624015

　　戶名：萬卷樓圖書股份有限公司

2. 轉帳購書，請透過以下帳戶

　　合作金庫銀行　古亭分行

　　戶名：萬卷樓圖書股份有限公司

　　帳號：0877717092596

3. 網路購書，請透過萬卷樓網站

　　網址　WWW.WANJUAN.COM.TW

大量購書，請直接聯繫我們，將有專人為

您服務。客服：(02)23216565 分機 10

如有缺頁、破損或裝訂錯誤，請寄回更換

國家圖書館出版品預行編目資料

透亮的紙窗（修訂本）/ 鄭家建著.

-- 再版. -- 臺北市：萬卷樓, 2018.09

面；公分. --（福建師範大學文學院百年學術

論叢·第三輯·第 10 冊）

ISBN 978-986-478-184-3（平裝）

1.中國當代文學　2.文學評論

820.8　　　　　　　　　　　　107014180

ISBN 978-986-478-184-3

2018 年 9 月再版

2016 年 12 月初版

定價：新臺幣 660 元